① 暗夜降临

动物召唤师

[英]杰卡斯·格瑞/著　　阳亚蕾/译

长江出版传媒　　长江文艺出版社

图书在版编目（ＣＩＰ）数据

动物召唤师：全三册 / （英）杰卡斯·格瑞著；
阳亚蕾译. -- 武汉：长江文艺出版社，2021.4
　ISBN 978-7-5702-1423-5

Ⅰ.①动… Ⅱ.①杰… ②阳… Ⅲ.①长篇小说－英
国－现代 Ⅳ.①I561.45

中国版本图书馆 CIP 数据核字(2020)第 002482 号

责任编辑：黄柳依　　　　　　　　责任校对：毛　娟
设计制作：格林图书　　　　　　　责任印制：邱　莉　　胡丽平

出版：长江出版传媒｜长江文艺出版社
地址：武汉市雄楚大街 268 号　　　邮编：430070
发行：长江文艺出版社
http://www.cjlap.com
印刷：武汉市首壹印务有限公司

开本：880 毫米×1240 毫米　　　1/32　　印张：22.25
版次：2021 年 4 月第 1 版　　　　2021 年 4 月第 1 次印刷
字数：410 千字

定价：78.00 元（全三册）

动物召唤师 I

——暗夜降临

杰卡斯·格瑞

特别致谢迈克尔·福特

"……一些受害者被发现时身上留有牙印。另一些或是死于高处坠落，或血液中毒导致尸体肿胀。直到今天，也没有人知道在那个生死一线的夏天，黑石城发生的一系列诡异的谋杀案背后的真相是什么，幕后黑手又是谁。"

《谜云重重的黑暗之夏》约瑟芬·华莱士　著

黑石城中心图书馆馆长

第一章

夜晚是属于他的。他身披黑夜的影子,深嗅着它的气息,细细品味着它的喧闹和寂静,从一个屋顶跳到另一个屋顶。只有白色的月亮和三只在他头顶漆黑的天空中高飞的乌鸦,看到了这个男孩的一举一动。

黑石城像细菌滋生一样朝四面八方延伸。考扫视了一遍这座城市:在东边,摩天大楼拔地而起;在西边,贫民区的斜坡屋顶一眼望不到边,工业区的烟囱冒着滚滚浓烟;在北边,废弃的公寓隐约可见;黑水河在南边湍急而过,这条浑浊的河流把污物带离了这里,却没对城市的洁净起半点作用。他感到阵阵恶臭袭来。

考控制自己不从肮脏的天窗玻璃板上滑下来,他把手轻轻放在玻璃上,透过它柔和的反光向里窥视。一个驼背的清洁工拿着拖把和水桶从底下的走廊走过,他沉浸在自己的世界里。他没有抬头。清洁工从来只顾看脚下。

考又开始行动了,吓到了一只肥鸽子,他在一块过时的广告牌上跳来跳去,相信他的乌鸦会跟上来。两只鸟几乎和夜色融为一体——它们掠过的影子像柏油一样黑。第三只是白色的，苍白的羽毛使它像黑暗中的幽灵一样鲜明。

斯克里奇咕哝着饿坏了，他是三只乌鸦中最小的，叫声很尖利。

"你总是喊饿，"接话的是格鲁姆，他的翅膀沉稳而缓慢地拍打着，"年轻人就是贪吃。"

考笑了。对其他任何人来说，乌鸦的叫声和其他普通鸟类的叫声没什么区别。但考不但能区分出来，还能听得懂。

"我还在长个儿啊！"斯克里奇尖叫道，愤愤不平地拍打着翅膀。

"真遗憾你的脑仁没怎么长。"格鲁姆咯咯地取笑着。

那只瞎了眼的老白乌鸦妙基从他们头上飞过。像往常一样，他什么也没说。

考放慢速度，调整呼吸，让凉爽的空气充满整个肺。他静听着夜晚的声音——汽车驶过光滑的柏油马路时发出的嗖嗖声，远处传来的音乐声。更远处，警报器响了，一个男人在喊叫——他的话听不清楚。不管他时不时提高的声调是因为愤怒还是快乐，考都不关心。在他身下，是黑石城的普通市民生活的地方。而上面，这片与天际相接的地方，是他和他的乌鸦们的专属领地。

他穿过暖烘烘的空调通风口，然后停了下来，翕动着鼻孔。

有食物。咸的东西。

考小跑到屋顶上，向下张望。楼下，一扇门朝着一条满是垃圾箱的小巷敞开了。这是 24 小时餐厅的后门。考知道他们经常扔掉一些非常好的食物——尽管可能是些别人吃剩的，但他并不挑剔。他的目光扫过每一个黑暗的角落。他没发现什么危险，但在地面上得处处小心。这是普通人类的地盘，不是他的。

格鲁姆降落在考旁边，支起了头。它那粗短的喙在路灯的映照下闪着金色的光。"你觉得安全吗?"它问道。

一阵突然的响动，吸引了考的注意：是一只老鼠，在下面的垃圾袋里翻找东西。它抬起头，毫无畏惧地盯着他。"我想没问题，"考说，"但还是得保持敏锐。"

他知道乌鸦不需要提醒。在一起八年了，他相信它们胜过相信自己。

考把一条腿跨过屋顶的边缘，接着轻轻地落在防火梯的平台上。斯克里奇俯冲下来，停在垃圾桶边上，格鲁姆滑到屋顶的角落，监视着大街。妙基停在防火梯上，它用爪子抓着金属栏杆。它们全都保持警惕。

考蹑手蹑脚地走下台阶。他蹲了一会儿，眼睛盯着餐馆的后门。食物的气味使他的肚子剧烈地咕咕作响。披萨，他想，还有可能是汉堡。

考在最近的垃圾箱里翻找，他发现了一个黄色的塑料盒子，还是热的。他把它砸开了。是薯条！他把它们全都塞进嘴里。油，咸，边边角角的地方还有些炸过头了。但它们还是美味的。酸酸的醋呛在他喉咙里了，但他不在乎。他已经两天没吃东西了。他不加咀嚼就咽了下去，差点噎住了。然后他又往嘴里塞。一根薯条从他手里掉了下来，斯克里奇马上冲了过来，用它的喙猛啄。

格鲁姆发出了嘶哑的叫声。

考连忙后退，蜷缩在垃圾桶旁边，眼睛在黑暗中搜寻。他看到四个人影出现在巷子尽头，心怦怦直跳。

"嘿!"个头最高的那个喊道，"快从我们的地盘上滚开!"

考爬回来，把盒子捧在胸口。斯克里奇尖叫着拍打着翅膀飞走了。

人影向他们走近，街灯映照在他们的脸上。是四个男孩，也许比他大几岁。从他们衣衫褴褛的样子可以看出他们也无家可归。

"这儿的东西够多的。"考说着朝垃圾桶点点头。他和别人谈话时感到局促不安。他很少跟人说话。"够我们大家吃的了。"他重复道。

"不够。"一个上嘴唇有两个唇环的男孩说。他昂首阔步地走在别人前面，"这就只够我们吃的。你是在偷我们的!"

"需要我们出面吗?"斯克里奇问。

考摇了摇头。为了几根薯条受伤是不值得的。

"别对我摇头，你这个肮脏的小贼!"高个子说，"你是个骗子!"

"真恶心——他还很臭。"一个小男孩冷笑着说。

考感到脸越来越烫。他后退了一步。

"你能跑到哪里去?"戴着唇环的男孩问，"你怎么不老实待一会儿呢?"他走上前大声喝道,粗暴地猛推着考的胸口。

这突然的袭击使考吃了一惊,他四脚朝天跌倒在地。盒子从他手里飞了出来,薯条撒得满地都是。男孩们把他团团围住。

"现在他把薯条扔在地上了!"

"你想把它们捡起来?"

考爬了起来。他被困住了。"你可以拥有它们。"

"太晚了,"领头的那个男孩说。他伸出舌头舔了舔唇环,"现在你得付钱了。你有多少钱?"

考翻出了他的口袋,他的心怦怦直跳,"我没有钱。"

刀刃的寒光从男孩的口袋里露出来。"那样的话,我们就得用你偷东西的手指来买单了。"

男孩向前逼近。考抓住垃圾桶的边缘,跳了上去。

"这小子动作还挺快呀,是不是?"高个子男孩叫道,"抓住他。"

另外三个人围住了垃圾桶。一个人猛击考的脚踝,另一个开始摇垃圾桶。考摇摇晃晃努力想保持平衡。他们在笑。

考看到左边三米远有一根排水管,他向它跳过去。但他的手刚抓住金属管时,管道从墙上裂开了,爆出一墙砖灰。他掉了下来,摔在地面上,一口血从肺里喷涌而出。四张咧着嘴的笑脸凑了过来。

"按住他!"领头的下令,"抓住他的手。"

"求你们了……别……"考挣扎着,但那几个男孩都坐到了他的腿上，拽着他的胳膊。当拿刀的那个男孩逼近他时，他已经被拉扯成一个大字。"孩子们，选哪一根？"他又用刀尖轮番指着考的手，"左手还是右手？"

考看不见他的乌鸦。恐惧在他的血管里涌动。

男孩蹲下来，用膝盖抵住考的胸口。"不是你，就是你。"刀尖来回跳跃。

"小心啊，考！"格鲁姆大叫一声。男孩们都抬头看着乌鸦，听到刺耳的叫喊。就在这时，一只手从上面伸了下来，抓住持刀人的后衣领。那男孩被从考身边拽开时大叫起来。

随着一声脆响，刀子啪嗒啪嗒地掉在地上。

"他是从哪里冒出来的？"斯克里奇说。

考坐了起来。一个又高又瘦的男人正抓着那个唇环男孩的后衣领。粗硬的棕色头发从那人脏兮兮的帽子下面伸出来。他穿了好几层脏衣服，其中一件棕色的旧风衣用一根破旧的蓝绳子系在腰间。他的下巴上有一撮不均匀的胡子。考猜想他二十五岁左右，无家可归。

"离他远一点。"那人粗声粗气地说。在半明半暗中，他的嘴像一个黑洞。

"关你啥事？"捏着考左臂的男孩问。

那人猛地把唇环男孩推到垃圾箱上。

"这家伙疯了！"压着考双腿的男孩说，"我们快走吧。"

他们的首领捡起刀，向那个无家可归的人挥舞。

"你该庆幸自己这么脏，"他咆哮道，"我可不想把我的刀子弄脏了。咱们走，伙计们！"

"快滚！"那人吼道。

四名袭击者转身跑出小巷。考挣扎着站了起来，呼吸艰难。他抬头一看，只见乌鸦们一起聚集在防火梯的栏杆上，静静地看着。

这伙人转过街角后，又一个较小的人影从巷子的黑暗中溜出来，站在那个男人的旁边。考觉得这是一个大约七八岁的男孩。他瘦削的脸苍白，肮脏的金发直立着。"是啊，别回来！"他一边喊，一边挥舞着拳头。

考跑向散落在地上的薯条。他开始把它们放回盒子里。没有必要浪费一顿美餐。在这段时间里，他一直能感觉到救他的人和小男孩的目光落在自己的背上。

都收拾完后，他把盒子塞进大衣的深口袋里，急忙跑向防火梯。

"等等，"流浪汉问，"你是谁？"

考转过头对着他，眼睛盯着地面，摇了摇头，"我谁也不是。"

男人哼了一声，"是吗？你父母呢，都不在了吗？"

考又摇了摇头。他不知道还能说什么。

"你应该多加小心。"那人说。

"我能照顾好自己。"

"我可不是这么想的。"男人说着，翘起了下巴。

考听到乌鸦的爪子在他上方的栏杆上移动，那人的眼睛向它们眨了眨，眯了起来。他的嘴角闪现了一个怪异的微笑。"它们是你的朋友？"他问道。

"该回家了。"格鲁姆说。

考头也不回地爬上了钢梯。他手脚并用地迅速爬了上去，敏捷的双脚在防火梯上几乎没有发出一点声音。当他到达屋顶时，他往后看了一眼，那个人正看着他，而那个小男孩一头扎在在垃圾箱里。

"不好的事情来了，"那人叫道，"非常糟糕的东西。你有麻烦了——去跟鸽子谈谈。"

和鸽子谈谈？考只和乌鸦说话。

"鸽子！"斯克里奇说，好像他听到了考的想法。"你从一块石头那儿都能打听到更多！"

"他可能是发疯了，"格鲁姆说，"很多人都是疯子。"

考爬上屋顶，开始慢跑。但当他奔跑的时候，无法摆脱这个人的临别赠言。他看起来一点也不疯狂。他的脸虽然凶狠，但眼睛很清澈。他的样子可不像在街上跌跌撞撞，或是蹲在门口讨钱的老酒鬼。

更重要的是，他还救了考。他毫无理由地把自己置于了危险之中。

乌鸦在考的头顶飞翔，在建筑物周围盘旋，在返回鸟巢的路上回旋。家。

他的心跳开始放慢，黑夜把他带进了黑暗的怀抱。

第二章

这是同一个梦。和往常一样。

他回到了他的老房子。这张床很柔软,他觉得自己躺在云里。天气也很暖和,他想翻个身,把羽绒被紧紧地拉到下巴上,然后又睡着了。但他永远做不到。因为这个梦不仅仅是一个梦。这是一个记忆。

他房间外的楼梯上响起急促的脚步声。他们来找他了。

他把腿伸出来,脚趾陷进厚厚的地毯里。他的卧室在阴暗处,但他能辨认出他的玩具在一个五斗橱和一个堆满图画书的架子上。

一道亮光透过门缝,他听到了父母急切地小声交谈。

门把手一转,他们就进来了。他的妈妈穿着一件黑色的连衣裙,她的脸上挂满了泪水。他的父亲穿着棕色灯芯绒裤子和一件开领衬衫。他的前额满是汗水。

"求你了,不要……"

他的母亲用她的手握住他的手,她的手心湿漉漉的,把他向窗户边拉。

考试图拉回来，但他在梦里还很小，她对他来说太强壮了。

"不要反抗，"她说，"求你了。这是最好的安排。我保证。"

考踢她的小腿，用指甲抓她，但她把他紧紧地抱着，把他捆在窗台上。考吓坏了，用牙齿咬住她的前臂。她不放手，即使他的牙齿咬破了她的皮肤。他的父亲拉开窗帘，第二次，考在窗户漆黑的反光中看到了自己的脸——胖胖的，大大的眼睛里满是恐惧。

窗户被猛地打开，冰冷的夜晚的空气冲了进来。

现在他爸爸也抱着他——他爸爸和妈妈各有一只胳膊和一条腿。考抵抗着，扭动着，尖叫着。

"嘘！嘘！"他的妈妈试图安抚他，"没事的。"

噩梦即将结束，但知道这一点并不会让它变得不那么可怕。他们在窗台上推搡着他，所以他的腿晃来晃去，他看到下面很远的地面。他父亲的下巴绷得紧紧的，残忍冷酷。他避免直视考的眼睛。但是考可以看到他也在哭。

"放手吧！"他的父亲松开了手说，"该放就放！"

"为什么？"考想大喊一声。但发出来的只是一个孩子的哭声。

"对不起。"妈妈说。这时她已经把他推出了窗外。

一瞬间，他的胃翻腾起来。但是乌鸦抓住了他。

它们盖住他的胳膊和腿，爪子抠进他的皮肤和睡衣。一朵不知从哪里冒出来的黑云，带着他向上。

他的脸上满是羽毛和羽毛的泥土味。

他浮在空中，越浮越高，在它们黑色的眼睛、脆弱的腿和扇动的翅膀下面。

他把身体交付给了鸟儿和它们飞行的节奏，准备醒来……

但今晚，他没有醒。

乌鸦们落下来，把他轻轻地放在人行道上，他顺着一条通向他家的白色车道，他看见他的父母在他的窗户边，现在窗户已经关上了。他们互相拥抱。

他们怎么可以这样呢？

他仍然没有醒来。

接着，考看到一个身影，一个东西，从前面花园的黑暗中出现，迈着缓慢从容的步伐走到房子的门口。它很高，几乎和门口一样高，而且很瘦，细长的四肢对它的身体来说太长了。

在此之前，这个梦从来没有像现在这样持续过。这已不再是他记忆的一部分——不知怎的，在他的骨子里，考知道这一点。

不知怎的，他可以近距离看到那东西的脸。这是一个男人——但他从未见过这样的人。他想把目光移开，但他的眼睛被那苍白的脸吸引住了。那人的头发乌黑，参差不齐地遮住了前额和一只眼睛。如果不是因为他的眼睛，他会很帅的。它们完全是黑色的——全是虹膜，没有眼白。

考不知道这个人是谁，但他知道他可不是简单的坏蛋。那人瘦弱细长的身体把黑暗拉向他。他是来害人的。邪恶的家伙。这个词马上涌到嘴边。考想大喊大叫，但他害怕得说不出话来。

他不顾一切地想醒来，但他办不到。

来访者嘴唇扭曲成微笑，抬起一只手，手指像下垂的蜘蛛腿。他的手指拍着门环，就像一朵花的花瓣在闭合。考看到他戴着一个很大的金戒指。现在他唯一关注的就是那枚戒指，而那幅画则镌刻在它的椭圆形的表面上。那是一只线条锋利的蜘蛛，八条腿直立。它的身体是一条环形的单线，一个小的曲线表示头部，一个大的曲线代表身体。在它的背面，有一个看起来像字母 M 的圆形。

陌生人敲了一下，然后转过头来。他正看着考。有一阵子，乌鸦都消失了，世界上除了考和陌生人别无他物。那人说话轻声细语，嘴唇几乎不动。

"我专为你而来。"

考尖叫着醒来。

汗水在他的前额上渐渐干了，手臂上布满了鸡皮疙瘩。他甚至能在遮盖头顶树枝的油布下，看见自己呼出的气。当他坐起来的时候，树吱吱嘎嘎作响，鸟巢微微摇晃，一只蜘蛛从他手里跑开了。

这是一个巧合。只是一个巧合。

"怎么了?"斯克里奇尖叫着，拍打着翅膀越过鸟巢的边缘，落在他的旁边。

考闭上眼睛，蜘蛛环的形象在他的眼皮后面燃烧。

"只是个梦罢了，"他说，"再寻常不过的一个梦。接着睡吧。"

只是今晚没有。那个陌生人——门口的那个人——并没有真正出现。不是吗?

"我们本来想睡觉来着，"格鲁姆说，"但你吵醒了我们，抽搐得像只被吃得只剩下半截身子的虫子。就连可怜的老妙基也醒了。"考可以听到格鲁姆的羽毛发出的不满的摩擦声。

"对不起。"他说。他又躺了下来，但还是无法入眠，那梦还在他的脑海里回荡。在多年来一成不变的噩梦之后，为什么今晚会有所不同？

考扔掉毯子，让他的眼睛适应黑暗。"鸟巢"是一个藏在树冠里的平台，宽三米，由木料和重叠的树枝搭成，地板上有一个舱口，是他用一块波纹半透明塑料板搭成的。更多的树枝围绕着鸟巢的边缘编织在一起，他用从建筑工地捡来的木板碎片拼成了一个碗形，有大约一米高的陡峭侧面。几个月前，他在黑水岸边发现了一只破旧的手提箱，他用它来装他仅有的几件东西。如果他保持点个人隐私，可以在中间用别针别上一块旧窗帘。油布屋顶上的一个小洞为乌鸦提供了一个入口和出口。

在这上面很冷，到了冬天，更是干燥。

八年前，当乌鸦们第一次把他带到老公园的时候，他们住在位于树的下方的一个废弃的树屋里。当他长大到可以爬树的时候，他就在这里筑起了自己的窝，远离这个世界。他为此感到骄傲。这是家。

考解开了防水布的边缘，把它拉到一边。一滴雨水溅到他的脖子后面，他打了个寒战。

公园上空的月亮在万里无云的天空中显得特别圆。妙基停在外面的树枝上，一动不动，白色的羽毛在月光下闪着银光。它的脑袋一转，一只苍白的、失明的眼睛似乎认出了考。

"睡不着了。"格鲁姆嘟囔着，不满地摇着喙。

斯克里奇跳上了考的胳膊，眨了两下眼睛。"别在意格鲁姆的话，"它说，"像他这样的老人需要美容觉。"

格鲁姆发出粗粝的尖叫声，"闭嘴，斯克里奇。"

考呼吸着城市的气息。汽车尾气。霉菌。阴沟里奄奄一息的东西……一直在下雨，但无论下多少雨也不能使黑石城的气味好闻起来。

他的肚子又在咕咕叫了，但他为自己的饥饿感到高兴。它使他的感觉敏锐起来，把恐惧推回到他心灵的阴影里。他需要空气。他需要清醒一下头脑。"我要去找点吃的。"

"现在？"格鲁姆说，"你昨天不是吃了吗。"

考在鸟巢的另一边发现了昨晚装薯条的塑料盒，还有乌鸦喜欢收集的其他垃圾，闪闪发光的东西——瓶盖、罐头、拉环、锡纸。格鲁姆吃剩的晚餐也散落在各处——几块老鼠的骨头，被啃得干干净净的。一块小小的破碎的头骨。

"我也想再吃点儿。"斯克里奇说着伸展开翅膀。

"就像我常说的，"格鲁姆摇着嘴说，"贪吃。"

"别担心，"考对他们说，"我很快就回来。"

他打开鸟巢门，从平台荡到上面的树枝上，然后往下爬，他闭着眼睛也能找着哪些地方能让手接把力。当他下到地上时，三个身影——两个黑的，一个白的——扑向草地。

考有点儿生气了。"我不需要你们跟着我。"他说，这话好像已经说了一千遍了。"我已经不是小孩子了。"他差点儿又补充说，但他知道这会让他听起来更像一个小孩子。

"迁就下吧。"格鲁姆说。

考耸耸肩。

公园的大门已经很多年没有开过了，所以这个地方一直空荡荡的。这里很安静，只有风在树叶间的低语。考依旧藏在阴影中。他的左脚鞋底开胶了。他得尽快偷一双新的。

他走过孩子们从不玩耍的锈迹斑斑的攀爬架，穿过早已杂草丛生的花坛。鱼塘的表面积满了浮渣。斯克里奇发誓它一个月前在那里看到了一条鱼，但格鲁姆说它是在瞎编。黑石监狱隐约出现在公园左边的围墙外，它的四座塔楼直插云霄。有几个晚上，考听到从里面传来的声音，被厚重的、没有窗户的墙挡住了。

考在空无一人的舞台边停下来，那上头满是涂鸦潦草的字迹，斯克里奇落在了台阶上，用爪子轻轻叩击着混凝土。

"有什么不对劲，是不是？"它问道。

考的眼睛转了转，"你还没有放弃，是吗？"

斯克里奇的头竖了起来。

"是我的梦，"考承认，"和之前的不一样了。我不明白你的意思。"

噩梦又一次闯进了他的脑海。那个黑眼睛的人。他的影子像午夜的碎片一样落在地上。他的手伸出来，还有蜘蛛戒指……

"你的父母属于过去，"斯克里奇说，"忘了它们吧。"

考点了点头，感觉胸口泛起一阵熟悉的疼痛。每当他想起他们，这痛感就像擦伤刚刚被碰过。他永远不会忘记。每天晚上他都重温这段经历。他的脚下是虚无的空气，头顶上是乌鸦翅膀的噼啪声和拍打声。

从那时起，许多乌鸦来了又走，滑头、勇气、独腿多佛、对咖啡情有独钟的墨点。只有一只乌鸦从八年前的那个夜晚一直陪伴在他左右——寡言少语、瞎了一只眼、白色羽毛的妙基。格鲁姆做了五年的室友，斯克里奇三年。一个净说些没用的，一个总不说好听的，还有一个干脆什么也不说。

考爬上了铸铁门，抓住了黑石公园的"B"字，爬上了墙。他的平衡感很好，他走在墙头上，双手随意地塞在口袋里。对于考来说，这几乎和走在大街上一样简单。他能看见妙基和格鲁姆在头顶上空盘旋。

"我本以为我们是在找吃的。"斯克里奇说。

"很快了。"考告诉它。

他在监狱对面停了下来。一棵很有些年头的山毛榉树高高伸出墙头，浓密的树叶几乎把他遮住了。

"别再来这儿了！"格鲁姆沮丧地叫着，它一落下来时，一棵树枝就剧烈地颤抖起来。

"请原谅我。"考说。

他盯着马路对面那座建在监狱阴影里的大房子。

考经常来这儿看这座大房子。他也弄不清楚究竟出于什么原因，也许是为了看到一个再普通不过的家庭做着日常的事情。考喜欢看他们一起吃晚餐，或者玩棋盘游戏，或者只是坐在电视机前。

乌鸦永远不会明白这种心情。

花园里的一个黑影突然把他拉回到噩梦中。陌生人残忍地微笑。蜘蛛的手。怪异的戒指。考专注地盯着房子，试图把可怕的画面赶走。

他不知道现在是什么时候，但房子的窗户是黑的，窗帘拉上了。考很少见到这个家里的母亲，但他知道父亲在监狱工作。考曾看见他离开监狱大门回家去了。他总是穿西装，所以考猜他的职位远比狱警要高。他的黑色汽车像一只熟睡的动物一样停在车道上。那个一头红发的女孩正躺在床上，她的小狗躺在她的脚边。考猜测她和自己差不多大。

啊呜——

一声号叫响彻夜空，考猛地跳了起来。他蹲在墙上，紧紧抓住石头，警报器声忽大忽小，在寂静的月光下发出了震天动地的巨响。

监牢的四座塔楼上，探照灯一闪一闪，把白色的光弧投射在监牢和外面的路上。考缩了回去，躲在树枝下，避开刺眼的灯光。

"我们溜吧，"斯克里奇紧张地抖动着羽毛说，"很快就会有人来的。"

"等等。"考说着举起一只手。

楼上女孩父母睡觉的房间亮着灯。

"这一次我同意斯克里奇。"格鲁姆说。

"我还不想走。"

紧闭的窗帘后又亮了几盏灯，一两分钟后，前门开了。考相信黑暗会保护他。他看着女孩的父亲走了出来。他身形瘦削，但看上去很结实，头发是金色的，发际线稍稍后退了点。他正在整理领带，一边对着夹在肩膀上的电话讲话。

"是那个遛那条可怕的狗的人！"格鲁姆说，厌恶地嘶嘶叫着。考竖起耳朵，想透过警报声听清他在说什么。

"我三分钟后到，"那人喊道，"我要完全封锁，一条时间线和一张下水道地图。"他稍作停顿，"我不在乎是谁的错。调配所有你能分派的人手在外面等着。"又是几秒的停顿，"是的，你当然应该叫警察局长来！她需要知道这些，而且要快。现在马上去办！"

他放下电话，大步朝监狱走去。

"怎么回事？"考嘟囔着。

"谁在乎呢？"斯克里奇说，"这是人类的事。我们走吧。"

在考暗中观察的时候，女孩出现在房子的门口，狗跟在她的后面。她穿着一件绿色的便袍。她的脸很娇嫩，几乎是一个完美的倒三角形，大眼睛，尖下巴。她的红头发和她母亲的一样，蓬松散乱地垂在肩上。"爸爸?"她说。

"待在屋里,莉迪亚。"那人厉声说,连头也不回。

考把墙抓得更紧了。

她父亲突然在人行道上小跑起来。

"蜘蛛向这边爬。"一个声音说,就贴在考的耳旁。

考退缩了。他抬头一看,看见妙基停在树枝上。格鲁姆猛地转过头来。

"你刚才……说话了吗?"他说。

妙基的眼睛眨了眨,考盯着老乌鸦苍白的眼珠。"妙基?"他说。

"蜘蛛从这边爬。"白乌鸦又说了一遍。它的声音就像风吹干树叶的沙沙声。"我们不过是他网中的猎物。"

"我早告诉过你,老斯诺鲍疯了。"斯克里斯说。

考的喉咙发干了。"你是什么意思,什么蜘蛛?"他问道。

妙基回望着他。莉迪亚还在门口看着。

"什么蜘蛛,妙基?"考又问。

但是白乌鸦默不作声了。

有什么事发生了。并且是一件大事。不管它是什么,考都不愿错过的。

"来吧,"他终于说,"我们跟上那个人。"

第三章

考蹑手蹑脚地沿着公园的墙头走着，紧跟在莉迪亚父亲的后面。

"这太荒唐了，"格鲁姆说，"你又会给我们招麻烦的，就像昨晚一样。"

考没理会他的话。他们走到墙头，那人向右拐，朝监狱大门走去。考一时有些惊慌失措。他没办法在不被发觉的情况下继续跟踪。但后来他想起来了。

"去屋顶和我会合。"他对乌鸦们说，然后滑下来，跑过黑暗荒凉的马路。远处是一座废弃的建筑，已经被拆除一半，一面墙已被拆掉了，建筑的内部结构完全暴露在外面。考可以看到里面有一些老机器的残骸。无论它们过去是做什么用的，那些能发挥用途的日子早都已是被遗忘的记忆。

考从碎石堆上爬到了二楼，小心翼翼地不发出任何声音。他沿着摆满旧书的箱子走，箱子的表面大多已经烂掉了。他爬了两段楼梯，来到一个通向波纹金属屋顶的敞开的舱口。然后，他蹑足爬到最高处，格鲁姆、斯克里奇和妙基早已经在那里等候多时。这时，莉迪亚的父亲正好走到离楼下很远的监狱门口，在街对面。

十几名身穿狱警制服的男女成群站着，在探照灯照射下，他们看上去紧张而兴奋。狗被绳子牵着，嗅着空气。

哀鸣的警报器突然停住了，空气中的震动也消失了。

"下水道的设计图在哪儿?"莉迪亚的父亲问。他的声音清楚地传到考的耳朵里。

有一个人把一张大纸铺在汽车的引擎盖上。

考的心脏加快跳动。他的猜测是对的，莉迪亚的父亲不是一名简单的警卫。他在指挥其他人，看起来掌管着整座监狱!

"对，警察会在五分钟后赶到，但是我们没时间了。时间在白白流逝。两两一组分好队。每一队带着一只狗。翻遍周围的每条街道。不要放过任何一个井盖。如果有人看见他们，就呼叫支援。不要试图逮捕他们——你知道我们在和谁打交道。小心行事!"

狱警们四散开来，莉迪亚的父亲盯着地图。不一会儿，就只剩他一个人了。

"我们现在可以回家了吗?"格鲁姆问，抖了抖羽毛。太冷了!

"嘿，看这儿!"斯克里奇大叫了一声。

考回过头来——最小这只乌鸦落在屋顶的另一端，从它下面传来一阵微弱的摩擦声。"这下面肯定发生了什么事。"斯克里奇说。

考看着莉迪亚的父亲。他的头猛地一抬，好像也听到声音了。他迅速地把地图折起来，向街对面走来。

考跑到屋顶的那一头和斯克里奇碰头，盯着下面的小巷。

小巷空荡荡的，只有几张散落的纸和几个垃圾箱。一端分叉成迷宫般的通道，另一端，考猜测，通向公园附近的大街。

又传来一声摩擦声，考正下方的井盖在转动，先是一边咔嚓一下开了，然后井盖被整个儿地举了起来，像没有重量一样被扔到一边，像硬币一样旋转，然后平躺下来。考往后缩了缩，从屋顶的护墙往外窥视。有个小东西从地下黑暗的井里跑了出来，是一只昆虫，或许是一只蜘蛛。然后又有两只手伸了出来。这是两只又肥大又厚实的手。一个巨大的人影伸到外面。考看到一个巨大的、闪着光的秃脑袋。那人穿着橘黄色的衬衫和裤子。

突然之间，一切都变得明了了。惊慌失措的狱警在进行地毯式搜寻。

"一个逃犯，"考小声说，"这就是他们要找的人！"

"我明白了。"格鲁姆说。

那人把头往后一仰，恐惧一下扼住了考的喉咙。那人的嘴太古怪了。它太宽了，就像他的双颊裂开了，露出可怕的笑容。然后，在心跳之后，考意识到这是一个文身。一个永恒的微笑。

他就是他们在找的那个人，斯克里奇喃喃自语。

囚犯开始脱下衬衫，低声向井下喊道："没有危险！"接着那人把撕破的狱服扔到一边，转过身来。

当考看到这个男人赤裸的胸膛时，他感到他的骨头都冻成冰了。一股新的恐怖浪潮袭击了他，比他在噩梦之外的任何感觉都要深。纯粹的恐惧，直接来自他内心最黑暗的深处，无法用逻辑来解释，也无法无视。它挤压着他的每一个神经末梢，把他的胃变成了水。

在这个魁梧的男人的胸膛上，有一个随肌肉收缩的文身，仿佛是活的一样。八条腿，疾速奔走。

一只蜘蛛。

它的样子很不寻常，身体是一条环形的线，里面有一个尖尖的M形纹章。

考紧紧抓住栏杆，口干得像塞满灰尘一样。

那是他梦中的蜘蛛。

在他旁边，妙基竖起了羽毛。

这个带着文身的囚犯斜靠在井盖上，抓住一个瘦削的手腕，把另一个人拉出来——这是一个年轻的女人。她有一头垂到腰间的黑发，就像乌鸦的翅膀一样。她直起身来，个头比那个男人还高。她的狱服袖子被下水道里的脏水弄脏了，她小心翼翼地把袖子卷起来。她的胳膊柔软而有肌肉，她仿佛可以把他们包住，把他们的生命带走。

然后又来了第三个人。他扑通一声跳进小巷，爬起来，掸掉衣服上的灰。他身高不足其他人的一半，弯腰驼背。他看上去很老，但行动起来却像个年轻人，脚向这边转，向那边转。他的眼睛向四面八方扫视。

"终于闻到城市的气息了！"矮个子说，"我多么怀念这美好的腐烂气息。"

那个大个子把手指关节捏得嘎吱作响。"是时候回到正题上了。"他说。

"我们不能耽搁。"那女人嘶嘶地说。她的声音柔和而嘶哑。"用不了多久,他们就会知道那条隧道通向哪里。"

"别动!"

三个犯人一齐转向小巷的另一端。一个人站在那里,轮廓分明,手里拿着一支枪,枪管闪闪发光。

"哦,天哪。"格鲁姆说。

是那座房子里的那个男人。但是囚犯们看起来并不害怕。相反,那个大家伙往前走了一步。

"思特里克汉姆监狱长,"他说,"真是个惊喜。"

"我们该走了,"格鲁姆说,"这与我们无关。这是——"

"人类的事吗?"考低声说,"我知道。但是你可能没有意识到一点,我就是一个人类,格鲁姆。"

但这并不是他留下来的原因。他不想大声说出来,但他需要知道那个文身的事。他必须弄清楚它的含义。

"你马上就要回监狱了,捷霸。"思特里克汉姆先生说。

那个大个子,捷霸,咧嘴一笑。笑容扭曲了他的脸,使他看起来更可怕,像一只饥饿的恶狗。"你说什么,朋友们?我们不该爬回牢房啊?"

矮个男人窃笑着,女人的舌头在嘴唇上颤动。"我说我们拒绝他的好意，" 她说，"我觉得他有点害怕。"

思特里克汉姆先生把另一只手举到枪柄上，以保持平衡。"我可不这么认为，" 他说，"我是那个拿着枪的人。一队警察正朝这儿赶来。" 他回头瞥了一眼。

突然，考感到很紧张。

"这里我应付就行，" 捷霸说，"等我摆平他就赶去和你们会合。"

其他人点了点头，消失在巷子里——矮个子慢吞吞地走着，他的高个子同伴几乎在滑行。

"嘿!" 监狱长喊道，"再动一下，我就开枪!"

思特里克汉姆先生的手枪开火了，发出闪光和震耳欲聋的爆裂声。这是警告射击，但犯人们毫不理会。女人跑进了一条岔路，矮个男人跑进了另一条。他们很快消失了。

"现在只有我俩了。" 捷霸说着，慢慢地向思特里克汉姆先生走去。

"我不喜欢这种局面，" 考说，"我们应该帮助他。"

刹那间，捷霸猛地一扑，他那铲子一样的手抓住了枪，从典狱长手中把枪夺了下来。思特里克汉姆先生疼得大叫一声，抓着胳膊往后退。

捷霸把枪抛在身后。"我从来就不喜欢枪，" 他说，"他们杀得太快了。" 他伸手抓住思特里克汉姆先生的脖子，单手把他举到空中。监狱长的两条腿无力地踢打着，脸先是变红，接着变紫了。

考的胃因恐惧而翻腾。他在屋顶上走了很远。他认为自己跳几下就能下去，但接下来呢？他咽了口唾沫，把一条腿跨过护墙。

这时，一个新的声音传来。"放开他！"

在巷子的尽头，一个小小的身影从暗处溜了出来。考屏住了呼吸。是莉迪亚——大房子的那个女孩！她仍然穿着睡衣和睡袍。她的运动鞋的一根鞋带拖在后面。考怎么没看见她跟着自己呢？

莉迪亚的父亲被捷霸死死地扼紧，他抽搐着，脸扭曲得可怕。捷霸咧嘴一笑，然后把他像布娃娃一样扔到一边。思特里克汉姆先生砰的一声摔进垃圾箱，瘫成一堆。

"莉迪亚？"他嘶哑地说，设法单膝跪下，"哦，上帝啊。不要过来。"

捷霸朝思特里克汉姆先生的肚子踢了一脚，他呻吟着瘫倒在地。

"爸爸！"莉迪亚大叫着向他冲去。捷霸抓住她，抓了一把她的头发，猛地把她拉过来。她的脸因疼痛而扭曲。

"放开！"她嚷道，一边抓着他的胳膊。

"就是现在！"考低声指挥鸦群，"制伏他！"

他翻了个身，面向墙，然后松开手，重重地摔在地上。他向后一滚，朝上一看，斯克里奇和格鲁姆已经扑向捷霸的脑袋。哇——哇——哇！它们尖叫着。

捷霸扔下莉迪亚，用自己粗壮的胳膊猛击乌鸦。

"滚开！"他低吼。

当乌鸦用爪子扒他的脸时，囚犯用拳头向空中猛打。有一拳打中了斯克里奇，把它打在墙上。它滑落到地上，但就在捷霸的脚向它踩去时，它拍打着翅膀飞走了。格鲁姆尖声叫着，用嘴戳着囚犯的眼睛。捷霸跟跟跄跄，蜘蛛文身在他反击时扭动着。斯克里奇勇敢地回到了战斗中。

考冲到思特里克汉姆先生身边，他和莉迪亚扶着他站起来。与此同时，考意识到女孩正张大着嘴盯着他。

思特里克汉姆先生困惑地皱起眉头，看着乌鸦在捷霸周围盘旋。巨人扭动着身子，与阴影搏斗着。

"来吧!"考说，把思特里克汉姆先生拉开，"快跑吧!"

但是思特里克汉姆先生却摇摇晃晃地朝相反的方向走去，这时考看见他正朝地上的枪走去。

"爸爸! 别管枪了!"莉迪亚跟在他后面说。太迟了。思特里克汉姆先生已经拿到了枪。他转过身来，把枪管举了起来，对准捷霸。还有鸦群。

"不!"考叫道。他扑向典狱长的胳膊，就在这时，枪啪的一声响了。那声音直冲考的耳膜，考闭上了眼睛，以抵御刺痛。当他再次睁开眼睛时，思特里克汉姆先生正在气冲冲地对他说着什么，可是考听不见。他转过身来，看见捷霸不见了，乌鸦也不见了。

声音慢慢渗入他的耳膜。

"……救了我们，爸爸。"莉迪亚说。

"他帮他逃走了!"思特里克汉姆先生说。

莉迪亚把手搭在他的胳膊上。"那个人要杀了你!"

思特里克汉姆先生腰带上的对讲机里传出了吱吱声和惊慌失措的声音。"先生,你在哪儿?……开枪了!……监狱长思特里克汉姆?"

思特里克汉姆先生把对讲机从屁股上扯下来。"在雷克托尔街和四号街之间的小巷里,"他说,"我跟丢他们了。"

思特里克汉姆先生的面孔缓和了。他看着考,他的鼻孔抽动着,好像闻到了什么糟糕的东西。莉迪亚也在看着他,考觉得他的脸越来越烫。"你是谁?"思特里克汉姆先生问。

考不知道该说什么。如果警察正在赶来,他最好立刻离开,否则他们会把他送到孤儿院。他的眼睛在屋顶上寻找乌鸦。

"那些鸟,"监狱长说,"是怎么回事?"

考后退了几步,让他的脚把他带到小巷的另一端。他觉得陷入困境了。乌鸦是对的——他真不应该卷进来。

"嘿!你哪儿都不能去,年轻人!"思特里克汉姆先生说,"我需要一个解释。"

考转身就跑。不久,他的耳朵又听到了狗叫的声音,离他不远。他听到对讲机的又一声响。他必须回到鸟巢。

"回来!"思特里克汉姆先生说。

"至少告诉我们你的名字!"女孩在他后面喊。

考来到街上,看见警察朝他跑来。

"上这儿来!"斯克里奇大叫着。

考抬头一看，只见三只乌鸦栖息在二十米开外的一堵铁链篱笆上，街道就在那里陷入了死胡同。斯克里奇的一条腿看起来弯了，好像断了。它受伤了，考想。它是因为我受伤的。

远处有一块荒地。旧火车站。考朝篱笆跑去。

电筒光划出一道弧线，照到他的身体上，有几个人对他大喊，要他停下来。

他跳上金属网，把腿迈过网顶，落在另一边。他回头一看，只见十几个警察正朝他跑来，带着三四只狗。莉迪亚和她父亲也在那儿。

考滑下了篱笆这边的堤岸，消失了。

"停下来！"监狱长喊道。

才不停呢，考想。他跑着，直到他折回公园才停下来。他看了看街的两端，确定没有人看见，然后爬过公园门。当他爬过大门时，他的一只脱胶的鞋子松了，掉在了街上。没时间回去捡了。他跳到公园里面。

最后，他沸腾的血液开始冷却。他在暗处很安全。家。

他慢慢地走回他的树旁，光着一只脚一瘸一拐地走着。

"嗯，那很有趣！"格鲁姆挖苦地说，考爬上来时它已经在窝里等着了。

"你看见我了吗？"斯克里奇说，"知道我是怎么抓到他的？"它挥动翅膀，模仿那时的动作。啄！划痕！抓！

考在床上仰躺着，让汗水在他身上冷却。他突然感到非常疲倦。

"我很勇敢，对吧?"斯克里奇说。

"你们俩都令人难以置信。"考告诉他们。

妙基停在巢的一边，看起来非常平静。它没有加入战团。它那双失明的眼睛盯着考的方向。

"发生什么了，妙基?"考问，"那些囚犯是谁?"

老白乌鸦沉默不语，像大理石雕像一样一动不动。

"我想它已经说完了。"格鲁姆说。

"那个蜘蛛，"考说，"我梦到了它。然后它就出现在现实生活中，在那个囚犯的胸膛上。你知道那意味着什么，对不对?"

妙基歪着头，转过身去。

第四章

考被乌鸦整齐划一的尖叫声惊醒了。鸟巢轻轻地摇晃着。

"怎么回事？"他问。

"快走！"斯克里奇大叫着，疯狂地拍打着翅膀，"有入侵者！"

肾上腺素充满了考的身体，他坐起来，寻找武器。他设法找到了一个弯曲的塑料勺子，刚好看到一个头从舱口伸进来。

"哇！"莉迪亚说，双手搭在鸟巢的木料上，"这个地方太棒了！它比从下面看到的要大得多。"

考把自己压在一个角落里，像一把刀一样紧紧地抓着面前的勺子。她戴着一顶棒球帽，红头发垂到下巴下面卷曲着。在阳光下，他意识到她脸上有几颗头天晚上没见过的雀斑。她的眼睛闪闪发亮。

"嘿！别用那东西指着我！"她说。

"你怎么找到我的？"考问道，"没人知道这个地方！"

莉迪亚得意地笑了。"我很擅长找出东西，"她说，"我以前见过你在我家附近鬼鬼祟祟地走来走去，从我家隔壁的墙上看着我们。所以我猜你一定住在这附近。今天早上我带班吉出去散步时，在公园门口发现了这个。"

莉迪亚把考的鞋子丢在了窝的地板上。

"我想，如果你不想被人发现，这个公园会是一个完美的去处。所以我跳过大门四处寻找，直到我看到这个有趣的东西卡在一棵树上。不坏，是吧？"

突然，考觉得自己很傻。但他又不好意思放下勺子。

"你到这儿来干什么？"他说。

莉迪亚笑了，"我也可以问你同样的问题。你没有家吗？你没有父母吗？"

考耸耸肩。"我住在这里，"他说，"只有我。"

"真酷！"她说，"你能请我进来吗？"

考瞥了格鲁姆一眼。"想都别想。"乌鸦说着，挺起胸膛。

"不行。"考说。

"哦，别这样！"她说，"拜托了？"

"我来推她一把。"斯克里奇说。那只年轻的乌鸦威胁地向前跳着，然后又跳回来。

"不！"考说，"让我自个儿待着！"

女孩的脸垂了下来。"好吧，好吧，"她说，"冷静下来。让我歇口气，好吗？然后我就走。"

她把一绺头发塞回帽子里，她的头和肩膀还留在窝里，考的恐惧消失了。她只是一个女孩。她能干什么坏事呢？

莉迪亚鼓起了双颊。"好吧。我这就走了。"她说。

"等等!"考说。他瞥了一眼乌鸦,叹了口气,"你可以进来一会儿。"他咕哝着说。

"不!"乌鸦齐声说。考放下勺子。

"呦!"她笑着说,"你真的能用那个伤到我的。"

考不由自主地笑了。

女孩爬进鸟窝,盘腿坐在平台上。她穿着牛仔裤和一件浅兜帽上衣,上面布满了树叶和灰尘。她摘下帽子,甩开头发,困惑地看着斯克里奇和格鲁姆。妙基正在外面,考知道——它从不睡在巢里。

"这么说这些鸟是你的宠物?"她说。

"我不是宠物!"格鲁姆说。

"我也不是普通的鸟!"斯克里奇抗议,"我是一只乌鸦。"

"从某种程度上来说是吧。"考说。

"从某种程度上来说是?"斯克里奇和格鲁姆不约而同地叫起来。莉迪亚猛地往后一缩。考意识到这对她来说就像两声愤怒的尖叫。

"他们和我住在一起。"他说。

"你训练他们了吗?"

斯克里奇咯咯地笑了。喳——喳——喳。

"那么,整天躲在这个公园里是什么感觉呢?"莉迪亚问。

考感到一阵烦恼。"我没有藏起来。"他说。

"好吧，那么你为什么老是监视我？"

考不敢面对她的目光。"我没有。"

"骗人，"她说，不过脸上带着笑容，"起初我以为你是个小偷，但后来我想，没人笨到要去打劫黑石监狱的典狱长。不管怎样，我原谅你了。顺便说一下，我是莉迪亚。"她伸出手来。

考看着她的手。

她向前倾着身子，握住他的手，放在自己的手里，问道，"你是谁？"

"我是……考。"考说。

莉迪亚笑了，"这是什么名字？"

考耸耸肩，"我就是叫这个名字。"

"你说是就是吧，"莉迪亚环顾了一下鸟巢，"那么这个地方是你建的？"

考点点头。他不禁感到一阵骄傲。

"在一些帮助之下！"斯克里奇说。

莉迪亚抬起头来，眯着眼睛望着乌鸦。

"在一些帮助之下。"考补充道。

"你在和鸟说话吗？"

"是乌鸦，真是的！"格鲁姆说。

"嗯……"考说。他差点儿撒谎，后来又想了想，"是的。他们是乌鸦。"

"好吧，这可真奇怪了。"莉迪亚说。

格鲁姆对她发出嘶嘶声。

"对不起。"她紧张地说。

"别担心,"考说,"它总是心情不好。"

"收回你这句话!"格鲁姆说。

莉迪亚抬起头来。"我只是想来谢谢你,"她说,"你昨晚跑得很快。"

考耸耸肩。"我只是……碰巧在那儿。这没什么大不了的。"

"还有你们的乌鸦,"莉迪亚说,"我想我也应该感谢它们。它们非常勇敢。"她转向它们,"对不起——你很勇敢。"

格鲁姆梳了梳自己的羽毛。它说:"我的姑娘,奉承对你毫无用处。"

"它说奉承没什么用。"考说。突然,他的肚子咕咕叫了一声。自从吃了餐馆的薯条之后,他就什么也没吃。

莉迪亚的眼睛亮了起来。"你饿了吗?"她问,卸下背包。

"有一点。"考承认。

她在背包里翻找了一下,拿出一个蓝色包装的巧克力棒。"给你!"她说,把巧克力隔着鸟巢递给他。

考从她手里拿过巧克力,好像它是一件珍贵的东西,小心翼翼地把包装纸剥了下来。他不记得上次吃巧克力是什么时候了。

"小心,"格鲁姆说,"可能有毒。"

考翻了翻眼睛,咬了一大口。他的牙齿陷进了厚厚的巧克力里,巧克力在他的舌头上融化了。几秒钟后巧克力就消失了,只剩甜蜜的滋味在舌尖回味。

"就是有点饿了吗?"莉迪亚笑嘻嘻地说,"给!"她递给他一个苹果。考试图慢慢地、有条不紊地将它吃掉。水果的果肉炸开了汁,流进了他的嘴里,流到了他的下巴上。

"给我们留点儿!"斯克里奇说。

乌鸦把苹果核扔给了两只乌鸦,它们用嘴啄苹果核。他一点也不担心没给妙基留下点什么。白乌鸦很少吃东西。

"骨瘦如柴的那只看起来受伤了。"莉迪亚指着斯克里奇蜷曲的腿说。

"她说谁骨瘦如柴?"斯克里奇说。

"过来,小乌鸦,"莉迪亚安慰地说,"让我看看。"

"她最好别跟我说话,"斯克里奇叫道,傲慢地抬起嘴来,"我不小。"

格鲁姆发出沙哑的笑声。

"它只是有点紧张。"考说。

莉迪亚慢慢凑近斯克里奇。"我可以做个夹板,"她说,"你这儿有很多没用的东西,而且我很擅长和动物相处。"

斯克里奇从她身边跳开。

"让她试试,"考说,"她也许能帮上忙。"

"我还有一个苹果,"莉迪亚边说边从包里拿出来递给他,"在这里。"

考一边吃,一边看着莉迪亚用树枝和绳子做夹板。斯克里奇小心翼翼地伸出他的腿，她把夹板固定好。他注意到，妙基已经从防水布远端的小口回到了鸟巢里。考敢打包票莉迪亚不知道它在那里。但是，这只瞎乌鸦似乎用它失明的眼睛看着他们。

"包好了！"她拍拍手说，"腿没有大碍，但它应该注意休养。"

斯克里奇向下看着夹板。"包扎得还不错！"他说。

"它说'谢谢'。"考说。他几乎又笑了，但还是控制住了自己。他在做什么，放松警惕，欢迎这个女孩来到他最秘密的地方？如果她把这件事告诉她的家人呢？如果她告诉所有人呢？他清了清嗓子。

"听着，谢谢你的食物，但是……"

"这是书吗？"她说着，爬过了鸟巢。在角落里，在考破烂的毛衣下面，是他最新的一摞藏书。

"是的，"考说，"但是——"

莉迪亚拿起一本。"是图画书！"她笑着说。

考真的想让她现在就走，但是他想不出合适的词。

"你为什么看图画书？"她说，"这是给小孩子看的。"

考觉得自己的脸更红了。

莉迪亚的脸色变得十分沮丧。"等等——对不起。你学过识字吗？"

考低下头，无力地摇了摇头。

"嘿，这些是图书馆的书，"莉迪亚说，"你……偷的吗？"

"不！"考说，愤怒地瞅了他一眼，"我借的。"

"你有借书证吗?"莉迪亚皱着眉说。

"没有,"考说,"一个女人——图书管理员——把它们放在外面给我。"

莉迪亚放下书。"我可以教你认字。"她说。

考不知道该说什么。她为什么对他这么好?

"我是说,如果你愿意的话,"她尴尬地补充道,"也许我们可以一起去图书馆——挑选帮助你学习的一些东西。"

正当考要回答的时候,妙基发出了一声微弱的叫声。大家都看着白乌鸦。

"哇,我没看见它在那儿,"莉迪亚说着很不自在地动了动,"为什么它的羽毛是那样的?"

"一直以来都是那样的,"考说,他的眼睛盯着妙基,"听着,谢谢你邀请我去图书馆,但是——"

妙基又发出一声叫声。

"听起来它想让你跟我一起去。"莉迪亚笑着说。她噘了噘嘴。"不过,我不会说鸟语。"

格鲁姆发出嘘嘘的声音。

"那家伙脾气暴躁,是不是?"莉迪亚说。

考看着妙基。为什么白乌鸦这么大惊小怪?

妙基眨了眨眼睛。难道自己真的想考和这个奇怪的女孩一起去吗?就在前天晚上,正是妙基有关那只蜘蛛的那番话让考产生了跟踪莉迪亚父亲的冲动。如果他没有跟去,他永远也不会看到那个文身。那个和他梦中的戒指相配。

"来吧，"莉迪亚催促道，"去图书馆会有什么害处呢？"

当然！如果有人能帮助他理解蜘蛛符号的含义，那就是图书管理员。她有很多书。

"看你怎么说？"莉迪亚说。

"坏主意。"格鲁姆说。

"我想她不是坏人。"斯克里奇说着举起自己的腿。

考看了看它们俩，又看了看莉迪亚。他以前从来没有过朋友。她费了好大的劲才找到他。在考认识妙基的八年中，这是它第一次开口说话。也许这是个好兆头。

"在你拒绝之前，这是我对你救了我们表示感谢的一种方式。"莉迪亚说。

考紧盯着她的脸，仿佛她的容貌会泄露她的思想。在他回避人类这么长时间之后，他真的准备好相信另一个人了吗？

也许现在还不是时候。但如果他保持警惕，乌鸦也跟着他……

"好吧，"他说，"就这一次。"

第五章

　　当他白天外出时，总是感到紧张不安。晚上，当他在城里寻找食物和补给时，黑暗保护了他，使他免遭窥探。黑暗使他能够自由地在街道上和屋顶上移动。但在地面上，在耀眼的阳光下，他感到自己毫无遮拦。汽车堵塞了街道，成百上千的人挤满了人行道和商店。他告诉自己，人们没有看着他，但这起不了什么作用。

　　不过，这次有莉迪亚在他身边，他几乎觉得一切正常。当然，他一直留意天空，确保斯克里奇和格鲁姆还跟着他。妙基留在鸟窝里，没有跟出来。

　　黑石城规模庞大，街道按网格排列。考看不懂牌子上的名字，但他数了数那些区域。这样，他总是知道哪里可以找到通向公园的路。当他们往城市深处走的时候，两边的建筑物赫然耸立，天空高得就像灰色的长条。他想，住在顶楼的人一定也觉得自己待在一个鸟巢里。

　　单轨铁路在高架桥上蜿蜒穿过街道，或者插入地下的隧道。车站分散在城市各处，从地下涌出乘客。考从来没有在街道下面冒险过。一想到被困在那里，他就感到毛骨悚然。

"我爸爸压力太大了，"莉迪亚说，"他说他随时可能丢了饭碗。这句话的意思是——那些囚犯虽然受到了最高级别的戒备，但他们还是设法从浴室隔间的地板上钻了出来。"

考让莉迪亚把话说完。她是个很好的讲述者。他了解到她是家里唯一的孩子，她的狗班吉害怕猫，她在学校最喜欢的科目是数学。他在听，但无论他走到哪里，他的眼睛都在寻找一条逃生路线，最好是向上的——排水管、防火梯、方便手脚并用攀爬的窗台。他不知道什么时候才有机会告诉莉迪亚，他以前从来没有进过图书馆。

他们就快到了，那是一座巨大的老式建筑，有一个草坪，被小径和奇怪的金属雕塑隔开。他第一次去那里是一年前。黄昏时分，一场风暴席卷了黑石城，他躲在图书馆前面那排有凹槽的圆柱下面避雨。他甚至不知道里面是什么，但窗里的灯光诱使他靠近观察。当他把鼻子紧贴在玻璃上，看到那些摆满了成千上万本书的巨大书架时，他被迷住了。它们让他记起，当他还是个孩子住在那间卧室的时候，他的母亲会在晚上从书架上拿一本图画书读给他听，直到他睡着。

一位中年妇女突然出现在大门口，问他要不要进去。她比他矮一头，皮肤黝黑，卷曲的黑发有些地方变成了灰色。这是几个月来，人类第一次和他说话，要不是雨下得那么大，他早就跑掉了。事实上，他当场僵住了。那个女人笑了，告诉他，她叫华莱士小姐，是图书管理员。她问他是否喜欢书。考什么也没说，但是那个女人一定看到了他脸上渴望的表情。

"在这儿等着。"她说。

他拒绝了本能和乌鸦们的劝告，留了下来。

当那位女士再次出现时，她手里拿着一堆五颜六色的书和一个冒着热气的纸杯。"你看起来很冷。"她说。

考小心地抿了一口。热巧克力。他闭上眼睛，细细品味。口感丰富、细腻绵滑，带给他雨水从未带来的满足感。她让他挑选他最喜欢的书——那些字最少的书。也许她猜到他不识字，但她没有说。

"下周的这个时候把它们带回来，"她说，"如果你不想进来，就把它们放在大楼后面的消防梯旁。"

考点了点头，想说"谢谢"，但他太紧张了，最后只是嘴唇动了动。

第二个星期，他把书还了回来，发现还有一堆书等着他，还有一杯热巧克力。下个星期和下下个星期都是这样。华莱士小姐偶尔会出来打个招呼。她只建议过一次，她可以打电话给别人——"帮助他"——但考使劲摇头，以至于她没有重复这个提议。

"你父母怎么了，考?"

莉迪亚的问题把他拉回了现实。

"我不是想打听，"她补充说，"只是大多数没有父母的孩子都会去孤儿院。"

"我不知道，"考小心翼翼地说，"我不记得了。"

他不能告诉她那个梦。她会笑话他的。

"但是……"她退缩了。也许她能感觉到他不想谈论这件事。

他们停下来过马路。

格鲁姆尖叫着俯冲下来，落在红绿灯上。"这家伙爱管闲事。"他说。

图书馆在前方巍然耸立。它看起来比黑石城的大多数建筑都要古老得多。莉迪亚大步走向那扇大双扇门，可是考停了下来。现在他在这里，他不那么自信了。他真的能堂而皇之地穿过入口吗？

"你在等什么？"莉迪亚说。

"我们就待在外面，"格鲁姆说着，在台阶上站住，"小心点。"

考知道自己看起来很傻，所以他鼓起勇气爬上台阶。几只鸽子分散在路上，考突然想起了两天前那个在餐馆外面无家可归的人。

他可能是疯了，就像斯克里奇说的那样。

在台阶顶端，考感到脖子后面有一种奇怪的刺痛。他有一种奇怪的感觉，有人在注视着他，但当他转过身来时，没有人在那里。只有前院被风吹拂过的草地和几张空板凳。他跟着莉迪亚走进门去。

屋里很暖和，他的额头上立刻冒出了汗珠。房间里寂静得使他突然听到了自己的呼吸声，他的眼睛扫视着这个巨大的房间。在远处，一排排高耸的书架上放着成千上万本书，再上面一个阳台。前面有几张桌子，人们静静地坐在那里读书写字。在左边，靠近入口的地方，有一张弯曲的桌子，上面放着一台电脑和成堆的纸，桌子后面是图书管理员。她俯身在记事本上，眼镜低低地架在鼻子上。当她抬起头看到考时，她的脸上露出了灿烂的笑容。

"嗯，你好！"她说。她的目光落在莉迪亚身上，眉毛扬起。"我发现了，你还带来了一个朋友。"

考点点头。

"我是莉迪亚·思特里克汉姆，"莉迪亚说，"很高兴认识你。"

"你可以叫我华莱士小姐，"图书管理员说，"现在，我能为你们俩做些什么？"

考把他的书放在桌子上。"我……你能不能……"他嗫嚅着，脸涨得通红，想马上跑回门外，呼吸外面的凉爽空气。"我需要找本书。"他最后说。

华莱士小姐高兴地拍着手。"是时候了！"她说，"我不知道你是否喜欢我为你挑选的那些。现在，你想找什么？"

考环视了一下这个大房间。"我想了解蜘蛛，"他说，"不是普通的。"他想了一下又补充道。

他察觉到莉迪亚皱着眉头，但这一次她什么也没说。

华莱士小姐只是笑了笑。"跟我来。"她说。

考跟在她后面穿过书堆，尽量不引起其他读者的注意。他肯定他们在看他，因为他肮脏的黑外套和破鞋子。图书管理员瞥了一眼书架，放慢了速度，然后在半路上停了下来。"这里是自然历史类的，"她指着架子上的一个部分说，"让我们看看。"她仔细看了看，然后抽出一本书。"这是一本蜘蛛种类的百科全书，"她说着把书递给了考，"还有几本关于节肢动物的书。蜘蛛是一种节肢动物，你看见了吗？如果你还需要什么，就来服务台找我。"

考坐在地板上，很高兴离开了人们的视线，莉迪亚扑通一声坐在他身边。"我以为我们来是为了教你认字的，"她咕哝着，"但是你在想那个囚犯，是吗？那个在小巷里文身的大块头。"

考点了点头，打开书。"我认得那个文身。"他说。

"从哪里？"

"从我做的一个梦，"考说，"一个关于我父母的梦。"

莉迪亚抬起头来，"我以为你不记得你父母的任何事。"

考叹了口气。他几乎不知道该告诉她什么。他几乎不知道自己真正知道什么。"我说不清楚，"他说，"这感觉就像一段记忆。但最后一次不一样……出现了一个男人，一个邪恶的人……他戴着一枚有蜘蛛图案的戒指。"

莉迪亚皱起眉头，一脸迷惑，"同样的蜘蛛吗？"

"完全一样，"考说，"你能帮我看看吗？"

他们并排坐着，快速浏览蜘蛛的图像。它们看起来都不像他们见过的那只，它的身体呈环状，腿又长又细，背上有个 M 字形图案。

过了半个钟头，莉迪亚站起身来，伸了个懒腰。"书上没有，"她说，"我们问问华莱士小姐能不能帮忙。"

"找到你想要的了吗？"当他们走向她的办公桌时，图书管理员高兴地问。

考摇了摇头。

"我们在找一种特别的蜘蛛，"莉迪亚说，"但是没有一本书上找得到。"

"嗯，"华莱士小姐说，"你能画出来吗？"

"我想是的。"莉迪亚说，华莱士小姐递给她一张纸和一支铅笔。"身体有点像个 S 形。"莉迪亚一面画，一面嘟囔着。她几乎完美地再现这个形状。只看一眼就让考不寒而栗。

"别忘了中间的 M。"他说，他拿起铅笔做了调整。

华莱士小姐透过眼镜眯起眼睛看着它。"你确定这是一只真正的蜘蛛吗？"她问道，"我从来没见过这样的蜘蛛。"

"我只是想知道它是从哪里来的，"考说，"这很重要。"

"嗯，我们图书馆有各种各样的专家和学者，"华莱士小姐说，"让我打几个电话。你明天能来吗？"

考点点头。"谢谢你。"他说。

"没问题，"她说，"你既然来了，想不想再带几本书出去？"

"求之不得。"莉迪亚抢在考前面回答。

当他们离开图书馆时，莉迪亚的书包里装满了新书，其中大部分都比考之前看的书上的字要多得多。不过，考也不在乎。他还在想着那只蜘蛛。如果他在这么多书里都找不到，还怎么可能去找到关于他梦的真相呢？

他们发现斯克里奇和格鲁姆落在外面的台阶上，看着一个男人坐在街对面的长椅上吃汉堡包。

"这家伙一点面包屑也没掉。"斯克里奇痛苦地说。

"有没有发现感兴趣的事?"格鲁姆问。

考摇了摇头。"我们走吧。"

"别灰心,"莉迪亚说,"华莱士小姐可能会想出办法的。"

考踢掉了人行道上的一块石头。"但愿吧。不管怎样,还是要谢谢你的帮助。"

"我一直在想,"莉迪亚说,"那蜘蛛是不是和什么帮派有关系?你知道——它是一个象征,而不是一只真正的蜘蛛。你父母有什么麻烦吗?"

"最好忘掉它。"格鲁姆说着,落在他们前面。

"我不这么认为,"考说,"我不知道。"关于他们,他还有很多不知道的。

他们大约在中午回到了公园。

"好了,"莉迪亚说,"我得走了。但是你今晚为什么不来我家吃晚饭呢?"

"没门!"斯克里奇说。

"坏主意,坏主意。"格鲁姆补充说。

"嗯……"考说。

"适可而止吧,已经够出格的了,"格鲁姆插嘴,"先是这个女孩溜进我们的窝,然后她拖着你穿过半个城市,现在又邀请你去她家吃晚饭!"

"来吧!"莉迪亚说,"这是你把我们从那些囚犯手中救出来以后,我们能做的最起码的事。想想看——一顿热腾腾的饭!你看起来一个人能吃个精光。"

"我们不需要她。"斯克里奇拍拍翅膀说。考注意到他腿上的夹板。自从莉迪亚为他安上夹板后,乌鸦从来没有抱怨过受伤的事。

"让我想想。"考说。

莉迪亚转了转眼睛。"好吧,想想看。然后可以七点钟过来。"她向他挥了挥手,匆匆向她家走去,停下来往回喊。"哦,你可能想洗个澡。"

"我没……"

但是她已经走远了。

考爬上了公园的大门,打破了在两根栏杆之间闪闪发光的蜘蛛网。丝线缠住了他的手指。他又独自一人了,他感到有点奇怪。他已经习惯了独处,他告诉自己,所以如果有什么事,他应该自我安慰。可是不知怎的,莉迪亚走了,他却高兴不起来。他拂去蜘蛛网。

"谢天谢地,我们总算摆脱了她,"格鲁姆说,"让我们回到窝里好好睡一觉,走吗?"

当考到达树的下部时,他的眼睛看到了一个东西,有什么东西跑进了灌木丛。

"那是一只家鼠吗?"斯克里奇问。

"我想是一只老鼠。"考说。

"没什么区别，"格鲁姆说，"都是晚餐。"

考把他的 T 恤领子拉到鼻子边，闻了闻。"她说'洗澡'是什么意思？"

"你不打算去，是吗？"格鲁姆说，已经在一根低矮的树枝上安顿下来了。

"不。"考说，他开始往上爬，"嗯，也许吧。"

第六章

斯克里奇站在思特里克汉姆先生汽车的后视镜上。"现在回头还不晚。"他说。

考鼓起勇气，继续往前走。远处，布莱克斯通大教堂敲响了七点的钟声。太阳还在树梢上探着头，把考长长的影子投射在他的前面。当考走近思特里克汉姆家的时候，他看见一个人从灌木丛中窜了出来。

"我们可以去搜查垃圾箱，斯克里奇。肯定有大收获!"

"我想去那儿。"他对大伙儿说。

"你看起来不像，"格鲁姆说，"你脸色苍白。"

考试图忽视他们。他来不来都没关系，他觉得这是自己亏欠莉迪亚的事。她可能有点爱出风头，但她会和他一起去图书馆，她还会帮斯克里奇治疗腿伤。

当他走到门口的时候，他看到自己的倒影在巨大的抛光门环里扭曲了。他迅速地嗅了嗅腋窝。他把自己尽可能在池塘里洗得干干净净了。他用一把旧梳子把头发梳平，但他仍然觉得自己像个冒牌货。至少他找到了一双新鞋。有人把它们扔进了箕斗里。它们太小了，一只的脚趾上有个洞，所以考把另一只的脚趾的头也给剪掉了，这样它们看起来匹配些。他从手提箱里拿出一件黑色 T 恤，只有领口稍微撕破了一点。它的背上有一个油漆污点，但只要他不脱掉黑色长外套，就没有人会知道。

他提起门环，心跳加速。然后冻结。

他在想什么？

"我不能这么做。"他喃喃地说。他轻轻地放下门环，退了几步。

门一下开了，考的心一跳，莉迪亚站在那里，穿着一件绿色羊毛衣服。她看起来装扮整洁。比考干净多了。"我就知道你会来的！"她说。

他还没来得及说什么，她就抓住了他的胳膊，把他拖进了屋子，只留下外面那些吵闹的乌鸦。莉迪亚的狗班吉立刻开始嗅他的脚踝。班吉是一只身上带有棕色的斑点狗，眼睛鼓鼓的，耳朵耷拉着。考发现自己站在一个宽楼梯的下面，站在一块厚厚的苍白的地毯上。他惊恐地发现他的鞋子已经在上面留下了一层黑泥。"我很抱歉！"他说，"我应该把它们脱下来。"

当他的脚迈出去的时候，梦的记忆又回来了，他父母家的地毯——光秃秃的表面变得奢侈柔软——直到他注意到莉迪亚低头看着他的鞋子，挣扎着努力露出了微笑。"来吧！"她说，"晚饭差不多准备好了。"

她领着他走下一条走廊，走廊上摆满了相框照片，班吉在旁边小跑。这些照片都是思特里克汉姆一家的。漂亮的陶瓷和玻璃灯发出柔和的绿光。但考最注意的还是那股味道。食物的香味使他直流口水，他害怕自己的口水会流到地毯上。

在远处，一扇对着一张巨大的桌子的门打开，桌子中间放着蜡烛和盘子。透过窗户看了这么多次之后，考简直不敢相信自己终于进去了。温暖和温柔吸引着他。

思特里克汉姆先生坐在桌子的一头看报纸，鼻尖上架着一副眼镜。

"爸爸?"莉迪亚说。

思特里克汉姆先生转过身来，然后动了动。"为什么……"他的嘴张了又闭，站了起来，盯着考。"莉迪亚，这孩子怎么在这儿?"

"是我请他来的，"莉迪亚说，"来向你道谢。"

"你邀请他?"思特里克汉姆先生说。

"我这就走。"考说着，转过身来。

莉迪亚抓住他。"不，你别走，"她说，"他能不走吗，爸爸?"

她瞪着父亲，父亲的目光落在了考光着的脚上，然后又回到了他的脸上。

"你叫什么名字?"他说。

"他叫考，"莉迪亚说，"考，这是我爸爸。"

莉迪亚的爸爸又过了一秒钟才轻快地点了点头，伸出一只手。

他似乎尽力挤出一个微笑。考握着那只手，很高兴自己的指甲在池塘里彻底擦洗了一番。

这时，一个女人走进房间，手里拿着一个热气腾腾的盘子。她身材苗条，红色的头发轻轻卷了起来，挽成一个松散的发髻，她穿着一件白色的连衣裙，外面围着一条粉红色的围裙。考立刻认出了她——莉迪亚的母亲。她看见他时，警惕地睁大了眼睛。"你是谁?"她说。

"看来莉迪亚带来了一个……啊……一位朋友来吃晚餐。"思特里克汉姆先生说。

"他是我们的客人，"莉迪亚说，"他是考。昨晚在那儿的那个男孩。"

"我明白了。"思特里克汉姆太太眯起眼睛说。在她目不转睛的注视下，考开始觉得不自在了。

"我们至少欠他一顿饭，"莉迪亚说，"我再去拿一个盘子。"她指着椅子说，"考，你坐在那里。"

莉迪亚离开房间时，考想转身就跑开。他们显然不希望他在这里。他真应该听格鲁姆和斯克里奇的。他试着露出笑容，但他很确定那更像是一副鬼脸。思特里克汉姆先生点点头，好像不知道该如何回答。他的妻子只是轻轻地把盘子放在桌子上。

"请坐。"莉迪亚的父亲说。

考按照吩咐做了，坐下时双手放在身体两侧。一切看起来都很干净!墙壁、地板、桌布……他几乎不敢动，生怕弄脏东西。

莉迪亚很快就回来了，大家都在桌旁坐下来。思特里克汉姆太太揭开盘子的盖子，肉的香味使考忍不住紧张地吞口水。

"那么你住在哪里，考？"思特里克汉姆先生一边用一把大刀子切肉，一边问。

"附近。"

"和你的父母？"思特里克汉姆先生问。

"不，"考说，"我一个人住。"

思特里克汉姆先生的表情突然变得严肃起来，"你看起来年龄还不够。"他说。

莉迪亚的眼睛飞快地瞟向她父亲。考的心因一阵恐慌而怦怦直跳，他绞尽脑汁。如果他们发现他只有十三岁，他们就会报警。

"他十六岁了。"莉迪亚说。

"真的吗？"思特里克汉姆先生说，"我只是因为……"

"是的，"考撒谎道，"我十六岁。"

"别再问他了，爸爸。"莉迪亚说。她在餐桌上摆了一个盘子，上面堆满了肉、土豆和蔬菜，全都浸在肉汁里。"吃吧。"她说。

考抬起头来，思特里克汉姆太太点点头。她看起来有点苍白，考注意到。"我希望合你的胃口。"她说。

考拿起一片肉，咬了一口。他高兴得几乎叫起来。这是他从来没有吃过的东西，质地柔软，几乎是甜的。他又咬了一口，酱汁滴落在他手上。他咬了一个土豆，因为太热了，差点把它吐出来。他张开嘴，吸了几口冷气，然后拼命地咀嚼和吞咽。接着他抓了一把绿色的东西，把它也塞进了嘴里。味道搭配得恰到好处。有些掉到盘子里了，所以他又把掉在盘子里的塞了回去。他又咕哝了一声，舔掉了手指和手腕上的浓酱。

他意识到，饭桌上很安静，当他抬起头来的时候，他看见思特里克汉姆家的三个人都目瞪口呆地盯着他。他们拿着刀叉。考脸涨得通红。

"他不习惯跟人做伴。"莉迪亚急忙说。

"对不起，"考说，"真是太好吃了。"他拿起刀叉，但觉得很不自在。思特里克汉姆太太好奇地望着他，慢慢地把她的食物切成薄片，往嘴里放了一小口。

晚餐在沉默中进行。考几乎没有抬起头来，尽管他努力控制自己的速度，但很快就把盘子里的东西吃完了。莉迪亚没问他，又给了他一些。

"你好像饿了，考，"思特里克汉姆先生说，"你上次吃饭是什么时候？"

考回想起莉迪亚给他的苹果和巧克力。"今天早些时候。"他说。

"你知道，我也许能给你一些……帮助。"思特里克汉姆先生放下刀叉，说道。

考皱起了眉头。

"城里可以照顾那些没有——"

"我十六岁了。"考说，声音有点太大了。

"别这么抗拒，"思特里克汉姆说，"我只是想帮你。"

"别管他，爸爸。"莉迪亚说。

思特里克汉姆先生瞪了她一眼。"别对我提高嗓门，小姐。特别是你昨晚不听话。"

"没有考和他的乌鸦，我们就死定了，"莉迪亚说，"我只是觉得我们应该尊重他的隐私。"

思特里克汉先生似乎要说什么，然后摇了摇头。"你是对的，莉迪亚。"他朝考笑了笑，"我很抱歉。"

"你是说乌鸦吗，亲爱的?"思特里克汉姆太太问。

"是的，"莉迪亚回答，"考身边有三只温顺的乌鸦。昨天晚上他们两个在巷子里袭击了那个囚犯。"

"真奇怪。"思特里克汉姆太太说。她皱起眉头，清了清嗓子。"我要去洗手间。请原谅。"她站起来，用一块干净的餐巾擦了擦嘴角，然后离开了房间。

考注意到窗口有动静——翅膀在拍打。是斯克里奇在外面。他的心一沉。这是他最不需要的东西——就在他似乎赢得莉迪亚一家的信任的时候。考猛挥了一下他的手，意思是："走开!"

走廊里突然传来一声吠叫。

"安静下来，班吉!"思特里克汉姆先生喊道，"那么，考，你一直住在黑石城吗?"

吠声变得狂乱起来。

"班吉怎么了?"莉迪亚问。她站起来走出了房间。又不是一个人了，考想。

可是一秒钟以后，莉迪亚尖叫了一声。

"莉迪亚！"思特里克汉姆先生喊道。他和考同时站了起来，都向大厅冲去。

考猛地停了下来，试图弄清楚自己看到了什么。班吉蜷缩在楼梯底下，狂吠着，莉迪亚尖叫个不停。

一条蛇躺在地毯上。它的身体呈灰色，身长约三米，绕成一圈，但像弹簧一样把脑袋从地上抬起。思特里克汉姆先生抓住了正想冲过去的考。"不，退后！"他说。

"离我的狗远点！"莉迪亚嚷道，"班吉！"

这条蛇向前冲去，当它的尖牙咬住狗的腿不放时，班吉的吠声变成了呜咽。那只狗怒吼、撕咬、打滚，直到扭动着挣脱出来。蛇嘶嘶叫了一声，转过身来，直向莉迪亚溜去，那双闪闪发光的碧绿眼睛注视着她的一举一动。

考从思特里克汉姆先生手里挣脱出来。他抓起门厅里的那盏灯，把它的电线从插座上扯下来，扔向那条蛇。玻璃和瓷器在地板上崩裂了。考抓起另一盏灯，高举过头顶。这个有鳞的家伙朝墙上一个敞开的通风口冲去。没人来得及阻止它，它就溜进了黑暗中。

考把灯放下。他血流不止。

"班吉？"莉迪亚低声说。她蹲在狗旁边。他侧身躺着，两眼直瞪着，气喘吁吁。他的腿上有两个非常明显的牙印，鲜血直流。

思特里克汉姆先生把通气孔盖砰的一声关上，靠在墙上。正当他妻子冲进大厅时，他拧紧了螺丝。"怎么回事？"她尖声问道。她的眼睛先看了看那盏灯的碎片，然后是班吉和莉迪亚，最后是考。

"一条蛇，"思特里克汉姆先生说，"我从来没见过这样的大家伙。它是从哪里来的？"

思特里克汉姆太太瞪着考，仿佛这是他的过错似的，然后走到莉迪亚身边。"他被咬了吗？"她说。

莉迪亚点点头，抱着她的狗，泪水顺着她的脸淌了下来。"它几乎没有呼吸了！"

考看着狗的身体颤抖抽搐，然后突然垂到莉迪亚的膝盖上。那只狗的大眼睛一直睁着，但已经失去了光泽。

"班吉！"莉迪亚低声说。

思特里克汉姆太太把手放在女儿的背上。"我很抱歉，亲爱的。"她说。

"不！"莉迪亚说，"叫兽医！"

思特里克汉姆太太把女儿抱在怀里，狗则无力地躺在她腿上。"它走了，"她抱着哭泣的女儿说，"它走了。"

考只是站在那里，感到无助。

思特里克汉姆先生把 只于按在前额上，仿佛他不能完全相信发生了什么事。最后，他朝门口做了个手势，望着考。"对不起，我们需要单独待一会儿。"

考点了点头，愕然无语。他以前在公园里见过一两条草蛇——格鲁姆说这是一种美味——但从没见过这么大的蛇，也从没见过有毒的蛇。在黑石城没见过。他也想安慰莉迪亚，可是思特里克汉姆先生已经把他领出来了。

"谢谢你的晚餐。"考结结巴巴地说，一边收拾起鞋子，"如果有什么我能做的——"

门在他身后关上了。

斯克里奇和格鲁姆在车旁等着。"我们想警告你，"斯克里奇说，"我们看见蛇从排水沟里钻了进去。"

"不过，我们抓住他了，"格鲁姆说，"看！"他扭动着嘴，指着汽车旁边的地面。这条蛇躺在那里，呈 S 形，没有生命，鲜血从它的身体里喷涌而出。

对班吉来说太晚了。

考从死蛇身边转过身来，跌跌撞撞地走在小路上，身后只剩下乌鸦，他的脑子还在转。

"嘿，你要去哪儿?"格鲁姆生气地叫着。

蛇是从排水沟里上来的。一定是有人把它放进去的！突然他听到脚步声，后退得很快。考突然转向小路，心怦怦直跳。他的眼睛过了一会儿才适应了黑暗，但就在这时，他看见远处有个人影从莉迪亚家里往人行道跑。一个高大、黑暗的身影。他的心冻结了。

一个黑头发的年轻女人。

是那个逃犯。

第七章

当早晨的阳光透过树林时，考浑身酸疼，但完全清醒了。他的皮肤在寒冷的空气中感到刺痛。

他在思特里克汉姆家对面的树枝上过夜，尽管格鲁姆和斯克里奇喊叫着要他回到窝里去。他一夜没合眼。如果那个女人回来了怎么办？或是捷霸，还是那个令人毛骨悚然的小个子男人？考记得捷霸在巷子里无所畏惧的样子。那条毒蛇现在不见了，它的尸体被格鲁姆和斯克里奇埋在公园的花坛里。但这不可能是巧合——一定是犯人把它放出来的。很明显，他们想报复思特里克汉姆典狱长。

"哦，我很高兴我们在这儿坐了一整晚，"格鲁姆不高兴地说，"更别说整个早上也在了。我们现在可以去睡觉了吗？"

斯克里奇缩在树枝上，"让我们回到鸟巢。"

"马上。"考说，伸出双臂。

"你不能整天待在这儿！"斯克里奇说。

考不想离开。但看起来思特里克汉姆一家并不打算露面。而且，也许乌鸦是对的——囚犯们可能不会在光天化日之下进行袭击。

"好吧,"考终于咕哝着,"走吧。"

他刚爬上公园围墙,莉迪亚卧室的窗帘就被拉开了。她穿着睡衣站在那里正看着他。从她灰白的脸上,他猜她也没怎么睡。她的眼睛红红的,好像一直在哭。

她说:"在那儿等着!"然后又拉上窗帘。

"计划有变。"考告诉乌鸦。

几分钟后,莉迪亚从屋里出来,穿着牛仔裤、运动鞋、绿色上衣和蓬松的白色无袖上衣。考从墙上滑了下来。"我为班吉的事感到难过。"他说。

莉迪亚的脸一下子皱了起来,但她眨了眨眼睛,忍住了眼泪。"这不是你的错,"她轻声说,"我就是不明白。那条蛇是从哪儿来的?"

"我昨晚看见一个人。"考说。他不想吓到莉迪亚,但也不能把她蒙在鼓里。"就在我离开后。我想是那几个囚犯里的一个——一个女人,从你家跑出来的。"

"在这里?"莉迪亚说,"你为什么不告诉我们?"

"我——我不想闯进去,"考说,"你爸爸刚刚叫我走。"

莉迪亚的嘴唇紧紧地抿在一起,"你认为她和那条蛇有关吗?"她问。

"也许,"考回答,"我以前在黑石城从没见过这样的蛇。"

"我见过,不过只在动物园里见过。"莉迪亚说。莉迪亚抬头看了看房子。"我很害怕。爸爸以前也受过威胁，但这种事从来没发生过。"

考想安慰她，但他不知道该怎么做。所以他改变了话题。"我们应该去图书馆，"他说，"也许华莱士小姐发现了那只蜘蛛的一些事情。"

"好主意，"莉迪亚说，"它甚至可能帮助爸爸找到那些囚犯。"

"等一下，"斯克里奇说，"你不是真的要和她在一起吧？她很危险！她和她爸爸。"

莉迪亚听到乌鸦的叫声，她抬头去看。

"哦，我没看见他们在那儿，"她说，"你们好！"

"斯克里奇是对的，"格鲁姆说，不赞成地盯着莉迪亚，"我建议我们回到窝里躲起来，直到一切都平息下来。"

考感到一阵愤怒，但他的声音保持平稳。"我要走了，"他说，"别再说了。"

莉迪亚瞥了一眼乌鸦。"他们不喜欢我，是吗？"她说。

"不是那样的，"考说，"他们只是担心我。"

"我是认真的，"格鲁姆说，"这个有关蜘蛛的事件不会有什么好结果。你为什么不能忘了它？"

考向乌鸦扑去。"听着，格鲁姆，你有什么事瞒着我吗？如果你真知道些什么，说出来。"

格鲁姆转过头去。"我只知道妙基昨天说话了，"乌鸦说，"但这从未发生过。他可能失去理智了，但我不喜欢他说的话。"

莉迪亚看上去很困惑。"格鲁姆?"她说,"那是他的名字吗?"

考深吸了一口气。"我想那个囚犯和我的父母有关,"他平静地对乌鸦说,"你不能指望我一辈子待在一棵树上,就把他忘掉。"这一次,乌鸦们沉默了。

格鲁姆抽动着他的喙。"做你认为你必须做的。"它说。

多年来,考已经习惯了格鲁姆的情绪。老乌鸦可能很固执,但这次不一样。它看起来似乎受伤了。

"来吧,"他对莉迪亚说,"我们走吧。"

他们走到公园的半路时,考意识到乌鸦并没有跟着他们。他回头一看,只见格鲁姆和斯克里奇都停歇在他离开它们的地方,看着他们。

他突然意识到,它们在嫉妒莉迪亚。这一次自己不依赖它们,它们很生气。

"一切都好吗?"莉迪亚问。

"没事。"考说,声音很冷。他转过身去,继续往前走。

现在是他勇敢面对他们,按照自己的意愿行事的时候了。

从公园到城里有好几条路。考倾向于爬过屋顶,沿着小巷或铁轨,但今天他们走的是主要街道,两旁是仓库和汽车修理店。有一阵子,他沉默不语,为与乌鸦的争吵而烦恼,他不知道自己是否应该说些别的话。但当他们走到城市边缘时,高大的公寓楼和商店开始出现,莉迪亚打破了沉默。

"你知道，当你说你和乌鸦说话的时候，我真的没听懂，"她说，"但是你真的在跟它们说话，是吗？你真的明白它们在说什么？"

"是的，"他说，"自从它们……"自从一群乌鸦把他从父母身边带走后，他一直想说，但他不知道她会有什么反应。

"你可以告诉我。"莉迪亚说。她把手放在他的胳膊上，他没法抽出来。

"我从没告诉过任何人。"

"相信我，"她回答，"请相信我。我需要一些东西来转移我对班吉的注意力。"

考瞥了她一眼，确保她没有笑。她回头看了看，她的脸坦率而诚实。他停下脚步，深吸了一口气。他现在真的准备好分享了吗？"它们一直在照顾我，"他慢吞吞地说，"在乌鸦到来之前的事，我记不得多少了。"

"但你还有些印象？"她说。

考咬了咬嘴唇。他已经把很多秘密托付给了莉迪亚，这是他从来没有告诉过别人的——为什么不把这些也告诉她呢？

"我做过的梦，"他开始说，"就像是我告诉过你的，更像是一段回忆。"他想大声说出来又觉得自己这样看起来会很傻，但当他告诉她乌鸦把自己从开着的窗户叼走、他的父母抛弃自己时，她听得很仔细。

还没等考明白过来，他就给她讲了更多，讲了更早时候的故事，那时的鸟巢还不够大，不能容纳他，还讲了不同的乌鸦是怎样来了又走，讲了自己如何逐步探索黑石城的经历。

当这些话从他嘴里说出来的时候，他感到心里又有了一种熟悉的感觉：愤怒，对父母让自己生活得如此艰难的愤怒。为什么他们不能像真正的父母那样亲近他，爱护他呢？他看到了思特里克汉姆太太在班吉临死前是怎样拥抱莉迪亚的，也听到了她父亲在巷战中绝望的声音，当时他以为莉迪亚有危险。他的父母怎么会是那样的呢？每当他饿着肚子，或是从树枝上摔下来的时候，每当他在寒冷的夜晚冻得发抖的时候……他们在哪？

"嘿，考，你还好吧？"莉迪亚问。

考意识到自己手已攥成了拳头。过了几秒钟，愤怒才平息下来。"是的，"他说，"我很抱歉。"

他感到她的手悄悄伸到他的手里，捏了一下。"我明白，"她说，"欢迎你随时到我们家来。"

考笑了。"我不确定你父母会这么说。"

可是莉迪亚的眼睛一直盯着他身后的什么东西。那是一个报刊亭。"看看吧！"莉迪亚说。她走过去，拿起一张纸，付了钱，然后匆匆回来。她把它展开，好让考看得清楚。

这几个字对考来说毫无意义，除了那一页最上面的字——黑石城，和公园的大门很相配。不过照片还是很清楚的——三个逃犯的脸。莉迪亚指着那个有文身的人。"他叫克拉伦斯·特拉普，又名捷霸，"她说，"这个女人叫埃莉诺·克鲁斯，那个小个子叫欧内斯特·韦奇。"她的眼睛扫视着那小小的字迹，"报道说，这三人都因谋杀、抢劫和绑架等罪行在黑暗之夏被监禁。他们正在服无期徒刑，没有假释的机会。我想这就是为什么他们处于高度戒备状态。"

"什么是黑暗之夏？"他问。

莉迪亚看着他，好像他刚才问太阳从什么地方升起来似的。

"你真的一直不跟人说话，是吗？"她问，"黑暗之夏是我们五六岁时的一波犯罪浪潮。黑石城到处都是袭击和不明原因的谋杀。成群的野生动物在街上游荡。都是很奇怪的东西。据说，在那之前，黑石城相当好——至少我父亲是这么说的。他说这座城市再也没有恢复过来。"

莉迪亚的话深深地嵌进了考的心里。他的心开始狂跳起来。"多少年前？"

莉迪亚的额头皱起来。"也许……七年还是八年？"

"八年，"考说，"我的父母就在那时把我送走了。"黑暗之夏，他的父母，逃犯。蜘蛛。

"真的吗？"莉迪亚说，"你认为这是巧合吗？"

考没有回答。他加快脚步，莉迪亚慢跑跟上。他觉得一件件神秘的事情开始串联在一起，像一张网一样把他生活的每一部分都缠在一起。

在网的中心是一只蜘蛛。

图书馆外面的长椅空无一人。

"真奇怪，"莉迪亚说，"这里星期六上午通常挤满了人。"

当他们走到台阶顶上时，考看到门上挂着一个牌子。莉迪亚停了下来。"哦，闭馆了!"

"这不可能，"考说，"华莱士小姐让我们今天再来。"

"嗯，牌子上就是这么写的，我们现在怎么办?"莉迪亚问。

"咱们看看后门，"考说，"她通常把我的书放在那里。"

当他们绕过图书馆的时候，一种蠕动的、恶心的感觉开始在考的胃里滋长起来。

华莱士小姐的车停在老地方。他知道那辆蓝色的小车是她的，因为在他早到的日子里，他看到她开着这辆车来，每周喝一杯热巧克力。

恐惧在他胸中膨胀。当他们走到消防出口的台阶时，他看到有什么东西喷在墙上。

莉迪亚呼吸急促，一只手伸到嘴边。

考突然觉得很冷。"不，"他咕哝着，"求求你……华莱士小姐，不要。"

那是一只蜘蛛，刚刚画上去，油漆还在闪闪发光。就像他梦里的那个一样。

考从侧门跳到台阶下面，扭了扭把手。门没有上锁。他把手指放在嘴唇上，走了进去。

里面一片寂静。华莱士小姐办公室的灯开着，门半开着。考向里面张望。没有一个人。

"也许我们应该叫警察。"莉迪亚小声说。

"还不行。"考说。

图书馆的主灯熄了，但空气中有一种奇怪的气味。它使考想起了大雨过后的公园。潮湿的泥土像腐烂的枯叶。

他把图书馆后面的书架绕了一圈。在那里！华莱士小姐。他如释重负。她坐在桌旁，侧身对着他，眼镜挂在脖子上。

"华莱士小姐！"他喊道，走了过去。

她没有动。

"华莱士小姐？"他说。

当他走到桌子前面时，恐惧扼住了他的喉咙。莉迪亚在他身后轻轻地呻吟了一声。华莱士小姐笔直地坐着，睁大眼睛，心不在焉地直直地望着他。她的嘴不太对劲。苍白的银丝像面具一样遮住了她的嘴唇和鼻子。蜘蛛丝。鲜血沿着一道道血痕从她的脸上滴到她那件奶油色的衬衫上，形成了深红色调的恐怖图案。

考感到头晕目眩，房间似乎在摇晃。这就像是从噩梦中渗透到现实世界一样。

莉迪亚的声音使一切重新集中起来。"她……死了吗？"她问。

考走到华莱士小姐身边。她古怪而毫无生气的表情使她看起来像商店里的一个人体模型。他几乎不忍心看她的眼睛，她的眼睛曾经那么和善。他摸了摸她的手腕。没有脉搏。她的皮肤摸起来又冷又软。

"为什么？"他说，"华莱士小姐从不伤害任何人。她帮助人们。"

考倒在她身边。当他这么做的时候，他注意到她的一只手紧紧地攥在一起，他瞥见里面有什么白色的东西。

"这里有些东西，"他说，"她一定一直抓着它，直到……"这太可怕了，说不出口。

莉迪亚绕着桌子走了过来，犹豫不定，好像不敢走近尸体似的。考轻轻地松开了华莱士小姐的手指，一个纸团掉了出来。当他打开时，他意识到那是什么——莉迪亚画的蜘蛛。他的脉搏开始加速，嘴巴也干了。在图像下面有一个字。他抬头看着莉迪亚。

"贵格，"她读道，"那是什么意思？"

"我不知道，"考小声说，他的目光被拉回到了华莱士小姐脸上的白丝面具上。考一想到她曾经是挣扎着呼吸就觉得很难过。

"我要给警察打电话，"莉迪亚说，她走到前台拿起听筒，皱起眉头，"没有拨号音。"

一阵邪恶的笑声在静止的空气中回响。考转过身来，看见那个大个子囚犯——捷霸——站在楼上的阳台上。他把监狱里的衣服换成了血红色的 T 恤和黑色牛仔裤。窗户的光线照在他那光秃秃的脑袋上，这样，考就能看清他皮肤下面的厚脑壳了。他的文身从一只耳朵延伸到另一只耳朵，这令他看起来比以前更滑稽，更令人毛骨悚然。

"是你！"考说。

"参加晚会吗，孩子？"犯人叫道。

突然莉迪亚抓住了考的胳膊，"看!"

黑头发的女人从图书馆后面走了过来。她从头到脚穿着一件黑色长袍，头发扎成一条浓密的马尾，像一条黑色围巾一样绕在脖子上，然后垂在肩上。她手里拿着一根长长的银针。"别担心，孩子们，"她说，"我对她很温柔。"

考的愤怒几乎冲垮了他的恐惧。他和莉迪亚向华莱士小姐的办公室跑去，但一个矮小的身影匆匆拦住他们的去路。他穿着一件米黄色风衣，风衣至少大了两个尺码。

"斯卡特，这是我的名字!"那人奇怪地舔着嘴唇说，"我相信你见过我的同伴捷霸和曼巴。"

考朝前门瞥了一眼，当他看到一条巨大的链子穿过门把手，用挂锁锁住时，他的心沉了下去。

他们被困住了。

第八章

"你们逃不掉的，孩子们！"曼巴说。

"你为什么要杀她？"考指着华莱士小姐柔软的身体喊道，"她从不伤害任何人！"

"我们不得不这么做，"捷霸说，他的笑声越来越大，"并不是说我们不喜欢这差事。"他看着其他人，"让我们完成这项工作，好吗？"

矮个男人咯咯地笑了笑，手指咔嗒咔嗒地响了起来。

考听到一阵奇怪的窸窣声，然后有什么东西从斯卡托上衣的袖口掉了下来。它飞掠过地面。一只蟑螂。

莉迪亚跌跌撞撞地回到考身边。"恶心！"

斯卡托说："还有更多在来的路上。"

他闭上眼睛，好像在祈祷。然后，昆虫开始从袖子里拥出来，形成一股可怕的黑色甲壳和蠕动的腿的波浪。数百只蟑螂从他的衣服上爬下来，落在地板上。它们从斯卡托的裤腿上不断掉下来，一堆堆地倒在一起，就好像一条无尽的溪流。

"考?"莉迪亚惊恐地低声说。

"这不可能,"他喃喃地说,"它们是从哪里来的?"

蟑螂成群结队地从地上爬过,直奔他们而来,莉迪亚尖叫起来。考抓住她的手,把她拽向侧门。蟑螂尖叫着、沙沙作响地跟在他们后面。

他们刚要走到门口,莉迪亚就大叫起来:"考,停下!"

三个巨大的身影出现在门口。这些是狗,短毛下面有厚厚的肌肉,它们瞪着皱巴巴的鼻子上的黄眼睛。他们的胸膛里回响着低沉的咆哮声,锯齿状的牙齿上、黑色的嘴唇上淌着恶心的口水。

当蟑螂向他们扑来的时候,考跳到一张桌子上,把莉迪亚拉到他身边。她紧紧抓住他的胳膊,眼里充满了惊恐。

"你知道,蟑螂会爬上来!"她说。

黑色光滑的昆虫潮水一般覆盖了桌腿,漫过了桌沿。考朝他们踢了一脚,第一个波浪就散落在地板上。但更多的虫子从四面八方汇聚。莉迪亚跳了起来,扑通一声踩在他们中间,考也跟着跳了起来。他的脚陷进了蟑螂碎裂的躯壳里。几乎是立刻,大片蟑螂爬过他的脚和腿,将他淹没。

考听见莉迪亚又尖叫了一声,接着什么东西重重地打在他的肋骨上,他摔倒了。他很快意识到那是一只狗,难闻的气息扑面而来。它的前爪夹住了他的胳膊,它的重量压得他透不过气来。那只狗在离他脸几厘米远的地方低沉地咆哮起来。他敢肯定,在任何一秒钟,它都会把那些牙齿咬进他面颊上柔软的肉里。他感到蟑螂飞快地从他身边跑开了，好像连它们都害怕这些狗似的。

"如果我是你，我就不动。"捷霸说。考把头从狗牙下面挪开，看到莉迪亚也被压住了。第三只狗乖乖地坐在捷霸旁边，舔着他的手。"我的狗能像吃棉花糖一样咬断你的喉咙。"

狗趴在考的头上，低着鼻子咆哮起来。考僵住了，他的眼睛紧紧地闭着。他能感觉到狗强烈的饥饿感。它只想把他撕成碎片，但有什么东西控制着它。

接着是女人的声音。"这次没有乌鸦帮你了。"她说。

考又睁开眼睛，看见莉迪亚身边站着一个女人。莉迪亚的胸口剧烈地一起一伏，五官厌恶得扭曲起来。一条蛇，就像杀死班吉的那条蛇一样，盘绕在曼巴的胳膊上。它的脖子和脑袋搁在她的手腕上，她用长长的黑指甲尖抚摩着它的鳞片。它的舌头颤动着，高兴得发抖。

"你对它们做了什么！"斯卡托叫道。

他蹲在一堆被压扁的蟑螂旁边，把它们捧在手里，让它们破碎的身体从他的手指间掉下来。眼泪顺着他的脸颊流下来。其余的蟑螂似乎一到他身边就消失了。

这些人都是谁？

那个驼背的男人瞪着考和莉迪亚，眼眶湿润、充满杀气。"让我杀了他们！"他厉声说，"让我的小家伙爬进他们的嘴里，从里面把他们吃掉！"

他跟跟跄跄地朝他们走来，但第三只狗挡住了他的去路，咆哮着，耳朵往后缩。

"现在不行，"捷霸说，"记住我们为什么在这里。"

那就是不杀我们了。尽管他很害怕，但考还是努力保持清醒。如果那是他们的计划，我们就死定了。

那只狗突然抬起头，竖起耳朵。其他的狗也模仿他的动作。

一秒钟后，考听到了警笛声。希望在他心中闪烁。

"警察！"曼巴发出嘶嘶声，"他们怎么知道的？"

捷霸把他粗壮的脑袋转向华莱士小姐的尸体。他哼了一声。"她一定是在临死前按下了紧急按钮。"

汽车在外面尖叫着停了下来，透过窗户的磨砂玻璃，考看到了蓝色和红色的闪光。

"救命！"莉迪亚嚷道，"救救我们！"

"我们该怎么办？"斯卡托问道，眼睛飞快地扫视四周。

图书馆的门砰砰作响，铁链哗啦哗啦地响了起来。

"我们走。"捷霸平静地说。他的目光落在莉迪亚身上。"把这个女孩带走。"

曼巴和斯卡托向前冲去，考感到那只狗的重量从他胸口卸了下来。他翻了个身，正好看见斯卡托把莉迪亚从地上拖下来，扔在他肩上。她又踢又叫，红色的头发散落。考扑向她，但他脸上突然感到一阵刺痛，他倒在华莱士小姐的桌子上，惊呆了。曼巴站在他面前——他甚至没有看见她动过，更不用说打他了。近距离观察，他更清楚地看到了她的脸——高高的颧骨，几乎是黑色的嘴唇，眼睛像宝石一样闪闪发光。她很快转过身来，跟在了其他人后面。

捷霸把手伸进口袋，掏出一个苹果大小的东西。他按了顶上的一个按钮，把它甩到房间中央。一股浓烟喷涌而出，从地上迅速蔓延开来。

"放开我！"莉迪亚嚷道。

考扫视了一下华莱士小姐的桌子，看到了她的镇纸。他抓起来，瞄准后朝图书馆方向扔去。它击中了斯卡托的头，发出令人作呕的声音，那人跪倒在地，放开了莉迪亚。当曼巴冲到斯卡托身边时，她急忙跑开了。过了一会儿，他们被烟遮住了。

"这小坏蛋呢！"斯卡托喝道，"她跑到哪里去了？"

"别管了！"捷霸的声音传来，"我们可承担不起被抓住的代价。"

考听到砰的一声，透过飘浮的烟雾中的缝隙，他看到前门突然开了。光线照进来时，一名警察单膝跪地。手电筒光照亮了烟雾，喊叫声在烟雾中散开。

"警察！"

"别动！"

考在华莱士小姐的尸体旁边僵住了。他看见莉迪亚的影子在十米开外的书架间移动。

手电筒使他目眩。

"把手放在我能看见的地方！"一个警察喊道。

考弯下腰，一头扎进滚滚浓烟中。一声枪响把他脑袋旁边的架子炸成了碎片。又有两颗子弹呼啸而过，重重地打在墙上。

"等等！"莉迪亚说。

当考来到她身边时，他几乎什么也看不见。他吸了一大口刺鼻的烟，咳嗽起来，肺在燃烧。

"来吧！"他一面说，一面把莉迪亚拽到门口。

头顶的空气中又传来了几声枪响。

"别开枪！"一个声音喊道，"可能有人质！"

考拖着莉迪亚沿着走廊走，枪声停了下来。他们走过几扇门，才走到一段通向楼下的楼梯。他带三只乌鸦来过一次，莉迪亚在他后面绊了一跤。走下楼梯，考推开一扇门，门上有一个男人的照片，这是一间浴室。水槽上方有几扇与地面齐平的窗户。

"考，停下来吧！"莉迪亚说，"警察是站在我们这边的。"

"不，他们不是！"考说。他爬到水槽边，打开了窗杆，但推不动窗玻璃。他砰的一声朝玻璃捶去。

"我们只要解释一下发生了什么事就行！他们会相信我们的！"莉迪亚说。她没有爬到他旁边。

"帮我一下！"考说，又捶了一下窗框。它微微地颤动了一下。

莉迪亚回头望着门。"考，如果我们逃跑了，他们会认为我们犯了什么罪！"

考把手缩回来，又猛敲窗户。窗户开了大约半米，干了的油漆从窗框上脱落下来。他向她伸出了手。"莉迪亚，求你了，"他说，"你不明白。如果他们把我带走了，我就再也出不去了。他们会把

076

我送进孤儿院。"

莉迪亚盯着他看，心软了下来。她知道这是真的。

考拉着她的手，扶她起来。"你先走。"他说。

外面传来模糊的声音。"一个房间一个房间搜！"

"高度警惕，他们可能有武器！"

"房间里没人！"

莉迪亚从缝隙里挤了过去，考跟在她身后。他听见浴室的门砰的一声开了，他的身体被拖到外面的碎石上。他们穿过停车场，经过华莱士小姐的车时，他没有回头。

"嘿，你们！"一个声音喊道，"快停下！"

一辆引擎发动起来，一辆警车滑过他们面前的道路。两个警察跳了出来。一个人伸手去拿枪，但枪还没从枪套里拿出来，斯克里奇就扑到他的胳膊上。当格鲁姆从他的头上夺过帽子时，警察吃惊地尖叫一声，猛地把它往回拽。莉迪亚朝一条小巷跑去。另一个警察伸开双臂抓住了考，微微弯下腰。

"你哪儿也去不了，孩子！"他说。考全力向他猛扑过去，奇怪的是，刹那间，他觉得自己几乎失重了，好像自己是一只乌鸦。他跳得很高，两只脚和警察的肩膀连在一起。当他一头栽倒在地时，整个世界都翻了个底朝天。

考仰面着地落在汽车引擎盖上，滑到了车的另一边。警察转过身来，瞪大了眼睛，惊愕地看着考追着莉迪亚。

过了一会儿，他听到警察在他们身后砰砰的脚步声。

一大群鸽子在前面的地上觅食，考直扑过去。鸟儿惊恐地尖叫着飞走了，当考回头看时，他看到警察正从拍打的翅膀中挣扎着穿过。

在他们的头顶上出现了两个黑影——是格鲁姆和斯克里奇。

"走哪条路？"莉迪亚说。

斯克里奇和格鲁姆转向左前方。"跟着乌鸦！"考说着，指着乌鸦的方向。

他们沿着蜿蜒的小巷穿过黑石城破旧的河边街区，乌鸦一直在前面带路。

当他们停止奔跑时，他们已经到了一个岔路口，其中一条路是向北行驶的主要道路。警笛偶尔在附近鸣叫，但他们已经甩开了警察。考和莉迪亚都气喘吁吁，莉迪亚弯着腰。"那真是……惊天一跃，"她说，"你确定没在马戏团待过吗？"

考摇了摇头。他不知道自己是怎么做到的。他只是那么跳了一下。

格鲁姆扑到他们脚下，斯克里奇落在对面一家咖啡馆的遮阳篷上。

"你来了。"考说。

"我本不想来的，"格鲁姆傲慢地翘起嘴说，"但斯克里奇说服了我。你真走运。"

"告诉它们，谢谢它们。"莉迪亚说。

"告诉她我们不需要她的感谢，"格鲁姆说，"你看不出她很危险吗？"

"它说了什么？"莉迪亚问。

"它说，'别在意。'"考撒谎道。

"够了，考，"格鲁姆说，"这条路通向公园。你得跟人类说再见了。"

"我们应该去找我父亲，"莉迪亚说，"他知道下一步该怎么做。"

"千万别，"格鲁姆说，"别听她的。"

"我不去，"考说，"他不会明白的。"

莉迪亚把脸上的一缕头发吹起来了。"那我们就让他明白，"她说，"他不是警察。他不是你的敌人。他是我爸爸！"

"你不能相信他。"格鲁姆说。

莉迪亚恼怒地瞪了乌鸦一眼，像是明白它在叫什么。

"我爸爸对你不感兴趣，考，"她说，"他要抓的是那些罪犯。"

考知道思特里克汉姆先生不是一个坏人，但他也不是一个朋友。

"还不明白吗？"莉迪亚急切地说，"我们需要支持我们的人。我们没必要独自面对这一切。"

"你不是一个人，"格鲁姆说，"你有我们。"

考摇摇头，盯着乌鸦。"你救了我们，格鲁姆，"他说，"我知道你这么做了，但这里发生了一件大事。他们杀了华莱士小姐。我梦中的那只蜘蛛和它有关。它被画在墙上，而且……他们用蜘蛛网罩住了她的嘴。"他感到喉咙发痒，哽咽了，"她死前一定很害怕。"他咕哝着。

格鲁姆歪着头向上看。考跟随它的视线，一眼就看到了妙基，它站在一根卫星天线上。

"它什么时候到那儿的？"考问。

"它一直在看。"格鲁姆说。

妙基发出了一种考从未听过的柔和的颤音。

斯克里奇飞过，落在了考的肩膀上。"你看到我对付警察的方式了吗？"它问。"我看见了，"考说，他不好意思地笑了，"对不起，为我之前说的话道歉。我不配得到你的帮助。"

当他们走到大街上时，考看见一只鸽子站在路灯顶上。

"鸽子也帮了忙。"他说，抬头看着鸽子一眨不眨的眼睛，"是吗？"

"凑巧罢了。"斯克里奇说。它发出几声刺耳的叫声，鸽子就飞走了。

他们急忙向莉迪亚家走去，这时考陷入了沉思。随着追逐产生的肾上腺素逐渐消失，他的心变得沉重起来。

"你知道，这不能怪你。"莉迪亚说，仿佛猜到了他在想什么。他们俩在一条废弃的小街上急匆匆地走着，甚至都没有注意是否有警察的踪迹。乌鸦飞到路的交汇处，如果道路畅通，它们就叫两声，如果道路不通畅，就叫一声。考和莉迪亚时不时躲在停着的汽车后面，以防万一。

"要不是我，她还活着，"考说，"第一次去图书馆的时候，我就觉得有人在跟踪我们。一定是那些囚犯。如果我没有请她帮忙的话……"

在他的脑海里潜伏着另一个问题。贵格会是谁？还是什么东西？为什么这个词如此重要，以至于华莱士小姐被杀的时候也把它握在手里？

莉迪亚抓住他的胳膊。当他抬起头时，他看到她的目光在恳求他。"考，那三个囚犯杀的是华莱士小姐，不是你。当警察抓住他们后，我爸爸会把他们锁起来，确保他们永远不会再出来。好吧？"

考很感激她说的话，哪怕他并不真的相信。他突然感到一阵猛烈的怒火在胸中燃烧。那些杀人犯应该受到比关进监狱更加严酷的惩罚。

经过几个转弯，公园的围墙出现在路的尽头，思特里克汉姆一家的房子就在眼前了。

"你确定吗？"考问，突然感到不安，"我是说，你父母一点也不喜欢我，是吗？"

"没那回事，"莉迪亚说，"你只是有点……不一样。"

格鲁姆从考头上俯冲下来，"我们在这里等。"

三只乌鸦落在山毛榉树枝上，妙基停歇的树枝比其他乌鸦的都要高。他苍白的眼睛似乎追随着考。下午天气变得寒冷，天空中乌云密布。

他们还没走到跟前，思特里克汉姆太太就猛然把门打开了。

"你到哪儿去了，小姐？"她问道。

"妈妈，我们得跟爸爸谈谈。"莉迪亚说。

"你父亲在打电话，"思特里克汉姆太太说，"那个男孩怎么又来了？"她的视线停留在考身后的某样东西上，脸色变得煞白。考转过身来，看到她正在看乌鸦。

"进去。"她说。

莉迪亚走上台阶。

"只有你一个人，莉迪亚。"她母亲看到考也想跟上来，连忙说。

莉迪亚停了下来。"他是我的朋友。没有他我是不会进来的。"

考感到一阵骄傲。在他的一生中，没有人叫他朋友。

思特里克汉姆太太张大了嘴，但犹豫了，仿佛不知道该说什么。她的表情发生了变化，她看上去与其说是生气，不如说是伤心。

思特里克汉姆先生站在她后面，把电话放在耳边。"谢谢你，约翰，"他说，"让我知道内情。"他挂电话的时候看起来很憔悴，但当他看到女儿时，他的脸恢复了生气。"莉迪亚——谢天谢地，你平安无事。"他紧张地看了看考，然后转向妻子，"斯塔格探长说图书馆发生了某件……大事。显然警察局长对此特别关注。"

"我知道，"莉迪亚说，"我们在那里。"

思特里克汉姆先生过了好一会儿才明白女儿的话。"你说什么？"他厉声说。

082

考走上前，试图表现得大胆一些。"我们看到了凶手，先生。就是那些逃犯。"

"托尼!"思特里克汉姆太太恳求道，"这小子……"

"让他进来，"思特里克汉姆先生说，"你们俩得解释一下。"思特里克汉姆先生对他的妻子嘀咕了几句。然后他转向考。

考注意到走廊的通风口上又钉上了一块木板。

"我跟莉迪亚单独谈话，你不介意在休息室里坐坐吧?"他说。

考点了点头，思特里克汉姆先生领他走进另一个大房间，里面有豪华的沙发和燃烧着炉火的壁炉。有几扇玻璃门通往一座锻铁阳台，从阳台上可以俯瞰后花园，再往外就是监狱巨大的轮廓。当思特里克汉姆太太端着一杯水进来的时候，思特里克汉姆先生指了指沙发，打开了电视。她一句话也没说就把它递给了考，然后又离开了。思特里克汉姆先生拨弄着遥控器，把声音调高，电视里面一个女人在谈论油价。

"我马上就来。"思特里克汉姆先生说。他离开了房间关上门。

考抿了一口水，试图清醒一下头脑。那些罪犯到图书馆来干什么? 当然不是为了杀他们，这很明确。但他们对华莱士小姐所做的一切表明他们是多么无情。他们是如何与蜘蛛联系到一起的?

"贵格"又是什么意思?

屏幕上的女人摸了摸自己的耳朵，镜头外的一个人递给她一张纸。

"插播一条新闻，"她说，"警方报告称黑石城图书馆发生可疑死亡事件。受害者被确认为约瑟芬·华莱士小姐，她近十年来担任图书馆馆长一职。目前警方并未明确作案动机……"

窗户上的敲击声使考抬起头来。外面阳台的栏杆上传来斯克里奇和格鲁姆的声音。

考很快地走到窗边。窗户被锁上了，钥匙孔是空的。他把嘴凑到那个小洞上。

"怎么了？"他说。

"妙基很担心你，"斯克里奇说，"它不信任他们。"

"谁？思特里克汉姆一家吗？"考说，"它说了吗？"

"差不多。"斯克里奇说。

"差不多？"考翻着眼睛说，"听着，我知道你不喜欢莉迪亚，但她支持我。我想她的父亲也是。"

"真的吗？"格鲁姆说，"既然这样，他为什么把你关在里面？"

考的血都凉了。"他……他没有。"

"那就把门打开试试。"格鲁姆说。

考离开了窗户，蹑手蹑脚地绕着沙发，把手指放在门把手上。他扭动了一下把手，没有反应。

第九章

考猛推了几下，门依旧紧锁。他的皮肤感到一阵寒意。

他回头瞥了一眼乌鸦，格鲁姆歪着头，好像在说："早告诉你了。"

考把耳朵贴在门上。由于电视的噪音，他很难听清楚他们的对话。

"……最好……"思特里克汉姆先生说。

莉迪亚的声音更大了。"但我发誓，这和考一点关系也没有！"

思特里克汉姆太太插嘴说，"你不明白。等这一切都解决了，你会感谢我们的。"

"求你了，爸爸，别！"

"就这么定了，"思特里克汉姆先生说，"我打电话给斯塔格探长。他会派一辆警车来。"

"不！"莉迪亚说，"你怎么可以这样呢？"

考的目光回到阳台门上，然后跳过沙发，来到壁炉台前。它镶满了装饰品。有三个小罐子——他迅速把它们翻过来。钥匙在哪里？他走向一个梳妆台，上面放着瓷器和玻璃器皿。他在半空中打开了一个抽屉，双手翻来翻去，但里面只有几张纸。

"不，不，不……"他喃喃自语。

然后他的目光落在了盆栽上。他冲过去把它拿起来。底下什么也没有。但是这个蓝色的陶花盆很重。

他走到窗前，把花盆举到齐肩高。乌鸦一定知道他打算干什么，因为它们都飞到天上了。

考犹豫了。他真的能做到吗？有什么东西从墙上偷窥着他——一张思特里克汉姆先生和一名女警察握手的照片，他突然对自己感到很满意。

是的，他能。

当啷一声，花盆砸在玻璃上，似乎响得不可思议，整个窗户玻璃都裂得粉碎。

"怎么回事？"思特里克汉姆太太喊道。

心脏怦怦直跳，考爬过残破的窗户，双手放在阳台上，跳了过去。他落在下面的草地上，然后朝远处的篱笆冲去。当他爬上去时，他看到了通向公园的小路。跑到安全的地方后，他回头看，正好看到思特里兑汉姆先生走到阳台上，他脸色铁青。"你给我回来！"他喊道。

考转过身，落到另一边，向公园跑去，消失在视线中。

* * *

两分钟后，他吃力地爬进了鸟巢，喘着沉重的粗气。妙基停在外面的树枝上。格鲁姆和斯克里奇等在站台上，它们挤在一起，小心翼翼地看着他，它们仿佛能感觉到他的情绪。

考爬到巢的边缘，用双手捂住头。他为什么又答应到莉迪亚家去呢？他应该知道不要放松警惕。现在他失去了一切。任何留住他新朋友的机会一起破灭了，连同那扇窗户。

"别担心，"格鲁姆说，"你还有我们照顾你。"

"就像过去一样。"斯克里奇补充道。

考抬头看着它们，摇了摇头。它们不理解。它们不能。

莉迪亚的父母可能会把她关在家里好几个星期，他们再也不让她进公园了。警察会在全城到处寻找他，所以他很难找到食物了。

"我不敢相信他们背叛了我，"考说，"他们为什么不相信莉迪亚的话？"

"她只是个孩子，"格鲁姆说，"你最好远离那个家庭。"

考觉得心像掏空了一样。"也许你是对的。"他说。

"你好，鸦语者。"一个男人的声音突然传来。

考几乎跳到空中，把自己压在鸟巢的一侧。当鸟巢中央的帘子被拉到一边时，鸦群狂怒地尖叫着，拍打着翅膀。"什么……?"考叫出声来。

一张污迹斑斑的脸凝视着他。是那个无家可归的人，那个把他从餐馆外面的帮派斗争里救了出来的人。他到这儿来了，蜷缩在巢里。他的蓝眼睛因好奇而闪闪发光。"出去！"考叫着，举起了他的拳头。斯克里奇和格鲁姆飞到他的前面，用他们的喙猛啄着这个不速之客。

"别惊慌。"那人说，他用无指手套在空中拍打着，"我不是来伤害你的。"

"你是怎么进来的？"考说。他怒视着斯克里奇和格鲁姆，"你们为什么不警告我？"

"他一定是趁我们在那座房子里的时候溜进来的。"格鲁姆激烈地发出一长串满怀敌意的大叫声。

考皱了皱眉，他很困惑。"但妙基在——"

"白乌鸦知道我在这里。"那人说。

"它是谁？"考问。

"我的助手皮普，他一直在监视着你。拜托了，鸦语者，我们有很多事要谈。"

"别那样叫我！我的名字叫考。"

"是吗？"那人奇怪地笑着说，"但是你和乌鸦说话，不是吗？"

考喘着粗气。"是的，"他说，"所以呢？"

"所以呢！你说得好像没什么特别的。你还认识一些会和动物说话的人，是吗？"

考的心跳开始减慢。"不。"他承认。但有那么一会儿，他想起了出现在图书馆里的那些囚犯们。那些狗、蟑螂和蛇……

那人咔嗒一声手指，两只鸽子从他后面跳出来。

"滚出我们的窝！"斯克里奇说。

"见见我的朋友，"那人说，"我的左边是布鲁。我的右边，滑尾巴。你真幸运，在你撞上餐馆后面的孩子们之前，她发现了你。比你想象的还要幸运。"鸽子都叫了起来。"我叫克拉姆。"

"你能和他们谈话吗？"考说。

"他当然不能，"斯克里奇说。鸽子只明白一件事。啄，啄，啄。一整天。

"自从我父亲去世的那天起，我就听到了他们的声音，"克拉姆说，"大概有十二年左右了。顺便说一下，这是个好地方。"他用手指推开防水布，"地方再大点儿就更好了，不过这样也很舒适。"

妙基在防水布末端的缝隙下拍打着，发出尖锐的叫声。

"有人来了！"格鲁姆说。

克拉姆蹲了下来，动作比考想象的要快。他一声不响地撬开油布的一边，朝外边望了望。

考爬到入口往下看。透过树枝的网，他看见莉迪亚站在树干底下。

"考？"她喊道。

克拉姆把一个脏手指放到嘴唇上。

"考，你在上面吗？"莉迪亚说，"我只是想谈谈。"

"她是谁？"克拉姆低声问。

一只鸽子咕咕地叫着，克拉姆斜眼望着它。

"从图书馆吗？"他说。

鸽子摇摇头，又咕咕叫起来。克拉姆皱起了眉头。

"求你了，考，"莉迪亚说，"我只想说我很抱歉。这是一个误会。"

考勃然大怒，猛地打开舱门。"你爸爸要把我交给警察！"

莉迪亚低下了头。"我知道。他犯了一个大错误。他只是认为这是最好的处理办法。"

"对谁最好？"考喊道。他不敢相信她在找借口。"对我来说不是，这是肯定的。"

"我能上去吗？"莉迪亚问。

"没门儿。"斯克里奇说。

"想都别想！"格鲁姆说。

"我认为这不是个好主意，"考说，"你的父母不信任我。"他看着其他人。格鲁姆满意地点头。"我们不能做朋友，莉迪亚。"考说。

莉迪亚沉默了好一会儿。"求你了，考，你不明白，"她最后说，"我爸爸——他没有报警。他保证不会的。我能上去吗？"

"别相信她。"格鲁姆说。

考瞥了一眼克拉姆。

"要是我就拒绝她，"他说，"但这是你的窝。"

考努力想清楚。当然，莉迪亚的父母可能不喜欢他，但莉迪亚

090

自己——嗯，她只是想做他的朋友。

他以后可能会后悔的，但他不能就这样拒绝她。

"上来，"他说，"你认识路。"

"谢谢!"她说，考可以从她的声音中听到宽慰。当树枝开始轻轻地摇晃时，克拉姆和他的鸽子一起缩回了巢的另一边。莉迪亚终于进到了鸟窝里。

当她看到克拉姆时，她尖叫着爬到考身边。

"那是谁啊?"她说。

"莉迪亚，见见克拉姆。"

克拉姆展开他长长的四肢，伸出一只手，指甲上沾满了污垢。他低下头，微微鞠了一躬。"很高兴认识你，莉迪亚。"

莉迪亚看了看那只手，只看了不到一秒钟就握住了。"你是考的朋友吗?"

"更像是熟人，"他说，"你是考的朋友吗?"

莉迪亚使劲地看着考。"我希望如此，"她说，"考，我知道你不信任警察，但也许我们应该考虑和他们谈谈。"

"我告诉过你，我不能，"考说，"他们会把我带走的。乌鸦和鸟巢。这就是我的全部生活。"

"可是他们不会停止找你的，"莉迪亚说，"你会出现在明天的报纸上，在晚间新闻上。"她的眼睛里充满了恳求。"你会被追捕到的。"

"那我就走，"考绝望地说，"在另一个城市找到另一个巢穴。"

格鲁姆和斯克里奇惊讶地看着他。

"你怎么去那儿?"莉迪亚说,"你不能开车,你不能乘坐公共交通工具。你走不了一英里就会有人报警。"

考的心一沉。他知道她是对的。而且,他只离开几个小时就开始想念自己的公园——离开黑石城是个荒谬的想法。

突然一只鸽子破门而入,尖叫着。

"什么?"克拉姆说,他苍白的眼睛警觉起来,"在哪里?"

一个可怕的现实击中了考的内脏。莉迪亚为什么能来这里?她的父母本该像老鹰一样盯着她的。"莉迪亚,你爸爸怎么让你离开家的?"他恶狠狠地说。

"考,下来!"下面传来一个声音。

莉迪亚吓得睁大了眼睛。"爸爸?"她说。

考觉得他的心都碎了,"你把他带到这儿来了?"

"不!"莉迪亚脸色苍白,说,"不,我没有!"

考盯着她,但她摇了摇头,"我保证,考。他一定跟踪我了。"

考从窝里往外张望,他的心像石头一样往下沉。警察也来了,至少有三个人将大树团团围住,思特里克汉姆先生也在树下。

"我看见那个男孩了!"其中一名警察说,一只手放在枪上。

"放他一条生路!"思特里克汉姆先生尖锐叫道,"他只是个孩子。看在上帝的分上,我女儿就在上面。"

警察把枪留在枪套里。

"考,"思特里克汉姆先生叫道,"这些人是我的朋友。他们不会伤害你的，我保证。我们可以一起解决这个问题，但是你必须下来。"

克拉姆把手搭在考的肩膀上。"那些人帮不了你。我们面临的敌人——他们是我们的同类。他们是野语者。"

这个词悬在空中，带着某种古老的、强大的东西。这是一种奇怪的熟悉感，尽管考确信他以前从未听过。

"那些和动物说话的人，"克拉姆说，"我相信你已经见过另外三个人了，不过，还有更多。"

"那些逃犯们。"考说。

"没错！"莉迪亚说，"狗、蟑螂，还有那条可怕的蛇！"

"莉迪亚?"思特里克汉姆先生说，"亲爱的，请下来。"

她气得脸都扭曲了，身子探出了平台的边缘。"你骗了我，"她喊道，"你说过让我跟他谈谈的。"

"谈话的时间已经结束了！"思特里克汉姆先生说，"马上下来！"

"现在该做什么?"斯克里奇说，"最后打一架吗?"

"警察阻止不了那些邪恶的野语者，"克拉姆说，"听我说，考。还有一条路可以走。"

"如何?"莉迪亚说着，举起双手，环顾了一眼屋子的四周，"飞?"

克拉姆瞥了她一眼。"是的。"他简单地说。

莉迪亚翻了翻眼睛，可克拉姆没有笑。

"我是认真的。"他说。他看着考，蓝色的眼睛充满活力。"让你的乌鸦驮着你。"

考指了指妙基、斯克里奇还有格鲁姆。"它们只有三个，"他说，"它们不可能把我抬起来的。"

"那就再召唤一些过来，"克拉姆沮丧地摇摇头说，"来吧！"

"我……我不能，"考说，"我不知道该怎么做。"

克拉姆紧紧抓住他的胳膊。"你试过吗？"他说，身体靠得很近，足以让考看到他门牙上的薯条残渣。克拉姆用另一只手从半个鸟巢里扯下防水布，让阳光照进来。"观察和学习。"他说。

克拉姆举起双臂，吹起口哨。几秒钟之内，东方的暮色中出现了黑点。鸽子——几百只鸽子！当鸽群穿过公园朝他们飞来时，考张大了嘴巴看着，鸽群从树梢上俯冲下来，一个接一个地落在克拉姆的胳膊和肩膀上。

"上面发生了什么事？"思特里克汉姆先生喊道。

随着越来越多的鸟儿飞过来，考看到莉迪亚也像他一样张大了嘴。这是他所见过的最奇怪的景象，但也很熟悉。他的梦——乌鸦飞来把他带走的那个晚上，在他卧室的窗前。就像这样。

"它们是从哪儿来的？"下面有人说。

考低头一看，发现思特里克汉姆先生旁边有一名穿风雨衣的军官，正默默地用手势对其他警察发号施令。他们向树下挤得更紧了。

"现在你试试！"克拉姆说。鸽子拍打着翅膀，鸣叫着，争着在他身上找到站立的位置。

"这行不通。"考说，他的心在胸口怦怦直跳。

"试一次！"克拉姆恶狠狠地说。

随着防水布被拉开，考站在高高的鸟巢里。莉迪亚注视着他，眼睛里闪着强烈的光。

"来吧。"她说，点了点头表示鼓励。"你能行。我知道你能行。"

考伸出双臂。

"他们会来的！"克拉姆说。

考试着吹口哨，就像老人那样，他的三只乌鸦跳上了他的胳膊。这一次，斯克里奇和格鲁姆都没有说话。考看到他们脸上带着一种奇怪的、茫然的表情，像是陷入了一种恍惚的状态。他闭上眼睛。"来找我！"他催促着，"来找我！"

"没错，"克拉姆说，"你快办到了！"

考握紧拳头，想象着自己的双臂充满了力量。他想象着自己已被鸟儿拉起。他睁开一只眼睛，看见远处，在监狱的上空，鸟儿已经聚集在一起了。

"真是惊人！"莉迪亚低声说。

考专注于这种感觉。然后他就不用再去想象了，因为它真的发生了。不只是胳膊，他感到一个温暖的球在他的胸腔里，不断地生长和膨胀，一直蔓延到他的四肢，一直到他的指尖和更远的地方。六只乌鸦飞落在他的手臂上，他确信这些鸟自己以前从未见过。当巨大的能量将他托住时，考又闭上了眼睛，他觉得自己很轻，他的身体好像比羽毛还轻。他感觉到更多的乌鸦，数不清的乌鸦，它们的爪子在他的夹克上胡乱抓着。每一只降落的鸟都使他比以前强壮。更强，更轻。

考意识到自己已感觉不到脚下的鸟巢了，于是睁开了眼睛。他浮在空中，乌鸦及时地扇动着翅膀。他回忆起多年前坐在窗边的情景，比以前更加清晰。但这次完全不一样。那时他只感到恐惧和困惑。现在他觉得一切尽在掌握之中。他能感觉到乌鸦拍打翅膀的声音，好像它们是他身体的一部分。

"如果我是你，我就抓上去。"克拉姆对莉迪亚说。考注意到了克拉姆。

说话的人的脚后跟也不再碰到鸟巢了。他被吊在木板上方半米……不，整整一米……

"你是认真的吗？"莉迪亚问。

"抓住。"考说，再坚定不过了。莉迪亚用双臂搂住他的腰。他的一部分大脑承认，从他的记事起，没有人像这样拥抱过他，但这并不会让他感到尴尬——这让他感到温暖、有力。这给了他更多的力量。

"我们要上来了！"思特里克汉姆先生惊慌失措地说，"如果你伤害了我女儿，考……"

"准备走了吗？"克拉姆问道，他落在了鸟巢的边缘上。"数到三，我们跳！相信鸟儿，考，它们不会让你失望的。"

我相信它们，考想。

他把脚放在克拉姆的旁边，就在这时，一个警察的头探了进来。

"一……"

警察朝他们转过身来，张着嘴。一百只乌鸦尖叫着抗议。

"走!"莉迪亚说，"快!"

"二……"

考透过树枝向下看。毫无疑问，如果掉下去他们必死无疑。但他不会掉下去。他不能。

"三!"克拉姆说。

就在警察冲上来的瞬间，考纵身一跃。

第十章

一声尖叫划破了天空，考意识到那是他自己的尖叫。他垂直下降。莉迪亚的双臂紧紧地搂住他的身体。

然后突然之间他们不再下落了。考的双腿在空中旋转，他的胃又回到了它原来的位置。一声枪响，他听到一颗子弹击中木头的声音。

"别开枪！"思特里克汉姆先生喊道，"莉迪亚！"

鸦群越飞越高，考觉得自己越来越小，身体也越来越虚弱。如果他现在倒下，他们肯定会死。

莉迪亚的父亲和警察惊奇地抬头盯着天空，"不敢相信这是真的！"莉迪亚一面低声说，一面紧紧地抱住他。

考瞥了一眼，发现克拉姆挂在鸽子身上。他的体重肯定是考的两倍，但鸽群看起来毫不费力。它们整齐划一地飞行，朝公园大门的方向飞去，抓着克拉姆，他看起来像一个衣衫褴褛的稻草人。身下圆形的池塘像一枚肮脏的铜币，而被甩在身后的警察看起来就像蚂蚁一样小。

他高兴得大笑起来。

"考，真不敢相信。"莉迪亚兴奋得上气不接下气地说。

乌鸦流畅平稳地拍打翅膀。随着考的恐惧消失，他可以感到自己的心跳变慢，以配合它们的节奏。莉迪亚是对的——这不可能发生。它违背了物理和重力的所有定律。那是……魔法！

他们加快了速度，风猛击着他们的身体。他们穿过铁轨，飞过冒着烟的工厂上空，然后是黑水河的北面。从空中看，这条河像一条蜿蜒穿过城市的蛇。几艘船在黑暗的海面上留下了白色的痕迹。考惊叹于这座城市的广阔，在考的眼中，它已经缩小到只有街道和屋顶的网格。他看见了图书馆，小得就像一块泥巴。远处，城市的边缘映入眼帘，是他做梦也没想到会看到的边界。米色和绿色的牧场一直延伸到地平线，其间点缀着大片分散的黑暗森林。

莉迪亚紧紧地抱住他，两脚搭在他的脚上。她的头发拂过他的脸，抬头看着他，露齿而笑，哪怕她的嘴唇已冻得发紫。他感到很内疚。他不应该怀疑她。

克拉姆的鸽子朝西飞向落日，飞得很低。考示意他的乌鸦跟随，它们听从了命令，它们展开翅膀滑翔。风吹过他的头发，太阳温暖了他的脸。他们又渡过了黑水河，他看见一列火车从铁路桥上驶过。他们飞得太高了，听不见发动机的轰鸣。

他意识到，他们要去的是一座教堂，教堂的尖顶像匕首一样刺破昏暗的天空。这座建筑被毁坏的低层建筑包围着。他们俯冲而下，穿过一个停车场，朝教堂的大门飞去。

地面在眼前突现，考突然感到一阵恐慌。有几只乌鸦飞走了，他往下掉了几英尺。他本能地抬起双腿，但是乌鸦们像一个整体一样向后斜。在离地面一米左右的地方，它们的爪子放开了他。

莉迪亚尖叫起来，她失去了控制，重重地摔在地上，打了个滚。当他砰的一声倒下时，考看不见她了。他无法站稳，便收起手肘，侧着身子翻了个跟头，疼得直打滚。

当他停了下来，满身瘀伤，浑身颤抖的时候，他看见乌鸦在天空中散开，就像风中的一片片灰烬。只剩下妙基、格鲁姆和斯克里奇。"谢谢。"考小声说。

克拉姆在他们面前飞落下来，轻轻地两脚着地。他从口袋里掏出一把种子撒在地上，让鸽子们疯狂啄食。很难想象，就在几分钟前，他们还拖着一个成年人在空中飞行。克拉姆咧嘴笑着说，"我应该说，着陆不好掌握。"

莉迪亚先站了起来，把考拉了起来。"非同寻常的经历。"她说。

考点了点头，盯着妙基、斯克里奇和克鲁姆。"我也在学习一些东西。"他平静地说。

"欢迎来到克拉姆之家，"克拉姆指着那座庞大的建筑说，"你也可以叫他圣弗朗西斯教堂，这是她曾经的名字。"

"你住在这里吗？"莉迪亚说。

这座教堂可能曾经很宏伟——就像黑石城的许多其他教堂一样——它已明显被大火严重损毁。大块的石头被烧黑了，一半的屋顶板也不见了，烧焦的木结构像暴露的胸腔一样暴露在外面。这让考想到了被食腐动物啄食的腐烂生物。

"我们不可能都有羽绒被和自来水。"克拉姆说，他的嘴唇一时耷拉下来，笑容又重新浮现，"进来吧。"

鸽子飞离地面，拍打着翅膀穿过屋顶上的大洞，落在高高的横梁上。

"你不用担心这里的安全。"克拉姆边说边用双手把门推开。考和莉迪亚跟在后面。

教堂里面一片破败。石雕上满是涂鸦，肮脏的窗户无一完好。空气潮湿，一股强烈的刺鼻气味直呛考的喉咙。长椅歪歪扭扭地散放在地板上。从前在教堂深处的墙面上有一个十字架，但现在只剩下一块略显苍白的痕迹。考好奇它是在大楼失火时被抢救出去了，还是单纯被偷了。

克拉姆迈着大步，一步是平常人的两步，领着他们走上一条狭窄的石阶。莉迪亚跟在考后面，乌鸦的爪子在石头上乱抓乱撞，他们在后面跳着。一股冷风使空气变凉了。

克拉姆说："这里整片地区都在黑暗之夏被大火烧毁了。人们没有钱重建这里，所以这个地区基本上被遗弃了。"

顶部的一扇低矮的门通向教堂的后面。裂开的地板没有修补，露出了地板下面的椽子。更多的鸽子聚集在远处，围绕着一处余烬。考之前在小巷里看到的那个和克拉姆在一起的脏兮兮的金发男孩也在那里，在锅里搅拌着什么东西。当他们走近时，他抬起头，露出了微笑。

"晚饭怎么样，皮普？"克拉姆问。

"她是谁？"皮普朝莉迪亚点点头，问道。

"我叫莉迪亚，"她说，"你是谁？"

皮普不理睬她，又回到了锅边。"别着急。"他说。

克拉姆大步走过地板。"没必要对我们的客人无礼，"他说，"我们和警察有点小摩擦。不得不从空中逃跑。"

"他们看到你了吗？"皮普急切地看了他们一眼，问道。

"恐怕是的，"克拉姆说，"在这件事上我们别无选择。"他望着考和莉迪亚，"你们饿了吗？皮普正在做他的拿手菜——南瓜汤。"

考正要跟上来，这时他注意到莉迪亚正盯着一扇破窗户外，脸上露出焦虑的神色。"你还好吗？"他问她。

"哦——还好，"她说，"我很好。"她停顿了一会儿，"我只是想我的妈妈和爸爸了。他们可能会为了这事永远把我关在家里。"

考看着地板。"如果你愿意，我可以想办法把你送回家——"

"不！"莉迪亚打断了他的话，"我刚被一大群鸟带着穿过这座城市。不弄清这一切我是不会回家的。"

莉迪亚二话没说，急忙去找克拉姆。考跟了上去。

他们坐在火炉周围的地板上。夜幕降临，克拉姆拿着一盒火柴走来走去，点亮了几根插在旧酒瓶里的蜡烛上。

"这么说你是个野语者了。"莉迪亚说，先看看克拉姆，又看看考，"你俩都是!"

克拉姆把火柴举到面前，脸上投下了一片阴影和橘黄色的光芒。有那么一会儿，他的眼睛看上去比他身体的其他部分要老很多。他吹灭了火柴。"是的，"他说，"皮普也是。"

克拉姆端起一个有缺口的杯子，让皮普舀汤。杯口冒着热气，一股风把灰色的轻烟吹过屋顶。外面群星点点，除了偶尔传来的鸽子叫声外，一切都很安静。考抿了一口美味的浓汤，这时克拉姆开始说话了。

"你知道，黑石城不是一座普通的城市，"克拉姆说，"这里和别的地方不一样。没有人知道确切的原因，但事实是，这个地方吸引了我们这样的人。这里曾经有更多的野语者——那些有天赋并且能和动物交谈的人。现在只剩下少数人了。"

考觉得自己为了听到这些仿佛等了一辈子。

"这么说，考是鸟语者了?"莉迪亚探身向前说。

"只是乌鸦，"克拉姆说，恶狠狠地瞪了她一眼，"那些鸽子，它们是我的。"他的语气缓和了，"但并不仅仅是鸟……"

皮普打了两下响指，两只老鼠从他上衣口袋里探出它们抽动着的鼻子。

"酷!"莉迪亚说。

皮普脸红了。"你可以摸摸它们，"他说，"它们俩不咬人。"

莉迪亚伸手去摸它们，老鼠高兴地叫了起来。

"所以捷霸、曼巴和斯卡托——他们也是野语者。"考说。

"强大的野语者，"克拉姆说，他的脸色阴沉，"而且邪恶。"他把最后一点汤倒进喉咙里。当他放下杯子时，考看到有几滴汤沾到了胡子上。克拉姆用衣袖擦了擦下巴。

"其他人在哪儿？"考问。

"满城都是，"克拉姆说，"有些我知道，有些我不知道。很久很久以前，普通人知道野语者的一切。他们对我们不加干涉，和我们在世界里和平相处。但后来情况发生了变化。它始于对巫师和巫术的指控。一些野语者被铲除。其他人躲藏了起来，这其中一些人奋起反抗，但只是让局面变得更糟。许多野语者的血脉……消失了。在那之后，幸存者学会了对自己的力量秘而不宣。他们的超能力变成了诅咒。"

"野语者的'血脉'，"考说，"这是什么意思？"

克拉姆又替自己盛了些南瓜汤。"野语者的力量来自他们的母亲或者父亲，"他说，"当父母辈的野语者去世，超能力就传给了长子。"

房间似乎变暗了。考的思维活跃而专注，"这么说，我父母中的其中一个……"

克拉姆抬起头来。"你真的不知道？"

"知道什么？"考问。

过了一会儿，克拉姆又开口说话了。"是你妈妈，"他说，"她是你之前的鸦语者。"

考陷入了沉思。如果克拉姆说的是真的，那只能说明一件事。

"我现在拥有召唤鸦群的能力了，那她一定是……"

克拉姆和皮普对视了一眼，然后克拉姆严肃地点了点头。他把手搭在考的肩膀上。"我很抱歉。你母亲很久以前去世了。我以为你知道。"

考看着手里的杯子，不让他们看见他眼里模糊的泪水。"我有这种感觉。"他说。但这些年来，他一直抱有希望。希望有一天她会来接他。

"她是个勇敢的女人，"克拉姆说，"令人印象深刻。"

考的心颤抖了一下。"你认识她?"

克拉姆摇了摇头。"不认识，但是我年轻的时候见过她几次。我甚至没敢跟她打声招呼。"

许多问题涌进了考的脑海。他盯着他的乌鸦。只有妙基正好也看着他，目光既无神又锐利。斯克里奇和格鲁姆的眼神闪躲。

"你们也知道，是不是?"他悄悄地对乌鸦说。突然之间，一切都说得通了——记忆中是乌鸦把他带走的。是他母亲召唤它们这样做的，就像他今天亲自召唤它们的那样。"你们一定知道。"他又大声问了一遍。他再也止不住眼泪了。莉迪亚伤心地看着他。

最后，格鲁姆抬起了喙。"我们听说了，"他说，"这个故事传到了我们这里。一年又一年过去了。现在总是没到告诉你真相的时候。我们很好，你很安全。"

"但是……"考吸了吸鼻子，强忍住眼泪，"但是你本可以告诉我的。一直以来，我都不明白。我以为他们抛弃了我，格鲁姆。"

"为了你的安全，他们把你送走了，"格鲁姆说，"他来找他们来了。"

房间的温度突然像骤降了十度。一个可怕的形象在他的脑海里燃烧：M 形花纹的身体，八条爬行着的腿……

"是蜘蛛语者。"他说。

轮到克拉姆吃惊了，"你怎么知道——"

"他在我的梦里出现过，"考说，"我想他也和华莱士小姐的死有关。"他咽了口唾沫，内疚得难受。

"图书馆的那个女人？"克拉姆说。

考告诉克拉姆他看到了什么——消防出口处的涂鸦和图书管理员嘴上的蜘蛛网。

克拉姆肮脏的脸变得苍白。考注意到皮普在颤抖。"捷霸和其他人，"克拉姆说，"他们是他活着的时候的追随者。但为什么现在要画他的标记呢……"

"他们想要干什么？"莉迪亚问。

克拉姆动了一下。"好的野语者与他们的动物和谐相处，"他说，"但坏的野语者强迫动物按自己的意愿行事。其中蜘蛛语者最为臭名昭著。他自称纺纱人。"

考听到这个名字后恍然大悟。莉迪亚在图书馆时画了一幅蜘蛛的素描。她当时说，蜘蛛身体的形状像个 S，而在它的中间，是尖尖的 M 形。纺纱人。

考颤抖着说："告诉我们一切。"

克拉姆继续说。纺纱人不满足于在正常人中隐藏起来。他渴望权力。于是他召集了其他叛乱的野语者，试图占领这座城市。这件事发生在八年前。

"黑暗之夏！"莉迪亚说。

克拉姆颤抖得厉害。"那时的我比现在的你大不了多少。他的目标是找到所有善良的野语者，然后……把他们消灭掉。他差点儿得逞了。也许你母亲察觉到纺纱人正在找她。如果纺纱人发现了你的存在，他会像杀他们一样杀掉你。"

"那我父亲呢？"考问。

"他和你母亲一起被发现的，"克拉姆说，"他站到了她的一边……并为此付出了代价。"

"噢，考，"莉迪亚低声说，"我很抱歉。"她把手伸进他的手，紧紧地握着。

考觉得筋疲力尽。他父母还活着的希望已经永远破灭了。每一个启示都给过去带来了新的痛苦的创伤。突然间，他的父母不再是梦中模糊的形象，不再是乌鸦把他叼走时的面孔。他们是真正的人，他们爱他，他们献出了自己的生命来拯救他。考的心几乎要爆炸了。

"历史书上说'黑暗之夏'突然结束了，"克拉姆继续说，"事实是纺纱人被杀了，一系列流血事件因此告终。"他突然坐直了身子，面对着火盆里的火焰，他的脸变得僵硬起来。"我们竭尽全力——包括所有幸存的人——最后我们当中一员杀死了他。这耗费了我们许多的力量，许多人因此丧命。"他的眼里似乎正燃烧着火焰。

"当然了，黑石城的有关部门只是将其称为犯罪浪潮。他们把这归咎于群体性的歇斯底里。失去了领导，纺纱人的追随者变得粗心大意——黑石城警察设法抓住了许多人。其他人逃跑躲藏起来。和平回来了，直到最近……"

"等一等，"莉迪亚说，"你说善良的野语者杀死了纺纱人。但是为什么他的追随者仍然使用他的标志呢？那涂鸦是怎么回事呢？它到底意味着什么？"

"他死了，是不是？"皮普问道。

"哦，他死了，"克拉姆回答，"但是……"

"但是什么？"莉迪亚说。

考看出妙基很是烦躁不安，弄乱了自己的羽毛。

"我也见到过纺纱人的标志，"克拉姆说，"画在公园的长椅上。喷在汽车引擎盖上。潦草地写在河边仓库的墙上。他的追随者一定又在集结了。正因为这样，我们在餐馆后面找到你，考——我们一直在外面观察这个城市，确保老朋友们的安全。现在我确定大家都陷入了危险之中——我们无一逃脱。"他停顿了一下，"我也做过奇怪的梦，就像你一样，考。关于蜘蛛的梦。我不知道为什么。"

考意识到他还有所隐瞒——是一些重要的事情。"但你有些想法，不是吗？"

克拉姆站了起来，离开了火盆，在渐渐变暗的夜空下只能看到黑色的轮廓。他站在地板边缘，望着对面栖息的鸽子，陷入了沉思。沉默了半分钟后，他转身对着他们。"这并不像看上去那么简单——生与死。"

"是的，"莉迪亚说，"你要么活着，要么死了。"她看着对面的考，她的脸被火盆的阴影遮住了。她的眼睛闪闪发光。

"也许吧，"克拉姆说，"希望如此。"

考想起了被纺纱人和他的追随者杀害的父母。愤怒瞬间将他吞噬。虽然他不能亲自向纺纱人复仇，至少捷霸、斯卡托和曼巴仍然逍遥法外。他们必须血债血偿。

"我们需要阻止他们！"他说，"我们必须反击。"

"他们应该进监狱。"莉迪亚说。

皮普咯咯地笑了，打破了紧张的气氛。老鼠语者用一只手捂住嘴。

"有什么好笑的？"考质问道。

"没什么，"皮普说，"只是……嗯，你没有机会。"

"你是什么意思？"小男孩的讥笑让考很讨厌。

"皮普……"克拉姆警告道。

"不，"皮普的语气是挑衅的，"我一直在观察你，考。你躲在公园里，勉强糊口。你几乎不敢从你那鸟窝下来。你和三只乌鸦住在一起……"

"嘿！"斯克里奇和格鲁姆愤愤地抗议道。

"我比你想象的强得多。"考站在皮普旁边说。

"皮普说得对，"克拉姆实事求是地说，"你无法掌握自己的力量。"

"我救了莉迪亚和她爸爸，"考说，"捷霸要杀了他们!"

"在图书馆时他的乌鸦还帮助我们逃脱了警察的追捕。"莉迪亚说。

克拉姆点了点头。"你有胆量，我就给你，"他说，"但你能应付得了其他野语者和他们的动物吗?"如果捷霸带了一整群狗呢?或者，如果曼巴召唤了十几条蛇而不是一条呢?你该庆幸我们救了你。我们现在最好的选择是躲起来。"

考想起了他在图书馆里的可怕经历，被一只浑身是口水的大狗压住了，完全没有防备。他感到自己的信心渐渐消失了。

"你说得对。"他说。

"不，他说得不对，考，"莉迪亚坚决地说，"你还把蛇从我家赶出去了。不要放弃。"

克拉姆抬起头来，皱着眉头望着莉迪亚。"你让我想起一个我曾经认识的人，"他说，"一个非常勇敢的人。"

"我打赌他没有放弃，是不是?"莉迪亚说。

克拉姆摇了摇头。"是的，她没有放弃。"

莉迪亚的鼓励点燃了考的信心。"那么，让我们战斗吧，"他说，"我今天召集了一群乌鸦。我可以开始学习了。"

"还不够快，"克拉姆说，"他们会杀了你的，考。就像杀死你妈妈一样。"

这些话深深地刺痛了考。"让我试试!"

克拉姆和皮普互相看了看,皮普耸了耸肩。

"听着,"克拉姆说,"让我告诉你,你面对的是什么。你和我——我们来决斗——力量的比拼。我已经练习了十几年了,但面对捷霸、斯卡托和曼巴时,我根本没有机会。当你看到我能多么轻易地打败你时,也许你会重新考虑一下。"

"决斗?"考说。

"这会很有趣的。"皮普说。

考的嘴唇扭曲成一声咆哮。他们在嘲笑我,他想。

"你能行!"莉迪亚一面说,一面重重地拍了拍他的肩膀。

考感觉妙基瞎了的双眼注视着自己的脸庞,这一刻他知道自己不能退缩。

"你说对了。"他说。

第十一章

考背对着门站着，凝视着教堂中央的过道。

"你确定做得到？"斯克里奇问。乌鸦们正栖息在附近的长椅上。

"不确定，"考喃喃地说，"但我必须试一试。"

克拉姆漫不经心地坐在教堂圣坛的空桌子上，两条腿悬在桌子边上。"准备好了吗？"鸽语者问。

"加油，考！"莉迪亚的叫声从楼上走廊那边传来。

"给他点厉害瞧瞧，克拉姆。"皮普在她旁边喊道。

"我准备好了。"考说。

克拉姆像在考的鸟巢里一样吹了一声口哨，顿时传来响亮的翅膀拍打声，几百只鸽子从屋梁上飞下来，落在他的脚边，翅膀扑打得很响。

"好吧，真令人印象深刻了。"格鲁姆歪着头说。

"我看不见。"斯克里奇叫着，用翅膀遮住眼睛。

考伸出他的胳膊，意志坚定地召唤着鸦群。他感到胃里又有了以前那种温暖的感觉。他能做到。

克拉姆伸出了他的左臂，这一侧的所有鸽子立刻起飞，它们的翅膀像鞭子一样噼啪作响。他们直飞向考。

考顿时陷入恐慌。"阻止他们！"他大声说。

"战斗！"斯克里奇叫道。

三只乌鸦飞起来了，但是鸽子在几秒钟内就把它们淹没了。在羽毛和鸟叫声的混战中，妙基、斯克里奇和格鲁姆完全被压制住了。鸽子把他们逼到地上，皮普的尖笑声在中殿回荡。

"这不公平！"莉迪亚说，"考没有时间召唤他的乌鸦。"

克拉姆仍然坐在祭坛的桌子上，看上去非常放松。

"你认为纺纱人的追随者会给考时间吗？"他说，"你很幸运，只是几只友好的鸽子。捷霸的狗会把那三只乌鸦撕成碎片的。"

乌鸦继续无助地与鸽群搏斗。考想跑去把这群鸽子踢开，但他知道那就表示自己认输了。相反，他强迫自己集中注意力，再一次召唤鸦群。

"很抱歉。"克拉姆说着，从圣坛的桌子上站起来，像战斗已经结束一样擦着手。"但是你现在知道了……"

考感到他的内心充满了力量。他感觉到乌鸦在聚集。他们来了，他笑着想。

门砰的一声开了，考看到克拉姆露出震惊的表情，顿时感到一阵胜利的喜悦。当几十个黑影从考身边飞过，直扑鸽子群时，年长的野语者猛地站了起来。考一直等到他的乌鸦飞到克拉姆的鸟群跟前，才猛地把手探向克拉姆。乌鸦组成黑色的浪潮冲向鸽语者，它们的翅膀上下拍打。

"加油，考！"莉迪亚嚷道。

"当心！"皮普说。

克拉姆拍拍手，剩下的鸽子排成密集的十字阵形在他的身前飞舞。克拉姆完全消失在灰色的幕帘后面。

乌鸦的攻击把鸽子群从中间分开，将它们四处驱赶。

然后鸽子整齐地落到地上。

克拉姆已经消失了。

"什么？"考说。

"只是小把戏而已。"克拉姆的声音在他耳边响起。

考转过身来，发现鸽语者站在他旁边的长凳上。

"你是怎么做到的？"他说。

克拉姆说："要小手段有大用处。"他拉开大衣，十几只鸽子从里面飞了出来。它们淹没了考，啄呀，抓呀，把他沿着长凳推到石头墙上，再也无处可躲。它们的尖叫声是如此尖锐，令考难以思考。考试图护住面部，把它们赶走，他的胳膊挥动着，但是无能为力，鸽了实在太多了。他想召唤他的乌鸦，但他甚至不能睁开眼睛寻找它们。世界上只剩下扇动的翅膀，尖叫的鸟，和皮肤暴露的地方刺痛的划痕。

"好了……"他喊道，"请让它们停下来！"

鸽子突然停止了攻击。鸽子飞回椽子时，考羞愧地靠在墙上。

其他的乌鸦都走了，只剩下他的三个忠实的同伴坐在长凳上，看起来很生气，但没有受伤。

"嗷嗷！"皮普叫道，"克拉姆赢了！"

克拉姆走过去，向考伸出手来。"原谅我，"他说，"我不应该故意卖弄。"

考几乎不敢直视鸽语者的眼睛，但他还是挺直了身子。他的手和前臂在流血，但是伤口都不深。

"不错的尝试，考。"斯克里奇叫道。

"你勇气可嘉。"格鲁姆又带着一丝讽刺的意味加了一句。

斯克里奇撞了撞老乌鸦。他已经尽力了。

考哼了一声。"即便我尽全力了也只能做到这个程度。"他说着抬起头来，看见莉迪亚正盯着他，眼里充满了同情。

"不，你不行，"克拉姆简单地说，"如果你现在就去和纺纱人的跟随者对抗，你会死的，你的乌鸦也会死的，你们鸦语者这一支血脉也会就此终结。"

考看着斯克里奇、妙基和格鲁姆。它们会为他战斗到死，他意识到，但它们只是三只鸟。无论他今天召集到了多少乌鸦，还是远远不够。

"你怎么能召集这么多鸽子呢？"他问克拉姆。

"意志力，"鸽语者说，"还有大量的练习。我成为野语者的时间比你长得多，而且我一直知道我们面临的威胁。"

"那就教教我吧。"

"这得花上几个月的时间，"克拉姆说，"不，这需要很多年的高强度训练。我们没时间了。"

"我学得很快。"考说，试图表现得比自己感觉的更自信。

克拉姆笑了。"即使你能，你也不是一个战士，考。我们要对抗的人——他们残忍凶暴。他们毫无人性。"

莉迪亚和皮普在楼梯底下跟他们会合。莉迪亚的嘴唇抿得紧紧的。

"我们不能放弃，"考说，"我们不能就这样躲起来！"

"为什么不能?"克拉姆说，"留在这儿吧，和我们在一起。我们在这里很安全。"

"他们会找到我们的。"莉迪亚对克拉姆说，声音很强硬。有那么一会儿，考觉得莉迪亚像是个大人，克拉姆反倒像一个小孩。

"你怎么知道的?"克拉姆反驳道，"皮普和我以前从来没有在这里遇到过麻烦。"

莉迪亚生气了。"也许那是因为以前没人来找过你。现在外面就有三个敌人。谁知道呢——他们可能也会加入其他人的行列。你也许能躲一段时间，但稍有疏忽，他们就会找上门来。"

教堂里鸦雀无声。考感到完全没有力量。

"有这样一些传闻，"克拉姆喃喃地说，"传闻说一些野语者的力量是如此强大，以至于他们可以变成他们所控制的动物。"

"只是传闻吗?"考问。

"我从来没遇到过，"克拉姆说，"我从十五岁起就开始训练，但我远没有达到这种程度。"

"也许你就是不知道怎么做？"莉迪亚抬起头来，挑战地说。

"听着，你！"克拉姆说，他气得满脸通红，"你什么都不知道。你没有失去过朋友和亲人，也没有失去像家人一样珍贵的生命。"

"事实上，我感同身受。"莉迪亚说，她那大胆的表情一时消失了。"曼巴的蛇咬死了我的狗本吉。他是我在这个世界上最好的朋友。"

克拉姆盯着她，目光变得柔和了。"听到这个消息我很难过，"他平静地说，"但我不会收回我的话，我们这次毫无希望。"

"我们至少得试一试。"考说。

"然后丢了小命吗？"皮普说，"这有什么意义？"

"可如果他们找到我们，我们也逃不过一死。"考说。

"而且他们知道我住在哪儿，"莉迪亚插嘴说，"他们知道我家在哪儿。"

"这是真的，"考说，"要是你不帮我们，莉迪亚和我就自己对付他们。"

"我们也一起去！"斯克里奇说着，从座位后面跳了起来。

"我们真要去吗？"格鲁姆说着斜眼望着斯克里奇。他耸了耸翅膀，"我想我们必须得去。"

考抓住莉迪亚的手，朝教堂的门走去。

"听着！"皮普在他们身后喊道，"你这个连三只乌鸦都控制不了的男孩。现在你说话的口气就好像你是命多得不怕死的菲利克斯·贵格。"

考愣住了。贵格。他觉得莉迪亚握着他的手更用力了。

"菲利克斯·贵格是谁?"他转过身来说。

克拉姆耸耸肩。"他是猫语者,"他说,"有传言说他有九条命,而且已经活了几百年了。"

考瞥了莉迪亚一眼。"我们需要和他谈谈。"

克拉姆摇了摇头。"你不会从他那里得到任何帮助的。他一点也不友好,老贵格。他在黑暗之夏选择了置身事外——把自己锁在宅邸里——不肯加入任何一方。"

"但他在黑石城?"考问。

"是的,"克拉姆说,"住在高尔特府。那是赫里克山上的大宅院——有尖顶、塔楼和别的建筑。他收集一切与野语者传说有关的东西。纪念品,书,各种各样的垃圾。而且他知道的野语者的历史比大多数人知道的还要多。"

"我知道那个地方!"莉迪亚说,"大家都说住在那里的那个家伙是个疯子。"

"差不多了,如果你想听听我的意见。"克拉姆说。

"但也许他能帮助我们。"考急切地说。

"他不欢迎访客,"克拉姆摇着头说,"你最好专注于你的技能,学会保护自己,避免被抓到。"

莉迪亚注视着考,微微皱着眉头。他知道她在想什么:你为什么不把华莱士小姐留下的字条给他看看？

考耸了耸肩，希望克拉姆不会注意到。他为什么要把一切都告诉鸽语者呢？好吧，克拉姆给了他们庇护，但也仅此而已。考确信更多的秘密都被躲在河边小山上的猫语者掌握着。他厌倦了惊喜，也厌倦了别人告诉他该做什么——这一次他想掌握一次主动权。

克拉姆叹了口气。"听着，你为什么不留下过夜呢？睡到天亮，然后我们再谈谈。"

考点点头表示同意，但心中已经暗自有了其他计划。

考又在做梦了。

这个梦和以前的一样，只是现在他看着那个高大苍白的陌生人叩响他父母家的门环。月光在他的蜘蛛戒指上闪闪发光。

"千万别开门！"考叫了出来，但他的嘴里没有发出任何声音。门自动开了。

他的鸦群曾带着他离开这个只有恐怖回忆的地方。但是现在，它们第一次把他带进屋子，跟随着那个陌生人的记忆。

跟随着纺纱人。

门砰的一声关上了。

考看到他的父母并排站在饭桌前。两杯半空的酒放在那里。一只乌鸦待在他们脚边。考的母亲面对着纺纱人，毫不畏惧，她的黑色连衣裙像乌鸦的翅膀一样在她周围飞转，仿佛她控制着自己周围的空气。

"滚出我的房子。"她咬牙切齿地命令道。考可以看到她的额头上闪烁着汗水,好像她在用尽全力。"我不会告诉你它在哪儿的。"乌鸦竖起了羽毛。

"不要过来!"考的父亲喊道。他站在妻子旁边,挥舞着一根壁炉里的拨火棍。

纺纱人只是微笑。"你打算用它做什么?"他问道,声音像滑落到石头上的丝绸。他朝着拨火棒点了点头。

考的母亲看着她的丈夫。"求你了,你必须离开这里。现在就离开。这与你无关。"

"我不会离开你的。"他告诉她。

"我能对付这个怪物。"考的妈妈说,她的眼睛紧盯着纺纱人。但是她的声音听起来很无力。

"我想你没有胜算,"纺纱人说,"你没有乌鸦的帮助。"

考惊恐地看到窗户,虽然打开着,但上面覆盖着一层苍白的薄纱,是蜘蛛网。仔细听,他能听到数百只想要闯进去的乌鸦的翅膀拍打声和绝望的叫声。

"如果你不把我想知道的告诉我,那你对我就没用了,鸦语者。"

考的母亲在颤抖——她的衣服宽松地挂在她身上。她转向丈夫说:"亲爱的,快跑,求求你,快跑。"

"不。"考的父亲说,他抓住她的手,"绝不。"

"那就如你们所愿,"纺纱人说,"你们可以一起死。"

纺纱人举起一只手，房间就变暗了，好像他把光遮蔽了。

阴影从墙角爬行。那不是阴影，是蜘蛛。成百上千的蜘蛛从天花板上冒出来，像落下的黑色窗帘一样从墙上滑下来。乌鸦试图飞起来，但被爬行的生物压倒了。考的父母紧紧地靠在一起，退到桌子上。一杯酒啪的一声掉在地上。考想要向前冲，但是乌鸦抓住了他，一个无能为力的旁观者。现在有成千上万的蜘蛛，它们整齐划一地靠近他的父母，黑色的身体像地毯一样闪闪发光。如此之多，以至于他能听到它们移动时发出的沙沙声。

考注视着蜘蛛爬过自己父母的脚，爬上他们的腿。他们试图把它们甩掉，但蜘蛛实在是太多了。拨火棒掉了下来，扑通一声落在蜘蛛中间。当蜘蛛吞噬它们的时候，考的父母扭来扭去，就像身上着火了一样，而考却无能为力。他感受到了他们的痛苦。他们嘴里发出的不是痛苦的哭声，而是哀号声。短促、惊慌失措的哀叫。蜘蛛穿过了他们的胸膛、肩膀和脖子。

考想移开视线，但他做不到。

现在他们的下巴向上绷紧，就像溺水的人在寻找空气。他的父亲号叫着，最后当蜘蛛拥进他的嘴里时，他窒息了。

考的母亲用尽最后一股力量用低沉的声音对纺纱人说："你不会得逞的。等着瞧吧。"过了一会儿，蜘蛛让她安静下来。最后她的眼睛看到了考，有一股风从她身上跑了出来，像一阵风一样向他吹来。几秒钟过后，蜘蛛的潮水就把她眼睛弄瞎了……

考在喘息中醒来。在火盆里缓慢燃烧的余烬照射下，教堂的阁楼变成了焦点。他用胳膊肘撑起身子，在破旧的毯子下面发抖。那个梦仍然牢牢地抓住他，使他神经紧张。他闭上眼睛，试图消除噩梦般的景象。

难道他们就是这样死去的吗？在无言的恐惧中，被纺纱人的生物窒息而亡？妙基静静地落在他身边，歪着头。它苍白的眼睛有些湿润。在这一刻，考知道这是事实。

克拉姆平躺着，每呼吸一次，嘴里就会发出一下口哨声。皮普蜷缩在毯子下面，完全被覆盖着。屋梁上，成群的鸽子把它们的喙塞进了它们胸脯上浓密的羽毛里。

如果考想溜走，现在正是时候。

第十二章

考尽可能缓慢而平稳地推开毯子，身体坐直。莉迪亚正面朝着另一边，睡熟了。他本来打算叫醒她，但这个梦改变了他的主意。如果那几个犯人是纺纱人——那个可怕的家伙——的跟班，她最好离他越远越好。如果幸运的话，克拉姆会帮她回家的。

他刚一站起来，楼梯边长椅上便传来斯克里奇和格鲁姆的抽动声。考把手指放在嘴唇上，它们保持沉默，好奇地看着他。他穿上外套，踮着脚尖走过地板。然后他慢吞吞地走下台阶，后面跟着他的乌鸦。

"我们该不会是要回窝了吧?"斯克里奇说，当考打开教堂的门时，他颤抖着。

"还不行。"考小声说。

出来后，他最后看了一眼寂静的教堂。他很好奇在黑暗之夏到来之前它是什么样子的。也许这是一个幸福的地方，家人和朋友在这里和平地聚会。但是纺纱人把这一切都毁了。

梦中的蜘蛛再次爬进他的脑海，它们闪闪发光的身体抽搐着，它们的脚步轻盈而安静，就像针掉到地上。他打了个寒噤，强迫自己不要去想这些事。

考蹑足穿过废弃的停车场，感受着夜晚寂静的寒冷。他刚要转向河边的那条路，就听到身后有脚步声追上来。

"我们有伴了。"格鲁姆说着从头顶上飞过。考转过身来，举起手臂保护自己。

是莉迪亚。她脸色苍白，看上去好像一夜没合眼。"你要去找贵格，是吗?"她说，"嗯，我也要跟你一起去。"

考放下双手，叹了口气。"你没必要这么做的。"他告诉她。

"我知道。但是我想去。那些犯人也威胁到了我的家人，记得吗?"

"别以为我真的能阻止你，是不?"他扬起眉毛说。

莉迪亚笑了。"那我就当你邀请我了。"

"随便你。"格鲁姆咕哝着向上飞走了。

他们一起出发，越过横跨黑石城的铁路桥。晚上这个时候没有火车隆隆驶过。

"你的听力真敏锐，"考说，"连鸽子都没有醒。"

"这点随我妈妈。如果我在本该做作业的时候偷听音乐，她总能听到。即便我戴着耳机!"

考笑了。他本想把莉迪亚留在教堂，但现在，他很庆幸她跟了上来。有莉迪亚和乌鸦在他身边，他感到更加自信了。他的父母为了保护他，延续鸦语者的血脉，付出了他们的一切。他不能让他们白白牺牲。"你父母听起来很勇敢。"莉迪亚说，仿佛她能看穿他的心思。他们已经到了河的对岸。"你一定很自豪。"

"我想是的。"他们开始沿着河北岸走的时候，考说。河堤两旁排列着拱门，商店和货摊都关门了。

他最近的梦是一个无法挥去的阴影，而蜘蛛淹没他父母时，他们的哭喊声，就像微弱的回声。他觉得自己还没准备好把这件事告诉莉迪亚，因为心里的恐惧还没完全消除。长这么大以来，他对他们的怨气越积越多，但现在看来，这种怨气似乎是发错了对象。他该恨的应该是那个纺纱人，是他把他的父母从自己身边带走了。

"希望我的父母没事。"莉迪亚平静地说。

"我也是。"考不假思索地说。

"你知道，他们不是坏人。"莉迪亚说。

考斜看着她。

"我知道他们对你不好。"莉迪亚又说。

"你是说他们把我锁在房间里，还是你爸爸想逮捕我？"考说，他尽量装出一副坦率的样子。

莉迪亚咯咯地笑道。"是的，但是你会看到的。等这一切都结束了，逃犯们又被关回到监狱里，他们就会重新认识你的。你可以再来吃晚饭！"

"那次晚餐不太如愿，是不是？"考说。尽管如此，他一想起这件事还是笑了。"我一定看起来像个怪物。"

莉迪亚突然放慢脚步，然后又加快了脚步。她的眼睛坚决地盯着前方。

"怎么了?"考问。

"没什么,"莉迪亚说,"我们快点。"

考停了下来,环顾四周。接着,他的目光落在一堆用绳子捆着的报纸上,这些报纸放在人行道边上一间已经关门的报摊上。头版上刊登着一张大大的他的照片。

"哦,不。"他说。他走过去,跪在那堆东西旁边。

"很逼真。"斯克里奇说着跳到一个角落里。

它并不完美——只是一幅黑白画——但已经足够了。下面是几个大字和两张小得多的照片——莉迪亚和华莱士小姐的照片。"上面写了什么?"他问道。

莉迪亚的目光越过他的肩膀。"你不会想知道的。"

"告诉我!"考说。

"上面说你因涉嫌谋杀而被通缉。"

考紧紧地闭上了眼睛。"我现在该怎么办? 全城的人都要找我。"

莉迪亚碰了碰他的胳膊。"那些人就是想卖报纸,考,"她说,"我们会纠正他们的。当这一切都结束的时候……"

"我知道,我知道。"他说,带着几分恼怒,"一切都会回到过去的样子。"

他竖起衣领,又出发了,莉迪亚小跑着跟在后面。他知道她只是想安慰他,但在内心深处,他确信一切都不会再恢复正常了。他已经无法回头了。到最后，他要找出真相，要么报仇雪恨，要么与父母命运相同。

乌鸦在他们头顶盘旋。虽然已是深夜，但街道上并非空空如也——偶尔有汽车呼啸而过，醉汉跌跌撞撞地从酒吧闯出来。他们向城市西边走去时，考一路上都低着头。黑石城动物园的大门紧锁着，但是考依旧可以感到动物的气味和它们熟睡时身体的温暖。他从没去过动物园，但是乌鸦告诉他笼里所有动物的情况，甚至还在巢里用一本画册告诉他它们的名字。他想知道，是不是每一种生物都有一支野语者的血脉？克拉姆说过，还有很多野语者，遍布全城……

警报声划破长空，斯克里奇俯冲下来。

警车！

"快跑！"考抓住莉迪亚的胳膊，嘶吼道。

蓝色的灯光在前面的拐角处闪烁，于是他们折回来，沿着鹅卵石铺成的街道往回走。考紧贴墙壁，透过翻滚的水汽向外张望。警报声停了，但灯还在闪烁。警车慢慢地驶入他们所在的街道。

"不，不……"考低语。他们飞快地从藏身之处跑开，汽车的引擎在他们身后呼啸。

"走这边！"考说，在拐角处转弯，爬上几节台阶。他抓住莉迪亚的手，拽着她。他们跑过一座小花园，警车声停了下来。他们跳过一些花圃，然后穿过另一条路，跑到一个拱门下，沿着一排紧紧挨着的商店跑。一阵狂风把地上的垃圾吹起来。考听到身后有脚步

127

声，看到手电筒在黑暗中晃动。

"你看见他们往哪个方向走了吗?"一个声音喊道。

"没有,"另一个叫道,"你去那边看看。"

考和莉迪亚从商店的另一头走了出来。考喘着粗气,莉迪亚弯着腰,双手扶着膝盖上。街对面是一家夜总会,门上方闪烁着霓虹灯招牌。

"我想我们把他们甩掉了。"等莉迪亚直起腰来,考说,"但是我们应该继续往前走。"

"好吧。"莉迪亚说着,把一绺头发从汗津津的前额上拨开。

他们又出发了。当他们转过街角,迎面走向一对牵着手的夫妇,走过去时,考还在回头看。他绊了一跤,碰到了莉迪亚。

"对不起。"他喃喃地说。

"嘿!"那个女人说。

她穿着高跟鞋和一件皮大衣,嘴唇通红。和她在一起的那个男人穿着一件黑西装,两颊通红。考猜想他喝醉了。"继续走。"他对莉迪亚说。

他们匆匆离开了。"亲爱的,"考听到那个女人说,"那不是新闻里失踪的女孩吗?"

考拉着莉迪亚的胳膊,开始慢跑。前面的商业区完全没有人,摩天大楼像哨兵一样矗立在街道两旁,黑窗户反射出一百个考的身影。考竖起耳朵,倾听有没有警报声——没有什么声音惊动夜晚。

"我们现在可以慢下来了吗?"莉迪亚气喘吁吁地说,"我们的脸……太出名了。"

考冷酷地点点头。

在钢结构和玻璃结构的办公楼后面，这座城市还延伸到几个森林覆盖的斜坡上，山坡上点缀着住宅。

"我们要去找贵格，对吗？赫里克山在这边，"莉迪亚指着一条林荫大道说，"嘿，怎么了？"

考在路边停了下来。"没什么，"他说，"只是……我从来没有走到这么远的地方。"

莉迪亚朝他笑了笑，然后过了马路。考跟着她。

他们离开了拥挤的市中心，现在出奇安静，甚至空气闻起来也不一样——更干净、更新鲜。考和莉迪亚沿着弯弯曲曲的小路上山，这里没有路灯，又走了一会儿，人行道也没有了。乌鸦在松树树枝间飞来飞去，几乎看不见它们。考凝视着树林，但他只能看到几米远的地方，黑暗吞没了树干。偶尔，他们经过一条车道，可以看到离大路很远的房子的模模糊糊的轮廓。

考的神经感到一阵刺痛，他不时地回头瞥一眼。去任何新的地方都会让他感到焦虑，他们与布莱克斯通公园之间的距离越远，他就越担心。

"你确定是这条路吗？"他问道。他的声音听起来又细又空洞。

莉迪亚点了点头。"我闭着眼也能找着戈尔茨坦宫，"她说，"它是这座城市最古老的建筑之一。爸爸和我有时周末会到这儿来——我们带着班吉在乡间散步。"她的脸僵住了。"我是说，我们

129

过去带班吉去散步。"

考瞥了她一眼，本以为会看到她强忍住泪水。相反，她看起来更坚定了。

莉迪亚是对的——高尔特府是不会认错的。他们第一眼看到的是一堵高墙，围绕着剃刀铁丝，大门上布满尖钉。这个地方看起来就像曾经的堡垒一样坚不可摧——也许正是这里让贵格在黑暗之夏时免遭纺纱人跟随者的威胁。但从那时起，猫语者就任其荒芜了。大门上的一些钉子已经折断了，留下的只有无用的残桩。

他们越走越近，看见门外有一段很长的路，可以仰视那所房子。它矗立在山顶上，轮廓映在天际线边。前院中央有一个长满青苔的喷泉，潺潺的流水在月光下闪闪发光。房子有三层楼高，每个角落都有一座塔，顶上有城垛。曾经，它可能被漆成明亮的蓝色，但随着时间的流逝，它逐渐褪色，逐渐消失，只剩下一片灰暗。拱形的窗户以不规则的高度排列在正前方和两侧，常春藤爬满了墙壁，仿佛要把它们完全吞没。一层有一扇窗户发出微弱的光亮。

"翻过去？"莉迪亚把手放在一根栏杆上说。

考点点头。他把莉迪亚推到墙顶，然后爬上去跟在她后面。

"你比以前看上去强壮多了。"莉迪亚说着，小心翼翼地从铁钉掉下来的地方爬过。

莉迪亚在大门另一面俯下身去，考的脸红了。他跟在后面，默默地蹲着轻轻跳了下来。

高尔特府的地面并没有全部荒芜。经过修剪的花园排列在通往房子前面的车道两边，所有的树篱都被精心塑造成猫的形状。考注意到喷泉是一个猫在玩耍的雕塑，水从它们的嘴里喷出来。他的脚踩在石子路上，发出吱吱嘎嘎的声音。他不由自主地感到他们正被监视着。当他举起沉重的门环时，他的心跳加速。门环是用冰冷的铁制成的爪子，猫的爪子。

铛！铛！金属的声音震耳欲聋。

考向后退了一步，等待着。他的乌鸦高高地栖息在一座塔楼上，在考的视线之外。奇怪，他想。昨天他们本应该坚决反对这样的旅行。但他们现在几乎没说一句话。

里面传来了脚步声，接着是钥匙转动的金属摩擦声。门哐啷一声开了，只打开几厘米，一只绿眼睛的猫绕着考的腿溜了出来。

考的目光从一条宽松的紫色裤子上移到了一件镶有石英纽扣的紫色紧身马甲上。那人在上衣外面套了一件橘红色的羊毛夹克。他的脸宽宽的，脸颊红润，浓密的小胡子在两端弯曲。他的小眼睛闪着怀疑的光，一只眼睛被嵌着银链的单片眼镜稍微放大了一点。

猫从考的脚踝滑回到里面。过了一会儿，它跳了起来，落在那人的肩膀上。

"菲利克斯·贵格？"考问。

"你是谁？"

考犹豫了一下，后悔没有考虑周全。一切都取决于他接下来说什么。

"怎么了，你的舌头被猫叼走了？"那人厉声说道。他毛骨悚然

131

地笑了，考瞥见了他嘴唇后面的小尖牙。

"我叫考，"他说，"我和你一样是个野语者，而且——"

门砰的一声关上了。

莉迪亚又敲了一下门环。"我们需要和你谈谈。"她从门里喊道。

"那太糟糕了，亲爱的，"男人从里面说，"因为我不想和你有任何关系！"

"请不要这样！"他说，"我们知道你是个野语者。"

"我不知道你在胡说些什么。我要报警。你最好在他们来之前离开这里。"

考瞥了莉迪亚一眼。"他不会给他们打电话的，"她小声说，"我们找另一条路进去吧。"

他们尽可能安静地绕着房子。半路上，格鲁姆的声音从上面狭窄的窗台上传来。

"去二楼的窗户。它没有完全关上。"

"完美！"考低声说。

幸运的是，常春藤足够坚固，考小心翼翼地把手牢牢抓住纠缠在一起的树枝，向上爬。莉迪亚跟在后面，一脸狐疑。"别担心，"他告诉她，"它能承受你的重量。"他在公园里爬过许多更纤细的常春藤。

他发现窗户微微开着。窗框是铅制的，玻璃太旧了，已经变形了。考把它撬开了。除了桌子上看起来像玻璃柜的东西以外，他无法看清房子里都有些什么。

考跳到窗台上，伸手把莉迪亚拉了上来。她稍微摇晃了一下，但他紧紧抓住她的胳膊，然后她先爬了进去。三只乌鸦扑打着黑白相间的翅膀，降落在考的旁边。它们在窗台上推推搡搡。

"你们最好待在外面。"考说。

"如果必须的话，"格鲁姆说着俯下身子，"但是你要小心。"

"我会的。"他说。

斯克里奇在他身边拖着脚步。"挪开点，胖子。"

"嘿，看看这个!"莉迪亚低声说。

考爬进房间，看见她站在一个玻璃柜旁边。屋子里除了这张桌子和玻璃柜什么都没有。考顺着莉迪亚手指的方向看去，倒抽了一口冷气。借着光亮，考看到箱子里有一只干瘪的皱巴巴的小手。"你认为这是真的吗?"他说。

莉迪亚耸了耸肩，走到另一个箱子前。箱子里有一个弯曲的盾牌，是玻璃或水晶做的，甚至可能是钻石做的，盾牌里嵌着头发。考从来没有见过这样的东西。第三个箱子里装着一个面具，是用薄金属片做的，形状像狮子的脸。

"我想那是金子，"莉迪亚说，"这到底是什么地方?"

"克拉姆说贵格会收集与野语者有关的东西，"考说，"但这些看起来可不像是什么旧垃圾。这些东西看起来很有价值。我不知道他还藏着什么?"

他走到门口，小心地扭动门把手。门安静地向铺着地毯的走廊

133

敞开，走廊上方是一排楼梯，楼梯的扶手是用深色木材雕琢而成的。穿着不同时代服装的男人和女人的巨大肖像排列在墙上。他们都是野语者吗？楼梯转弯处的基座上立着黑色的猫的雕像。一座雕像突然动了起来，考意识到它是活的。它像个影子似的走下台阶。

考蹑手蹑脚地走出房间，地毯减弱了他的脚步声。他转过楼梯平台，朝上一层楼梯走去。楼梯平台的墙壁上排列着更多的玻璃柜，几扇通向楼梯平台的门全都紧闭着。考确信他以前从未来过这里，但这所房子给他一种奇怪的熟悉感。他把脚踏在通向高处的第一级台阶。

下面某处，一架钢琴发出刺耳的叮当声，然后停了下来。

"你要去哪儿？"莉迪亚低声说，"听起来贵格好像正在楼下。"

考把手扶在栏杆上。他的脚步继续向前，引导他到屋顶上——但他不知道为什么。

"嘿，"莉迪亚低声叫，"你不想看看这些吗？"她站在一个箱子旁边，鼻子紧贴着箱子。"这是一条蜘蛛项链！"

无声的召唤似乎在吸引着考，召唤他走向楼梯的顶端。

"我还以为——你知道——蜘蛛什么的。"莉迪亚跟在他后面说，她的声音虚无缥缈。

考爬上了台阶。屋顶上什么也没有——只有一个小小的方形平台，上面是光秃秃的地板，没有窗户。

"考，回来！"莉迪亚急切地低声说，"你怎么表现得这么古怪？"

他走到墙边，用手抚摸着凹凸不平的墙壁。他原以为墙壁很冷，但事实并非如此。莉迪亚跟在他后面匆匆上楼去了。

"考?"她说，"你能听到我说话吗?"

他把手掌搁在墙上。

"你吓着我了，"莉迪亚说，"怎么回事?"

考使劲按，一段墙突然往内陷了进去。血液在考的太阳穴剧烈涌动。

"你怎么知道入口在那儿?"莉迪亚问。

"我也不知道。"考边说边走过去。或许，不知怎的，他就是知道。

房间里一片黑暗，没有一点灯光。它一定是在某一座塔楼里，因为它是正圆形，墙上只有一扇窗户。它更像是一座监狱。里面有一把摇摇晃晃的椅子，一个旧衣橱，还有一个脏兮兮的水槽。但当考的目光落在房间中央的物体上时，所有这些细节似乎都消失了。

那是一个玻璃盒子，里面铺着一张玫红色的天鹅绒垫子。垫子上放着一把长约一米的剑，剑刃呈黑色，微微弯曲，底部略宽，顶部是致命的剑尖。它看起来像是从地里挖出来的古代文物，被打磨得闪闪发光。刀柄上有几个金属的环爪，上面覆盖着一层薄薄的黑色羽毛。刀刃上刻着字。

"上面写了什么?"他问道。

莉迪亚凑过去仔细瞧了瞧。"这是一种奇怪的语言，"她说，"奇怪的符号。听着，楼下有一把巨大的双头斧。咱们去看看!"

但是考对任何斧头都不感兴趣。他不知道为什么，但他知道这把剑很重要。不知怎的，他甚至连拿都不用拿，就能准确地感觉到它的重量。他知道是宝剑一直在召唤他来到这个房间。它想被他找到。他伸手去拿箱子。

"你确定你要这么做吗？"莉迪亚问。

"是的。"考说。当他的手指碰到玻璃时，耀眼的光线刺痛了他的眼睛，他踉踉跄跄地退了回来。他脑海中闪现着梦中的影像——他母亲因害怕而张开嘴；他父亲的手指抓着自己的喉咙；纺纱人长手指上的蜘蛛戒指……

"考！有人来了！"莉迪亚气喘吁吁地说。

考眨着眼睛，试图把那些幻象驱散。有脚步声。然后，有猫冲进房间，发出嘶吼声和号叫声。狭窄的门猛地开了，菲利克斯·贵格冲了进来。"我可以解释……"考说。

贵格抓住他的耳朵。"你竟敢闯进来！"他说，"滚出去！"

他把考拖到门口。考的脑袋疼痛难忍。他模模糊糊地感到莉迪亚跟在后面。"请不要伤害他！"她说，"我们只想谈谈。"

贵格把考从房间里拖出来，拖到走廊里。考跌跌撞撞地努力保持平衡，为了不让耳朵被扯下来，他的腰几乎要折断了。猫像洪水一样跟在他们后面，一直叫唤个不停。

"你们这些鼠辈！"贵格咆哮，"我很想……到底是怎么回事？"

考听到了翅膀的拍打声，贵格跌跌撞撞地退了回来，妙基、格鲁姆和斯克里奇冲进了房间。"不！不要！"乌鸦向猫语者扑去时，考叫道。与此同时，几只猫腾空而起。它们把向下俯冲的乌鸦扑倒在地，很容易就把它们按住了。贵格挺直了身板，舔着嘴唇打量着乌鸦。

"求你了！"考说，"乌鸦只是想帮我！"

猫们抬起头来望着它们的主人，眼睛里闪烁着饥饿的光芒。

"也许是时候给我亲爱的孩子们一个惊喜了，"贵格冷冷地说，"毕竟，这是我的房子。"

"做你最坏的打算吧，猫语者。"格鲁姆说，在猫爪子下蠕动着。

"考，"妙基平静地说，"别管我们。现在就走。"

白乌鸦的声音使考吃了一惊。这给了他勇气。他大老远来这儿可不是为了抛弃他的乌鸦。"我哪儿也不会去，"他说，"我来这儿是想和菲利克斯·贵格谈谈我父母和纺纱人的事。"

"考，你必须离开这个地方！"妙基说，他的声音更加急迫了。

贵格扭了扭他胡须的末端，好奇地看着考，"我钦佩你的坚韧，我的孩子，但正如我告诉你的那样——我无话可说。现在给我滚出去——"

下面的前门砰的一声被撞开了。在宽阔的栏杆柱之间，考看到三只流着口水的猎狗正从入口大厅进来。一个黑影从外面落在地毯上，接着捷霸那巨大的身躯跨过了门槛。

第十三章

考猛地退回视线之外。"这是捷霸！"他低声说。

贵格的整个态度立刻改变了。他似乎从一个古怪的隐士变成了一个神秘的生物，像液体一样移动，紧贴墙壁。他朝楼梯下瞥了一眼，喉咙里发出咔嗒咔嗒的声音。他的猫立刻跳出来聚集在他身边，放开了乌鸦。格鲁姆痛苦地尖叫了一声，下面的狗也咆哮起来。

"看来你老了以后变懒了，贵格，"捷霸说，"你不想让我这样的人进入你的藏身之处。现在出来吧，小猫咪。我知道你在这里。我的美女能闻到你。"

菲利克斯·贵格把考的耳朵拉到自己嘴边。"你已经捅了大娄子了。现在趁你还能逃走，快离开这儿！"

"但是……"考试图解释。

咆哮的狗的声音越来越近了。

"走吧！"莉迪亚说。她跑向楼下满是玻璃柜的房间，考和他的乌鸦们紧随其后。

"别妄想从我们手里逃脱，贵格！"捷霸也吼道，"你只会惹恼它们！"

考在房间门口停了下来。莉迪亚已经站在窗台上了。但有件事拖慢了考的脚步。剑——它在召唤他。他必须拥有它。"你先走，别管我！"他对莉迪亚边喊边转过身体。

"等等！"她叫道，"在哪里……"

考冲过贵格和他的猫跑上楼梯，没有听到她的声音。他跳进那间塔楼。"考，别管它！"格鲁姆叫着，在房间里扑来扑去。

考疯狂地检查着上锁的柜子。没有什么可以打破它……贵格一定有钥匙……

他听到楼下猫在攻击时发出的尖叫声被咆哮和撕咬的狗叫声淹没了。"如果你伤害了它们中的任何一个，你会付出代价的！"贵格喊道。

咆哮戛然而止。

"现在，是时候聊聊了，"捷霸说，"你以为你把我们骗了，是不是？你假装自己是个老态龙钟的疯子。但我们知道你把什么锁起来了。斯卡托的蟑螂爬进这个垃圾场找到了它。"他停顿了一下，"所以别耍什么花招了。带我去取鸦之喙。"

考听到了两声沉重的撞击声。贵格号叫起来。"滚出我的房子，你这个肮脏的畜生。"他啐了一口，声音因痛苦而扭曲。

考的目光落在了剑上。鸦之喙。这个武器——这就是贵格藏起来的东西。这句话道出了他内心深处的某种东西。它是他的，这把

139

剑。这是鸦语者的剑。

"别拖拖拉拉的，贵格，"捷霸说，"要不我把斯卡托也叫进来？他的朋友们会挖穿你的耳朵，吃掉你的大脑。甚至在你能尖叫很久之后，你还能感觉到它们。或者叫曼巴来？她的蛇咬你一口，就会让你瘫痪。我向你发誓，贵格，如果需要我剥光这屋子里每只猫的皮，我就会一个接一个地剥。只要能让你开口，我将不择手段。"

突然安静了下来。

"在上面。"猫语者回答，他的声音突然平静下来。

考的皮肤变冷了。他无处可逃了。他爬上椅子，然后伸手去够窗户。太高了。就算他跳起来也够不着。

斯克里奇拍打着衣柜。它不需要说话——考明白了。他匆匆穿过房间，捷霸不断向楼上逼近。考猛地打开衣柜门，跳了进去。乌鸦也跟着溜了进来，考迅速把门关上。他的眼睛紧盯着门缝。

捷霸把贵格推到房间里，贵格的单片眼镜松了，啪的一声掉在地板上。狗停在门口，嗅着空气。猫语者的两个鼻孔都在流血，眼睛下面有一道愤怒的伤痕。

当他看到其中一只狗下垂的黑色嘴唇周围有血的时候，考重重地咽了口唾沫。显然，贵格的一只猫遭遇了不幸。

如果它们闻到我的气味，就结束了，考想。

但狗看起来很谨慎——几乎是害怕。它们的尾巴垂在两腿之间，它们没有跨过门槛。三条狗都盯着鸦之喙看。

捷霸在房间里走来走去，每走一步都令木地板嘎吱作响。他绕着玻璃箱打转。"钥匙在哪里？"他厉声说，伸出一只铲子一样的手。

　　"就在楼下我的书房里。"贵格一边说，一边用手帕擦去嘴角的血，"如果你想要，你可以自己去拿。"

　　三只狗在猫语者后面咆哮着。

　　捷霸咧嘴一笑，他那布满文身的脸变成了一个丑陋的面具。他把张开的手掌合拢成一个拳头，高高举过贵格的头顶，就像一个锤子一般。考不敢看。这个坏蛋会在自己面前把这老人的头盖骨压碎吗？

　　接着，捷霸转过身来，把手放在玻璃柜上。柜子砰的一声摔碎了，碎片散落在房间里。"看来我不需要钥匙。"他说。

　　当捷霸伸手抓住鸦之喙的剑柄时，考感到一阵愤怒，夹杂着另一种情感——嫉妒。他努力不跳出来袭击狗语者。

　　捷霸在灯光下转动着利剑，仔细端详着。一道微光从金属上闪过，照亮了那些奇怪的字母。"我觉得不怎么样，"他说，"不过是孩子的玩具。"

　　"这是无价之宝，"菲利克斯·贵格喃喃地说，"只可惜落到了坏人手里——"

　　"别逗我了"，捷霸说，"我知道这是什么货色。"他把剑从腰带里插了下去。考咬紧牙关。

"你得到了你想要的。"贵格说，他的声音因疲惫而沉重，"现在离开。"

捷霸若有所思地点了点头，然后低下了头。他弯腰向地板走去。"这是什么?"他说。

他再次站起来的时候，贵格的眼睛飞快地扫视了一下衣柜。捷霸拿着一根黑羽毛。

一声恐惧的尖叫卡在考的喉咙里。

"鸦语者来了。"捷霸说。

贵格摇了摇头。

"你不会撒谎，"捷霸说，"我的伙伴很快就会找到她的。"

贵格皱起眉头，考意识到猫语者也很困惑。

她?

"你找不到她!"贵格突然说。捷霸把他推开，大步朝门口走去。然后他停了下来，没有回过头来说话。

"他们说你们猫语者有九条命。让我们见识一下，怎么样?"

"什么?"贵格说着往后直退。他踩在自己的单眼眼镜上，发出嘎吱的响声。

捷霸把手按在两只狗的头上。当他这么做的时候，它们的耳朵向后仰，尾巴翘了起来。"干掉他。"他说，然后离开了房间。

"不!"贵格大喊一声。

狗闯了进来，围成扇形。考看到菲利克斯·贵格抓起椅子，在他面前挥舞。这只会让狗更凶猛地狂吠。

"猎户!"贵格一边说,一边来回摇晃着椅子,"胡蜂!蒙蒂!进攻!"

其中一只狗跳起来扑向他的脸,贵格巧妙地躲开了。紧接着,另一只狗咬住他的袖子,撕下了一部分。

考推开了衣柜的门,喊了一声来分散狗的注意力。与此同时,他用意念指挥他的鸦群攻击。鸦群飞了出去,用爪子抓狗的眼睛,跑出来用嘴啄狗的身体。考抓住贵格,把他拖出了房间。乌鸦紧跟在他们后面猛扑过去,他们刚跑出来,贵格就砰地把门关上了。

另一边,他们听见狗在咆哮,扑向木头,摇晃着门框里的门。三只猫终于冲上楼来,发出嘶嘶声,但当贵格疲倦地挥着手时,它们停了下来。

"你们三个有什么用!"他说。

猫们发出了一连串愤怒的呼噜声。

"好吧,你可能会说,"贵格说,"我很幸运,乌鸦在这里。"他转向考,"我不明白为什么捷霸认为鸦语者是个女人……我非常乐意去误导他,但是——"

"莉迪亚!"考打断了他的话,"他们一定认为莉迪亚是鸦语者!我们得找到她。"

"等等。"贵格说,但考已经往楼下冲了。

莉迪亚的喊声响彻了整个屋子,把考的心都震了一下。他三步并作两步,把乌鸦落在身后,他跳过楼梯扶手的转弯处,如空气般轻盈。他感觉好像有风在吹着自己走,帮他达到前所未有的速度。

在楼梯口，他看见一只猫躺在血泊中，死了。

"等等！"格鲁姆叫道。

考两下就跳到了一楼，撞得地板直晃，他继续奔跑。他飞快地穿过前门，门的铰链歪歪扭扭地挂着。斯克里奇冲到他前面，使劲拍打着翅膀。

在车道的尽头，捷霸大步走向一辆面包车。曼巴坐在前排，斯卡托把莉迪亚从一扇滑动的侧门塞了进去。莉迪亚发疯似的踢着，尖叫着："放开我！把你的手拿开！"

捷霸把他们身后的门关上了。

考以最快的速度奔跑着，但是捷霸已经爬上了前座。他们甚至没看到他。"停下来！"考喊道。

但是货车的轮胎打转了，扬起了沙砾和灰尘。然后它飞快地穿过洞开的大门，下山去了。考紧追不舍，他的希望随着货车的尾灯渐渐远去而消失。他的胸部灼烧般的痛着，踉踉跄跄地在路中间停下来。

"不……求求你……"他说。

别让莉迪亚受伤。

妙基从天空中落在他的胳膊上，接着，格鲁姆和斯克里奇也落了下来。

"他们以为她是鸦语者。"考说。

"他们很快就会发现她不是。"格鲁姆说。

考努力让自己振作起来。"他们接下来会怎么做？"

格鲁姆很长时间没有说话。

"我们应该回屋里去，"它终于说，"猫语者一定能帮忙。"

考点点头，但他注意到格鲁姆没有回答他的问题。

考在走廊里发现了菲利克斯·贵格，他怀里抱着那只死猫。考走近时，他抬头瞥了一眼。

"他们带走了她，"考的声音空落落的，"求你了……她是我唯一的朋友。帮我把她救回来。"

贵格看了考一会儿，然后低头看了看他怀里的猫。他轻轻地抚摸着她血迹斑斑的毛皮。"她叫海伦娜，"他说，"从她流浪时被我收养已经十五年了。"

"对不起，"考说，"我知道失去一个人是什么滋味。"

"是的……我想你一定知道。"贵格说。

"请不要让我再经历一次，"考恳求道，"莉迪亚还活着。我们还能救她。"

贵格的目光落在停在栏杆上的乌鸦身上。"她暂时不会有生命危险，就现在。首先，我们得谈一谈。跟我来，鸦语者。"

猫语者说着走出了房间，考握紧了拳头。他想跑到街上，马上开始跟踪那些逃犯。但他知道贵格是唯一知道如何找到他们的人。所以，不顾一切的本能，考跟着来了。

菲利克斯·贵格领着考来到地下室的厨房，那里铺着鹅卵石地板，摆着一张简单的木桌，犬吠声仍在房子里回荡。乌鸦飞了进来，落在水槽边。贵格把这只死猫轻轻地放在一张报纸上，放在一个巨大的壁炉前。其他十几只猫也出现在它们朋友的尸体周围，轻轻地喵喵叫着。猫语者现在和不到一个小时前应门的那个衣冠楚楚的男人判若两人。他的手腕被狗咬伤流血了，鼻子下面结了一层血痂，熨得笔挺的衣服又皱又破。

他眯起眼睛看着考。"那么告诉我，为什么他们会认为你的朋友是鸦语者？"

"我想……每次他们看到我和乌鸦的时候，她也在那里。"考说道，意识到情况确实如此。"事实上，第一次在巷子里时，他们根本没看见我——只有莉迪亚。当捷霸攻击她爸爸的时候，他们一定以为是她在叫乌鸦保护他。

"然后在思特里克汉姆家，曼巴一定看见我的乌鸦在外面等着……可是她当时也没有看见我。她当然以为乌鸦是莉迪亚的。"

他想对这一切的不公平大声疾呼。他要是把她送回克拉姆的藏身之处，这一切就不会发生了。

"我明白了，"贵格说，"你们是怎么找到我的？"

"华莱士小姐，"考轻声说，"在她遭到……"

"图书馆那场事件。"贵格说。他把一块布在水龙头下面冲了下，擦了擦他流血的鼻子。"我读到过。但警方没有透露任何细节。你也认识她？"

考点点头。"捷霸和他的朋友杀了她。"他说。

"野蛮人！"贵格露出尖利的牙齿，咬牙切齿地说，"她是个能

146

干的女人。我经常利用图书馆做研究。当然，她从来不知道我的真实身份，"他把布扔回水槽里，"两天前，我在取书的时候看到她桌子上有一幅画。"

"一只蜘蛛吗?"考问。

贵格猛然抬起头来，"是啊！你怎么——"

"那是我们画的，"考说，"我和莉迪亚。"

贵格的眉毛稍稍扬起。"嗯，我看到它的时候反应一定很大，因为馆长问我它对我意味着什么。当然，我不想和这件事有任何关系。我坚持说不知道。然后我匆忙离开了。"

"她一定猜到了你知道一些内情。她在画下面写下了你的名字，"考说，"当她被他们杀死的时候，手里还握着那张字条。"

贵格把目光移开，好像无法直视考的眼睛。狗叫得没那么频繁了，贵格抬头看了一眼。"他们最终会平静下来的，"他说，"我从来都不喜欢狗，但只要远离狗语者的控制，它们大多与人无害。"

考有很多问题，他几乎不知道从何说起。他们怎么去救莉迪亚呢?

"这么说你认识捷霸?"他说。

"我以前遇到过像他这样的人，"贵格说，"那派狗语者总是令人讨厌。"

"还有其他的?"考说。

菲利克斯·贵格重重地坐在椅子上。"炉灶上有一个水壶，里面有热水，架上那个罐子里有茶叶，"他指指，"如果手里没有一杯像样的茶，我就不能谈论野语者。"

考不情愿地把水壶拿来，又找着了两个杯子。他捏了一些茶叶放进水壶里。

"等一下！"贵格说，"我知道，你以前没沏过茶。学着点儿！"

考退后一步，让贵格来沏。他把茶叶舀进一个侧面有洞的金属物体里，然后把它放进一个小罐子里，装满了热气腾腾的水。

"我想我应该感谢您，"贵格说，"要不是你的乌鸦，捷霸的狗会杀了我的。"

"好吧，如果你告诉他我在那个衣柜里，我也会死的。"考说。

贵格靠得更近了，深深地吸了一口气，然后点了点头。"起初我没认出你来，但我应该认出来的。你们不可思议地相像。"

考的脖子刺痛。"你认识我父母？"

贵格把琥珀色的液体倒进两个杯子里，把一个杯子推到桌子对面的咖啡桌上。"是的，杰克。"

"杰克？"考说，他坐得更直了。

"我想你很久没用这个名字了。"贵格说。他抿了一口茶，心满意足地咕噜着。"我认识你时你还是个婴儿。杰克·卡迈克尔，伊丽莎白和埋查德的儿子。他们是聪明人，也很勇敢——也许最后有点太过勇敢了。"

考咽了口唾沫，强忍住眼泪。他把注意力转向那杯茶。他抿了一口，让那股奇怪的味道落在舌头上，脸抽搐了一下。

"我看出来了，你不太喜欢这味道？"贵格笑着说，"你母亲也喝不惯。"

考坐直了。

"好吧，别浪费。"贵格说着，把杯子夺到自己的手里。他又喝了一口茶。"你知道，我以为鸦语者的血脉已经断了。黑暗之夏过去后，我去了你家。你们都不在，但痕迹还在。厚厚的蜘蛛网，我得用斧子才能穿过去，"贵格不住摇头，"真是浪费人才。要是你母亲像我一样找个安全地方躲起来，也许她还活着，但是——"

贵格说到一半时停了下来，似乎在观察考的脸色。当他再次说话时，声音变得柔和了。"我说过，"贵格继续说，"他们很勇敢。"他又喝了一口茶。但是，有那么一瞬间，考觉得贵格看起来很羞愧。

"你为什么去我父母家？"考问。

"当然是为了收回鸦之喙。"贵格说。

"那把剑。"

猫语者点点头。"我很幸运，你妈妈藏得很好。"

"这是什么？"考问，"一件武器？"

贵格的眼睛睁大了一点，然后又眯了起来，"杰克，你对自己的身世知之甚少，这太可悲了。"

考感到脸上泛起了红晕，"那就告诉我吧。"

"鸦之喙可能看起来像一件武器，但实际上它更像是一件工具——一把钥匙——从远古时代起就在鸦语者的血脉中代代相传，那时候黑石城只是一片田野和一条河流。它可以打破这个世界和另一个世界之间的隔阂。"

"另一个世界?"考问。

妙基从水池边发出一声低沉的叫声,两边的两只乌鸦紧张地瞥了它一眼。

贵格放下杯子,杯子在碟子上碰得当当作响。他盯着考,炉边的猫把眼睛转向主人,竖起耳朵,警觉起来。"亡灵之地。"他说。

考感到他的胃在抽搐。

猫语者继续说,瞥了一眼妙基。"乌鸦一直都很特别,"他说,"它们是唯一能在两个世界来回穿梭的生物。"

"但是亡灵之地是什么呢?"他问。

"听起来怎么样?"

考脖子上的毛都竖起来了。"来世?"

"如果你愿意,你可以这样称呼它。"

"那不合理。"考说。

"你不相信我?"贵格说,"你那位白色的朋友知道我所言非虚。"

妙基盯着他们。

"我知道它不大说话,"贵格会说,"嗯,它的羽毛为它说话。它是白色的,因为它是少数几个去过亡灵之地并回来的乌鸦。"

考用新的眼光看着妙基。这是真的吗?

"我相信你的话,"他小心翼翼地说,"那是一个怎样的地方?"

"最好问问它。"贵格指着妙基说。

妙基飞起来落在他们中间的桌子上，爪子咔嗒咔嗒地拍打着木头。

"看看它的眼睛，"贵格说，"仔细看。"

妙基歪着头。在贵格和动物们的注视下，考感到很奇怪，但他还是盯着乌鸦苍白的左眼。"你要给我看什么，妙基?"他轻声说。

起初他什么也没看见。然后，在这个苍白的球体的深处，各种形状开始旋转起来。他盯得更紧了，房间里的其他东西都褪色了，因为那只眼睛似乎要把他吸进去。考觉得自己像在飘浮，然后掉下去，掉下去，掉到雾蒙蒙的天空深处。他透过雾看到了一些形状——林地、树枝、覆盖着一层层黑树叶的地面。

"你看见了吗?"从远处某个地方传来贵格的声音。

考点了点头，无法摆脱妙基的注视。透过薄雾，他看见树林里有一张张面孔，在树干之间飘浮着一些人影。两个转向他，他越飘越近。他们伸出胳膊，轻声地呼唤着他的名字。"杰克?"

是他的母亲。他透过薄雾看见了她的脸——她那双又大又黑的眼睛，她慈祥的微笑。然后他的父亲也来了，他那严肃的、刮得干干净净的脸，下巴上有个小小的酒窝。他们身体的其余部分模糊不清，但他们依旧在呼唤着他。"杰克，到我们这儿来。"他们一起说。

正当他要投入他们的怀抱时，另一张脸出现在他们身后。考吓得直打颤，纺纱人站在那里，他文满蜘蛛腿的手臂伸到考父母的肩膀上，把他们拽开了。他的眼睛又黑又亮，目不转睛地盯着考。

151

考倒抽了一口冷气，差点从椅子上摔下来。他又回到厨房里来了，妙基的头还翘着，注视着他。

"纺纱人，"考说，"我看见他！"

"他在等你。"贵格严肃地说。

"我？为什么？"考问。

"你以为为什么？"贵格说，"只有鸦语者才能挥动鸦之喙。"

"然后把他带回来，"考很快明白了，"如果我打破屏障，他就可以回来了。这就是为什么他的追随者需要鸦语者。"

菲利克斯·贵格点了点头，喝了最后一杯茶，然后把杯子放下。"他们和那个女孩的错误为你赢得了一点时间，但他们很快就会回来找你的。"

"这也许是真的，"考站着说，"但我不打算像你一样躲起来。谢谢你请我喝茶，但我现在得走了。我要去找莉迪亚。"

贵格伸手去抚摸一只缠绕在他脚踝上的姜黄色雄猫。"待在这里，"他说，"我已经尽力帮助你了。"

轻微的敲门声使他们两人都抬起头来。克拉姆在厨房门口等着，皮普站在他旁边。

"还有更多的不速之客，我就知道。"贵格说。

"前门大开着，"克拉姆说，"看来你有一些不受欢迎的客人。虽然我想所有的访客在这里都不受欢迎。"他的目光越过了考和鸦群，表情变得冷酷起来。"莉迪亚在哪里？"

"他们把她带走了，"考害怕地说，"他们以为她是鸦语者。"

克拉姆的脸上没什么表情，只有鼻孔微微地张了张，但是皮普从他身边推开，愤怒地指着考。

"你应该留在我们这儿的，傻瓜，"他说，"我们说过你还没准备好！"

"你说得对，"考的声音变得尖刻，"但我会弥补的。"

"你要怎么做呢？"皮普说。

"你得尽你所能教我，"考对克拉姆说，"要快。求你了，你得帮帮我。总得有人帮帮我。"考朝贵格瞥了一眼，但是猫语者不愿和他对视。"求你了，克拉姆，"考又重复了一遍，"莉迪亚的命就靠它了。"

克拉姆似乎陷入了沉思，眼睛盯着地面。考屏住呼吸。最后，鸽语者再次迎着他的目光。"很好，鸦语者，"他说，"但是我得提前警告你——这会非常艰苦。"

第十四章

在黎明后的一小时，黑石城像一个从沉睡中醒来的生物一样活跃起来。公共汽车隆隆地驶过街道，载着挤成一团或是下夜班，或是上早班的乘客。垃圾飘过小巷，无家可归的人蜷缩在脆弱的纸板棚里，躲在桥下和门口，争取最后几个小时不受打扰的睡眠。店主们拉开百叶窗，发出巨大的响声。

他们从赫里克山下山，进入金融区时，考从头到脚都在痛。金融区已不再是昨晚那个钢铁和玻璃构成的鬼城，而是挤满了穿着西装的男女，他们像虫子一样拥进他们如巨大蚁丘般的办公室。他们似乎都太忙了，甚至没有注意到走在他们中间的奇怪的三人组——一个衣衫褴褛的男子和两个男孩——还有头顶上盘旋的奇怪的鸟群。

考的骨头似乎散架了，咯咯作响，每走一步，肌肉间的肌腱都在尖叫。他裸露的每一处皮肤上都有伤痕。但他不能抱怨。他请克拉姆来教他，考得到的教训和克拉姆承诺的一样痛苦。他们在菲利克斯·贵格的大后花园练习过——猫语者至少同意把那个地方借给他们使用。考和克拉姆一连对决了好几个小时，鸦群对战鸽群，野语者和听从他们召唤的动物在星空下战斗。

考的进步很大——他现在能在一念之间召唤出数百只乌鸦——但克拉姆总是领先一步。这就像考在跳一场不知道舞步的舞蹈，他忙着听节奏，两只脚互相绊了一下。鸽语者在攻击时毫不留情，用鸽群压制住鸦群，让他的鸟儿用爪子和喙进攻考。有一次，鸽群甚至把考从地上举起来，扔进了灌木丛。

贵格和皮普在边上看着，一边苦笑，偶尔还做着同情的鬼脸。跟随他们的鼠群和猫群一个挨一个地坐在一旁观战，这一幕着实古怪，但老鼠语者和猫语者都控制住了各自的动物。考知道贵格在想什么——考一无是处，只不过是他母亲和她的能力的一个苍白的影子罢了。

猫语者慢慢地、非常缓慢地对他们冒昧的来访热情起来，最后，他开始津津有味地为他们讲起第一个鸦语者布莱克·科沃斯——史上最伟大的鸦语者的故事。显然，他是如此强大，他可以同时控制几个鸦群发起进攻，甚至，根据一些早期的消息来源，他自己也变成了一只乌鸦。克拉姆说那是无稽之谈，他和贵格就什么是传说、什么是历史事实争论了足足十分钟。至少这给了刚刚结束战斗的考一个喘息的机会。

"抬起头来。"当走到一条贯穿于河边的码头之间、空无一人的小路上时，鸽语者说。

"我下巴疼得抬不起来，"考抱怨道，"你让我摔到了头，记得吗?"

皮普咯咯笑了。"下手有点重了。"

"你确实进步了，"克拉姆说，"当我们结束的时候，你的哭声已经没有开始时一半的响亮了。"他指着横跨街道的一座砖桥说。"我们到了。"

"到哪了?"考问。

克拉姆和皮普对看了一眼。"你很快就会看到的。"

他把几只鸽子召唤到胳膊上。"注意这条街的尽头。任何警察靠近，你们都要提醒我们。"

鸽子咕咕地回答，飞向对面。

"跟我来。"克拉姆说。

他们爬上几级台阶，来到一个废弃的单轨铁路车站，车站的一半被固定金属天篷包围着。旧火车车厢停在墙边，锈迹斑斑，满是涂鸦，车窗被撞得粉碎。考的三只乌鸦停在一个凹下去的售票亭顶上。虽然升起的太阳因为建筑物的遮挡无法被看见，但晨光在空气中弥漫着一种微妙的、几乎是乳白色的光。

"我可得休息一下了!"斯克里奇说，"我发誓我的羽毛都疼。"

"我的也是，"格鲁姆说，"那些鸽子比它们看起来要强壮。"

"好了，"克拉姆说，"让我们看看你学到了什么。"

"再来一次?"考说。

克拉姆走到小路的尽头。"集中注意力，考。"他严肃地说。

皮普把身子挪开，站在可以俯瞰街道的铁轨边上，两只肩膀上各站着一只老鼠。"至少好好打一架,"他叫道,"只是看着你受伤,我烦透了。"

考瞪着他,老鼠语者朝他眨了眨眼睛。

你们看着瞧吧,考想。他闭上眼睛发出召唤。几秒钟之内,天空中黑漆漆的都是乌鸦。它们飞落在他的胳膊上,落在他周围的地上。他用手势把它们分成两队,一队进攻,另一队守在他身边,就像克拉姆教他的那样。

"很好!"克拉姆说。然后,他毫无预兆地张开一只手,他的鸽子发起第一波进攻。

考派出了他的第一排乌鸦来迎接它们。它们在半空中撞成一团模糊的灰色和黑色羽毛,疯狂地尖叫着。考偷偷跑向路边,躲在一个倾斜的亭子后面。他派剩下的乌鸦绕道而行,希望从侧面攻击克拉姆。但是克拉姆早有准备。他的鸽子从地上飞起排成一堵墙,伸出爪子。鸽语者趁乱一滚,站在另一边。"不错,考!"他说,"考?"

考满意地咧嘴一笑,向外望去。克拉姆没有看见他。

柔和的颤音使他抬起头来。一只鸽子停在亭子顶上,低头盯着他。

"啊,你在那儿,"克拉姆说,"多谢,薄宾。"

考立刻召唤来了更多的乌鸦。一些乌鸦从和鸽群的战斗中退回来。但与此同时,他看到一群新鸽子从附近的屋顶上飞下来。

它们俯冲下来,正对着他。

考举起右手，埋伏在桥下的鸦群像乌云一样升起。他放它们在正面抵御鸽群。与此同时，他让斯克里奇、格鲁姆和妙基从背面进攻克拉姆。他看见它们落在鸽语者的背上，用翅膀拍打他的脸，把他撞得失去了平衡。很好！他向天空挥打。

克拉姆震惊地叫了起来，他的膝盖撞到了平台上，他的鸽群也乱成一团。十几只从考的头上掠过，低低地飞着。考低下头，然后见到——鸽子正径直朝皮普飞去。鸟群从小男孩身边飞过，撞得他绕了一圈，站立不稳，皮普大叫一声，身体摇摇晃晃。考看到皮普的一条腿从铁轨滑落，感到一阵恐慌。皮普的胳膊挣扎着保持平衡，接着从铁路边跌了下去，发出一声微弱的尖叫。

"皮普！"克拉姆吼道。

"去救他！"考叫着，伸出一只胳膊指挥那些正在听命的乌鸦。他们像午夜的海浪一样涌过铁轨。他屏住呼吸，等着砰的一声。

第一秒过去了，接着是第二秒。第三秒钟，鸦群托着在他们爪子里扭动的皮普飞了上来，老鼠语者在爪子间扭动着。他们小心翼翼地把他放在平台上。男孩整理好衣服，脸色苍白。

克拉姆奔向老鼠语者，鸽子扑腾着四散而去。他抓住皮普，把他拉得很近，然后瞥了考一眼，点点头，眼里充满了宽慰。"我想战斗结束了，"他说，"你已经证明了你自己，考。"

"真棒，考！"斯克里奇叫道。

"你做得很好。"格鲁姆说。

考因为骄傲脸涨得通红，他的心还在因刚才的战斗而怦怦直跳。皮普从克拉姆手里挣脱出来。"我还以为我死定了。"他毫不掩饰自己的感激之情。"谢谢你，考。"

考笑了。"该谢乌鸦。"他说。

"不，是你。"皮普说。他垂下目光，显出害羞的样子。"对不起，我以前怀疑过你。"

考耸耸肩，觉得很尴尬。但是，短暂的喜悦过后，摆在他面前的极其严重的问题给了他极大的打击。"现在，"他说，"我们怎么找到捷霸和其他人呢？"

在街道尽头的两只鸽子朝克拉姆飞来，轻声地叫唤着。

"还不行，"他说，"我们大老远来不只是为了练习。"

一只鸽子不耐烦地在他面前跳上跳下，叫了起来。

"只要你愿意，薄宾。"克拉姆说。

就在这时，两只棕色的老鼠从平台上跑来。当皮普弯下腰去把它们捡起来的时候，又一个小家伙在考的脚下急急忙忙地跑过来。皮普把它们都扛在肩上。一只小老鼠把鼻子抬到他的耳朵边。

皮普的眼睛亮了起来。"他们来了。"他说。

"谁来——"考问。他问这话的时候，感到背后有个人影，他转过身来。

一个弯腰驼背的老妇人拄着拐杖朝他们走来，一只脚有些跛。她穿着橡胶雨靴，套着好几层衣服。她头上盖着一条格子布披肩，有几根白头发已经冒出来了。她的眼睛有些奇怪——它们在眼窝里不停转动，指向不同的方向，就像她无法决定该往哪个方向看一样。考放松了戒备。她可能有些疯癫，但算不上什么威胁。

但当他转身面对克拉姆的时候，他的心却在颤抖。平台的另一端又出现了三个人。其中之一是一个身材瘦小的黑人，穿着时髦的西装，戴着墨镜，提着一个公文包。他把报纸夹在腋下，看到自己的脸印在封面上，考开始往后退，躲在了克拉姆的身后。

"别跑，"鸽语者坚定地说，"你别想吓到他们。"

在西装革履的男人旁边，是一个坐着轮椅的年轻女子，大约二十岁出头。一头浓密的棕色卷发从娇嫩动人的脸庞两侧垂下，眼角向上翘起。她被一个肌肉发达的方下巴男人推着，那个男人穿着一件脏外套，就像刚从建筑工地上下来一样。他棕色的头发发梢已经灰白，考注意到他的手巨大而有力量。四个新来的人静静地聚集在一起，看着考、皮普和克拉姆。

"这就是所有能召集来的野语者吗?"鸽语者问，"我本以为来的人会更多些。"

皮普耸耸肩。"我派出了很多老鼠，"他说，"贵格在他家出事以后说自己已经受够了。我想他是害怕了——也许其他人也害怕。"

那个残疾的女孩举起一只手来打招呼，两只松鼠从她上衣敞开的领口里探出头来——一只红的，一只灰的。一只绕着她的背坐在她的肩膀上，另一个坐在她椅子的扶手上。他们怒视着考。

"她是一个野语者!"考喘着粗气。

"他们都是。"克拉姆咕哝着。

考转向老妇人，刚好看到三个巨大的蜈蚣，每一个都有一米长，和考的手指一样粗，在她的外套上跑来跑去。两只消失在她的袖子里，第三只跳进了她的惠灵顿长筒靴。

"嗯，美味。"斯克里奇哑着他的嘴嘀咕。

考在另外两个人身上都看不到任何动物。然后那个穿西装的弯腰放下公文包，猛地打开盖子。一群蜜蜂盘旋上升到空中。考觉得他的嘴唇上绽开了笑容。

"谢谢你能来。"克拉姆说。

"你为什么把我们叫到这儿来？"那个推轮椅的人粗声粗气地说。他听起来像是受到了冒犯，甚至有愤怒的情绪。考扫视着他的身体，想知道是否有什么生物潜伏在他的衣服里。

"你知道为什么，拉克伦，"克拉姆说，"你一定感觉到了。"

"我们俩都知道。"那人说，微微转了转脑袋。考注视着他，他的心猛地一震。一个巨大的灰色身影蹲在平台的阴影里。他以前从未在城里见过狼。它的黄眼睛审视着他们，然后慢慢移开视线。

"纺纱人。"轮椅上的女孩说，把考的注意力拉回到其他人身上。

"没错，玛德琳，"克拉姆说，"顺便问一下，你好吗？"

"我努力过得很好，"她说，"直到今天早上。"

蜂语者挥了挥手，它的蜂群像小型飓风一样迅速地围绕过来。"我们都见过他的迹象，克拉姆。但是纺纱人已经死了，不在了。"

克拉姆点了点头。"即便如此，他的追随者还在这座城市里游荡，"他说，"而且……现在他们有了鸦之喙。"

聚集在一起的野语者全都换了个姿势，紧张地互相看着。最先说话的是蜈蚣语者。老妇人的声音嘶哑无力，但她的眼里却满是热情。"鸦之喙是没用的工艺品，"她说，"可怜的伊丽莎白死了，再没有鸦语者能挥动它。"

"伊丽莎白，"考想，他的心在颤抖，"我的母亲。"

克拉姆把手搭在考的肩膀上。

"艾米丽，鸦语者的血脉没有断，"克拉姆说，"她的儿子。"

蜈蚣语者大吃一惊。"这个男孩——是鸦语者?"她说。

"不可能!"坐在轮椅上的女孩说。

蜂语者笑了。"克拉姆，卡迈克尔的孩子和他的父母一起死了。这个男孩在愚弄你，浪费我们的时间。我要去法院了。再见。"

他让蜜蜂嗡嗡地飞回公文包，啪的一声关上了。接着他转身就走了，其他人也一样。"等等!"皮普说。

蜂语者摇摇头。"别惹麻烦，老鼠语者。"他说。

皮普看着考。"给他们看看你的本事!"他说。

考迅速地把手拉到胸前。几秒钟后，四队鸦群呈黑线盘旋飞起，每一队都围着一个野语者绕圈。考集中了所有意念让它们保持队形，他成功了。新来的四个野语者纷纷停下脚步，狼语者皱着眉头盯着考。"杰克·卡迈克尔?"他说。

"你可以叫我考。"考说。他挥了挥手，驱散走了乌鸦，让它们离开车站。

坐在轮椅上的那个女孩——玛德琳——冷冷地望着考。"如果

162

你死了会更好。"她说。她的话刺痛了他的心。"你是一个负担。"她把注意力转向了克拉姆。"让他永远离开黑石城。只要你保证这孩子的安全，纺纱人就没有回来的希望了。"

考的心中充满了愤怒。他们怎么敢这样旁若无人地谈论他，仿佛他是空气？"我哪儿也不去。"他说。

玛德琳抓住轮子，向前冲去，直冲到考的脚边。"你以为我生下来就是残疾吗？"她啐了一口口水，"不——是纺纱人把我害成这样的！"

考努力承受住她的目光。"对不起，"他说，"我不知道。"

"你什么也不知道。"她说，声音变得柔和了一些。

考看着克拉姆。"我们正在失去他们。"他想。"听着，我可能没有在黑暗之夏战斗，但我的父母经历了那场斗争。我们必须做点什么。"

"对你来说，这是卡迈克尔一贯的固执，"狼语者拉克伦说，"你的父母也决不逃跑，看看他们现在在哪。"

他的话可能会刺痛考的心。"几天前，我甚至不知道还有其他野语者。"他说，"但后来我了解了黑暗之夏。我们那时候胜利了，不是吗？"

狼语者摇摇头。"那场战争只有输家。"他说。

"求你了，我们必须战斗，"考说，"纺纱人的跟随者掳走了我的朋友，他们以为她是鸦语者，但是，她不是。她只是个普通的女孩。"

"那她和我们更没有关系了。"松鼠语者说。她把椅子转向了平

163

台的尽头。

"玛迪说得对，"老太太说，"克拉姆，我们是打败了纺纱人，但你必须知道我们不能再这样做了。那时候我们的人更多。我们更年轻，更强大。"

"我现在更有力量了，"克拉姆说，"我一直在练习。"

蜈蚣语者苦恼地看了他一眼，皱了皱眉头，她用手抚摸着克拉姆。"克拉姆，你一直是个勇敢的孩子，"她说，"但是，请不要这样勉强。你很清楚我的痛苦。"她开始强忍住泪水，"我失去了我的……我的孩子。"她的肩膀颤抖着，克拉姆拥抱着她，下巴挨着她的头。过了一会儿，她打起精神，用手帕擦干了眼泪。"我的话就说到这儿，克拉姆，"她的目光转向了考，"鸦语者，如果你还有理智，你就会逃跑，这样你就不会遭受同样的命运了。"她用手抚摸着克拉姆的脸颊。她说："塞缪尔，你要珍重。"

克拉姆点点头，看着她走了，狼语者跟在她后面。

当她走到平台的尽头时，蜂语者还没有挪动。

"那么你，阿里?"克拉姆说，"你愿意帮助我们吗?"

蜂语者噘起嘴巴，把太阳镜推到鼻子上，又拿起公文包。"克拉姆，那时候我们一起度过了一段艰难的时光，但现在情况危急。我的蜂群在那场战争中献出了自己的生命。"

克拉姆说："现在更加危急。"

"不一样，兄弟，"阿里说，"鸦之喙——这只是一个传说。疯狂的隐士贵格会喜欢的东西。谁能说它有用呢?"

他也要离开了。

"如果你错了怎么办?"皮普问道。

"那我也认了。"蜂语者头也不回地走了。

"懦夫!"皮普喊道。但蜂语者还是像来时一样安静地离开了。

"对不起,考,"克拉姆说,"看起来只有我们三个人了。"

考叹了口气,突然间,每一处伤痛都比以前更深更痛了。

"是我们四个。"一个女人的声音响起。

就在这时,朝阳从月台的边缘露出来,把耀眼的光芒射进了考的眼睛,一个高大的身影从一节废弃的火车车厢里出现了。

她一定一直在观察着事态发展,考想,他想看清楚她的脸。

克拉姆吃了一惊,后退一步,眯着眼。"维尔玛?是你吗?"

当女人走到遮阳篷的阴影下时,考倒抽了一口冷气。她的头发散乱地披在脸上,她的眼睛似乎微微尖尖的,比以前更明亮了。她的长外套是为她的身体量身定做的,深橙色,点缀着白色的斑点。但那张脸考是不会认错的。

"你好,考。"思特里克汉姆太太说。

第十五章

"但是……"考问,"你怎么……"

"你们认识吗?"克拉姆皱着眉头说。

"你已经长大了,克拉姆,"思特里克汉姆太太说,"我本以为我们再次见面时情况能更好一些。"

克拉姆这一次似乎说不出话来了。他的眼睛里充满了敬畏和怀疑,就像一个吃惊的孩子。

"我听说你召集了一个聚会,"她向他们靠近,"鉴于目前的危机,我认为我最好参加。"

考内疚地瞥了一眼克拉姆,他正摇头。"你是我最不希望见到的人,"鸽语者说,"我以为你已经永远离开这座城市了。"

思特里克汉姆人人虽然表情严肃,嘴唇却在颤抖。"他们携走了我女儿,不是吗?"

原本眉头紧皱的克拉姆露出了瞠目结舌的表情。"莉迪亚是你的——"

"是的,"思特里克汉姆太太说,"当我看到她没有和你在一起时，我——我开始担心最坏的结果。看来我是对的。她对我的过去一无所知。她一定很害怕，我——"思特里克汉姆太太的脸因悲伤而扭曲，但她很快就镇定下来了。"我要带她回来，"她低声咆哮着说，"不惜任何代价。"

"你是个野语者。"考说。

思特里克汉姆太太把她那锐利的目光转向他，考感觉自己像捕食者面前的一个猎物。"是的，鸦语者。"

考简直不敢相信。"是我的错，"他终于说，"他们以为莉迪亚就是鸦语者。可他们要抓的是我！"

"莉迪亚从来不喜欢任人摆布。"思特里克汉姆太太冷冷地笑着说。

"我们会找到她的。"皮普说着，挺起胸膛。

"啊，老鼠语者。"思特里克汉姆太太说，眼睛落在那只爬上皮普袖子的老鼠身上。"我认识你父亲，年轻人。你的眼睛和他一模一样。"她停顿了一下，松散的红头发在风中像火焰一样。"他死得很英勇。"

皮普的眼睛里充满了泪水，但他很快就把眼泪抹掉了。"我知道，"他说，"克拉姆告诉我了。"

"那么现在怎么办呢？"考说，"我们怎么找到莉迪亚？"

思特里克汉姆太太锐利的目光转向他。"如果捷霸和他们在一起，我们可以试试城市下面的旧地下管道，"她指着铁轨，"据说在那个黑暗之夏，他和他的一伙人躲在那里。"

克拉姆说："但是这个管道可以延伸好几英里。即使他在下面，我们怎么才能找到他呢？"

"也许我能帮忙。"皮普说，克拉姆和思特里克汉姆太太一起望向他时，小男孩的脸唰的一下变白了，思特里克汉姆太太也转过身来看着他。考给了他一个微笑，这使他振作了些。"下面有老鼠，"他解释说，"很多老鼠！"

"你能召唤它们吗？"考问。

皮普点点头。他跪在平台上，双手放平，闭上眼睛。

考跳到铁轨上，看到老鼠们正向一个黑暗的圆形隧道口走去。

什么都没有。

最后，一只棕色的小动物从隧道口跑了出来，一个接着一个。很快，老鼠蜂拥而出，从隧道的两侧溢出，从屋顶落下。

老鼠们从考的脚踝处流过，爬上了平台，像一块沙沙作响的棕色地毯一样，聚集在皮普的周围，对他吱吱地叫着。男孩的眼睛睁开了，脸上绽放出了笑容。

"我从来没有召唤过这么多！"他骄傲地说。

"捷霸，"思特里克汉姆太太严厉地问，"他在哪里？"

"对不起。"皮普说。他又听了听，最后坐了起来。"他们见过一个脸上有文身的大块头。"他说。他的声音里没有胜利，只有恐惧的颤抖。"他来了又走，总是带着狗。"

想到那个邪恶的野语者可能离自己这么近，考的心就剧烈地跳了起来。

"那我们还在等什么？"克拉姆说。他跳到铁轨上。

他们一起出发了。皮普在前面带路，一群老鼠在前面跑，还有更多的老鼠蹲在他的肩膀上、胳膊上和衣服上。思特里克汉姆太太紧跟在他后面，甚至有很多的老鼠在她脚边团团转。考的乌鸦从头上飞过，停在隧道的入口处。就连妙基似乎也不确定是否要飞进去。

"这是最好的主意吗？"斯克里奇瞅了一眼隧道，"我是说——这是敌人的地盘，不是吗？"

"害怕了吗，斯克里奇？"格鲁姆问。

"不！"斯克里奇说，"小心驶得万年船，仅此而已。"

"好吧，我很害怕。"格鲁姆说。

妙基的羽毛静静地竖起来了。

考聚精会神地召集了更多的乌鸦，当他转过身来的时候，看到一群乌鸦在他背后聚集，他非常感激。从鸽子和乌鸦混在一起的声音中，他猜克拉姆和他的想法一样。他们正走向未知……

"待在我的身边。"考告诉他的乌鸦们。

"火车怎么样？"皮普问。

"这条路线已经十年没用了，"克拉姆说，"但还是要保持头脑清醒。下面藏着几个不愿被发现的危险人物。"

黑暗吞没了他们，考睁大眼睛，试图看透阴影。如果捷霸真的在这里，谁知道他会设下什么样的陷阱呢？

思特里克汉姆太太轻弹了一下舌头。考听到了轻微的脚步声，一个毛茸茸的身影从老鼠中间溜了出来，耳朵竖起来，紧跟在她身边。当他的眼睛适应了黑暗，他意识到那是什么。他想起了那个橘黄色的家伙，在思特里克汉姆家那顿糟糕的晚餐的晚上，在灌木丛中偷偷溜过的那个影子。

"你是个狐语者。"他说。

另一只狐狸也加入了进来，它对着思特里克汉姆太太发出声音。

"你说得对，"她狡猾地笑着对狐狸说，"他有点迟钝。"

考脸红了，幸好隧道里黑了。

"你以前为什么不说？"他问道。

思特里克汉姆太太目不转睛地望着前面。"因为我珍视我的隐私，"她回答，"杰克，我一看到你，就怀疑你是谁。我不想让我女儿和其他野语者混在一起。我想你认为我很粗鲁吧。"

"没关系。"考说。

"不，不是，"她说，"因为我失败了。"她转过身来面对着他。"也许我太天真了——我以为我能保护莉迪亚远离野语者的世界……我想让她有个正常的童年，你明白吗？像个正常的女孩。我自己的母亲否认了这一点。我刚懂事时，我就开始和狐狸玩。我从四岁起就知道，总有一天我的天赋会显现出来。"

"莉迪亚不知道吗？"考问。

思特里克汉姆太太摇摇头。"我非常小心。在黑暗之夏过后，我很少和我的狐狸交流，即使我们一起经历了很多。"

"真是轻描淡写。"克拉姆在前面咕哝着。

"我——我很抱歉莉迪亚卷进来了。"考说。

"是的，我也是。"思特里克汉姆太太简单地回了一句。她加快脚步，大步向前走，她的狐狸也跟着跑。

"我觉得她不太喜欢你。"斯克里奇说，他在考身边时而飞翔，时而行走。

"别为她担心。"克拉姆说着靠近考身边。"她一直有点，呃……冷淡。"

"她恨我，"考说，"我也不怪她。"

"起初，她对我也是这个态度。"克拉姆说。短暂的停顿之后，他降低了声音。"顺便说一句，关于思特里克汉姆太太，有些事你应该知道。最后杀死纺纱人的就是她。"

皮普在黑暗中低声吹了一声口哨。

当思特里克汉姆太太转过街角时，考盯着她的背影。"所以是她为我父母的死报了仇。"考想，事情更糟了——他欠她的。

渐渐地，他的眼睛更清楚地看到隧道的前方——脱落的砖墙和穿透远处的灰色铁轨。没有其他人的踪迹，也没有狗潜伏在旁边。在啪啪啪的脚步声中，他还听到了滴水声、老鼠的沙沙声和鸟儿偶尔扇动翅膀的声音。

也许思特里克汉姆太太说得有道理。他为自己能有个朋友感到高兴，他变得自私了。去高尔特府时，他本可以叫莉迪亚待在教堂里，但他没有。就像他把华莱士小姐牵扯进来一样自私。他当时不知道他们将要面临什么，也不知道他敌人的魔爪可以伸多远。

不过他现在知道了，他也不会冒风险招惹捷霸和其他人了。在他身边有一个像莉迪亚的母亲那样强大的野语者，这让他感觉好多了，哪怕他们并不是真正的朋友。

思特里克汉姆太太停了下来。"那是什么?"她低声说道。

然后，考也感觉到了——他脚下在摇晃。

"感觉就像一列火车。"皮普紧张地说，上下打量着隧道，"我以为这条线已经停运了?"

"它没有停运。"克拉姆说。

随着震动的加剧，两盏明亮的白光在他们身后的拐角处转了个弯。

"快跑!"克拉姆说。

考的乌鸦把他抓起来，沿着思特里克汉姆太太的方向，顺着隧道往下飞。考向后望去，皮普跑在他身边，老鼠四散开来。

"走这边!"莉迪亚的妈妈叫道，"前面有一个平台。"

光线淹没了隧道，投下长长的阴影。火车在考的耳边轰鸣着。他不敢回头。相反，他看着脚下飞驰而过的铁轨。如果他摔倒了，这就是他的结局。然后他抬头看了看火车站的砖墙和齐胸高的站台。灯光在头顶闪烁。他跳到思特里克汉姆太太身后，然后和克拉姆一起把皮普拉到安全的地方。火车沿着他身后的铁轨轰隆隆地驶过。

"快藏起来!"克拉姆喊道。

思特里克汉姆太太快步向一个旧售票处跑去，当火车急刹车时，他们蹲在售票处后面。砖墙上有一个牌子，但是考不识字。

"梅森街。"皮普顺着他的眼睛望去，低声说。

"我不明白，"克拉姆说，"这下面不应该有电的。"

火车在站台上停了下来，乌鸦和鸽子落在车顶上，藏起来了。考看不到思特里克汉姆太太的狐狸。

"一定是有人把电线重新接上了，"她低声说，"我想我知道是谁。"

伴随着嘶嘶声，车门打开了。两只淌着口水的狗，竖起耳朵，走到平台上。捷霸跟在后面，两眼死盯着左边，然后是右边。

"在这儿等着，孩子们，"狗语者低声说，"我要去的地方不需要你们。"

狗嗅了嗅空气，咆哮起来。捷霸抬起他的大脑袋，眯起眼睛。"有人来访，是吗？"他说，"出来！"

考蹲着的时候，脖子刺痛了。思特里克汉姆太太闭上了眼睛，仿佛在集聚精神。当她的双眼睁开时，考看到了她的决心。她开始挺直腰板，准备战斗……

考不假思索地向前冲去，站在她前面的空地上。

"考，退回来！"她不屑地说道。

但为时已晚。狗在一瞬间转过身来，牙齿紧咬。

"只有你，小子？"捷霸笑着说。

"莉迪亚在哪里？"考说，"你们对她做了什么？"

"鸦语者待在她该待的地方很安全，"捷霸说，"真遗憾，我不能对你说同样的话。晚餐时间，孩子们。"

两条狗以惊人的速度冲过站台。"乌鸦们，到我这儿来！"考集中意念。他伸出一只胳膊，二十多只乌鸦从火车车顶扫了下来，领头的是格鲁姆、斯克里奇和妙基。

狗急忙停了下来，捷霸咕哝了一声。乌鸦突然转向，爪子撕扯狗的后背。这些狗狂乱起来，打滚、跳跃、撕咬，想甩掉攻击它们的对手。一只乌鸦发出一声垂死的哀号，它从一只狗嘴里被扔到墙上。

然后狐狸来了，他们咆哮着从站台边上废弃的电梯里冲出来。他们咬住狗的腿，狗痛苦地号叫。

捷霸跌跌撞撞地往后退，他那张布满文身的脸上露出了惊慌失措的表情。

鸽子从捷霸身上掠过，把他赶回了更远的地方。他们设法把他抬离地面几米，然后把他摔到平台上。捷霸向敞开的车厢门爬去。他的狗跑进了隧道，后面跟着叫不停的狐狸和尖叫的乌鸦。

"别让他跑了！"思特里克汉姆太太喊道。

狗语者差不多跑到火车跟前了，他身上满是扑扇着、啄着的鸽子。他伸出一只血迹斑斑的胳膊，这时门突然砰的一声关上了。

捷霸呻吟着滚过平台，在砖墙上乱抓乱撞，撞进了一个金属盒子里。盒子生锈的盖子打开了，里面露出一大堆电线和面板。鸽子没有松气。考看见克拉姆的脸气得扭曲了。他意识到自己看到了克

174

拉姆的另一面。黑暗之夏的老兵，凶猛而复仇心切。

几只老鼠从车厢下面跑了出来，穿过站台向它们的主人跑去。

"你们做到了！你们把门关上！"当老鼠爬上他的腿时，皮普说。然后他转向其他人，"它们咬断了电线。"

克拉姆抬起手，扑向捷霸。他的鸽子拍打着翅膀，从罪犯倒地的身体上飞了起来。

当他看到鸽子所做的一切时，考退缩了。捷霸的脸上满是啄伤和划痕，鲜血滴落在站台上。他的手也破了，也流了血。

思特里克汉姆太太似乎对这可怜的景象无动于衷。当她走近时，捷霸不停往后退，一直抵到墙边。他的眼睛睁大了。考意识到，他害怕她。"是你！"狗语者说，"是你杀了我的主人！"

"我的女儿在哪里？"思特里克汉姆太太喊道，"你对她做了什么？"

捷霸的大额头皱了起来。"你的什么？"他说。

"你知道我说的是谁！"思特里克汉姆太太说。正当她说话时，三只咆哮的狐狸也威胁着靠近捷霸。

捷霸眉头紧皱。"我不……不明白。你是狐语者。她不是你的女儿。"

"你找错人了，"考说，"我是鸦语者。"格鲁姆和斯克里奇飞来停在他的左右肩头。"我才是你们想要找的那个人。"

捷霸什么也没说，但他的眼睛里燃烧着怒火，却又无可奈何。

一只狐狸爬到狗语者的胸前，把它的嘴贴近狗语者的脸。

"最后的机会，"思特里克汉姆太太说，"她在哪儿？"

考感到寒冷。她是认真的吗？无论这个人做了什么可怕的事情，考也无法忍受那些狐狸那样残忍地伤害他。

但还没等考开口求情，捷霸就往边上扑，把狐狸打得四脚朝天。他转身要跑，却被绊了一跤。他胡乱地伸出一只手，保持平衡，抓住了他唯一能抓住的东西——打开的金属盒子里的一大堆裸露的电线。

一阵砰砰声，捷霸扭曲的嘴张到极大，似乎要发出尖叫，却没有声音发出来。他的身体僵硬地抽搐着，脖子上的静脉像皮肤下有蠕虫一样的突起。接着，眼眶里冒出了烟，他瘫倒在信号箱旁边的地上，头重重地撞在平台上。

第十六章

"总算摆脱了。"思特里克汉姆太太说。

克拉姆静静地站着，盯着狗语者的尸体。皮普颤抖着，考把手搭在他的肩膀上。一个问题在他脑海中反复出现。

"我们现在怎么找到莉迪亚呢？"他说。

"搜他的口袋。"思特里克汉姆太太说。

考慢慢在捷霸冒烟的尸体旁蹲下。想到要触摸尸体，他不寒而栗，但他不想在别人面前显得软弱无能。他摸了摸狗语者的夹克。"什么都没有。"他说。

"翻翻里面的口袋。"恩特里克汉姆太太说。

捷霸的口袋里只有一把凶恶的刀，刀柄是黑色的，刀刃形状像锋利的尖牙。思特里克汉姆太太把它举起来。"这是捷霸在黑暗之夏里的首选武器。他一定是想回来拿这把刀。真有趣，我从来没有想到他是这样多愁善感的人。"她把刀啪的一声扔在地上。

"等等！"斯克里奇叫道，晃动着喙。"看他的鞋。我看到有东西在闪光！"

考检查了捷霸黑色靴子的底部，看到了银色的光芒。他用手指把那东西从橡胶鞋底撬了出来。那是一根银色的缝纫针。

"在图书馆时曼巴也有一个。"考想起来。想到她用它来干什么，他的心怦怦直跳。"看看他牛仔裤的裤口！"

克拉姆和思特里克汉姆太太凑近了看。捷霸的牛仔裤上沾着几根五颜六色的线。

"针和线，"克拉姆若有所思地说，"奇怪。"

"纺织品。"思特里克汉姆太太皱起眉头思索着，喃喃地说。

她的一只狐狸叫了两声。

"如我想的一样，鲁比，"思特里克汉姆太太说，"工业区有一家旧缝纫厂。它已经废弃多年了——我总是听我丈夫说警察在那里活动。那里是一个完美的藏身之处。"

考感到寒意在皮肤上蔓延。纺纱人的追随者把一家缝纫厂作为他们的总部……这有一种奇怪的、令人毛骨悚然的感觉。

"你认为莉迪亚在那儿吗？"他问道。他无法相信他们在刚刚发生了这一切之后依然这么镇定。

"也许在，"思特里克汉姆太太说，"也许不在。但这是我们唯一的线索。我们走吧。"

她转向出口。

"怎么处置他？"皮普指着捷霸的尸体，平静地问道。

思特里克汉姆太太没有停下脚步。"把他留给老鼠吧。"

他们发现狗语者的猎犬们温顺地在地下车站的出口处嗅来嗅去，尾巴夹在两腿之间。

"现在它们没有威胁了，"思特里克汉姆太太抚摸着一只猎犬的脑袋说。金属百叶窗是锁着的，但皮普很快就用外套里的一套撬锁工具把它打开了。

他们在地下世界战斗时外面开始下雨了。它扫过黑石城的街道，仿佛铅灰色的天空正在清空自己。四位野语者在倾盆大雨中奔跑。往常在这样的日子里，考会把鸟巢的防水布拉下来睡觉，但他现在觉得很兴奋。他不再对野语者可怕的暴行感到震惊，他现在只想着莉迪亚的安危。如果她不在缝纫厂呢？接下来该怎么办？他试图打消自己的疑虑，但这并不容易。

去工业区的路上没有很多人。皮普大部分时间都在重温与捷霸的战斗，一次又一次。他那一头脏兮兮的金发被雨水打湿了，但他似乎并不介意。

"你的狐狸太棒了！"他对思特里克汉姆太太说，"你一次可以召唤几只？"

"我不确定。"她说。

"我打赌你能召唤出很多东西！"皮普说。

"已经很久没有这个必要了。"思特里克汉姆太太疲倦地说。

"让维尔玛安静待会儿。"克拉姆说。

皮普闷闷不乐地闭上了嘴。

他们很快就到达了工业区——废弃的工厂和空空如也的仓库散

布在纵横交错的街道上，停车场分散在街道之间。建筑物之间的小巷里长出了野草。考的乌鸦在前面飞。他告诉它们要留意任何可疑的东西——任何潜伏在暗处的蛇或蟑螂。斯克里奇落在一根灯柱上，它抖落羽毛上的水滴，更多的雨水从它的喙上滴下来。

考小步跑到莉迪亚的母亲身边。她面无表情，目光投向远方。

"思特里克汉姆夫人？"他问道。

她从恍惚中回过神来，不耐烦地挥了挥手。"叫我维尔玛，"她说，"既然环境使我们走到一起，我们也不应该再是陌生人。"

考点了点头，但他不想直呼她的名字。"据说有些野语者能把自己变成他们召唤的动物，是吗？"他吞吞吐吐地问，"这是真的吗？"

"传言是这样的。"她说着，把目光转向前方，"我不知道现在活着的人有谁能做到。"

"所以……你不能？"

她又转向他，目光犀利。"不，我不能，"她厉声说，"如果我是你，我会集中注意力考虑莉迪亚的事，不再做菲利克斯·贵格那种漫无边际的白日梦。"

她在两条街的交汇处停了下来，指着一座没有窗户的灰色大楼。"我们到了。"

"我们进去搜查。"克拉姆说。他瞥了思特里克汉姆夫人一眼，她微微点了点头。

"你们两个必须在外面等着。"莉迪亚的母亲说。

"什么?"考问。

"这不是你的战斗,"莉迪亚的母亲说,"这些是我们的宿敌。他们还掳走了我的女儿。"

"我的父母……"

"你的父母是被纺纱人杀的。"克拉姆说,"只要你不挥动鸦之喙,纺纱的人就不能回来。照维尔玛说的去做。"

"不!"考说,"你需要我们。"

"他是对的!"皮普说。

克拉姆上前一步,把双手放在考的肩膀上,注视着他的眼睛。"考,你还没准备好,"他说,"就这么简单。"他靠得更近了,低声说,"另外,如果我回不来了,我需要一个人来照顾小皮普。"

考想争辩,但他抑制住了自己的沮丧情绪。"好吧。"他咕哝着。

克拉姆松开手臂,考发现他们被一群狐狸和鸽子包围着。两个成年人肩并肩地穿过马路。

"你就这么让他们走了?"皮普生气地说。

"我们得多加小心,"考一字一句地说,"这附近可能还有纺纱人的其他追随者。"

皮普瘫倒在墙上。

"明智的决定。"格鲁姆说,落在考身边,"让专家来处理这个问题。他们很快就会找到莉迪亚的。"

克拉姆和思特里克汉姆太太沿着纺织车间的侧边,蹑手蹑脚地向一扇金属门走去，追随他们的动物潜伏在他们身后的阴影中。雨终于停了。

过了一会儿，他们就消失在大楼里了。

"真不敢相信我们居然袖手旁观。"皮普说。他似乎快要哭了。

"我们不会袖手旁观。"考说。他开始追赶克拉姆和思特里克汉姆太太的脚步。

"我们不会袖手旁观吗？"斯克里奇叫了一声，飞向空中。

"等一等！"皮普急忙跟在他后面说，"我还以为——"

"我只是不想争论，"考说，"莉迪亚有危险的时候，我绝不可能置身事外。"

格鲁姆拍打着翅膀飞过去，落在前面的路上。"考，你听到克拉姆说的话了。这不是——"

"谈这个没有意义，"考打断道，"我已经决定了。你要是不想管可以不管。"

格鲁姆叹了口气，然后跟了上去。

他们走到门口，门仍然半开着。里面很黑。考溜了进来，皮普跟在他后面。房间里几百张桌子和椅子一直延伸到远处。每张桌子上都有 台机器。地板上积满了灰尘，很容易看出克拉姆和思特里克汉姆太太行走的踪迹。有些机器旁边还堆着一些衣料。

"缝纫机。"皮普低声说。

妙基、斯克里奇和格鲁姆落在最近的桌子上。宽敞的房间里静悄悄的，考可以听到他们翅膀拍打的沙沙声。

厂房中间有一间封闭办公室。地板上到处都是纸，靠墙立着许多人体模型，上面还搭着衣料。考猜想这里已经很久没有人工作了。也许从黑暗之夏以后就没有人了。

灰尘中有朝大楼远处角落走去的脚印。几只老鼠沿着附近的墙脚爬行。

"后退。"皮普严肃地说。

在角落里，考看到一座螺旋状的向下通往地下室的金属台阶。

"你听见了吗?"皮普说。

考抬起头来，他听到从下面传来的某种有节奏的声音。"听起来像是在唱圣歌。"他说。他听不清在唱什么。

他下了楼梯，心怦怦直跳，每一步都小心翼翼。

在考到达底部之前，空气中充满了刺耳的哀号和尖叫。他来到一条空走廊，走廊的尽头亮着灯。动物的叫声越来越大，他拔腿就跑。当他跑到尽头时，他看到了带有小玻璃窗的双层门，灯光和可怕的声音从门后传来。

他蹑手蹑脚地走得更近些，透过窗户往里看。

他首先看到的是狐狸在思特里克汉姆太太身边围成一圈，咆哮着，但它们又犹豫着，好像不敢往前走。鸽子也是一样，团团围住克拉姆。

考小心翼翼地把门推开了一条小缝，他看到一个大储藏室，四周全是托盘和板条箱，天花板上银色的空调滑槽反射着烛光，照亮了这间储藏室。皮普也跟了进来，发出细微的喘息声，他睁大眼睛，透过门缝窥视。曼巴和斯卡托占据了房间的中心，考没有看清他们是否拿着武器。他屏住呼吸。莉迪亚站在他们中间，拿着鸦之喙，不停地发抖。她的头和脖子上戴着兜帽。在她脚边的地板上，有一些奇怪的形状。

"你们敢伤害她！"思特里克汉姆太太说。

"妈妈？"莉迪亚说，"妈妈，是你吗？"

"干得不错，亲爱的，"斯卡托说，"但我们知道她不是你的母亲。她是个可恶的狐语者。"

"别担心，莉迪亚。"思特里克汉姆太太说，她的声音因焦虑而变得紧张。"一切都会好起来的。"

斯卡托咯咯地笑了。

"我想不会，"曼巴说，"除非每个人都照我说的去做。首先，让我们把这些狐狸清理掉，好吗？"她指着一个开着门的大板条箱。"让他们在那儿待着就行。"

思特里克汉姆太太绝望地看了女儿一眼，然后又看了看脚边的动物。她手一挥，狐狸们就毫不犹豫地跑进板条箱，一个挨一个地摞在一起，把板条箱塞得满满的。曼巴大步走向板条箱，砰地关上了盖子，把狐狸都关在了里面。

"还有鸽子，"她说，"滚出去。"

克拉姆犹豫了一会儿，然后举起一只手。他的鸽子飞走了，考和皮普从门缝跳开，让鸽子冲出来，飞过他们身边，然后消失在走廊的拐角处。皮普又小心地把门推开一条缝。

184

"现在，"曼巴说，把注意力集中在莉迪亚身上，"举起鸦之喙。"

"照她说的做，莉迪亚，"思特里克汉姆太太说，"把屏障割开！"

"我已经告诉他们一千次了，"莉迪亚说，"我不知道怎么做。他们一直叫我鸦语者！妈妈，你怎么在这儿？"

斯卡托的脚动了一下，紧张地瞥了曼巴一眼。"够了！"蛇发出嘶嘶声，"我们好不容易走到这一步，不会被一个愚蠢的把戏愚弄。我们知道你真正的妈妈早就不在了，鸦语者。赶紧照我说的做！"

"妈妈，请告诉他们真相！"莉迪亚说，"告诉他们我只是一个普通的女孩！"

"听我说，亲爱的，"思特里克汉姆太太说，"把剑举起来，从一边拖到另一边。"

"但是——"

"快做！"思特里克汉姆太太厉声说。

突然间，考明白了。如果曼巴和斯卡托知道莉迪亚对他们没用，他们马上就会杀了她。

曼巴又开始低声吟唱起来。

"她在召唤他。"皮普低声说，他的眼睛因恐惧而睁得大大的。"地板上的那些图形和那些诡异的字符——是用来和死人说话的。克拉姆跟我解释过一次。她一定是在告诉纺纱人……准备好。"

莉迪亚挥动着鸦之喙。什么也没有发生。

“再试一次，莉迪亚！”思特里克汉姆太太说。她向前迈了一步，斯卡托对着她打了一个响指。蟑螂从他的衣服里和地板里飞了出来，它们的壳碰在一起。“站在那儿别动！”他说。这时，蟑螂们都围成一圈，围着克拉姆和思特里克汉姆太太。“否则他们会把你的肉从骨头上剥下来。”

“不起作用。”曼巴嘶嘶地说。

“也许那个小东西说的是真话，”斯卡托厉声说道，“也许这个狐语者真的是她妈妈，也就是说——”

“那女孩只是害怕。”克拉姆说，显然是想拖延时间，“再给她一次机会。”

“我们没有这么多时间。”曼巴说。她走向莉迪亚，眯起眼睛。然后她伸手从莉迪亚头上扯下兜帽。

“不！”思特里克汉姆太太喘着气说。

考的心脏停止了跳动。莉迪亚的脖子上有一条黑蛇，盘绕得紧紧的。它的头微微抬起，在她耳边盘旋。莉迪亚吓得直哆嗦，舌头也在颤抖。

“这还只是一条小蛇，”曼巴说，“但只要一口，不到一分钟就会把你这样的小家伙咬死。你会像你的狗一样痛苦地痉挛着死去。当你父亲看到你的尸体时，你已经肿胀到他都认不出来了。游戏时间结束了。在三秒钟内把屏障割开，否则我的耐心就耗尽了。一……”

“求你了。”思特里克汉姆太太恳求道。

“二……”

"别这样。"克拉姆说。

"三……"

考破门而入，身后是乌鸦和皮普。"住手！"他喊道，"我是鸦语者！"

"是图书馆的那个邋遢孩子！"斯卡托冷笑着说，"你怎么可能——"

"就是他！"曼巴说，她握紧了拳头，"乌鸦在外面等待的时候，他一定在她家。当时我的蛇咬死了那条狗。"

考瞥了一眼思特里克汉姆太太，她的脸因恐惧而僵硬了。要是他能尽力分散他们的注意力，莉迪亚也许还能活下去。"捷霸也觉察到了，"考说，"在他死之前。"

斯卡托的眼睛向曼巴瞟了一眼，然后看着考，迅速地眨了眨眼睛。"他死了？"他说，"你撒谎。"

"是真的，"克拉姆说，"即使像捷霸这样的大块头也经不起两万伏特的电压。"

斯卡托眯起眼睛，思特里克汉姆太太和克拉姆周围的蟑螂聚拢成一团，把考团团围住。"你一点儿也不害怕，是吗？"蟑螂语者说。"你会害怕的。只要我一声令下，你就会变成一堆破布盖着的骨头。你那些长着羽毛的朋友可帮不了你。"

"你需要我，"考说，"我是唯一一个能使用鸦之喙的人。"

"考，不要！"莉迪亚说。曼巴看了她一眼，莉迪亚呼吸困难，她脖子上的蛇稍微缩紧了一点，蛇头左右摆动着。莉迪亚的眼睛开始凸出来，脸色发青。

"这个可怜的女孩几乎喘不过气来，"曼巴说，"如果再紧一点，她的血管就会开始破裂。"

考向前挪了挪，蟑螂跟着他，把他挤得离朋友更近了。考惊恐地发现地板上的黑影并不是画出来的，它们是由蜘蛛组成的，成百上千的蜘蛛，一动不动地坐在那里，形成了一个扭曲的圆圈。

"放了她。"考绝望地说。

"你知道我们想要什么，"斯卡托说，"你拿着剑。"

考看着思特里克汉姆太太和克拉姆。鸽语者的下巴绷紧了。思特里克汉姆太太慢慢地闭上了眼睛，可能是因为听天由命，也可能是因为看不下去。那是什么意思？他应该怎么做？

"好吧！"考说，"我来打开通往亡灵之地的门。请放了她吧！"

"把屏障割开，然后我们就放了她。"曼巴说。

"不，"克拉姆倒吸一口寒气，"不能让他重返人间。"

"我别无选择，"考说，"这是唯一的办法。"

他瞥了思特里克汉姆太太一眼。她的眼睛又睁开了，脸上满是激动。

"如果他重返人间，我们就都只有死路一条。"克拉姆哀求地盯着莉迪亚的母亲说。他看上去像个小男孩，完全吓坏了。

"鸽语者说得对，"格鲁姆说，"你不能这么做。"

"听格鲁姆的，考。求你了。"斯克里奇哀求道。

考向妙基寻求指导。那只苍白的鸟什么也没说，但它眼睛里仿佛有什么东西给了他勇气——似乎在告诉他，他心里已经做出的选择是正确的。

当考到达蜘蛛圈时，蟑螂停了下来，好像它们害怕通过一样。考走到圈子里，觉得胃里一阵刺痛，仿佛世界已经倾斜了。

"莉迪亚，把鸦之喙给我。"考说。不管付出什么代价，他都不能让莉迪亚死。他必须救她。

"考，别这样，"克拉姆说，"八年前你不在那里。你不知道你在做什么。"

思特里克汉姆太太沉默不语，下巴微微翘起，表示蔑视，但皮肤却惨白得要命。

莉迪亚把鸦之喙递给考时，满脸都是泪水。她的眼睛恐惧地盯着他。当考的手指合拢在冰冷的皮革上，他惊讶地发现刀刃是多么轻——更像是柳枝做的，而不是金属。

"就是这样。"曼巴说，缠绕莉迪亚喉咙的蛇也松了松身体。

"站在中间。"斯卡托说。

"考，住手"！克拉姆生气地喊道，"看在你父母的分上，放下鸦之喙。"

莉迪亚在考和母亲之间来回看了看。曼巴又开始吟唱起来。

三只乌鸦不受控制地在房间里飞速掠过。格鲁姆和斯克里奇突然飞了回来，嘶嘶地叫着。

"我们进不去！"格鲁姆叫道。

"考，快从那个圈里出来！"斯克里奇尖叫。

只有妙基落在他的肩膀上。

"你是来陪我吗?"考问。

妙基眨了眨眼睛,考从乌鸦苍白的眼睛里看到了自己的影子。

考抬起了鸦之喙。"记住我们的约定。"他对曼巴说。

他在空中挥舞着剑,感到有一种轻微的阻力,就好像在切布一样。突然出现一道刺眼的亮光,考转过身去。

"起作用了!"斯卡托说,"继续切!"

考看到克拉姆张着嘴,甚至思特里克汉姆太太也在发抖。

"对不起,考,"莉迪亚说,"我很抱歉。"

他把鸦之喙绕了几圈。他眯着眼睛望着泛着光的地方,除了那明亮而不规则的门,他什么也看不见。

"现在退后。"曼巴嘶嘶地说,她的脸上充满了兴奋。"传送门只能使用几分钟。"

考往后退了一步,然后感觉有人在拉他的手。考转过身来看见莉迪亚站在他旁边。"你已经救了我太多次了。"她喃喃地说,声音沙哑,"该我帮你了。"

"莉迪亚……"思特里克汉姆太太急切地说。

还没等考明白发生了什么事,莉迪亚就从他手里夺过鸦之喙,跳进了大门,那条蛇仍然缠绕着她的脖子。

"不!"曼巴尖叫。顷刻间,大门又关上了,蜡烛熄灭了,所有站在考脚下的蜘蛛都跑掉了,消失在黑暗中。

莉迪亚消失了。

第十七章

考震惊地倒在地上。空气突然变冷了，透过他脑子里的喧闹声，他可以听见思特里克汉姆太太在抽泣。当他抬起头时，曼巴跪在地上呻吟着，双手紧贴着头皮。斯卡托盯着那扇门原来所在的地方，摇着头喃喃地说："不，不，不……"

"为什么?"曼说，"她为什么要那样做?"

为了阻止纺纱人回来，考想。没有鸦之喙，谁也不能回来。甚至是莉迪亚。他感觉好像有人挖出了他的心脏，灌上了铅。她为了救我们牺牲了自己。

"你为什么不阻止她?"曼巴对着蟑螂语者尖叫道。

"你为什么不?"斯卡托反咬一口，"可怜的小家伙把鸦之喙也带走了!"

"是你一直在那女孩面前大谈特谈亡灵之地，"曼巴向那个驼背的男人回敬道，"要不是你，她绝不会想到做这件事!"

"现在争论这些有什么用?"克拉姆说，"一切都结束了。"

曼巴的眼睛闪闪发光地望着他。"别这么快下结论，鸽语者。"

她说。她的长手指一甩，几条蛇从房间边上的板条箱里爬了出来，径直向克拉姆和思特里克汉姆太太扑过去。蟑螂语者的目标则是皮普。

克拉姆伸出手，两只鸽子从黑暗的角落里飞了出来。它们猛扑向离皮普最近的那条蛇。但那条蛇不停地扭打着，用它的嘴咬住一只鸽子，用尾巴缠住另一只。

"快跑，皮普！"克拉姆说。蛇扭动着把他逼到一个角落里。老鼠语者向门口狂奔，停了下来，让一小群老鼠从他的裤腿里窜了出来。可就在那一刹那，一股蟑螂的洪流拥了上来，轻而易举地把他的老鼠淹没了。皮普跑了出去。

考看到思特里克汉姆太太把一条蛇踢到一边，又踩在另一条蛇身上，然后跳上一堆板条箱。她满是泪水的眼睛扫视着房间。她推翻了一个板条箱，压住了更多的蛇，然后跳到地板上，奔向和皮普相同的出口。装着狐狸的板条箱颤抖着，里面的动物咆哮着，没有办法帮助女主人。

考挣扎着站起来，也跑了起来，但只觉得脖子后面被重重地打了一下，他跌倒了，眼冒金星。他忍着疼痛让乌鸦离开。

"我们不会离开你的。"斯克里奇叫着，在混乱中拍打着翅膀。

"快走！"考喊道，"照我说的做！"

最后三只乌鸦飞出了房间。

考躺在地上，努力摇头想清醒过来，他看见蟑螂离他鼻子只有几厘米远，它们在抽动着。

"别乱动!"斯卡托站在他身边说。

考小心地把手放在肩膀上,挺直身子,摇摇晃晃。克拉姆被按在墙上,完全被曼巴的嘶嘶作响的蛇和成百上千的斯卡托的蟑螂困住了。

和蛇搏斗的两只鸽子都躺在地上,被掉落的羽毛包围着。一只已经死了,另一只因为剧痛而抽搐。

"我们现在就杀了他们吗?"斯卡托说。

曼巴怒视着考,她的脸因愤怒而扭曲。几秒钟后,她摇了摇头。"先留住他们的小命,"她说,"也许还有另一种方法……鸦语者也许还能帮助我们,不管他喜不喜欢。在我想出解决办法前,把他们关到修理室去。"

斯卡托打了一下响指,考脚下的蟑螂也整齐划一地移动着,驱使他向门口走去。克拉姆跟在后面,被蛇包围着。如果他们中的任一个轻举妄动,另一个肯定会死。没有办法逃脱。至少皮普和思特里克汉姆太太似乎已经成功逃脱了。

蟑螂语者把他们引到走廊外的一扇门前。里面是一个没有窗户的小房间,只有一个暗淡的、光秃秃的灯泡照着,里面堆满了破缝纫机。

"坐好,"斯卡托笑着说,"我们要去接你的朋友们。"蛇和蟑螂离开了房间,门砰的一声关上了。考听到钥匙在锁孔里转动。

"现在该怎么办?"他说。

克拉姆向后靠在墙上,瘫倒在地,跪坐在膝盖上。他看上去疲惫不堪。"对不起，考，"他说，"但我们完蛋了。"

考的心还在因刚才的战斗而热血沸腾。他不会放弃的。莉迪亚还被困在亡灵之地。另外，思特里克汉姆太太和皮普已经逃走了——他们也许能一起想出办法。他巡视了一下房间。"也许我们可以把锁撬开。"

"曼巴可不傻，"克拉姆说，"那扇门外面会有三十条致命的蛇。"

考感到一阵愤怒，但还没来得及回答，他就感到手上有一种柔软的痒痒的感觉。他低头一看，只见一只小巧玲珑的蜘蛛爬上了他的手腕。他把它拂开，它挂在天花板上一根细线上，悬了一会儿。考沿着蜘蛛丝往上看。那儿——一个通风格栅松了，高高地在门背后悬着。

当他再往下看时，蜘蛛不见了。

他的心怦怦直跳，把废弃缝纫机扔到一边，爬上了工作台面。即使他的手伸直了，离格栅也还有一臂远。他双膝弯曲，跳了起来，结果跌了一跤。他又试了一次，结果还是一样。

他说："起来帮我一把。"

克拉姆哼了一声，"为什么?"

考愤怒了。"我们不能就这么坐着!"他说。

"维尔玛和皮普是我们唯一的希望。"克拉姆说。他看上去疲惫不堪，垂头丧气。"把你的精力留到斯卡托回来的时候。至少我们可以战斗到死。"

"可是莉迪亚有危险！"

克拉姆目不转睛地盯着考的眼睛，一时间，一团火又回到了他的眼睛里。"她没有危险，"他说，"她死了。"他的话把考吓了一跳，克拉姆又轻声补充了一句，"或者纺纱人抓住了她。她带走了鸦之喙，所以没有办法回去了。只有鸦语者才能驾驭它。另外……睁大你的眼睛好好瞧瞧，考，"他向上指着，"那个通风口的直径不到半米，高度只有它的一半。你爬不过去的。"

考抬头看着通风口。克拉姆是对的——这个口子对他来说太小了。

"但是对乌鸦来说绰绰有余。"他喃喃地说。

"你在说什么？"克拉姆说。

"乌鸦可以从那个通风口钻过去。"他说。

"我看不见什么乌鸦。"克拉姆说，声音有点尖。"即使你设法从外边召唤一只过来，你仍然被锁在这里，"他的目光变得柔和了些，"鸦语者，对不起。"

考从工作台上跳了下来，觉得头特别轻。"如果我变成一只乌鸦呢？"

克拉姆轻蔑地挥了挥手。"我告诉过你，孩子——即使你一辈子都在练习，你也做不到。相信我，我试过了。"

"但是我没有。"考说。克拉姆翻了翻眼睛，这个表情只会让考更加坚定。

"你自便吧。"鸽语者说。

考转过身去，避开克拉姆，盘腿坐在地板中央。几天前，他从没想过可以召唤更多的乌鸦来他身边，更不用说让它们来载他了。他闭上眼睛，聚精会神地追忆自己在菲利克斯·贵格家所感受到的那种奇怪的轻盈的感觉，当时他凝视着妙基的眼睛，渐渐进入了那只鸟的意识之中。

他专注于这种感觉，让克拉姆的呼吸渐渐幻化成背景，他想象着妙基的眼睛，他让自己沉入虚无……

"有进展吗?"克拉姆问道。

"安静!"考说。

他再次聚精会神，几秒钟后，他又感到了那股力量。一阵能量带来的刺痛沿着他的胳膊蔓延，他血管里的血液仿佛突然暖和了一两度，那种感觉和他当时在鸟巢为了召唤公园各个角落的乌鸦，把力量集中在体内时是一样的———一种等待释放的潜在力量。但这一次，考不想释放它。他想把它用在自己身上。向内翻转。他深吸了一口气，集中精力把能量从胳膊上吸回来，注入他的胸膛。他的体温又升高了，变得不舒服。

"不可能……"克拉姆喃喃地说，他的声音很遥远。

考咬紧牙关。不知什么东西在他的皮肤下面流动，在他的血管里流淌，那感觉像是火焰，而不是血液。每根神经末梢都在尖叫着要他停止，而每一秒钟，只要他不停止，疼痛就会加剧。他的胸中凝聚起一团痛苦，每一次呼吸都是灼热的。他感觉到疼痛，身体的其他部分变得虚弱无力。在任何时候，他都可以释放它，但如果他这样做了，就会一无所获。莉迪亚需要他。他用意志力把痛苦压下去，不让能量跑掉。

克拉姆的声音从远处传来。"别停！快成功了！"

考感觉自己的头好像飘走了。

他感觉不到自己的腿，骨头几乎空了。他的胳膊感到无比有力，仿佛他能举起整座大楼。

是时候了。他呼了一口气，那股力量冲过他的身体，离开了他的指尖，通过他的双手，然后又沿着他的胳膊扫回来，直到失去重量。

他上下挥动它们……

……感觉自己的身体在上升。

当考睁开眼睛时，他在空中，他向下看着克拉姆。世界似乎弯曲了，考意识到自己也能看到背后的翅膀。鸽语者的嘴张得大大的。"考？"他说。

考笑了，他发现自己的声音就像乌鸦嘶哑的叫声。

我做到了！

他拍了几下翅膀，飞到通风口，用喙啄了它一下，把松动的格栅扯开，格栅扑通一声掉在地上。冷风吹进来，吹得他羽毛竖了起来。考最后看了克拉姆一眼，他正惊奇地张大了嘴巴，接着考便大模大样地飞出房间，飞进了夜色之中。

考毫不费力。一个念头和他的翅膀把他带了上去。考在工厂上空翱翔，黑石城在雨幕下一览无余。考飞啊飞，直到他看到西边的

197

山和黑水消失在东边的田野。他抬起头来，看到了一座座杂乱无章的建筑，还有监狱旁边的那个公园。这个世界——他过去的生活——显得如此渺小。

他挥动着翅膀，突然转向，下沉，滑翔着，搏击风雨。他斜掠过工业区的瓦楞屋顶，然后在河上一座桥的钢缆之间打转。汽车在他脚下沿着笔直的轨道行驶。

考突然加快了速度，他对自己的飞行速度感到惊讶。他的身体既有力又轻盈，空气帮助他实现愿望，仿佛它们是一体的。

过了一会儿，又有三只乌鸦跟着他飞，两只黑乌鸦和一只白乌鸦。

"考?"斯克里奇问。"是你吗?"

"是我!"考告诉它，"我现在是你们中的一员了。"

"真不敢相信!"格鲁姆说。

"我一直都知道他能做到，"斯克里奇说，"我总是说他很特别，不是吗?"

妙基慢慢地眨了眨眼睛，好像它一点也不惊讶，然后向前拍打着翅膀，飞到了最前面。白乌鸦什么也没说，领着它们向北飞进了雨幕中。有一会儿，考以为它们在飞回巢去。他加快了拍打翅膀的频率，甚至超过了格鲁姆和斯克里奇。

"炫耀!"格鲁姆说。

考飞到妙基旁边。"求你了，"他说，"我需要你告诉我如何进入亡灵之地。一定有别的办法。"

妙基微微抬起头。

"我是认真的!"考说,"你去过那里——你一定知道!"

妙基拍拍翅膀,朝东北方向飞去。

"我们要去哪里?"斯克里奇问。

"我不知道。"格鲁姆说。

"这么说你同意了。"考问道,跟上妙基。

但白乌鸦只顾着往前飞。

不久,妙基开始下降。他们就在黑石城的边缘,然后越过田野,低低地飞向远处墓地周围那些没有灯光的房子。考惊奇地注视着展开在他翅膀下的风景。

妙基沿着一条小路飞到一扇锻铁大门前。墓园里堆满了各种形状、大小不一的墓碑。妙基绕着转了一圈,然后停在一块灰色的大理石墓碑上。这块大理石墓碑微微倾斜着,四周长满了野草。

考降落了,他用乌鸦腿弹跳着,不知道该如何恢复人形。他努力地集中精力,就像刚才那样,集中精力释放他辛辛苦苦聚集起来的力量。和第一次变身相比,这简直太容易了,就像做一次深呼吸。不一会儿,他又恢复了本来面目。他感到身体呆滞而笨拙,四肢瘦长而不平衡。他的外套都湿透了,他站不稳,于是把手放在墓碑上。几次呼吸之后,一切恢复正常。

"这是什么地方?"他问道,拨开了挡在眼前的湿头发。一个念头已经潜伏在他的意识中,但他却躲开了。

妙基用一只脚轻敲大理石墓碑。

考看不清上面的字，但当他慢慢靠近时，他清楚地看到石头上刻着一幅乌鸦的画像。他喉咙哽咽了。"这是我父母的坟墓，是吗？"

"那是。"妙基说，它用那古老的声音低语着。"墓地是特殊的地方，在这里，土地和其他土地之间的屏障是最薄的。"

"有人变饶舌了！"格鲁姆说。

考把手放在冰冷的石头上。他想知道是谁把他父母安葬在这里的？菲利克斯·贵格？还是另一个野语者，黑暗之夏战争的盟友？

当他想到自己父母时，眼泪刺痛了他的眼睛。但过了一会儿，他擦干了泪水。他没有时间思考问题，也没有时间悲伤。他必须救莉迪亚。

"我怎么穿过去？"考问道。

"你必须掌控乌鸦的力量，"妙基说，"需要得到它们的同意。"

考的心跳加快。即使没有鸦之喙，也有办法。

他闭上眼睛，把乌鸦召唤来。他想象自己高高地飘在小坟地和村庄的上空。他穿过黑石城，把乌鸦引到他精力所在，感受着自己与每一只鸟儿的联系，仿佛它们被一根无形的线连接在一起。

他们来了。一个接一个，然后成群结队，规模越来越大。天空中布满了黑点，一直向墓地飘来。他们落在铁门旁边的墓碑上，落在由天使雕像守护的大理石墓穴的屋顶上。他们在草地上争夺位置，羽毛摩擦着羽毛，就像一块黑色的地毯。考擦干了眼泪，惊讶地张大了嘴巴。

但现在该做些什么呢？

"跟他们谈谈。"妙基说，好像他能看透考的心思似的。

考把手塞进口袋，这样就没有人会看到他的手正在颤抖，接着他大声向聚集起来的乌鸦讲话。

"谢谢你们听从我的召唤。"他说。乌鸦们用亮晶晶的眼睛看着他，在它们挑剔的目光下，他感到信心动摇了。"我是考，是鸦语者，这是我母亲的坟墓，在我之前的鸦语者。你们大多数人不知道我是谁。但我召唤你来这里有一个特别的原因。"他停顿了一下，深吸了一口气，"我必须到亡灵之地去。"

一千只乌鸦的叫声直冲考的耳朵，虽然无法分辨所有的声音，但意思是清晰的。"从来没有……不可能的……危险……疯了……傻瓜。"

考瞥了一眼妙基，妙基抬起了他的头。

"这儿有在黑暗之夏战斗过的乌鸦吗？"考问。

几声尖叫传来。

"你们协助我母亲与其他野语者并肩作战，"考说，"是为了什么？"

"为了活命。"停在考脚边的一只巨大的乌鸦说。考注意到他只有一条腿，他的喙被折断了一半，边缘变钝了。

"只是为了活命？"考说，"我更愿意相信是为了黑石城——这座城市一直庇护着你和你的家人，你的野语者。又或许是为了正义

201

而战。"

战士乌鸦沉默了。考开始感到信心又回来了。

"正是你们的英勇作战把纺纱人赶到了亡灵之地。但他仍然没有被击败。他掳走了我的朋友。"

"我们的职责是保护你。"

"我必须保护莉迪亚，"考说，"我们不能总是东躲西藏。纺纱人的追随者不把他救回来是不会罢手的，不是他们灭亡就是我们死去。"

"他被困在那里了，"一只瘦长的雌乌鸦说，"我们是安全的。"

"我正在失去他们。"考绝望地想。

"莉迪亚不只是我的朋友，"他说，"她是那个狐语者的女儿。"

一阵惊诧的低语在乌鸦中传开了，有几只乌鸦摇着头，相互交换着目光。考感觉到乌鸦们情绪的变化。"没错！"他说，"莉迪亚就是把纺纱人驱逐到亡灵之地的那个人的女儿。为了感谢维尔玛·思特里克汉姆，我们应该救回她的女儿！"

"这是真的吗？"雌乌鸦瞥了一眼斯克里奇，问道。

"确实如此。"斯克里奇说着，轻拍了一下翅膀。

"你们愿意帮助我吗？"考问，"为了死在纺纱人手里的我的母亲，为了解救你们的那个狐语者！"

乌鸦陷入沉默，想着他的话。

老乌鸦第一个飞入空中，其他的乌鸦也跟着飞了起来，它们的翅膀掠过考的肩膀。它们各自飞离墓地，身体伸展成一条黑色的丝带穿过天空。

"不。"考喘着粗气说。他绝望地瞥了妙基一眼。"它们不能离开!"

妙基,斯克里奇和格鲁姆也一言不发地离开了,加入了离去的乌鸦群。考跪在父母的墓旁,头靠在石碑上。

"对不起。"他说,他不知道自己是在跟它们说话,还是在跟莉迪亚说话,跟思特里克汉姆太太说话,或者是在跟自己说话。"我试过了。"

当他蹲在那里,绝望折磨着他的心时,空气在他周围翻腾,考感觉风在轻轻拉着他的外套。他猛地站起来,看见一大群乌鸦在头顶盘旋。它们回来了!鸟儿盘旋成了巨大的黑色圆柱。

发生了什么事?

随着乌鸦越飞越快,螺旋越来越紧,直到考再也分辨不出群中的每一只乌鸦了。它们开始对准考下降,一个黑色的圆柱体在旋转,而考就在其中。他感到既害怕又兴奋,他看不见前方,只有头顶上一小片圆形的天空。

鸟儿飞得更快了,他觉得自己的脚离开了地面。他分不清现在是白天还是黑夜,然后他完全迷失了方向——上、下、左、右毫无意义。他伸出双臂,抬起下巴,任由羽毛拍打。

什么东西抓住了他失重的身体,黑暗完全压倒了他。

第十八章

寂静突然降临，仿佛全世界的声音都被拦在了一扇门外。考睁开眼睛，发现自己站在起伏的齐膝的草地上。蓝天上飘荡着一缕缕薄云。他前面是一片绿得惊人的林地，树叶轻轻地沙沙作响。

考环顾四周，眯起眼睛看着朦胧的阳光。田野一直延伸到地平线，他从未见过这么美丽的景色。他心满意足地大吸一口清新的空气。

所有的乌鸦都消失了，只有一只除外。

"我们到了。"妙基说。

那只白色的老乌鸦正坐在他的肩膀上，但有些东西变了。

"你的眼睛!"考惊呼道。

妙基在现实世界中眼里苍白的薄膜已经消失了。妙基的眼珠又变成黑色的了，眼里映照出了考的脸。

乌鸦说："在亡灵之地里，我又拥有了视力。"

"现在我们去哪?"考问。

妙基腾跃而起飞向森林。考跟在后面，在草地上大步流星地走着。一路上，阳光温暖着他的背。他没有想到亡灵之地会是这样的。他想躺下来，让阳光沐浴全身。柔软的草地是休息的好地方，可以缓冲一下，他可以稍后再考虑其他事情……

莉迪亚。一个迫切的声音从他的内心深处传来。

考摇了摇头让自己清醒过来。这就是他来这儿的原因——找到他的朋友。

妙基正在森林边缘的一根低矮的树枝上等候着。当考进入翠绿色的树冠下的黑暗世界时，更多的乌鸦从弯曲的树枝间俯冲而下，绕过扭曲的树干向他飞来。它们都跟妙基一样，通身雪白——它们像雪花被一股强大的气流吸引一般，落在树枝上，形成一个半圆，把考围在中央。

"欢迎你，妙基。"它们异口同声地说，它们的声音是一种深沉的低语，似乎是同时从空中和地面传来的。"也欢迎你，妙基的朋友。"

"你们好。"考说，向它们挥手，"我是考。"

"我们知道你是谁，鸦语者，"乌鸦们说，"你不是第一个越过边界的人。问题是你为什么要来。"

考看着妙基，然后说话了。"我来这里是为了从纺纱人手中救出我的朋友。"他说。

乌鸦们有的摇头，有的点头，彼此轻声地鸣叫着，然后就安静下来了。

"它们同意做你的向导，考。"妙基说。

乌鸦们说："跟我们来。我们会带你去你需要去的地方。"

白色的鸦群起飞了，在前面带路，每一只都比另一只高出几英尺，在森林里形成一条苍白的小径。考跟着它们走在地上长满了苔藓、青草和小花的小路上，这儿幽静、美丽得如同天堂。

"这是什么地方？"他问道。

"这是这块土地最真实的形式，"妙基说，"在黑石城建立之前。"

"可是大家都到哪儿去了？"考问，"这是亡灵之地，他们在哪里呢？"

"死人就在你身边。"妙基说。一段时间后，他们的灵魂成为森林的一部分，就像在你们的世界里，身体消解成其他元素一样。

"但并不是每个人的灵魂都会成为森林的一部分，"考说，"纺纱人就不会。"

"到最后，每个人都会褪色。但有些人比其他人花的时间更长——他们与你的世界保持着强大的情感联系。仇恨、爱、渴望。如果他们的渴望足够强烈，有些人甚至会在一段时间内变得更强大。仔细看，你能看见他们。"

考向四周看了看，望向吞没了树木的黑暗中。果然，他看见一些身影在树干之间飘浮和飞舞。但是每一个都只出现了一会儿就消失了。他感到不安的战栗和悲伤的痛苦压在心头。

鸦群在一棵大树下停了下来，几只鸟停在大树裸露的树根上。树皮上的形状似曾相识……

"这是我的树!"考说,"公园里的那棵。它怎么在这儿?"

"亡灵之地投射着我们自身,"妙基说,"有时是以一种意想不到的方式。"

考的眼睛顺着树干往上看,看到建在树枝上的鸟巢。他的心突然感到一阵剧痛,然后是一阵沉重。

他伸手去抓那个熟悉的把手,但妙基的尖叫声让他停下来环顾四周。

"我们应该继续上路,"他说,"记住我们来这里的目的。"

考皱起眉头,他努力理解乌鸦的话,他觉得头很晕。他隐约记得经过千辛万苦才来到这里,但他不知道为什么。"我得去瞧瞧,"考说,"我不会耽搁太久。"

妙基说:"人很容易在亡灵之地迷失。"

"就几分钟,"考说,"记住,是乌鸦把我带到这儿来的。"

妙基不说话了。

考爬得很快,感觉自己比以前更强壮了。他感觉鸟巢在把他往上拉,把他拉近。他从未像现在这样渴望到达那里。乌鸦在地面上变得越来越小,就像散落在茂盛的草地上的雪花。当他到达底部的舱口时,他停了下来。他意识到,有什么东西在里面等着他。一些重要的事情。

他把头伸进去,一点也不害怕。

他的呼吸哽在喉咙里,时间似乎停止了。一张矮桌子上放着三个冒着热气的杯子和一个有缺口的盘子,盘子上放着一个蛋糕,已经少了几块。坐在桌子两边的两个人马上吸引了考的视线。

"你好，儿子。"他的父亲说，眨着眼睛。

"杰克！"他的母亲说，她的嘴唇延展开来，变成一个大大的笑容。"你终于来了！我们非常想念你。"

考突然热泪盈眶。"妈妈？爸爸？"

"快来，"父亲说，"加入我们。"

他们真的在这里，离得这么近，触手可及，他们看上去很放松，穿着和考梦里一样的衣服——妈妈穿着黑裙子，爸爸穿着休闲裤和衬衫。它们的气味，那么舒适和熟悉。

但考犹豫了一下。考在心中长久以来的怒火终于爆发出来，他们怎么敢装作什么事也没发生，好像一直在等他似的？"你们抛弃了我，"他说，"你们抛弃了我。那时我才五岁，你们就把我送走了！"

他的父母痛苦地对视，好像他们已经预料到了这种反应。他的母亲深深地吸了一口气，然后用她那双又圆又黑的眼睛望着他，泪水在眼眶里打转。"相信我，那是我们一生中最痛苦的时刻，"她说，"失去儿子的痛苦比随后发生的一切更加痛苦。"

"我们别无选择，杰克。"他父亲说。

"不，你们有，"考说，"你们让我觉得你们不在乎我。你们本可以告诉我真相的。"

"告诉你我们就要被杀死了？"他的母亲说，她那洪亮的声音使考想起了维尔玛·思特里克汉姆。"在你五岁的时候？仔细想想，

208

杰克——在你成长的过程中，你会想知道这些吗？这对你有好处吗？"

考低下头，陷入沉思。"这总比什么都不知道要好。"他说，但话一出口，他意识到这可能不是真的。

"我知道乌鸦会照顾你的，"妈妈说，"我对它们最后的要求是，永远不要告诉你发生了什么事。我担心你会设法寻找纺纱人。"

"我们只是想让你安全，"他的父亲说，"我们希望——我们祈祷——你能忘记。"

"嗯，我没有，"考说，"谁能忘记被乌鸦从卧室窗户里叼走的情景呢？我每天晚上都会梦到同样的场景。"

"我们很抱歉，杰克，"他妈妈说，"这不是你应该承受的。"

一颗泪珠从他母亲的眼里落下，考的心就软了。他现在看到了——他们把他送走的决定不仅困扰着他，也困扰着他们自己，甚至在死亡来临的时刻。

他的怒气消了。过去的事已经过去了，现在他有机会和他以为已经失去的父母谈谈。他慢慢地爬进窝里。"我们现在可以待在一起了，"他说，"我们又是一家人了。"

妙基落在了鸟巢的一角。"我们来这里是有目的的，你还记得吗？"

考恼怒地盯了那只老白鸟一眼。"他在说什么？"

"就让我和我的家人待在一起吧。"他说。他伸手去拿一只瓷杯，但他母亲拦住了他的手。她的手像最柔软的丝绸一样穿过他的手。

"妙基说得对，杰克，"她边说边擦去脸上的泪水，"亡灵之地不是你的家。"

"为什么不是？"考说，"我喜欢这里。"

"你的人生还有很多事情等着你去完成，"他的父亲说，"你的朋友莉迪亚需要你。"

"莉迪亚？"考说。这个名字对他似乎意味着什么，但他又说不清他们之间到底存在什么关联。

"纺纱人抓住了她，"考的妈妈说，"你是她获救的唯一机会。"她伸出一只手，放在他的脸颊上。"记得吗？"

在她微妙的触摸下，笼罩在考脑中的云团倏地散开了。"莉迪亚！"他说，"当然！"他怎么把她忘了？

他把脸颊靠在妈妈的手掌上，但什么也感觉不到。现在他更仔细地看着她，他发现她根本不在那里。他的父亲也一样。他们的身体就像一层薄雾，虚无缥缈，转瞬即逝。一阵强风就会把他们吹走。妙基说过什么？那些与现实世界有着强烈情感联系的人需要更长的时间才会消失。那是他父母留在这里的原因吗——他们和他的情感联系？他们因为把他抛下而怀有罪恶感？

他的父母都朝他微笑，他们有点难过。"我们真为你骄傲，杰克。"他父亲小声说。

"我们也许不能永远在你身边，"母亲喃喃地说，"但你永远是我们的儿子。"

考知道他要说什么。他必须让他们走了。

"我爱你们，"他说，"还有……我原谅你俩了。"

他的父母笑了，一扫愁容，在呼吸的刹那间，他们消失了。

考忍住了眼泪。"再见。"他低声对着空巢说。

当他从树上爬下来的时候，他注意到空气比以前冷了，天空变得越来越暗。但这并不是所有的改变。树林里翠绿的树木不见了，取而代之的是秋天的色彩——橙色、焦红色、棕色。当他到达树的底部时，第一片叶子已经落下了。季节在短短的几分钟内就转变了。

所有的乌鸦都走了。除了妙基。没有他们，森林显得荒凉。

"他们在哪儿？"考问。

"你不能指挥这里的乌鸦，"妙基说，"除非他们主动接受你的指令。"老乌鸦抬起头温柔地看着考。

"发生了什么？"

妙基拖着脚，好像感到很尴尬，然后把目光移开。"这些乌鸦——那些被亡灵触摸过的乌鸦——是我的朋友，鸦语者。纺纱人来找你父母时，我就站在他们旁边。亡灵之地几乎要夺去我的生命。也许他本该要了我的性命。"

考记得他在他父母的梦里看到的那只乌鸦——那只试图保护他们的乌鸦，最终却被蜘蛛制服了。他很长时间都没认出那是妙基——那时它还长着黑色的羽毛。"从我记事起，你就是我忠实的朋友，"他说，"当这一切结束时——不管结局如何——你必须留在这里。"

"谢谢你，"妙基歪着嘴说，"现在，你准备好了吗?"

考把他的手放在粗糙的树皮上，用指尖触摸着他的父母的灵魂，他们现在已经是死亡森林的一部分了。安息。

"我们为你骄傲。"他们说。

他不会让他们失望的。

"我准备好了，"他说，"我们去找纺纱人吧。"

第十九章

当考穿过森林时，树叶迅速地从树上掉下来，他很快就穿过了棕色的地面。妙基没有在前面飞，而是停在考的肩膀上。考走在若隐若现的树干之间，他现在不需要乌鸦来指引了。他的脚似乎认得路。

"你害怕吗？"考问。

"只有傻瓜才不怕等待我们的东西。"妙基说。

不久，树木就完全光秃秃了，树干扭曲变形，显出病态的黑色。这些树的树干从地上伸出来，指向无边无际没有星星的夜空。落叶已经溶解在一层混浊的、散发着恶臭的护根物中，考的脚陷了进去。

一阵冷风吹过树林，像一阵无声的低语，催促他转身逃跑，趁现在还有机会逃离。它抚摸着他的皮肤，手指滑过他的心脏，像冰冷的拳头一样挤压着他。他无视它的警告。

考看见一个人影从两只箱子后面钻出来时，他的呼吸停住了。那是捷霸——他那石板一样的、灰蒙蒙的脸，布满了伤疤——是他在现实世界中受的伤。他那布满文身的脸上露出了毫无欢乐意味的笑容，他的眼睛是最可怕的——苍白如霜的虹膜上的瞳孔上有小小的黑点。

"不要害怕，"妙基说，"他很虚弱，在这地方伤害不了你。"

考坚定了决心，径直朝狗语者走去。捷霸的眼珠闪闪发光。"你好，鸦语者。"他说。

"我在找纺纱人。"考说。

捷霸咕哝了一声，转过身来，伸出一只胳膊给考带路。"他迫不及待地想见你。"

当他们肩并肩走着的时候，考感觉到有其他的东西在黑暗中移动，跟随着他们的脚步。他辨认出一些模糊的形状，感到他们的目光中充满了仇恨。

"那些都是纺纱人的追随者，"妙基说，"那些在黑暗之夏的战斗中死去的家伙。"

"你看起来很害怕，孩子，"捷霸说，"只有一只乌鸦追随，你算哪门子的野语者？"

"那也比追随你的狗多一只。"

捷霸的脸色沉了下去。"你觉得你敢来这儿就是勇士吗？"他说，"你搞错了，鸦语者。纺纱人会让你挥动鸦之喙，最后重返生灵之地。"

"我会阻止他的。"考说，试图让自己听起来很自信。他知道来这里的风险，但听到捷霸的奚落令他觉得情况变糟了十倍。

捷霸咯咯地笑了。"你在黑暗之夏时只是一个小婴儿——我就在现场。我看见你们许多人被网缠住而死。每一个野语者都比你强大得多。纺纱人一点也不仁慈。"

"我不指望他有多仁慈,"考说,"我是来救我的朋友的。"

"那个狐语者的孩子?"捷霸说,"哦,她很快就成了我主人的宠儿。他不会放她的。"

"那我就打败他。"

"我们拭目以待,"捷霸说,"我希望当你的尖叫声响彻大地时,你父母的亡灵也在倾听。"

考看见前面树丛间有一盏昏暗的灯。

"我们到了。"捷霸说,他的脸上充满了敬畏。他停下脚步,让考独自过去。

两边的树都倒了,露出了森林里的一片空地。空地周围的树枝延伸出厚厚的发光丝线,形成一个复杂的网络。它们在中心会合,形成了一个蛛网王座。

考双腿直立,强忍住颤抖。在蛛网王座上坐着那个在噩梦中出现的人,他从头到脚罩着一件紧紧裹在身上的黑袍,只有手和脸露了出来,苍白的皮肤紧紧地贴在他的骨架上,考可以看到他长长的手指的每一个骨节和他脸上每一块突出的骨头。他的黑指甲像利爪,一根手指上戴着一个巨大的金戒指,上面刻着蜘蛛的标志。他的另一只手像握着权杖一样抓着鸦之喙。他的年纪比梦中的要大,在考的梦中,他的脸虽然布满伤痕,但还是光滑的,他原本乌黑的发根上有几缕白发。在这个阴暗的世界里，他比周围的任何东西都显得更加坚定和真实。

"你好，杰克。"纺纱人说。他的声音又柔软又刺耳。"我一直在等你。"

"莉迪亚在哪里？"考说。尽管恐惧和愤怒快要把他压垮了，他的语气依旧很坚定。

"耐心点，"纺纱人说，"我已经等了八年了。在这个鬼地方整整等待了八年，只有这些可悲的影子做伴，为我的归来积聚力量。你一定感受到了，即使是在活人的世界里。捷霸、曼巴和斯卡托也是。我想知道，考，你梦到我了吗？"

"你会一直待在这里，直到你化为乌有！"考说，"我的朋友在哪儿？"

纺纱人笑了。在考的梦中出现过的闪着寒光的白色消失了——他的牙齿是黑色的，聚成一个点。

"你很像你妈妈，"他说，"不过，就连她死的时候也吓得透不过气来。"

"闭嘴！"考说，"别谈我妈妈！"

纺纱人轻蔑地挥了挥手。"你是对的，杰克。过去的就让它过去吧。现在重要的是未来。让我们着手处理这件事，好吗？"

他伸手去拿一根丝绒，把它拔了下来。在它触到的树枝的地方，挂着一个白色的粘茧。考惊恐地倒抽了一口冷气，因为他看到里面有一具身体的影子。莉迪亚的脸只有透过薄薄的一层丝才看得见——她的眼睛睁得大大的，充满了恐惧。

"莉迪亚！"考喊道。

她挣扎着，蛛网棺材颤抖着。

"相当不错的礼物，"纺纱人说，"是害我到这鬼地方来的人的女儿。我的蜘蛛够她受的了。"他邪恶地笑了，"即使在亡灵之地，也总有苦难。"

"放了她！"考说。

"当然可以。"纺纱人说。他斜靠在宝座上小声说。"但是有一个条件。"在纺纱人说出这些话之前，考就知道是什么了。"让我重回生灵之地。"

"绝不！"考说。

"听起来你很有把握，"纺纱人说，"那如果我能说服你呢？"

考听到一阵吱吱嘎嘎的声音，他往声音的方向看了一眼。空地边上的森林地面在移动。当他意识到自己看到了什么时，不禁浑身颤抖。各种大小和形状的白色蜘蛛向他跑来，向他逼近。其他蜘蛛跳上了蜘蛛网，向莉迪亚爬去。

"你有两个选择，杰克·卡迈克尔。要么斩破屏障，把我们带回生灵之地——你、我和那个女孩。或者待在这里，你们将永远只知道痛苦。"

蜘蛛群聚集在莉迪亚的茧上。

"我等了八年了。"纺纱人说，一只蜘蛛正从莉迪亚裸露的脸上爬过。"我现在比以往任何时候都要强大，我不会再等待了。"

考盯着莉迪亚，努力不直视纺纱人苍白的脸。他母亲会怎么做呢？为了救考，她献出了自己的生命。但是，她会为了拯救生灵之地，让莉迪亚受尽折磨吗？或者她会冒险放纺纱人出去？

考想到了思特里克汉姆太太、克拉姆、皮普和菲利克斯·贵格。他想起了那些听到他的求救赶来却最终选择离去的野语者。他们根本不可能打败纺纱人。黑暗时代会再次到来。鲜血会涌入黑水，污染街道。黑石城将在这场冲击中灭亡。

他瞥了莉迪亚一眼。也许这个代价值得付出。她本不应该承受这些苦难。

但也许有另一种方法。一个念头在他脑子里闪过，他竭力不让纺纱人从眼睛中看出自己的想法。

"我帮你重回生灵之地。"他平静地说。

"考，不要！"妙基叫道。

纺纱人笑了，把鸦之喙放到了地上。他轻轻地把它放在蜘蛛的背上，蜘蛛把它抬到考的脚边。考弯腰捡起了它。剑在他手中十分轻盈。

"如果你砍破屏障，一切都将毁灭，"妙基说，"纺纱人会将恐怖降临到生灵之地。"

"如果你敢要我，"纺纱人说，"你的朋友马上就能享受我蜘蛛的尖牙。她会遭受难以想象的痛苦，而你只能在一旁看着。"

"对不起，妙基，"考说，"我别无选择。"

"快动手吧！"纺纱人命令道。

考闭上眼睛，用他的意念而不是声音和妙基说话。"你还说，我不能控制这里的乌鸦，但是它们会听你的。我现在需要它们。"

妙基飞起来的时候，考感觉到肩上有轻微的压力。乌鸦没有说一句再见，它那白色的身影就消失在树林间的黑暗中。

"哈！"纺纱人说，"连你的老朋友也离弃了你。现在，砍破屏障！"

考举起鸦之喙，它的力量在他的手臂上翻滚。他抬头望着莉迪亚，感觉宝剑触及那块把生灵之地和亡灵之地分隔开的织物。她不停摇头，一只蜘蛛爬上了她的脸颊。考的眼睛顺着把她和王座连在一起的蜘蛛丝看去。他握紧剑柄，心跳加快了。

他侧身一跳，剑落在那根丝上，一刀就把它折断了。

"不！"纺纱人咆哮着，他的眼睛因震惊而睁得大大的。他还没来得及挪动，他那被蜘蛛丝稳稳当当地悬着的宝座瞬间倾覆，他被裹在一团乱麻里。与此同时，莉迪亚的茧垂直落下，重重地落在地上，把蜘蛛抛向四面八方。考向她跑去，踩在蜘蛛上。他扯去她脸上的网，然后又从她身上扯掉更多的网。

"考！小心！"她哭喊道。

蜘蛛爬上他的身体，爬过他的胳膊，他转过身来。它们开始咬他，考痛得大叫起来。鸦之喙从他手里掉了下来。

"我警告过你！"纺纱人尖叫着站了起来。

蜘蛛在他的脚踝和腿上爬来爬去。他的噩梦变成了现实——他父母的命运——每当蜘蛛的毒牙刺进他的皮肤时，他能感觉到毒液涌进他的血液。

空地在他周围旋转。他看见莉迪亚的脸，纺纱人的脸，从一个个奇怪的角度闪现在他面前。他倒在地上，脑子里满是莉迪亚的尖叫声。他觉得头发里有蜘蛛，蜘蛛正试图爬进他的嘴里、鼻孔里和耳朵里。他想把它们拂掉，但刚拂掉，就有更多的蜘蛛将他盖住。他的身体越来越虚弱。它们试图扒开他紧闭的双眼，他知道自己抵挡不了多久了。他的视线开始变得模糊。

然后有什么东西擦过他的皮肤。

是一根羽毛。

接着又是一根。

"什么？"纺纱人尖叫道。

考觉得自己浑身都受到了轻微的撞击。随之而来的尖叫声是他听到过的最美妙的声音——乌鸦的叫声。

他睁开眼睛，什么也没看见，只看见白色的羽毛在他身上拍打着，乌鸦的喙飞掠而过，把蜘蛛抓起来，把它们撕成碎片，扔到一边。他设法站起来，踉踉跄跄往前走，最后被莉迪亚扶住了。她身上仍然挂着厚厚的丝线，但她是自由的。乌鸦在他们俩周围围成一圈，啄食任何靠近的蜘蛛。

纺纱人站在空地对面。"不错，"他说，"对于一个初学者来说还是很不错的。但你能做到这样吗？"

一道闪电划破了天空，接着是一声巨响，震得树木摇晃。纺纱人跪倒在地，号叫着，树枝啪的一声裂开了。在黑袍子下面，他的身体弯曲了。考觉得莉迪亚抓住了他的胳膊，把他向后拉。"我们得跑！"她说，"鸦之喙在哪儿？"

但是，考无法把眼睛从自己面前可怕的景象挪开。纺纱人的胳膊和腿在衣服下面伸展着，越来越细了。他苍白的皮肤下爆出了黑色的血管，然后似乎裂开了，墨汁洒满全身。当他的手指变成桨状的脚时，他的手指上长出了一层黑色的绒毛。他的骨头磨在一起，猛地折断成新的形状。他的腰变细了，躯干也变粗了。

他的长袍撕开了，他的脊柱两侧又露出了四条腿，蜿蜒着伸向地面。当它们接触到森林的地面时，旋转的人头向上转。他的脸越来越大，随着颅骨的移动而拉长。他的头发一簇一簇地披在前腿上，下巴张得大大的。他的两颗牙齿露出淌着毒液的尖牙，然后他的脸颊裂开，露出两只眼睛，接着是四只，接着是六只。随着变形的停止，八个黑色的球体从蜘蛛头的黑色皮毛上旋转着注视着考。一只巨大的蜘蛛隐约出现，和考一样高。

莉迪亚正在地上的一大堆蜘蛛网里爬来爬去。"鸦之喙一定在这儿的什么地方！"她说。

"怎么样，鸦语者？"大蜘蛛说，那是纺纱人的声音。

考还没来得及回答，一群蜘蛛就出现在它们主人的巨大身躯后面。它们涌过空地，压倒了乌鸦。鸟儿扑打着，痛苦地叫了起来。

"快跑，考！"妙基从乱飞的羽毛下面尖叫着。

考转过身来，抓住莉迪亚的手。"等等！"她哭喊道，"那鸦之喙呢？"

他猛拽着她向后跑，飞快地跑到空地边上。他不知道自己要跑到哪里去，但和那东西待在空地上肯定是可怕的错误。当他们在树间穿行时，影子分开为他们让出一条路。他与亡灵擦身而过，感到一阵阵冷刺。他们的声音催促着他。"快跑，人类！他跟上来了！"

考回头一看，发现他们是对的。巨大的蜘蛛的脚重重地踩在地上，然后撞到一棵树上，摇晃着树干。他的下颚扭动着。

"你逃不掉的。"他说。

考迈着大步从地上飞过，莉迪亚紧跟在后面。前面什么也没有，只有枯树，一片无尽的幽暗的森林。

"我们应该分开逃脱！"莉迪亚一面说，一面挣脱他的手。她跑开了。考径直朝前跑去，从肺里呼出的气酸酸的，还夹杂着恐惧。他四处寻找他的乌鸦，但上面的枯枝空无一物。他再去找莉迪亚的时候，莉迪亚也不见了。

他被树根绊了一下，差点儿摔倒，但总算挺直了身子。他滑到树干后面，背靠着树干，一动不动。

纺纱人的声音打破了安静，听起来很遥远。

"这是我的地盘，杰克，"他说，"我令他服从我的意志。跑是没有意义的，因为所有的路最后都通向我。"

考屏住呼吸，但他的心在胸口怦怦直跳。

"我能嗅到你的恐惧，孩子。"纺纱人说，他离得更近了。

考想知道他是否应该继续逃跑。他牵制纺纱人离空地越远，就能为莉迪亚争取更多的时间。但他感到全身无力，好像他的脚已经像周围的树一样扎下了根。一个长长的影子移到了他的左边，从它形成的弧线看，他知道那是一条蜘蛛腿。然后，那根直立的蜘蛛腿出现了，就在几英尺之外，轻轻地踏着。空气很冷。他强迫自己的身体移动，然后跑开了。

"你就在那里！"那声音嘶嘶地说。

考的脚似乎被绊住了，他跌倒在地。他的脸撞到了泥上，有些泥还挤进了他的嘴里。恐惧使他上气不接下气，他感到自己的腿被某种黏液粘在了一起。这是蜘蛛丝。纺纱人把自己蜘蛛般的身躯挤在树中间。

"你哪儿也去不了，鸦语者。"

考用沾满污垢的手撕破了蜘蛛网，并设法解放了一只脚。他摇摇晃晃地站了起来。

巨大的黑蜘蛛弓着背，从它腹部的一根刺中射出一股新的丝线。黏糊糊的东西绕着考的脚踝，又把他拽到地上。

当纺纱人把他往空地上拖时，他感到锋利的树根扎进了他的后背，但蜘蛛毫不费力地就把他拽了起来。

考翻了个身，试图抓住什么东西，不再被拖行，但没有东西可以抓住。他的肋骨撞到树上，疼得直喘气。他举起胳膊挡住了再次撞击，设法抓住了一只箱子，试图挣脱。他感到自己的指甲钩住了树皮，然后，当其中一块指甲裂开时，他感到一阵剧痛。

他试着深呼吸，试着保持冷静。他闭上眼睛，知道自己可能再也没有机会了。他还没准备好结束。

"放了他！"莉迪亚嚷道，"鸦之喙在我手里。"

考扭了扭脖子，看见莉迪亚站在旁边。她手里拿着剑。

她为什么回来了？她为什么不跑？他必须做点什么。他只有一次机会。突然间，考感觉体内蓄满了力量，就像在堤坝后汇聚的洪流。他感到一股风在他体内升起，吹动着他那件破夹克。他把这股力量释放出来了，开始用意念召唤。他感到它的意念穿过空地，延伸到远处。它寻找森林里的每一只乌鸦。

纺纱人笑了，考觉得白色液体滴落在他的脖子上。

"讨价还价的时候已经过去了，小姑娘，"蜘蛛说，"我最终会得到我想要的，但首先他必须为自己的傲慢付出代价。等我把话说完，他会求我让他用鸦之喙的。别担心，孩子——下一个轮到你了！"

"到我这儿来！"考尖叫着，"拜托！我需要你们。"他感到乌鸦们拍打翅膀的力量，以及它们尖喙的愤怒，几乎要把他压倒。但力量是属于他的。他的意识似乎挣脱了思想的束缚。他变成了乌鸦，乌鸦也变成了他。他看到了自己翅膀下黑暗的森林，他看到了空地上八条腿生物的身影。

"准备好尝点儿苦头了吗？"纺纱人说。

考睁开眼睛，看到了纺纱人的下巴。

远处，几千只乌鸦把天空染成了白色。

"就是现在！"考说。

鸦群整齐划一地俯冲了下来。

第二十章

当鸦群撞向他的腿和后背时，纺纱人的八只眼睛睁得大大的。一定是有乌鸦割断了缠绕着考的蜘蛛丝，因为他的脚踝突然能自由活动了。当蜘蛛的腿弯曲时，考从蜘蛛黑色的腹部下滚了出来。鸦群来了，把它们的爪子和喙深深地扎进了蜘蛛的躯壳里。考的愤怒驱使它们继续前进，每当有一只乌鸦猛击蜘蛛的身体，他都觉得是自己在用拳头砸向纺纱人。

动物的咕哝声和狂野的叫声在旷野上回响。空气中弥漫着一股恶臭，蜘蛛的身体在考的眼前腐烂了。两腿先着地，然后腹部塌陷下去。一种像油一样的黑色液体汇集在蜘蛛破碎的头骨下面。考往后退了几步，刹那间，他觉得自己看到了纺纱人瘦削的身躯，浑身苍白，衣衫褴褛。莉迪亚站在他身边，厌恶得直往后退。

乌鸦的狂热似乎减弱了，它们的攻击也不再那么疯狂了，考举起手。鸟儿们服从了，飞到周围的树上，它们的翅膀被蜘蛛的血染黑了。

考惊奇地发现，地面上除了一个闪闪发光的金戒指外什么都没留下。考看着它，不敢相信这是他所面对的怪物的最后一块残片。他小心翼翼地蹲下来把它捡起来。天气冷得像冰一样。

莉迪亚来到他身边。"真是难以置信！"她说，"你是怎么做到的？"

考瞥了一眼在空地上戒备的乌鸦。他在它们中间发现了妙基。"不是我。"他说。他朝鸟儿们点点头。"全靠它们。"

"谢谢你们。"莉迪亚说。乌鸦们发出一阵柔和的叫声，莉迪亚低声对考说，"尤其是你。我不敢相信你是为我而来。"

考害羞地笑了，一半希望这一刻赶快过去，一半希望这一刻永远停留。

"和你跳进连接亡灵之地和生灵之地的大门的举动相比，这算不了什么，"考继续说，"我知道我作为一个鸦语者，还有机会找到回家的路，但你……你来这里的时候已经想好有来无回了。"

莉迪亚咬着嘴唇。"有点蠢，不是吗？"

"太不可思议了。"考说。然后，他笑着补充说，"但不要再这样了。好吗？"

莉迪亚伸出鸦之喙。"我们回家吧。"她说。

考从她手中接过剑，朝妙基点点头。"再见，妙基。"

妙基歪着头。"再见，鸦语者。"

那只白乌鸦飞走了，鸦群里的乌鸦一只接一只地跟在它后面，只剩下考和莉迪亚。

考虽然感到筋疲力尽，神经被撕裂，但他仍怀着一种胜利的心情举起了剑。他将剑刃在空中一挥，一个黑暗的裂口出现在他们面前，比任何没有星星的夜晚都要黑暗。他向莉迪亚伸出一只手，莉迪亚抓住了。

"准备好了吗?"他说。

她点了点头，他们一起步入了虚空。黑暗像流水一样包围着考，他突然感到失去重量，仿佛灵魂与身体分离了。他像在梦中一样飘着走着，但始终能感觉到莉迪亚在他身边。

远处出现了一道微弱的亮光，他们飞快地朝它冲去，灯光变暗了，考张开嘴尖叫，但没有发出任何声音。当光辉笼罩着他时，考把自己交给了它，闭上了眼睛。

一道冲击波穿过他的身体，他感到脚下是坚实的地面。他跌跌撞撞地向前走，环顾四周，眼睛慢慢适应了黑暗。

他站在缝纫厂的地下室里，拉着莉迪亚的手。

考原以为会来到墓地里父母的墓碑旁，但现在他的心却在颤抖。他不仅看到了克拉姆，还看到了思特里克汉姆太太，他们都跪在地上，双手绑在背后，脖子上绕着蛇。斯卡托和曼巴站在他们后面。

"看看是谁!"黑衣女人说，"太完美了。狐语者不好捉，但你却自己送上门来了。"

"莉迪亚!"思特里克汉姆太太惊喜地吼道。她的外套破了，看上去很疲倦。

"妈妈!"莉迪亚说。

斯卡托的目光落在鸦之喙上，然后转向考。"他在哪儿？纺纱人在哪儿？"

"纺纱人彻底消失了，"考说，"毁灭了。"

血从斯卡托的脸上流了下来，曼巴的脸色变得冷酷起来。

"你在撒谎！"她不屑地说。

考从口袋里掏出金戒指。

"他说的是实话，"莉迪亚说，"你还是放弃算了。"

斯卡托盯着戒指，眼睛里燃烧着怒火。"那我们就把你们都杀了。"他说。他扭了扭脑袋，突然一只蟑螂窜上了考的腿，顺着他的胳膊爬到他的手上，咬进了他的肉里。考痛苦地叫了起来，戒指掉了下来，在地板上滚进阴影中。他甩掉了那只蟑螂，却看见一群蟑螂大军从房间的角落里冒出来。

曼巴发出嘶嘶声，缠在莉迪亚的母亲和克拉姆脖子上的蛇缩紧了，他们大叫起来。

然后，考看到了一些奇怪的东西。两只老鼠在门缝里窜来窜去。老鼠只意味着一件事……

皮普闯进房间，瞪大眼睛，气喘吁吁。"放他们走！"他哭喊道。

斯卡托偷笑着看了曼巴一眼。"哦，现在我被吓坏了。"

"你应该感到害怕。"皮普说。

从墙上什么地方传来一阵电流的嗡嗡声。

"那是什么？"曼巴说，后退了一步。

228

天花板上悬挂的空调通风口那儿传来了一连串的砰砰声，里面有东西在跑。轻轻的嗡嗡声变成了响亮的嗡嗡声。突然，考明白了那是什么发出的声音。

"下来！"他咬牙切齿地说。

他平躺在地板上，把莉迪亚也拉了下来。这时，一群蜜蜂从皮普身后的门里飞进来，落在曼巴和斯卡托的身上。他们扭动着、抽搐着，发出惊恐的尖叫，因为他们的皮肤被昆虫满满覆盖了。

"救救我！"曼巴哀号道。随着她被击溃，蛇从克拉姆和维尔玛·思特里克汉姆的脖子上掉了下来。

斯卡托倒在地上翻了个身，设法甩掉了几只蜜蜂。他伸手拿起靠在墙上的灭火器，对准曼巴，用白色泡沫把蜜蜂从她身上赶了下来。一波又一波的蟑螂从地板上向四面八方飞来，但灰色的身影从天花板上掉下来，敏捷地落在地板上。松鼠！他们用爪子和牙齿攻击蟑螂，咬碎它们易碎的外壳。考牵着莉迪亚的手，慌慌张张地离开了战场。

曼巴身上裹着白色的泡沫，绝望地挥舞着双臂。但是当她的蛇滑向考和他的朋友们时，这些蛇遭到了蜈蚣大军的阻击。

"上啊，野语者们！"皮普叫道。

在门口，有三个人跟着他。玛德琳坐在轮椅上，乌黑的眼睛闪闪发光；蜂语者阿里站得很高，他的手搭在指挥蜈蚣的埃米莉老太太的肩膀上。

"快跑！"斯卡托喊道，他的脸和嘴唇被蜜蜂蜇肿了。他急忙朝房间对面的一扇门跑去。曼巴飞快地从他身边走过，推开门不见了。考攥紧了鸦之喙。他正要追赶，突然听到曼巴尖叫起来。她跌跌撞撞地回到屋里。

"请！不要伤害我。让它走开！"

当斯卡特看到那只巨大的棕狼从敞开的门口慢慢走进房间时，他的心猛地一颤。棕狼的口水从它洁白的牙齿间流出来。拉克伦紧随其后。

"好久不见，斯卡托，"他说，"我似乎记得我们还有一些旧账要算。"

蟑螂语者颤抖着，双手合十，好像在祈求。"我不知道你在说什么！"他说。

狼咆哮着。

"你说过要剥掉克蕾西达的皮，把它当大衣穿，"拉克伦说，"她说她更喜欢反过来。"

"我们肯定是有误会。也许我们可以谈谈。"

蜈蚣语者艾米丽一瘸一拐地慢慢走进房间。"废话少说，"她冷冷地说，"是给他放血的时候了。"

她的蜈蚣从曼巴的死蛇身上离开，开始慢慢地向邪恶的野语者爬去。阿里拨动手指，从空调通风口召唤了一群蜜蜂。玛德琳的松鼠跳到板条箱上，所有的目光都投向斯卡托和曼巴。考从来都不知道这些毛茸茸的小动物会看起来如此可怕。

"等等。"维尔玛·思特里克汉姆说。她走上前去，用双臂搂住莉迪亚。"这不是我们做事的方式。"

"这是战争，"拉克伦说，"这是我们对他们所作所为的报复。"他把一只手伸进狼的粗壮的鬃毛里，带着纯粹的仇恨望着斯卡托。"撕碎他，我的姑娘。"他轻声说。

"不!"考叫着，跳到狼和纺纱人吓破胆的追随者之间。野兽停在离他一英尺远的地方，他们的脸几乎与考平齐了。即使他的乌鸦在这里，他知道它们现在也帮不了他。"我们已经看到了足够多的流血事件，"他说，努力克制内心的恐惧。"这些家伙任凭我们处置。"

狼的黄眼睛注视着他，考希望拉克伦能牢牢地控制住它的本能。它只要一口就能把他的头盖骨咬碎。

"听他说，狼语者，"克拉姆说，"战争结束了，我们是为正义而战，记得吗？他们才是那些毫无怜悯地杀人的人。"

最终，狼语者妥协了。

"你做得对，"维尔玛说，"你的妻子会为你感到骄傲的，拉克伦。"

一阵脚步声突然响起，每个人都吓得一跳。光线从走廊里射了出来。

"不许动!"一个声音喊道，"警察!"

"走!"维尔玛说，"离开这里!"

阿里抓住玛德琳轮椅的把手，把她推过房间，拉克伦转过身来，他的狼从他身边悄悄溜过。狼语者在门口等着，直到埃米莉也走过。克拉姆和皮普是最后离开的。

然后，考在手电筒强光的照射下，只能看到一些人影，有的在跑，有的蜷曲着身子。

"警察！跪下！"

考看到了金属枪管的闪光。

"放下武器！"

他意识到他们在跟他说话，就松开了鸦之喙。他跪下，举起双手。莉迪亚已经这样做了。

"是图书馆的那个男孩！"一个警察说。过了一会儿，考觉得他的手被拉到了背后，一副冰凉的手铐将他牢牢锁住。

"让开！"考听出是思特里克汉姆先生粗声粗气的声音。"莉迪亚！维尔玛！放开他们——那是我的妻子和女儿！"

"爸爸！"

考觉得自己被拉了起来。他绝望地看着鸦之喙，但是他没有办法够到它。

"莉迪亚！维尔玛！"思特里克汉姆先生说，"我以为你们俩都被……我还以为……谢天谢地！"

两个警察匆匆把考赶出了房间，押上了楼梯。他听见莉迪亚的声音从后面传来。"爸爸，他们抓住了考！"她说。前面走廊里有更多的警察。他听到有人喊："……这里有几十只该死的狐狸！我从来没见过这样的事。"

"爸爸！"莉迪亚又嚷道，"他们要把他带到哪儿去？是他救

232

了我!"

考半被拖着,半被推着穿过塞满缝纫机的房间,然后穿过门,四辆警车和两辆装甲车停在路边。考觉得一只手腕上的手铐松了。"留在原地!"其中一名警察一边说,一边把一只手铐系在铁栏杆上。他的对讲机响了。"你是说蜜蜂吗?"他咕哝着说。考几乎笑了。其他的野语者已经躲藏了很多年——他们现在不会让自己被抓住的。

过了一会儿,斯卡托和曼巴从门里走了出来,两人都戴着手铐,被全副武装的警察包围着。当他们被押送进一辆面包车时,野语者都沉默着,脸色苍白。

"站住别动,别转身。"一个声音在他身后低声响起。

"皮普?"考说。

"嘘!我要试着去开锁。"

几秒钟后,压力从考的手腕上消失了。他慢慢地把手转过来,然后转过身来。皮普走了,手铐松散地挂在栏杆上。

思特里克汉姆先生和太太从厂门里走出来,莉迪亚夹在他们中间,紧紧地拥抱在一起。这一幕让考心跳加速。

"弗朗哥警官?"思特里克汉姆先生说,"我们需要和你谈谈那个男孩。"

护送考离开大楼的一个警察跑到狱长那里。"我们抓住他了,先生,"他说,"拷在栏杆上……"

但是,考已经跳过栏杆,消失在两栋建筑之间的阴影里了。

他不能回到窝里去了，他知道这一点。这是他们要找他的第一个地方。

只剩下一种可能。

他闻到教堂屋檐下熏肉的味道。克拉姆斜靠在他的火盆上，把一只破旧的煎锅转来转去。苍白的晨光透过窗户和屋顶的洞射进来。

"早上好，小懒虫。"他说。

考很快坐起来，但他马上希望自己没有这么快坐起来。他全身疼痛，从脚尖到头皮。他呻吟着。

"变乌鸦是会这样的。"克拉姆笑着说。他递给考一盘油腻的熏肉三明治和一个冒着热气的泡沫塑料杯。然后他瘫坐在对面的地板上，咬着自己的三明治。"那么，这是真的吗？他消失了吗？"

考咬了一口，点了点头，想起了纺纱人在生命的最后时刻疯狂转动的眼睛。

"但愿他永远这样。"克拉姆说。他一边沉思，一边咀嚼着。"你知道吗，考，如果你愿意，你可以永远待在这儿。"

考笑了。"谢谢你，"他说，"但你不必这么说。"

克拉姆耸耸肩。"是的，我喜欢。"他说。他从一个口袋里掏出一张叠好的正方形报纸。他把它递给考。

那张纸摸起来很柔软，他小心翼翼地把它打开。那是一张黑白照片，上面有一个男人和一个女人。考认出了他们的脸——他的父

234

母，在那个男人的肩膀上坐着一个三四岁的男孩。考咕哝了一声，盯着年幼时的自己，然后又把目光投向了父母。他俩都笑得很开心。

"我想这个应该给你。"克拉姆说。

考终于开口说话了。"从哪儿来的？"

"贵格，"他说，"他昨天晚上给我的。这是从他们死后出版的一篇故事上剪下来的。我知道失去父母是什么滋味，考。所以收留你——这起码是我能做的。"

考又把纸折起来，塞进大衣里。"谢谢你。"他说。

听到楼梯上的脚步声，他坐得更直了，但克拉姆还在津津有味地嚼着三明治。"你好，皮普！"鸽语者喊道。

金发男孩慢慢地走进房间。"找到你的几个朋友了，考。"他说着，朝房间尽头那扇破碎的彩色玻璃窗点了点头。格鲁姆和斯克里奇飞了进来，当它们降落在考旁边时，它们的翅膀向后倾斜了一下。

"你去哪了？"格鲁姆问，"我们在墓地等了好几个小时！"

"说来话长。"考说。

"重要的事情先做——那是熏肉吗？"斯克里奇问道。

考撕下一小块肉，扔给乌鸦，乌鸦把它顶了起来，又把头往后一仰，想要叼住它。

"你猜怎么着？"皮普说，"我还有你的东西。"他拿起火盆旁的一条脏毯子，小心翼翼地打开。里面躺着一个长长的、闪闪发光

235

的黑色剑刃——是鸦之喙。

"从一个打瞌睡的警察那儿偷来的，"皮普说，"所以，考，"他害羞地继续说道，"你打算和我们一起住在这儿吗？"

考抿了一口饮料，尝了尝热巧克力。华莱士小姐的脸突然浮现在他的脑海里，他突然感到很悲伤。他看着皮普那张充满期待的脸。

"我不知道，"他说，"我想——我想我需要一个人待一段时间。"

"当然行，"克拉姆说，"你需要什么吗？"

考正要说不，但他突然想到了一件事。

"有一件事。"他说。

那天下午，考有生以来第一次坐公交车，穿着从克拉姆那儿借来的衣服。他用围巾包住脸，尽量把棒球帽拉低，以防有人认出他来。这一次，他的乌鸦同意不再跟随。它们知道这是考需要单独做的事情。

那辆破旧的公共汽车载着他走出黑石城，来到远处一个叫福尔斯顿的小村庄。他下了车，穿过教堂墓地的大门，顺着墓地之间的小路往前走。他从口袋里掏出一朵白玫瑰，放在父母的墓碑旁，然后用手指在上面画上他们的名字。也许有一天，他会读懂他们。

考从夹克里抽出照片，在大理石碑上将它抚平。

克拉姆能取代他们吗？他当然不能。但他会是一个同伴，有点像哥哥，而考并不怀疑这个鸽语者能教会他在黑石城生存的一两件事。他不知道与鸽子生活在一起会有多刺耳和沮丧，但他猜想它们会学会适应的。正如格鲁姆经常说的，乌鸦的适应能力很强。

或者他可以在比公园更安全的地方为自己筑一个新窝。有一百只乌鸦为他工作，只用花一点儿时间。但他不会。他一个人住了这么久了。也许是时候有人陪伴了。

"我猜你会来这儿。"莉迪亚说。

考差点把照片掉在地上，他赶紧站了起来。她站在几米远的地方，裹着一件厚厚的绿色外套，戴着一顶绿色的帽子和围巾，双手插在口袋里。

"你怎么找到我的？"他说。

莉迪亚笑了笑，抽出一只戴着手套的手，指着教堂墓地那边。考看见思特里克汉姆太太坐在驾驶座上，她朝他挥挥手。

"我妈妈知道你父母葬在哪里。"她说。显然，她的狐狸眼睛很厉害。她看着坟墓。"卡迈克尔——这是个好名字。"

考把照片递给她。"那是他们——我的父母。"他自豪地说。

"他们看上去很和善。"莉迪亚说。她皱起了眉头。"是你吗？真可爱！"

考脸红了。

莉迪亚笑了，然后神色突然严肃起来。"你昨晚怎么没说再见就走了？"

"对不起，"考说，"我必须得走了。这就是你来这儿的原因吗？——来告别的吗？"

莉迪亚匆匆瞥了母亲一眼。"不，"她说，"我来问你是否愿意和我们住在一起——至少住一段时间。"

"但是……"

"听我说完，"她说，"我们有一间空房。我爸爸说没关系。我们当然不会告诉他你是个野语者。他甚至不知道妈妈的事！你的餐桌礼仪需要改进，当然，在浴室待几天也无妨。还有你的衣柜，坦白说……"

"好了，好了。"考说，举起一只手，"我知道了。"

"你会来吗？"莉迪亚说，脸上露出喜色。

考犹豫了。一个真正的家，一张真正的床，一个真正的家庭，一顿真正的饭，围坐在一张桌子旁……"我得和乌鸦谈谈，但是……等一下……"他看到她头发上有什么东西——一团绒毛，考伸手把它刷掉时，停了下来。

那块绒毛掉到地上，用八条腿爬开了，他的手猛地缩回来。他的血都凉了。

"这是什么？"莉迪亚一边说，一边猛地把头扭过来。

"没什么，"考很快地说，"只是一个蛾子。"

但也不是什么都没有。那是一只蜘蛛。蜘蛛白得像骨头。

"你是说你要用乌鸦来清理，对吧？我相信它们会喜欢更大的筑巢空间。或者他们可以在花园里筑一个新巢！"

蜘蛛。这可能毫无意义。纺纱人死了，不是吗？但如果没

238

有⋯⋯

"我不能，"他突然说，"我很抱歉。我想我该和克拉姆待在一块儿。你说得对，我的餐桌礼仪⋯⋯

"我是开玩笑的!"莉迪亚说。

"我知道，"考说，"但我是认真的。我想我还没准备好。没准备好那种生活。"

莉迪亚的脸沉了下来。"如果你真是这么想的，"她说，"不过我家大门将永远向你敞开。"

"我很感激，"考说，"发自内心的。"

一阵汽车喇叭声从山上传来，莉迪亚朝母亲看去。"我得走了。"她说。她毫无预兆地向前倾着身子，紧紧地抱住了考。当莉迪亚沿着小路慢慢后退时，他感到脸又红了。"再见，杰克·卡迈克尔，"她说，"只是暂时的。记得我答应过教你读书的。你逃不掉的!"

考咧嘴一笑，看了一眼父母的坟墓，等着脸上的红晕消退。

伊丽莎白和理查德·卡迈克尔。旁人从这两个名字读不出什么。

直到菲利克斯·贵格告诉他，他才知道自己的真名是什么。他从五岁起就没叫过杰克，现在也不打算叫了。

莉迪亚打开车门时，他向她叫了一声。"我的名字不是杰克，"他说，"是考。"

莉迪亚笑了。"再见，考!"她挥手回答道。

考，鸦语者，接下来会发生什么？

他深深地吸了一口寒冷的空气，感到空气使他得到了净化。不知怎的，他知道这种威胁不会永远消失。还有其他野语者——有好的也有坏的。一个敌人被打败了，还会有更多的敌人。

考已经准备好了。

❷群鸦的盛宴

动物召唤师

[英] 杰卡斯·格瑞 / 著　　阳亚蕾 / 译

长江出版传媒　｜　长江文艺出版社

第一章

这地方有鬼，考想。也许不是那种猛冲进空荡荡的房间里，砰砰敲门，然后号啕大哭的鬼，而是那种哀伤的幽灵。悲伤在这里无声无息地徘徊，从生者的记忆中消失。

他看了看克拉姆给他的手表。时间是深夜两点。

"这是个坏主意。"格鲁姆说。它正停歇在一根十英尺高的树枝上，喙埋在胸部浓密的羽毛里。"我比你年长。为什么没有人听听过来人说话呢？"

"我听到了，"考说，"我只是选择性地忽视你。"

他竭力装出一副自信的样子，但当他蜷缩在灌木丛中瑟瑟发抖时，嘴巴却发干。他面前是一座荒废的房子，墙壁剥落，墙上满是涂鸦。他数了数，有两扇窗户完好无损，其余的不是有裂缝就是用木板封住了。前庭的草坪杂草丛生，连一条通向门口的路都没有。房子旁边的一棵树在暴风雨中被吹倒了，它的树枝压坏了屋顶的一部分，现在似乎长进了房子里。

"家，甜蜜的家。"斯克里奇喃喃低语，在考的肩膀上不安地跳来跳去。这只年轻的乌鸦的爪子刺穿了他的外套，刺痛了考的皮肤。

家？考想着，它看起来可不像家，一点儿也不像。

他努力在记忆深处搜寻，却完全想不起这个地方。被乌鸦带走的时候他才五岁，他对面前这幢建筑没有一点印象。唯一熟悉的地方，就是在梦中也感受到的相同的不安感。"现在回教堂还不迟，考。"格鲁姆说，"我们可以吃晚餐剩下的土豆煎饼。再说，我们怎么知道这是你要找的地方？"

"我就是知道。"考说，他的内心感到不容置疑的肯定。

他身后响起了翅膀扑扇的声音，第三只乌鸦落在了地上。它的身姿精瘦而圆滑。它用细长的喙刺入泥土，挖出一条还在蠕动的虫子。这条黏滑的可怜虫扭动着身子，蜷成一团，乌鸦往后一仰头，狼吞虎咽地把虫子吞了下去。

"嘿，希默！"斯克里奇说着挺起它的胸膛。

"太阳都出来了？"雌乌鸦说，泥土的碎屑从它的嘴里掉了下来。"你们都在等什么？"

"让这个年轻人见识见识，"格鲁姆说，"让历史去撒谎吧。"

"不要这样扫兴。"希默说着展开翅膀。它的翅膀闪耀着蓝色和红色的光泽，就像油彩溅在潮湿的柏油路面上一样。"我花了四个星期才找到这个地方。如果考不进去，我就进去。"

"你们能不能别当着我的面谈论我，好像我不在这儿似的？"考说。这一次，乌鸦停止了争吵。自从希默加入这个队伍以来，这是很少见的。乌鸦是固执的，它们喜欢争论，到了最后依然想在言语上占上风。除了陪伴考长大的白色乌鸦妙基，其他的都这样。在黑石城公园鸦巢里的这些年，他只说了不到二十个字。考多么希望老乌鸦还和他们在一起。

他站了起来，伸了伸腰，回头望了一眼街道。这一区的建筑物里已无人居住。在黑暗之夏结束后，这里的居民全都搬走了。一辆破旧生锈的摩托车躺在满是树叶的水沟里。前庭花园的一棵树上，挂着一个歪斜的秋千，绳子已经磨破了。

考想象着在这里长大是什么样的感觉，他是否曾和那些已经荒废掉的房子里的孩子们一起玩耍？很难想象在这样一个沉郁、寂静的地方会有笑声。他迈步沿着车道朝房子走去，心怦怦直跳。前门用木板封住了，但他可以很容易地从窗户爬进去。

"你还可以回头。"格鲁姆依然固执地停留在树枝上。

格鲁姆当然可以这么轻松地说。这所房子对他来说毫无意义，但对考来说，这里就是他的全部。这么多年来，他的过去始终是一片空白——一片广阔的海洋，没有航海图来为他指引方向。但这个地方是一个里程碑，他不能再错过它了。谁知道他会在里面发现什么？

他把手伸进夹克口袋，掏出那张皱巴巴的照片——一张他父母的照片，那时他们还很幸福。克拉姆把照片给了他。鸽语者今晚也不想让考来这里，他抱怨说这是"浪费时间"。考的拇指拂过照片上父母的脸。他们看起来几乎和他在亡灵之地见到他们时一模一样。他只和他们一起度过短暂的珍贵时光，这让他更加痛苦。还有什么地方比这里更适合了解他们呢？

他将不能回头的原因归咎为他俩。

考把手放在门上的一块木板上，发现木板已经松动了。他紧紧抓住边缘，猛地把它拔了出来，生锈的钉子和其他东西也一并掉了下来，他很快就清理出了道路。

考感觉到了身后的乌鸦，他转过身来。果然，三只乌鸦都在地上。

"我要一个人进去。"他说。

希默点点头，斯克里奇退了几步。格鲁姆摇了摇头，把目光移开。

房子里有一个电灯开关，但当考按下开关时，什么也没有发生，他并不觉得奇怪。这里凉飕飕的，夹着霉味。在昏暗的房子里，他发现了翻倒在地上的家具和斜挂在墙上的画。一个巨大的楼梯从入口大厅一直旋转到二楼。考好像看到了什么东西在上面移动——也许是一只老鼠，或者是一只鸟，但是当他再仔细看的时候，什么也没有。

考有一种模糊的归属感。一些小东西看起来很熟悉——一个灯罩，一个门把手，一个破破烂烂的窗帘。也许这只是他的潜意识在作怪，试图在被抛弃的生命废墟中看到一些有意义的东西。穿过拱门，考看到一个下陷的沙发和从墙上插座伸出来的电线，他朝它走去，看到了一张餐桌。一阵恐惧驱使他掉转脚步继续向前走。他在噩梦中见到过这个房间，那晚的事就是在这里发生的，就在那张桌子旁边，他的父母被纺纱人的蜘蛛杀死了。现在那张桌子上已积满了灰尘，但考没有再走近一些的勇气。

相反，他转身回到楼梯上。他爬上去时，楼梯嘎吱嘎吱地响了起来。每走一步，一种难以忘怀的思念之情就会在他的心头涌起。当他走到二楼时，他的脚自动地把他带到一扇门前，门上挂着一块火车形状的小牌子。画上的字克拉姆教过他——"杰克的房间"。

杰克·卡迈克尔。

这是他曾经的名字。

考深吸一口气，推开门。他的眼睛落在对面墙上的窗户上，双腿发软。这些记忆，如梦一般，凝结成一种纯粹的恐惧感。考扶住门框让自己站稳。

他想起父母是怎样把他从床上拉起来，拖到窗边，他们的手是那样坚定。他们的手指已经受伤了，绷得紧紧的；他们对他惊恐的尖叫声毫不理会。然后他的父亲打开窗户，他的母亲把他推出去。考看着大地在旋转，恐惧在他掉落的过程中袭来……

他深深地吸了一口气，记忆渐渐褪去。

多年来，这是他关于父母的唯一记忆，被他深深地埋藏在心底。他们无情地抛弃了他。现在他明白这并不是真相。这只是一个发生在几个世纪前的故事中的一句话——一个关于野语者之间战争的故事。他的父母并没有试图杀死他——他们一直在保护他，让他尽可能远离纺纱人。

考睁开眼睛，看着窗外。他的身体不住地颤抖。

房间的其余部分几乎空了。两个架子上放着纸片；一捆捆旧衣服被堆放在一个角落里。考没有想过这个房间会像博物馆一样被保存下来，但他仍然感到一阵愤怒。有人拿走了他所有的东西。

愤怒来得快去得也快，只留下徒然的悲伤。房子肯定遭到了洗劫。许多小偷在黑暗之夏的混乱中获取好处。考猜想像这样的好房子很容易成为他们的目标。

他跨过发霉的地毯，朝窗子走去。窗户的玻璃已经破了，他用皮夹克的袖口擦去了玻璃上凝结的水珠。外面的夜晚静悄悄的，星星在万里无云的天空中闪烁，月光温柔地倾泻下来。

考叹了口气。克拉姆是对的——到这儿来没有意义。过去已经成为过去。

然后，在树下，他看到了什么。一棵树旁的阴影中出现了一张苍白的脸。

考的心头一震。那张脸没有表情，只是抬头盯着他。那是个老人，皮肤白得像小丑一样，也许是化了浓妆。

他是谁？他在我家的花园里干什么？

考紧紧抓住窗框，试图把它拉起来，对着那人喊，但窗框纹丝不动。他又试了一次，窗框发出刺耳的尖叫声。他正要张开嘴，突然听到背后有人，考惊慌地倒吸一口气。

"你是谁？"一个声音说。

考转过身来，看见角落里的那堆衣服有动静。一个女孩躺在那里，裹在睡袋里。她身形瘦削，乌黑的乱发衬托着她那肮脏的脸。她看上去比他大一两岁。

考后退了几步，撞上了窗户。他想逃跑，但恐惧使他动弹不得。他想要说点什么。"我……"他说。但他该怎么说呢？从哪里说起？他注意到，她的眼睛里既充满了挑衅，又很害怕，他的恐惧情绪有所缓和。他举起手表示他没有恶意。"这是我的房子，"他说，"你是谁？"

女孩站了起来，抖掉了睡袋。她拿起一根棒球棒，指关节因为握得太紧都发白了。

"你一个人吗？"女孩问。

考想起了外面那个人，迅速地回头看了一眼。但是树旁的脸不见了。乌鸦也不见了。

"呃……是的。"他说。

"那么，如果这是你的房子，你为什么不住在这里呢？"女孩一边说，一边用球棒指着他。她似乎用起它来很顺手。

考保持着一定距离。"我已经很久没有住在这里了。"他说。他想找个更好的解释，但想不出说什么好。

女孩又举起了球棒。看起来如果他说错了话，她随时准备扑上去。

"我的父母……他们把我赶出去了。"他补充说。这从某种程度来说是真的。

女孩听到这话似乎放松了戒备。她把球棒压低了一点。"欢迎加入①。"她说。

"什么俱乐部?"考说。

那个女孩皱起了眉头。"这是一种表达,"她说,"这意味着我们处境相同②。"

考被搞糊涂了。"这是房子,不是船。"他说。

他不知道为什么,但女孩笑了。"你是哪个星球来的③?"她摇摇头说。

"就是这个。"考说。他意识到她在取笑他。

但这至少比用球棒打他要好。"你一个人吗?"他问道。

女孩点了点头。"严格地说,我想我在逃难。我来这儿几个星期了。顺便说一句,我叫塞琳娜。"

"我是考。"考说。

"有什么意义吗?"

"没有。"他回答。

"我知道这附近有一些空房子。"塞琳娜说。她挥动着球棒,指着房间。"这间似乎是最好的了。"

"谢谢,"考说,"这曾经是我的卧室。"

女孩笑了。"这里真的很不错。老鼠屎让它看起来更有家的

---

① Join the club.
② In the same boat.
③ What planet are you from?

感觉。"

考忍不住笑了。在皮普和克拉姆的帮助下，他花了一段时间，渐渐学会了与人交谈。

塞琳娜把棒球棒靠在墙上。"听着，如果你想在这，我可以离开。"

考沉默了。他觉得胃里有点不舒服。没有人问过他想要什么，所以他不知道。他看着她褴褛的衣服和瘦削的脸。如果他把她赶出去，她会去哪里？他想她还可以住在别的房子里。虽然他只是刚认识她，但除了拿着棒球棒，她看起来还不错。

女孩把睡袋从地板上捡起来。

"你没有必要离开，"他很快地说，"我不会留下来，我不住在这里。"

她停顿了一下。"哦——你现在住在别的地方吗？"她说。

考看到了她眼中闪现一丝绝望。他想起了圣弗朗西斯教堂，他和克拉姆、皮普一起住在那里。他努力躲开她的眼睛。

"差不多。"他说。

塞琳娜苦笑了一下。"没关系——我明白了。我能照顾好自己。"

考仔细端详着她的脸，不知道她是不是装出一副坚强的样子。他在教堂里有一张床垫，有暖气和食物。那里比这里好多了。他能带她去吗？那里有足够的空间。他的良心催促他说些什么，但他的理智却不同意。他知道克拉姆不喜欢他带着一个陌生人回去。另外，他们如何能够对她隐瞒他们野语者的力量呢？

不，这样太冒险了。

"不是，"他说，"那个住处不是我的。"

她点了点头。"别担心。"

他感到很难过。这里晚上一定很冷。没有乌鸦帮助，她怎么找东西吃呢？

"听着，"他说，"你看起来很饿。如果你愿意，我可以回来给你带些吃的。"

女孩脸红了，但抬起了下巴。"我不需要你的帮助。"她说。

"不，当然不，"考说，"我只是……我知道哪里可以得到食物，仅此而已。在这个城市。"

"我也是，"她辩解道，"我不饿，好吗？"

房间里一片令人不安的寂静。他不是故意冒犯她。

"这么跟你说吧，"她说，"我们交换一下消息怎么样？我会告诉你我要去哪里，你也可以这样做。两个逃亡者互相帮助？"

考眨了眨眼睛。他没有料到她会向他发出这样的邀请。"什么——像在一起行动吗？"

"为什么不呢？"塞琳娜说，"明晚怎么样？十点。"

考发现自己连想都没想就点了点头。

斯克里奇柔和的叫声从外面传来。它们一定很担心我。考不希望它们进来吓到塞琳娜。

"我得走了。"他说。

她紧盯着他，皱着眉头。"好吧，"她说，"再见，考——明天见。我会保管好你父母的贵重物品。"

"贵重物品?"考说。她在房子里找到什么东西了吗?

她又笑了。"开玩笑的。"她说。

"哦，是的。"他说，涨红了脸，"我听懂了，再见。"

他离开了房间，皮肤热得发烫。但当他开始下楼梯时，他感到胸口变得很轻松。他已经很久没有和人说话了，除了几句口误之外，一切都不太糟。他不知道是否应该把那个女孩的事告诉克拉姆。鸽语者没空搭理非野语者的事。

他在客厅里停了下来。现在他想到了各种各样的问题。她从哪里逃来的? 为什么逃跑? 她在这里多久了?

她是怎么活下来的? 好吧，以后有足够的时间可以问她。

"找到什么东西吗?"他关上身后的前门时，希默跳到一边说。

"没有，"考撒谎道，"走吧，我们回家吧。"

"什么也没有?"希默说着，翘起了头。

"里面空荡荡的，"考说，"我应该听听格鲁姆的。"

"我早就告诉过你。"格鲁姆说。

考知道他应该告诉它们关于塞琳娜的事，但是它们只会反对，就像它们对莉迪亚所做的那样。此外，在他一生中，乌鸦都对他保守秘密。拥有一个属于自己的秘密是一种奇怪的满足——即使它只是一个很小的秘密。

他们刚走到前面草坪的尽头，一个人影出现在他们前面。

考陷入了冰冷的恐慌之中。他倒抽了一口冷气，乌鸦在空中尖叫起来。他向后倒，绊了一跤，摔倒在地。他的每一根神经想要逃跑，但他完全不能动弹。

那人把头探了出来。"杰克·卡迈克尔?"他说。他的声音柔和中带点急迫。考注意到，那人一口黄褐色的烂牙参差不齐地从牙床上突了出来，这让他有些反胃。

"你认识他吗?"斯克里奇说。

考摇了摇头。他从卧室的窗户看到的就是这个白面孔的人。近距离观察，考发现他的脸看起来太苍白了——没有血色的嘴唇，压扁的小鼻子，一双大眼睛眨也不眨地从有色眼镜后面盯着他看。他的脸瘦得像骷髅一样，颧骨下有深深的凹陷，没有头发，也没有眉毛。他穿着一件扣得紧紧的黑色长外套。

斯克里奇跳上了那人上方的一根树枝，发出了一声刺耳的尖叫。

"我没有恶意。"那人说，迅速地向两边看了一眼。"如果你是杰克·卡迈克尔的话，乌鸦守护者。"

"你是谁?"考说着站了起来，"你为什么要监视我?"

苍白的身影把手伸进大衣里摸索。他看见格鲁姆展开翅膀，准备俯冲下来。但那人抽出来的不是武器，是一块乌黑发亮的石头，大约是考拳头的一半大，考感到不寒而栗。

"这是伊丽莎白交给我的，"陌生人把石头拿在面前说，"伊丽莎白·卡迈克尔。"

这句话在考心里打转。"我的母亲吗？你认识她？"

"也许吧。"那人说。他犹豫了。"我想我必须去一次。"他的嘴角抽动了一下，露出一丝微笑，但很快就消失了。"当然，从来没有如此亲近她。"

"……那是什么意思？"希默问。

考盯着那人手里的石头。他看得越仔细，就越难注意到它的边缘。它不是全黑的——在它的深处，颜色的漩涡似乎因转动变得模糊。考后退了几步，那人紧跟着他，并把石头推给他。

"这是你的，年轻人。它属于乌鸦语者。拿着它，拿着它。"

"这可能是一个圈套。"斯克里奇说。

考觉得陌生人的话中带有绝望的意味，但不知怎的，他觉得他说的是真的。那块石头是他的。他深深地知道这一点。他伸出一只手，那人把石头放到他的手掌心。它比考预想得要轻，而且出奇温暖。

"这是什么？"考问。

那人没有回答，只是把苍白的脸往上一仰，缩进了黑暗里。"我得走了，"他说，"我不想和它有任何关联了，乌鸦守护者。这是你一个人的责任。"

考转过身来，看见一只鸽子从他父母家后面的窗户里飞了出去。是克拉姆鸽群中的一只。它像一个灰色的影子飞走了。

他紧紧握着石头。他模模糊糊地感觉到乌鸦在叫，但他太专注于石头在他手掌上跳动的奇怪感觉了。也许只是他的脉搏在跳动？

当考再次抬头时，陌生人已经不见了。斯克里奇落在他的肩膀上，用喙轻轻咬了一下他的耳朵。

"噢!"考喊道，"你为什么要咬我?"他把石头塞进口袋。

"因为你没听我在叫你，"斯克里奇说，"你还好吧?"

考慢慢地点了点头。"我们回教堂去吧。替我保密，好吗?"

斯克里奇咯咯地笑了。"我们能告诉谁? 好像没有人懂得乌鸦说的话，对吧?"

"那倒也是。"考说。

第二章

黎明前，一缕灰色的光从教堂椽子上的一个洞里射了进来。考醒了，他听到嘶嘶声，一股香味使他突然感到饥肠辘辘。

是香肠……

他翻了个身，把堆在床垫旁边的书弄得乱七八糟。昨晚的记忆顿时涌现出来。石头，陌生人。

克拉姆就在几米远的地方，俯身面对着火盆，背对着考，翻着平底锅里吱吱作响的香肠。皮普坐在他旁边，一只老鼠在他袖子上下跑来跑去。他穿着一件至少大三码的军服，蓬乱的金发需要好好梳一梳。

"它们已经熟了！"老鼠语者说。

"要有耐心。"克拉姆说。

一只鸽子在屋梁上咕咕叫。

"他醒了吗？"克拉姆问，"昨晚鬼鬼祟祟地溜了一圈，真让我吃惊。"

考意识到克拉姆在说他，想起昨晚的鸽子，脸又红了。它究竟看到了什么？他坐了起来，三只乌鸦从窗棂上飞下来，落在他身边。他对自己感到恼火，首先是因为他没有小心地隐藏自己的行踪，其次是因为他感到尴尬。他没做错什么。

"我得回去看看，"他说，"想要了解自己的过去有什么错？"

"你找到什么了吗？"克拉姆终于转向他说。他戴着一顶印有老虎脸的红帽子——黑石城棒球队的吉祥物——长发从两边伸出来。他的胡须长得很稀疏。考想起他们第一次在小巷里相遇。那时他以为克拉姆只是一个住在黑石城大街上的无家可归的流浪汉。

"没什么。"考说。他的手不由自主地摸到了口袋里的黑石头，他假装在拉拉链。

"你在撒谎，"克拉姆说，"伯宾说房子里还有别人。"

"它说什么？"格鲁姆问。

"一位年轻的女士，"他说，"他从窗户进去看你在做什么。对吧，伯宾？"

房梁上的肥鸽子晃动着它的头，考记得进屋时，他觉得自己在楼梯口看到了什么东西。那一定是克拉姆的鸟在盯着自己。

"只是个女孩，"考不高兴地说，"她无家可归。你用不着监视我。"

"你用不着对我撒谎。"克拉姆说。他的脸一下子显示出超乎年纪的成熟。他把滴着油的香肠放进三个三明治里。"我们是你的家人，考。"

"你要告诉他外面那个怪人的事吗？"希默说。

当克拉姆递给他一个面包卷时，考摇摇头。听起来伯宾好像没见过那个脸色苍白的人，所以没必要告诉克拉姆。这只会引起更多有关这次外出的问题，而考清楚地记得那个"怪人"说了什么——那块石头是他一个人的责任。

"嗯?"皮普咬了一口说，"什么女孩?"

"她叫塞琳娜，"考说，"她是一个流浪者。"

克拉姆点点头，若有所思地嚼着自己的三明治。"你应该离她远点。和普通人类交往没有好处。"

考有些恼火。克拉姆凭什么告诉他该做什么不该做什么。就因为他大了几岁。"但是——"

"考，你现在得知道自己的责任，"克拉姆说，"作为一个野语者，不能让别人知道你是谁。人类不能被信任。"

考对他的话不置可否。克拉姆以为每个人都想抓住他。可考的朋友莉迪亚就是一个普通的女孩。自从他和克拉姆住在一起之后，他已经有两个多月没见过她了。但这并不是因为他不想这么做，而是因为他知道她妈妈不希望他和她在一起。她的父亲思特里克汉姆先生甚至不知道野语者的事。他们有自己的生活，正常人的生活。

"你要吃那个吗?"皮普满怀希望地指着考的面包卷说。他自己的盘子已经空了，两只老鼠正在舔面包屑。

"是的。"考说，把盘子拿到胸前。

"你最好吃了，"克拉姆说，"我们今天早上要进行训练，记得吗? 然后是阅读课。"

考叹了口气。他很喜欢阅读，但克拉姆坚持每周和动物一起训练三次，这要痛苦得多。

"我们非训练不可吗?"

克拉姆翻了翻眼睛。"这话你说多少次了，考？纺纱人可能已经死了，但是我们不知道他的追随者中有多少人仍然逍遥法外。"

考的脑海里闪过一个画面——他在消灭了纺纱人之后，看见一只白蜘蛛在墓地里爬行而过。但这个画面只在他眼前浮现了半秒——他肯定是太疲惫了，脑袋里才会出现幻觉。他努力让自己不要这么想。

"没有首领——"考说。

"总会有新的敌人出现。"克拉姆严厉地打断他的话。

考还没来得及抗议，一只鸽子从眼前飞了过去，抢走了他盘子里的三明治，飞到他够不着的地方。

"真有趣。"考转动眼珠说。鸽子把三明治往下一扔，考接住了。"明天我要加倍努力训练。你觉得怎么样?"

克拉姆狠狠地瞪了他一眼，考忍不住把目光移开，他觉得很尴尬。克拉姆为他做了那么多，也许他确实应该对鸽语者多一些尊重。但他身体的一部分仍在抵触。克拉姆既不是他的父亲，也不是他的兄长，可他总是告诉他该怎么做。克拉姆只不过给了他一块手表，让他可以按时吃饭。当然，考不必把一切都告诉他。"我不能强迫你，"克拉姆说，"但是记住，今天下午是艾米丽的葬礼。"

"当然。"考说。他只见过年迈的蜈蚣语者一次。她是一个悲伤的老妇人，一直为在黑暗之夏中死去的孩子们郁郁寡欢。"她真的没有继承人吗？"他平静地问。

克拉姆点了点头。"她死了，蜈蚣语者一族终结了。"

一片沉默。野语者的力量由父母传给孩子。没有别的途径。

"所以，如果我们不训练，我们做些什么呢？"希默说。它也盯着他的三明治，考注意到了。他撕下一块扔给它。

"我们要出去。"他说。

"我也能一起吗？"皮普说，跳到了他的旁边。

考佯装微笑的样子，掩饰内心的不情愿。考有时和皮普在一起很开心，但有时又觉得他像个影子一样甩不掉，这种不自由的感觉让考很难受。

"你为什么不留下来和克拉姆一起训练呢？"考说，"你跟我在一起的话会无聊的。你知道，乌鸦真的很无趣。"

"很迷人。"斯克里奇用粗哑的声音喊着。

皮普看上去很失望，但还是点点头。

考打开平时当作枕头用的毯子，拿出一把细长的黑色的刀——鸦之喙。他把它塞进用旧皮革做的鞘里，把它的带子挂在肩上。克拉姆好奇地瞪大了眼睛。"你碰到麻烦了？"

考摇了摇头。"就像你说的。你永远不知道外面有谁。"他朝楼梯走去，乌鸦跟在后面。

"我们很无趣吗？"格鲁姆说。

等走到他们听不见的地方，考才小声说："我今天不想让任何人盯着我们，我打算去别的地方。"

"噢……一个秘密任务！"希默说。

"只要当心鸽子就行，"考说，"我会在路上解释的。"

黑石城是一座历史悠久的城市。克拉姆用了几个晚上把这里的一切都告诉了考——几百年前，一条沼泽河边孕育了一个居住点，人们在这条河上筑起了水坝，灌溉农田种植庄稼，这个城市逐渐发展起来。它成了两大贸易路线交叉点的重要中转站。在十六世纪和十七世纪，木头建筑被砖墙建筑取代。这座城市在席卷全国的工业革命中繁荣起来。河拓宽了，河道航线更远了，河上架起了许多桥梁。

每一代都有新的人潮来到这里定居，带来他们的文化和思想。钢铁厂和工厂已经被世界金融和科技所取代。人口迅速增长，黑石城处于不可阻挡的迅猛发展之中。

直到黑暗之夏，野蛮的战争把这座城市撕裂。

八年过去了，黑石城还没有恢复过来。它就像一只受伤的动物——无法站立起来，却渴望活下去。

考对这座城市有自己的理解，与那些靠街道名称和地标导航的人不同，他知道哪些路段安静，哪些路段总是拥挤不堪；哪些地方安全，哪些地方危险。他知道哪些地方可以觅食，哪些地方食物很少。哪些地方他可以隐蔽在黑暗中安全通过，哪些地方的灯光可能会让他暴露。他用来测量距离的不是英里，而是时间。从废弃的火车站穿过废弃的铁轨，十分钟后到达大教堂。如果他绕道从旧橡胶工厂的屋顶上走过去，就要十二分钟。

每到一处，往事都历历在目。在十七世纪前，那条河的浅滩曾经是一个码头，教堂支离破碎。当然还有下水道，它们蜿蜒在整座城市的拱形隧道中，穿过抽水站和污水处理厂，最终接入黑水河。

在他早期的探索中，考从来没有去过那里。但随着时间的推移，他越来越有信心，开始在地下冒险。白天，因为建筑工人施工或警察直升机巡逻，屋顶并不安全，地下隧道提供了另一种不被发现的绕过城市的方式。

但是乌鸦们从来都不喜欢地下隧道。

"鸟儿不喜欢天花板。"格鲁姆说。它们降落下来，由一个通风井进入教堂附近的隧道。

"天空意味着安全。"希默说。

"别担心，我会照顾你的。"斯克里奇说，但它的声音有点颤抖。

格鲁姆发出沙哑的笑声。"请把呕吐袋递给我。"

"我们必须确保我们没有被跟踪，"考说，"这是唯一的办法。"

他从钢制梯子的底部跳下来，落在隧道里。但谢天谢地，那里空气虽然浑浊闷热，但很干燥。

考沿着隧道往里走；他从口袋里掏出一支电筒，啪的一声打开了。乌鸦不时地向前猛扑。除了老鼠，他在这下面从来没见过别的东西，这地方使他的皮肤感到刺痛。他不想一个人下去。

他的背部发痒，他调整了衣服下面的背带，使鸦之喙放得更舒

021

服些。那件古老的武器不怎么好看。这是一把大约两英尺长的窄刃刀，并不十分锋利，但至少可以吓退攻击者，给考留出足够长的时间逃脱。此外，它是鸦语者一族的剑，具有打开通往亡灵之地大门的力量。守护它是考的责任。

他用另一只手摸着口袋里的石头。那和鸦语者一族也有关系吗？考并没有什么特别的感觉，但这其中肯定有一些特别的东西，否则他妈妈为什么要他保管它呢？毕竟，她是他上一代的鸦语者。

昨天晚上那个奇怪的、没有头发的人是不是真的认识考的妈妈？考猜想他一定也是个野语者，尽管他没有看到过任何动物。

疑问太多了，考知道只有在一个地方可以找到答案。

"喂？呼叫考……"斯克里奇说。

"什么事？"考问。

"你的举动真的很奇怪，"斯克里奇说，"格鲁姆在跟你说话。"

"对不起，"考说，"只是在想事情。你刚说了什么，格鲁姆？"

"我说，我们要往西走，是不是？"格鲁姆说。乌鸦的眼睛在电筒光下闪着银光。"我们是去看那个女孩吗？"

"不是。"考说，并没有停下脚步，"我们要去高尔特府。"

"贵格的家！"斯克里奇说，"你为什么要和那个老胆小鬼混在一起？"

"他可能知道一些关于这块黑石头的事情。"考说。毕竟，他不能只带着它到处走而没有关于它为什么如此特别的一点线索。他母亲会想让他知道那是什么东西——她把它留给他一定是有原因的。

他对此深信不疑。

他们在黑暗中跋涉，穿过无尽的蜿蜒的隧道网。它们似乎是由一个疯子建造的。这个错综复杂的地下迷宫里，通风井有宽有窄，完全不同。考走了二十分钟，凭记忆导航，然后爬了几个梯子。当他从更高的地方出发时，他的脚下丁零当啷地响着，在隧道里发出回声。

"你确定你知道怎么走吗？"希默问。它站在一根突出的管子上说："我不想在这里迷路。"

"我们熟悉这些地道，就像熟悉我们的羽毛一样。"斯克里奇说，"我冷。你呢？"

希默慢慢地走了。"我很好，谢谢。"

考停下来数了数竖井，确定准确的那个。

"到站了。"他说。

他带路，从下面撬开井口盖，向外张望。正如他所猜想的那样，他走在一条荒芜的、绿树成荫的、蜿蜒向上的路上——这条路位于赫里克山脚下，一直通向高尔特府。

"谢天谢地，这里有新鲜空气！"希默说完飞到树枝上。其他乌鸦跟着它一起飞上来。

考爬了出来，关上了盖子。高尔特府离山顶只有一小段路，他沿着小路慢跑上去。这是个安静的地方，他们不太可能撞到别人。尽管如此，如果需要的话，他还是做好了躲在灌木丛里的准备。

即使贵格是个懦夫，考也选择相信他。毕竟，是猫语者第一次告诉他鸦之喙，他的父母，还有许多其他的事情。贵格是一个学者，专门研究野语者血统的历史和文化。高尔特府里堆满了宝物、手工制品和书籍——一座野语者家族博物馆。

但是当他们走近房子时，考的心跳加快了。

有些不对劲。

大门开着，环形车道上停着一辆警车，警示灯静静地旋转着。考举起一只手示意乌鸦停下来，但事实上它们不需要指示，它们已经在栏杆上停好了。

"发生了什么事？"斯克里奇问道。

考的不安情绪越来越强烈。贵格出事了吗？难道是强盗入室抢劫？还是发生了比盗窃更糟糕的事……他侧身走进大门，沿着屋前草坪上那片修剪过的矮树丛走去。

"放开你的手！"传来一声叫喊声，接着是猫的尖叫声。

考闪身躲起来，正好看见贵格被两个警察反手押着推出了前门。他穿着一件褐色的粗花呢西装和一件红马甲，脚上穿着一双考究的泥黄色软皮鞋。警察把他猛推到警车边上时，几只虎斑猫在他脚边绕来绕去。他的单片眼镜掉了下来，被一个警察的靴子踩碎了。

"我什么坏事也没做！"贵格申辩道，"至少告诉我你们想要干什么。"

一只灰色的猫跳到汽车的引擎盖上，颈毛在它拱形的脊椎骨上竖起来。

"不，弗雷迪!"贵格说。

一个警察解开他的警棍，野蛮地向那只猫挥了挥，猫跳到了地上，快速地冲进了花园。

"这是不对的。"考咕哝着，想要冲出去。

"别去!"格鲁姆叫道。考犹豫了。

"我只想知道发生了什么事!"当第三个警察从屋里出来时，贵格说。

"有什么发现吗?"试图袭击猫的警察说。

"只是一堆旧书和老古董，"第三个警察说，"如果要彻底搜查，我们需要更多的人手。"

"没有搜查令，你们不能这样做!"贵格抗议道。

"啪!"警察反手打了贵格一巴掌，"闭上你的嘴!"

考退缩了。他不太了解警察，但他知道他们不应该这样做。

当贵格被推进汽车时，他已经无力反抗了。

"我不能让他们带走他。"考说，但是他的脚不听使唤。

"你打算怎么做?"斯克里奇说，"他们有三个人。你不能让他们知道你是野语者，记得吗?"

随后警察都进了车。引擎发动起来，汽车滑出了车道。考紧紧地靠在树篱上，看着他们远去，心怦怦直跳。又有几只猫从屋里跑出来，哀号着。汽车下山时，它们聚集在大门口。

"他们是警察，考，"格鲁姆说，"克拉姆不想让你参与进去，而且，我同意他的意见……"

考开始往山下跑，紧紧握着口袋里的石头，防止它掉出来。他知道他必须做什么。如果他变成一只乌鸦，他就可以在空中跟踪。他积聚了所有的能量，从地上跳了起来，希望能够变身成功，让内心的乌鸦接管一切……

他重重地落在路上，风把他吹晕了。

"嗯，那太尴尬了。"落在他身边的斯克里奇说。

"也许你还是应该跟着克拉姆训练。"格鲁姆说。

考坐起来，揉着他的背。为什么失败了呢？他以前成功过。

"带我追上警车！"他对乌鸦说。

他闭上眼睛，握紧拳头，感到了力量的涌动。他也许不能变成乌鸦，但他可以做到仅次于这的选择。

当他睁开眼睛时，他看见它们来了。黑点从四面八方集聚过来。黑石城的乌鸦都服从它们的主人。

它们一个接一个地在黑暗的漩涡中下降，落在他的衣服上。每只扑腾的鸟都贴着自己，考觉得自己的身体变轻，直到双脚完全离开了地面。

"跟着他们！"他说。

乌鸦把考带到空中，他的腿就像装上了轮子，向下面的小路俯冲。考获得了乌鸦翅膀的力量，看到地面在一点点变小，他的内心也由最初的恐慌变得兴奋起来。在远处，他可以看到城市的边缘。为了避免被人看见，他需要汽车在到达拥挤的大都市之前停下来。他用意念指挥着鸦群。在那里！汽车就在前面，在蜿蜒的道路上缓慢行驶。乌鸦加快了速度，直到考在离车子只有十英尺的地方晃来晃去。他能做到吗？他必须精准无误。

"放我下去！"他说。

"什么？"斯克里奇尖叫道。"马上！"考喊道。

乌鸦的利爪松开了他，考掉了下来，一开始他落在了汽车的引擎盖上，但是失足撞在挡风玻璃上。刹车发出刺耳的声音，汽车突然转向，他跳上了车顶。考用双臂支撑着自己的头，直到侧身撞上了一个非常坚硬的东西。

考翻了个身，发现自己躺在马路中间。他坐起来，正好看见警车停在路边，轰的一声撞向一棵树。

考站了起来，感觉到脚踝剧烈的疼痛，但他认为只是扭伤了。随着疼痛的消退，他注意到了其他事情。他的夹克也破了。在路两边的树枝上站满了乌鸦。他皱了皱眉，一瘸一拐地走向警车，心里有些害怕，"我做了什么？"他猛地打开后门，那顶皱巴巴的帽子上冒出了烟。

在前排座位上的警察虚弱地动了下。他还活着，谢天谢地，但还是很危险。考俯身解开了贵格的安全带。

"考？"贵格说。他快速地眨着眼睛，好像受到了惊吓。

"跟我来！"考说。

"你怎么——"

考抓住贵格的胳膊，把他拉了出来。"走这边！"他一边说，一边扶着猫语者走进草丛。每走一步，他的腿就会感到一阵新的刺痛。"离开这条路！"

贵格在他身旁跌跌撞撞地穿过森林的矮树丛。除了尽可能远离警察，考不知道他要去哪里。他们从一个满是落叶的斜坡上滑下来，被树根和树桩绊倒，然后穿过一条小溪。他们爬上另一边的斜坡，来到了一个小山谷。贵格气喘吁吁地倒在地上。乌鸦围着他们打转，考的脚踝钻心地疼。

"保持戒备。"考告诉他们。

"哦，考，你干了些什么？"贵格叹了一口气。

"说句谢谢最合适了。"希默说。

"你是什么意思？"考问猫语者，"是我救了你。"

贵格的头左右晃了晃，好像听到了什么声音。他摇摇晃晃地站起来，眼里充满了恐惧。"不，你没有，"他说，"即使是现在，她也在监视我们。"

考皱起了眉头。"谁在监视我们？这儿一个人也没有！"

贵格摇摇头，喘着粗气。"你不明白，考。"

考听到有呼喊声从远处传来。是警察。不久就会有更多的人来。"听着，我需要你的帮助，"考说，"我有样东西给你看。"

他从口袋里把石头掏了出来。

贵格不再坐立不安。他盯着考手里的东西。

"不。"他说，迅速地摇摇头。"哦，不、不、不。"

贵格退了几步，好像害怕石头可能伤着他。

"回来，"考说，"怎么了？"

"这正是她想要的，"贵格咕哝着，眼睛始终盯着那块石头。这一切都说得通了。"你是怎么得到它的?"

"有人给我的，"考说，"他说那是我妈妈交给他的。"

贵格走到山谷的边缘。"也许是这样。但它只会给你带来麻烦，考。你很危险。看在上帝的分上，扔掉它。"

考把石头塞回口袋里。"为什么? 这是什么?"

贵格的喉节上下起伏了一下。"远离它，"他说，"不要告诉任何人它在你手里，包括克拉姆、莉迪亚、维尔玛——一个都不能告诉! 你妈妈也会这么告诉你的。这是鸦语者的责任。把它带到某个地方，没有人能找到的地方。请……我求求你……别让它靠近我。"

他转身就跑，飞快地钻进了树林里。

"等等!"考说，"我需要你的帮助!"

但是贵格已经逃进了林子深处。

"你这么做并没有讨到某人的欢心。"希默说。它的声音似乎遥远而低沉。考摇了摇头。也许他在路上摔得比自己想象得还要重。

"我发现了脚印!"一个警察喊道。

一只鸟在远处尖叫着，考知道那是格鲁姆，它栖息在二十英尺外的一根树枝上。"你说什么?"考说。

"走这里!"格鲁姆说，"我带大家离开这里。"

考跟在它后面，脚踝一阵抽搐。每走一步，他都能感觉到石头在口袋里弹来弹去。

第三章

当考和他的乌鸦急匆匆赶到墓地时，克拉姆和皮普正在门口等着。不知情的人可能会认为他们是两个非常不搭调的兄弟，一个身高超过六英尺，另一个才四英尺半。

"他们已经尽力了，不是吗？"格鲁姆说。

克拉姆梳理了头发，刮了胡子。他穿着自己最好的一双鞋——也许他只是用新鞋带绑在了旧鞋上。皮普穿着一件皱巴巴的黑色晚礼服，外套松松垮垮地披在肩上，他甚至还从什么地方找来了一个领结。考突然对自己的破外套和破靴子感到不自在。

鸽语者抱怨着说："你终于还是决定来了。你一整天都到哪儿去了？"

"对不起，"考说，"我忘了时间。"

"嗯，"克拉姆说，"快走吧，葬礼马上就要开始了。"

考跟着克拉姆和皮普在小路上艰难地走着，他的乌鸦拍打着翅膀，落在教堂的门上。他的脚踝还有些痛，每走一步都一瘸一拐的。

就像被毁的圣弗朗西斯教堂一样，这个地方早已被遗弃，墓地也几乎无人照管。回到这里的感觉很奇怪——这是他父母埋葬的地方。克拉姆把他们带到教堂的另一边，在那里，考看到一小群人围着一个新挖的坟墓。墓边放着一堆土，准备要填进坟墓里。

除了克拉姆、他自己和皮普之外，大约有十来个人在场。考认出了其他几个野语者。阿里站在那里，穿着修身的黑色西装，手里还紧握着公文包，里面装着一群嗡嗡作响的蜜蜂。身形壮硕的狼语者拉克伦站在他身边。考很失望没能看到坐在轮椅上的黑发女孩玛德琳，但他看到她的两只松鼠栖息在墓地边缘的树枝上。

他又看了看其他人，各种年龄段的人都有。一个大约四五岁的女孩身边蹲坐着一条巨大的杜宾犬。一个老人拄着一根棍子，他似乎没有任何动物相伴。两个长得一模一样的一对双胞胎男孩站在一只耷拉着耳朵的大野兔的两侧，野兔的鼻子抽动着。他们后面站着一对年轻的夫妇，推着婴儿车。一只鹰立在婴儿车顶上，奇怪的是，旁边还有一只浣熊。这对父母都是野语者吗？

墓前站着一个考非常熟悉的人。思特里克汉姆夫人穿着一件长长的黑大衣，纽扣闪着微光。她看上去比两个月前更严肃了，她的脸绷得紧紧的。她轻轻地点了点头，微笑着向考致意，这使她的脸庞柔和起来。她拿着一朵白玫瑰。"请大家围过来。"她说。

考也加入了进来，大家在这个空墓地周围围了一个圈。

几秒钟过去了，没有人说话。考从来没有参加过葬礼，更不用说野语者的葬礼了。他不知道会发生什么事。然后他注意到，人们一个接一个地转向教堂。他顺着他们的目光看向路的那边，发现了一幕非常奇怪的景象。

奇怪的不是棺材——那是一个简单的棺材，由密织的柳条制成——真正奇怪的是它在移动，在坑坑洼洼的地面上滑行，就像在空气气垫上一样。考突然意识到他看到了什么。棺材下面有许多蜈蚣，成千上万的蜈蚣，它们的小脚在地上疾走。

"它们在搬运她！"他低声说道。

"这是它们最后的责任。"克拉姆说。

当它们走到坟墓边时，蜈蚣顺着斜坡往下走，把棺材放到了墓地里。当它落地的那一刻，思特里克汉姆夫人清了清嗓子。

"谢谢大家的到来，"她在墓前说，"艾米丽很荣幸在这儿见到你们。"好几个人点头表示感谢。考觉得自己就像是一个外人，他已经不是第一次有这种感觉了，这些野语者在一起，分享着他们共同的回忆。

"我第一次见到艾米丽是在十五年前，"维尔玛·思特里克汉姆继续说，"你们有些人太年轻，记不起黑暗之夏以前的日子，那时我们许多人彼此相识。"思特里克汉姆夫人说这话的时候，脸上露出了笑容。"艾米丽以组织小圈子的名字，建立了一个野语者组织，她的善举和建议让许多人受益。她也是三个女儿的慈母。我是凭个人经验这么说的，但作为野语者的父母，你总是很难决定什么时候应该告诉你孩子真相，"她停顿了一下，"什么时候让他们背负上命运的重担。"

一股新的悲痛从考心中涌起，他咽了一下口水。他母亲还没来得及和他说说话就被人夺去了性命。

他又摸了摸口袋里的石头，考突然觉得心里空空的。有很多东西他母亲都没有告诉他。他环视着周围的面孔。这里一定有人知道这块石头吧？但他真的能相信他们吗？贵格的话闪过他的脑海。

"不要告诉任何人你拥有它。包括克拉姆、莉迪亚、维尔玛——任何一个人都不要说。"

克拉姆用胳膊搂住了考的肩膀，仿佛感觉到考的不适，考的手指松开了石头。

"艾米丽正准备告诉她的孩子们她的力量，这时黑暗之夏来临了，"思特里克汉姆夫人说，"那几个月大家都很痛苦，我们失去了很多，但没有谁遭受过艾米丽那样的痛苦。"

微风吹拂着树梢，吹过墓地，空气似乎变得更冷了。考看到更多的鸟聚集在树枝上——画眉、啄木鸟和猫头鹰。所有人似乎都在聚精会神地看着。老人拄着拐杖微微挪动了一下，一只雪貂从他裤腿底下探出头来。

"曼巴的蛇试图找到艾米丽，结果却找到了她的女儿。"思特里克汉姆夫人说，她的声音都快嘶哑了，"她很快就死了，这算是一点小小的仁慈。得知孩子们的死讯后，艾米丽仍继续战斗。没有她，我们不可能在黑暗之夏打败敌人。但是战争带走了她所有的一切，从那以后，她再也不像以前那样了。"

思特里克汉姆夫人停了下来。考看了看其他哀悼者的脸，发现有几个人在流泪。"没了艾米丽,蜈蚣一族就到头了,"思特里克汉姆夫人说,"她的死意味着两种死亡,她的离开,我们世界的力量更弱了。愿她安息。"

"安息吧。"人们轻声说着,考也加入了进来。

思特里克汉姆夫人把玫瑰花扔到棺材上。拉克伦走上前去,开始往坟墓里铲土。考注意到,蜈蚣仍停留在地上,与他们的女主人在一起。

"你去看贵格了,是吗?"

这个问题使考吃了一惊。他回过头去看皮普,然后又回过头来,盯着思特里克汉姆夫人。

"你跟踪我!"他低声说。

"你可以逃离鸽子的视野,但老鼠可以在下水沟里穿行,"皮普说,"不过,当你爬上梯子时,我们就跟丢你了。"

考叹了一口气,如释重负。最后一件事就是,他现在需要克拉姆查明与警车有关的事件。他肯定不会同意的。

哀悼的人群渐渐远去,克拉姆走过去和那个雪貂语者说话,给了他一个拥抱表示致意。皮普的老鼠乱窜到浣熊那里,爬上了浣熊的毛发上,浣熊试图甩掉它们。阿里的蜜蜂懒洋洋地绕着墓地旁草地上的花朵飞来飞去,而他们的主人则在和那个带着杜宾犬的女孩说话。

"那么你想从贵格那儿得到什么?"皮普问道,"别担心,我还没告诉克拉姆呢。"

"你喜欢说什么就说什么，"考说，"我只是想多问他一些关于我父母的事情。"

皮普皱起了眉头。但还没等老鼠语者问更多的问题，克拉姆就示意他们过去。"你们两个，过来和杜德尔先生打个招呼。"

皮普马上照办了，但考犹豫了。为什么克拉姆要一直对他发号施令？他假装没听见，走到狼语者跟前，狼语者还在铲土，额头上的汗水闪闪发光。

当考走近时，那个大块头停了下来，把铲子插进了地下。"乌鸦守护人。"他平静地打招呼。

考不知道该如何回应。狼语者似乎不打算继续铲土，但也没说什么。考开始希望他能和皮普一块儿离开。

"我只是想问问，"考慢慢地说，"那个和松鼠说话的女孩。她没事吧？"考记得第一次见到他们的那天，拉克伦推着玛德琳的轮椅。

"你为什么问我？"狼咆哮着说。

考向后退了一点。"我……我以为你们可能是朋友。"他说。

有什么东西蹭着考的腿，当他往下看时，他看到那是一只狐狸。维尔玛·思特里克汉姆站在后面几步远的地方，恶狠狠地盯着考。

"请跟我来一下好吗？"她说道，"有人想向你问好。"她没有等，就转身沿着小路走去，经过了墓地。

"我想我该走了，"考小声地对拉克伦说，"我很抱歉。"

狼语者的怒视缓和下来，他摇了摇头。"不，乌鸦守护者，"他平静地说，"我很抱歉。艾米丽是我的一个朋友，今天是悲伤的一天。玛德琳今天有个医院的预约，但她一切都很好。"

考点点头。

"顺便说一句，"拉克伦说，"所有的野语者都应该感谢你。你在亡灵之地的举动非常勇敢。"

他伸出一只沾着泥土的大爪子。考握了握他的手，脸刷地红了，然后跟着思特里克汉姆夫人跑下山去。她已经走到车跟前，把车门打开了。

莉迪亚走出来。她那浓密的红头发披在肩上，刘海快要遮住眼睛，这使她娇嫩的脸显得比平时更小。她穿着牛仔裤和长袖 T 恤，上面印着海豹斜倚在冰山上的图案。他研究了一会儿这些单词，上面写着"冷静"。他抬头看见他的朋友正朝他微笑。

考冲到她面前，露齿一笑，然后就不知道该怎么办了。她张开双臂，考意识到她想给他一个拥抱。他身体前倾，笨拙地用双臂搂住她。她紧紧地抱着他。

"好久不见了。"莉迪亚说。

考瞥了思特里克汉姆夫人一眼。她的注意力集中在教堂墓地上，但他感觉到她在倾听他将讲述的一切。

"不，"考回答，"我一直……嗯……很忙。"

"还住在教堂里吗?"莉迪亚问。

考点点头。"你怎样了?"

莉迪亚鼓起了双颊。"发生了很多事。"她朝对面看了看，等着妈妈钻进车里把门关上。她压低了声音。"考，很糟糕！妈妈几乎不让我出门。我想她担心我会惹上麻烦。爸爸丢了工作。"

"哦，不！为什么？"考说。

莉迪亚耸耸肩。"大概是因为逃犯的缘故吧，"莉迪亚说，"但爸爸说这是政治，一名新的警察局长想要换掉监狱里的监狱长。我们可能得搬家了。但无论如何……"她一拳打在他的胳膊上。"你有那么忙吗？就不能来看看我吗？"

考看得出她很难过。"我们得走了。"莉迪亚的母亲不耐烦地说，手放在车顶上。

"克拉姆一直在严格地训练我。"考说，他知道这听起来没有什么说服力。他卷起袖子，给她看他身上的瘀伤，两天前克拉姆的鸽子把他从公园的长椅上推倒时，弄伤了他。从警车上摔下来时还有几处伤痕——擦伤，手腕上有一条深紫色的伤痕。

"哎哟！"她说，"你做了什么让他不高兴的事吗？"

"比看上去的还要糟糕，"考内疚地说，"他也一直在教我读书。还有很多词我不知道，但我快要学会了。"

"太好了！"莉迪亚说，同时脸上掠过一片愁云，"斯克里奇和格鲁姆怎么样？"

"老样子，"考说，"嗯，也不完全是。我有一个新的伙伴叫希默。它很酷。斯克里奇真的很喜欢它。"

莉迪亚咯咯地笑道："你是说它恋爱了？"

"我没有!"一个嘶哑的声音从上面传来。考看见斯克里奇停在一棵榆树的树枝上。"我只是钦佩它的飞行能力。"

汽车的发动机发动了。思特里克汉姆夫人坐进车里,关上了门。

"我们昨天去了我的老房子,"考说,"你猜怎么着——我们发现一个女孩住在那儿!"

"哦?"莉迪亚皱了皱眉说,"什么,像是非法占用了那里吗?"

"我想是的,"考说,"她的名字是塞琳娜。她无家可归,就像我一样。我要教她觅食。"

"太……太酷了,考,"莉迪亚说,"我也可以来吗?"

考没想到会这样。"你为什么要觅食?你有很好的食物,你知道的——在盘子里。"

"因为好玩,"莉迪亚说,"你什么时候出发?"

"呃……我不知道,"考说,"听着,莉迪亚,也许最好别去。可能不安全。"

她皱起了眉头。"我能照顾好自己。"

"上次你和我一起的时候,我差点让你死了。"考说。

石头在他口袋里很重。过去的危险也许已经过去,但新的危险还在等着他,他确信。除非他知道了那块石头是什么,以及为什么贵格那么害怕它,他不能冒险让莉迪亚再靠近它了。

车窗打开了,思特里克汉姆夫人的脸露了出来。"莉迪亚,我们得走了。要是我们出去买东西时间太久,你爸爸会起疑心的。"

"对不起，"考说，"我只是不想给你添麻烦。"

"来吧，宝贝。"她妈妈说。

莉迪亚咬着下唇。"考，我还以为我们是朋友呢。"她说。

他眨了眨眼睛。他们确实在一起经历了很多，但他从来没有真正的朋友，除了乌鸦。"我们……我们是。"他含糊其词地回答。

她转身打开车门，坐了进去。她系上安全带时，悲伤地摇摇头。"那你为什么不表现得像朋友那样呢?"

考还没来得及回答，门就砰的一声关上了，汽车飞快地开走了，只剩下他一个人站在墓地边上。

第四章

考很高兴，他已经告诉他的乌鸦在街道尽头等着他，因为那天晚上他到达的时候，塞琳娜正站在房子外面。他最不愿意发生的事就是和鸟儿聊天而把她吓跑。

今晚她看起来更高了，也许比他还高，但他马上注意到她穿的是一双厚底皮靴，皮靴的带子一直系到她的脚踝。她的衣服也是黑色的，一条及膝的裙子搭配深色的紧身衣，一件合身的黑色夹克，拉链一直拉到下巴。他不知道莉迪亚会怎样看待她。她戴着耳机，在他走近时把耳机取了下来。

"你迟到了。"她说。

考掏出他的手表看了看。现在是十点十分。"对不起，"他说，"今晚有很多警察巡逻。我得走很长的路。"

"你应该把它戴在你的手腕上，你知道的，"她指着手表说，"不管怎样，警察怎么了？你有麻烦了吗？"

考脸红了。"不是你想的那样。我只是……"他不知道该怎么说。

"没事，"她很快地说，"事实上，我根本不确定你会来。"她对着戴着无指手套的双手吹了一口气。

"我说我会来的。准备好了吗？"

"当然，"她说，"你就带一个姑娘上这儿来吃晚饭？"

考虽然尝试着不让自己的脸看起来更红，但从他脸颊后面一直升起的热气出卖了他。她肯定不是想要到餐厅。"我们只是在觅食。"他说。

"我只是开个玩笑，"她说，"你告诉我在哪里可以找到一顿好饭，我就会提高你的幽默感。"

考笑了。他知道她在嘲笑他，但他不在乎。"你饿了吗？"

"总是。"塞琳娜说。

他们沿着街道出发了。出于习惯，考尽量躲在暗处，但塞琳娜看上去并不担心。她迈着轻快的步子，有时会误入荒芜的道路中间，有时会踢着街上的铁罐。考觉得城市发出的每一个声音都在哆嗦——远处的狗叫，摩托车引擎声——塞琳娜看起来没有注意这些。

他们很快到达一个到处都是建筑机械和起重机的地方。在考的记忆中，它一直是一个被遗忘的建筑工地，可能是在黑暗之夏过后被遗弃的。考脱下他的夹克，把它搭在篱笆顶上的铁丝网上。

"这是到市中心最快的路。"他说着，爬到了篱笆顶部，跨过栅栏。他向塞琳娜伸过手来。

他的担心是多余的。"我很好，谢谢。"她说，没有理会那只手，她敏捷地跳了上来。她爬到顶部，然后往下一跃，正好落在了另一边的地面上。"那么你说你现在住在什么地方？"她问道。

考也爬了下来。"呃……我没有固定的住处，"他说，"我四处为家。"

考不想对她保守秘密——但是他仍然没有准备好告诉她关于教堂的事。他很感激塞琳娜没有追问他。他记得当他第一次见到莉迪亚时，莉迪亚不断地向他提出问题。

"我以前住在树屋里。"他说。

"不可能！"她回答说，"在哪里？"

"在老公园里，在这儿的北边。"考说。

"那个地方太恐怖了！"塞琳娜说。

"我很喜欢那儿。"考现在很怀念那个地方，但是冬天的时候，有时冷得他的毯子上都结了霜。"你爬高吗？"他问道，"最安全的方法是从这里越过屋顶。"

塞琳娜从肩膀上拍落下一只昆虫，她抬头看着前面的建筑物。"我试一试。"她说。

考先走了，把脚和手放在有裂缝的灰泥里，爬上一层破窗户。克拉姆告诉过他，这个地方曾经是个军营。塞琳娜很轻松就上来了。考很庆幸自己没有邀请莉迪亚——她会拖他们的后腿。他们穿过一间堆满旧报纸的狭长房间，爬了两层楼梯来到屋顶的防火梯，他们穿过那里，城市就在眼前了。

"哦，哇！"塞琳娜说。

考看到她脸上惊奇的表情，感到一阵骄傲。这也是他最喜欢的风景之一。他开始慢跑，塞琳娜跟在后面。

"马上就要跳了，"他说，"不用跳很远，但是跟着我。"

他到达大楼的边缘，纵身跃过两米宽的缺口。然后他转过身来看着塞琳娜，但她已经跳了起来，利落地落在他身边。

"你是天才。"他激动地说。

"我在学校上过体操课，"她说，"在我逃跑之前。这里太酷了！在这里就像一只鸟，能够俯视着一切。"

考不禁看了看天空，惊讶地发现在那之前他根本没有想过他的乌鸦。他看见希默和斯克里奇坐在离他左边大约二十米的电线上。格鲁姆也肯定在附近。它们保持着距离。

他们继续穿过屋顶，塞琳娜没有走错一步。他们逐渐深入到市中心。

"那么，你想念学校吗？"考问道。

"嗯……当然，"塞琳娜说，"嗯，我想念我的朋友们。"

"你离家多久了？"

他观察了她的表情，确定他说的话没有让她感到反感，她看起来很好。

"几个月，"她说，"我真没想到我会离开这么久。一开始我只是想一个人待一会儿，但是后来……我发现自己很喜欢这种状态。"

考在一栋建筑的边缘停了下来，凝视着下面的道路。大多数商店都用木板封起来了，路灯也从来没有亮过，但仍会有车，偶尔还有几个人。

"那你过得怎么样?"他说,"为了食物之类的东西?"

"有时候挺难的,"她回答,"我在城里乞讨过,做过一些不该做的事。"

"你是什么意思?"考紧张地问。

"哦,没什么大不了的,"她说,"我学会了如何生存,仅此而已。"

考岔开了这个话题。"我们必须从这里爬下去,"他说,"有一排小巷通向河边——餐馆就在那里。"他指着一根排水管。"你能行吗?"

塞琳娜点了点头。她摸了摸他的胳膊。"等等,考——我想问你件事。"

"是吗?"

她停顿了一下。"我知道这不关我的事,请告诉我,但是……你说那房子是你的。你的父母在哪里?"

"他们死了,"考回答,"在很久以前。"

"哦,"塞琳娜说,"我很抱歉。"她没有继续追问下去。

"没关系,"考耸耸肩说,"你的家人呢?你为什么要逃跑?"

塞琳娜撇了一下嘴。"我还没出生,我爸就走了,"她说,"妈妈和我从来没有真正相处过。她有一份非常重要的工作。工作时间很长,可能还没注意到我已经走了。"她笑了。无奈地笑,考想。

"你认为你还会回去吗?"他问道。

塞琳娜从楼边探出头来，双手紧握排水管。

"我不知道。"她说。

她飞快地滑了下去，考跟着她。

"奋力追上吗？"希默踮着脚尖沿着建筑物的护墙，说。

"是的。"当他降落在塞琳娜旁边时，考喃喃地说，"你总是自言自语吗？"她问道。

考脸上挂着笑容。"有时候，对不起。"

他们很快就到了河边，巨大的码头像巨大的剪影一样矗立在那里。考从来就不喜欢黑水河。也许只是因为他不会游泳，但那不可穿透的黑暗中也有某种东西，就像一个黑色的深渊。克拉姆告诉他，它太脏了，你只要喝一口，一天之内就会死。他说《黑石先驱报》上有报道说，有人掉进了河里，就再也找不到了。考对此并不怀疑。他记得有一次华莱士小姐给了他一本书，讲的是河里住着一个长着女人身体和鱼尾巴的生物。然而，水看起来是蓝色的，而不是黑色的。当他们走在河边一条荒芜的小路上时，他想知道是否有能和鱼说话的野语者。

"你还好吗？"塞琳娜问道。

考点点头。她在他身边，好奇地看着他。

那里停泊着各种大小的船只——大多数看起来完全被遗弃了，就像漂浮在码头上的尸体。有些船的名字叫"美丽少女"，有些叫"漂浮的玫瑰"，这些名字似乎与它们剥落的油漆、破破烂烂的船壳完全不搭调。

有一艘船修理得比大多数船都好，却没有任何标记。船中央有一间微微下沉的船舱，透过一扇玻璃窗，考看到一间堆满了板条箱和纸箱的船舱。

"也许我们能在里面找到什么东西。"塞琳娜指着那艘船说。

考紧张地上下盯着河岸边。他看不见任何人——最近的桥在一段距离之外，那里的汽车像一道道光一样快速驶过。

"我不知道，"他说，"这不是偷窃么？"

塞琳娜耸耸肩。"我想是这样。说真的，你以前从来没有拿过什么东西吗？"

考的脸红了。"拿过。"他说。当他更小、更艰难的时候，他拿过人们晾衣绳上的衣服和敞篷卡车上的面包。但现在似乎不同了，他有其他的生存方式。

塞琳娜把手伸进口袋，拿出一个闪闪发光的东西。考睁大了眼睛，他不由自主地摸了摸外套里面。"我的手表！你怎么——"

塞琳娜歪着嘴笑了笑。"在屋顶上，当我碰到你的胳膊时。"

考想起来了，但也有一点恼火。"我都没有感觉到。"他说。

"嗯，我说我学会了生存，就是这个意思，"她说，"我从来没有从真正受苦的人身上拿走过任何东西。"她把手表还给了考，他把它塞进外套口袋深处。

"来吧，"塞琳娜催促道，"没有人会注意到——我们不会拿很多。另外，我们不会总进城里来。"

她的话让考有些动摇了，但这感觉还是不好。他又看了看四周，看见三只乌鸦落在附近另一只船的篷顶上。考知道它们会站在塞琳娜一边。乌鸦没有太多时间去研究人类道德的细微之处。他不知道莉迪亚对此会怎么说。

"周围一个人也没有。"塞琳娜说，显然她误以为他是害怕了，"不会有事的。"

她跳上船，他跟着她。船微微摇晃。塞琳娜走到锁着的客舱门口，从衣袋里拿出了什么东西，她一副咬牙切齿的样子，聚精会神地摆弄着挂锁。

"那是什么？"他说。

"瑞士军刀，"塞琳娜说，"出门一定要带着它。"随着咔嗒一声，锁裂开了。她咧嘴一笑，开始解下门把手上的链子。和静默的河水相比，那声音震耳欲聋。"你以为我是怎么从你家后门进去的？"

"也许我们不应该……"考说。

"冷静点。"塞琳娜说着走了进去。以防万一，考环顾了一下四周，然后蹑手蹑脚地跟在她后面。她已经蹲在一个箱子旁边，用刀子撬开盖子。她用了一会儿劲儿，盖子突然开了。考看到里面有一堆罐头。

"呃！蘑菇汤。"塞琳娜说。她继续开下一个箱子。"应该还有更多！"她说。"饼干！"她站起来，扔了两包给考。他笨拙地接住了它们，把它们放进了自己的口袋里。至少它们会让乌鸦高兴。

"嘿，看我发现了什么！"塞琳娜说。她跪在一个装着某种圆形水果的板条箱前。她向考投掷了一个水果。

他接住它，咬了一口。他嘴里满是果汁。

"哇！"他说，"这是什么？"

塞琳娜哼了一声。"你以前从来没有吃过桃子吗？"

考摇摇头，又咬了一口。"这是我吃过的最好的——"

乌鸦的尖叫声划破了天空。塞琳娜跳了起来，考听到外面传来希默的叫声，"危险！"它尖叫着。

考扔下桃子，抓起塞琳娜的手。"有人来了。"他小声地说。

"你怎么知道的？"塞琳娜低声问。

他向船舱的门爬去，就感到船又在移动了。有人爬上了船。他指着船舱的后面。"躲起来！"他说。塞琳娜看上去吓坏了，但还是照他说的做了，躲在一堆板条箱后面。

考注意到在船舱的后面有一个更小的门。他用手指了指，塞琳娜点了点头。考从舱门的裂缝里往外看，他看到有两个人站在船头上。

他们不是警察——他一眼就看得出来。其中一个是一个女人——很难说她多大岁数了——她穿着不合身的拼布衣服。她的头发乱蓬蓬的，怪模怪样地翘着，尖牙从上嘴唇露出来。站在她身边的那个人是如此与众不同。他穿着一件洁白的西装，看上去光彩照人，无可挑剔。他一定有五十多岁了，要不是那双冒着冷光的蓝眼睛，他那张略露下颌、布满皱纹的脸一定能给人友好的感觉。他戴着一顶白色牛仔帽。

那女人颤抖着说，"我们——我们——我们知道你在里面，"她结结巴巴地高声说，"小子，出来吧。"

考屏住呼吸，慢慢地呼出来。他知道在乌鸦的帮助下他也许能逃脱，但是塞琳娜呢？那个女人只说了声"小子"——也许他们不知道塞琳娜在里面。他必须分散她的注意力，这样她才能逃脱。

他慢慢推开门走了出去。"你是谁?"他说，尽量让自己看起来不害怕。

"请允许我们自我介绍一下。"穿白衣服的人慢吞吞地说。他脱下帽子，帽子下面的头发也白了，梳得整整齐齐。

"我叫西尔克先生，这位受人尊敬的女士叫平克顿。"

"你想要什么?"考说。他环顾四周，寻找他的乌鸦，准备发出命令。

"那几只鸟现在帮不了你。"那人说。

考后退几步。如果他们知道他是乌鸦守护者，那只能说明一件事。

"你是野语者。"他说。

头发蓬乱的女人发出咯咯的大笑，甲板活动起来，在许多地方都在晃动。一群家鼠向他冲来，数百只眼睛在考面前闪烁。

第五章

　　他们走向他，考踉踉跄跄地后退了几步。他把一个板条箱踢开，鼠群骚动了一下。但它们络绎不绝地越过箱子的顶部，毛茸茸的身体沙沙作响。

　　考伸出手，抓起一根末端有金属钩子的木杆。他挥着它扫过甲板，赶走尽可能多的家鼠。但它们很快爬上了木杆，沿着木杆爬了过来。考把木杆扔掉了。他跳到一个木桶上，随即爬到船舱顶上，蹲了下来。他看到当这个女人在控制这些家鼠时，她的眼睛后翻，眼白部分充满了血丝。鼠群像海浪一样拍打着小屋的两侧，爬上爬下，彼此叠在一起，瓜子咔嗒咔嗒直响，却无法接近猎物。

　　"你知道吗？"穿着白色西装的男人说，"这些生物能很快吞噬你。家鼠会一直吃到自己不能动弹为止。它们也不挑剔——肌肉、骨骼、软骨——对它们来说都是一样的。"

　　考四处寻找逃跑的路线，但到处都是家鼠。只有逃到水里了，但是他不会游泳。塞琳娜呢？她设法从另一扇门逃走了吗？"告诉我你想要什么。"他说。

西尔克先生张开双臂。他那套衣服的料子有点奇怪，考想，但他弄不明白是哪里不对劲。

"别跟我耍花招，小子，"穿西装的人说，"我们想要的是石头。"

考咽了一下口水。

"我不知道你在说什么。"他说。

西尔克先生笑了。"动手吧，动手吧，"他说，"我们不要浪费彼此的时间了，平克顿？"

那女人抽动了一只手，家鼠们开始狂乱起来，一堆堆地挤在一起，在小屋旁边形成了一个斜坡。一只家鼠爬上了考的脚。他把它踢开了，用意念召集他的乌鸦。鸦群的黑色身影在他的意识中聚集起来，他指挥它们向平克顿猛扑过去。

斯克里奇、格鲁姆和希默在空中掠过。与此同时，西尔克先生的夹克似乎裂开了，成百上千的生物从衣服上剥落下来，飞起来拦截乌鸦。

飞蛾……

"我看不见了！"当这些长翅膀的生物包围着它时，格鲁姆叫了起来。斯克里奇和希默失去控制般调转方向，它们也被虫子盖住了。

"我们再试一次，好吗？"西尔克先生说，"把午夜之石给我。"

"照做！"平克顿大笑着说，"她想要它。她想要它。"

"她？"考想，"她是谁？"

他感到脚踝一阵刺痛，大声喊叫起来。一只家鼠死死地咬住了他。另一只爬过他的脚，爬上他的裤子，发出可怕的咔嗒声。其余的家鼠跟在后面，把他的腿团团围住。考觉得它们的下颚都嵌咬进了他的肉里，他痛苦地尖叫着。更多的家鼠爬上他的背。无穷无尽。现在只有一条路可走了。他站了起来——为了战胜这些紧贴在他身上的家鼠——他从船边跳下去，跳进冰冷的水里。

河水一时间吞没了他，他所能看到的只是黑暗中的气泡。他的衣服拖拽着他的四肢往下沉，但他的头露出了水面，他吸了一口气。

惊恐攫住了他的心。他的头又沉了下去，他几乎快呛死了。他拍打着浮到水面，不断咳嗽。河中也有家鼠，它们到处乱窜。河岸就在几英尺远的地方，但他够不着，又沉下去了。

这一次，他的脚碰到了黑水河底部的沙砾。他用脚指头向前走，设法抓住一根把船拴在岸边的绳子。他迅速地吸了几口气，把湿漉漉的身子从水里拉了出来。

西尔克先生已经站在河边的小路上了。飞蛾在他周围飞舞，然后整体划一地停了下来，在他的夹克外面形成了一层无缝的伪装。考瞥了一眼船，发现船舱的后门开着。至少塞琳娜逃走了。

"你逃不掉，"西尔克先生平静地说，"她想要那块石头，她会得到它的。"

考犹豫了。他甚至不知道那块石头是什么，但那是他母亲交给他的。她留给他的唯一的东西。他绝不会这么轻易就把它交出来。

"我不知道你在说什么。"他说。他的乌鸦不见了。他四处寻找塞琳娜，但哪儿也找不到。然后他感到有什么东西在他的背上扎了一下。是的！他还有另一件武器。

考脱掉他湿透的夹克，从背带上取下鸦之喙。

西尔克先生伸出手，如绅士般帮助平克顿下船，静静地看着那把剑。家鼠如潮水般跟随着她。

"没有必要动武。"他说。

"离他远点。"一个声音说道。

考转过身来，看见一个小小的身影沿着小路走来。当他意识到那是皮普时，他的心猛地一沉，一大群老鼠跟在他的后面。

"离开这里！"考叫道。皮普摇了摇头。他把胳膊一伸，让他的老鼠冲向敌人。

家鼠和老鼠在一场激烈的战斗中相遇，它们互相撕咬对方，发出可怕的尖叫声。看到西尔克先生不见了，考抓住机会，跳过那些被打倒的家鼠，向平克顿冲去。她往后退，挥打着双臂，跌坐在地。考把鸦之喙的剑头抵在她的脖子上。

"请……"她乞求道，"不要杀我！"

"召回你的家鼠！"他说。

牙齿的摩擦声和尖叫声都消失了，只剩一片寂静。

"皮普?"考叫了起来，回头看着他。

西尔克先生从背后抓住了男孩，使他的双腿离开地面，他用一把细长的银剑抵住他的喉咙。飞蛾语者是怎么过去的？这条路很

053

窄……家鼠消失在阴影里，皮普的老鼠也聚集在他的周围，保持着一定距离。

"放开他。"考说。

西尔克先生咧嘴一笑。"不放呢？你会杀了她？我猜你对这个孩子比我对可怜的平克顿更关心。我才不管呢。"

"什……什……么？可……可……是？"平克顿说，她的眼睛快速地眨着。

"所以在他流血之前把它交出来。"西尔克先生说。

"什么也别给他！"皮普说。

"耐心不是我的美德之一。"西尔克先生说。他把刀刃紧紧地抵在皮普白皙的喉咙上。

考用他的意念召集乌鸦，以最快的速度召唤它们。他感到它们的灵魂也在闪烁，最先从空中俯冲下来的是希默。她用爪子攫住西尔克先生的手。他疼得大叫一声，刀掉在地上，然后格鲁姆对着他的肩膀猛击。当他倒在地上时，一片飞蛾从他身上飞了起来。

考拉住皮普，一起沿着小路跑，然后拐过一个街角，进入了码头两栋建筑之间的一条小巷里。

他们一直跑到上气不接下气，尽可能地离那条河远一些。考的腿真的很疼。当他们到达一座公路桥时，塞琳娜的声音从上面传来。

"从这边走！"

她正站在通向桥边的一排狭窄的台阶上，考和皮普向她奔去。

乌鸦们安全降落在桥边，拍打着黑色的翅膀。

"你看到希默了吗？"斯克里奇说，"她击中它了。"

有几只老鼠在路边跑来跑去，塞琳娜惊奇地瞪大了眼睛。

"她是谁？"皮普看着塞琳娜问道。

考转过身来抓住他的肩膀。

"那不重要。你为什么跟踪我？"他粗暴地说，"你差点害死自己！"

皮普的下唇开始颤抖。"我只是想帮你。"

"我不需要你的帮助！"考说，"我要你别再跟着我了。"他环顾四周，希望看到附近有鸽子。"克拉姆的间谍也在这儿吗？"

"什么间谍？你在说什么？"塞琳娜问道。她困惑地摇摇头。"那些人是谁？为什么所有的老鼠都在打斗？还有飞蛾？这太不可思议了。"

"这很难解释。"考说。

"嗯，也许你应该试着解释一下，"塞琳娜说，"我们差点被杀了。你认识那些人吗？他们想要干什么？"

事情发生得太突然了，考还没有理清头绪。

但是菲利克斯·贵格的话仍在他的脑海里回响。塞琳娜和皮普都没有听到西尔克先生对那块石头说的话。秘密是安全的。"我不知道，"他说，"听着，你应该回家去。"

塞琳娜皱起了眉头。"等等——你是什么意思？你要去哪里？"

"回教堂去，"格鲁姆说，"一个晚上的冒险已经够多了。"

"乌鸦怎么啦?"塞琳娜问,"我发誓自从我们离开你家以后,他们就一直跟踪我们。"

"也许你应该告诉她。"皮普说。就在这个时候,老鼠沿着他的裤腿往上爬,消失在他的衣服里。

考瞪着他。

"告诉我什么?"塞琳娜说,"你们两个是马戏团的演员吗?"

"没什么,"他说,"求你了,如果你不和我们在一起,你会更安全的,仅此而已。"

他得离开她。他需要时间思考。

"不行!"她跟着他说,"你不能走。告诉我——发生了什么事?"

"需要让我们拖住她吗?"斯克里奇说,从塞琳娜的头上猛扑过去,她不得不躲开。她生气地抬起头看了看乌鸦,又继续追赶考,然后停了下来,瞪着皮普。

"那么,你告诉我,鼠孩。"她说。

考深吸了一口气,转过身来。"好吧,我会解释的。但不是在这里。"如果有敌人要动手的话,考希望有一个能帮上忙的人。他离开那条河向北出发了。是时候去拜访黑石城最强大的野语者了。

"我们要去哪儿?"皮普问,快步跟上。

"去拜访维尔玛·思特里克汉姆。"

在去的路上,考开始向塞琳娜解释野语者的秘密世界,皮普不时打断他。起初,她尝试着接受这个解释,斯克里奇和希默似乎很高兴地想要证明，考确实可以与它们交流，它们停落在他两边的肩膀上听候命令。可格鲁姆拒绝这么做。

"我不是一只会表演的猴子。"它抱怨道。

皮普喜欢炫耀，他让老鼠在自己胳膊上围成一串，然后让它们在地上坐着，围成一个完整的圆圈。

"太不可思议了，"塞琳娜睁大眼睛说，"我不记得那个黑暗之夏了。那时我们住在海边，那时我才六七岁。"

在过去的两个月里，考只回到过公园一次，为了从巢里拿回些旧东西。他们越走越近，考这才发现，在短短的时间里，自己的生活发生了多大的变化。当他住在树屋的时候，野语者的世界对他来说和塞琳娜一样是个谜。他几乎没有和人说过话。

莉迪亚·思特里克汉姆和她的家人改变了这一切。

当他们走到思特里克汉姆家的门前时，房子里亮着灯。考还记得莉迪亚说过她爸爸被解雇了，以及他们可能不得不搬家的事。他们走近前门时，他感到一阵恐惧的痛苦。他第一次来这儿吃晚饭时，紧张得几乎说不出话来。他依然在犹豫着，不知是否要把那块石头的事告诉思特里克汉姆夫人。"午夜之石"，西尔克先生是这样称呼它的。贵格警告他不要这样做。"你妈妈也会这么告诉你的"——他是这么说的。真的是这样吗？考不确定。

他举起手来敲门，这时希默从房子顶上飞过。

"她不是一个人。那个男人和她在一起。"

考停了一下喊道："思特里克汉姆先生。"

057

"我们为什么不去克拉姆那儿呢?"皮普说,"他知道该怎么做——"

"不。"考说。他能想象,如果克拉姆知道塞琳娜和考在做什么的话,他脸上会是怎样的表情。事实上,考很确定,他在一英里远的地方至少看到两只鸽子跟着他们。克拉姆有足够的耐心。

皮普生气地磨着他的脚。

"思特里克汉姆先生怎么了?"塞琳娜问道,"他不知道他的妻子是个野语者。"考说。他想了一会儿。"我们得等等。"

"真冷啊。"塞琳娜说。

考对她的话无力反驳。他的衣服掉进河里还是湿的,还冒着寒气。

"我们绕到后面去吧。"他说。

他们翻过房子后面的墙,跳进了花园。考知道莉迪亚的房间在二楼。她的窗帘拉上了,但灯还开着。

"斯克里奇,你能帮我们敲门吗?"

乌鸦用喙啄了一下窗户之后,没过多久,莉迪亚的窗帘拉开了。当她看到考和他的朋友在花园里时,看起来很震惊,然后又变得很生气。窗帘又落下了。

"这么说她是你的朋友,是吗?"塞琳娜问道。

"我希望如此。"考说。莉迪亚似乎还在为他们在葬礼上的谈话而伤心。

"现在我们得回教堂去了。"皮普说。

考勉强同意了，这时后门开了一道缝。莉迪亚瞥了一眼，说："你们最好悄悄地进来。"

考和其他人蹑手蹑脚地走了进去，然后上了楼梯，进了莉迪亚的卧室。墙上贴满了动物海报。她随手把门关上，看着他们湿漉漉的衣服。"你看起来好像去游泳了。"她直截了当地说，"这就是你跟我说过的那个女孩吗？"

"嗨，我叫塞琳娜，"她说着伸出了手，"顺便说一句，我喜欢你的卧室。它很……可爱。"

"莉迪亚。"莉迪亚说，没有拉她的手。"所以我猜你的寻宝之旅没有按计划进行。"

考拉开夹克衫，拿出一袋湿漉漉的碎饼干。

莉迪亚眼珠转了转，说："我希望这是值得的。"

又传来敲窗户的声音，考看见三只乌鸦都在那儿等着。

"他们想进来。"他说。

莉迪亚打开窗户，乌鸦扑扇着翅膀飞进了房间。

"奇怪的墙纸。"斯克里奇说，审视着墙上的装饰。"为什么没有乌鸦？"

"他说什么？"莉迪亚问。

"他喜欢你的海报。"考说。

他解释了沿河发生的事情，但没有提到石头。莉迪亚的脸色开始温和了一些。

"你应该让我和你一起去的。"她说。

她向塞琳娜点点头。"那她也是野语者吗?"

"不是,"考说,"莉迪亚,我们得和你妈妈谈谈。"

莉迪亚的目光移到他的脚边,眉头一皱:"考,你的脚在流血,流到我的地毯上了。"

考朝脚下看了看,看到血从他的脚踝上滴落下来。"哦! 对不起!"

莉迪亚扔给他一张纸巾,考小心翼翼地卷起他的裤腿。他的小腿和脚踝上有许多戳伤的疤痕。

"那些看起来很痛。"一个声音响起。他们都吓了一跳。

思特里克汉姆夫人穿着睡衣站在门口。

"妈妈! 你应该敲门的!"莉迪亚说。

"我也可以对我们的客人这么说,"思特里克汉姆夫人说,"这位年轻的女士是谁?"她的语气有些不高兴。

"我叫塞琳娜。"她说,看上去有点害怕。

考试图恢复镇静。"对不起,我把她带到这儿来了,"他说,"我们不知道还能去哪儿。我……我们必须告诉她我们是谁。"

思特里克汉姆夫人瞪着他。"你跟她说过野语者的事?"

考张开嘴,然后又闭上了。他的面颊火辣辣的。

"唔。"思特里克汉姆夫人说。她狐疑地瞥了塞琳娜一眼,然后抬起头来看着考的腿。"家鼠咬的? 这是不是意味着你遇到了可爱的平克顿小姐?"

考点点头。"在码头下面,"他说,"我们还被一个飞蛾语者袭击了。"

"西尔克先生吗？"思特里克汉姆夫人说，"我们不确定他是否还在附近。那么他们想要什么呢？"

考犹豫了一下，贵格的话在他脑子里闪过。他说守护石头是乌鸦语者的责任。她会把它从他那里拿走吗？

突然，考下定了决心。他现在不能把这件事告诉思特里克汉姆夫人——不能当着莉迪亚和皮普的面，更不能当着塞琳娜面说。他撒谎时尽量避免眼神接触。"我不知道。"他说。

"不，你知道！"皮普说，"难道不是显而易见的吗？"

考感到热血涌上他的脸。难道皮普知道他口袋里有什么吗？

"鸦之喙！"皮普说，"飞蛾语者说要把它交出来，是不是？"

"哦……哦，是的。"考说。

"可是纺纱人毁灭了，是不是？"莉迪亚说，"即使他们能挖出一条通往亡灵之地的通道，也不能把他带回来。他们要鸦之喙有什么用呢？"

"问得好，"她母亲说，"不管他们在计划什么，都不能让他们拥有它。"

"也许我们该走了……"考说。

思特里克汉姆夫人伸出手来挡住了他。

"绝对不行。如果平克顿和西尔克先生在外面，我别无选择，只能坚持让你留在这里。你和那个女孩。"她又冷冷地看了塞琳娜一眼。"小声点儿，我不想向莉迪亚的父亲解释为什么我们要收留流浪儿。明天早上，我们会想办法解决这一切的。"

"我们可以召集野语者委员会。"皮普说。

思特里克汉姆夫人转向他，恶狠狠地说："当我需要你的建议时，我会告诉你的。现在，睡一会儿吧。"

思特里克汉姆夫人随手把门关上以后，塞琳娜叹了口气。

"我以为我妈妈已经很严厉了。"她说。

"她只是担心。"考说。

"你们俩别再提我妈妈了。"莉迪亚厉声说。她指着房间另一边的沙发。"这里可以睡一个人，另外两个人睡地板，衣柜里有毯子。"

"我们呢?"希默问。

莉迪亚转向说话的乌鸦。"如果那只乌鸦说的和我想的一样的话，外面就有很多非常棒的树枝。"

"那是虐待动物。"格鲁姆说。

然而，考走到窗边，打开了窗户。"走吧，你们三个。你们要为我放哨。"

乌鸦飞进了黑夜。当考关上窗户时，他看到一只狐狸的影子潜伏在下面的花园里。

我就知道，维尔玛·思特里克汉姆是不会干偷偷摸摸的事的，他心里暗笑着想。她也许很严厉，但她是他们最好的盟友。

塞琳娜睡沙发，考挨着皮普躺在地毯上。克拉姆虽然不知道发生了什么事，但至少他知道他们是安全的。

没过多久，考听到了老鼠语者缓慢的呼吸声，还有莉迪亚的。但他不确定塞琳娜是否睡着了。当他转过身去看的时候，他感到石头戳了一下他的身体。

也许他现在可以溜出房间去找思特里克汉姆夫人了。

他可以信任她，不是吗？他用手肘支撑着自己，准备站起来，但什么东西阻止了他。

不管石头是什么，不管它有什么用，它都是危险的。考对此深信不疑。飞蛾语者提到过一个女人，是吗？他说她想要它。贵格也提到了"她"，这不可能是巧合。

她一直在监视我们，甚至是现在。这个未知的敌人是谁？一定是另一个野语者。

"午夜之石"，西尔克先生这样称呼它。这只是一个名字，还是一些关于它力量的线索？

考的身体颤抖了一下。黑夜一直是他的朋友，但有件事告诉他，这块石头是可怕的。在这种情况下，他的母亲为什么会拥有它，这对他又意味着什么呢？

考用手握住冰冷的石头，他的思绪变得混乱如麻。灼心的痛使他呼吸困难。哪里出错了？通常乌鸦的出现会让他感到安慰，即使它们不说话，他的意识里也能感受到它们的存在。但现在他的头脑里只剩一片空白。他的内心被那种被抛弃的恐惧攫住了。

突然，一段记忆在脑海中浮现。他只有五岁，也许还不到五岁，就被乌鸦叼走了。那时候他还没有照顾自己的能力，完全依赖于鸟儿给他带来的蠕虫、蛴螬或其他任何东西。那是一个风雪交加的冬夜，乌鸦还没有觅食回来，他又饿又孤独又冷，感到前所未有的恐惧。他清楚地记得那个鸟巢里满是自己撕心裂肺的号叫和绝望的泪水。

考难受得有点呼吸不上来，他站起来，踉跄地走到窗边，拉开了窗帘，确认乌鸦还在那里。

他们还在那儿。三只乌鸦在花园的墙上挤作一团。考推开窗户，深深地吸了一口冷空气。格鲁姆不解地把头探向考。

"一切都好吗?"它温柔地问。

考几秒钟后回过神来，然后对乌鸦竖起了大拇指。这种感觉消失了，他的心跳又恢复了正常的节奏。

他放下窗帘，蹑手蹑脚地回到地毯上躺下。当他整理衣服时，他又摸到了那块石头，只是这次他发现自己不愿碰它。

这东西能制造极大的邪恶，一种超乎他想象的邪恶。

但有一件事是肯定的。在他知道真相之前，他需要一个人面对这种邪恶。

第六章

只有树枝发出轻轻的嘎吱声，鸟巢微微摇晃着。天空中，雪像灰烬一样落下来，覆盖着树木。当这些雪花落在巢里时，它们就消失了。考并不觉得冷。他看着自己的手，石头躺在他的掌心里。不知怎的，它漆黑的表面似乎发出了光芒，鸟巢充满了光亮和温暖。

"你好，杰克。"一个和蔼的声音响起。

考抬起头，他的心跳加剧。他母亲坐在他对面，微笑着。她的皮肤苍白，头发似乎也白了，甚至她的睫毛上也有霜点。

"你在这儿，"他说，"可这是怎么回事？"

"在亡灵之地，许多事情是可能的。"她回答说。

考又看了看那块石头。

"你必须保守住这个秘密。"他母亲说。她伸出一只手，把他的手合上，握住石头。"孩子，这个使命需要你独自承担。"

考感到石头传递的温暖在他血管里流淌。

"这是什么？"他问道。

他的母亲吃了一惊，把手抽了回去。她的眼睛睁得大大的。

"走吧!"她说着站起来,把她坐的椅子弄倒了。

考开始恐慌起来。"但是我想和你待在一起。"他说。

"他来了,杰克,"她说,"走吧。"

考冲到鸟巢底部的出口,猛地把它打开。在树的底部,一大块黑色的油布正逼近树干,把洁白的雪都变成黑色了。

蜘蛛。成千上万只蜘蛛。

"别让他得到它,杰克。"他母亲说。她把身子贴在鸟巢边,浑身发抖。"他不能得到它。"

考呆呆地蜷缩在那里。蜘蛛在树干汇集成一股洪流,相互堆叠在一起。它们开始往上爬,像黑色的浪潮慢慢往上拥,势不可当。

考砰的一声关上鸟巢的门,拉过栏杆,把它闩上。"告诉我它是什么!"他说,"他为什么想要得到它?"

但当他再次抬头时,他的母亲已经消失了。

他又是独自一人。鸟巢是空的,雪又下了起来。

"砰。"

出口在摇晃,鸟巢也在颤抖。

"砰,砰,砰。"

鸟巢的另一边有东西在砰砰地撞击。他知道那是什么。他知道是谁。

是纺纱人。

他上气不接下气地爬到鸟巢的边缘。他还是可以逃脱的。他会飞。他是一个鸦语者——天空是他的朋友。他所要做的就是变身。

"砰，砰，砰。"

"咔嚓。"

鸟巢的门裂开了，一只细长的手伸了进来，弯曲的手指像是蜘蛛腿。

考从鸟巢的边缘跳了下来，张开双臂，希望它们变成翅膀。

但是他失败了。

他往下坠落，恐惧撕裂了他的心，树枝抽打着他的皮肤。

他摔在地上猛地一震，然后一切都静止了。他仰面躺在雪地里。没有疼痛感，他根本感觉不到自己的身体。他的思绪飘忽不定，没有了束缚，他的眼睛看到的是旋转的冬日的天空。

然后他听到了脚步声。柔软的嘎吱声，一声比一声响。

纺纱人来了。

考闭上眼睛，不想直面令他恐惧的对象。

脚步停了下来。

"把眼睛睁开。"一个声音低低地说。声音中带着残酷。

考想要转过脸去，但一只手抓住了他的下巴，死死地捏住了他的脸。

"看着我。"那声音说。

考睁开了眼睛，尽管他不愿意。

纺纱人就站在考的身旁，他黑发下面的脸上露出了一道疤。考想要起来，但是起不来。

"我要它。"他的敌人说。纺纱人的眼睛和蜘蛛的眼睛一样，闪着银色的光芒，映射出考惊恐的脸。

考使劲摇了摇头。他不能把母亲托付给他的石头，就这样轻而易举地交出去。

纺纱人用膝盖压着他，他的脸离考只有一英尺。他的皮肤光滑发亮。光滑得有些过分了，考想。纺纱人伸出另一只长长的手指，指尖在考脸上滑动，黑色的指甲嵌进他苍白的肉里。

当这只凶猛的蜘蛛撕扯自己的脸、剥去自己的皮肤时，考的心吓得怦怦直跳。

他意识到那只是个面具。这家伙根本不是纺纱人，而是另外一个人。

考闭上眼睛，害怕面具下面藏着的东西……

一道昏暗的光线照在他的眼睑上，考眨了眨眼睛。一开始他还有些迷糊，但随着噩梦的消退，昨晚的事情历历在目。他向旁边看了看，发现其他人仍然闭着眼睛。塞琳娜在睡梦中微微皱着眉头。皮普缩成一团。

考感到一阵内疚。如果克拉姆的间谍看到他们来到这所房子，他会担心的，尤其担心老鼠语者。

外面传来汽车发动机的声音。卧室的门开了，思特里克汉姆夫人站在那里，穿着一件黑外套。

"大家早上好。该走了。"

"去哪里？"考坐起身来问道。

"我丈夫整个上午都在开会，"莉迪亚的母亲转过身来说，"我已经召集了一个聚会，一小时后开始。"

"所以你听从了我的建议。"皮普说着，鼓起他窄小的胸膛。

思特里克汉姆夫人离开房间时，嘴角露出一丝诡异的微笑。

考摇摇晃晃地站起来，跟着她。"等等，"他压低声音说，"塞琳娜怎么办？"

思特里克汉姆夫人扬起眉毛。"她得跟我们一起去。现在她知道野语者的事了，她是个累赘。我们不能让她离开我们的视线。"

考从她的语气中察觉到指责，他脸红了。

"对不起。"他说。

思特里克汉姆夫人的脸变得柔和了，她摸了摸他的胳膊。"别担心，"她说，"我们以后再处理这个问题。我们之前没有机会在艾米丽的葬礼上好好说话。克拉姆对你怎么样？我听说你的训练进行得很顺利。"

考犹豫了一会儿。他原以为思特里克汉姆夫人和克拉姆没有来往，但现在听起来她好像知道教堂里发生了什么事。"没那么容易，"他说，"但我一天比一天有进步。"

"好，"她说，"你又变身成乌鸦了吗？"

考摇了摇头，想起了前一天在贵格门外失败的尝试。

思特里克汉姆夫人点了点头。她说："你很幸运，至少还能做到一次。这么多年来，我一直想成为一只狐狸。"她把他的胳膊捏得更紧了。"你有天赋，考。继续努力。"

当她走下楼梯时，考的内心因骄傲而膨胀了一小会儿，但当他转身回到卧室时，他想起了她说过的另一件事。

她说的"处理"塞琳娜的"问题"究竟是什么意思？

思特里克汉姆夫人把他们领到一辆出租汽车前。一个年轻的亚洲男子坐在驾驶位上，他打着唇环，双眼有黑眼圈。考很确定他以前从没见过这个人。从莉迪亚皱眉的表情看来，她也没有。

"到动物园去。"思特里克汉姆夫人透过窗子说。

司机的手握紧了方向盘。

"拜托了，"思特里克汉姆夫人说，"我知道这会很难。"

司机点点头。"使命必达，S. 夫人。"

皮普爬进了车后座，考注意到老鼠语者对司机微笑了一下。他们之间认识。他是野语者吗？考和塞琳娜也在后面，思特里克汉姆夫人坐在副驾驶座上。考透过窗户向在对面公园墙上停歇的乌鸦点点头。"跟上我们。"他说。

"我们要去哪里？"斯克里奇问。

"照他说的做。"格鲁姆咕哝着。

考挤出了一点位置给莉迪亚。后面座位上坐了四个人，她只能勉强把门关上。

出租车立即发动，向城市飞驰而去。

"那么，我以前怎么没听说过西尔克先生或平克顿小姐呢？"皮普问，"克拉姆从没提起过。"

考坐得更直了，头发竖起来。不管这个司机是谁，他肯定是他们中的一员，否则皮普就不会提到那些野语者。

"他们没有在黑暗之夏中出现，"思特里克汉姆夫人说，"他们和……走得很近，嗯，这都不是最关键的。他们回来了。"

考从她的话中听出了点东西。她在隐瞒什么，他想。

"和谁走得很近？"他问道。

思特里克汉姆夫人没有立刻回答，但考从汽车的后视镜里看到了她的反应。她的手指搁在脸的一侧，当她凝视远方时，眉头一皱。

"苍蝇之母。"她平静地说。

出租车司机在座位上不安地扭动着。

这个名字对考来说没有任何意义，但是思特里克汉姆夫人说这个名字的时候，似乎包含有某种意思。她说话的方式和不安的表情，使他打了一个冷战。塞琳娜向前倾着身子仔细听。

"哈！"皮普说，"苍蝇语者。不可能！她只是一个传说。克拉姆说没人见过她。"

她。

考又想起了平克顿的话——她要它——他的脊背掠过一股寒意。

"克拉姆有权发表他的意见。"思特里克汉姆夫人说。

"这么说她没有在黑暗之夏中战斗？"考问。

思特里克汉姆夫人叹了口气。"说来话长，"她说，"也许菲利克斯·贵格告诉了你一些细节，几代人以来，苍蝇语者都是被唾弃的对象。你要知道，那时候的人是不同的。野语者之间有一种秩序，苍蝇的守护者总是被人瞧不起。我想一开始是出于疑惧，因为苍蝇吃腐烂的东西，从死人身上捡食。但即使在我父亲的那个时代，也没有人与苍蝇一族打过交道。"

"我听说他们在我出生之前就离开了黑石城。"司机说。

考环顾四周，想找到那个司机的动物的痕迹，但在车里什么也没看见。

"那么这位苍蝇之母是真的存在吗？"莉迪亚不耐烦地说。

"我不知道，"她妈妈说，"我从来没有见过她。但据说这些苍蝇语者都是女人。如果没有女性继承人，这项天赋就会传给下一代。从来没有过一个雄性苍蝇守护者。"

"我妈妈过去经常给我们讲关于苍蝇的故事，让我们规矩点，"司机说，"她说只要有一个洞足够一只苍蝇钻进去，它们就可以溜进任何房间。我姐姐和我晚上常把卧室的钥匙孔堵起来，以防苍蝇之母来找我们。"

考一声不吭，不安的感觉在心中蔓延。贵格也在害怕一个女人。"她在监视着我们，甚至现在……"

"陈，你姐姐有什么消息吗？"思特里克汉姆夫人问。考发现她很喜欢转移话题。

那个戴着唇环的人摇摇头。"没有。"他说。

"动物园里不会有人吗？"塞琳娜问道。

"没有，"思特里克汉姆夫人说，"它在上个星期关门了。剩下的动物都被运送到其他城市去了。"

"哦，"莉迪亚说，"现在我再也没有机会去了!"

"反正也没什么好玩的，"塞琳娜说，"只适合给小孩子玩。"

考觉得莉迪亚僵住了。"你多大了?"她说，没有看塞琳娜一眼。

"十五，"塞琳娜说，"你呢?"莉迪亚没有回答。

天开始下雨了。为了避开最拥挤的交通路段，陈选择了几条狭窄的后街，车在黑石城动物园的后门附近停了下来。这里有一些标记牌写着，这块土地已被未来发展公司收购。考的乌鸦已经停歇在一块牌子上，在等候他们了。

莉迪亚的母亲撑着雨伞下来，打开门，招呼他们进去。陈他们跟在后面，他头上罩了一块头巾，其他人跟在他后面。

"这个地方对野语者来说很特别，"思特里克汉姆夫人说，"在黑暗之夏，我们有时把它当作夜间基地，直到纺纱人发现并设下陷阱。许多善良的野语者死了。玛德琳的父亲——松鼠守护者。西尔维亚，熊守护者。"

"我父亲也是。"陈平静地说。

所以他才不想来这里，考想。

思特里克汉姆夫人领着他们沿着一条铺着瓷砖的走廊往下走，旁边是一个空的混凝土水池，水池上有一些褪色的企鹅抓鱼的照片。在他们穿过走廊的过程中，考注意到两只狐狸悄悄地在那里守候，似乎是从稀薄的空气中被召唤过来的。

塞琳娜异常安静，脸色苍白，她的头发被雨水打湿了，贴在头皮上。过去的二十四小时对她来说一定异常古怪。思特里克汉姆夫人在一扇门前停了下来，门牌上写着"动物园管理员专用"。她推开门，领着他们穿过一间空屋子，然后穿过另一扇门。他们发现旁边是一个积满雨水的池子，水面上漂着浮渣，四周环绕着假的大圆石。空气中残留着鱼腐烂的气味。考意识到他们确实是在老企鹅的围栏里。

克拉姆蜷缩在顶篷下等候着，一起的还有参加过葬礼的野语者们，以及另外一些新面孔。参加集会的人很快就超过了二十个。考感到一阵兴奋。他以前从没见过这么多人聚在一起。但当他扫视这些面孔时，那种兴奋很快就消失了。这就是全部人了吗？难以想象这就是在黑暗之夏中战斗过的军队。鸟儿拍打着翅膀，落在池塘边，那里还有好几只不同种类的狗。一只有鳞的蜥蜴在地板上爬行，伸吐着一条黑舌头。两个六十多岁的男人热情地拥抱在一起。在他们的脚边，一只兔子嗅着一只缩进龟壳里的乌龟。

克拉姆冲上前拥抱了皮普。他的视线越过男孩的头，瞪着考。

"我不能阻止你溜掉，但你应该确保皮普的安全。"

皮普从克拉姆怀里挣脱开来，考感到他的脸颊发热了。"别怪考——是我跟踪他的。"

克拉姆看上去好像要说点什么，这时拉克伦叫了起来。"这到底是怎么回事？"

"是啊，怎么回事？"一个女人说。一只蜥蜴趴在她的肩膀上。"来这里很危险。太引人注意了。"

其他几个人也加入了不满的抱怨中，但思特里克汉姆夫人举起手来，人群即刻安静下来。考注意到两个黑色的身影从上面俯冲下来。陈敞开他的夹克，它们降落在里面，头朝下吊在那里吱吱叫。是蝙蝠！陈笑了笑，又把夹克合上了。

"我们的敌人又出现了，"思特里克汉姆夫人说，"昨天晚上，飞蛾语者和家鼠语者袭击了我们的朋友考。"

大家的目光都集中在他身上，充满了期待。

考清了清嗓子。当他们盯着他看的时候，他脸颊发红。这些人中的大多数曾和他的父母在黑暗之夏并肩作战，某些人可能会在这场战争中失去父母。他感到口袋里的石头比以前更重了。

这是你独自承担的责任……

"考？"克拉姆说，"告诉我们发生了什么事。"

他把事情原原本本地讲述了一遍，大部分时间都是垂着眼睛。他告诉他们，他和一个朋友一起觅食，关于那艘船，还有那次袭击。关于家鼠和飞蛾。

但是他没有告诉他们石头的事。

他告诉自己自己没有撒谎——他只是在选择分享什么。当他讲完他的故事时，他抬起头来，虽然他能感觉到大多数人都相信他，但有几双眼睛里依旧有困惑。

"我想，要不是皮普和他的老鼠，我就死了，"他补充说，"他们救了我的命。"

这似乎打消了所有的怀疑，大家的注意力都转向了皮普，他站在克拉姆旁边，脸都红了。

"我们认为他们想要鸦之喙！"老鼠语者勇敢地说，"我们需要知道他们在计划什么，然后反击！"

有几个野语者点了点头，自言自语地咕哝了几句，但回应却寥寥无几。

拉克伦指着塞琳娜。"那么她就是那位朋友吧。我不信任人类。"

塞琳娜站了起来。"我叫塞琳娜，"她说，"我不知道我是否相信那些和动物说话的陌生人！"

她的话引起了众怒，但塞琳娜却旁若无人地站着，直到众人的声音平息下来。

陈皱起了脸。"这还是讲不通啊。为什么是现在？为什么是平克顿和西尔克先生？他们一定是在跟踪乌鸦……"他停了下来，晃了一下头，"等等。我听到有什么声音！"

乌鸦和其他几只鸟都飞走了。

过了一会儿，考听到了刹车和关门的刺耳声。

"警察！"格鲁姆在上面叫道。其他的鸟尖叫起来，野语者惊恐地看着彼此。警察是怎么找到他们的？

四周响起了喊叫声和急促的脚步声，然后有什么东西从企鹅围栏顶上飞过，嗒嗒嗒地滑过瓦片，冒着滚滚浓烟，接着又有一个飞了过来。

"烟幕弹!"思特里克汉姆夫人大叫一声,"大家快跑!"

考的脚纹丝不动。他应该跑到哪里去?

"冻住了!"

"别动!"

声音来自围栏边的阴影。透过飘浮的烟雾,考可以辨认出几十名身穿 SWAT 衣服的警察,他们都在用武器瞄准野语者们。

克拉姆一只手抓着考,另一只手拖着皮普,朝他们进来的那扇门奔去。

"等等!"考喊道,"塞琳娜!"

但克拉姆不肯放手。考听到了几只动物的咆哮,尖叫的鸟在烟雾中拍打着翅膀。维尔玛·思特里克汉姆的两只狐狸跳到围栏边上,露出了牙齿。"嘿!"一个警察叫道。然后突然传来一声枪响。

"别开枪!下来!"有人喊道,但在恐慌中似乎为时已晚。越来越多的射击声响起。考看到这些动物——鸟、啮齿类动物和小型哺乳动物——向警察扑来,子弹四溅,有的打在瓷砖上,有的在头顶呼啸而过。斯克里奇飞到半空,它的身体剧烈地扭动,陡然落下。

"不!"考叫道,可克拉姆把他推到了门外。考看见思特里克汉姆夫人已经走在前头,莉迪亚跟在后面。但是塞琳娜在哪里?他们冲进走廊,朝出口跑去。在远处,考终于设法推开了克拉姆。"我们不能离开其他人!"他说。思特里克汉姆夫人挡住了他的去路。"你没有看见吗?"她说,"那是个圈套!他们一定知道我们计划在这里见面。跟我来,不然我们都死定了。"

"不,考是对的!"皮普说着耸了耸肩,站在左边的克拉姆拉着他的夹克。老鼠语者没有理会克拉姆惊慌失措的喊声,跑回了战场。克拉姆和考想追上他,但被狐狸挡住了去路。

"我已经告诉过你了。你得跟我们一起走。"思特里克汉姆夫人厉声说。

"回来!"克拉姆在皮普身后叫道,可老鼠语者已经消失在围栏里了。考想跳过狐狸,但是它们紧紧地盯着他。莉迪亚轻轻地挽着考的胳膊。"来吧。"她说。这时,子弹的噼啪声、野语者和动物的哀号糅杂成刺耳的噪声。

狐狸把考和克拉姆从围栏里逼出来。考茫然失措,转过身来,跌跌撞撞地跟在莉迪亚后面。这一切发生得太快了。也许塞琳娜已经逃出来了?

思特里克汉姆夫人领着他们上了一段楼梯,走进一家空荡荡的咖啡馆,那里的桌子上满是灰尘。一面墙有很多玻璃窗,透过玻璃窗可以看到企鹅围栏。

"停止射击!停止射击!"一个女人的声音从下面传来,"包围他们!"

枪声结束后,考蹑手蹑脚地走到窗边上看。烟雾正在散去,但水池里的景象很可怕。所有的野语者都围成一圈,咳嗽着,紧紧地抱在一起。许多人在哭,一个女人被拉克伦抱着,胳膊在滴血。考看到一个老人把一只虚弱的雪貂抱在胸前,双手沾满鲜血。一些动物的尸体散落在地上，包括几只鸟。考试图找到斯克里奇，但他没有找到它。

野语者们被戴着面具的武装警察包围了。更多的警察蹲伏在楼上的走道上。一个穿着一件合身的黑西装和白衬衫的身材矮小的女人，在他们中间走来走去，她的鞋跟踩在地上咔嚓咔嚓的响。她看上去镇定自若，头发向后梳得整整齐齐，涂着深红色的唇膏，擦着同色系的指甲油。

"把他们都抓起来。"她命令道。

"那是辛西娅·达文波特，"思特里克汉姆夫人说，"她是黑石城的新警察局长。"

"解雇爸爸的那个人？"莉迪亚说。

警察小心翼翼地向前走去，但野语者们没有抵抗，也没有召唤他们的动物。

"我的孩子……"克拉姆说，"我不能让他们带走他。"

"这个团伙已经逍遥法外很多年了，"辛西娅·达文波特对身旁的男子说，"他们要对黑石城一半的罪行负责。"她指着下面的军官。"不，放开她！是她帮我们带路的。"

考睁大眼睛，看见塞琳娜从野语者中走出来，准备站在女警身边。她看上去眼神闪烁，甚至有些害怕。

"你好，亲爱的。"女人说，用胳膊搂住塞琳娜。

考几乎要窒息了。

"女警察认识她！"莉迪亚说。

"你说过你不会伤害他们的。"塞琳娜说着甩掉了拥抱。

"我不想伤害任何人,"辛西娅·达文波特说,"我们现在已经控制住了局势,那些受伤的人将得到适当的治疗。"

"叛徒!"思特里克汉姆夫人说,她脸上的表情既困惑又愤怒。考简直不敢相信。

"我们也需要找到主谋,"达文波特局长继续说道,目光从塞琳娜身上移到野语者身上。"他大约十三岁,黑头发,穿着黑衣服。"

考不知道她在说谁。其他人都不知怎地在看着他。等等,等等,他们肯定没想过……

"他的名字是杰克·卡迈克尔,但他在团伙中的名字是考。"

考僵住了,他的心怦怦直跳。这怎么回事。什么头目?一定是弄错了。

"妈妈,我认为这不对。"塞琳娜说。她是局长的女儿!考想。"他不是——"

"带她到安全的地方去。"她母亲打断她说。

考一动不动。塞琳娜转身走开了,这时一名女警察向她走来。他看着她匆匆离开,消失在视线里。

"我们得离开这里。"思特里克汉姆夫人说,这时警察开始在楼下散开了。

"其他人怎么办呢?"克拉姆说,他的声音因愤怒而变得紧张起来。考拖着脚向后走,撞在椅子上。地板上的刮擦声很小,但与此同时,辛西娅·达文波特朝他们藏身的地方眨了眨眼。

她用手指着窗户。"在那里。"她发出指令。

两名全副武装的 SWAT 成员开始向咖啡馆跑去。其他人瞄准武器。

"举起手来!"有人喊道。

考闪身不见了。他看着莉迪亚和克拉姆蹲在他身边。思特里克汉姆夫人冷冷地摇摇头。

"清除玻璃!"一个男人喊道。子弹砰的一声打在窗户上,把玻璃打碎成成千上万的碎片,像雨点一样落在地上。

"行动!"思特里克汉姆夫人大声喊道,考听到警察的靴子咚咚地响着,他们正向咖啡馆楼梯奔去。

但是考没有听她的话。他知道该怎么做。他举起一只手,感到自己的力量激增,就在持枪的警察走到台阶上时,一团黑色的东西从天而降,落在企鹅围栏上。乌鸦像裹尸布一样,在警察的前面、上面和周围飞来飞去,把他们往后拖,把他们扑倒在地。警察们在扑棱的翅膀和锋利的爪子下疯狂地挣扎着。

"来吧!后面一定有一条路。"思特里克汉姆夫人说。

他们都跳过咖啡馆的柜台,跳到对面的厨房里。果然,在一扇防火门后,他们发现了通向动物园停车场的楼梯。思特里克汉姆夫人带路,莉迪亚和考紧跟其后,考注意到克拉姆没有跟他们在一起。他跑回咖啡馆,看见克拉姆站在破窗边,挥动着双手,考知道那是他在召回他的鸽子。子弹呼啸着射入咖啡馆,打碎了架子上的玻璃杯。考蹲着向前冲去,抓住了克拉姆的皮带。

"走吧!"他说,"没时间了!"

克拉姆使出全身力气抵抗着,"我不能丢下他不管!"他握紧拳头,摊开双手。

考从破碎的窗户往外看,几只鸽子试图把皮普从混乱中拉出来,但是警察把他按住了。"没办法了!"考说,"我们得走了。我们会把他找回来的,我保证!"最后,克拉姆被拉走了。

在外面,莉迪亚和她的妈妈在陈的出租车旁等着。思特里克汉姆夫人跳上前排座位,拉下遮阳板。一串钥匙掉在她的腿上。"快进来!"她说。

格鲁姆和希默落在发动机盖上。

"斯克里奇和你在一起吗?"格鲁姆问,"我们和它失散了……"

考不知道该说什么。他还不能告诉它们。"注意放哨。"他说。

他们一起挤进车里,砰地关上车门。然后,随着引擎的轰鸣声和橡胶的摩擦声,他们离开了动物园——皮普没有逃出来。

第七章

泪水顺着克拉姆的脸颊滚落下来，他的肩膀颤抖着。"我丢下了他。"他说。

考从来没有见过鸽语者如此伤心。他笨拙地把一只胳膊搭在克拉姆消瘦的肩膀上。

"如果你也被抓住了，那他就真的没有机会了。"考说，汽车在拐弯处打滑。"至少这样我们可以——"

"被抓的应该是我！"克拉姆厉声说，怒气冲冲地把考的胳膊甩了下来。

窗外，两只乌鸦正遵照考的命令，留意空中情况。思特里克汉姆夫人飞快地开着车，身子向前倾着，两只手紧握方向盘，每隔几秒钟就检查一下后视镜。她在过河前选择了一条距离河道有两个街区远的路。他们不时听到警报声，但警车不在附近。

考感到非常难受。这都是他的错。塞琳娜完全欺骗了他。

他试图回想他们以前相遇的过程，以寻找线索。他的厌恶感加剧了。她出现在他父母家，她问他现在住在哪里，她一直为她母亲做事，是警察的间谍。

他怎么没看出来呢——他怎么让自己上当了呢？他很清楚是怎么回事——他一直想着那块石头，不知道它具有什么意义。他的愚蠢使自己反胃。

车窗外的城市一如既往地忙碌着——人们穿着西装上班，或者拿着咖啡杯在大街上穿行——这种日常让考更加感觉像是生活在某种噩梦中。思特里克汉姆夫人把车停在那座破旧的教堂旁边，他们都走了出来，格鲁姆和希默落在他们旁边。

"我们没有被跟踪。"希默说。

"谢谢。"考呆滞地说。

格鲁姆的眼睛看上去很空洞。尽管它们经常争吵，但考知道格鲁姆像喜欢儿子一样喜欢斯克里奇。

考的脖子有些刺痛，他抬头发现其他人都在盯着他。克拉姆身体前倾，双手搭在车顶上，愤怒地瞪着他，而思特里克汉姆夫人抱着莉迪亚，越过她的头盯着他。

"我很抱歉。"考说，然后他后悔说了这句话，这话毫无分量。

克拉姆用手拍了拍汽车。"我告诉过你，考。我告诉你。不要相信人类。他们不像我们一样!"

"嘿!"莉迪亚从母亲怀里挣脱开来，"他并不知道，好吗?"

听到他的朋友支持他，考的心稍稍放松了些，但他知道克拉姆是对的。

"这就是关键!"克拉姆转向她说，"这就是为什么我们不能向

084

人类透露我们的身份。因为这样才更保密更安全。"

"冷静点。"思特里克汉姆夫人说。她似乎恢复了镇静。"警察抓住了我们的朋友，但他们到底能指控他们什么罪名呢？他们现在谁也不会展示他们的力量了。局面还有挽回的机会。我们为什么不进里面呢？"考注意到有几只狐狸已经聚集在门口了。

"别自责了，"莉迪亚边说边走进教堂，"你并不愚蠢，是塞琳娜骗了我们所有人。"

考感到麻木。"你不必这么说。"他说。

"要是我能逮到她……"莉迪亚说。

"嗯，我们不能。"思特里克汉姆夫人说。

克拉姆急忙向楼梯走去。

"你要去哪儿？"思特里克汉姆夫人说，"我们需要想出——"

"我需要一分钟，"克拉姆说，"别理我。"思特里克汉姆夫人沮丧地摇摇头。

"我不明白，"莉迪亚说，"她为什么要逮捕考？他不是罪犯。"

"人类总是不信任他们不懂的东西，"莉迪亚的母亲说，"也许这与我们与纺纱人的徒弟曼巴和斯卡托的决斗有关。考和他们一起被捕了，记得吗，在缝纫厂。如果他没有在这次监禁中逃出来，他就会被关进监狱。"

考疑惑地摇了摇头。真的是因为发生在动物园的大屠杀吗？

这只会让他感觉更糟糕。在那次事件中，他在皮普的帮助下逃脱了警察的手铐，但现在皮普因为他而陷入了困境。

"斯克里奇呢?"希默站在一张长凳的靠背上问道,"也许它受伤了。他们可能会把它留在那里。是吗? 我们应该回去吗?"

当他跟随着其他人走到教堂中殿的时候,乌鸦掉到地上的那个画面就像一拳重击打在他的肚子上。斯克里奇是他见到过的最勇敢、最鲁莽的乌鸦。它无数次差点丧命,但它还是不断地将自己置身于危险之中。

"我们不能就这样抛弃它,"格鲁姆说,"让我回去看看。"

"我也要去!"希默说。

"太危险了。"考说。

"我们不是要你跟我们一起去,"希默说,"我们可以自己做这件事。"

"我不是这个意思,"考说,"我需要你们在这里。如果你们也发生了什么事——"

"我得知道,"格鲁姆说,"它是否………"

在格鲁姆乌黑的眼珠里,考看到了自己的样子。他看上去憔悴不堪,精疲力竭。

但这给了他一个主意。他转向思特里克汉姆夫人,思特里克汉姆夫人正把手放在一只狐狸的头上。"我需要你的帮助。"

"什么?"她说。

"你说过你可以进入狐狸的意识,"考继续说,"告诉我怎么做。如果我能进入斯克里奇的意识,我就知道它是否还活着。"

狐语者皱起眉头,显然对考的提议不怎么感兴趣。

"妈妈，试一试。"莉迪亚说。

"好。"思特里克汉姆夫人说。她解开外衣，盘腿坐在地板上。她的狐狸都趴在几米远的地方。"坐下，考。其余的人请安静。这需要极大的专注力。"

考坐在莉迪亚母亲对面。他不是很有信心。

"闭上眼睛，放松，"她说，"什么也别想。"

他发现这很难。每当他闭上眼睛，动物园里的战斗场面就会浮现。SWAT 特警队，枪管冒出的四射的火星子，惊恐的野兽吓得直哆嗦。还有塞琳娜的那张脸，她站在母亲身边。"我能感觉到你的愤怒，"思特里克汉姆夫人说。"考，除非你放松下来，否则你做不到。"

考赶走了这些想法，但其他的念头占据了脑海。在他的旧卧室里第一次见到塞琳娜时，他设法逗她笑。当她说他们应该再见面时，他内心油然而生的自豪感。毫无疑问他中了圈套，她一直在笑，不是因为他那些蹩脚的笑话，而是她在捉弄他。

"考，放松，"格鲁姆说，"为了斯克里奇。"

考又深吸了一口气，把塞琳娜从他的脑海中赶走。他试着想象自己脑子里有一个黑色的空球，坚决把一切杂念都挡在外面。

"好吧，现在把注意力集中在乌鸦身上，"思特里克汉姆夫人说，"在你的脑海里说出它的名字，想它的样子，别的什么都不要想。"

考开始按照她说的去做。

"斯克里奇，斯克里奇，斯克里奇。"他想象着乌鸦在明媚的阳光里，坐在鸟巢边上。

"它的意识就在外面，"思特里克汉姆夫人说，"找到它。"

"斯克里奇……"

他想到它会猛扑到水坑去喝水。

"斯克里奇……"

他记得它是怎样不咀嚼就把整片薯片狼吞虎咽地吃光。

"斯克里奇……"

事情发生得太突然。在考的脑海中，黑色的影像开始破碎，破碎成一个个明亮的光点。

他觉得自己的思想正在分裂成两个部分，然后又慢慢地转向另一个画面，一个古老而陌生的画面。乌鸦消失了，变成了一个不同的场景。这个画面看起来有些扭曲到变形，但随着光线逐渐变暗，考看到了警察局长辛西娅·达文波特的脸。她拿着一面小镜子，涂着口红。考意识到他在一辆车的后面。没有斯克里奇的迹象。

辛西娅·达文波特突然停了下来，转过身来看着他。

她那双冷漠的灰色眼睛眯了起来，好奇地盯着他。

"我想知道你什么时候来的。"她说。

考很困惑，他想说话，但只听到乌鸦嘶哑的叫声。他左右看了看，吃惊地发现，两只巨大的黑色翅膀伸了出来，被紧紧地绑在一个看上去像汽车座椅的靠枕上。其中一只翅膀上有干了的血渍和残损的羽毛。他突然感到被困住了，想要移动。他扭动着肩膀，希望这不是真的。但是翅膀的疼痛传遍全身。现在他明白了他看见了什么，他的身体就是乌鸦的身体。

他在斯克里奇的身体里面。

"不要挣扎。"达文波特轻声说。

考能感觉到他的心跳得很快。发生了什么事？为什么警察局长把斯克里奇抓进车里？她知道野语者的事吗？

她低下头，凑近他的脸。现在考近距离地看到了她的容貌，她和塞琳娜长得很像。她们有着同样的鼻梁、光滑的皮肤和宽阔的前额。然而，她们的眼睛完全不同——母亲的眼睛既没有慈爱，也没有怜悯。他的嘴巴发出一声痛苦的尖叫。

"你可能想知道这到底是怎么回事。"她说。

车子两边的后门都打开了，当西尔克先生从一边爬进来，平克顿从另一边爬进来的时候，考吓了一跳。家鼠语者用又脏又弯的指甲搔她的脖子。他们认识达文波特夫人吗？但是……

西尔克先生在座位上坐了下来，摘下帽子致意塞琳娜的母亲。"女士。"他说。

考挣扎着想弄明白他所看到的一切，他突然明白了些什么。他那慢慢燃烧的恐惧加深了。他们认识她。他们为她做事。这意味着……

"别想说话，"辛西娅·达文波特说，"请仔细听好了，这不是谈判，也不是无谓的威胁。我抓住了你们所有的人，我把他们带到他们本该待着的监狱。午夜前把石头给我拿来，否则我就把他们都杀了。包括你的朋友，他们也会死。你的选择真的很简单，乌鸦守护者。"她笑了，一只黑色的小虫从她的耳朵后面飞出来，扑闪着翅膀。考惊恐地看着它爬过她脸颊光滑的皮肤，飞进她的鼻孔，她没有阻止。

是她。毫无疑问的。辛西娅·达文波特——塞琳娜的母亲——是苍蝇之母。

"现在，"她说，"我们不再需要这个生物了。你的老鼠饿了吗，平克顿？"

"一直都饿着，"平克顿说，充血的眼睛睁得大大的，"非常饿。"

辛西娅·达文波特和她的朋友们从车上爬下来，考觉得自己的翅膀在苍蝇之母的抓力下被扭了下来。她把他抛向空中，整个世界都摇晃起来。他摔在地上，痛苦地瘫倒在地。他盯着路面，试图移动受伤的翅膀，但一阵阵的疼痛使他全身瘫痪。

辛西娅·达文波特无情地俯视着他，然后踩着细高跟鞋大步走开了。

考惊慌失措。他的四周是匆忙的脚步和四个长满毛皮的身体。家鼠露出了牙齿。

"起来!"考催赶着。

他试图用利爪来驱赶家鼠。一定是有人从后面冲过来，因为他的翅膀突然被猛烈地拉了一下。牙齿嵌进他的背部。他不断拍打翅膀，大声叫喊着，但是家鼠紧紧地咬住了他的身体。它们要把他撕

们的朋友关进了监狱。"

克拉姆的皮肤变得苍白。"你不是开玩笑?"

"是辛西娅·达文波特。"考说。

"但是怎么能……"鸽语者说,"你确定吗?"

考点点头。"这都说得通了。平克顿和西尔克先生跟踪我和塞琳娜到船上的。我没有看见一只苍蝇跟着我。"

"你看不出来吗?"莉迪亚说,"是塞琳娜!她直接把你带到那儿去了!"

考有点难受。确实是她。

思特里克汉姆夫人踱来踱去,心里反复琢磨着这些事情。一切事情都理清楚了。辛西娅·达文波特不知怎的就知道考会得到那块石头,于是她把塞琳娜安排在他家里跟踪他。贵格家里出现的警察肯定也是为她效命,她试图从猫语者身上打探出考的下落。

"苍蝇之母,"克拉姆喃喃地说,不寒而栗,"那个家伙爬回黑石城干什么?"

考的皮肤发红,嘴巴发干。只有一件事——他必须告诉他们。如果他妈妈在这儿,她会叫他保持沉默吗?没有办法知道。他必须自己做决定。他知道一件事是肯定的——不管什么秘密不秘密,不只他自己的生命受到了威胁。

"她一定是在计划攻打这座城市,"思特里克汉姆夫人说,"不然她为什么要把所有野语者都监禁起来?"

"不是这个原因。"考平静地说。

思特里克汉姆夫人的目光转向他。"什么？"

考咽了下口水。他感到快要窒息了，脸火辣辣的。这一刻到来了，可他不知道该说什么。

"我……我正要……"

"说出来，"克拉姆说，"如果你知道什么，就告诉我们。皮普有危险，考！"

于是，考把之前试图隐藏的一切都告诉了大家，大多数时候眼睛看着地板。这些话是匆忙说出来的，从他第一次在屋外与陌生人见面，到他与贵格的会面，到船上战斗的故事，再到苍蝇之母的最后通牒。他唯一漏掉的是他的梦——那对他们有什么意义呢？

他原以为大家会生气，但当他终于鼓起勇气看着大家时，只见克拉姆和思特里克汉姆夫人都一脸困惑的样子。

"这个人就在你家外面，"思特里克汉姆夫人说，"你说没有头发——一点也没有？"

"我没有看见。"考说。

莉迪亚的母亲皱起了眉头。"听起来像是蠕虫语者，他很老了吗？"

考耸耸肩。"这很难说。但讲真的，他看起来又老又苍白。"

思特里克汉姆夫人的眉头皱得更紧了。"布莱斯，小时候我们经常叫他布莱斯。但即使在那时，他也像个老人。如果他现在还活着，他一定很老了。"

考记起了在他进房子之前，希默从地上啄出的那一条蠕虫。

095

"是有一只蠕虫，也许这只是一个巧合，但是……"

思特里克汉姆夫人又把她那冷冷的目光集中在考身上。"你早该告诉我们这些的。"

考觉得他的脸颊又发热了。"我很抱歉。贵格告诉我，这是我一个人的事。我妈妈不想让我告诉任何人。"

"那个老傻瓜。"克拉姆咕哝着。

"那么这块石头在哪儿呢？"莉迪亚板着脸问。考立刻意识到她在生他的气。但他能责怪她吗？他没有告诉她石头的事。尽管她对他很好，他还是对她保密。

他把手伸进口袋，慢慢地掏出了石头。它看起来比以前更清晰了。没有生命气息，毫无光泽的黑色。每个人都靠拢过来。

"我可以看看吗？"思特里克汉姆夫人伸出手来说。

考把它放在她的手掌里。

突然传来尖叫声和嘶嘶声。考转过身来，看见思特里克汉姆夫人的狐狸跳了起来，背上的毛都竖起来了。思特里克汉姆夫人立刻扔下了那块石头。"究竟是什么？"她盯着自己的手说。

"妈妈？"莉迪亚从斯克里奇旁边抬起头来，问道。

狐狸们又坐下来，悄悄地向女主人走去。它们发出柔和的撒娇声和奇怪而谨慎的叫声。思特里克汉姆夫人皱起眉头，瞥了它们一眼，然后又看着石头。

"是的，"她对狐狸说，"我很好。"

它们一个接一个地用身体蹭她。

考弄不明白刚才发生了什么事。他蹲下来拿起石头。

"不要!"思特里克汉姆夫人喝止道。

考停顿了一下,思特里克汉姆夫人从口袋里拿出一块手帕。她弯下腰,用手帕把石头包起来,然后更加仔细地检查了它的表面。

"这是什么?"克拉姆说。

"我也不确定,"思特里克汉姆夫人说,"只是当我摸它的时候,感觉哪里不对劲。"

"哪里不对劲?"莉迪亚问。

思特里克汉姆夫人看了一眼考。"你也碰过它。它对你有影响吗?"

考开始摇头,但希默打断了他。

"事实上,自从你得到它以后,你就有点奇怪了。"

"在什么时候呢?"考问。

"嗯……有点陌生。"她说。

"我有吗?"

"我们还没说呢,"格鲁姆补充说,"有时你似乎听不进别人的话。我们告诉自己你有很多事情要考虑,但也许这和那块石头有关。"

"我不喜欢那句看起来。"斯克里奇说。

"贵格说它很危险,"考说,"我想他知道苍蝇之母想要得到它。"

"问题的关键是为什么呢?"思特里克汉姆夫人盯着那块石头

说，"考，你好好想想，你还能告诉我们些什么吗？"

"乌鸦只是告诉我，自从我得到它以后，我就不是我自己了，"他说，"事实上……"他突然想起昨天晚上躺在莉迪亚卧室的地板上，一碰到那块石头，他就突然感到一阵绝望——觉得乌鸦可能已经离开他了。那也是这石头的力量吗？

"其实什么？"思特里克汉姆夫人问。

"只是，嗯……"考不知道该怎么说，"也许它在某种程度上会夺走你与动物的联系。我在去看贵格的时候尝试着变成乌鸦，但是没有成功。有时我再也听不见乌鸦在说什么了。就在我触碰它的时候。"

"嗯，在我看来它就像一块石头，"克拉姆说，"我说，我们把它给那个该死的苍蝇守护者，就这样算了。"

"你不能！"考说。他还没来得及想，就伸手把石头、手帕和所有的东西都抢了回来。

"哦，我们不能吗？"克拉姆说，"她抓了皮普，考。这对你来说不重要吗？"

"重要，但是……"

克拉姆恼怒地哼了一声，转过身去。"你惹的麻烦还不够多吗？"他说。

"我同意考的意见。"思特里克汉姆夫人说。

克拉姆对他俩发起火来。"什么？皮普才七岁！"

莉迪亚的母亲说："对这件事我们不能感情用事。"

克拉姆嗤之以鼻，指着莉迪亚。"如果他们抓了她呢？那你说什么呢？"

思特里克汉姆夫人深吸了一口气，盯着女儿。"那我会觉得很难做。但是听着，克拉姆。我想考可能说到点子上了。苍蝇之母抓了很多善良的野语者，如果这块石头正如考所说，那么她可以用它来夺走他们的力量。那么就没有人能阻止她接管这座城市了。"

"对我来说，这听起来像是一个疯狂的猜测。"克拉姆说。

"那就摸摸看，"莉迪亚急忙说，"去吧——如果你确定它不会伤害你的话。"

"那好吧。"克拉姆说。他自信地走向考，伸手去拿石头。但当他的手指离它几厘米远时，他停了下来。上面的鸽子在疯狂地拍打着翅膀，有一两只从他头上低低地飞过。他缩回手，紧张地舔着嘴唇。

"想想看，"思特里克汉姆夫人说，"不管那块石头是什么——不管它有什么用——对苍蝇之母来说，它比她所有敌人的生命加起来还要珍贵。这就是她回到黑石城的原因。我们不能让她拥有它。"

狐语者和鸽语者互相怒目而视时，考保持着沉默。克拉姆先把目光移开了。"好吧，计划是什么？"

"我不知道，"思特里克汉姆夫人说，"但我可能有个主意。"她从口袋里掏出手机，盯着它看，好像在寻找答案。

莉迪亚轻轻地碰了碰斯克里奇的翅膀。"伤口看起来很干净，但你会留下疤痕。"

斯克里奇骄傲地点点头。"有些人会说，淘气鬼，是吗，希默？"

"我看，和死神调情并没有使你变得更谦虚。"格鲁姆说。

"我很高兴你还活着。"希默说。

"你的腿也断了。"莉迪亚说。考可以看到这只纤弱的腿上的骨关节。"我应该可以用夹板固定它。克拉姆，你有火柴和麻绳吗？"

"在楼上，"鸽子守护者说，"我去拿。"他昂首阔步地走开了，看起来仍然很生气。

在他们等待的时候，格鲁姆落在了考的肩膀上。

"你做得对，告诉他们整件事。"

考点点头。现在他已经公布了这个秘密，他不知道为什么他会保守这个秘密这么久。这些人毕竟都是他的朋友。他母亲肯定不希望他对他们保守秘密吧？他看着躺在手帕里的石头。它真的拥有吸收野语者神力的力量吗？

他小心翼翼地把它包起来，悄悄把它放到一边，小心翼翼地不去碰它。

克拉姆很快就回来了，带着一小捆绑带。"这些就够了。"他说着把绑带递给莉迪亚。在莉迪亚忙着的时候，思特里克汉姆夫人似乎有话要说。

"我想我该把事情说清楚了。"她嘟囔着，双手紧握着电话。

莉迪亚皱起了眉头。"你是什么意思？"

"如果我们需要进入黑石城监狱，有个我们都认识的人可以帮忙。"

莉迪亚瞪大了眼。"爸爸!"

思特里克汉姆夫人慢慢地点了点头。"黑石城监狱是一座堡垒,"她说,"他比任何人都了解这个地方。"

"我们能信任他吗?"克拉姆说。思特里克汉姆夫人恶狠狠地瞪了他一眼,但考明白克拉姆的担忧从何而来。"嗯,他不是我们中的一员。"克拉姆补充道。

"我也不是!"莉迪亚说。她在斯克里奇旁边站起来说:"很快就会好起来的。"

斯克里奇直直地跳起来。"完好如初。"它说。

一只鸽子俯冲下来,落在克拉姆的手上。它对他咕咕地叫着,鸽语者的嘴角撇了一下,露出一丝苦笑。"谢谢你,怀特泰尔。"他说。

"要和大伙分享吗?"思特里克汉姆夫人说。

"嗯,我可能找到了些对我们有利的东西。你知道,当我上楼时,我不仅是闷闷不乐而已。"

"我想我们都需要一些好消息。"莉迪亚的母亲说。

克拉姆的目光投向天空。"她来了。"

一个由几十只鸽子抬着的大家伙从屋顶的洞里飞了进来。

鸟儿飞下来时,他们把一个人扔在地上。

是塞琳娜·达文波特。

第八章

　　当她慌慌张张地爬起来时，思特里克汉姆夫人跑上前去，一把抓住她的脖子，把她举到空中。狐狸从周围聚集过来，不断狂叫。

　　"住手!"考叫道。

　　"妈妈!"莉迪亚说。

　　塞琳娜吓得脸色发白。

　　"告诉我为什么我不该让我的狐狸咬断你的喉咙?"莉迪亚的母亲愤怒地说。

　　考紧拽着思特里克汉姆夫人的胳膊。"别这么做，"他请求道，"把她放下，我们跟她谈谈。"

　　思特里克汉姆夫人又坚持了一会儿，然后又松手了。塞琳娜又倒在地上，她揉着脖子。"我不是说……我不知道……"她说。

　　考轻蔑地看着她。"在我家吗?"他说，"那全是骗人的把戏，是不是?"

　　她抬起头来，泪流满面地看着他。

　　"我想帮你!"他厉声说，"而你却背叛了我!"

"因为她的妈妈是苍蝇守护者，"克拉姆说，"她坏透了。"

"你在说什么？"塞琳娜咕哝着，"我妈妈只是负责调配警察。"

"别跟我们开玩笑了。"思特里克汉姆夫人说。

塞琳娜绝望地瞥了考一眼。"我妈妈告诉我，在黑石城有一个团伙在行窃。她说他们四处游走，根本抓不住他们。我只是想帮忙。"

克拉姆讥讽道："她在撒谎。你想让我们相信，你和苍蝇之母住在一起那么久，却什么也不知道？"

"我不知道你在说什么，"她说，"我妈妈是正常人。她不是你们中的一员，她不能和动物说话。"

"哦，谢谢！"克拉姆说，他做了个鬼脸。他挥了挥手，鸽子又落在了塞琳娜身上。当他们把她抬回空中时，她又踢又叫。

"放我走！"她说，"我为什么要撒谎？"

克拉姆抬起胳膊，鸽子把塞琳娜抬得越来越高。

"你在干什么？"考紧张地说。

克拉姆一直盯着塞琳娜，他的叫喊声盖过了她的哭声："你从没见过鹰语者，是吗？在黑暗之夏，他为纺纱人而战斗。我们都怕他。他的鸟儿不知会从哪里飞来，把猎物叼走。他的任务就是从高处扔下敌人。一种可怕的死法。"

"那就照你说的办吧！"塞琳娜也冲他吼了起来，"如果你认为我就是那种人，那我阻止不了你。但我不会向你求饶。"

"他疯了！"斯克里奇说。

"克拉姆，不要！"考喊道，"如果她说的是实话呢？"

"我愿意冒这个险，"克拉姆说。他走上前去，嘴巴闭得紧紧的，双臂张开，鸽子们把塞琳娜从屋顶的洞里抬了出来，飞得看不见了。莉迪亚吓得睁大了眼睛。

考很快召集了他的乌鸦。格鲁姆、斯克里奇和希默拍打着翅膀飞起来，还有在较远地方的其他乌鸦。考知道它们永远不会及时到达。

克拉姆的表情依旧凶狠。然后，他像要把纸揉成一个球一样，双拳紧握，双臂下垂。几秒钟后，鸽子从洞里飞了回来。塞琳娜不见了。

考盯着他，嘴巴张得很大。莉迪亚发出一声恐怖的哀号。

"你对她做了什么？"思特里克汉姆夫人说。

克拉姆看着他们，眼神冰冷。

"别担心——他们把她关在钟楼里了。那里的楼梯早就塌了。她会被困在那里，直到我们决定如何处置她为止。"

莉迪亚长叹了一口气。"你只是在虚张声势！"

克拉姆搓着手。"我知道。我应该得奥斯卡奖，对吧？"

考皱起了眉头。"奥斯卡奖是什么？"

"没事，"克拉姆说，"关键是，在我知道我们可以信任她之前，她会一直待在那里。"

我不指望这个，考想，他知道塞琳娜在屋顶上逃跑时有多么敏捷。"你认为苍蝇之母会做交易吗？"他问道，"用她的女儿交换野

104

语者们?"

"她们两个我都不信任，"思特里克汉姆夫人说，"我说过，我们自己来解救野语者。"

"在爸爸的帮助下吗?"莉迪亚问。

思特里克汉姆夫人点了点头，开始拨号。"这个秘密我保守了二十年。这并不容易。"

考很高兴能在教堂外面呼吸新鲜空气。他坐在锈迹斑斑的金属长凳上，向一群鸽子扔饼干碎片。

"愚蠢的鸟，不是吗?"坐在他后面的格鲁姆说。

"它们中间几乎没一个长脑子的。"希默立在长凳的扶手上说。

"那些是饼干吗?"斯克里奇在他肩膀上说，"你还有一个饥饿的受伤的战士。"

考把饼干放在手上喂斯克里奇，他一直望着教堂的门，希望莉迪亚会出来。他觉得他需要再解释一次，让她明白为什么他从一开始就没有告诉她真相。是因为菲利克斯·贵格告诉他要独自保护它吗? 还是因为他妈妈在梦里说的事?

他希望他从来没有看见过那块石头。如果那天晚上他没有回家，他就不会得到那块石头了。这一切都是他一手造成的，而现在那些离他最近的人也在受苦——都是因为他无法摆脱过去。

因为过去不会离他而去。大家都在责备他，但这不全是他的错。他没有要求过这种生活，被人遗弃，在鸟窝里吃虫子长大，每年冬天几乎要冻死过去。他没有要求身体里流淌着乌鸦一族的血液和守护一块愚蠢邪恶的石头！

他不想承担这个责任。或是荣誉。或者别的什么。

"嘿，如果你只是想要压碎那些东西……"斯克里奇说。

考低下头，意识到他的拳头紧紧地攥着饼干的袋子。

"对不起。"他说。他迅速站了起来，把剩余的饼干撒在长凳前。更多的鸽子成群结队地飞下来。

"看来我们的朋友要逃走了。"格鲁姆说。

考抬头一看，看见塞琳娜的腿从钟楼的窗口伸了出来。她紧紧扒住那座摇摇欲坠的砖石建筑。

"我还以为鸽子很笨呢。"希默说。

"我还是得去阻止她。"考说。他深吸了一口气，呼唤他的鸟儿。

两分钟后，乌鸦就将他悬在空中，停在塞琳娜身旁。

"进去吧，"他说，"你会送命的。"

"关你什么事？"她说。她的脚滑了一下，但她坚持住了。一阵强风吹起她的衣服。一时间，考不确定他是否在乎塞琳娜的死活。

"如果你掉下来，克拉姆会让我收拾残局。"他说。

塞琳娜皱着眉头看着他。

"这是个玩笑，"他说，"请回去。我想和你谈谈。"

她脚边的一块瓷砖掉了下来，哗啦哗啦地掉到屋顶上。塞琳娜一言不发，爬过栏杆，走进钟楼。乌鸦把他放在窗台上，扑扇着翅膀飞走了。只剩他的三只忠诚的鸟儿。那口大钟很久以前就不见了，只剩下几根挂在金属支架上的已磨损的粗绳子。

塞琳娜靠着墙坐在里面，双肘支在膝盖上，低着头。

"好吧，"她说，"我们谈谈。"

"我一点也不信任她。"希默说。

"我也是。"斯克里奇补充道。

"她会想办法骗你的。"格鲁姆说。

考真希望妙基还和他在一起。他完全知道塞琳娜·达文波特的为人。他挥手示意它们离开。"让我单独待一会儿，好吗?"

三只乌鸦从塔上跳下来，向地面飞去。

塞琳娜发出刺耳的笑声。"你不知道那看起来有多奇怪，"她说，"我是说——有个女人在运河边和鸭子说话。她也是野语者吗?"

考耸耸肩。"也许是。也许可能她只是疯了。"

塞琳娜的脸扭曲了，有那么一会儿，他以为她要哭了。但她没有。

"你完全有理由恨我。"她说。

"我知道。"

"我是说，如果我是你，我会把我自己从教堂的屋顶上扔下去。"

考坐在她对面。由于塔壁的保护，风吹不进来。

"我问你一个问题，"他说，"你真的不知道你妈妈是个野语

107

者吗？"

塞琳娜直视着他。"我发誓。"她说。

考仔细端详着她的脸，寻找任何——任何可能是她在撒谎的迹象或线索。但这有什么意义呢？她以前撒谎时，他一点也没有察觉到她说了谎。如果这一切只是表面现象——如果她只是在虚张声势——他也不能识破。

然后他想起来了——思特里克汉姆先生不知道他的妻子是野语者，他们已经结婚了。也许达文波特家族也一样？

"但是——"塞琳娜停顿了一下，"我想我知道她并不完全是一个普通人。我们不是很亲近，你不是知道吗？不像我的朋友和他们的父母之间的那种关系。我一直希望她能多陪陪我，但她工作时间太长了。这几年我见清洁工的次数比见她次数还多。"

考又想到了一个问题。如果她还在帮她母亲做事，她知道石头的事吗？他小心翼翼地说着接下来的话。

"你知道她想要什么吗？"他问道。

塞琳娜摇摇头。"她只是说你很危险，她需要一些帮助，因为警察什么也不知道。我的任务就是和你交朋友。几个星期前她把我送到你家，如果你来了就向她报告。她想让我知道你现在住在哪里。"塞琳娜叹了口气，"我真的很想帮助她。但是她对我做的任何事情都不信任。"

"你是说你主动提出的？"

塞琳娜的脸涨得通红。"那是在我遇见你之前。我不知道你是什么样的人。但我一眼就看出你不是罪犯。天哪，你连一包饼干都不想偷！最后我没有告诉她。我想先多了解一下你。我不知道那些可怕的人是怎么在船上找到我们的，我也不知道她怎么知道我们会在动物园。"

考凭着记忆判断她说的话是否真实。她真的只是她母亲游戏里的一颗棋子吗？

"她的苍蝇一定在盯着你，"他说，"也在盯着我们。动物园里的那些人是无辜的。你看到他们了——大部分都是孩子和老人。"

"我知道，"塞琳娜说，"但我不知道警察会来。"她的眼睛里闪烁着往日的蔑视。"你们带我去的，记得吗？即使我想走，那个狐狸女士也不让我走……"

克拉姆的声音打断了他们。"别让她听到你这么称呼她。"他说，鸽语者被鸽子高高托举着，出现在他们头顶的天空中。"来吧，如果我们想闯进黑石城监狱，我们需要制订一个计划。"

"那我呢？"塞琳娜说。

"你，我的姑娘，也要来。"克拉姆说着露出一抹冷笑。

第九章

"她不能和我们一起来!"他们都回到地面上后,莉迪亚说,"你疯了吗?她一有机会就会逃跑的。"

"不,她不会的,"思特里克汉姆夫人瞪着塞琳娜说,"因为如果她这样做了,我的狐狸会让她付出代价的。明白了吗?"

塞琳娜点点头,脸色苍白。

"别告诉我你同意这样做?"莉迪亚问考。

考不知道该说什么。

"我也许能和我妈妈谈谈,"塞琳娜说,"让她明白。"

"你一个字也别说,"思特里克汉姆夫人说,"我会让人看着你。等这一切都结束了,我们再决定怎么处置你。"

莉迪亚上了车,一眼都没有看考。当他们的车行驶在去往黑石城的路上时,她还在生气。

"对不起,"考喃喃地对她说,"我应该告诉你关于那块石头的事。"但她不理他。

在离监狱几条街的地方,思特里克汉姆夫人把车停在一条小巷里，熄了灯。一个人从墙边走过来，那是思特里克汉姆先生，他穿着牛仔裤和黑毛衣，皮肤苍白。

"在车里待一会儿。"思特里克汉姆夫人说。她啪的一声把门打开，走了出去。考静静地看着她走近她的丈夫。他们在相距两米远的地方停了下来，没有再靠近一点。从余光中，考看到莉迪亚的身体向前倾。

他不知道是谁先开口的，但他看见思特里克汉姆先生摇了摇头，然后愤怒地打着手势。莉迪亚的母亲坚持己见，除了嘴唇在动，没有什么肢体语言。她看上去十分镇静。思特里克汉姆先生一度朝车这边指了指，然后走过来，打开车门。"莉迪亚，出来!"他说。

莉迪亚照办了。

"爸爸，求你了。"她说。

"不可能!"他回答说，"真是荒谬。我不知道你们俩在玩什么游戏，但已经玩够了。"

"这不是游戏，先生。"克拉姆说着，从车里出来。考从另一边出来，而塞琳娜仍留在后座。

"是这样。"思特里克汉姆先生说，同时看了他们每个人一眼。"我想你们也都是野语者吧？你们能和……"他用手做了个手势，"动物交流？"

克拉姆的手指咔嗒响了一下，一群鸽子俯冲下来，落在了车顶上。格鲁姆和斯克里奇直接落在了考的肩膀上。

考看不出思特里克汉姆先生脸上的情绪变化。几秒钟后，他先看了看莉迪亚，然后是他的妻子。几只狐狸悄悄地聚集在她的脚边。

"我很高兴你来了，托尼。"她说。

莉迪亚的父亲深深地吸了一口气，好像正要说话，又忽然停住了。"不可能……不可能是真的。"

"是的。"莉迪亚说。她拉着父亲的手。"我们不会对你撒谎的，爸爸。"

"但你做到了。"他悲伤地说。他把莉迪亚拉进怀里，盯着他的妻子。"你骗了我很多年。"

好一会儿，没有人说话。

克拉姆打破了沉默。"那你能不能让我们进去?"他问道。

思特里克汉姆先生呆在那里了。

"爸爸?"莉迪亚挣脱他的怀抱，问道。

他低头看着她。"我不喜欢这样做，"他说，"你们所做的事是违法的。你和民间护法者没什么两样，真的，如果你们不是我的家人，我会打电话给联邦当局。现在重新考虑还为时不晚，你知道吗?"

思特里克汉姆夫人摇摇头。"我们需要你，托尼。你到底帮不帮我们?"

"我想我别无选择，"他说，"但是我不能让你从前门进去。我们得走另一条路。"

考听着莉迪亚的父亲把计划讲了一遍。他可能已经不在监狱工作了，但狱警们仍然认识他。他将从前门走。他想他也许可以借口说要收拾他办公室里剩下的东西。

与此同时，考和其他人将通过下水道进入，就像纺纱人的追随者几个星期前逃跑的方式一样。思特里克汉姆先生确信，毁坏的下水道的修复工作还没有开始。他说："市议会一直承诺提供资金，但他们经常只是口头承诺。"

"祝你好运。"思特里克汉姆夫人说。她伸出手去摸她的丈夫，但他后退了几步。莉迪亚狠狠地拥抱了他。

"小心，爸爸。有任何麻烦的迹象，你就跑。"

他说："你也一样。"然后他大步向黑夜里走去。

考知道他的警告会被忽视掉的。今晚没有人会退缩。

几只狐狸已经开始出现在周围的街道上，悄悄地靠近他们，鸽子也降落在屋顶上。

"准备好了吗？"克拉姆抓着塞琳娜的胳膊说。

思特里克汉姆夫人从汽车后备厢里拿出一根撬棍和一支火把，走到巷道的井盖前。它已经松了，她几秒钟就把它撬开了。她的狐狸先下去，消失在黑洞里。莉迪亚跟在后面，然后是塞琳娜。

当克拉姆下去的时候，考决定召集他的乌鸦，希默、斯克里奇和格鲁姆落在他身边。

考从口袋里掏出被手帕包着的石头，放在它们中间。"把这个拿到公园里的老舞台那儿去，"他低声说，"把它埋在板凳底下。"

"为什么?"格鲁姆问。

"我不想让苍蝇之母得到它，"他说，"如果回不来了……"

"别说那样的话。"希默说。

"……就把它带到很远的地方去。"他说。

克拉姆又把头探了出来，考用身体挡住石头。"你在等什么?"他说。

"没什么。"考说。

克拉姆再次下到下水道里时，考也紧跟其后。

"待会儿见。"斯克里奇跳到石头上，用爪子抓着石头，"好运!"

考向他们挥手，下了梯子，然后拉下井盖，井盖发出了回响。

一道光照亮了狭窄的下水道。考可以看到一条臭气熏天的烂泥通道，深达一英寸。思特里克汉姆夫人的狐狸把爪子从烂泥里伸出来，考把两只脚搁在两边，他不得不微微蹲着身子走。

莉迪亚拿着父亲画的那张粗略的地图。

他们成群结队地在下水道里行进，在十字路口停下来检查道路。这里没有生命迹象，只有他们的呼吸声和脚步声。考开始觉得自己被封锁在里面了，他的心里逐渐产生了疑虑。如果思特里克汉姆先生给的路线图是错误的怎么办? 他们还能找到回去的路吗?

狐狸的眼睛在火光的照耀下像金币一样闪闪发光。

"应该是这里。"莉迪亚停在地道边上说。考看到了一条竖井，它与主管道的高度相当，宽度勉强够爬下去，竖井的金属外层已经褪色成了橙绿条纹。

"我先走。"考说。

他刚一伸手，莉迪亚就抓住了他的胳膊。"你在车里是怎么说的?"她说，"石头。我只是想让你知道，我……嗯，我明白你为什么要保密。"

考非常感激，他不知道该说什么。他在黑暗中笑了笑。然后他爬进竖井里，双手和双膝慢慢地移动着，手里的火把在颤抖。

竖井倾斜了几米，然后到了一个看上去像是死胡同的地方。仔细一看，发现它是垂直向上的。他绕着弯道转了转，心里纳闷，像捷霸那样的大块头究竟是怎么做到的。狗语者身高六英尺多，肌肉发达。考看到上方金属格栅的亮光，以及远处的灯光。他到达了。他很轻松地把格栅给移开了，然后小心翼翼地把它推到一边。尽管如此，金属的刮擦声似乎还是很刺耳。

他屏住呼吸，希望能听到警卫的哨声或警报。

什么都没有。

"接着走，"克拉姆在下面说，"我再也受不了这种恶臭味了。"

考伸出双手，抓住冰冷的地板。

有一只手紧紧抓住他的手腕，他叫了一声。

"别出声!"思特里克汉姆先生俯身望着洞口说。

考剧烈的心跳平稳了下来，他让莉迪亚的父亲把他拉上去。他身处一间铺着肮脏瓷砖的浴室。

"对不起，我吓着你了。"思特里克汉姆先生说。

他们一起把其他人从排水沟竖井里拉了上来。莉迪亚拍干净衣服上的脏东西。"太可怕了。"她说。

"进来比我想象的要容易。"思特里克汉姆先生说。

"我们还是小心为妙。"他的妻子说,"辛西娅·达文波特的眼线无处不在。"在幽闭恐怖的下水道里探险时,只有思特里克汉姆夫人显得镇定自若。她的黑外套看上去一点也不脏,而克拉姆的衣服上却沾着各种各样的残渣和污渍。

"还有一个问题,"思特里克汉姆先生说,"我已经查询了系统,囚犯们还没有记录。这意味着我不知道他们被关在哪个牢房里。"

"高安全区域在哪里?"考说。

"有几个,"思特里克汉姆先生说,"分散在监狱的各个地方。这样的话,更容易防范安全漏洞。"

有什么东西在瓷砖上乱窜,莉迪亚吓了一跳。思特里克汉姆夫人的一只狐狸扑了上去,按住了它。

"退下。"她命令道,狐狸抬起前爪。是一只蟑螂。

思特里克汉姆先生说:"我们一直尽力保持这个地方的清洁,但我们永远无法摆脱这些该死的东西。"他目不转睛地盯着妻子控制着那只狐狸,就像它是自己身体的一部分一样。

考和莉迪亚对视了一下。一只蟑螂可能意味着什么——一张他希望再也不会见到的脸。他弯下身子,"带我们去见你的主人。"他说。

思特里克汉姆先生瞪着他。"那么现在你要告诉我昆虫会说人话了？"他说。

"有可能。"莉迪亚说。

蟑螂跑开了，考和其他蟑螂紧随其后。它移动得很快，似乎从不怀疑它要去哪里，他们不得不慢跑才能跟上。他们沿着走廊爬上金属楼梯，经过毫无区别、一模一样的牢房门。整个地方都弥漫着消毒剂的味道，但还有其他气味潜伏在下面——酸臭的汗水和绝望的气息。没多久，他们看到墙上的招牌上写着"B-翼区"。蟑螂从有栅栏的门缝下滑了过去。

"这是高度安全的区域之一。"思特里克汉姆先生说，他将一张门禁卡从读卡器中滑过，然后用曲柄把门打开。"我很确定所有这些牢房都是空的。"

这只蟑螂消失在一扇标有"B23号房"的门下面。

门是实心钢制成的，门上有一个格栅像信箱那么大，到人的头顶那么高。考还没往里看，就已经猜到了自己会看到什么。

"你好，乌鸦守护者。"黑暗的房间里传来一个声音。考按了按门旁边的开关，房里的灯亮了。一张苍白的脸，下巴上胡子拉碴的，斜睨着他，两眼深陷在凹陷的眼眶里。考的心跳了一下，但他没有逃避。他不再是以前那个会受惊逃跑的男孩了。

"你好，斯卡托。"他说。

117

第十章

蟑螂语者弓着背坐在一张厚床垫上，穿着橙色的囚服，就像考在几个星期前第一次见到他越狱时穿的一样。考看到他的脸上布满了瘀伤，眉毛上有一道伤疤。

"你是来看我笑话的吗？"斯卡托说。

"他当然不是。"对面牢房里的一个女人说。当曼巴那双黑眼睛出现在格栅前时，塞琳娜跳了起来。"让我猜猜，乌鸦守护者——你想知道关于苍蝇之母的事吗？啊，还是年轻的莉迪亚·思特里克汉姆呢。告诉我，你有一条新狗了吗？"

莉迪亚冲到门口，用拳头捶门。"我希望你在里面关到烂掉！"

思特里克汉姆夫人走到曼巴的牢房前面，她的狐狸在抓门。"你对她了解多少，蛇守护者？"

"什么也不知道，"曼巴嘶嘶地说，从门口退了出去，"什么也别告诉他们，斯卡托。"

考回头看了看蟑螂守护者。只有一个人有能力打败一个控制蟑螂的人。"她打败你了，是吗？"他说，"辛西娅·达文波特。"

"什么?"塞琳娜说,"她做了什么?"她将考推到旁边,望着牢房,嘴巴张得大大的。

斯卡托的手抚摸着脸上的瘀伤,仿佛想起了被痛打的场景。

"我不相信。"塞琳娜喘着气说。

"她从不喜欢纺纱人,"他说,"她拿我出气。"

"斯卡托,闭嘴!"曼巴从对面的牢房里厉声说。她很生气,但也很害怕。

"开门,"思特里克汉姆夫人说,"我能让他说出来。"

思特里克汉姆先生把一张钥匙卡从门右边的传感器上滑下来。考听到螺栓滑过,门自动打开了。

斯卡托躲在牢房的角落里。当考和其他人进来时,几只蟑螂窜过地板,爬进斯卡托的衣服里。"你们已经没法再伤害我了。"驼着背的野语者说。

"你确定吗?"思特里克汉姆夫人说,她带着她的狐狸在斯卡托前面走来走去。

蟑螂一只跑得比一只慢,惊慌失措地在原地打转。克拉姆踩了一只,虫子吱吱作响。

"停下!"斯卡托说,"你弄疼它了!"

克拉姆冷笑着,踩得更重了一些。"他们说蟑螂是唯一能在核战争中幸存下来的东西。不知道这一只蟑螂能不能在我十码鞋子下存活?"

"好吧!好吧!"斯卡托说,"我会告诉你我所知道的一切,但

119

不多。苍蝇之母对监狱做了一些手脚。"

曼巴那边的门在震动。"别告诉他们,你这个坏蛋。她会知道!"

"继续说。"克拉姆说。

"她把囚犯转移走了,"斯卡托说,"最危险的那些。她把他们转到别的地方去了。现在 D-翼的牢房完全空了。"

所以她就可以把野语者关在那里了,考想。他望着思特里克汉姆夫人,思特里克汉姆夫人向他点了点头。毫无疑问,她也是这么想的。

"这和他有关!"斯卡托用一根粗短的手指着考说。

考很震惊。"我?"

"这就是她虐待我的原因,"斯卡托说,"她想知道关于他的一切,他住的地方,他要去哪里。"

"你跟他说了什么?"考问。

蟑螂语者耸了耸肩。"我们知道得不多。我们告诉她你父母住在哪里。"

考看着塞琳娜。"所以你就知道在哪儿能找到我?"

"她只是给了我一个地址,"塞琳娜辩解道,"我不知道它是从哪儿来的。"

曼巴笑了,她的牙齿闪闪发光。"你打败不了她。你知道的,不是吗?"

"没人在乎你怎么想。"莉迪亚说。

曼巴没有理会她。"苍蝇之母不像纺纱人，"她说，"她可能出身卑贱，但她冷酷、强势、狡诈。她在黑暗之夏没有加入我们——她有着更大的阴谋。"

考想知道乌鸦是否成功地把石头藏起来了。当然，它们会小心的，但是如果一只苍蝇看到了它们怎么办？

"这里可以结束了，"思特里克汉姆夫人说，"我们走吧。"

斯卡托跳了起来，双手合十。"等等！拜托了！我不能待在这里！也许我能在某些方面帮助你们。我可以做你的间谍。"

克拉姆抬起靴子，让蟑螂匆匆跑回主人身边。然后他砰的一声关上了牢房的门。"这就是你该待的地方。"

"你们两个都是。"莉迪亚对曼巴低声说。

"我宁愿待在牢房里，也不愿忍受苍蝇之母对你所做的事。"曼巴说。

考看着她那双乌黑发亮的眼睛在格栅后闪烁。

思特里克汉姆夫人示意考和其他几个人跟在她后面，然后他们就往回走了。

"不要留下我！"斯卡托叫道，"我求求你们！"

无论过去发生了什么，考现在对这个蟑螂语者感到一丝同情。但当他们转过几个弯时，他的声音已经消失了。

"D-翼在哪儿？"克拉姆问道，"她一定是把野语者带到那儿去了。"

"跟我来。"莉迪亚的父亲说。

他们缓慢地穿过废弃的通道，经过空空的牢房和油漆剥落的光秃秃的墙壁。狐狸跟在他们后面。考完全迷失了方向，但思特里克汉姆先生似乎对自己很有把握。

"她会加强这个地方的守卫，是吗?"克拉姆说。

"是的，但是我们还有王牌。"思特里克汉姆夫人说。她转过身来看着塞琳娜，她的眼神比考以前见过的任何时候都要凶狠，就像一只看见猎物的狐狸。"也许我们应该看看苍蝇之母有多爱她的女儿。"

"什么?"塞琳娜说，慢慢地靠近考，"你们要对我做什么?"

"我不认为——"克拉姆开始说。

"安静，"思特里克汉姆夫人说，"她只有一条命——野语者数量却很多。"

塞琳娜突然飞快地跑起来。几只狐狸立刻跟在她后面。一只狐狸跳了起来，咬住了她的夹克，她拼命地尖叫着。当她跑到走廊的拐角处时，她猛地撞在墙上，这时狐狸们终于把她按倒在地。警报声开始响起，震耳欲聋。

考意识到她所做的一切，他的心沉了下来。

"她碰到了紧急警报，"思特里克汉姆先生喊道，"他们一分钟之内就会追上我们。"

"哪条路?"克拉姆问道。

思特里克汉姆先生惊慌地摇摇头。"我……我不知道。"

克拉姆抓住他的肩膀。"警卫从哪儿来?"

思特里克汉姆先生颤抖着举起一只手指，指着塞琳娜的方向。"从那里。不，等等……"他在思考的时候，双脚在原地打转，眼睛眯成一团。"我们需要前往服务人员专用通道，穿过操场就到了，晚上的这个时候那里只有一个警卫。"

他们拔腿就跑，思特里克汉姆夫人一把抓住塞琳娜，拖着她一起跑。

考震惊地看着辛西娅·达文波特的女儿，他本来准备要相信她了。但这也是思特里克汉姆夫人的错。她毕竟威胁要杀了她……

思特里克汉姆先生用他的门禁卡通过了他们遇到的每一道门。考的心怦怦直跳，他预感到警卫随时会出现。在走廊尽头，思特里克汉姆先生挥了挥手，一扇门开了，面前是一个光秃秃的混凝土院子。院子三面是没有窗户的高墙，第四面是两层铁丝网围起来的篱笆，中间有一扇紧闭的大门。两座瞭望塔俯视着大门。

"往这边走，"思特里克汉姆先生说，"跟我来。"

狐狸先窜进了院子。走到半路时，考感觉到一只苍蝇在他耳边嗡嗡作响，正准备叫出声来的时候，非常刺眼的亮光照向了他。他停了下来，遮住眼睛。当他再次睁开眼睛时，他意识到聚光灯正从院子的每个角落照射下来。他看到墙上有警卫的影子，塔上也有。所有的步枪都瞄准了考和他的朋友。红色的激光点在他们的身体和地面上追踪。

他们被完全包围了。考想伸手去够他背上的鸦之喙，但他知道自己可能还没来得及取下那把剑，就已经死了。

他听到电门打开的嗡嗡声，然后辛西娅·达文波特漫不经心地走了进来，她仍然穿着黑色套装，身旁站着西尔克先生和平克顿。两人都穿着警察制服。门在他们身后关上了。

"卡迈克尔先生，您能来参加我们的活动，真是太好了。"她说着，呼出的气体在空气中变成了雾状，"我看你还带来了一些朋友。"

"妈妈！"塞琳娜说，"是我拉响了警报！妈妈，他们在说你的事。我听不懂。他们想要伤害我。"

辛西娅·达文波特不理睬她的女儿，继续盯着考，"你把石头带来了吗？"

考咬紧牙关，摇了摇头，"你永远不会拥有它。"

"哦，你这个傻孩子，"苍蝇之母说，"为什么把这件事弄得这么复杂？"

考看见思特里克汉姆夫人迅速地向他左边走去。她抓住塞琳娜，用手臂环住她，一只手托住她的下巴。

"放下枪，不然我就拧断她的脖子！"她说。

红色激光点没有了，辛西娅·达文波特沉默了。她看着女儿，就好像她是一个累赘。

"我只想要午夜之石。"她说。

"妈妈？"塞琳娜说，"但是……她疯了……她会……"

"我会的，我发誓！"思特里克汉姆夫人说。她看起来绝望、迷茫，就像一只走投无路的动物。

"如果你认为我可以讨价还价，那你就错了。"苍蝇之母说。

塞琳娜瞪大眼睛看着她的母亲。"你怎么能这样说?"她低声说道，"妈妈，请……"

思特里克汉姆夫人更用力了。"别考验我，苍蝇守护者。"她说。

考从她的脸上看出了决心，这使他很害怕。她不是在虚张声势，苍蝇之母也没有。

"把他们全都抓起来，"辛西娅·达文波特说，"活的最好。死的也行，如果真的需要的话。"

考上前把思特里克汉姆夫人拉开，同时两只狐狸扑向辛西娅·达文波特。上面有几声枪响，狐狸四散奔逃。塞琳娜逃跑了。

他不知道接下来发生了什么，更多的子弹飞了起来，一名警察尖叫着从上面摔了下来，重重地摔在地上。雪白的鸽子从空中飞落下来，扑向其他军官。思特里克汉姆先生挡在莉迪亚面前，用身子护着她。

"考，离开这里!"莉迪亚嚷道，"召集你的乌鸦!"

考听到鸽子在尖叫，他抬起头来。每一只鸽子都在扑腾，羽毛上覆盖着一层黑色的苍蝇。他不能让他的乌鸦也掉进这个陷阱里。

警察正从大门进来，包围住克拉姆和思特里克汉姆先生。"我真不敢相信会发生这种事。"思特里克汉姆先生嘟囔着，脸色死一般的苍白。

"趴到地上!"一个警察用枪指着考说。

考往后退，寻找着逃生路线。激光红点在他的胸膛上跳跃。

栅栏太高了，门被堵住了。逃不掉了。

除了一个办法。

"下来，小子！"另一名警察喊道。

考闭上了眼睛。"来吧！"他在脑海里叫喊着，"变身！"

他还记得第一次发生的事情——他是如何失去自我，将身体从人形中释放出来的。但那是在他摸到午夜之石之前的事了。难道它永久地削弱他的力量了吗？

"最后一次机会。趴下，不然我们开枪了！"

考没有理会席卷他的恐惧浪潮。他跪下来。他感到自己的身体变轻了，监狱里的喊叫声也越来越远了。

他成功了……

他的四肢似乎变成了液体，骨头剧烈地移动，肌腱伸展到几乎要断裂。他疼得尖叫起来，睁开眼睛看到警察惊恐的表情。他们恐惧地慢慢放下枪。只有一个人开了枪，但是考感觉子弹从他的肩膀呼啸而过。

他跌倒了，想要稳住自己，但他的胳膊不见了，他的脚离开了地面。他挥动一下，然后飞起来了。他看到两边的翅膀，更用力地扇动着它们，直到最后他飞到警察的头顶。他越飞越高，他惊叹于乌鸦身体的力量。

一群飞蛾飞来试图拦截他，但他轻拍翅膀躲闪而过。他感觉到它们在他的背上轻轻地、持续地撞击着。考激烈地拍打猛咬，但无法击退飞蛾大军，他甚至看不清楚它们的全貌。

为了活下来，他努力克服恐惧，开始思考。他用他心灵的力量发出召唤，他看见它们来了——一大群乌鸦。鸦群飞掠而过，用喙和利爪抓住飞蛾，碾碎它们的身体，把它们扔下去。考背上的重量消失了，他挺直了身子，飞得更高了。飞蛾在后面追赶，一大片灰色的飞蛾扑腾着翅膀，乌鸦重新聚集起来攻击，把它们撕成碎片。在监狱的院子上方，考看清了全局。思特里克汉姆先生和莉迪亚被拉开了。警官们一拥而上，思特里克汉姆夫人在与他们搏斗。塞琳娜张着嘴望向一边，身体无力地靠在墙上，双手反铐在背后。她看上去既不害怕也不挑衅，只是……迷茫了。

辛西娅·达文波特走了。考转过头，用乌鸦的目光扫视着远处。

不，她在那儿。不知怎么的，就在几秒钟之内，她已经到达了其中一座塔的顶端。她站在那里，注视着他。

愤怒在考的胸膛里沸腾，使他的羽毛都竖起来了。

"攻击！"他号令道。

乌鸦在他身后盘旋，一起向她俯冲下来。

她看着他向自己逼近，脸上挂着笑容，好像根本不在乎似的。

考集中了全部力量，用利爪抓她的皮肤。她无处可逃。然后，在攻击前的一瞬间，她似乎在他面前消失了，变成了一团黑点。

是苍蝇！

考调整飞行的方向，以避免撞到塔的侧面，他再次伸开双翼。

其他乌鸦也这么做。辛西娅·达文波特所到之处，就会出现一群苍蝇，在一些部分密集得像一团固体。它们朝他飞来，包裹住他的翅膀，嗡嗡地钻进他的耳朵，使他不断地眨眼睛。

考试图把它们甩掉，但它们每次被甩掉之后又会飞回他身上，开始进攻。考试着呼唤其他乌鸦，但他无法集中注意力。叮咬的刺痛遍布他全身，每一次都带着她的仇恨。他疯狂地拍打着翅膀，终于挣脱了束缚。

考越过屋顶，试图逃跑。苍蝇四面追击，有时向前飞，有时向后飞。

"它们在耍弄我！就像玩游戏一样。"

当考到达火车站的时候，他已经累得虚脱了，但苍蝇还是不停地飞来飞去。考俯冲到桥下，希望摆脱它们，但它们已经在另一边盘旋等着了。一团东西重重地撞上他的一只翅膀，把他掀翻了。考失去了重心根本停不下来，冲向了铁轨。

他猛地撞到铁轨上，刹那间，他只感到让人窒息的疼痛。他想重新站起来，但是滑倒了。他倚靠在旁边的轨道上，看到自己破烂的裤子上流淌着血。他又变成了一个人。

考翻了个身——他的手擦伤了，流着血，肩膀也不舒服。他想要动一动肩膀，但是骨头互相摩擦着，他的视线模糊了。伴随着一阵剧痛，胆汁涌上他的喉咙。

苍蝇像一片乌云似的降落下来，然后在离地面一英尺的地方聚集成辛西娅·达文波特的形状。她的脚平稳着地。她拿出手机，对着手机说了几句，然后大步走向他。

"我想，这不是你最好的着陆。"她说。她俯下身来，抓住他的脚，把他拖到铁轨中间。考没有力气和她继续搏斗，他的肩膀疼得厉害。

她把他扔下来，用匕首似的鞋尖抵在他的胸口正中，把他踩到地上。

"你也许能变成一只动物，但你看，我能变成上千只，"她说，"现在说吧，午夜之石在哪里？"

考试图移动，但是他没有力气。

苍蝇之母更用力地踩他，她的脚尖正好压在他的心脏上。

"它在哪里？"她又问。

地面开始震动。考伸长脖子，看见两盏宽大的前灯沿着铁轨开过来。

"乌鸦守护者，石头在哪儿？"她喊道。这是考第一次听到她提高嗓门。他动弹不得。他逃不掉，但他也不能告诉她。他不能让他妈妈失望。在她身后，他看见他的三个乌鸦同伴在空中盘旋。他命令它们别过来。

"你永远不会拥有它。"他说。

火车喇叭声响起时，耀眼的灯光照在辛西娅·达文波特的脸上。

"就这样吧。"她说。

考听到了刺耳的刹车声，但已经来不及逃跑了。他闭上眼睛，等待死亡降临。

第十一章

　　火车的轰鸣声似乎钻进了他的脑海，空气中充满了机油、热气和灰尘的味道。

　　考感到他的身体被拉到一边，他的肩膀再次疼痛难忍。过了一会儿，他才意识到自己没死。当火车隆隆地从一英尺开外驶过时，苍蝇之母把他拉了起来，紧紧抓住他的衣领，摇晃着他的身体。然后火车开走了，带着它的声音和炽热消失在黑夜里，只留下颤动的空气。考觉得自己几乎没有力气站起来。

　　"你很勇敢。"她说，"但这是浪费时间，想要阻止必然要发生的事情是异想天开。"

　　一辆豪华轿车停在桥下的路边。从它巨大的格栅和体积，考猜测这是辆装甲车。一扇后门打开了，西尔克先生走了出来。他把警察的制服换回了他的白色帽子和衣服，上面覆盖着他那闪闪发光的飞蛾。

　　辛西娅·达文波特围着考转了一圈，然后变成了苍蝇。嗡嗡作响的苍蝇成群地飞到他的肌肤上，把他抬到空中，他觉得整个世界突然摇晃起来。这种感觉既奇怪又可怕——完全不像乌鸦抬着他的时候，现在他就是个囚犯。

那群苍蝇把他放在豪华轿车旁的地上，然后四处飞散开了。考觉得手腕上被铐上了冰冷的金属物，是一副手铐。当飞蛾语者把他推进汽车时，肩膀的疼痛使他快要吐了。他笨拙地倒在了座位上。思特里克汉姆夫妇和莉迪亚坐在对面，每个人都戴着手铐。思特里克汉姆夫人的眼睛空洞地望着他。

"别客气。"西尔克先生笑着说。他砰的一声把门关上了。

"考，你没事吧？"莉迪亚说，眼睛盯住他撕破了的衣服。

考挺直了身子，他的骨头都快碎了，嘶嘶地从嘴里挤出一句话。"我想我的肩膀脱臼了，"他说，"克拉姆在哪儿？"

"他们把他关在监狱里了。"思特里克汉姆先生说。他的面颊擦伤得很厉害，嘴唇肿了起来，看上去十分沮丧。

豪华轿车开动了。思特里克汉姆夫人仍然望着天空。

"还有……塞琳娜呢？"考问。

"你为什么要关心她？"莉迪亚说，"她一逮到机会就又背叛了我们。"

她说的是事实。但是，考知道他在监狱院子里看到她脸上的表情——她挣扎着去弄清楚事情真相的那种恐惧，那种完全迷失的恐惧。他知道那种感觉。

那辆车开得很快，每次转弯时都把他们弄得人仰马翻。考向窗外看了一眼，如果他没有弄错的话，他们正朝南走，向河边行驶。

监狱完全在另一个方向。她要带我们去哪儿?

"那么她要找的那块石头呢?"思特里克汉姆先生问。

在他回答之前,考检查了一下四周有没有苍蝇。"我把它藏了起来。"

"好吧,在哪里?"莉迪亚的父亲生气地问。

"别告诉我们,"思特里克汉姆夫人说,"那样更好。"

思特里克汉姆先生翻了翻白眼。"看在上帝的分上!这真是疯了。如果她想要石头,那我们为什么不——"

"求你了,爸爸,别这样,"莉迪亚说,"你不明白吗,考是对的。这整件事——塞琳娜在考的房子里,动物园的突袭,监狱——苍蝇之母都是计划好了的,她最想要的是那块石头。就像曼巴说的,她从一开始就领先了一步。"

思特里克汉姆先生的嘴巴动了动,好像要说点别的什么似的,但他沉默了。

过了一会儿,汽车停了下来,发动机还在运转。考听到电动门打开的声音,然后他们慢慢地移到前面。最后引擎熄火了,门猛地打开了。

"出来。"西尔克先生不耐烦地跺着脚说。

考走在前面,小心翼翼地走出了门。他肩膀的疼痛已经减弱。他立刻注意到他们是在金融区,周围是钢铁和玻璃塔。这不是他经常去的地方——这里没有什么可寻的东西,大多数建筑都安装有摄像头。汽车停在一个宽阔的前院,里面有盆栽和闪闪发光的喷泉。

除了潺潺的流水声外，四周一片寂静。

汽车另一边的前门开了。考原以为会看到辛西娅·达文波特，但出来的却是她女儿苍白的身影。当她抬头瞥了考一眼，考的心为之一惊，她的脸因哭泣而浮肿。

"快点。"西尔克先生说。

塞琳娜站着不动，抬头望着高耸的大楼。"这是什么地方？"她说。

"你的新家，"西尔克先生说，"前台服务员会告诉你去哪儿。"他推了推她的后背，她慢慢地朝门口走去。

"叛徒！"莉迪亚嚷道。

塞利娜走上前门的台阶，消失在屋里，她似乎什么也没有听见。

接着平克顿下了车。和西尔克先生一样，她也换掉了警服。当她去找西尔克先生时，几只吱吱叫的老鼠追了上来。

"我想我们最好还是进去吧。"飞蛾语者说。他脱下帽子，向维尔玛·思特里克汉姆鞠了一躬。"女士优先。"

思特里克汉姆夫人没有动。

"你可以试着召集你的狐狸，但相信我，这里不会有很多，"西尔克先生说，"你看，他们放置了灭虫剂。"他歪了歪帽子。"请。"他指着大厅，"我的礼貌是有限度的。"

"来吧，"思特里克汉姆先生说，"让我们看看她有什么要说的。"

他带路上了台阶，他的妻子和女儿跟在后面。考走在最后，他的胳膊被平克顿抓住，她的家鼠在他脚边乱窜。

"你——你不应该让——让她生气。"平克顿在考的耳边说。

当他们走进大门时，考回头望了望天空，看看他的乌鸦是否跟来了。它们跟来了吗？如果来了，他怎么没有看见它们。

进到里面，西尔克先生和平克顿陪他们走过大理石地板，绕过喷泉。塞琳娜已经不见了。桌子上的值班保安看到这奇怪的人群或啮齿动物，平静得像是没看到一样。

又是一个她的手下，考想。他的心跳得厉害，他不知道他们将被带往何处。

西尔克先生在一排电梯前按下按钮，等待着。"她不会让你把家鼠带到那儿去的。"他对平克顿说。

"为——为——为什么不能呢？"老鼠语者说。

"因为，亲爱的，苍蝇守护者认为它们是害虫。"

平克顿皱起了眉头。

电梯门砰的一声开了，他们走了进去。门关上了，考看到即使他们的手腕被铐在背后，思特里克汉姆先生仍然用自己的手握住莉迪亚的手。

他不知道我们是否能活着离开这里，考想。

电梯平稳地往上升的过程中，考看着数字亮了起来。墙壁是玻璃的，大厅从一侧逐渐消失，透过后面的玻璃，考可以看到这座城市隐约呈现在眼前。邻近的摩天大楼在天空中投下了黑影，远处的灯光在河对岸闪烁，汽车前灯在城市中穿梭闪烁。那么多的普通人，谁也不知道接下来会发生什么。

到了第70层，电梯停了下来，门开了。

考不确定他将看到什么。也许，是一个办公室。他们出了电梯，走过一段通道，眼前是一套巨大的开放式公寓。思特里克汉姆夫人也把这一切都看在眼里，冷冷地打量着周围的环境。白色的墙壁上挂了一幅巨大的抽象画，火苗在壁炉中燃烧。宽大的真皮沙发围着一张玻璃桌子摆放着，桌子底下垫着用动物皮做的毯子。考还看见了一间厨房。公寓的一侧完全是玻璃的，可以将这座城市的景象尽收眼底。

这个地方和纺织工经营的那个已荒废的缝纫厂太不相同。一切都是极致的奢侈——大多数普通人都渴望的东西。

但是空气中萦绕着一种难闻的气味，让考觉得反胃。

他们从走廊上走下一段楼梯，穿过客厅，来到一张长长的餐桌前，餐桌旁摆满了椅子。当考看到放在那里的东西时，他的心震了一下。

"呃！"莉迪亚突然停住脚步，用手捂住嘴和鼻子。

在餐桌中间，摆着一个猪头，已经半腐烂了，对着他们露齿而笑。苍蝇爬过它腐烂的脸，蛆从空眼眶里蠕动出来。思特里克汉姆先生惊恐极了。

平克顿在偷笑。"她的孩子很开心。"

莉迪亚的母亲只是扬起了眉毛。"带我们去找她。"

135

餐桌的尽头有一排双开门，其中一扇打开了一条缝。当他们经过时，考瞥见了一间昏暗的铺着地毯的房间。几个男人和一个女人在一个酒吧喝啤酒，打台球。他们互相说着悄悄话，有一两个人注意到考和他的同伴们，但他们没有出来。

思特里克汉姆先生突然停住了。"嘿!"他说，"我知道你。"

一个胳膊上有文身、歪嘴的男人，看上去特别凶狠，他把啤酒瓶放在吧台上，昂首阔步走过来，手里旋转着球杆。

"你是卢曼，"思特里克汉姆先生说，"你被关在 D-翼。"

卢曼咧嘴一笑，从那扇开着的门里挤过身子。他嘴里的几颗银牙反射着亮光。"已经不在那里了，长官。"他举起球杆，思特里克汉姆先生退了回去。西尔克先生抓住了卢曼的胳膊，考看到罪犯手腕上有个苍蝇文身。

"如果我是你，我就不会那样做，"飞蛾语者说，"我们的女主人不会高兴的。"

卢曼咕哝了一声，伸出下巴。"时辰到了，长官。"他说，"我向你保证，它会来的。"他用一根手指划过喉咙，转过身继续玩他的台球。

"我想我们已经知道所有那些高安全区的犯人现在都在什么地方了，"思特里克汉姆先生一面被推着向前走，一面喃喃地说，"就在那个房间里。"

考皱起了眉头。为什么苍蝇之母会有人类追随者？这时他想起思特里克汉姆夫人在去监狱的出租车上说过的话——苍蝇语者是怎样被其他的野语者瞧不起的。也许苍蝇之母除了和人类打交道，还会有哪些邪恶的野语者选择跟随她呢——最底层、最卑贱的飞蛾语者和家鼠语者。

当他们经过猪头旁边的桌子时，苍蝇都突然静止了。考哆嗦了一下，他意识到，他们被监视了。西尔克先生领他们来到一扇门前。在这个豪华的公寓里，它看起来完全不搭——它是纯金属的，更像是仓库的一部分。

西尔克先生敲了敲门，等了一会儿，然后用钥匙卡碰了碰旁边发光的红色传感器。传感器变成了绿色，门打开了。一阵冷风吹过，莉迪亚厌恶地倒抽了一口冷气。

考惊恐地从他面前噩梦般的场景中向后退。房间里堆满了肉。几具剥了皮的尸体被金属钩吊在天花板上，大理石纹的肉散发出一股铁锈的味道。当他意识到他们不是人类的肉而是动物的肉时，他这才稍稍镇定了些。它们看起来像猪、羊，还有一头牛，被分成两半，露出一个巨大的胸腔，里面有一层脂肪。它们都没有了头。

"进来。"西尔克先生说。

莉迪亚的脚撞到了门口，但是平克顿把她推了进去。

地板是黑色的，墙壁和天花板都是闪闪发光的不锈钢，没有窗户，只有几个与天花板齐平的小通风口。他们经过第一批吊着的尸体，考看到辛西娅·达文波特坐在房间中央一个简单的金属凳子上，她的黑色套装与这个肉店周围的环境格格不入。

"如果你觉得这个地方令人作呕，我很抱歉。"她说，她的呼吸

137

在寒冷的空气中变得模糊，"但我的孩子们喜欢吃。"

西尔克先生从后面推了考一把，把他推进挂着的肉块后面的房间。莉迪亚躲开了，避免撞到一只羊的尸体上。

"你真恶心！"她说。

苍蝇之母笑了。"欢迎来到食物链。"她回答。

思特里克汉姆夫人走到她女儿的前面。"别跟她说话。"她厉声说。

"你认为我不够好吗，狐语者？"辛西娅·达文波特站起来说，"连跟你女儿说话都不配吗？"她径直走到莉迪亚的母亲面前，举起一只手，长长的指甲上涂着黑色指甲油。"你们狐狸一族就是傲慢无礼。我敢打赌你从没想过低贱的苍蝇语者会胜过你，是吗？"当达文波特长长的指甲划过她的脸颊时，维尔玛·思特里克汉姆没有退缩。"要是你想要什么花招，我保证这儿还有地方放几只狐狸。"她的眼睛盯着天花板上的挂钩。

"你想要什么？"思特里克汉姆先生说。

苍蝇之母没有理睬这个问题，她的注意力集中在狐语者身上。"我听说过很多关于你的事。你杀了蜘蛛语者。第一次见面就杀了他。"

"在你躲起来的时候，"思特里克汉姆夫人说，"而真正的野语者则为这座城市而战。"

辛西娅·达文波特尖声大笑起来。"你是说黑暗之夏？我在这场小打小闹中没有任何得失。不，我选择自己的战斗，狐语者。他来找过我，你知道的——那个蜘蛛语者，求我加入他的行列。他知道我有什么能力；他看到了苍蝇一族变成了什么样子。就在那时，他告诉了我关于午夜之石的事。他说我们可以共同统治，蜘蛛语者和苍蝇语者一起——想象一下吧！"

她转过身去，背对着他们。"我拒绝了他的提议。当你们打得激烈的时候，我在等待机会。我计划着有一天能把这块石头拿走。我怎么能报复所有野语者，那些看不起我、我的妈妈、我的祖母的人。"

"我已经不认识你了。"塞琳娜说。考回头一看，发现她在门口。她脱掉外套，里面是一件袖子磨破了的黑色 T 恤。她的眼睛红了，充满了愤怒。

辛西娅·达文波特不再冷笑。"你不该在这里。"她说。

"哦，原谅我，但我集中不了精神看那些 DVD 剧集，"塞琳娜说，"当我看到你的所作所为后，我的脑子还没有坏掉。"

"讽刺不适合你。"苍蝇之母说。

塞琳娜撇着嘴，环顾了一下房间。"我想这就是你离开家，'工作到很晚'的地方。我是你的女儿！我信任你，你却利用了我。"

"总有一天我的天赋会传给你的，"苍蝇之母说，"不管我喜欢与否。"

塞琳娜的脸色有些难看。"你以为我想像你一样吗？"她说，"你以为我想要这些吗？"她又说，在房间里挥了挥手。"你做这一切都是因为——"她停顿了一下，仿佛在寻找那个词——"你是个恶魔。"

苍蝇之母眯起眼睛，脸变得僵硬。"如果你看到你的祖先生活在底层的样子，你现在应该感谢我了。你从没见过你奶奶。你从来没见过那些自以为是的野语者是如何躲避她的，他们一见到她就浑身发抖。她被葬在贫民的坟墓里，没有人来参加她的葬礼。一个人都没有。就连蜈蚣语者也被体面地安葬了！但对苍蝇语者来说，除了恐惧和仇恨，什么都没有。"她突然转向考，抓着他的脸，用手指蹭着他的下巴，"杰克，午夜之石在哪儿?"

她的指甲扎进了他的面颊。

"放开他!"莉迪亚说。她还没来得及动弹，西尔克先生就抓住了她。

苍蝇之母盯着考的眼睛，他感觉到她的欲望穿过他的眼睛钻进了他的思想里。

"他知道，"她说，"他知道。"

她用另一只手抓住他的肩膀，她的拇指陷进了脱臼的地方。考尖叫着跪倒在地。"告诉我!"她喊道。

考感到口水从嘴里淌了出来，他极度痛苦地喘着粗气。现在他随时都可能晕倒过去。即使他想说话，也说不出来。辛西娅·达文波特放开了他，考瘫倒在地，仍在痛苦中挣扎着。他看见苍蝇之母向西尔克先生微微点了一下头，飞蛾语者马上把尖叫着的莉迪亚举到空中，把她的衣领挂在一个肉钩上。思特里克汉姆先生和太太冲过去拦住他，但是平克顿马上拔出一支枪，指着他们的头。

莉迪亚像一条离开水的鱼一样扭动着身子，她的脚悬在空中，双手仍然被反铐在后背。

"它在哪儿，考?"苍蝇之母问。

考不知道该怎么办。思特里克汉姆夫人瞪着平克顿的枪管。

"别告诉她!"莉迪亚喊道。

辛西娅·达文波特转过身来，她的脸上充满了愤怒。她伸出一只胳膊，但令考感到恐怖的是，它竟然变成了一群苍蝇，只留下她空空的袖子耷拉在那里。虫子落在莉迪亚的脸上，她尖叫起来，左右摇晃着她的脑袋。苍蝇疯狂地嗡嗡叫着，爬进她张开的嘴里。莉迪亚的尖叫变成了咕哝声和被呛住的声音，她的身体在空中不断抖动着。

"停下!"思特里克汉姆先生叫道。"好吧! 我告诉你!"考说。

那群苍蝇立刻从莉迪亚嘴里飞了出来，飞回它们女主人的身边，消失在她上衣的前襟里。她的袖子又恢复了，一只雪白的手从袖口伸出来。她坐下来，跷着二郎腿。

"那就好，考，"她说，"现在，你有一个告诉我真相的机会。如果你说谎，或企图以任何方式欺骗我，狐语者的女儿将会被苍蝇闷死。你明白我的意思吗?

考在寒冷的空气中瑟瑟发抖。"明白。"他说。

"那么，午夜之石在哪儿呢?"

考咽了口唾沫，他的心在拼命地寻找出路——某种保护他母亲托付给他的东西的方法。莉迪亚脸上带着恐惧。思特里克汉姆先生喘着粗气，他的妻子望着地面。不，没有办法离开这里。没有动物可以召唤。苍蝇之母把他们放在了她可以完全控制的地方。

内心的绝望快要把考压垮，他在与这种绝望斗争，为什么布莱斯就不能多保管几天石头呢？为什么他妈妈不能来救他？他不是一个战士，不像那些在黑暗之夏战斗过的野语者们那么勇猛。他只是个孩子。这些都不是他想要的。

但他知道那不是借口，那声音在他心中回荡。他会让他们失望的，他的母亲，他的父亲，所有的野语者都献出了自己的生命来保护美好的东西。

"告诉她吧。"思特里克汉姆夫人轻声说。

"妈妈，不能！"莉迪亚说。

"嗯？"苍蝇之母慢慢地笑着说。

"它埋在黑石城公园，"考说，"在一个靠近看台的长椅下。"

辛西娅·达文波特盯着他的眼睛看了几秒钟。

"我说的是实话。"他说。

苍蝇之母点点头。"是的，你说的是实话。"她说，笔直地站着，"西尔克先生，平克顿，跟我来。"

她大步向门口走去，她的密友跟在后面。塞琳娜一动不动，仿佛被眼前的情景吓呆了。

"你真卑鄙，"思特里克汉姆夫人朝苍蝇语者啐了一口唾沫，"你赢不了。即使你找到了那块石头，拿走了我们的力量，其他人也会起来反抗你。"

苍蝇之母停了下来，皱起眉头。

"你以为这就是我想要的吗？夺走你的能力？"她说。

考感到一丝不确定。"那就是石头意义所在，不是吗？"他说。

辛西娅·达文波特盯着他，好像真的很困惑。最后，她眯着眼睛，带着一种残忍的喜悦。"哦，考，可怜的孩子。你什么都不知道，是吗？"

考不知道该说什么。他以为他知道，但如果他错了呢？

辛西娅·达文波特狂笑起来。"午夜之石是——"她似乎在寻找合适的词——"它就是未来。"

她离开了房间，她身后的自动锁启动，随着一声柔和的嘟嘟声，门关上了。

第十二章

塞琳娜靠在墙上。"我很抱歉。"她喃喃地说。她只穿着 T 恤，嘴唇发紫，冻得发抖。"我不知道……任何有关的事情。"

考完全不在乎了。这有什么关系？他们输了，苍蝇之母赢了。

思特里克汉姆先生跑过去站在莉迪亚的脚下。

"把你的脚放在我的肩膀上。"他说。莉迪亚把双脚放在父亲肩膀的两侧。

她扭动了几下，把衣领从钩子上扯了下来，然后瘫倒在地上。

"我没事。"她说，双手还绑着，挣扎着跪在地上。

"来，让我帮你解开手铐。"塞琳娜走过去说。

"离我远点！"莉迪亚嚷道。

塞琳娜停了下来。

"你有钥匙吗？"思特里克汉姆夫人说。

塞琳娜把手伸到头发里，拿出一个细长的发卡，她把发卡弯成一个形状。"这是最好的东西。"

莉迪亚看起来像是想给塞琳娜一巴掌。

"让她帮你，"考说，"我们现在需要合作。"

思特里克汉姆夫人轻快地点了一下头，莉迪亚转过身去，让塞琳娜去打开手铐。

塞琳娜轻轻地拿起手铐，用别针的顶部开手铐，过了几秒钟，手铐就被打开了，掉到了地上，莉迪亚什么也没说。

接下来塞琳娜来到考身边。她的牙齿打着寒战，手在颤抖。他们短暂地对视了一下，然后他转过身来，让她解开他背后的手铐。尽管她很温柔，他还是感到一阵电流般的刺痛疼得他直往后缩。然后，他手腕上的压力随着轻轻的咔嗒一声消失了。"谢谢你。"他说。

莉迪亚的父亲走到门口查看传感器。与此同时，思特里克汉姆夫人走到考的后面。"你的肩膀需要复原，"她说，"待着不动。"他还没来得及说什么，她就用一只手捂住了他的腋窝和胸膛，另一只手抓住他的前臂。当她把他的胳膊往上一推时，考大叫起来。他摇摇晃晃地靠在墙上。

"复位了，"思特里克汉姆夫人说，"现在应该好些了。"

考深吸了一口气，扶着他那脆弱的肩膀，思特里克汉姆夫人从塞琳娜手里接过别针，给她丈夫解开手铐。考把头靠在冰冷的墙上，减轻阵阵的剧痛。

"那么现在呢？"莉迪亚说，"我们得离开这里。"

思特里克汉姆夫人把最后一副手铐扔在地上，使劲搓着手。"同意。看来我们对那块石头理解错了。不管它能做什么，都比我们想象的要糟糕。"

塞琳娜把手伸进口袋，掏出一张卡片，"我想我能帮忙。"

"和我想的一样吗？"考问。

塞琳娜点了点头，"我从西尔克先生身上拿下来的。"

"轻而易举。"莉迪亚说。

考想起了塞琳娜在他们最初相遇时偷了他的手表。"她擅长做那种事。"

思特里克汉姆先生对塞琳娜皱起眉头。"我们为什么要相信你？"

她耸耸肩。"我不在乎你们相不相信我。我要离开这里。"

莉迪亚一眨眼工夫就把那张卡片夺了下来。

"嘿！"塞琳娜说。

"你除了欺骗我们什么也没做，"莉迪亚说，"我们应该把你留在这里。"

一时间，考觉得塞琳娜可能会反击，所以他站在她们中间。

"她没必要帮助我们，"他对莉迪亚说，"我们不能让她冻死在这里。"

"考说得对，"思特里克汉姆先生说，"现在去电梯，那个戴白帽的家伙也在那儿用过那张卡。"

考抽出鸦之喙，瞥了塞琳娜一眼，"你要来吗？"

塞琳娜点点头，小心翼翼地走到门口。

"别担心，"思特里克汉姆先生说，"我不咬人。""可是我的狐狸会，"思特里克汉姆夫人说，"如果你有二心，再一次背叛我们，我不会犹豫的。"莉迪亚把卡片放到感应器上，门开了。猪头仍然放在桌子上，但是没有苍蝇了。考猜想他们一定跟着女主人走了。他溜了出来。酒吧的门关上了，但他能听见对面囚犯们沙哑的声音。

如果他们能保持安静，他们可能能成功地离开这里。

塞琳娜指了指客厅，思特里克汉姆夫人点点头。他们经过壁炉。接着，一把高背椅微微移动了一下，平克顿转过身来面对着他们。她正在啃一块巨大的奶酪，但当她看到他们时，她跳了起来，后退了几步。"你你——你们！"她惊呼。

考用鸦之喙扑向她。她的奶酪掉在地上，尖叫着，然后她把他撞倒在地。她的牙齿咬住了他的手腕。

当她的手抓着他的脸的时候，考咆哮着张开嘴……

"砰！"

平克顿倒在一边。考抬起头来，看见思特里克汉姆先生手里拿着一盏台灯，家鼠语者慢慢失去知觉。考爬起来，看到血从他胳膊上的伤口滴下来。他拾起鸦之喙。"谢谢你。"他低声说。

思特里克汉姆夫人抓住平克顿的脚，把她拖到沙发后面藏起来。

塞琳娜领着大家穿过公寓，朝楼梯走去。考想知道苍蝇之母是否已经到公园了。她可以自己到那里，但要想在那片区域找到正确的位置，她需要带上帮手。这意味着他们还有机会。

当他们走到通向过道的楼梯时，考第一次看到了厨房。它由光滑的钢打造而成，贴着黑色的瓷砖。他正要跟在塞琳娜后面，突然看见远处有动静，考慌乱地眨了眨眼睛。西尔克先生从厨房的墙上出现了，飞蛾在他的衣服上动来动去。考意识到它们是怎样藏在那里了。

"停在那里别动！"飞蛾语者咆哮着。

西尔克先生从夹克里抽出一支枪。

"快跑！"考抓住莉迪亚的手喊道。

一声枪响从厨房里传来，击中了公寓另一边的落地窗，巨大的玻璃窗上出现了蜘蛛网般的裂缝。

塞琳娜跳上楼梯，考跟在后面。可是莉迪亚挣脱了他的手。"等等！"她说。考转过身来，看见莉迪亚的父母在扑打着席卷而来的飞蛾群。

"抖掉他们！"莉迪亚尖叫。

"快！"她的父亲说，试图把飞蛾击退，"这是唯一的机会！"

莉迪亚想向他们跑去，但考把她拉了回来。

"听他们的话。"他说。

"不！"她喊道，试图挣脱考。塞琳娜抓住她的胳膊想帮忙，莉迪亚转过身给了她一巴掌。塞琳娜紧紧抓住她的手腕，咬紧牙关说："我知道你不喜欢我，但我想救你的命。"

西尔克先生走到楼梯底下，把枪管调平。"回到这儿来！"他说。

莉迪亚挣扎着，但塞琳娜太强壮了。

"听她的。"考说。

他看见他朋友的胳膊松开了，塞琳娜松开了。莉迪亚最后看了一眼楼梯，然后让他把她带到过道上，朝电梯走去。

她把卡片靠在传感器上刷了一下。

没有反应。

她又刷了一次。

考拿过卡片试了试，结果还是一样。

"这里肯定有紧急出口。"塞琳娜说。她指着通道上几米远的一扇门，"那里是什么？"

考可以听到公寓里其他地方传来的脚步声。还有叫喊声。

"他们在哪儿？"

"找到他们！"

"这里！"

考打开门冲了进去。那只不过是另一条走廊，两边都是门。他试了第一个，但没有打开。他跑到第二个门，打开了。当动物的声音传到他的耳边时，他立刻停了下来。

从墙边的笼子里传来了狗吠声、嘶嘶声、唧唧声和嘎嘎声，笼子一个挨一个排成一排。这是什么地方？一只猫头鹰在栖木上看着他们，一只野狗在上面咆哮。考沿着一条过道蹑手蹑脚地向前走着，保持着一定的距离。一只黑豹徘徊着，翠绿色的眼睛盯着他们。一只大蟾蜍鼓着腮帮子，漠然地望着他们。两只不同品种的猴子的毛茸茸的爪子抓住一组栏杆悬挂在空中。

"塞琳娜?"考问道,"这是什么?"

塞琳娜摇了摇头,吃惊地半张着嘴,"我不知道。"

他们来到一个拐角处,考在一个装有一只蠕动的大蜈蚣的水箱前停了下来。艾米丽的生物。其他的动物大多是狗、猫、蛇和啮齿动物。一只三英尺长的蜥蜴,紫色的分叉舌头品尝着空气。

最后一个笼子摇晃了一下,里面发出一声低沉的咆哮。一只熊突然把它的嘴压在网格上,考挥舞着他的剑。这看起来太难以置信了。辛西娅·达文波特是怎么把它弄进大楼的?

"快!他们来了!"莉迪亚说。外面的喊叫声和脚步声越来越近了。

没有地方可躲。除了……

考打开空笼子的门,他们都挤了进来,紧紧地挨在一起。他的心怦怦直跳,抓着鸦之喙剑柄的手汗流不止。如果有必要,他就挥剑,但他不知道能够打倒多少个。

犯人走到房门口,声音停止了。"他们不在这里,"卢曼说,"继续找。"

所有的犯人都消失后,他们才从笼子里出来。

考回到门口向外看。囚犯们正沿着走廊往下走,快到尽头拐弯时,有一个人转过身来。他的目光落在了考身上。

"他们在那!"他笑着喊道。

塞琳娜、莉迪亚和考跑出房间,跑过走廊,然后走下台阶,又回到公寓的主要区域。他们上气不接下气地赶到时，西尔克先生和莉迪亚的父母已经走了。

"他们在哪儿？"莉迪亚绝望地嚷道。

考没有理会她，看着被西尔克先生的子弹打得粉碎的窗玻璃。

他走到咖啡桌上，拿起旁边一个沉重的青铜苍蝇雕塑，有他的头那么大。他把它举到肩上。然后他闭上眼睛，向黑夜里发出了召唤。他不知道需要多少乌鸦，如果乌鸦没有听见的话，他们就都要死了。

他们听到了，但他们很遥远。

考深吸了一口气。然后他把雕像扔向窗户。整块玻璃都破碎了，闪闪发光的碎片坠入深渊。一阵狂风吹过房间。

罪犯们从上面的门冲了进来，分散在过道上。他们手里拿着刀、枪、金属棒和棒球棒。

"别开枪，"卢曼说，"他们被困住了。"

考把鸦之喙插进腰带，抓住塞琳娜和莉迪亚冰凉的手。他向前走了一步，领着她们走到窗边。

"你们得相信我。"他平静地说。

"嗯……你打算怎么办？"塞琳娜问。

"准备好了吗？"考说。

"你要做什么，跳下去吗？"卢曼笑了。

其他犯人也高兴地加入进来。

莉迪亚更用力地握着考的手。"我希望你知道自己在做什么——"

考跳了下去，从 70 层的高楼上拉着两个女孩。他们跌落进冰冷的黑夜里，风吹散了莉迪亚没说完的话。考的眼睛望着天空寻找救星。

当他们落下去的时候，他的胃在翻滚。

他没有看到一只鸟。

第十三章

考的身体不停地摆动，世界也随之旋转，一会儿是闪烁的玻璃，一会儿是城市的灯光，一会儿是满天星斗。恐惧笼罩着他的内心。他意识到莉迪亚和塞琳娜也掉了下去，但她们的手已经不在他手里了。

我们死了。我杀了她们……

然后他的身体被一股强大的力量震动了，周围是许多的羽毛、闪亮的喙和一双双坚定而无畏的眼睛。

"不!"他命令道，"先救我的朋友!"他下降的速度开始减慢，但还不够快。他在最前面向下坠落。他急速冲向地面，他试图捂住脸，但他的胳膊动弹不得，因为乌鸦抓着它们。当他下落的时候，就像一个"十"字形状张开着，风吹得他睁不开眼睛，脸颊被吹得生疼。

他感到鸟儿在背后不停地起伏，他也跟着起伏。他竭尽所有的力量终于将它们呼唤过来。他闭上了眼睛。

他最后的想法战胜了一切。起来!

世界再次倾斜，突然之间，由于受到重力影响，考往下掉落的时候，身体呈现一定的弧形。他们开始往上飞，他睁开眼睛发现下面的混凝土一闪而过。

他朝对面瞥了一眼，看见莉迪亚和塞琳娜也被乌鸦群接住了。莉迪亚看起来快要吐了。"我的父母怎么办?"她叫道，"送我回去!"

他们现在正在稳步上升。考回头看了看公寓，看到罪犯们站在开着的窗户前，愤怒地攥着武器。"敌人太多了。"他说。

"我们不能丢下他们不管!"莉迪亚叫道。

"我们不会不管他们的，"考说，"但我们得有个计划。"

考让他的乌鸦朝东北方向飞去。他们离开了金融区，飞到更高的云层上。下面，城市的灯光忽明忽暗。他还有一丝机会阻止苍蝇之母的阴谋发生。

"我们要去哪儿?"塞琳娜在风中喊道。她的脸颊发红，两眼发光。

"去公园。"考说。他只是希望他们没有太迟。

在远离市中心的地方，灯光变得更加稀疏。在这里，在郊区，黑石城睡着了。

乌鸦不知疲倦地飞着，翅膀整齐划一地划破天空。莉迪亚悬在空中一言不发，可是从她那愁眉苦脸的表情里，考看得出她心里很不安，她惦记着自己的父母。他想安慰她，告诉她一切都会好起来的，但他知道他的话听起来不太可信。问题是他自己都不相信。

当他们接近公园时，考看到大门开着。一个不好的信号。乌鸦将他们抬过公园边上，他命令他的乌鸦们与演出台保持一定距离。在几百英尺之外，他看到舞台周围已经亮起了灯，还有几辆警车，他的心沉了下去。

"她抢先了我们一步。"莉迪亚说。

"我们需要靠近一些，"考回答，"等一等。"

乌鸦听从了他的想法，猛地往下降。塞琳娜倒抽了一口冷气，只见乌鸦从地上掠过，在树丛间划过，考的脚几乎擦过了草地。他信得过那些鸟儿。莉迪亚抬起腿来，把膝盖缩到胸前。

鸟儿们倾着翅膀，侧身朝公园里最高的一棵树的枝头飞去——这棵树考很熟悉。他看到那座废弃的旧鸟巢，里面收集的木料都快裂开了，帆布也被撕破了，悬在一边。鸟儿在几英尺高的地方盘旋了一会儿，然后把姑娘们放了进去。莉迪亚踉踉跄跄地站在树屋边上。塞琳娜双膝弯曲着，降落得很利索。

乌鸦轻轻地把考放了下来，然后成群结队地飞到树枝上。他把注意力集中在一只小雄乌鸦身上，它长着细长的嘴，考把它叫了过来。

"我吗，首领?"他说。

"我需要你去看看舞台上发生了什么事，"考说，"注意隐蔽。"

"当然可以。"乌鸦说着，挺起胸膛，然后飞了起来。考看着它黑色的身影飞走，直到它消失在黑夜里。

"这是什么地方？"塞琳娜环顾四周说。

"这就是我长大的地方。"考说。他感到一丝自豪。

"我们不能干等着，"莉迪亚说，"我父母有麻烦！"

"她不会真的杀死他们的。"塞琳娜说着，伸手去摸莉迪亚的胳膊。

莉迪亚把她的手甩开了。"你知道什么？"她说，"醒醒吧，好吗？"

"你是什么意思？"塞琳娜问道。

"这就是说，"莉迪亚说，"你妈妈是个神经病。我们怎么知道你会不会也是呢？"

"现在不是争吵的时候。"考说。

"为什么不是呢？"莉迪亚说。她用手指戳塞琳娜。"我们应该把你留在那儿的。我发誓，如果她伤害了我的父母，我会……"

"你会怎样？"塞琳娜说，挺直了身子。

莉迪亚瞪着眼睛，一言不发。她的颧骨通红。

乌鸦飞回了巢边。"长凳旁边的地面都被挖起来了。"他说，"警察现在要走了。"

考蜷缩成一团，沮丧地号啕大哭起来。但是这样做有什么用处呢？如果警察准备离开，那只能说明苍蝇之母发现了那块午夜之石了。

"她找到了，是不是？"塞琳娜问。

考点点头。

"为什么拉长着脸？"传来另一只乌鸦的声音。格鲁姆落在了巢里。

"格鲁姆！"考说，"你们去哪儿了？"

斯克里奇也飞了进来，落在莉迪亚身边。"到处都去了，"它说，"这是谁？"它一边问，一边用嘴啄着那只去舞台侦察的乌鸦。

"只是帮首领的忙。"乌鸦说。

"希默在哪里？"考问。

"它有点落后了，"格鲁姆说，"它的爪子抓着东西。"

考皱起了眉头。"你是什么意思？"

斯克里奇开始兴奋地跳起来，格鲁姆显得特别得意。

"它们在说什么？"莉迪亚问。

"快点，"考说，"快说。"

"当我们在铁轨上看到你，苍蝇语者想知道午夜之石在哪里……"格鲁姆说。

"……我们有了个主意。"斯克里奇补充道。

"也许我们该把石头移走。"格鲁姆说。

"你没有这么做吧？"考忍不住笑道。

希默从头上俯冲下来，使劲拍打着翅膀。它的爪子里闪烁着什么东西。"我为什么要做这么重的活儿？"它喊着落了下来，"在这里，接着！"

她把那块午夜之石丢了下来，石头落在鸟巢里，咔嗒咔嗒地落在木板上。

希默飞落在它旁边，伸了伸翅膀。"唷。我完成了！"

考从口袋里掏出手帕，捡起石头。他拿着它感到如释重负。他没有失败。但不止如此。这让他觉得很奇怪……

"我要拥抱你们所有人！"他说。

"这是希默的主意。"斯克里奇说，扇着他的翅膀。

"马屁精。"格鲁姆嘀咕着。

"那么现在怎么办呢？"莉迪亚说，"我们跟她做交易吗？"

考的手里攥着石头。"我们不能。"他说。"为什么不呢？"莉迪亚说，"这就是她想要的——那块愚蠢的石头。"

考看着他的朋友。"确实如此，"他说，"记住你妈妈说的话。这就是她想要的。我们的命对她来说毫无价值。"

"考说得对。"塞琳娜说。

莉迪亚瞪着她。"没有人问你的想法。"

"莉迪亚，我们不能冒险。"他看到她的脸微微抽搐，他知道她在颤抖。"想想吧。到底是什么改变了？"他问道，"她有我们想要的。我们有她想要的。"

"陷入了僵局。"塞琳娜说。

莉迪亚把眼睛从塞琳娜转回考。"也许你是对的。但我们不能坐在树上什么也不做。"

考把石头举到面前。他又企图在它的表面上寻找一些线索，但什么也没有。

"也许是时候弄清楚这是什么东西了，"他说，"它到底是什么？没有更多的秘密。"

"我妈妈对此一无所知。"莉迪亚说。

"我妈妈似乎是唯一知道秘密的人。"塞琳娜说。

"还有别人，"考说，"菲利克斯·贵格。"

莉迪亚看起来并不信服。"你真的认为他能帮忙吗?"

"哈!"斯克里奇说，"上次他看到它的时候跑得还不够快吗?"

"我们得试一试，"考说，"不过他不会待在家里的。他吓坏了。警察正在找他。"

"正常情况下，"莉迪亚说，"对于一个怕死的人来说，他不会把自己置于危险之中，是吗?"

"他的那些书呢?"格鲁姆说，"那些书中肯定能找到一些线索。"

"好主意，"考说，"我们走吧。"

他走到窝边，示意塞琳娜和莉迪亚跟他一起走。他的身体疼痛难忍，但内心深处仍有一团火在燃烧。他伸出双臂，再次召唤他的乌鸦。

第十四章

他的乌鸦飞得又低又快。贵格的家很远，但考清楚记得里面塞满了文物和书籍，就像一个博物馆。格鲁姆是对的——一定有什么线索。

当他们接近高尔特府时，考的希望破灭了。大门还开着，现在警察的封条还贴在门上。

乌鸦降落在车道上。乌鸦安静地飞过精致的花园。考慢慢地钻到封条下面，蹑手蹑脚地朝房子走去，女孩子们跟在他后面，所有的灯都关了。

"看来没人了。"斯克里奇说，在碎石上停了下来。

乌鸦说得对，如果警察再次来过的话，他们也早就走了。"让我们小心地进去，"他说，"在外面等着，注意看有没有苍蝇。"

"没门儿——我要一起去。"希默说，跳到前头。

"没有我你就不行。"斯克里奇说，一瘸一拐地跟上。

"好吧，我会照吩咐去做的。"格鲁姆说，飞到了一棵灌木上。

前门上贴着更多的封条，封条挂在一个铰链上，警察就是从那里把它撕下来的。考记得警察逮捕贵格时的暴行。当时，他以为他们只是在耍高压手段，但现在他意识到这是来自上级的私人行动的命令。

"这家伙是罪犯吗？"塞琳娜问。

"他更像是一个学者，"考说，"贵格收集野语者的文物。你母亲一定以为贵格能帮她找到那块石头。或者至少找到我。"

考把封条撕开。"菲利克斯？"他叫道。

他的声音在冰冷的走廊里回响，没有人回答。没什么好奇怪的。

屋子里面，木地板在脚下微微吱吱作响。一道桃花芯木楼梯通向二楼。肮脏的脚印弄脏了地毯。在左边，考看到贵格的书桌抽屉挂在外面，文件散落在地板上。壁炉前的地毯上满是灰烬和焦黑的木头，一盏灯摔得粉碎。警察甚至把墙上的画都撕了下来。

考领着其他人走下一段狭窄的楼梯，朝厨房走去。他下楼时，一种奇怪的失落感笼罩着他。就是在这里，贵格把他的父母和他的真名——杰克·卡迈克尔——告诉了考。这是他第一次真正感受到了归属感和与这个城市的联系。

仅就这一点，他是亏欠那位老人的。

厨房里也空无一人，桌上摆着一盘切碎的苹果，还有疑似奶酪和面包的东西，只吃了一半，上面已经发霉了，茶壶被打翻了。

"看来他没有再回来。"莉迪亚说。

考迅速环顾四周。"他显然吓坏了，让我们看看其他地方。"

"在书房似乎能找到些东西。"莉迪亚说。

"好，"考说，"让我们从那里开始。"

"我上楼去。"塞琳娜说。

莉迪亚皱起了眉头。

"说真的，"塞琳娜说，"你真的认为我会跑吗？"

"如果你发现了什么，就大声喊。"当塞琳娜走上楼梯时，考说。

考和莉迪亚去了书房。警察显然对这个地方进行了彻底的搜查，但他们可能漏掉了什么。他们开始筛选这堆乱七八糟的东西，很多文件都是手写的，完全无法辨认，连莉迪亚也看不懂。

"没有希望了。"她说着把一张纸扔到一边。

"继续找。"考检查抽屉说。

但随着时间的流逝，他越来越绝望。他们找到线索的机会到底有多大？

"我上楼去。"他说。

莉迪亚鼓起双颊。"好吧，"她眯着眼看着一页纸说，"我甚至不确定这是用英语写的！"

考走上宽阔的楼梯，希默在前面拍打着翅膀。更多的照片被撤了下来，画布裂开了，画框也断了。考记得之前陈列柜里装满了稀奇古怪的东西，现在只有碎玻璃在脚下嘎吱作响。多年的心血全费了。如果贵格看到他们所做的一切，他会伤心欲绝的。

他在菲利克斯的卧室里碰见了塞琳娜，那间卧室和其他地方一

162

样被洗劫一空。她坐在床架上翻看床头柜上的一堆文件。一个五斗柜被拆了，衣服撒了一地。一个衣柜倒在一边，床垫也被撕开了。天花板上挂着一件光秃秃的灯具，地毯有几处被掀开，露出潮湿的地板。

"找到什么了吗？"他问道。

她摇了摇头，考突然注意到她在努力控制自己的情绪，不让眼泪掉下来。

"塞琳娜？"他说。

"她有什么好难过的？"希默说。

考指了指楼下。"给我一些私人空间，好吗？"他咕哝着。

希默飞走了，考走进房间，坐在塞琳娜旁边的床上。他发现这些纸只是旧钞票。

"我想我一直都知道，"她平静地说，"这倒不是说她是个野语者。但她……不太好。"

"你妈妈？"

"哈！"塞琳娜大声笑了起来，"妈妈！对她来说，她爱那些苍蝇甚于我。"

考把手放在她的肩膀上。他想安慰她，但是不知该如何安慰。

"她骗了很多人。"他说。

塞琳娜抽了一下鼻子。"我们不亲密，"她说，"我五岁开始上寄宿学校，假期她也多半在工作。我过去常和叔叔阿姨住在一起。或者自己玩。当她说她有一项重要工作交给我时，我说我马上就照

163

办。我只是想让她注意到我。"

考笨拙地站在那里，他的手还搭在她的肩膀上。

"我理解你的感受，"他说，"我从来都不知道我的父母。我一直认为他们是我想象中的样子，但其实并不是如此。"

"你父母都是好人，"塞琳娜说，"我妈妈是恶魔。"

"但你不是。"考说。他伸手想去摸她的手，但停住了。

塞琳娜抬头看着他。"你是这么想的吗？"她说，"在这些事发生之后？"

考想象着维尔玛·思特里克汉姆会怎么说。她是苍蝇之母的女儿——她不可能是你的朋友。

但他不是狐语者。

"是的。"他说。

莉迪亚从门口咳嗽了一声，考和塞琳娜分开了。"很抱歉打断你们……不管你们在做什么。"她说。

考耸耸肩。"没关系。有什么好消息吗？"

莉迪亚摇摇头，耸了耸肩膀。"不过那边的图书室，可能值得一看。"

他们跟着她穿过楼梯口。里面的书架已经被拆掉了，木头散落在皮面装订的书堆里。"我们也许还要在这儿待一会儿。"莉迪亚说。

正当考要伸手去拿书的时候，一声轻轻的猫叫把他们都吓了一跳。一只灰色的猫站在门口，就在他们身后。

"你好，小猫咪。"塞琳娜说。

猫盯着他们看了一会儿，蓝色的眼睛闪着智慧的光芒。然后它悄悄地向他们走来。希默跳下来，拍打着翅膀。

猫不理乌鸦，缠绕着塞琳娜的腿。她抚摸着它的头。"你认为它是一只流浪猫吗？"塞琳娜问道。

"不是。"考皱着眉头说，他认识这只猫，这就是警察从汽车引擎盖上扔下的那只猫。"它是菲利克斯·贵格的猫，它叫弗雷迪。"

塞琳娜蜷缩着，摆弄着自己的衣领。"这里可不是这么说的。"她眯起眼睛，猫叫了起来。"小标签上写着它的名字叫'怀斯'。"

"你确定吗？"莉迪亚说。

塞琳娜犀利地看了她一眼。"是的，我认得字。"

那只猫跳上一个掉在地上的书架，走近考。它那双引人注目的蓝眼睛紧盯着他。

"你怎么想，斯克里奇？"考说，"它是从外面来的，是不是？"

"在我看来是这样。"斯克里奇说，保持着一定距离。

"我不明白它为什么待在这儿？"莉迪亚说，"我原以为贵格把他所有的猫都带走了。"

"弗雷迪？"考喊了一声。猫在他身上蹭了蹭，弓着背。"也许这就是贵格提供的线索。"他说。

"猫是不会带来任何消息的。"希默说。

"不是，"考说，"我是说，某种信息。如果他太害怕而不敢当面帮助我们的话。"

"很乐观。"格鲁姆说。

考看了看金属标签。果然，有人把标签一边的字刮掉了。另一边，粗略地刻着"怀斯"这个单词。

"看起来是匆忙完成的。"考说。他盯着这个词，肯定他以前读过——但是在哪儿呢？

"从没听说过怀斯。"斯克里奇说。

猫发出嘶嘶声，把爪子放在考的袖子上。

"也许它只是想吃点东西，"斯克里奇说，"你知道猫是什么样子的——忠诚于任何喂养它们的人。不像乌鸦……"

考试图把注意力集中在他脑海中的名字上。他在记忆中搜寻着它的存在，想象着贵格也在那里，催促着自己："来吧，孩子。用用你的脑子！它就在你面前……"

考嘴角露出一丝微笑。现在他记起了"怀斯"这个词是从哪儿来的。他见过这个词——缠绕在一起的字迹。这完全说得通。

"你干吗笑得像个疯子？"斯克里奇问道。

"聪明！聪明的贵格！"

"我想我知道在哪儿能找到有关这块石头的信息。"他说。

第十五章

一片片灰色的云飘在夜空中，遮住了星星。当鸟儿把他们带到城市郊区时，风把他们的身体吹得左右摇摆。

"那里会有虫子吗?"斯克里奇问道。

"我希望如此，"考说，"但你必须控制住自己。如果我们找到布莱斯，他可能不会友好包容你吃他的动物的行为。"

"如果有一两条不见了，他是不会注意到的。"希默说。

"如果他在你认为他在的地方，"格鲁姆说，"对我来说，希望不大。"

"不，不是。"考说。

他还清楚地记得那只蠕虫语者说过的话。"当然，史无前例地接近她。"

蠕虫语者当时说的这句话似乎很奇怪，当时考一直处于如此震惊的状态，所以有些东西他没注意到。不过现在一切都说得通了。

他的母亲死了。她的尸体和蜈蚣语者艾米丽葬在城外的同一个教堂的墓地里。这就是考看到怀斯这个名字的地方。有什么地方比母亲埋葬的地方更靠近她呢？

他们下到墓地，这片墓地和艾米丽的坟墓遥遥相对。考的鸦群在他的脚轻触到地面时，才松开爪子。女孩们在他身边落地。

"我已经习惯了。"莉迪亚笑眯眯地说。

乌鸦都围着隐现的教堂上空盘旋，然后不约而同地降落下来，落在墓碑上。墓地里的树木在猛烈的狂风中摇摆。

"你确定吗？"塞琳娜说，"我是说，说真的，什么样的怪物住在墓地里？"

"我觉得你没必要说是怪物，"莉迪亚说，"你妈妈所谓的办公室就是屠宰场。"

考看到塞琳娜脸上闪过一丝痛苦。

"我想这是我自找的。"她平静地说。

考对莉迪亚皱了皱眉头，莉迪亚只是耸了耸肩。他皱起眉头，她叹了口气。

"对不起，"她说，"我很抱歉。"

"没关系，"塞琳娜说，"让我们找到这个坟墓，好吗？"

考走在墓碑之间，经过了他父母埋葬的地方。两个墓地都在那里，靠近环绕着教堂的矮墙边上，另一块墓碑倒在地上，上面覆盖着一层青苔，上面布满了岁月的痕迹。上面刻着"亨利·怀斯"的名字。

"就是它！"考说，"我知道我是对的。"

剩下的字很难读，所以考小心翼翼地刮掉了名字下面的一小块青苔。"1642—1734 年。"

"哇！时间很久远了，"塞琳娜说，"我甚至不知道黑石城那么久以前就已经存在了。"

还有更多的字，虽然考能看懂字母，但他看不懂单词的意思。"上面写了什么？"他问道。

"什么，你不识字吗？"塞琳娜问。

考脸红了。"我正在学。"

"他不会又有什么奇怪？"莉迪亚说，"他的父母从没教过他，好吗？"

"哦……好吧，"塞琳娜说，"对不起。"她眯起眼睛读着，"上面说，'蠕虫占据着镀金的坟'。"

"蠕虫！"考说，"一定是那个地方！可是——那是什么意思呢？"

"我想，"莉迪亚说，"这就是说，即使你的坟墓很华丽，你比别人也好不到哪里去。一旦被埋葬，每个人都会变成虫子的食物。"

"也许蠕虫语者除外。"考说。

"这是一个有三百年历史的坟墓，不是一座房子。"斯克里奇说，"我是不是漏掉了什么？"

"几乎总是。"格鲁姆冷笑道。

现在，考凑近了看，他可以看到石头表面有雕刻的蠕虫，边缘上有很多拖曳的痕迹。他双膝跪下，双手在坟墓的周围探索。

这里一定有什么东西，比如一些线索。

"你确定这样做好吗?"塞琳娜焦急地环顾四周说,"我是说,我和旁边的女孩一样都喜欢墓地,但是——"

"让他自己来处理吧。"莉迪亚说。

"咔嗒。"

石头上的一条蠕虫在考的指尖下动了一下,钻进墓碑里,墓碑移动了一点地方。考缩回了他的手。

"你刚才怎么说的,斯克里奇?"他说。

"这是一个门!"塞琳娜说。考点了点头,然后把双手放在墓碑和地面之间的缝隙里。他举起石头,石头与一些铰链连在一起。一片片泥土带着野草滚进了下面的一个黑洞。

"不想再到地下去了……"格鲁姆咕哝着,拍打着翅膀飞在墓碑的边上。

考让墓碑直立着,下面有一个把手,里面的人可以把它推开。陡峭的石级通向地下。

"你们两个应该留在外面。"他对莉迪亚和塞琳娜说。

"不行!"她们不约而同地说,然后怒目而视。

"好吧,"考说,"但是你们要小心,跟在我后面。"

希默在旁边望着里面,有些发抖。

"你也不必来。"考说。

她翘起了嘴。"无论如何也不能错过。"她轻松地说。

"别担心,"斯克里奇来到她旁边,"我保护你。"

"多么勇敢啊!"格鲁姆说。

考走进了敞开的坟墓。他不得不弯腰，以免撞到头。墙壁都是结实的泥土。"我希望你在这儿，布莱斯。"他自言自语。

他数了十九步才走到一个通道。塞琳娜紧随其后，莉迪亚和乌鸦在后面。这里的空气很冷，散发着霉味。从上面的入口透进来的光线无法照亮里面的黑暗。莉迪亚翻遍了口袋，拿出了一部手机。

"我想这里不会有信号的。"塞琳娜说。

莉迪亚轻蔑地瞪了她一眼，然后按了一个按钮。从手机后面照出来一束光，她把手机朝隧道的另一边移动，看到乌鸦闪闪发光的眼睛。

考喘着粗气。隧道大约有五英尺高，沿着一个平缓的斜坡向下延伸。墙壁和天花板都是用木板加固的。他想这个地方是不是和上面的墓碑一样久远。

"跟我来。"他说着向地下深处走去。

灯光只能照到二十英尺左右的距离，考睁大眼睛望着远处。他想抽出鸦之喙，但如果他们遇到布莱斯，最好还是不拿武器。一个粉红色的小脑袋不时地从墙上探出来，然后又缩回去。乌鸦尽力控制住了自己，谢天谢地。

布莱斯到处都有间谍，考想。

不久，灯光照到了前面的一扇门，考在门旁边停了下来。它的表面是多节的木料，木板由铁钉固定住，它看起来有几百年的历史了。

他推开门，眼前的景象让他倒吸了一口冷气。

他们前面有一个巨大的洞窟，洞顶由不规则的石头砌成，洞窟中央有一个湖泊，湖水静得像磨光了的玻璃。墙上雕刻了几百个壁龛，每一个壁龛里都点着一支蜡烛，火焰倒映在水面上，就像橙色的星光。

莉迪亚撞到了考，然后把手机塞进了口袋。

"这个地方太棒了！"她说。塞琳娜张着嘴，伸长了脖子。

"让我看看！让我看看！"斯克里奇说，它在考的两脚之间跳来跳去。

考慢慢地向前走。湖的四周都是墓碑，有些是巨大的石棺，有些是简陋的墓碑。这是另一个墓地，与地面上的墓地一模一样。但是与上面的黑石城墓地不同的是，这里没有风吹日晒，这些坟墓仍然是原来的样子——在烛光的照耀下，大理石闪着红光。墓碑上雕刻的不是天使，也不是花朵，而是动物——一只栖息的猎鹰，栩栩如生似乎就要展翅飞翔；一只狮子骄傲地站在棺材前；一只有着长长獠牙的野猪。

考感觉脚上有什么东西。他低头一看，一条小蛇大小的虫子缠在他的脚踝上，粉红色的肉上沾满了污垢。考大叫一声，跳了起来，却发现另一条正要破土而出，然后又有一条，他们慌成一团，不知所措。

从他左边又有什么东西窜了出来，塞琳娜尖叫起来。考转过身来，看见一个黑影蹲在墙边。

"你想要什么？"蠕虫语者嘶嘶地叫道。他仍然穿着黑衣服，就像第一次见到他的那个晚上一样。

考感到乌鸦想要展开翅膀攻击，但考用思想控制住了它们，现在还不是时候。

"我需要见你……"他说。

蠕虫语者眨了眨眼睛，眼镜后的眼睛不再像在老房子外面时那样躲躲闪闪，考发现那双眼睛是苍白的球体，没有虹膜和瞳孔。

他一定是瞎了。

"是我，伊丽莎白·卡迈克尔的儿子。"考说。蠕虫语者慢慢地展开身体，嗅着空气。

"我知道你是谁，"他说，"但她们是谁？"他猛地把头转向莉迪亚和塞琳娜，"敌人，是来把我从洞里挖出来的吗？"

"她们是我的朋友。"考说。

"她不是我的朋友。"莉迪亚说。

"她们没有威胁。"考补充道。他看着莉迪亚，示意现在不是时候！

蠕虫语者慢慢地靠近了一点，双手扶在墙上。考注意到，他的指甲很尖，还沾满了污垢。考脚边的虫子钻到地里不见了。"我不怕，"他说，"我有什么好害怕的？该害怕的人是你，人类的孩子。"

"怀斯先生……"考说，"或者我应该叫你布莱斯？"

"随你怎么叫我，乌鸦守护者，"蠕虫语者说，"我已经记不清楚我有多少名字了。"

"这些是野语者的坟墓，是吗？"考问。

布莱斯点点头。"创城以来，我一直看守着这地方。还有谁能比一个不需死人保佑的人更适合看护死者呢？"

"等等——你不会死吧？"塞琳娜说。

"是的，"布莱斯说，"相信我，我已经尽力了。没有水能把我淹死，没有东西能把我砸烂。没有毒药或武器能带给我渴望的黑暗。"

"我们哪儿也去不了，"希默说，"怀斯是个傻瓜。"

"我需要知道午夜之石的事。"考说。

"我怎么会知道呢，乌鸦守护者？"

这直率的语气使考大吃一惊。

"因为你给了我。"他说。

"我只是在照看它，"布莱斯说，"是你妈妈给你的石头。"

"所以你不知道它是干什么的？"塞琳娜问。

"也许我曾经知道，"布莱斯说，"但是我选择遗忘。一个人的心灵只能承受这么多痛苦。那么多的死亡，每次都像日落一样不可避免。只有虫子才记得所有的事情。"

"那么蠕虫也有记忆吗？"莉迪亚问。

布莱斯转向她，莉迪亚跌跌撞撞地回到塞琳娜身边，塞琳娜把她推开了。"虫子是有记忆的，傻孩子。"他说。

"还有人觉得他是在胡说八道吗？"希默问。

"我同意你的说法。"斯克里奇说。

"嗯，我能……我能和它们谈谈吗？"考说，"和那些虫子。"

"我真不敢相信你居然这么说。"格鲁姆咕哝着。

布莱斯咆哮道，"它们为什么要跟你说话?"他说，"你知道，乌鸦对虫子并不友好。"

"这是浪费时间，考，"斯克里奇说，"蠕虫只对一件事有好处——晚餐。"

但考并没有放弃。"我来这里是因为你是我唯一的机会，"他说，"我妈妈相信你一定是有原因的。苍蝇之母想要午夜之石，我想知道为什么。"

布莱斯咯咯地笑了。"苍蝇守护者吗?我确信没有必要为她担心。苍蝇一族是食腐动物，是低等动物中最低等的。"

"不是那样的，"莉迪亚说，"她试图控制这座城市。"

"时代变了!"布莱斯说，"嗯，我想我在下面是安全的。"

考尽量不表现出不耐烦。"拜托了，"他说，"你能告诉我们吗?"

"我不记得了，"布莱斯说，"你所关心的事情在你看来也许很重要，但在我看来却是微不足道的。"

"噢，你真是没救了，"莉迪亚恶狠狠地说，"一个自私的老头。"

"如果你像我一样活了那么久，"布莱斯说，"你就只有你自己了。"

考沮丧到了极点。一定有办法说服他。突然，他想到了办法。

他从肩后抽出鸦之喙。塞琳娜喘着粗气说："考，你不能这样!"

"剑吗?"蠕虫语者咆哮着,"刀剑吓唬不了我,孩子。我一生中见得多了。"

"这不是伤害人的剑,"考说,"它可以撕开一扇通向亡灵之地的门。"

他一举起剑,大地就震动了,成千上万的虫子钻了出来。空气中传来虫子沙沙作响的声音。布莱斯站了起来,眼睛盯着剑,好像着了魔似的。

"你真的愿意为我做这件事吗?"他说,"结束我的痛苦?帮我离开这个世界,到另一个世界?"

考点点头。"我会帮你死去。但首先,你得帮我。"

蠕虫语者扭了扭身体,像触角一样直立在空中。

布莱斯指着他坐过的那块岩石。"很好,乌鸦守护者。坐下来,开启记忆世界之旅。"

考侧身向前,坐在冰冷的岩石上,把鸦之喙靠在岩石上。他瞥了莉迪亚和塞琳娜一眼,她们看上去都很着急。布莱斯蹲下来,轻轻地从地上挖出几条细细的虫子。他把它们凑到嘴边,低声说了些什么。"它们会告诉你的。"他说。布莱斯用拇指和食指夹住了一条虫子,放进考的耳朵,考躲开了,说:"你在干什么?"

布莱斯咧嘴一笑,露出匕首般的牙齿。"蠕虫说话很小声,孩子。要想听清它们说什么,你必须做好倾听的准备。现在坐着别动。这可能有点奇怪。"

就连乌鸦也沉默了。考觉得虫子在他耳朵的软骨上挠痒痒，然后蠕动到他的耳孔里。他的皮肤很痒，但他控制着保持不动。莉迪亚脸上的表情看起来非常厌恶。

当布莱斯把另一只虫子塞进他耳朵的时候，考试着不去理会虫子在他脑子里钻洞的感觉。他忍耐着。他的脑袋里充满了浪花般的声音。当蠕虫进入他的耳道的时候，他能感觉到每一次蠕动。

"你没事吧?"莉迪亚问，声音很远。"你的脸色变得很苍白。"

洞窟模糊了，布莱斯的身影变成了两个人，又变成了三个人。"我怎么了?"考嘟囔着。

布莱斯咯咯地笑了起来。"让它们给你看看，乌鸦守护者，别挣扎。"

各种景象交织在了一起，形状和颜色都融合了。考觉得自己向后跌倒了，一双手抓住了他，像垫子一样柔软。

考闭上眼睛，把自己交给了蠕虫。

第十六章

当考再次睁开眼睛的时候，莉迪亚、塞琳娜和乌鸦都不见了。他独自坐在山洞里，四周都是野语者的坟墓。一条虫子在他的手背上。

不，不是他的手。这只手皮肤苍白，指关节像突出的骨头节，指甲上满是污垢。是布莱斯的手。考想移动它，但是动不了。他被困在一个不是他自己的身体里。

他能听到走廊里传来的脚步声。他的身体藏了起来，躲到了阴暗处，蹲在那里望着门。他感到害怕。

门开了，出现了一张脸。考的心剧烈地跳动着，非常痛苦。

"妈妈？"

她看上去吓坏了，头发乱成一团，脸颊上有一块瘀青。

考很想奔向她，但是他的脚——布莱斯的脚——却牢牢地定在地板上。

"怀斯先生吗？"他母亲说，"你在这里吗？"

"你想要什么？"

这话说出来时，他感到嘴唇在动，但那声音不是他的。

他母亲眯起眼睛向黑暗中望去。在她的肩膀上有一只巨大的黑乌鸦，脖子上少了一块羽毛。它尖叫着，但考不明白它在说什么。"怀斯先生——我需要你的帮助，"他母亲说，"我可以进来吗？"

"如果必须的话，乌鸦守护者。"

伊丽莎白·卡迈克尔穿着一件肥大的外套，穿着皮靴，戴着长而精致的手套。她小心翼翼地走进来。

"怀斯先生，我的时间不多了。"考的妈妈说。她把手伸进口袋，掏出一个小提包。考可以从它的形状看出里面是什么，午夜之石。"你知道这是什么，它有多么强大。"

考发现布莱斯畏缩了，往后退了一下。他已经确信蠕虫语者确实知道石头的力量，只是这段记忆模糊得像梦境一样。"你为什么把它带到这儿来？"

"我需要你帮我照看它。"考的妈妈也说着，一边把提包送过去。她的眼睛充满了绝望。

布莱斯没有伸手接过来。"午夜之石属于乌鸦一族。"他说。

"我知道，"考的妈妈说，"但是蜘蛛语者知道了它的存在。"

"怎么会？"布莱斯说，"石头是乌鸦和蠕虫之间的秘密。"

"那不重要了，"考的妈妈说，回头看了一眼门，"纺纱人会不惜一切代价得到它。拜托了，你必须帮忙。"

布莱斯走上前，他把袖子拉下来盖住手。"好吧，"他拿起那个提包，"如果你不回来呢？我听说了黑石城激烈的战争——许多人

179

已经死了。"

"我有一个儿子——杰克，等城里安全了再交给他。"

她紧紧地握着布莱斯盖着袖子的双手。"你必须告诉他这块石头有什么作用。他不能把这件事告诉任何人。别相信任何人。这是他一个人的责任。"

"我会告诉他的，乌鸦守护者。"布莱斯说。

"谢谢。"妈妈转身离去，考渴望着去追赶她，呼唤她的名字。

在门口，她停了下来，转过身来。那一瞬间，考想知道她是否感觉到他的存在，就在这个蠕虫语者的身体里面。但是她怎么可能知道呢？这只是一段记忆。

"再见，怀斯先生。"她说。

"再见，伊丽莎白·卡迈克尔，"他说，"不要恐惧死亡。记住，我们不过是蠕虫的食物。"

"对你来说是容易的。"她回答。一股悲伤的浪潮掠过她的脸庞。"记住，他叫杰克。"

"我会记住的。"布莱斯说。

门在她身后关上时，那幻影消失了。考觉得自己的思想被解放了，漂浮在时间的海洋中……

他望着炉火，炉火在壁炉里熊熊燃烧。一座大钟在缓慢地滴答作响。时间快到十二点了。

他转过身来，看见窗玻璃在夜色中变黑了。他站在一间书房里，房间墙上镶着木板，挂着油画。一群人——男女老少都有——挤满了房间，低声交谈着。

这次聚会似乎邀请了各行各业的人。他看见一个身材矮小的男人，穿着一件粗布棕色夹克和一件脏兮兮的条纹衬衫，还有一个女人，穿着一件宽大的蓬蓬裙，帽子上嵌着花边。其他人穿着紧身上衣或皮衣，工作靴或带抛光扣的鞋子。一位老人拄着一根顶上镶着金块的手杖。考对服饰史知之甚少，但他猜想自己看到的是几个世纪前的某个场景。唯一的亮光是来自墙上的蜡烛和壁炉里的火。

一个人清了清嗓子，人群静了下来，全都转向他。

"谢谢大家今晚来这里。"他说。

透过人群，考看到了演讲者。他是一个肩膀宽阔的人，穿着黑色的紧身天鹅绒上衣、长裤和靴子。他那长长的鬈发也是黑色的，从他那长满浓密胡须的脸上扫过。一道垂直的伤疤从他的前额中央一直延伸到脸颊。他的腰间挂着一个剑鞘，里面有一把剑，考再熟悉不过了——鸦之喙。

他是鸦语者吗？答案是肯定的。他注视着房间里所有野语者的目光，看起来很真实，好像就在眼前。让他与众不同的不仅是他那引人注目的黑色衣服，还有他那有力的一举一动——他似乎散发出一种隐藏的力量。

"冬至到了，"那人说，"对我们这类人来说，这是一个神圣的时刻，但我们也处在危险的境地。"

房间里的其他人低声交流，点了点头。

戴着精致帽子的女人大声说了出来。"他们要杀了我们，科瓦斯。把我们当作女巫烧死在火刑柱上。把我们从家园赶走。"

黑色科瓦斯！贵格曾经告诉过考关于他的事：他是乌鸦一族最伟大的语者。考凝视着祖先令人生畏的面容，像铁一般坚定，他寻找着他与自己相似的地方。

窃窃私语的声音越来越大，直到科瓦斯举起双手示意安静。房间里立刻安静了。

"人们害怕他们不理解的东西。"他说，"所以我召你们来。"他来到一张桌子旁，打开一个普通的木盒子。在白色缎子上放着一块黑色的石头。正是考拥有的那一块。

考感觉到科瓦斯在伸长脖子靠近自己。"这就是午夜之石吗？"他说。

科瓦斯的鼻孔翕动了一下，点了点头。"这是奥布里安之石。"他说。

房间里的每个人都立即后退，一两个人吓得把双手护在胸前。

"你把一颗黑钻石带到我们中间？"一个人愤怒地说，"这是什么意思？"

"我花了好几个月才在地下找到它，"科瓦斯说，"这就是我们的救星。"

"你怎么能这样说？"挂着金头手杖的老人说，"奥布里安之石能削弱任何碰过它的野语者的力量，科瓦斯。它会吸走我们的能量，破坏我们与动物的联系。"

"没错，"科瓦斯说，"这就是我把它带到这儿来的原因。朋友们，注意听，我们已经失去了太多的野语者家族。我要求你们每一个人，今晚牺牲你们一些伟大的能量，把你们的天赋赠给那块石头，这样即使死后没有继承人，这个家族也不会灭亡。"

"我们会变弱的。"那个衣衫褴褛的人说。

"但也变得更强，"鸦语者说，"我们将保护自己，不会灭亡。"

各族的野语者们都沉默了。

"我第一个来。"科瓦斯说。考看到房间里的人都注视着鸦语者。他的手颤抖着，当他用指尖触摸石头时，他闭上了眼睛。考看到一缕微弱的光线穿透了石头，石头闪了一会儿才又变黑。科瓦斯走开了。他说："已经完成了。"他说，"我请求你们大家也这样做。这是保证我们生存的唯一途径。"

其他的野语者一个接一个地走近来，重复了这个仪式。考最后来了，穿着布莱斯的衣服，但他还没来得及碰到盒子，科瓦斯就把它关上了。

"你不需要这样做，亨利，"他说，"你的家族永远不会被摧毁，因为你不会死。"

"谢谢你提醒我。"布莱斯说，即使在遥远的记忆中，考也感到那种孤独和痛苦。

钟声敲响了，十二点钟到了。

"我们叫它午夜之石。"科瓦斯说。

"你们中间若有人死了，没有后嗣，你们的能力仍要长存。眼前这块石头能够帮助一个新出生的野语者，成为一个新的继承人，和他们的生物联系起来。"

考的内心深处被一种恐惧占据，这使他感到痛苦。所以这就是石头的真正力量……它不仅能夺走野语者的能力，还能赋予他们力量，这种力量能够创造新的野语者。这就是这位苍蝇之母战斗、绑架和杀戮的目的。

"谁来照看它呢?"拿着浮雕手杖的人说，"如果它落到坏人手里……"

"有了你的祝福，"科瓦斯环视四周说，"这个责任就落在我身上了。我永远不会触碰它，永远不会再给予它任何力量，绝不允许它的力量被任何人夺走。"

有几个人小声地讨论着，但唯一敢说话的是一个脸庞瘦削的女人，一头中分的金发直直地垂下来。"你之后呢，科瓦斯?"

"午夜之石将传给乌鸦一族的后人，"鸦语者说，"这个房间里的每一个人都不能再提起这件事。"他拿出一卷书来。"这是一个誓言，要把这里发生的事藏在你们心里。你死了，秘密也就死了，只有我的子孙才知道。我们会保护它直到生命的最后一刻。"

"说得好，科瓦斯，"女人说，"但交给他是不是更好呢?"她指着考，"毕竟，蠕虫语者永远知道这个秘密。"

考感觉到了布莱斯的恐惧。"我不是战士，小姐，"他说，"没有人比科瓦斯更适合看守那块石头了。"

考看到科瓦斯向他点头表示感谢。

房间里的每个人一个接一个地走上前来，在羊皮纸上签名。考最后来了，在布莱斯的身体里。当他把羽毛笔蘸到墨水里时，这个场景从他的眼前消失了。

考喘着粗气，被烛光照亮的墓地又慢慢地回到了视线中。他摸了摸耳朵，拽出那条蠕动的尾巴，把它扔到脚边的地上，另一只蠕虫已经躺在那儿了。

他挣扎着站起来，但他的腿却站不稳。来自幻象的恐惧在他心中重新燃起。公寓里的罪犯，笼子里的动物……

"我知道……我知道她想要什么，"考说，"我知道苍蝇之母在计划什么。"

"小心，"布莱斯说，"你的思想还停留在过去。"

"你看到了什么？"莉迪亚问。

"午夜之石不但可以夺走野语者的力量，"他说，"这只是它的一部分功能。它还可以创造出新的野语者家族。任何经过多年灭绝的野语者家族——它都能恢复他们的力量。这就是为什么苍蝇之母把监狱里所有的罪犯和动物都带走了。她对其他野语者对待她和她祖先的方式感到愤怒，所以这是她的复仇。"他深吸了一口气，"她将创建一支自己的野语者军队。"

格鲁姆站在考旁边。"这就像一个新的黑暗之夏。"

"会更糟糕，"斯克里奇说，惊恐地拍打着翅膀，"每一次死亡都会让她创造一个新的野语者加入她的队伍。"

185

"有了这块石头，她将势不可当。"希默补充道。

"唔，她不能，"塞琳娜说，"我们找到了，我们要做的就是确保她永远找不到它。"

考点点头，看着布莱斯。"我们应该把它藏在这里。"

"什么?"布莱斯说，"不，不，不。我答应帮你妈妈照看，但是……"

"确实如此，"考说，"她信任你，而你保护了她的安全。我敢打赌苍蝇之母根本不知道你。即使她找到了，她也永远找不到这个地方。"

"哦，我不知道吗?"一个熟悉的声音响起。

大家都转向洞壁。数百只蛾子一齐扇动翅膀，岩石似乎裂成了碎片。它们又停了下来，变成了西尔克先生。他从身后拿出枪，对准了考。

乌鸦扑腾着翅膀飞向空中，虫子缩进了土里。

接着，一群吱吱嘎嘎的家鼠从门外冲了出来，平克顿偷偷摸摸地跟在后面。

考嘴唇发干，他绝望地四处寻找另一个出口，却无处可逃。

第十七章

"你把他们引来了!"布莱斯喊道,"引到我的家里了!"

"你怎么找到我们的?"考说。他感到口袋里石头的重量。

"你觉得怎么样,乌鸦守护者?"西尔克先生说,"她的孩子无处不在。你现在无处可藏了。"

考深吸了一口气,召集他的乌鸦。如果它们能从这么深的地下感觉到他的召唤就好了。他在天空中寻找它们的黑影,但它们很遥远。

"把石头给我。"西尔克先生说。他转动枪指向莉迪亚。"记住,我知道你的软肋。"

"他手上没有!"莉迪亚挑衅地说,"我们把它藏起来了。"

西尔克先生笑了。"真的吗,亲爱的?那他为什么用手捂着口袋呢?"

考把它放了回去。"来我这里!"他召唤他的乌鸦。

随着一声枪响,枪管在黑暗中闪着火花。子弹反弹到莉迪亚旁边的岩石上,她尖叫着跳了起来。

"别考验我的耐心。"西尔克先生说。

考现在可以感觉到它们了。它们聚集在一起的羽毛、尖利的喙和尖叫的声音。一大群乌鸦从墓门里拥来。

考的目光转向了入口，家鼠语者正呆若木鸡地站在那里。他用意念命令他的乌鸦在她身上啄来啄去。

"把门关上，如果你愿意的话。"西尔克先生说。平克顿看起来吓了一跳。"什——什——什么？"

"门，我的好太太。快点，马上。"

乌鸦成群结队地冲下台阶，足足有成百上千只，它们以不可阻挡的巨浪之势，沿着通道向前推进。

平克顿砰的一声关上了门。接着从另一边传来一连串的砰砰声时，考的心沉了下去。

"你以为你能比家鼠聪明吗？"她说。

她的家鼠窜向考，格鲁姆和斯克里奇落在他的脚边，它们正好在老鼠来的方向。

"希默在哪里？"斯克里奇说，在家鼠群淹没他之前。

西尔克先生叫了起来，手里的枪掉了。考听到一颗子弹射到了洞顶，枪落到了地上。希默尖叫着，它抓着飞蛾语者的手腕，又啄又刨，血从他手上溅了出来。

"躲起来！"考对其他人喊道。

莉迪亚和塞琳娜跑着，在家鼠堆里跳来跳去。考看到一团飞蛾聚集在一起，俯冲向它们的主人，空气随之流动。希默从头到尾都

188

被飞蛾包围了，失去了控制，跌落在洞穴的地板上。

考跑去拿枪，但是西尔克先生很快俯下身把枪夺了过去。考看到枪管转过来面对着他。"不要绝望，鸦语者，"西尔克先生残忍地斜视着，"我保证，乌鸦一族不会灭绝。她会找到一个杀人犯或小偷来主宰乌鸦的。"

就在他扣动扳机时，一个人影从他面前跳了过去。是布莱斯！蠕虫语者的身体因枪弹的冲击力而痉挛。西尔克先生又开了火，布莱斯退了一步，但仍然站着。考根本看不见任何伤口——他的身体好像把子弹吸进去了一样。

"轻而易举。"蠕虫语者带着诡异的笑说。

西尔克先生困惑地看着那支枪，然后又近距离开了三枪，直到脚下的地面裂开，他才摇摇晃晃地走了起来。虫子钻出来时，他的脚滑进了一个洞里。"什么……"他叫道。

考转过身来，寻找着格鲁姆和斯克里奇。

两只乌鸦被困住了，它们的翅膀以奇怪的角度抖动着，试图挣脱老鼠。考把其中一只家鼠踢到一边，然后抓住另一只家鼠的尾巴扔了出去。更多的家鼠爬到他的腿上，边走边咬。考看到平克顿跳到一块岩石上，疯狂地大笑，他竭力克制住自己的惊慌。

考抬起头来，看到西尔克先生终于把他的腿从令人厌烦的泥土中拖了出来，狠狠地给了布莱斯的下巴一棍，蠕虫语者咕噜一声倒在地上。

考抖掉了身上的家鼠，朝飞蛾语者猛扑过去，抢在西尔克先生调转枪头前，抢过枪。他们一起撞到墙上。考咬紧牙关，将飞蛾语者的胳膊猛击岩石，直到枪掉了下来。考急忙弯下腰去抓住它。

"啊！"他感到一只膝盖踢到他的肚子上，他瘫倒在地，喘着粗气。

他看到希默正试图从蛾群中爬出来。她飞到枪边，用爪子钩住枪管，用力一蹬，把武器扔到离飞蛾语者很远的地方。

西尔克先生压在考的身上，双手在口袋里搜寻。考挣扎着，但这一击使他没有力气。飞蛾刚从他身上滚下来，他就知道自己弄丢了那块午夜之石。

"我拿到了，平克顿！"西尔克先生喊道。

家鼠语者从圆石上跳了下来。考气喘吁吁，动弹不得。他看见塞琳娜躲在一个坟墓后面，可是莉迪亚在哪儿呢？布莱斯呻吟着，他想要站起来，但是家鼠遍布他全身。

西尔克先生被他手中闪烁的石头惊呆了，他小心地用指头捏着它，好像它会烫伤他。

"很少见，是不是？"他说。他把石头放进口袋，然后脸色变得很难看。他又朝考的肚子踢了一脚，把他击倒在地。

在痛苦中，考终于见到了莉迪亚。她正朝门口走去，一只手指放在嘴唇上。她要做什么？

"该把这乌鸦的脑袋敲碎了。"西尔克先生说。他跪下来，捡起一块足球大小的石头举过头顶。"再见，乌鸦守护者。"

考听到门砰的一声开了，西尔克先生向旁边瞟了一眼。刹那间，他被一群乌鸦压垮了。在翅膀的拍打声中，考看到飞蛾语者松开了手，石头掉到了地上。

考气喘吁吁地跑到前面。他几乎什么都看不见，到处都是飞蛾和乌鸦。当飞蛾成群结队地攻击他们时，乌鸦迅速调转方向，许多乌鸦被飞蛾弄得迷失了方向，直接朝墙上撞去。

他发现布莱斯在地上爬行，身上有几十只家鼠。蠕虫语者摇摇晃晃地爬了起来，向平克顿走去。

"考，是时候履行你的承诺了，"布莱斯说，"我想我要把这个家鼠语者带走。"

有那么一会儿，考不太明白他的意思，但随后他想起了他们的交易。

他环顾四周，但看不到鸦之喙。

"在这里，考！"塞琳娜叫着，从地上捡起剑，将鸦之喙掷向考。考一把抓住剑柄，举起剑。那把剑在他手里嗖嗖地响着，好像充满了电。考垂直滑下剑柄，他感到空气像水一样，有一种柔和的阻力。刀锋在他面前撕开一道炫目的亮光。裂痕不断扩大。家鼠和乌鸦齐声尖叫，节节后退。

平克顿遮住了眼睛。

考眨了眨眼睛，看到了布莱斯张大嘴的脸，他的眼里噙满了泪水。"太漂亮了！"他哭了。

蠕虫语者朝平克顿跑去，他的目光盯着通往亡灵之地的大门。他一把揽住家鼠语者的腰，一头扎了下去。平克顿尖叫着，亮光吞没了他们俩。裂缝缩小了，边缘像愈合的伤口一样收紧。最后一点光消失了，一阵风吹过山洞，许多根蜡烛熄灭了，他们处于半黑暗之中。

洞穴里鸦雀无声，考盯着手里的鸦之喙，他再次感受到了它的冷漠和无情。在刀刃上还留着亡灵之地细小的灰烬。

失神了一会儿之后，他马上想到了午夜之石。考看了看西尔克先生被乌鸦拖下来的地方，但他的心猛地一沉。西尔克先生已经不见了。乌鸦落在受伤的同伴旁边，但是没有一只活的蛾子。枪也不见了。

"他去哪儿了？"考说。

塞琳娜吓得脸色发白。"布莱斯和平克顿在哪儿？"

"死了。"考说。

"真的就这样死了吗？"塞琳娜说。

考点点头。

莉迪亚呆立在门边摇摇头。"我光顾着看传送门了。"她说。

考快速穿过山洞，来到了西尔克先生掉下去的地方。有一摊血，然后是一串厚厚的血点。他跟着血迹向门口走去。

"他　定是趁机溜走了。"格鲁姆说。

看到这只老乌鸦除了几根竖起的羽毛之外没有受伤，考至少松了一口气。斯克里奇断了一条腿，一瘸一拐地走着，希默的嘴叼着一只抽搐的飞蛾。它把头往后一仰，咽了下去。

"一切都完了，"塞琳娜说，"我们把石头弄丢了。"

考环顾四周，满目疮痍。突然间，蠕虫语者的家比以往任何时候都更像一个地穴。无声，黑暗，一个死气沉沉的地方。到处都是尸体，空气中弥漫着生命逝去的气息。虽然他还站在那里，但他知道自己是站在被征服的一方。四百年来，乌鸦一族一直保护着那块午夜之石，现在他却把它弄丢了。不仅如此，苍蝇之母现在清楚地知道它的力量，并计划用它来作恶。

考与内心的绝望作着斗争，这种绝望很快把他压垮。他硬着心肠，把鸦之喙套在身上，大步朝门口走去。他的乌鸦在他身后拍打着翅膀。

"我们得赶快了，"莉迪亚说，"如果我们不能很快抓住西尔克先生，他会把石头给苍蝇之母的。她已经有了罪犯和动物来建立自己的野语者军队。"

考点点头。科瓦斯的话在他的脑海里萦绕——乌鸦一族的承诺。"我们会保护它直到我们生命的最后一刻。"

"我们最好能追上他。"他说。

第十八章

　　考和他的同伴们走了出来，墓地上空的云层比以前更厚了——夜空是深不可测的靛蓝色。他的乌鸦像墨水一样从地上涌出，再次停歇在墓地上，这是一支因战斗而疲惫不堪的军队。许多乌鸦的翅膀折断了，血流到了苍白的石头上。几只家鼠也跑了出来，它们漫无目的地钻来钻去，因为它们的纯种动物本性又回来了。考想知道是否会有另一个家鼠语者来引导它们，他或她会利用它们行善还是作恶。

　　这里没有飞蛾语者的迹象。"希默——带上几只乌鸦，飞到空中找西尔克先生，"考说，"他不可能走得太远。"

　　那只瘦削的乌鸦拍打着翅膀飞走了，后面跟着几只乌鸦。它们在天空中呈扇形散开，朝城市的方向飞去。

　　考把墓碑搬回原处，封住了蠕虫语者的家。然后，他闭上眼睛，把乌鸦召集到身边。坟地里的鸦群拍打着翅膀，有些从栖木上飞了下来，还有更多的乌鸦从天上飞下来。"准备起飞。"考告诉塞琳娜和莉迪亚。

莉迪亚举起双臂，塞琳娜也跟着举起双臂。乌鸦们各就各位，身体互相推挤着，紧抓着姑娘们的衣服。

格鲁姆和斯克里奇抓住了考的肩膀。

"不，斯克里奇，"考说，"你需要让那条腿休息一下。"

"没事。"斯克里奇坚定地回答，不带反驳的余地。"我们去抓住他们！"

"又一次不听指令。"格鲁姆说。

考的脚离开地面，他感到第一滴雨落了下来；他的皮肤上有一滴又大又暖的水花。希默又飞回来了。"他在一辆白色的车里！"它说，"正向回城的方向驶去。"

"带路。"考命令道。

随着一声雷鸣，天空下起了倾盆大雨。

考还没来得及注意，乌鸦已经成群结队地跳起来，越过坟地，然后飞到尖塔那么高的地方。考的身体在它们的爪下摇晃，黑石城在骤风暴雨中变成了一团模糊的微光，建筑物若隐若现。考看着他的同伴，大家的衣服都已经湿透了，但她们脸上的表情却很坚定。

希默飞在前面，三个人在乌鸦的帮助下，紧紧地跟在后面。不久，考看见一辆白色的汽车在下面蜿蜒的道路上飞驰。一定是西尔克先生。那是一辆老式的汽车，发动机轰鸣着；汽车是纯白色，还有巨大的镀铬挡泥板。它的前灯在光滑的道路上闪烁着金光。

考不知道该怎么办。汽车开得太快，他不可能降落到引擎盖上，就像他救贵格时那样。

"前面有隧道!"斯克里奇惊叫道。

考抬起头,看到他们的车经过一个缓坡,正朝着一个黑暗的入口驶去。乌鸦们把他抬得更高,把他抬到隧道入口的顶上。

"不!"他说,"跟在他后面!"

他们又往下降,但是抬着莉迪亚和塞琳娜的乌鸦却继续往上飞,越过山顶,没有跟着考走。汽车飞速驶进隧道。考召集了一群乌鸦跟着他。它们把他带进了有闪光灯照明的隧道,考的脚离路面只有一米多高。

"追上他!"他喊道,"分散他的注意力!"

那一群没有抓着考的乌鸦加速前行,追赶汽车。考从后视镜里看到了西尔克先生在看着他,接着汽车加速了。

但是乌鸦飞得更快。它们一点一点地超过了那辆车,然后在它前面形成了一个封闭的队形,挡住了飞蛾的视线。考听到汽车刺耳的喇叭声,他的两眼放射出坚定的光芒。一辆车从相反的方向疾驰而过,乌鸦驮着他躲闪到路旁,他的心怦怦直跳。

西尔克先生试图用诡计战胜乌鸦,在隧道里左拐右拐,想以此清理路障。考命令乌鸦靠近那辆车的挡风玻璃。汽车紧急刹车突然停了下来,顿时浓烟滚滚,车尾撞上了路中间的护栏,司机一侧的窗玻璃破碎了。汽车又调转车头,准备加速,考让乌鸦把他放到地面上。

当他靠近路面时,考看到西尔克先生双手紧握着方向盘,从车顶往外张望。他向右看,看见了考,他的两眼紧盯着考。然后他弯下身来，拿起他的枪。

砰！砰！

两枚子弹从枪管里射了出来，考躲开了。乌鸦向后拽，把他拖出了射程。

他们到达了隧道的尽头，又可以看见路了。考让车先走，在倾盆大雨中一直跟到了城里。这儿还有更多的车，莉迪亚和塞琳娜悬在乌鸦群下面等着他。

"我们必须阻止他！"考喊道。

他们三个在空中前行，西尔克先生的车在高速的车流中穿行，溅起一片水花。它跃过了一个交通岛，一个轮毂盖从一个轮子上脱落了。整条路上响起了刺耳的喇叭声。考不能再躲起来了——他只希望黑石城的普通市民不要见到他。

西尔克先生行驶到红灯前，并没有减速。在他身后，几辆汽车撞到了一起，发出嘎吱嘎吱声。他们正在河边行驶——河的对岸矗立着金融区的大楼和公寓，苍蝇之母和她的军队正在那里等着。如果飞蛾语者先到那里，追逐就结束了。

汽车在一个角落里打了滑，驶向一座空桥。这是最好的机会了。考加速向前，准备降落在车顶上。正当他准备跳下去的时候，一个黑色的身影突然出现在他面前。

希默算准了时机从打开的车窗跳了进去，直直地扑向飞蛾语者。考不知道里面发生了什么，只听到西尔克先生的惨叫声。汽车颠簸了一下，先是驶向这边，然后驶向那边。飞蛾语者完全控制不

197

住汽车，车尾旋转了半圈，车撞上了桥边的护栏，又弹了回来。右侧的车轮掉在了路上。

"希默！"当汽车翻车时，斯克里奇喊道。

随着刺耳的金属摩擦声，汽车车顶滑行了一段距离，溅起阵阵火花。车轮在旋转，撞上了对面的护栏，把那边的金属栏杆弄弯了，滑过了栅栏边缘。碎玻璃散落到下面的河里，汽车倒立着，一半悬在水面上。

在考的命令下，乌鸦飞得更低了，距离地面还有六英尺高的时候，他跳了下去，跑到翻倒的车那边。它在那里摇摇欲坠，油从油罐的一个小孔不断滴下来，烧焦的橡胶的气味非常刺鼻。

他听见车里有人在呻吟。

希默从破碎的车窗里飞了出来，跳上汽车的顶面。"他是你的了。"她说。

"真是难以置信！"斯克里奇说，"你阻止了他！"

考慢慢地靠近损坏的应急栏杆。车门打开了，一只满是鲜血的手伸了出来。考看到西尔克先生的脸被撞伤了。飞蛾在他皱巴巴的衣服上不安地飞舞。他身体前倾，悬在车外，但安全带把他牢牢地系住了。他看见了考。

"乌鸦守护者！"他咆哮道。

"把石头给我。"考说。

"想都别想，"西尔克先生说。他把手伸到身体的另一边，考蹲下身，以防他掏出来的是枪，但是他只听到咔嗒一声，安全带松开了，西尔克先生爬到了门边。与此同时，汽车倾斜了。

飞蛾语者想方设法跳到桥边上，他痛苦地喊了一声，汽车发出轰鸣声然后滑向了桥那一头。一头栽进河里，溅起了巨大的水花，飞蛾语者设法抓住了一根防护栏。车在水流中漂浮了几米，然后就不见了。

西尔克先生悬在水面上，惊恐万分。他咬紧牙关使劲想把自己拉到安全的地方。"别让我淹死！"他哀求道。

考单腿跪在他面前。"把石头给我，我就把你拉上来。"

西尔克先生闭上了眼睛，试图不去想下面打旋的河水。

"我保证不会让你掉下去，"考说，"但你必须把石头给我。"

他伸出了胳膊。

西尔克先生又睁开了眼睛。"在我口袋里，"他说，"在你没有放我走之前我不能把它给你。"

莉迪亚来到了考的身边。"别相信他。"她说。

"请！"西尔克先生说，"我以绅士的身份向你保证。"

他的手指在打颤。

考弯下腰，用双手抓住了飞蛾语者的左臂。"我抓住你了！"他说。他撑住自己去拉西尔克先生。

"拉我上来！"

"先拿石头，"莉迪亚说，"用另一只手。"

"快！"考说，"我没法拉住你太久！"

西尔克先生的右手插在口袋里，掏出了那块午夜之石。与此同时，飞蛾像影子一样从他身边飞走了。他看着它们都飞走了，吓得脸都抽搐了。

"在这里！"他说，"拿走吧！"

在他伸手的瞬间，一个黑点落在了他的手上。莉迪亚俯身去拿石头，但西尔克先生停了下来。"不……"他叫道，"哦，不！"

空中到处是嗡嗡声，越来越多的苍蝇在他的手和胳膊上飞来飞去。

"不，拜托了！"他喊道，拍打着苍蝇。苍蝇在西尔克先生的身体上飞来飞去，一团一团地堆叠在一起。然后，在考的眼前，它们变成了辛西娅·达文波特。她悬挂在飞蛾语者的后背，用四肢裹住他。新的重量让考的胳膊难以承受。

"你好，西尔克先生。"她说，身体靠近他的耳朵。"我相信你有东西给我？"

她沿着他的胳膊，把他的手指从午夜之石上撬开。飞蛾语者吓得直哆嗦，两眼紧盯着自己的手。

"我不是故意的……"他说，"我本来要把它带给你的，我保证。"

考再也坚持不住了。他的手指从西尔克先生的袖子上滑了下来，与此同时，苍蝇之母又变成了苍蝇。她的虫群似乎抓住了飞蛾语者，把他悬在空中。

"不，你没有。"她低声说。那群苍蝇把头转向考。"聪明点，乌鸦守护者。趁你还有机会，从黑石城逃走吧。"

她的苍蝇群放开了西尔克先生，他眼睛睁得大大的。飞蛾语者尖叫一声掉了下去，他的身体消失在河里，就像成群的苍蝇消失在黑夜里一样。

第十九章

　　尽管寒风刺骨，衣服也湿透了，但当他们接近金融区时，考还是觉得热血沸腾。乌鸦们分享着他的绝望和愤怒——他能感觉到它们翅膀的力量在他身上流动，它们乘风破浪，飞向辛西娅·达文波特居住的高塔。

　　"她正等我们呢!"塞琳娜喊道。她被吊在鸦群下，头发蓬乱。

　　"谁在乎呢?"莉迪亚说，她飞在考的另一边，头巾被风吹得竖起来。

　　"我只是说说而已，"塞琳娜回答，"我们不能强攻。"

　　"说起来容易，"莉迪亚厉声说，"但是我的父母在那里。"

　　考试图阻止她们的争吵，蠕虫语者的记忆仍然很清晰。在那火光照耀下的书房里，所有的男男女女都对科瓦斯深信不疑，三百年来，乌鸦一族一直没有让他们失望。今天也不能失败。如果他失败了，这段历史就毫无意义了。

　　但辛西娅·达文波特已经拿到了午夜之石。那时，野语者一直在与人类的迷信作斗争。他们不可能知道有一天他们最致命的敌人会在自己的队伍中。

她已经将计划付诸行动了吗？她已创造出新的野语者族类了吗？

考用意念控制他的乌鸦放慢速度，而那些带着女孩的乌鸦也靠近了。

"塞琳娜说得对，"他说，"咱们在院子里降落吧。"

他没有等莉迪亚反驳。乌鸦在大楼的阴暗处盘旋，密布的乌云中划过一道闪电。它们缓缓地下降，直到考的脚碰到了地面。塔楼耸立在它们头顶上，一个黑压压的轮廓，窗户闪着黑色的光。

"别走太远，"乌鸦把莉迪亚和塞琳娜放了下来，考对它们说，"我很快就会需要你们的。"

鸦群落在了花园里的观赏树木上，树枝上一片漆黑。他只留下了斯克里奇、希默和格鲁姆在身边。

考带着他的朋友们朝大楼走去，匿身于辛西娅·达文波特的豪华轿车后面。地上散落着他早先跳窗时摔碎的玻璃碎片。

"有什么计划吗？"塞琳娜问道，"我想不能搭乘电梯吧？"

考注意到前院有东西在移动——两只小狐狸在灌木丛中嗅来嗅去。西尔克先生说他们不会来这里，看来他的猜测错了——思特里克汉姆夫人有忠实的生物，即使在这儿也是如此。

考抬头看——从这个角度，他根本看不到公寓。不过，大楼的顶部确实有微弱的灯光。但在70层楼上，她的苍蝇肯定会注意的。其他人都满心期待望着他。"她们信赖我，我把她们带到这来了，但这是为了什么?"他不能让她们也上去。这不是属于她俩的战争——她俩只是因为父母的缘故被卷进来了,这不是她们自己的错。

"我一个人上去。"他说完就走了。

"不!"莉迪亚抓住他的胳膊,"别这么想!"

"我们和你一起去。"塞琳娜说。

"你们不能去,"他恳求道,"这是为野语者而战。"

"不,不是的,"莉迪亚说,"你没看出来吗?如果苍蝇之母赢了,她会消灭其他的野语者。她将接管整个城市。每个人都会遭殃。"

考想把胳膊抽出来,但莉迪亚抓得更紧了。

"你得让我们帮忙。"塞琳娜说。

考不想和她们争吵,但是他心意已决。"好吧,"他说,"你们说得对。"

莉迪亚放开了他,她俩都满心期待地举起胳膊。

"你不能让她们来,"格鲁姆说,仿佛读透了他的心思,"她们会死的。"

"准备出发。"考说,乌鸦成群结队地聚过来。他讨厌撒谎,但是莉迪亚和塞琳娜的路还长。科瓦斯有过承诺,他要遵守诺言。

他让乌鸦把他一个人抬起来。当他升到空中时,那些在姑娘们身边的乌鸦都散开了。

"考,不!"莉迪亚说,"你敢把我一个人留在这儿!"

204

"你需要我们！"塞琳娜说。她俩抬头怒视着他。

"如果我不回来，你们就逃走，"他说，"黑石城不安全。"

"闭嘴，考！"莉迪亚嚷道，"我们是朋友！"

"我们是！"他喊道。

乌鸦把他抬走了，她们的叫声渐渐消失了。

他们越飞越高，格鲁姆说："你做得对。"

"是的，"希默说，"那么计划是什么呢？"

考环顾四周，想着要说的事。

"让我猜猜，"斯克里奇说，"一头扎进几乎必死无疑的深渊？"

"就是这样。"考说。他的动脉里充满了肾上腺素，这使他的皮肤感到刺痛。

"哼！"希默说，"计划不够实际。"

"如果你想留下来，我不会反对你的，"考说，"在你做了所有的事情之后……"

"我敢肯定你会的，"格鲁姆说，"如果没有我们，你就掉下去了。"

不管怎样，考还是忍不住笑了。他知道乌鸦哪儿也不会去。它们从来没有背弃过他，也永远不会。

他们飞过塔楼摇晃的窗户，模糊的倒影从窗户上掠过。不管等待着他的是什么，不管他有多害怕，他都要面对它，决不回头，就像他母亲面对纺纱人那样坚决。他会让她骄傲的，还有克拉姆。即使他死了，至少他尽了最大的努力去阻止苍蝇之母。乌鸦一族屹立不倒，如果他们的灵魂在亡灵之地相见，他们也会点点头，说他已经尽了责任。

一想到祖先，考的心就怦怦直跳，乌鸦带着他加速向上飞行。他飞得尽可能地靠近大楼的一侧，试图避开人们的视线。他走到那扇破窗户前，看到屋里的灯都关了。

他让乌鸦把他抬进屋里，越过满是弹孔的家具和破碎的玻璃。他的内心又开始感到恐惧，他不知道苍蝇之母可能会去什么地方执行她的计划。

当他再次出现在黑夜中时，他听到从上面传来声音。他们继续往上升。现在他看到了光源——在屋顶上，斜着的聚光灯照亮了金色的雨柱。在它们之间，一架直升机停在一个高架平台上。考让乌鸦把他带到直升机的后面。他的脚刚一着地，就挥了挥手，乌鸦从屋顶的边缘消失了。他蹲在直升机的边上，看着周围的情形。

一扇防火门开了，辛西娅·达文波特站在旁边，穿着一件黑色外套，戴着皮手套，得意地微笑着，罪犯们排成一排走了出来。第一个是卢曼。他抓着一根绳子，牵着一头戴着项圈的黑豹，考曾经在笼子里看见过它。那只动物懒洋洋地在雨中走来走去，嘴上戴着口罩，但很听话。

接着出现的是一个身材瘦削、皮肤黝黑、留着胡子的男人。他拿着一个玻璃罐子，里面装着一只大蜈蚣。看到艾米丽死后不久，她的生物就被关进了监狱，考感到一阵愤怒。

后面又走出来了很多罪犯。一个灰白头发的矮胖中年男子，牵着

206

一只拴着皮带的猴子。猴子号叫着往后挣扎，但罪犯把它拽了起来。

"快点！"苍蝇之母不耐烦地说，"围成一个圆圈。"

前面的囚犯一个接一个地出来，每个人都带着自己的动物。系着绳子的小鸟、装在容器里的昆虫、在板条箱和笼子里的灵长类动物和狗。然后，一个在眉毛、鼻子和嘴唇上刺了几个洞的暴徒从后面走了出来，他抬着担架的一边。一头棕熊趴在地上，昏迷不醒。考意识到它可能来自动物园。这是否意味着苍蝇之母还控制着其他的生物——危险的动物，比如说老虎、鳄鱼和狼獾？如果它们在黑石城的大街上被放出来……那太可怕了，简直无法想象。

一名男子抬着熊的担架的另一边，他的前臂上缠着一条蛇。他们在直升机旁的屋顶上围了一个松散的圆圈。大雨倾盆而下，动物们狂吠不止。

最后来的是思特里克汉姆夫妇，他们的手脚被绳子捆在一起，笨拙地绊了一跤。一个骨瘦如柴的罪犯穿着一件松垮垮的监狱衬衫，拿着枪跟在他们后面。

辛西娅·达文波特大步走到囚犯和动物圈的中间。

"跪下。"那个瘦削的人咆哮着，用枪指着维尔玛·思特里克汉姆。

她没有服从。他踢了一脚思特里克汉姆先生。莉迪亚的父亲叫喊着瘫倒在地。

"放开他！"莉迪亚的母亲嚷道。

那个犯人笑了。"不放会怎样？等这一切都结束了，你和你的家人都死了，也许我将成为新的狐语者。你觉得怎么样？"

考战栗起来。那人威胁的还有莉迪亚，而不只是思特里克汉姆夫人。他突然明白过来了。没有野语者是安全的。去到动物园的所有野语者都中了埋伏……苍蝇之母迟早会把他们全部杀死，把他们的族群都灭绝了，这样她就可以在自己的控制下复活他们。皮普和克拉姆……所有阻挡她的人。

"你先来！"苍蝇之母用戴着手套的手指着那个长胡子的男人说，"来我这边。"

那人不安地走上前来。他看起来很害怕，考想。

苍蝇之母从口袋里拿出了那块午夜之石。考一看到它就皮肤刺痛。

"伸出你的手。"她命令道。

"会痛吗？"那人问。

她厌恶地翘起嘴唇。"我要给你和你那可怜的后代一个更好的命运。现在把你的手给我！"

那人吓了一跳，仿佛她打了他一巴掌，然后他照她说的做了。苍蝇之母把那块石头放在他手里。考看到聚集在一起的犯人都安静下来了。

"现在，拿着你的礼物，"她说，"触摸动物。"

他蹲下来，把罐子放在屋顶上，然后伸手进去。就在他的手指碰到蠕动的蜈蚣的那一刻，他的身体猛地一抖，仿佛被电流电击了一般，石头闪着白光。考也感到有什么东西穿入他自己的身体，像夏天的微风一样温和。

罪犯向后倒地，接触中断了。但空气中仍然弥漫着看不见的能量，这是石头中蕴含的古老力量的回声。笼子里的动物都吓得鸦雀无声。然后，罪犯摇了摇头，想清醒一下，他看了看罐子，皱了皱眉头。蜈蚣慢慢地移动着，从罐子的一边爬出来，消失在他的袖口里。它从他的衣领里钻出来，在他的脖子上爬来爬去。

他站起来，咧着嘴笑。

他重新回到罪犯的行列，人群中爆发出欢呼声。维尔玛·思特里克汉姆垂头丧气的。她的丈夫看上去很虚弱。

考绝望地看着这一切。

"下一个！"辛西娅·达文波特命令道。

一个头发油腻的十几岁女孩走了过来，戴着手套的那只手上站着一只金色的鹰。她几乎承受不住那只大鸟的重量。

她在石头旁坐下，一只狗开始朝着考的方向狂吠。他躲在直升机后面。他能做什么呢？派一群乌鸦去抢石头？不，他们没法靠近它。从另一堆聚集在一起的囚犯的喘息声中可以得知，鹰和女孩已经结合在一起了。考有鸦之喙。但如果他们中有人有枪……

他一动不动地坐着，吓得不知所措，因为越来越多的犯人接连不断地与动物结合在一起。

"下一个！"苍蝇之母喊道，"你！"

考又朝着陆点看去，正好看到了黑豹和卢曼。卢曼试探着伸出手指，黑豹用爪子向他猛扑过去。罪犯咕哝了一声后退了。

209

"继续进行吧！"辛西娅·达文波特说，"让它成为你的，你这个胆小鬼。"

卢曼伸手去摸那只黑豹的肩膀，亮光又闪现了。

考觉得手发痒，他低头一看，只见一只苍蝇在他的手腕上爬来爬去。

"我想我们有一位不速之客。"苍蝇之母说。

再也没有必要藏起来了。考走到外面的空地上。

当她转过身来面对他时，所有的犯人和思特里克汉姆夫人也都转过身来。

"考！"莉迪亚的妈妈喊道，"快跑！一切都结束了！"

囚犯们都面露困惑的表情，不安地看着辛西娅·达文波特。

她看上去一点也不担心。"乌鸦是固执的动物，不是吗？"她说。

囚犯们都笑了，但考依然站在原地。他感觉到乌鸦在等待着，越聚越多。他感觉到了它们积聚的力量。当那一刻到来时，他会释放它们的愤怒。

"那块石头属于我的家族。"考说，努力保持自己的声音平稳，"我是来拿回来的。"

苍蝇之母笑了。"不，你拿不走，乌鸦守护者，"她说，"你是来见证我的胜利的。"

第二十章

囚犯们开始从他们围成的圈子向考走去。卢曼旁边的那只黑豹已经没有了口罩，它的白尖牙闪着亮光。

"考！"思特里克汉姆夫人恳求道，"照顾好莉迪亚！这才是现在最重要的。"

苍蝇之母摇摇头。"别担心，考，"她说，"一旦你死了，我就会找到一个合适的人来接替你。"

囚犯们排成一列向前走，考往后退了几步，囚犯们的动物在旁边跳着、跑着、徘徊着、拍打着。

"嘿，那我呢！"嘴上穿洞的人在熊旁边说，"我还没有超能力呢！"

"你可以等着。"苍蝇之母说着，把那块午夜之石塞进了口袋。"感觉怎么样，考？"她问道。"你们乌鸦总以为自己是最伟大的野语者。我不知道强大的科瓦斯会把你变成什么样子。"

考记起他祖先的脸，以及其他人是如何向他寻求指引的。

"我不知道，"他说，"但是他会恨你，恨你所做的一切。他想保护野语者，而不是为了自己的利益而使用他们的力量。"

"是这样吗？"苍蝇之母问，"他从来没有保护过我的祖先，没有人保护过。这就是为什么我必须建立自己的盟友。新的野语者们知道苍蝇一族是值得尊敬的，不应该被嘲笑。"

"你跟别的犯人一样，就是个罪犯。"思特里克汉姆先生喊道。

苍蝇之母生气地向他扑来。"任何罪犯都能这样做吗？"

她猛地向他伸出一只手，苍蝇成群结队地飞到屋顶上，形成一个黑球，裹在他的脑袋上。思特里克汉姆先生倒在地上扭动着身体，考听到低沉的叫声。

"住手！"思特里克汉姆夫人喊道。辛西娅·达文波特抬起手，苍蝇嗡嗡地飞走了，莉迪亚的父亲喘着粗气。"只是教你丈夫一些礼貌而已，"她说，"我很快就有时间对付我所有的敌人。为什么这么着急呢？"

囚犯们慢慢地把考围成一个半圆，他们看起来嗜血而残忍。

"好吧，"苍蝇之母说，"你们还在等什么？用你的力量！"

长胡子的人把蜈蚣从脖子上拽下来，扔在地上。这只动物展开了将近两英尺长的身体，快速朝考跑去。

考还没来得及考虑清楚，格鲁姆就从空中飞卜米了。他用爪子抓起扭动的蜈蚣，把它带走了。

女孩把鹰放飞了。它威风凛凛地展开翅膀，至少有六英尺宽，翅膀下面的羽毛上点缀着白色的斑点。随着一声尖锐的叫声，它扑向考，它的爪子弯下来要撕扯他的脸。考惊慌失措地低下头，用一只胳膊护住头。鹰的爪子很轻易地刺穿他夹克的袖子，嵌进了肉里。考疼痛得大叫一声，还好他挣脱了。

可下一秒，这只拍打着翅膀尖叫的老鹰又扑到了他脸上，鸟喙像匕首一样猛刺考。考脱下夹克盖住了老鹰的头。鸟儿飞走了，它张开强有力的翅膀胡乱地飞来撞去，试图甩掉遮盖物。考伸出一只流血的手臂，乌鸦猛击这只凶禽。鸟儿成群结队地攻击，发出可怕的噪音。羽毛像雨点般落下，既有黑色的，也有棕色的。受伤的鸟撞在屋顶上，更多的乌鸦飞了过来。随着乌鸦无情地攻击，这只巨鸟变得越来越虚弱。

一声低吼吸引了考的视线。他看到咆哮的黑豹向前跳跃。乌鸦无畏地飞来，却被易如反掌地打翻在地。希默设法把利爪插进它的背上。黑豹没有放慢一点儿速度，她却被摔了下来。考看见另一只乌鸦咬住了它的下巴，黑豹猛地把头一甩，把它扔到一边。

考迅速后退，手心冒汗，直到到达屋顶边缘才停下来。黑豹逼近，考吓得呆若木鸡。这是因为——已经无路可退了。

黑豹一跃而起，与此同时，考也跳了起来。他将恐惧传导进身体，控制身体变成乌鸦形态。变身的痛苦既突然又强烈，快要让他窒息。他展开乌鸦的翅膀飞起来，那只潜伏的猫科动物什么也没抓到。考回头一看，只见那只黑豹朝着远处张牙舞爪。

一只手猛击着考的翅膀，把他打翻过来，然后把他从空中拽了下来。他撞到湿漉漉的屋顶上，很快他乌鸦的形态开始消失了，四肢又恢复了人形。卢曼抓住他的胳膊，愤怒使他的脸变得扭曲。

"我会让你为此付出代价的！"他说着吐了一口口水。

犯人们包围了他，拳头像雨点一样从四面袭来。考蜷缩成一团，说不清楚那些疼痛是从哪里来的。他看到靴子和挥动的拳脚，却无法阻止它们。他试着召集乌鸦，但他的注意力没法集中。关在笼子里的动物此起彼伏的号叫声从四周传来。裂开的嘴唇让考尝到血的滋味。一只拳头打在他耳朵上，他感到头晕目眩。

"放开他！"一个声音从远处传来，"马上！"

几拳又打了过来，但考周围的人开始散开。他虚弱地翻了个身，最后才召唤他的乌鸦。"救我……"

没有一只乌鸦飞来。

囚犯们向后退，考明白了其中的原因。在屋顶和天空中，成群的苍蝇团团围住了他的每一只乌鸦。它们挣扎着挣脱，他瞥见了它们的喙和翅膀。

辛西娅·达文波特身上也布满了苍蝇，从靴子一直到下巴。考连一点儿她的衣服都看不见。苍蝇爬满了她的头发，只有她的脸颊上没有虫子。她举起双手，她的身体也随之离开了地面。苍蝇抬着她，她像个黑影似的飘过屋顶，朝他移来。

"结束了，考。"她说，身体飘浮在半空中。

考用手肘支撑着自己，他的身体因疼痛而抽动，他的胳膊被老鹰抓伤了，两个鼻孔在流血。他的腹部也受伤了，他呼吸困难——可能是肋骨断了。

"你妈妈看到现在的你会感到羞愧的。"苍蝇之母悬在空中说，

"无数代乌鸦守护者保守了这个秘密，但总会有一个人失守——一个让这个家族败落的野语者。那就是你——杰克·卡迈尔克。乌鸦的时代结束了，现在是苍蝇坐上王位的时候了。"

"没有王位！"考说，"你只不过是一场瘟疫——你和你的苍蝇。"

"类似的话我听得还少吗？乌鸦守护者，"辛西娅·达文波特说，"肮脏，让人厌恶，不洁净。他们就是这么叫我母亲的，他们也一直这么叫我们。但是苍蝇是幸存者。我的军队将会追捕旧秩序的拥护者。哪怕苍蝇一族被报复，这座城市死去，我的孩子们也会从它的尸体中得到食物，变得更强壮。"

"然后呢？"考说，他又换了个姿势，皱了皱眉，"你和纺纱人没什么两样。你只是想要权力，不管它的代价是什么。谁想统治一座死城？"

"我一点也不像纺纱人。"苍蝇之母说。闪电从空中划过。"他是一个傲慢的傻瓜，遭遇了两次挫折。而我一路从底层爬上来，我为我所拥有的一切而奋斗，我比他强大多了，比他以往任何时候都要强大。"

考下定决心。哪怕他必死无疑，他也会反抗到底。"如果你这么说，我想蜘蛛永远比苍蝇强大。你所珍爱的生物都死在它们的网里了，不是吗？"

辛西娅·达文波特的脸上闪过一丝痛苦。她的苍蝇把她放了下来，形成一个黑色的波浪嗡嗡地飞走了。她把手伸进夹克，掏出一把枪。"是时候把你的天赋送给更有价值的人了,"她用枪指着他的头说,"很快就结束了,亡灵之地在等着你,乌鸦守护者。"

考闭上了眼睛。

第二十一章

砰!

过了一会儿,考才意识到那不是枪响。

他睁开眼睛,看到苍蝇之母正朝她身后看,楼梯井的门开了,门重重地撞在墙上。塞琳娜站在那里,喘着粗气。

"我不会让你这么做的。"她说。

"你以为你能阻止我吗?"她的母亲冷笑道,"你还只是一个孩子。你总是这么心软。你不配拥有我的力量。"

"我不要你的任何东西!"塞琳娜说,"阻止你的不是我。"她猛地把拇指甩过肩头,"是它们!"

几十只狐狸冲了进来,咆哮着。考以前从来没有在一个地方见过这么多狐狸。莉迪亚走在它们后面,两颊通红。

狐狸们向那个用枪指着它们女主人的骨瘦如柴的罪犯扑过去,她吓得直趔趄。然后,它们开始猛烈拉扯捆绑着维尔玛·思特里克汉姆和她丈夫的锁链。

"快救考!"莉迪亚的母亲命令道。其余的狐狸都跑上屋顶,向囚犯们跑去。囚犯们惊慌失措，纷纷后退，试图利用彼此作为人体盾牌。其他人四散开来，狐狸跟在后面。

考的内心又充满了希望。

"懦夫！"苍蝇之母说，"它们只是狐狸！"

几排苍蝇从天而降，它们一窝蜂地冲上屋顶，又分成了好几群，每一群都朝着维尔玛·思特里克汉姆的狐狸飞去。

苍蝇之母现在心烦意乱，考知道自己的机会来了。

他竭尽全力站起来，浑身一阵阵剧痛，但他还是站了起来，冲了过去。辛西娅·达文波特在最后一刻转过身来。考使劲朝她扑去，但转眼间她就不见了，变成了一团苍蝇，布满了他的脸。考瘫倒在地，听到背后咔嗒一声。苍蝇之母站在那儿，用枪指着他。

"你这次逃不掉了。"她说着用手指扣动扳机。

塞琳娜尖叫一声，跳上妈妈的背，把苍蝇之母弄得晕头转向。枪哗啦一声掉在地上，考扑了上去，但一只脚抢先踢了一下枪，枪掠过了屋顶。考抬起头来，看到穿着唇环的罪犯在嘲笑他。那人抬起一只脚，踩在他的头骨上，考看到鞋底隆起。

"哎呀！"这个罪犯叫喊着，一群乌鸦向他飞来，把他打得失去了平衡。

苍蝇之母在原地打转，还想抓住塞琳娜。"离开我！"她喊道。

"你再也不能命令我做什么了。"塞琳娜说。

辛西娅·达文波特瘫倒在地，接着她的身体上覆盖了成千上万只苍蝇，塞琳娜躺在地上喘不过气来。苍蝇之母离那支枪只有几英尺远，她捡起枪，塞琳娜挡在考面前。

苍蝇语者把枪放低了一点。"让开！"她说。

"你先开枪打死我！"塞琳娜说。

"别以为我不会。"苍蝇语者说，但考看得出她在犹豫。"过来吧！"他在召唤。所有乌鸦都将听命于他。

"那就这么办吧，"塞琳娜说，"我宁愿死也不愿是你女儿。"

苍蝇之母的脸猛地一转，举起了枪。"很好。"她说。

就在开枪的那一刹那，斯克里奇的利爪抢先落在辛西娅·达文波特的胳膊上。一颗子弹射到塞琳娜脚前的地上，她的腿从脚底开始抽动。她尖叫着用一只手抓住自己的胫骨。考冲到塞琳娜身边。血从她手指间渗出。"她对我开枪了！"她咬紧牙关说。

呜呜——呜呜——呜呜！

直升机起动了。卢曼坐在飞行员的座位上，其他人挤在后面。当他们挣扎着进入已经满员的直升机舱时，一些人的衣服上还挂着狐狸。他们把动物留在身后，任由它们在笼子里号叫、抓挠、挣扎。维尔玛·思特里克汉姆和她的丈夫被成群的苍蝇赶回到楼梯井附近，狐狸们被虫子折磨得狼狈不堪。

塞琳娜的母亲发疯似的摇了摇胳膊，扔下枪，甩掉了斯克里奇。

她看了看考和她的女儿，然后看了看直升机。"我以后再对付你们。"她厉声斥责那些逃犯。她把外套裹在身上，然后停了下来，手放在口袋里摸索，眼里充满了恐惧。"它在哪里？"

219

有一会儿，考不明白，但接着，塞琳娜张开她那血迹斑斑的手，露出了那块午夜之石。"找的是它吗?"她说。

"你怎么……"苍蝇之母说。

考知道是怎么回事了。塞琳娜趁在她妈妈背上的时候，把它偷走了。

"给我!"辛西娅·达文波特吼道。

"不可能!"塞琳娜说，"一直以来，你都在利用我，你假装关心我，你利用了我对你的爱，为了你自己的目的扭曲了它。现在我有了新朋友，我真的很在乎他们，你不能再伤害他们了。"

考站了起来，走到塞琳娜前面，面对着他的敌人。他感觉到乌鸦在他身后集结，他握紧拳头，召唤更多的乌鸦。他让自己能量蔓延过整个处于狂风暴雨中的城市，召集黑石城所有的乌鸦。

"你看，"他说，"你的朋友都在逃跑。"

苍蝇之母朝他笑了笑。"只要我和我的孩子在一起，我就不会孤独。"她闭上眼睛，向天空举起双臂。闪电再次划过夜空。考抬头一看，虽然雨似乎停了，但云层几乎全黑了。

然后，考心中一沉，意识到它们根本不是云——它们是苍蝇，成千上万的苍蝇。雨还没停——苍蝇聚集得太厚密了，倾盆大雨已经落不下来了。

"看，乌鸦守护者!"苍蝇之母叫道，"你还有很多东西要学。"

考回头，看见狐狸跑向楼梯间，莉迪亚和父亲躺在地上，双手护着头。思特里克汉姆夫人想站起来，可是苍蝇的暴风雨把她逼得跪了下来。塞琳娜拖着受伤的腿，半走半爬，朝防火梯走去。

直升机缓缓地上升，苍蝇之母的头发被风吹到脸上。然后直升机倾斜着，飞上天空，直到变成一个黑点，雷声淹没了它的旋翼发出的响声。

辛西娅·达文波特向考伸出一只胳膊，那只胳膊化为苍蝇，扑向他的脸。苍蝇包围了考的头，他捂住眼睛，集中所有的能量，变成乌鸦从屋顶上飞了下来。他张开翅膀，一阵风把他吹到三十英尺高空中。苍蝇之母笑着看着他，然后突然变成了一只苍蝇。她追上他后，又变成了女人的样子。

考派他的乌鸦去和她战斗，它们向她的身体冲去，张着喙猛啄苍蝇。她散开了，但很快又恢复了人形。考召唤了越来越多的乌鸦，连绵不断，一波接一波地袭击辛西娅·达文波特，速度如此之快，她几乎没有时间在下一次袭击前恢复体力。

格鲁姆飞过去，嘴里全是苍蝇。

"太多了，考。"它喘着气说。

希默领着其他的鸟，来回地飞着。考也加入了它们，在空中与苍蝇搏斗着，他几乎无法呼吸。他迅速地拍打着翅膀，向上扑腾着，直到冲破云层，飞进干净的空气里。他的乌鸦舌头尝到了臭氧和闪电的味道。他转过身来，让气流把自己托住。

考环顾四周，但他看不到辛西娅·达文波特。她是用苍蝇作掩护逃走了吗？他低头一看，几乎可以肯定昆虫比原来少了。苍蝇群似乎在自己的重压下溃败了，一群苍蝇掉进了一个巨大的漩涡里。

考用意念把他的乌鸦召集回来，它们飞起来和他会合。他凝视着苍蝇龙卷风的中央，那里干净的天空和下面的屋顶又清晰可见了。

他的血液结成了冰。

站在那儿的影子看起来像是辛西娅·达文波特。但她的高度看起来是原来的三倍，而且正飞速变大，越来越多的苍蝇从空中飞到它的四肢上，紧贴着它的表面，它的体积也在膨胀。这怎么可能呢？她一定控制着成千上万只苍蝇，编排着每一次飞行。

"嗯……你能打败她吗？"希默喃喃地说，在他身边盘旋。

考摇了摇头。在与纺纱人的战斗中，他控制了乌鸦群，但这一次战斗显然更有挑战。

巨大的苍蝇之母站在屋顶上，有两层楼高。皮肤和头发都是苍蝇，但她的脸的轮廓还是和以前一样，嘴角露出一丝微笑。

"看，这是真正的力量，乌鸦守护者！"她狞笑道。她的声音不是从嘴唇里发出来的，而是从全身发出来的，是一种奇怪的混杂着嗡嗡声的声音。她黑色的眼珠在眼眶里打转。

她重重地一挥手，把乌鸦像尘土一样击到一边。考派了一波鸟来攻击，它们一头扎进她黑黢黢的身体里，但很快就被苍蝇吞没了。考等着它们从另一边出来，但只有一半的乌鸦从昆虫的躯体中挣脱出来。

另一只巨大的手从他左边横扫了过来。

考收起翅膀，俯冲而去，只看见另一只粗壮的手伸向他，手指放出了一团密密麻麻的苍蝇。

他弯着嘴，刺穿了那团厚实的苍蝇，苍蝇乱糟糟地缠在他的羽毛里。他试图拍掉它们，但没有成功。苍蝇遮住了他的眼睛，堵住了他的嘴，使他的翅膀动弹不得。嗡嗡声充斥在他的脑海里，他没法集中注意力在别的事情上。他觉得自己控制乌鸦形态的能力正在减弱，透过苍蝇群中的缝隙，他看到了自己的手，在旋转的黑暗中显得那么苍白。然后他的头挣脱了——他的人形的头颅——他吸了一大口空气。

　　"原来你在这儿！"苍蝇之母咆哮道。

　　考又完全变回了人形，他被一只飞离地面的手抓住了。雨啪嗒啪嗒打在他的脸上。他翻滚着，但苍蝇把他抓住了，紧紧地黏着他，挤压着他的胸膛。即使是在恐惧中，他也惊叹于这些细小身体压在他四肢上的奇怪的感觉。在下面，他看见许多狐狸从屋顶上看着他。思特里克汉姆夫妇、莉迪亚和塞琳娜也在那儿，眼睛向上望着。那里一只苍蝇也没有。所有的苍蝇都被征召去为它们的女主人战斗。

　　"停止挣扎吧，考。"辛西娅·达文波特说。握着考的那只手更紧了，使他无法呼吸。这么小的生物怎么会产生这么大的力量呢？"你知道，在某种程度上，你母亲去世的时候我也在场，"她说，"我的苍蝇看着纺纱人杀了她。"考的心被激怒了。"她反抗得很厉害，即使情况对她不利，"那只手拖着考靠近苍蝇语者的脸，"她就像你一样，考，"那洪亮的声音说，"即使到了最后，她也没有准备放弃。哪怕在他的蜘蛛开始吞噬她的时候。"

考又试着挣脱，他的双臂用力挣开苍蝇的束缚，但是苍蝇像水泥一样硬。"我妈妈比你想象得更勇敢，"他说，脸上露出痛苦的表情，"就算你杀了我，其他人也会阻止你的。"

那张巨大的嘴笑了。"你知道，她临死前几乎就是这么说的。"

"她是对的！"考喊道，"我们杀了纺纱人。"

辛西娅·达文波特张大了嘴巴。苍蝇在里面排成了牙齿，一个巨大的滚动的球变成了她的舌头。她急忙把他拉向她的嘴里。考听到下面的屋顶上莉迪亚在尖叫。

她要把他活活吃掉。

黑暗笼罩着他，他只能听到饥饿的苍蝇的嗡嗡声。看不清哪条路是向上的，哪条路是向下的。苍蝇挤进了他的耳朵和鼻孔。他试图把嘴闭上，但他能感觉到它们倔强的身体在撬开他的嘴唇。他的眼睛绷得紧紧的，疼得要命。

不会这样结束的。他想起了他的母亲父亲在拼死保护他。他想起了守护午夜之石几百年的乌鸦一族。他想到了克拉姆、皮普和其他所有的野语者，如果苍蝇之母获胜，他们一定会死的。他感到异常愤怒。

恐惧和愤怒中传来一些声音。

"你在哪里？"

"他在里面吗？"

"我们该怎么办？"

乌鸦的叫声一声盖过一声，逐渐变得吵吵嚷嚷。

考感觉到它们的身体、翅膀、喙和爪子。它们在等候他，等候他的命令。

第一只苍蝇设法挤进了他的嘴里，其他苍蝇也紧随其后。它们爬过他的牙齿。考试图想象自己的身体像石头一样坚硬，不受伤害。他像在亡灵之地时一样，排除一切杂念，寻找乌鸦，他需要它们。

当苍蝇拥进他的鼻子上部时，他几乎要窒息了。

他首先发现了希默，他的意念包围着她。他低头看着辛西娅·达文波特的巨大身影。天空布满了等待的乌鸦。他召集到了离希默最近的一只，又召集了另一只。他每召集到一只乌鸦，就感到自身变得更加强大。他的意念好像一张网撒向所有乌鸦，他每召唤一只，就让它环飞在苍蝇之母周围。

苍蝇之母扭动着，用她的双臂猛烈地抽打。考召集了越来越多的鸟，直到它们在苍蝇之母周围形成了一堵旋转的墙。

苍蝇在他眼皮底下找到了出路。他的眼睛开始刺痛。苍蝇从他的牙齿挤进他的嘴里，不断爬进他的喉咙。

考抛弃了他的身体，任凭它们攻击，他把自己的全部意念都投入到乌鸦群中去了。一瞬间，他变成了成千上万只乌鸦。

"就是现在！"他喊道。

它们的翅膀一致地倾斜着，辛西娅·达文波特周围的龙卷风向它们逼近。乌鸦们一声尖叫，张开喙撕咬她的蝇肉，剥下她的皮，用爪子和喙把它们咬得粉碎。考集中所有精力让乌鸦群聚在一起，

225

保持他们的势头，让这个团体更牢固。他听到一种奇怪的嘶嘶声，是从苍蝇巨人深处传来的绝望的痛苦喊声。她没有办法阻止乌鸦在她身上啄来啄去，每秒钟都会感到成千上万处地方在刺痛。到处都有很多乌鸦在不停地移动。

考透过乌鸦的眼睛看到了一切，一片漆黑。他感到它们的翅膀被苍蝇沉重地压着，他的力气很快就消耗殆尽了。一种模糊的、超然的意识告诉他，他的身体正在失去意识。如果他死了，鸦群也会消失。

他不能让这件事发生。

他用尽最后一点力气，指挥乌鸦群冲向她的心脏。

第二十二章

考失去了控制。他听到一阵痛苦的呻吟，他弄不清这是他自己的声音，还是暴风雨的雷声。他感到身体变成碎片掉落，被抓住后又被松开，这样那样地翻来覆去，就好像是从一棵茂密的树上滚下来。

然后是清新、寒冷的空气……

他撞到了一个坚硬的东西，他的头砰的一声落在一束白光中。他无法呼吸，抱着双膝打滚，胸口因缺氧而剧烈起伏。他的眼睛痛得无法睁开。然后，在他的肠子深处噎住的东西往上涌，他无助地干呕着，一大口死苍蝇飞落在面前的地上。

他过了一会儿才意识到自己又回到了屋顶上。

痛苦的呼喊声在屋顶上回荡。

考抬头一看，苍蝇之母还在空中盘旋，疯狂地扑腾着。他一定是从她内心深处掉下来的。随着每一声哀号，她的身体在萎缩，苍蝇也抛弃了她。乌鸦仍在攻击她，无情地撕咬着她的身体。最后她停止了挣扎，掉落下来。一群苍蝇撞向屋顶，冲进黑夜，留下一具趴在地上的人的躯体，是辛西娅·达文波特。

乌鸦在她头上盘旋，等待着考的命令。

考站起身来，摇摇晃晃地走向她，把鸦之喙从后背拔了出来。他身体虚弱，头晕目眩，但他的怒火却猛烈地爆发了。他的手似乎有自己的意志，把剑指向她的身体。考想要刺穿她那颗黑心。

但他停了下来。塞琳娜的母亲躺在地上，蜷缩着身子，不省人事。她那昂贵的衣服被撕得粉碎，她的皮肤上布满了乌鸦袭击留下的流血的伤口。她的头发有几处被扯掉了。

屋顶上传来了奔跑的脚步声。

"妈妈?"塞琳娜说。她蹲在辛西娅·达文波特身边，她的脸被泪水打湿了。

愤怒的考匆忙离开了。不管苍蝇语者多么残忍邪恶，她仍然是一位母亲。鸦之喙无力地垂在他手里。他不能让塞琳娜像他一样成为孤儿。

思特里克汉姆夫人带着她的狐狸走了过来。考不知她会怎么做，但她只是把两个手指放在苍蝇之母的喉咙上。

"她还活着，"她说，"还有一点气。"考不知道她是高兴还是悲伤。

思特里克汉姆先生正在打电话。"……是的，没错。维罗纳塔顶，屋顶上，是的，不，受伤的是局长。尽可能多派人来。"

莉迪亚走到考的身边。"你没事吧?"她问道。

考摇摇晃晃地退了几步，把他的重量靠在她身上。"我还好。"

他说。他抬头瞥了一眼仍聚集在天空中的乌鸦。"谢谢它们。"

希默和格鲁姆飞下来，加入它们。

"我太老了，不适合干这个了。"格鲁姆说。

塞琳娜抬起头来。"她会好起来吗？"

"但愿不会。"希默喃喃地说。

"救援来了，"思特里克汉姆先生说，"他们会尽力而为，但是……她得被关起来，你知道吗？她做了这么多……"

塞琳娜点了点头。她的脸色变成了死灰色。她试图站起来，但她的脚崴了。考急忙去接住她，但还是晚了一步。她伏在母亲身上，午夜之石从她手里掉了下来，轻轻地闪着光。

"塞琳娜？"考说。

她闭上眼睛，没有回答。当他抱着她的头往下看时，发现她的腿被血浸透了。"塞琳娜？"他又说，"等一等。"

远处，救护车的汽笛声在夜空中回响。

第二天下午的阳光灿烂，考透过思特里克汉姆先生的车窗，望着这座城市嗖嗖地在眼前闪过。他的眼皮很重，想要闭上眼睛，他的身体又重又痛，但他庆幸自己依然活着，能感受到疲乏。昨夜的暴风雨过后，一切看起来都干净了许多。普通人都在忙着自己的事情，大步走向工作岗位，在人行道上牵着手，在咖啡馆里喝咖啡。就在几个小时前，没人知道黑石城离灾难有多近。

而且，没有人注意到三只乌鸦跟在汽车的后面，汽车正穿过这座城市。格鲁姆、希默和斯克里奇在他的视线里飞进飞出。

"你还好吗?"坐在他旁边的莉迪亚问。

"只是在想,"他说,"只要几个坏人就能把一座城市打垮。"

"只有几个好人参加了这场救援。"莉迪亚笑着说。

"还有几千只乌鸦。"

"我们快到了。"思特里克汉姆先生从驾驶座上说,这时他们拐了个弯,朝那座废弃的动物园走去。"莉迪亚和我在外面等着。"

"呃……我不想在外面等着!"莉迪亚说。

"亲爱的……"她父亲说。

"爸爸,我要进去。"她说。

他们把车停在了动物园的门口,也就是陈前天载他们到的地方。维尔玛·思特里克汉姆已经到了,狐狸们聚集在她身边。她走在前面是为了把发生的事告诉大家。莉迪亚的父亲一上午大部分时间都待在市议会的办公室里,经过一番讨论之后,他又重新当上了监狱长,他的第一个行动就是把那些无辜的野语者放出来——这不是件难事,因为市政府没有逮捕他们的记录。

辛西娅·达文波特穿着紧身衣被带走,胡言乱语地说着苍蝇和乌鸦。

他们下车时,考注意到思特里克汉姆先生还在车里。他的妻子紧张地看了他一眼。

"爸爸,求你了。"莉迪亚说。

"这不关我们的事。"他说,双手放在方向盘上,直视前方。

"你怎么能这样说？"莉迪亚答道，"经历了这一切。"

思特里克汉姆先生转向她。"我们需要把它抛在脑后，"他说，"回归到一个正常的家庭。"

莉迪亚叹了口气。"爸爸，我们不是一个正常的家庭。妈妈是一个野语者。这意味着有一天我——"

"够了！"他厉声说，"我不能阻止你进里面去，但我不想再和那些人打交道了。"

莉迪亚转过身去，几乎要哭了，走到考和她母亲身边。维尔玛·思特里克汉姆用胳膊搂住女儿。

考有些震惊。回到这里真奇怪，苍蝇之母曾经在这里设下了埋伏。

"你们快来吃晚饭吧。"思特里克汉姆夫人对他说。

"思特里克汉姆先生会同意吗？"考问道。

思特里克汉姆夫人耸耸肩。"他一定会的。我们都需要适应。也许你和我可以在公园里一起训练，我不介意你教我几招。"

考几乎说不出话来。这是维尔玛·思特里克汉姆吗——黑石城的狐狸语者——真的在征求他的意见吗？

"当然，如果你太忙的话……"她继续说。

"不是，不是！"考说，"这是我的荣幸。如果你……我的意思是，无论何时。"

"来吧，"莉迪亚笑着拉着他的手说，"你让我很尴尬。"

当他们走进老企鹅馆的时候，考很高兴，他看到克拉姆和皮普肩并肩地等在那里。克拉姆正在给他的鸟儿们喂面包屑。

"你们在这里!"考说着跑过去拥抱他俩。但当他走近时,脚步放慢了。克拉姆看上去很严肃,皮普盯着地板。也许他们还在为被关起来而生气,他们完全有权利这样做。

"你看起来像个破坏大王。"克拉姆粗声粗气地说。

考耸耸肩。他的夹克有几处被老鹰的爪子撕掉了,裤子上满是屋顶上的灰尘。"那是一个漫长的夜晚。"

"你应该试试和其他二十个野语者关在一个冰冷的没有厕所的牢房里。"

考清了清嗓子。"瞧,我很抱歉。我……"

克拉姆笑了,张开双臂。"到这里来,孩子。"

他拥抱克拉姆,松了一口气。克拉姆抱着考,"我真为你骄傲,考,"他说,"我们听说了你在屋顶上的事。"

"还是你自己告诉我们吧,"皮普习惯性地跳来跳去说,"我们听说你控制了一万只乌鸦!"

考红着脸。"我以为我再也见不到你们俩了,"他说,"当我们得知苍蝇之母计划创造新的物种时,我想她会……"一想到可能发生的灾难,他就感到 阵恶心。

"在监狱里待了几个小时,这就是我们所遭受的一切,"克拉姆说,"有些人的情况更糟——至少皮普的老鼠可以溜进厨房,给我们偷一些食物。"

皮普害羞地笑了笑。"那么,你真的一个人打败了苍蝇之母吗?"

"打扰一下!"斯克里奇拍打着翅膀说。

其他的乌鸦也加入了抗议,发出疯狂的叫声。

"我可能有一点帮助,"考笑着说,"当然,如果没有之前所有的训练,我是不会有机会的。"

克拉姆在他肩膀上打了一拳,考吓了一跳。

"我觉得你太谦虚了。"鸽语者说,"维尔玛告诉我们你做了什么。我真希望我能看到那个女人得到她应得的。还有她的女儿。"

考一想到塞琳娜,就很心痛。他想换个话题。

"听着,"他说,"我一直在想……关于教堂的事。"

皮普看起来忧心忡忡。"你会回来的,是吗?"

考笑了。"嗯,这就是我一直想知道的。我真的有一座房子,你们知道吗?而且屋顶上也没有洞。"

几只散乱的鸽子鸣叫着表示抗议,直到克拉姆伸出一根手指。"安静点,你们这些家伙。他不是那个意思。"

"那里怎么样呢?"考说。

克拉姆的嘴弯了下来。"嗯,如果你愿意住在那里,我不能阻止你……"

"不是!"考说,"不只是我——我们三个。你和皮普也是。我的意思是,需要打扫清理一下,但是……"

克拉姆退了几步。"什么?我吗?住在真正的房子里?"

"哦,我们可以吗?"皮普说,一边拽着他的胳膊,"想想看!

卧室，厨房，厕所。我们就像是一个真正的家庭。"

克拉姆犹豫了一会儿，然后咧嘴一笑，"你这样说……好吧，我们接受！"

一只狼溜进围栏，然后躺在一片阳光下。接着拉克伦走了进来，推着坐在轮椅上的松鼠语者玛德琳。考很高兴再次见到她，她对他热情地笑了笑。其他的野语者也来了。经过上次动物园事件，考认出了他们，但除此之外还有更多新面孔。不久，圈地里挤满了男人、女人和孩子，有老有少。蜜蜂语者阿里一如既往地穿着黑色的西装，看上去就像刚从办公室出来吃午饭。鸟儿在头顶上飞来飞去，停在了栏杆上。考注意到一只猫正坐在布告栏旁边——弗雷迪。考扫视了聚集在一起的野语者的脸庞，菲利克斯·贵格不在其中。

"那么她现在在哪儿呢？"拉克伦咆哮道，"苍蝇之母在哪儿？"

维尔玛·思特里克汉姆举起一只手来，安抚那只野狼。"她被送到了黑石城另一边的精神病院。"

"精神病院！"拉克伦说，"她应该被带到这里来，接受野语者的审判。"

"她现在没有威胁了，"思特里克汉姆大人说，"她在试图打败考的时候太过用力，现在她和苍蝇的联系已经断了。警察围捕了她在公寓里养的动物。他们正试图追踪直升机，寻找逃犯。与此同时，我丈夫让最高安全警卫每天 24 小时监视她。"

"你的丈夫吗？"阿里说，"一个非野语者吗？他知道些什么？"

"他已经看到了她的能力，"思特里克汉姆夫人说，"她不会再伤害任何人了。"

野语者发出不满的咕哝声。

"这还不够。"拉克伦说，走向莉迪亚的母亲。她的狐狸咆哮着，而他的狼的鬃毛则凶恶地竖起来。"把她交给我们，"他说，"我们会处理她的。只要她还活着，这座城市就不安全。"

"我们不能杀了她。"考说。

"她差点把我们都杀了！"狼语者说。

"但是我们比她强大。"考说。

抱怨声渐渐平息下来，但人们看起来还是不高兴。

"考对辛西娅·达文波特的怨恨不亚于我们任何人，"思特里克汉姆夫人说，"如果他能控制住复仇的欲望，那么我们也能。"

考看了思特里克汉姆夫人一眼，又看了莉迪亚一眼。就连她们也不知道他有多想杀死苍蝇之母，他想起了自己爆发的愤怒，以及鸦之喙即将发出致命一击的感觉。他知道，阻止他的不仅仅是她毫无反击能力这一事实，是塞琳娜。他不能夺走她母亲。当她醒来的时候——无论什么时候苏醒过来——他不希望听到她也是孤儿的消息。这就是纺纱人给他造成的痛苦，他不会把这种痛苦加在别人身上。

考弯下腰来，对着维尔玛·思特里克汉姆小声地说了几句。

"我想去医院。"他说。

第二十三章

黑石城总医院位于城南，是一座阴森可怕的综合医院。陈让考和莉迪亚在主楼前下车，告诉他们他会在停车场等候。考让他的乌鸦也在外面等着。

"医院不允许鸟进入。"他说。

"那是偏见。"格鲁姆抱怨着。

他们朝医院门口走去，陈在后面喊住他们。"嘿，考，"他说，"谢谢你为我们所做的一切，你救了我们。"

考脸红了，转过身去。

"你得习惯才行，"莉迪亚咕哝着说，"你现在是个野语者英雄了。"

考咧嘴一笑，直到他想起他们为什么在这里。"我希望她没事。"

莉迪亚也笑了，但什么也没说。考不知道她对苍蝇之母的女儿有什么想法。

"你的家人吗?"当他们到服务台找塞琳娜·达文波特时，接待员问道。

"不是，"考说，"她是我们的一个朋友。"

"恐怕只有家人才能——"

"她一个家人也没有，"莉迪亚说，"她爸爸走了，她妈妈住在精神病院。"

"哦，好吧，"接待员说，看上去很尴尬，"让我看看我能做些什么。"

她打了一个简短的电话，然后把他们领到少年监护病房。

走廊太亮了，考不喜欢，他看到几个护士用奇怪的眼神看着他破旧的黑色衣服。他们终于到了病房，看到玻璃幕上的窗帘被拉开了，根本看不见里面。考做好了最坏的打算，他推开了门。

里面只有一张床，百叶窗也关着，房间里的光线比较暗。塞琳娜靠在几个枕头上，穿着医院的长袍。一位护士正在检查她的吊针。

"哦，你好，"护士说，"接待处说你们马上就来。恐怕还是没有反应。"

塞琳娜胳膊上拖着输液管和线，她腿上的枪伤包扎得很好，她闭着眼睛。医疗设备发出有规律的、缓慢的声音。

"你知道她怎么了吗？"考问。

护士久久地看着塞琳娜的脸，很安详。"医生们正试图解决这个问题。她的血液中有某种毒素，一种感染，但他们正在努力识别它。对于枪伤来说，这很奇怪。"

护士在床尾的写字板上做了一些笔记。"她的求生意志很强烈。我希望不久能有好消息。"护士收起笔，离开了房间，关上门，留他们在里面。

莉迪亚和考走近病床上生病的女孩。

"我有很长一段时间不相信她，"莉迪亚说，"但我想她最终证明了自己。"

考坐在床边。塞琳娜的脸看上去有点肿，她的眼睑是苍白而病态的淡紫色。

"是她母亲的错，而不是她的错，"他说，"塞琳娜？"他低声地喊道。

没有回应。

门又咔嗒一声开了，他抬起头来，希望能看到另一名医务人员。但那是一个穿着橙色灯芯绒裤子和鲜亮紫色夹克的男人。

"菲利克斯！"莉迪亚气喘吁吁地说。

贵格的眼睛很快地扫视了塞琳娜和莉迪亚，看看考，又看着自己的脚，"我打扰到你们了吗？"他问道。

考对贵格感到愤怒，因为他没有早点告诉他午夜之石的真相——但是他设法把自己的怒气压了下来。"请进。"他说。

贵格紧张地摸了摸他的小胡子，捻着发梢。"我想道歉。"他平静地说。

考想不出该说什么，于是问他："你去哪儿了？"

贵格耸耸肩。"猫总能找到藏身之处。"他回答说。

238

他慢慢地走进房间。考注意到莉迪亚冷冷地瞪着他。

"我听说了屋顶上发生的事，"猫语者说，"我今天甚至派弗雷迪去开会，虽然我自己没来。"

"为什么没来呢？"莉迪亚恶狠狠地说，"怕有人对他们中间的胆小鬼不友好吗？"

贵格咽了一口唾沫，双手合十。"你说得很对，我的姑娘。我有敏锐的求生本能，你可以把它叫作懦弱。我知道那块午夜之石，也知道苍蝇之母多想得到它。我不是一个战士，不像卡迈克尔家族。"

"如果这就是你道歉的理由，"莉迪亚说，"那你就没必要来打扰我们。"

也许不应该这么麻烦。

贵格谦恭地点了点头，准备转身。

"不，等等，"考说，"我想知道——你是怎么找到午夜之石的？在科瓦斯时代，所有的野语者都签署了一份契约，要带着这个秘密死去。难道猫语者违背了诺言吗？"

贵格摇了摇头。"不是那样的，"他说，"永远不要低估历史学家的韧劲。"

考皱起了眉头。贵格把手伸进夹克，拿出一小卷羊皮纸。当猫语者打开它时，考凭借在布莱斯洞穴里的记忆认出了它。字迹已褪了色，考无法辨认这些歪歪扭扭的字母，但底部潦草的签名引人注目。他拿起羊皮纸，靠近看。

布莱克·科瓦斯。

"这是保密的誓言!"他说。

贵格微微笑了笑。"多年来,我一直收藏着这个,"他说,"我不知道这是不是真的,但我怀疑。"

考皱起了眉头。似乎有什么不对头的地方,他想起了布莱斯洞里的另一个景象,就是他母亲把石头让布莱斯保护的那个景象。她的话仍然非常清楚地印刻在他脑海里。

"蜘蛛语者知道它的存在。"

但怎么知道的呢?除非……

他的血变凉了。

"菲利克斯,"考说,"你告诉纺纱人那块午夜之石的事了吗?"

菲利克斯骄傲地挺直腰板了。"我当然没有!"他说,"我也许不是黑石城里最勇敢的野语者,但我不是叛徒!"

"对不起,"考说,"我不应该……"

"不,不,"贵格说,"我明白你为什么这样说。事实上,我不知道他是怎么知道的。如果我知道,我就会警告你妈妈他要来找她。她是个……好女人。"

他低下头,房间里一片寂静,只有呼吸器的声音打破了寂静。

"我埋葬了他们,你知道。"老人低声说。他抬起头。他的眼睛里涌出了泪水。

"什么?"考说。

"是我找到了你的父母,"贵格说,"好吧,是猫找到的。我把

240

他们的尸体带到墓地，我自己给他们挖了坟墓，就在亨利·怀斯旁边。"

考觉得他的心好像在挣扎着跳动。"谢谢你，"他嘶哑地说，"还有弗雷迪项圈上的留言。没有你的帮助，我们不会找到布莱斯的。"

贵格轻快地点了点头，擦了擦眼睛，擤了擤鼻涕。自从进入房间以来，第一次注意到了塞琳娜。"这是她的女儿，是吗？"他问道，"苍蝇一族的女继承人。"

考走到床的尽头，拖出了写字板。他扫视了一下字迹，但大片的长篇大论对他来说毫无意义。"他们说不知道她怎么了，她的血液里有某种毒素。"

贵格抽搐了一下，突然警觉起来。"毒素？我以为她中枪了？"

"是的。"莉迪亚说。

贵格皱起了眉头。"哦，恐怕医学不是我的专长。"他似乎又回到了老样子。"如果可以的话，我要离开了。经过市警察的野蛮扫荡之后，我的房子需要好好整理一番。"

"当然。"考说。

"再见，菲利克斯。"莉迪亚在他背后翻着白眼说。

"再见。"猫语者说。他转身就走了。

他关上门后，莉迪亚走到考身边，摸了摸他的胳膊。"你还好吗？"她说，"你知道，关于你父母的事？"

考耸耸肩。"那是很久以前的事了，不是吗？"莉迪亚轻轻地笑了。

"你能让我单独待一会儿吗？"他问道。

莉迪亚犹豫了一会儿才点点头。"我们在外面见。"

她走后，考把自己疼痛的身体靠到塞琳娜床边的椅子上。

那是很久以前的事了。他不记得父母在世时的事，甚至在亡灵之地与他们相见的记忆也渐渐淡去，就像一张被太阳晒得褪色的照片。

但是他永远不会忘记他们为他的生存所做的牺牲。他永远也不会轻视母亲传给他的野性力量。如果他们现在看着他，他知道他们都会感到骄傲的。

考把手放在口袋里，那块午夜之石还在那里，包在手绢里。他不会再碰它，也不会让别人碰它。乌鸦一族没有失言，他没有辜负布莱克·科瓦斯几百年前许下的诺言。

他望着躺在床上一动不动的塞琳娜。她是野语者之间战争的牺牲品，就像以前的许多人一样。他意识到，还会有更多。纺纱人死了，苍蝇之母失去了她的苍蝇。但克拉姆是对的——邪恶暂时平息，但不会永远死去。当它再次醒来时，考和他的乌鸦们已经准备好面对它了。

他把手放在塞琳娜的手上。

"对不起。"他平静地说。

唯一的回答是医疗设备上发出的哔哔声，那是她柔和的心跳声。

③黑色的遗产

动物召唤师

[英] 杰卡斯·格瑞／著 　阳亚蕾／译

长江出版传媒｜长江文艺出版社

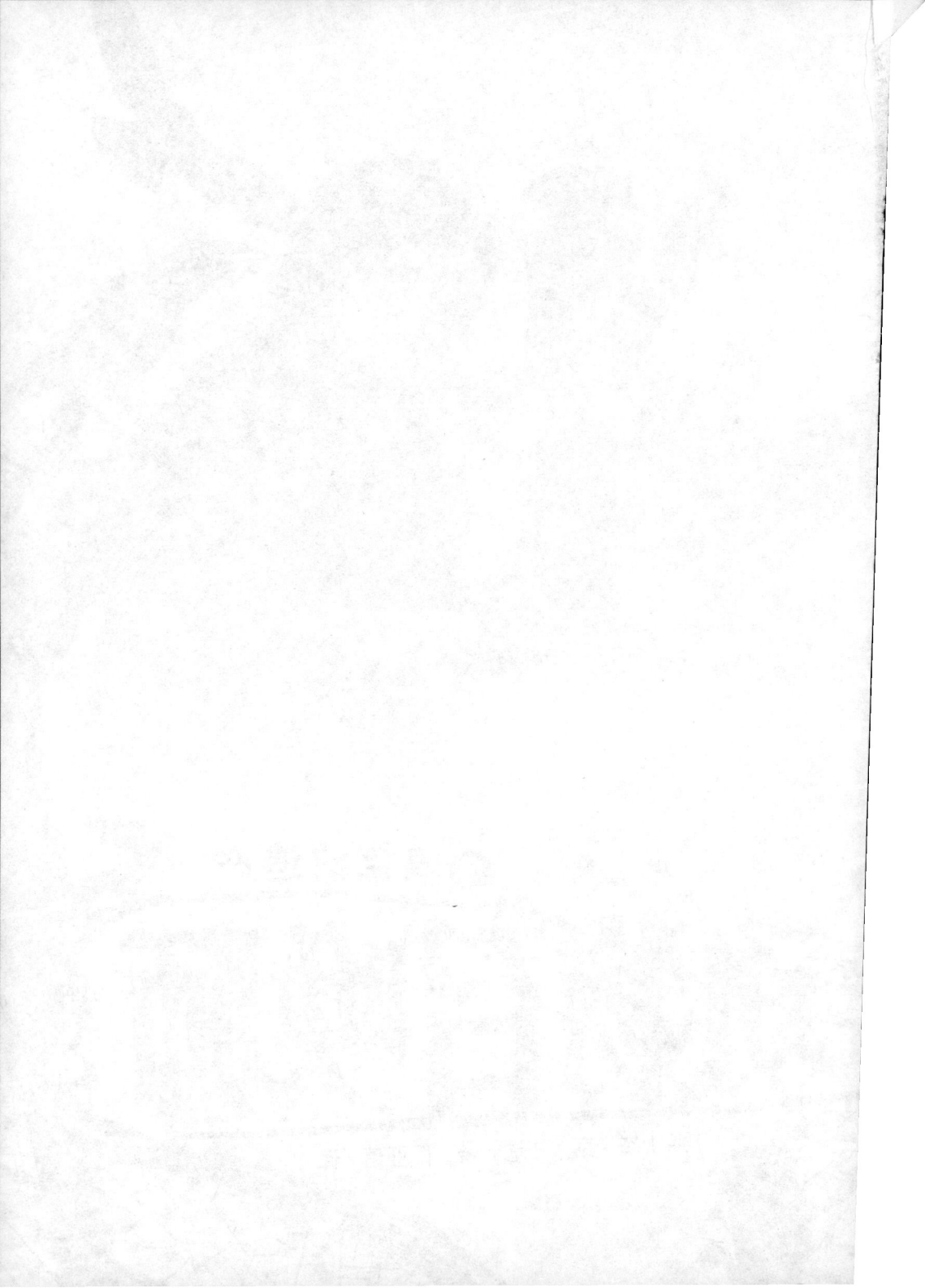

第一章

"他们不知道,"考想,"他们不知道自己处于多危险的境地。"

尽管已经浑身湿透,他还是拉起衣领,朝街对面望去。由于天气恶劣,这里很安静,但仍有几个人在忙他们的事。一个穿着深色西装的男人在滴水的雨棚下吃三明治。汽车嗖嗖地驶过光滑的马路。一个男孩牵着妈妈的手,冲进一家鞋店躲避大雨。

雨已经下了好几天了,但低低的灰色云层没有消散的迹象。街道被水浸透了,考站着的屋顶上到处都是水洼。他低头看着在旧衣箱里找到的旧运动鞋,雨水早就渗透到布料里去了,他的脚趾发出咯吱咯吱的响声,他从小经常被雨淋湿,所以这点儿雨不算什么。他在黑石城公园的鸟巢里长大,多少次暴风雨洗刷这座城市,撕毁鸟巢的防水帆布,他都挺过来了。如果鸟巢修不好,考和他的乌鸦们就会缩成一团,任凭风吹雨打。他讨厌下雨,但他知道它会过去的。

"我都快忘记太阳是什么样子了。"斯克里奇抱怨道。乌鸦中最年轻的那只正坐在屋顶的栏杆上,竖起羽毛保护自己不受雨淋。另外两只鸟停在他身旁。

"也许我们该回家了。"格鲁姆满怀希望地说。他的喙搁在胸前，闭着眼睛。

希默歪着头。"别抱怨了，"它说，"一点儿雨水对你来说造成不了多大伤害。"

在下面的街道上，来来往往的人看到这三只乌鸦，都会觉得很平常，考想。除了野语者之外，没有人会意识到这个男孩能听懂乌鸦的话。

"克拉姆让我们在这里等着，他去侦察银行了。"考边说边朝街对面的大楼点了点头。

"黑石城有二十家银行，"格鲁姆说，"他们找到这家银行的概率非常小。"

考耸耸肩。

"如果你愿意，我可以下去看一看。"希默说着不停地跳来跳去。

考想了想。他们的敌人可能在下面，如果他们看到一只行为怪异的乌鸦，可能会惊扰到他们。

他不知道是否应该让希默去一趟医院，让它从窗口看看塞琳娜的情况，至少这能让它有事可做。它会听从命令的，尽管它不是很喜欢苍蝇之母的女儿。真的，除了考之外，没有人喜欢她。但是塞琳娜·达文波特是因为他才住院了——她为了救他的命吃了一颗子弹。

在达文波特局长公寓楼顶上发生那场战斗后的两周里，塞琳娜躺在黑石城医院的病床上昏迷不醒。医生不知道她为什么没有醒来，他们认为这可能是因为某种毒素感染。考的朋友，鸽语者克拉姆，说如果她永远醒不来的话会更好。考没有搭理他。不管别人怎么想，塞琳娜都是他的朋友。她曾在最重要的时候支持他。

"喂？"希默说，"主人，你说呢？我可以在这个街区看看，没有人会看到我的。"

"好吧，"考说，"小心点。"

希默起飞了，展开翅膀低低地滑翔着，慢慢地从视野中消失了。考稍后会让格鲁姆去医院看看。过了这么多天，应该会有好消息。

他听到吱吱声，转身看见了年轻的鼠语者皮普，还有瘦长的克拉姆正从太平梯上爬上来。

"是时候了。"格鲁姆说。

克拉姆撑着一把破旧的伞，皮普站在他身边，他们匆匆穿过屋顶。

一只鸽子笨拙地落在克拉姆旁边。

"小心，伯宾。"鸽语者说。尽管打着伞，他棕色的头发还是湿漉漉地散落在前额上，蓬乱的胡须上还沾着水珠。"就是这个地方。"

考朝街对面的黑石城储蓄银行富丽堂皇的大楼望去。

"你怎么知道？"他说，"一切看起来很正常。"

"那个经理是个野语者。"皮普急切地说。鼠语者穿的防水夹克至少大了三个尺码，一直垂到他的膝盖。

克拉姆点了点头。"匹克威克——麻雀守护者。也许这就是为什么逃犯选择这个银行——他们不只能得到钱，还能反击阻止他们的野语者。"

考的心跳加速。他知道他们的敌人是多么残酷。几周前，苍蝇之母释放了黑石城最危险的囚犯，并利用午夜之石的力量，将他们变成了一支新的野语者大军。她赋予了他们每个人控制一种动物的超能力，作为执行她的命令的回报。

考或许在公寓的屋顶上打败了局长，但是她的野语者军队仍然逍遥法外。整个城市的犯罪率都在上升，罪犯们拥有的超能力使情况变得更糟，盗窃、袭击、破坏公物……报纸上刊登了一些关于动物在犯罪现场的奇怪轶事——一群秃鹫突然袭击市政厅，电影院里有大群浣熊出没——但是警察没有把这些事件联系起来。考不能责怪他们——他们不知道野语者的存在。

就在今天早上，一家赌场遭到抢劫，两名警卫当场身亡，他们的喉咙被人割破——这是卢曼干的，新的黑豹语者。不幸中的万幸，皮普的两只老鼠正好在现场，无意中听到了他们要抢劫银行的计划。

考握紧了拳头。当罪犯掌握了他们的野语者力量，他们只会变得更加残暴，必须阻止他们。

"我们应该让其他人知道吗？"考问道。思特里克汉姆太太和其他几位优秀的野语者都在黑石城各处站岗，监视着银行。

克拉姆摇了摇头。"他们仍有可能抢劫另一家银行。恐怕这次得靠我们自己了。"

"匹克威克准备好了吗?"考说，低头瞥了一眼他的武器鸦之喙。乌鸦一族的黑色短刃剑挂在考的身侧，鞘是用一个旧皮包的剩料做成的。

"匹克威克不是一个斗士，"克拉姆说，"他甚至很少和他的鸟说话了。但是他会把无辜的人群驱赶走。"

考觉得野语者不使用他的超能力，而去过正常人的生活是件很奇怪的事。考从来都没有过过正常人的生活。

希默突然飞过来，发出一声紧急的尖叫。

"他们来了!"她说，"往东过五个街区，一辆黑色货车在红绿灯前停了下来。"

"干得好。"考说。他转向克拉姆和皮普。"他们快到这里了。"

克拉姆挥了挥手，鸽子从周围的建筑物里成群结队地飞向他。皮普斜靠在屋顶的边沿上。考听到楼下街上传来一声尖叫，他低头一看，只见一个小女孩钻进妈妈的怀里。一群老鼠从排水沟里钻出来，涌向马路，路人纷纷往后跑。

皮普咧嘴一笑。"既然有了一两只老鼠，谁还需要一只黑豹呢?"

他轻轻一挥手，就把一大群老鼠引到银行的台阶上。它们庞大的体积足以推开自动门，鼠群冲了进去，顾客们尖叫着跑出来。片刻之后，一个头发花白、西装革履、戴着眼镜的小个子男人跟了出来，不停地道歉。他抬头向屋顶微微行了个礼。

克拉姆点了点头。"我们下去吧。"

"把其他人叫来。"考说，乌鸦们都飞走了。他飞快地跑向防火梯，双手抓住栏杆滑下去，肾上腺素在他的血管里涌动，他跳到了下面的平台上。他跑到下一个楼梯，再次跃起，几秒钟就到了地面上。然后他飞奔过马路。因为突然冒出一大群老鼠，再加上恶劣的天气，人行道上几乎空无一人。

匹克威克先生看见考来了，眯着眼睛。"对不起，关门太早了，"他说，"有害虫侵扰。"

"我是乌鸦守护者。"考急切地说，"我们必须在罪犯的货车到达前进去。"

老人怀疑地上下打量着他。

"他和我一起来的。"上面传来一个声音。克拉姆和皮普被几十只鸽子簇拥着，在雨中盘旋。

他们降落后，匹克威克先生苦笑道："我搞错了。进来，快。"

这是一家装潢古典的银行，木质柜台上镶嵌着青铜浮雕，一面墙上挂着一幅巨大的油画。空气中弥漫着地板抛光剂的味道，唯一的声音是匹克威克先生的员工匆忙穿过后台办公室时传来的脚步声。

"我们怎么锁门？"考看着他们身后的玻璃板说。

"左下角有一个开关。"匹克威克先生说。

考在一个透明的塑料盖下找到开关，按了一下。厚重的玻璃门滑动着关上了。

"玻璃是防弹的。"匹克威克先生说。

"打电话给警察。"克拉姆说。

正当银行经理从柜台上拿起电话听筒时，一辆黑色货车在外面的台阶旁紧急刹车停了下来，考的心不由得惊了一下。他认出了平头的司机，那人肌肉发达的胳膊上有蓝色的监狱文身，是卢曼。罪犯睁大了眼睛，俯身往银行里看，他看见了考。他咧嘴笑了笑。考紧抓了他的剑柄。

货车的后门突然打开，一个剃了光头、嘴唇穿洞的女人跳了出来。考记得在屋顶上与局长打斗时她也在场。她向车里挥了挥手。

厢式货车的悬挂车厢降了下来，一个巨大的头探了出来。一头巨大的野牛嗅了嗅空气，然后笨重地踏上人行道。这个大块头吓得考的腿都发软了——它的蹄子足有餐盘那么大，它的头向他们摇晃着，发出一声咆哮，嘴里淌着一串串口水。

"这门挡得住野牛吗?"克拉姆问道，脸色苍白。他们呆呆地站在那里，看着那头巨兽吃力地爬上台阶，鼻孔里喷着气。

卢曼走下货车，一只身型巨大、皮毛光滑的黑豹跟在他后面。他扫视着街道，然后直盯着考。他双手合十，好像在祈祷，然后手掌又分开，嘴里念道："开门。"考摇了摇头。

光头女人命令野牛向前冲去，野牛低下头，砰的一声撞在门上。

柜台后面的人都往回跳了一步。玻璃门摇晃了一下，但没有碎。野牛后退了几步，然后又冲了上来。玻璃门抵抗住了猛烈的撞击，但是金属门铰链已经扭曲变形了。

"他们肯定是把电话线剪断了。"匹克威克先生说，无力地拿着电话，"没有信号。有人有手机吗？"

克拉姆摇了摇头。

考的心沉了下去。他努力驱散心头的恐惧，集中意念，寻找他的乌鸦。他握紧拳头，把鸟儿召唤过来。

透过玻璃，他看见一片黑云从周围的建筑物中俯冲下来。

"攻击野牛！"他派出一只乌鸦杀手冲向这只野牛，其他的乌鸦用利爪袭击女野语者。在乌鸦的攻击下，她失去了对野牛的控制，那头巨兽摇摇晃晃地退下了台阶，重重地倒在货车旁边。

卢曼挥舞着一把大锤，穿过鸟群出现了。他走到台阶顶上，把大锤甩到玻璃门上。撞击的回声响彻整个银行，匹克威克吓了一跳。卢曼退了一步，使尽全身力气锤向玻璃门，玻璃上出现了一些裂缝。克拉姆的鸽子也加入了战斗，当卢曼再次举起锤子时，它们重重地撞在了他身上。卢曼试图摆脱它们，但更多的鸽子冲向他。他扔下大锤，退到货车旁，拖着他的同伙进去，砰的一声把门关上。

"谢天谢地。"匹克威克说，"我们……结束了吗？"

玻璃门外，野牛的咕哝声减弱了。卢曼和那个女野语者被乌鸦和鸽子困在货车里，他们带着冷酷的恶意盯着外面。外面肯定有人报警了。

但是，考的心跳并没有慢下来。"事情不可能这么容易……"

"我们成功了。"克拉姆说。

"不完全是。"一个熟悉的南方口音拉长调子说。

考畏缩了一下，转身看见挂在一面墙上的油画正在移动，他紧张地不停眨着眼睛。接着，一个男人的身影出现了，他西装的颜色在闪烁着，然后变成了米白色。是西尔克先生，飞蛾语者。他歪了歪头上的阔边帽。

"非常欢迎你加入，考。"

考伸出一只手，但他所有的乌鸦还在外面。他瞥了一眼克拉姆，鸽语者也犯了同样的错误。

"你是谁？"匹克威克问道。

"只是个顾客，来取钱的，"西尔克先生说，"一大笔钱。"

"皮普，抓住他！"考喊道。

一群老鼠像潮水一样拥向飞蛾语者，但西尔克先生只是抬起双臂，显出很不耐烦的样子。墙壁和天花板都动起来了。成千上万的飞蛾从各个地方剥落下来，很快就掩埋了老鼠，盖住了考的脸。考难受得扭来扭去，想要呼吸，密密麻麻到处都是飞蛾的翅膀。在一片混乱中，他看见皮普滚成一个球，克拉姆绊倒在一株盆栽上。

考听到一声巨响，感到一阵急雨从他背上掠过。是玻璃。西尔克先生是为了声东击西！野牛破门而入，考扑倒在一边。野牛后面跟着它的女主人，它在银行大厅里停了下来，后背和鼻孔里直冒白气。

一会儿飞蛾就飞走了，像是一道光闪过，一阵气流冲击考的身侧，他听到一声恐怖的尖叫。

那头野牛正在逼近皮普，压低犄角在地上刨着。老鼠语者被压在柜台上，吓得瑟瑟发抖。

考的乌鸦聚集在门边，但他伸出一只手来做了个阻止的手势。只要走错一步，这头野牛就能把皮普压死，或者用它的牛角把他撕成碎片。

"这是明智的决定。"卢曼说。他又一次挥舞着他的大锤，昂首阔步地走向考。他的黑豹正朝着考的方向龇牙咧嘴。考感觉到黑豹呼出的热气，一点点往后退。

"没有必要做傻事，"罪犯说，"泰拉的野兽可以瞬间杀死那个孩子。要阻止它，光靠一群鸟是不够的。"

匹克威克先生终于放下那部打不通的电话。他轻轻地把听筒放回座机。"现在出了什么事？"

"带西尔克先生到保险库去。"卢曼说。

匹克威克先生犹豫了一下，那罪犯转了转眼珠，黑豹立即扑了过去，跳到柜台上，正好跳到麻雀语者旁边。它玩笑似的用一只爪子在他的胳膊上挥了一下，匹克威克大叫一声，黑豹的爪子刺穿了他的衣服，血溅在地板上。

"照他说的去做。"克拉姆说，声音颤抖着，"卢曼，如果那个男孩受伤了……"

"如果你照我们说的去做，他会活下来的。"

匹克威克先生把飞蛾语者带到银行后面的一扇门前，按下密码。考愤怒地看着身穿米色西装的西尔克先生和匹克威克一起消失在门后。考上次看到飞蛾语者时，他跳进了流经这座城市的肮脏的黑水河里，考以为他淹死了。

"你真可悲。"皮普突然说，他的嘴唇在颤抖。

"闭上你的嘴。"卢曼挥舞着大锤喝止他。

"我不怕。"皮普反驳。

"安静！"克拉姆说。

"不！"皮普说，"即使他杀了我们，其他野语者也会阻止他的！"

泰拉笑了。"就凭这些鸟和老鼠？"野牛哼了一声，它粗大的鼻翼起伏着。

皮普咽了一口唾沫。"你们就是一群贪婪的骗子，"他说，"我们的人团结一心，而你们只在乎各自的利益。"

"皮普！"克拉姆叫道。"住口！"

"这孩子比你更有胆量，鸽子守护者。"卢曼说。

几个藏在后面的银行职员从门里走了出来，扛着一个巨大的麻袋，里面的钞票满得都快溢出来了，他们惊恐地注视着野牛和黑豹。

"装到车上去！"卢曼不耐烦地说，挥动着他的大锤。

银行工作人员扛着麻袋穿过破碎的玻璃门，走下银行的台阶，把麻袋放进货车的后厢。他们几乎没有注意到外面聚集着成百上千只鸟，他们一装完车，就沿着街道跑掉了。西尔克先生又出现了，卢曼把车钥匙扔给他。"我们过几分钟就走，我还有点事。"卢曼冷笑道。

泰拉把那头野牛叫到自己面前，摸了摸它毫无光泽的毛皮。

"我们已经得到了我们想要的，我的朋友。"西尔克先生说，一只手搭在卢曼的胳膊上，"据我估计，差不多有三百万美金。"

卢曼甩开了那只手，冰冷的眼神落在皮普身上。"是的，但是我的宠物还没有吃东西。"

考紧张得差点跳起来。他能感觉到乌鸦在外面伸展翅膀。只要他还有一口气，皮普就不会有任何事……

西尔克先生停了下来，摘下帽子。他朝皮普看了一眼，随着黑豹的逼近，皮普叫喊了起来。"这不在我们收到的指令中。"他平静地说。

卢曼和飞蛾语者互相怒目而视。考犹豫了一下，痛苦地屏住呼吸。"指令？谁在给他们下指令？"

"我……能听懂言外之意，"卢曼说，"西尔克先生，在车里等着。除非你想亲眼看一看。"

飞蛾语者戴上他的帽子，没有回头看一眼，就冲出了银行。

"你答应过不伤害皮普的。"克拉姆说。

"我没这么说过，"卢曼说，"我只保证他会活下来。他能用一条腿生活，不是吗？"

"你已经拿到钱了，"考咆哮道，"快滚。"

"进攻。"泰拉下令，她两眼放光。

黑豹张着发黄的大嘴。

第二章

考开始召集他的乌鸦，用他所有的意志力召唤它们。当他的鸟儿飞向空中时，他听到了号叫声，一群狼从他身边飞奔而过。考内心很激动，"一定是拉克伦来了！"

两只狼跳到咆哮的黑豹身上，用锋利的爪子攻击它。另一只狼把卢曼扑倒在地。又有三只狼冲着野牛号叫起来，野牛惊慌失措地后退了几步。

"不，不是狼。"它们身形较小，毛发柔软。它们的皮毛是浅棕色的，有些苍白，不是灰色的。

是土狼。

黑豹滚了一圈，然后用爪子猛击，在石板路上不断后退。

泰拉跑向卢曼，但她没有扶他起来，而是抓起了大锤。她几乎举不起来大锤，乌鸦猛扑过来，啄她的手腕。她尖叫着扔下锤子，锤子掉在地板上，发出一声巨响。乌鸦的利爪抓着她的衣服，把她抬起来，扔到出纳员的柜台后面。鸽子也加入了土狼的行列，野牛猛地一跳，撞在家具上，企图逃跑。

匹克威克先生急忙闪开。当黑豹在转圈咆哮时，克拉姆把皮普抱在怀里。黑豹毫不费力地将一只土狼扔出了银行，号叫了一声，又把另一只土狼扑倒在地。但接下来更多的土狼冲了进来，考根本数不清有多少。

过了一会儿，那头野牛在柜台后面摇摇晃晃地站起来，泰拉勉强醒过来，她的衣领卡在野牛的嘴里，它把她拖出门外，拖下台阶，以最快的速度蹒跚而行。

卢曼又站了起来，他的黑豹保护着他，使他免受土狼的进攻，他从银行破碎的前门逃了出来，爬进货车的后厢，关上了车门。

考冲到台阶顶上，召集他的乌鸦们行动起来。西尔克先生开动货车，鸦群把挡风玻璃遮得严严实实。货车突然向前倾，撞到一根灯柱上，然后驶入湿漉漉的街道，撞上了一辆停在路边的汽车，玻璃散落一地。车后门打开了，几个麻袋掉了下来。卢曼攀上车门，随着橡胶车轮摩擦地面发出的刺耳响声，货车沿着街道飞驰而去，乌鸦从挡风玻璃上窜了出来。羽毛和成卷的现金散落在地上。

匹克威克先生出现在考的身边，抓着他流血的胳膊，脸上露出痛苦的表情。银行破产了。血溅在地板上，夹杂着一簇簇的毛皮和羽毛。椅子被撞坏了，墙上歪歪扭扭地挂着一只钟。大约有十几只土狼躺下来，舔舐着自己的伤口。

"它们是从哪儿来的?"考问。

克拉姆仍然抱着皮普，喘着粗气。一个新的声音响起，克拉姆环顾四周。

"嗯，我想你们可能需要帮助。"

考转过身来，只见一个大约三十岁的人蹦蹦跳跳地走上银行的台阶。他穿着蓝色牛仔裤和朴素的白色 T 恤，脚蹬一双皮鞋，外罩一件皮夹克。他的金发卷曲着，一直垂到颈后，眼睛闪着淡蓝色的光芒。他热情地笑了，离他最近的一只浑身是血的土狼把头抵在他的腿上。

"干得好，维克，"他说，"你们全体都是。"

土狼一齐发出一种介于咕噜声和咆哮之间的吼声。

"菲弗泰斯！"克拉姆说。

"谁?"皮普问，显然像考一样困惑不解。

"约翰尼·菲弗泰斯。"那人说着，向老鼠语者伸出一只手。

皮普看着他，眨着眼睛。

那人咧嘴一笑，然后拍了拍他的肩膀。"我想，我还是很震惊。这是一场地狱般的战斗。"

"你在这儿干什么?"克拉姆说，"你怎么——"

远处的警报声打断了他。

"我待会再解释。"约翰尼·菲弗泰斯说，"现在，我们需要离开这里。"

考蹒跚地穿过后街，领着大家回到他的家。雨下得很大，他和皮普躲在伞下，克拉姆和土狼语者跟在后面。乌鸦和鸽子每隔一段时间就悄悄地落在建筑物和树上。如果下面有土狼，它们就藏得很好。考扭过头，看见约翰尼不顾雨势，微笑着四处张望。

"这地方八年来没怎么变，是吗?"他说。

"并非如此。"克拉姆说。他看上去有点困惑。"我以为你永远离开了黑石城。"

"我也以为。"约翰尼说。

考喃喃地对皮普低语，"你认识他吗?"

皮普摇了摇头。"不过，我听说过他。伟大的约翰尼·菲弗泰斯! 在黑暗之夏为我们而战。好久没人见过他了。"

约翰尼一定听到了。"我从不喜欢待在一个地方，"他说，"一直都是这样。"

"那你为什么回来了?"克拉姆问道。

约翰尼咧嘴一笑，露出洁白耀眼的牙齿，指着考。"因为这个家伙。"

"我?"考说。

"孩子，你的名声传开了，"约翰尼说，"我真不敢相信，我终于见到了去过亡灵之地又回来的乌鸦守护者! 打败了苍蝇之母的英雄! 希望你不介意我这么说，但你看起来不像个硬汉。请别往心里去，你妈妈看上去也不像个狠角色。"

他听到约翰尼谈到自己的母亲，有些猝不及防，"你知道她?"

"当然!"约翰说，"她是我见过的最勇敢的女人。也很漂亮，但那时我才二十岁，"他脸红了，"对不起——你可能不想听到关于你妈妈的事。"

"没关系，"考尴尬地说，"谢谢你，顺便说一句——你在银行救了我们。"

"幸亏我来了，"约翰尼说，"以前从没见过野牛语者，但我们得让她知道谁是老大，对吧？"

"正确！"皮普说。

克拉姆看起来没那么高兴。"所以你只是路过？"

"不完全是，"约翰尼说，"我一直在联系玛迪。你知道玛迪吗——那个松鼠语者？"

"玛德琳，"克拉姆轻快地点了点头说，"是的，我认识她。"

考感觉到氛围有些冷，他为克拉姆感到难过。当考帮助鸽语者把他那可怜的家当从他的藏身之处搬回自己的住处时，一张照片掉了出来。照片上，十几岁的玛德琳和克拉姆在游乐场里骑着马，手挽着手。

"嗯，"约翰尼继续说，显然没有意识到，"她告诉我有一些新的野语者不按规矩出牌。昨晚我听说一家赌场发生了什么事，今天又听说有人抢劫银行。我猜可能是匹克威克的银行。很幸运的是，我猜对了。"

克拉姆点了点头。他看上去有点颤抖。

"玛迪——对不起，玛德琳，"约翰尼接着说，"她看起来棒极了，终于摆脱了轮椅，我真为她高兴。"

考看到克拉姆又皱了皱眉头了。是时候换个话题了。

"那么你还留在黑石城吗？"他问道。

"我还没决定呢，"约翰尼说，"说实话，我不擅长做决定。嘿，你真的能变成乌鸦吗?"

考脸红了。

"这是真的!"皮普说。

"太棒了，"约翰尼说，"你得让我看看你是怎么做到的。"

自从和苍蝇之母的那一战后，考就再没有试过，但他能感觉到自己内心的力量。"呃……当然。"他说。

"你住在哪儿?"克拉姆问道。

"沿河的废旧房子，"约翰尼回答，"电梯坏了，而且闻起来很臭，但至少没有被雨淋湿!"他捋了捋脸上湿漉漉的头发。

他们到了一个十字路口。一条路往西通向考的家，另一条路往北通向公园和思特里克汉姆家。考想知道莉迪亚怎么样了。她是他第一个人类朋友——也是最要好的一个——但他已经有两个多星期没见到她了。他想念有她在身边的时光，一起大笑、讲笑话。不过最近好像没什么好笑的事。

"事实上，我要在这里和你们说再见了，"约翰尼说，"需要找些食物打包。"他伸出手说，"很荣幸认识你，乌鸦守护者。我相信我们会再见面的。"

考觉得有点奇怪，但还是接受了。

约翰尼牢牢地握着他的手，盯着考，"你长得很像她，你知道吗?"

考觉得自己的脸颊又红了。

"到考家里！"皮普说，"我们有足够的房间。"

约翰尼举起了手。"哦，不。我不能。"

"我相信约翰尼不会想去的——"克拉姆说。

"你必须去！"皮普说，"你刚刚救了我们的命。"

"我想这要取决于考，"土狼语者说，"毕竟，这是他的地盘。"

克拉姆默不作声，但考认为皮普说得有道理。也许约翰尼也可以多告诉他一些关于他母亲的事。

"欢迎你来。"他说。

约翰尼耸了耸肩。"你真是太好了，考。这是你父母以前住的地方吗？我想我甚至还记得那条路。"他走在他们前面，愉快地吹着口哨。

当他们走回房子时，考想起了银行抢劫案。一头野牛……在屋顶上，当时苍蝇之母正在组建她的新军队，他并没有看到野牛。他不知道那里还发生了什么——还有什么恐怖的事情在等着他们。

然后他想起了西尔克先生说过的话。

"这不在我们收到的指令中……"考喃喃自语。

"我也想知道，"克拉姆平静地说，"听起来他们有了新主谋。"

"是罪犯中的一个吗？"考问。

"也许吧。"克拉姆说，但他看上去并不相信。

另一种可能浮现在考脑海中，他浑身颤抖。"你们不会认为苍蝇之母……"

"不可能，"克拉姆急忙说，"她在黑石城精神病院。她和苍蝇的联系中断了。她不再是一个威胁了。"

考点点头。但不知怎的，他就是不太相信。

当他们到达考住的那条废弃的街道时，雨已经停了。约翰尼走在考的身边，这些黑黢黢的没人居住的房子让他们生出很多感慨。

"这个地方真的衰落了。"他说。他转向考。"对不起，孩子。我只是很震惊。"

"没关系，"考说，"我喜欢隐蔽的地方。"

"黑暗之夏把人们赶跑了。"克拉姆尖刻地说。

"我想是的。"约翰尼说。

他们走近杂草丛生的前花园和用木板封起来的房子，考突然感到很尴尬。克拉姆和皮普两个星期前搬进来的时候，他们满脑子想的都是给这个地方重新刷上一层油漆，再把窗户修理好，但是与逃犯的战斗让他们无暇顾及修整房子的事情。

微弱的灯光从餐厅的窗户里照射出来。其他的野语者已经来了。

他来到前门，把门推开。

几个人围坐在餐桌旁，房间的另一头点着蜡烛。几张熟悉的面孔——蜜蜂语者阿里，野狼守护者拉克伦，蝙蝠语者陈——但他们中间也有陌生人。在过去的几个星期里，思特里克汉姆太太——狐狸语者，把她所能找到的一切忠实的野语者都聚集起来了。虽然一些人拒绝了，但大多数人同意加入他们，原因是人多力量大。地板上躺着各种品种的狗，家具上面有一些鸟和蜥蜴。

考同意狼语者可以把他的房子当作基地，他还没有完全明白思特里克汉姆太太的意思。把这里作为新的集合地是有意义的——他们的敌人可能猜到他们在哪里，但至少附近没有无辜的人。思特里克汉姆太太也不愿意贡献出自己的房子。考知道她的丈夫，莉迪亚的父亲，永远不会允许野语者占用他的家来召开战争会议。直到几个星期前，黑石城监狱的监狱长还不知道他的妻子是一个野语者，从考所能接收到的信息来看，他对此并不十分满意。要不是因为他，现在莉迪亚可能就在这儿和他们在一起了。她一定能想到办法让考感觉好受些。

身材高挑的思特里克汉姆太太向他们走来。她穿着黑色的牛仔裤和棕色的皮靴，一件浅色的圆领毛衣，长发束在后面。"我听说出事了，"她说，"很高兴你们都没事。"

"他们带着钱逃走了。"考说着垂下了眼睛。

思特里克汉姆太太碰了碰他的肩膀，他抬起头来。"大家都还好吗？"她问道。

"我想是的，"考说，"情况本会更糟……"

思特里克汉姆太太的眼睛移开了，然后睁大了。她的脸上慢慢露出了笑容。"约翰尼？"她惊呼。

"维尔！"约翰尼叫道。

思特里克汉姆太太飞过去拥抱土狼语者。考从来没有见过她这么高兴过。有几个人围过来，轮流拥抱约翰尼或和他握手，他的出现引起了一阵骚动，甚至连很少笑的拉克伦也满面笑容。

考注意到克拉姆在门外徘徊，他也不喜欢拥挤的人群。坐在家具上的这些人使考觉得自己像个陌生人。在这儿，他连呼吸都开始变得困难。

"发生了什么事?"思特里克汉姆太太问考。

他感到房间里的人的注意力转向了他。"卢曼袭击了匹克威克的银行。"考不安地说，"我们试图阻止他们，但他们的野牛很凶猛。"

"西尔克先生也在，"约翰尼插嘴说，"一切都经过精心策划。"

思特里克汉姆太太冷冷地点了点头。"我认为飞蛾语者不会干什么好事。"

"菲弗泰斯先生来救我们了!"皮普说，"当时野牛要伤害我!"

约翰尼耸耸肩。"应该感谢土狼，而不是我。"他说。

"我们的敌人越来越胆大妄为，"克拉姆说，"城市里出现野牛——这甚至不会在黑暗之夏时发生。"他压低了声音，"我们认为可能有一位新的幕后黑手。"

维尔玛·思特里克汉姆的眼睛又睁大了，她向土狼语者做了个手势。"拉克伦，克拉姆，约翰尼——我们得好好谈谈这件事。考，你想和我们一起吃点东西吗?"

当其他的野语者开始互相交谈时，房间里充满了嘈杂声。一条蛇沿着栏杆蜿蜒而下，蝴蝶在灯罩周围飞舞。一条大狗伸开四肢躺在沙发上，在地毯上流口水。考开始感到头晕。

"我可能要先出去呼吸点新鲜空气。"他说。

约翰尼看上去有点吃惊。"我们需要你的意见，考。"他说。

一只敏捷聪明的鹦鹉从考面前飞过，像一道光闪过。

"我一分钟后回来。"考咕哝着。他只是需要远离所有的噪音。克拉姆会说这实在是再好不过了。考被一只正在打盹的狐狸绊倒了，狐狸对他露出了牙齿。

"住手，莫拉格，"思特里克汉姆太太说，"对不起，考，她老了，脾气暴躁。"

考跌跌撞撞地走进厨房，几只蜥蜴从柜台上盯着他看。皮普抓住了他的胳膊。

"嘿，考，让我给你看样东西，"他说，"我一直在练习我的超能力。"

"太棒了，"考说，他感到房间在旋转，"但能等一等吗?"

皮普垂下眼睛，"我想可以。"

"或许等下?"考一边说一边内疚地抓着门把手，"我很想看，我发誓。"

"好吧。"皮普说。

考猛地打开后门，花园里凉爽的空气让他松了一口气。屋里所有的野语者都需要找个地方见面，但是考对他们把这儿当自己的家感到一阵恼怒，毕竟那仍然是他的房子。他想知道这种情况会不会一直持续下去。

"你没事吧?"希默问。

考看到它坐在厨房的窗台上，爪子抓在一个破损的花盆边上。"还好。"他回答。

"格鲁姆和斯克里奇在鸟巢里，"乌鸦说，"它们吃了一些鸡蛋炒饭，我告诉它们留给你一些，但你知道斯克里奇……"

考沿着长满杂草的花园小径走去。它曾经一定很美丽——杂草中仍然生长着各种各样的花，还留有精致的木制拱门的遗迹。考试图回忆起在这里和爸爸妈妈一起玩耍的情景，但是什么也记不起来。一株玫瑰从棚架上疯长出来了，他不得不小心翼翼地绕过玫瑰带刺的茎秆。

在花园的后面长着一棵高高的栗树，上面结满了小果子。在阳光明媚的日子里，它那巨大的树冠把花园映得一片翠绿，但是现在，它的叶子被雨水淋得又黑又滑。考的脚卡在树皮的一块伤疤上，他向上推了推，然后跳到一根低垂的树枝上。当他爬上去时，水滴从下垂的叶子上散落下来。考迅速爬上树，他的那种焦虑消失了。很快，他什么也听不见了，只听见树叶沙沙作响，浓密的树叶使一切都安静下来。

从地面上几乎看不见栗树顶上的鸟巢，考喜欢这种感觉。在一群乌鸦的帮助下，他把自己的树屋从黑石城公园一点点地搬了过来。他知道他在主卧室里有一张舒适的床，但这里有他以前的家带来的安慰。他甚至在这里睡过一两次，他有一种感觉，今晚他想住这里。

当他爬进去的时候，斯克里奇抬起头，米饭从它的嘴里洒了出来。

"你想要一些吗？"他说。

"不用，谢谢。"考说。

"唔。"斯克里奇说，头又消失在纸盒里了。

格鲁姆睁开一只眼睛，朝房子的方向望去。"里面有点吵，不是吗？"他说。

"我相信不会一直这样。"考满腹狐疑地说。他躺在鸟巢的另一边，双手放在脑后，抬头盯着轻轻摇曳的树叶。唯一的声音是雨水不间断的滴落声。这让他想起了自己在克拉姆的帮助下读过的一本书。故事讲的是愤怒的上帝让雨一直下，直到世界上所有的人都被淹死。嗯，几乎每一个人。一个人和他的家人在一艘叫作方舟的大船上幸存下来。

"听起来有点难以置信。"当考向格鲁姆讲起这个故事的时候，它回应说。

"也许他是个野语者。"考解释道。

鸟巢是考排空思绪的最佳场所。有时，考会假想又回到了公园里，只有自己和乌鸦，但这只是自欺欺人。当时，他还不知道黑石城还有其他野语者，甚至根本不认识他们。生活过得很艰难，但也很简单。觅食，躲藏，睡觉。没有纺纱人，没有苍蝇之母，不用对抗想要杀死他的野语者。但也没有朋友，除了他的乌鸦，斯克里奇和格鲁姆，还有他的老朋友妙基，它现在已经永远待在了亡灵之地。没有莉迪亚，没有思特里克汉姆太太，没有克拉姆，没有皮普。

没有塞琳娜。

一阵负罪感涌上了考的心头。可怜的塞琳娜，她脑子里在想什么？她是在做梦呢，还是在一片空虚的海洋里漂泊？

考坐起来，鸟巢跟着轻微地晃动。"我们需要看看塞琳娜。"他说。

"又去？"斯克里奇问道。

"可能会有转机。"考坚定地说。

"该格鲁姆了。"斯克里奇说。

"我去。"希默说。

"考，你在上面吗？"一个熟悉的声音从下面传上来。

有一会儿，考不想回答。他很肯定思特里克汉姆太太看不见他，也爬不上来。她的狐狸也不会。一定是她的某只狐狸看见他上来了——到处都有维尔玛的间谍。

"考？"她又叫道。

"要放梯子了，"他喊道，"退后。"

他发现那架挂在树上的旧绳梯，只需稍微修理一下，对客人来说再合适不过了。他把它从附近的树枝上取下来，展开它。

思特里克汉姆太太爬上梯子，梯子绷紧了，摇晃了一下，几秒钟以后，她的头从树叶里探了出来。她爬得有点不稳，看到她这么不自信的一面，真有些奇怪——通常情况下，一切都在狐狸语者的掌控之中。考伸出手来帮助她。刹那间，他想起了第一次见到莉迪亚的情景，不禁笑了。她也是自己进来的。

莉迪亚的母亲爬过树枝，爬进树屋里，又恢复了镇静。她以前从没来过这里。"嗯，这里……嗯……很舒适。"她说。

"它不是为两个人建造的。"格鲁姆说。

思特里克汉姆太太斜眼望着那只老乌鸦。"我可能听不懂鸦语，但我猜那是格鲁姆。"

格鲁姆傲慢地把喙扭开。

"别担心，"她说，"我不会待太久的。"

当她环视鸟巢时，考想知道她上来的目的是什么。

"那么，你认识约翰尼?"他终于开口了。

思特里克汉姆太太微笑着点点头。"很熟，"她说，"他不止一次地救了我的命。我从没想到他会回来。"她惊奇地摇摇头，"不管怎样，考，这不是我来找你的目的。我想谢谢你让其他野语者使用你的家。我们可以聚集在这里，让我们感到安全——屋里的许多野语者害怕自己成为下一个目标。"

"没关系，"考勉强地说，"但这真的是最好的地方吗？这里甚至连电都没有。他们在其他地方会不会更好呢……"他知道这听起来像是一个借口，但维尔玛看上去并不生气。相反，她的脸庞掠过一丝哀愁。

"我希望他们能留在我家里，"她说，"但我家里的情况……有点麻烦。莉迪亚的父亲……我们姑且说，他想要做一些改变。"

考试图表示同情——思特里克汉姆家的事情肯定比他想象的

更糟。

"不过别担心。"思特里克汉姆太太强作镇定地说,"他们狱警正与警方合作追捕逃犯。如果我们齐心协力,就能赢得这场战斗……"

"我知道。"考说。

"这就是为什么,"思特里克汉姆太太接着说,"我想跟你谈谈那块午夜之石。"

考忍住了,没有马上抬头去看思特里克汉姆太太头上几英尺高的树干,午夜之石就藏在那里,用一个布口袋装着。考把它穿在一根绳子上,这样他就可以把它戴在脖子上了,但这棵树似乎是最安全的地方,可以把它藏起来。

"瞧,这就是她想要的。"格鲁姆说。

"什么呢?"考问。

"对你来说,这是一个沉重的负担,考,"思特里克汉姆太太说,"如果你需要帮助,其他人可以帮你,然后——"

"不用。"考很快地说。从最伟大的乌鸦守护者科瓦斯的时代起,他的祖先就一直守护着这块午夜之石。考的伟大祖先说服了他那个时代的其他野语者,把他们的一部分力量给了午夜之石。这是为了保护他们的血脉,以防他们在没有后代的情况下被杀。午夜之石可以吸收任何接触到其表面的野语者的力量,并将这些力量赋予正常人。

考的母亲为了保护午夜之石免遭纺纱人的染指而被杀害。苍蝇之母用它建立了一支可怕的军队，为了夺回它，考差点丧命。午夜之石属于乌鸦一族。

"我所说的一切——"思特里克汉姆太太开口说。

"我能照看它。"考坚定地说。

"你告诉她。"希默说。

思特里克汉姆太太笑了。"我知道你能行，考。"她说着抚摸着他的膝盖，然后深吸了一口气，"我应该回去找其他人。"她伸手去拿绳梯，把一只脚放在横挡上。但当她爬下几级台阶时，她停了下来。

"还有一件事，考。"她说。

"什么事?"考说。

"你能替我和莉迪亚谈谈吗？家里的事情让她很难过。"

考咽了咽口水。他想帮助他的朋友，但他不知道该如何帮助。他对家庭以及家庭问题一无所知。他甚至不了解自己的父母。

"只要收到你的信就会有帮助。"思特里克汉姆太太说。

"好的。"考说。

"谢谢你。"

思特里克汉姆太太消失在郁郁葱葱的树丛中。斯克里奇落在了考的胳膊上。"她要石头干什么?"格鲁姆问。

"你听到了，"考回答，"她想守护它。"

"也许她想要它，"乌鸦说，"如果有另一场战争，她可以用石头建立自己的野语者军队。"

考没有想到这一点。"没有人会用这块石头，"他说，"这太危险了。"

"你现在说——"

"格鲁姆，你能去看看塞琳娜吗？"考打断道。他受够了乌鸦的叽叽喳喳。

"我吗？"乌鸦说，"为什么是我？"

"该你了，老伙计。"

"我不介意去。"希默说。

"不，格鲁姆去吧，"考说，"拜托。"

"好吧，"格鲁姆说，"但是我告诉你，不会有任何改变的。"

它展开翅膀，从巢里飞了出来，在树叶间优雅地滑翔。

其他的乌鸦安静了，但是考却无法从他的脑海中摆脱这些琐碎的疑虑。思特里克汉姆太太的事，斯克里奇说得对吗？如果她想用午夜之石，为什么不直接说出来呢？

一种被偷窥的不适感让考觉得脖颈发紧。他爬上一根树枝，把树叶拨到一边，朝房子里窥视。那是他的房子，尽管已经被强占了。屋顶下的水沟边有一群长尾小鹦鹉。楼上的窗户不翼而飞了。

接着，一道橙色的闪光引起他的注意，橙色消失在烟囱后面。他不确定，但他想那可能是一只狐狸。

考等了几秒钟，然后他将树叶拨回原来的样子，爬到鸟巢里。

第三章

考拖着他的同伴穿过街道，脚踩到水坑里，溅起水花。他的手心出汗了。塞琳娜的黑发紧贴着头皮，她的脸色苍白，大眼睛反射出银色的月光。

"快点！"他说，把她的手抓得更紧了，"我们得跑！"

他们跑到拐弯处，考感觉呼出的热气就像火一样。他不敢回头——他能感觉到他们就在他后面——越来越危险。他们跑到一座隐约可见的公寓楼旁边，然后从侧门冲进一个空无一人的楼梯间。当他们冲上台阶时，考被绊了一下，他的脚一崴，受伤了。距离房顶还有多远呢？他们从一层楼跳到另一层楼，考向下瞥了一眼，看见一股黑潮淹没了楼下的地板。它上升得很快，比他们爬得还快。塞琳娜喘着粗气，像千金重担般拖拽着他的手。

"别管我了，"她说，"我走不了了。"

"不！"考说，"不要现在就放弃！"

他拖着她。

他们以更快的速度到达顶楼，穿过大门，跑到外面的空地上。

那是辛西娅·达文波特公寓的顶楼。没有别的地方可逃了。

"他们来了!"塞琳娜说,声音里透着恐惧。

考回头一看,一群蜘蛛拥了出来。这些八条腿的动物贪婪地挤在一起,匆匆穿过顶楼。考觉得塞琳娜的手从他手里滑开了,他往后退。可怕的蜘蛛如潮水般逼近,她一动不动地站着。

"快点!"考大叫。

她慢慢地转过身来面对着他,她的嘴张得大大的,震惊地捂着腹部。她的手张开了,他看见红色在塞琳娜的衬衫上蔓延。他没有听到枪声,但一切又像之前一样发生了。苍蝇之母开枪打死了自己的女儿。而他只能眼睁睁地看着。

蜘蛛猛扑向塞琳娜,爬上她的腿,把她的腿变成了黑色。她没有尖叫,但她弯下膝盖,更多的蜘蛛吞没了她的身体。塞琳娜像棺材一样被千条纤细的蜘蛛腿抬过屋顶,考的脚被牢牢地固定住了。

一切都太晚了,他追赶着她,绝望地伸出双臂。蜘蛛已经爬到了顶楼的边缘。考飞快地跑着,但每一步都变得越来越困难,空气好像变成了沼泽。

"考?"一个声音从某处传来。

塞琳娜的尸体滑下悬崖,考尖叫着……

考,醒了。

他直挺挺地坐了起来,鸟巢吱吱作响。树叶在黑暗中显得灰蒙蒙的,他只能勉强辨认出停歇在巢边的一只乌鸦的轮廓,是格鲁姆。"塞琳娜……"考咕哝着。

"是的，"格鲁姆的说，"医院出了点事。"

考试图让自己的呼吸平静下来，"我梦见她了。"

"你得亲自去看看。"格鲁姆说。

"她好点了吗?"斯克里奇问，跳上了更高的树枝。

"我不知道，"格鲁姆说，"她的房间发生了什么事——窗户用木板封住了。"

考跳起来。"塞琳娜有危险吗?"

他迅速把鸦之喙夹在外衣下面，然后从鸟巢里跳出来，从一根树枝跳到另一根树枝上，最后跳到草地上。这是一个清透寒冷的夜晚，他回头瞥了一眼笼罩在黑暗中的房子。他应该叫醒他们吗?不。没有必要。

他跑向后面的篱笆，不顾尖利的玫瑰刺，召集了他能找到的所有乌鸦，鸦群的黑影在月光下闪烁。考伸出双臂，等待着它们的爪子落到他身上，它们的翅膀会带着他飞起来。

它们在高空飞行，在下方，城市被街灯和车灯的光芒照亮了。考和他的鸟儿们飞过了河流，然后经过了摇摇欲坠的教堂废墟，考曾经和克拉姆还有皮普一起住在那里。在远处，考可以清楚地看到他们目的地的轮廓。

黑石城医院是一座高耸的建筑，由特制的混凝土砖块砌成，周边的道路如迷宫般复杂。停车场空无一人，一辆开着两扇门的救护车旁边停着一辆闪着急救灯的救护车。考和他的乌鸦在大门口盘旋。他疯狂地想变成一只乌鸦，这样就能在走廊里飞翔了……

"跟我到后面去。"格鲁姆说，它把翅膀一转，俯冲下去了。

乌鸦低低地从树上俯冲下来，然后聚集在大楼的另一边。格鲁姆落在四楼的窗台上。考看到一块窗户玻璃不见了，窗户被钉上了一块木板。

"你确定这是她的房间吗？"他问道。

"是她的，"希默说，"我来这里很多次了……"

另一边的百叶窗关上了。

"我们得进去。"考说。

当它们从窗口飞走时，有什么东西吸引了他的目光——下面的闪光。乌鸦听从了他的命令，轻轻地把他放在草地上。成百上千的小玻璃碎片散落在地上，就在被木板封住的窗户下面。考向正门跑去。

"你在做什么？"斯克里奇一边问，一边在空中滑翔。"晚上这个时候他们不让你进去。"

"在门口等我的信号，"考告诉她，"我可能需要分散一下他们的注意力。"

三只乌鸦落在前门的长椅上，考大步走进灯火辉煌的门厅。一个手上缠着绷带的男人在椅子上睡着了，旁边坐着一个织毛衣的老妇人。

前台的那个人抬起头来。"我能帮助你吗？"

"我在找一个病人，"考说，"我想她可能已经搬走了。"

"她叫什么名字?"接待员问。

"塞琳娜·达文波特,"考回答,然后补充道,"她是我的妹妹。"

接待员盯着考,然后拿起电话。"嗨,玛丽,接待处有个孩子。他说他是那个女孩的亲戚……"他停顿了一下。"是的,达文波特家的那个女孩。"当电话那头的人说话时,他对着考勉强笑了笑。"当然。当然可以。"他放下电话,"如果你不介意,等一会儿会有人来接你的。"那笑容这会儿显得更假了,考感到后颈发凉。

"她没事吧?"他问道。

接待员同情地看了他一眼,"请在这儿等着。"

这里发生什么事情了。考尽可能漫不经心地靠在柜台上,把头转向紧闭的门。

"现在!"他喃喃地说,用意念召唤他的乌鸦。

他一声不响地离开,门嗖地开了。

当乌鸦飞过门厅时,那个缠着绷带的人猛地站了起来,发出一声惊叫。接待员从座位上跳了起来,乌鸦落在他的桌子上,疯狂地尖叫着。"见鬼……滚出去!"

希默落在杯子边缘,把咖啡打翻在键盘上。接待员拿起一份文件,开始乱扔。

考很快沿着走廊来到楼梯间,他上次来访时就知道这条路。乌鸦会想办法出去的。几个看护在楼梯间和他擦身而过,但似乎没有人在意他的出现。考从四楼出来,找到塞琳娜的房间,拧了拧把手。门没有锁。他走进黑暗的病房,手指摸索着开关。

灯亮了，考的心沉了下来。房间还是老样子——一张床和几个监测设备——但床是空的，床单叠得整整齐齐。

"如果这不是她干的？如果……"

但这并不能解释为什么窗户坏了。考快速地走过房间。

框架里还剩下几块锯齿状的玻璃碎片。他环视了一下房间，门旁边少了什么东西——原本放灭火器的地方空了，也许玻璃就是被灭火器砸碎的。他走到衣柜前，里面还挂着塞琳娜的衣服，黑色牛仔裤、T恤和皮夹克，甚至她的长筒靴也整整齐齐地塞在里面。

她怎么能不穿衣服就跑呢？

考的心跳得很快，也许她根本没有跑。

他又看了看窗户。从四楼这么高的地方？

接待员过不了多久就会开始四下搜寻他。他又走到窗前，想把发生的事情拼凑起来。有人走进房间，用灭火器打碎了玻璃，他们带走了塞琳娜。但是谁能像那样跳呢？即使有梯子，背着一个女孩也是很危险的，几乎不可能。

对于一个普通人来说是不可能的，但是对于一个野语者来说……

考发现百叶窗下面有什么东西，他觉得喉咙发紧。

三只蜷曲着的小昆虫的尸体。

是苍蝇。

考把它们的尸体放在手里。那么小巧，那么精致。但是考已经见识过这些昆虫可以造成多大的破坏。

也许克拉姆对苍蝇之母的看法是错误的。如果她的野语者力量保留下来了呢？如果考不是唯一探望塞琳娜的人……

"你在这儿干什么？"一个尖厉的声音传来。考扔下苍蝇，转过身来。门口站着一位面色严肃、身穿灰色西装的妇女。

"我是来找我妹妹的，"考说，"她怎么了？"

"你妹妹？"女人交叉着双臂说，"我们没有任何兄弟姐妹探病的记录。你想再撒个谎吗？"

考在想是否应该召唤他的乌鸦。"对不起，"他说，"她曾经是我的好朋友。"

"曾经？"她说，"你是什么意思？"

"呃……我不是这个意思。"考说，开始恐慌起来。

那女人拦住门框，好像故意要挡住他的出口。"警察会想和你谈谈她失踪的事。"她说。

只要能过去，考就能跑得过她。"她什么时候失踪的？"他问道。

"昨天早上。"女人说。出乎意料的是，她的脸色变温和了。"不管你是谁，我是海登韦斯医生，这个病房的资深儿科顾问。你的朋友，她不只是站起来走走，她处于深度昏迷状态。当局认为这是一起绑架案。"

考的心猛地一沉。他是对的。

"如果你知道什么……"医生继续说。有什么东西嗡嗡作响，她低头看着绑在腰带上的一个小装置。考抓住机会，踉踉跄跄地朝门口走去。"嘿，等等！"她一边说，一边抓住他，但考挣脱开，沿着走廊跑走了。一个看护正慢慢地推着担架向他走来。

"拦住那个男孩！"医生叫道。

看护旋转担架，想挡住考，但考跃过担架，继续朝前猛冲。

他钻进左边的通道，然后向右拐，又向左拐。他跑过他看不懂的牌子，经过病房和护士站。他找到一段通向楼下的楼梯，他一脚连踏两个台阶，一直冲到一楼。当他冲进走廊时，他看到一名警卫正站起来，一只手伸向身侧要拿枪。考滑向拐角处。他能听见一个婴儿在什么地方哭泣。没有窗户，他不知道自己是在往医院深处走，还是在往外面走，直到他认出了一个标志：在绿色的背景下有一个白色的跑步者，还有一个箭头。是出口。

考听到了自己身后的尖叫声和脚步声。他砰的一声推开一扇门，看见前面还有一扇门，门上还有把手。

拜托，门千万别被锁上了。

他喘着粗气，猛地推开把手，门开了，考不顾一切地冲进了寒冷的夜里。

"快过来！"他用意念召唤道。

当他逃跑的时候，他感觉到乌鸦向他飞来。过了一会儿，他们把他抬离了地面，鸦群沙哑的叫声填满了夜空。

考落在了草坪上，尽管天色已晚，思特里克汉姆家的灯还是亮着的。

"我再说一遍，"格鲁姆说，"我不知道你希望达到什么目的。"

考没有理他。他知道对朋友保守秘密会是什么结果。这一次，他将从一开始就敞开心扉。最难的事就是让思特里克汉姆太太对这件事上心。她不像考那样了解塞琳娜。对他们的一些盟友来说，塞琳娜永远不过是苍蝇守护者的女儿——爱好和平的野语者的敌人。如果苍蝇之母回来了，每个人都需要知道这个消息。

正当考准备敲门时，他听到了愤怒的低语。

"深更半夜，没有任何解释，"思特里克汉姆先生说，"甚至连个电话都没有给我……"

"时间过得真快，托尼，"莉迪亚的母亲回答说，"我以为我们以前讨论过这个问题。你知道我必须随时待命。"

"我们应该达成共识！"

考的身子不由得往后退缩——他不应该听到这些。他在台阶上坐了下来。

乌鸦停在他旁边，考开始担心医院里发生的事情。如果他们有闭路电视呢？他会被摄像头拍到，他的照片会被警察看到……

"你打算在外面坐一整夜吗？"

考抬起头来，看见莉迪亚苍白的脸，她披散着长长的红发，从卧室的窗户探出身子。

考笑了。在经历了那么多奇奇怪怪的事情之后，她看上去还是和平常人一样，考感到如释重负。

"我能上去吗？"他说。

"从排水管爬上来吧。"她回答。

考顺着金属排水管往上爬，一直爬到莉迪亚的窗台上。她挪到一边，让他爬进她的房间，乌鸦也随后跳了进来。

"你怎么知道我在这儿？"他一边说，一边掸掉膝盖上的灰尘。

"我醒着。"莉迪亚说，低头看了一眼地毯。考马上猜到是什么让她睡不着。透过地板，她父母的声音虽然模糊不清，但显然他们还在争论。现在考能看到，莉迪亚的眼睛红红的，像哭过一样。

"大多数晚上都是这样。"她说着扑通一声倒在床上，"他们俩的关系一直都很紧张。爸爸试图和警察一起追查罪犯，而妈妈总是参加密会。他再也不让她的狐狸进花园了——他说那些狐狸把他吓坏了，爸爸说不需要那些狐狸，他可以保护我们这个家。"

她停了下来，考看到她开始变得难过起来。

"也许你应该给她一个拥抱。"斯克里奇说。

"我认为没有必要。"格鲁姆咕哝着。

"我只是想让他们不再争吵，"莉迪亚说，"有时候我真希望能回到从前，爸爸和我都不知道这件事。他们说，在真相大白的情况下会更好，但我不太确定……"

刚才，她将头埋在膝盖里急促地将这一通话说出来，现在她抬头看着考，考犹豫了一下，她转过身，握着双手。

"考？"希默说，"她现在心烦意乱，快去安慰她。"

考走向前，他正要伸出手来，莉迪亚却突然站了起来，努力让表情显得轻松些。"不管怎样，你有什么事？"

考笨拙地放下双手。

"呃……实际上是很多。"

"我一直在看电视，"莉迪亚说，"新闻里尽是关于犯罪的报道。他们甚至说这是一个新的黑暗之夏的开始。我猜闹市区那头脱逃的野牛是属于一个野语者的？"

"是的，"考说，"我在现场。"

莉迪亚瞪大了眼，"不可能!"

"但这还不是全部，"考说，"莉迪亚——我想这位苍蝇之母一定在搞什么鬼。"

莉迪亚脸上的兴奋消失了，"不可能是她，我们已经阻止了她。"

考摇了摇头，"我也这么想，但我刚去过医院。塞琳娜被绑架了。"

莉迪亚气喘吁吁地听着考解释那扇破窗户和苍蝇的事情。"还有谁能把她从四楼抬出窗外呢？"他说。

莉迪亚一言不发地走到衣柜前，开始拉扯睡衣旁边的牛仔裤。

"你要去哪儿？"考问道。

"我们要去看看发生了什么事。"莉迪亚说。她把头发束在脑后，然后戴上棒球帽。

"我们吗？"考说。

莉迪亚开始系鞋带。"有一种方法可以查明苍蝇之母是否恢复了能力。"莉迪亚说，"我们亲自去看看她。"

考摇了摇头。"我们不能——她被关在黑石城疯人院里了。"

"呃……那叫精神病医院。"莉迪亚说。

"对不起，"考红着脸说，"克拉姆就是这么叫它的。"

"要是她还在那儿，我想我们很快就会知道她能干些什么。"莉迪亚说。

考感到一阵焦虑。上次打败苍蝇之母花的力气比他想象的要大得多。即便如此，这场战争的局势也很容易走向另一端，如果她恢复了她全部的力量……

莉迪亚穿上一件夹克。

"我认为你的父母不会喜欢这个计划的。"考说。

"那两个人，"莉迪亚指着地板说，"可能根本不会注意到我走了。"

愤怒低沉的吵架声穿过地板传了上来。

"我们至少应该告诉克拉姆，"考说，"还有一个新来的家伙——一个土狼语者……"

莉迪亚对着闹钟点了点头——刚过午夜。"你要叫醒他们吗？我们不能带着一支队伍进去，"她说，"听着，考——你只需要我。"

她说话的口气很坚定，但从她的话语里，考能听到一丝恳求的暗示。他意识到她需要离开这里。

"你说得对。"他说。

"太好了！"莉迪亚轻快地说。她那布满雀斑的脸上露出了笑容。"我们去抓苍蝇吧！"

第四章

考和莉迪亚顺着排水管往下爬，他从客厅的窗户里瞥见思特里克汉姆先生瘫倒在沙发上，茫然地望着前方。

"也许我们应该和你妈妈谈谈？"考说，他的脚落到地上。但是他已经知道答案是什么了。

"请不要，考。这只会让他们再次爆发争吵。此外，这只是一个调查任务。不会有危险的。"

考本能地在花园里搜寻狐狸，很高兴没有发现正在盯着他们的狐狸。也许维尔玛·思特里克汉姆真的把她的狐狸从家里赶走了。考对瞒着她这件事感到有些内疚。可是他已经为思特里克汉姆太太做了许多事，不是吗？她邀请所有人聚集到他家里。她并不需要知道他的一举一动。

"让乌鸦载我们一程吧。"考说。他望着天空，握紧拳头，准备召唤乌鸦。

"别这样，"莉迪亚碰了碰他的胳膊说，"如果周围有苍蝇，它们可能会看到我们。"

"那我们怎么去呢?"考问,"这家精神病院在黑石城的郊区。"

"可以坐62路公共汽车!"莉迪亚说,"虽然是在公共场所,但是这样不容易引人注意。"

"我不乘公共汽车旅行,"希默说,"这事关尊严。"

"你们三个可以在那儿与我们会面,"考说,"飞得低一些,不要被发现了。"

"噢,秘密任务!"斯克里奇说,兴奋地在思特里克汉姆家的篱笆上跳了起来。

"你最好小心点,"格鲁姆说,"他们可能让你永远留在那里。"

"太有意思了。"斯克里奇说。

"你会放弃吗?"考问。

莉迪亚笑了。"嘿,很高兴再次见到你们。"她说。

"只是说——穿紧身衣飞行很困难。"格鲁姆补充道。

"跟上,老伙计。"斯克里奇说。

不出所料,车上只有考和莉迪亚两个人。当他们跳上车时,司机甚至没有注意到他们。车辆发动机发出的柔和的隆隆声让考觉得很奇怪,他看到乌鸦在外面跟着,这就放心了。在他的一生中,他只坐过几次汽车或公共汽车,当他们到站下车时,他终于松了一口气。门啪的一声关上了,公共汽车驶进了夜色。考看着红色的尾灯消失在山丘上。

他们来到了黑石城的郊区,在这里,城市的住宅区被分散的商业建筑、工厂和农场所取代。考以前只来过这里一次，那时他还比较小，和他的乌鸦们一起来这里探险。莉迪亚说，汽车站距离这条路半英里远，没有其他车辆，也没有人行道。

路边一块腐烂的木板上标记着黑石城精神病院几个大字。这座建筑本身看起来更像是一座幽灵般的旧大厦，而不是医院，它坐落在一片高地上，塔楼直插云霄。

"看起来很亲切，"希默说，"我喜欢他们安在窗户上的铁条。"

"这是城里最古老的建筑之一。"莉迪亚说，眼里泛着光，"它建于18世纪初。"

考只是默默地点了点头。这座精神病院并不全是古老的建筑。两边有一些难看的扩建部分——平平无奇的、没有窗户的单层碉堡矗立在地面上。聚光灯透过阴影投射出可怕的苍白光芒。那儿有一道大约九英尺高的篱笆，再往上是一堵墙。考很震惊。如果你是这里的病人，显然也是一个囚犯。

前门很大，旁边有一间警卫室。考可以看到里面有一个穿着制服的人正跷着脚在看杂志。

"现在怎么办？"莉迪亚说，"我觉得探视时间已经结束了。"

考斜眼看着他的朋友，"我有一个更好的计划。"

"翻越围栏？"莉迪亚搓着手问道。

考摇了摇头。他一下车就开始召集乌鸦。现在它们开始到达了，一波黑暗的身影从头顶掠过，加入到斯克里奇、格鲁姆和希默当中。考猜测它们能感觉到穿过栅栏时嗡嗡作响的电流，它们落在了考和莉迪亚周围的空地上。警卫快速地抬了一下头，然后又继续看书。

"飞还是不飞，"考说，"这是最好的办法。"

莉迪亚伸出双臂。"来吧，让我搭个便车。"

乌鸦落在他们的肩膀上，把考和莉迪亚从地上拉起来。他的朋友咧着嘴傻笑。"我有点喜欢这样被吊着飞行了！"她说。

考命令他的鸟儿从大门和医院上空俯冲下来。他们从上面可以看到，精神病院是围绕着两个中心庭院建造的。乌鸦把他们抬过陡峭的屋顶，然后他发现了更有利的地方。他把他们领到一个平坦的区域，那里散布着粗大的烟囱管道。乌鸦轻轻地把他们放下，然后在屋顶上聚集。这里没有安全照明灯，也没有摄像头。

一阵微风吹过他的衣服，考在烟囱之间寻找出路。

"我不想从烟囱下去。"莉迪亚小声说。

考停在屋顶的一扇金属门前，门上有一个环形把手。它看起来比这栋楼的其他部分都要新，旁边还安装了几个现代化的通风口。

"希望我们不必这样做。"考说。他俯下身去，用力拉着环形把手，门开了四分之一英寸，但随后就卡住了。考用力拉，但它没有动。

"它是从里面锁上的。"他说。

"哦，好吧，你已经尽力了，"莉迪亚说，"我想我们要穿过院子。"

考从边上往下看，墙上安装了更多的安保聚光灯，但它们看起来好像都被关掉了。

"希默，飞过去看看。"他说。

乌鸦飞了起来，从屋顶的边缘俯冲下来。当她接近地面时，几盏灯闪烁着，把院子照得一片银光。考听到了一声电流的嗡嗡声，看到摄像机旋转着对准空地。希默再次倾斜着，拍打着翅膀飞向天空，一个警卫走进院子，它又回到了他们中间。考和莉迪亚躲得远远的，背对着烟囱的烟道。乌鸦一动不动就像是黑色的影子。

"我想那条道走不通。"莉迪亚说。

考紧咬着嘴唇。如果没有一些精密的金属切割设备，他们不可能打开屋顶的门。莉迪亚的看法是对的——烟囱太小了，门口边的通风口也太小了。

"反正对人类来说太小了……"

考站起来，慢慢地走到通风口处，它大约有一英尺宽。

"一只乌鸦可以飞到那里。"他说。

"好主意！"莉迪亚说。

考转向斯克里奇，斯克里奇把目光移开，他好像突然对远处的什么东西很感兴趣。

"斯克里奇，"考说，"我能借用你的身体一会儿吗?"

乌鸦沉重地走过来，"为什么是我?"

"你是最小的，"考说，"格鲁姆不合适。"

"是的，我想是的！"老乌鸦生气地说。

希默在偷笑。"吃太多薯条了。嘿，让我来!"她兴奋地跳来跳去。

但是斯克里奇拍打着翅膀。"那么，接下来怎么做呢。让我完好无损地回来，好吗?"

"当然。"考说。他闭上眼睛，专注于脑海中斯克里奇的形象。当他的灵魂在寻找这只小乌鸦的时候，他感到自己的灵魂与身体分离了。他在虚无中飘浮了一会儿，然后他就进入了乌鸦的身体。

考感觉到他的爪子触到了地面，他睁开眼睛，发现自己站在其他乌鸦中间。有几只乌鸦好奇地看着他，仿佛感觉到他身上有一种不同的气息。他看见他的身体一动不动地躺在莉迪亚身旁，翻着白眼。他走了几步，习惯了新的身体结构。他张开嘴，尖声尖气地叫了起来。

事实上，他选择斯克里奇是因为它是最容易控制的乌鸦。考不确定为什么——也许因为它是最小的，或者只是因为他们的联系更紧密。

"你在里面吗?"莉迪亚说着，蹲下来望着他的眼睛。

考上下摆动着头作为回答。

"太酷了。"莉迪亚说。

考扇动着翅膀，跳了起来，从通风口的边缘向下张望。他弯着身子，用乌鸦的眼睛俯瞰，只看见一个黑色的深渊。

"祝你好运。"格鲁姆说。

"我跟你一起去。"希默说。

她的利爪在他身边的钢铁上嘎嘎作响。考走上前，感觉到他的

048

爪子在打滑，他一头栽进黑暗中。

他惊恐地拍打着翅膀，但当他落下去的时候，已经没有地方可以展翅了。他听见希默在叫喊，感觉到它的身体在他身上猛烈地拍打着。他们撞在了金属上。希默落在他身旁，像一团乱麻，尘土填满了他的嘴。

"你没事吧？"希默问道。

"我想是的。"考回答。他在黑暗中转过身来，看见左边有一盏昏暗的灯。他顺着竖井往下走。三根板条穿过洞口，但他把翅膀展平，从门的另一边钻了出去。考正身处于一个狭窄的楼梯间里，光秃秃的墙上灰泥斑驳。他猜想那是为了修理设备而设置的通向屋顶的通道。希默也飞了进来。它满身都是灰尘和蜘蛛网。

"就在这上面。"考说。在台阶的顶端，有一个垂直的梯子正好通向他们在屋顶上看到的金属门。在这一边，一个生锈的门闩横了过来。他和希默飞了起来。考扭了扭脑袋，用嘴叼住了门闩。他歪着脖子，设法把门闩挪动一点。

"帮帮忙，好吗？"他说。

希默也加入了他的行列，用嘴叼着门闩。他们一起成功地把它挪了过去。

"莉迪亚，门开了！"考喊了一声，一时忘了他只会喳喳地叫。但他的朋友一定听到了门闩移动的声音。舱门从上面打开，她咧着嘴笑了。"干得好，伙计们！"

考飞到屋顶上，落在他一动不动的肉体旁边。他集中精神让自己的意念从斯克里奇身体中分离出来，在他回归人形时，身体微微摇晃了一下。斯克里奇眨了眨眼睛，然后轻轻地啄了他的耳朵。"你把我弄脏了。"

"对不起，"考说，"谢谢你。"

莉迪亚开始从梯子上爬下来，走进楼梯间。考跟着她，指示所有的乌鸦待在屋顶上，除了格鲁姆、斯克里奇和希默。

他们来到底下一扇普通的金属门前。考慢慢地转动把手，打开了一条缝，走廊的另一头让他大吃一惊。

医院从外面看起来很古老，但里面绝对是重新装修过的。走廊被漆成了纯白色，每隔十步左右就有一扇玻璃门嵌在两边，每扇门上都有一个数字。考推开门，向两边看了看，看到墙上有一个安保摄像头，它慢慢扫过走廊，到了尽头，然后转向他们这边，考迅速把门关上。

"有一个摄像头，"他对莉迪亚说，"我们得把时间安排得恰到好处。"

考等了几秒钟，然后又往外看了看。摄像头正对着别处。他招呼莉迪亚离开楼梯井，沿着走廊蹑手蹑脚地走了。当他们到达第一个34号门时，他吸了一口气。一个骨瘦如柴的男人站在后面一动不动，他穿着一件米色的医院长袍，用淡蓝色的眼睛注视着他们。即使乌鸦出现在他眼前，他也没有退缩和眨眼。他身后是一间简陋的房间，床铺得整整齐齐的。桌子上放着一个干净的空盘子。

"这地方让我毛骨悚然。"莉迪亚说。

隔壁也有一间类似的房间，但这张床的床单下蜷缩着一个瘦小的身影，床头柜上的食物没有动过。

"可怜的人。"考说。他回头一看，发现摄像头很快就要对准他们了。

最后一间牢房灯光昏暗，但考看得出有人在里面走动。一点声音也没有——他猜想玻璃是隔音的。他匆忙走过去。

快到走廊的一个丁字路口时，摄像头就要对准他们了，考把莉迪亚拉了进去。莉迪亚低下头，把考也拉了下来。她指着他们对面的一间玻璃墙办公室，里面有一排监视器。一个穿着警卫制服的女人在屏幕前吃三明治，她背对着考和莉迪亚。在她旁边的墙上挂着几张塑料卡片。

"我们需要找到辛西娅·达文波特的房间。"考说。

莉迪亚指着办公室说："我敢打赌，那一定是钥匙卡。"

希默跳上了他的脚。"我来吧。"它坚持说。

"太危险了，"斯克里奇说，"那个安保摄像头会看到你的。"

"我才不进去呢，麻雀脑子！"它说，"我有一个更好的计划。"它起飞了，低空飞过走廊。

"它去哪里了？"莉迪亚低声问道。

"我不知道。"考说。

"麻雀脑子吗？"斯克里奇嘟囔着。

"不是恭维，孩子，"格鲁姆笑道，"我曾经遇到过一只害怕下雨的麻雀。"

办公室里的一台监视器开始闪烁，画面开始摇晃。女警卫把手伸向屏幕底部。她转动了拨盘，但什么也没发生。图像又开始闪烁了。

门卫站了起来，解开腰带上的皮套，朝门口走去，对着衣领上的对讲机说话。

"我的 D 区摄像头坏了，"她说，然后停了下来，"不是——可能只是电线老化了，检查一下。"

她离开了办公室。

"太棒了，希默，"考想，"我很快回来。"他对其他人说。考蹑手蹑脚地迅速走进办公室。

每张钥匙卡都有编号，考尽可能快地扫视了一遍每一张卡片下标记的名字。在过去的几个月里，他的阅读能力提高了很多，但他知道自己没有莉迪亚读得快。然后他发现了它——辛西娅·达文波特。数字 8。他从挂钩上抓起钥匙卡，希望警卫回来时不会发现这张钥匙卡已经不见了。然后，他发现了一条从显示器后面通向插头插座的电线，他想到了一个主意。

他拿起一个还剩一半咖啡的杯子，把里面的咖啡哗啦哗啦地倒在插头上。随着嘶嘶啪啪的声音，所有的屏幕一下子都变黑了。"这应该能给我们多争取几分钟。"

他回到莉迪亚身边时，希默已经回来了。

"拿到了!"考一边说，一边给他们看卡片，"我们要找到 8 号房。"

考预想到警报可能随时会响起，或者撞上巡逻的警卫，他沿着走廊匆匆离开，转过拐角，直到失去了方向。房间数字越来越小，很快就到了12、11、10。考放慢了脚步。这些病房都是空的。

9号也是空的。

考感到脖子很痛。他本能地伸手去抓夹克衫下的鸦之喙，莉迪亚露出惊慌的神色。"你要做什么?"

"只是为了以防万一，"他说，"如果发生什么事，你就跑，好吗?"

莉迪亚扬起眉毛。

"我是认真的。"考说。

标着"8"的房间里面很黑，但他能辨认出那个蜷缩在床尾的人。

考把钥匙卡举向传感器，然后停了下来，他的心跳加速。在上次的战斗中，苍蝇之母创造了一大群苍蝇，一个巨大的昆虫结合体。她的苍蝇聚成的拳头几乎把他捏碎。如果这是一个陷阱，那么打开他面前的这扇门可能是他做过的最后一件事了。

莉迪亚按下传感器旁边的开关。8号房间里的灯突然亮了起来。

床上的人捂住了自己的眼睛，拖着步子向后退。辛西娅·达文波特在过去两周里似乎老了十岁。她灰白的头发很凌乱，苍白的皮肤上布满了斑点，双眼凹陷，黑眼圈严重，那双曾经冷酷无情的眼睛空洞地凝视着来访者。尽管她驼着背，但考还是看出她颤抖了一下。她的嘴角沾着干了的白色唾沫，医院制服上沾满了食物污渍。

这里一只苍蝇都没有。

考望着莉迪亚，莉迪亚伤心地回望着他。

乌鸦守护者在辛西娅·达文波特空洞的眼睛里搜寻着，寻找着苍蝇之母的蛛丝马迹。

"现在怎么办？"莉迪亚说。

考深深吸一口气，他必须查明塞琳娜出了什么事。

"退后。"他对莉迪亚小声地说。然后他把钥匙卡靠在传感器上，红灯变绿了，门打开了。

8号房的病人没有动。

"喂？"考说，他的心跳得那么厉害，他以为自己能听见。"达文波特局长？是我，杰克·卡迈克尔。"

病人眨了一下眼睛。"飞吧，飞走吧。"她用一种奇怪的、哼着歌的声音咕哝着，头突然转过一边。"飞向天空，因为他的网能到达很高的地方。蜘蛛不会飞，但它们的灵魂不死。"

考皱起了眉头。"我们需要和你谈谈。"他说。

辛西娅·达文波特继续咕哝着，好像没听到考的话似的。"我看见他的八条腿在附近跳舞。你可以挣扎，你可以挣扎。但是乌鸦飞不出蜘蛛的眼睛。"

她停下来不唱了——但是奇怪的歌声让考震惊。他错了。这个女人不可能绑架自己的女儿。

他向她靠近了一步，她退到了墙边。

"求你了，我们不会伤害你的。"莉迪亚说着走到考身后，"我们只是想知道塞琳娜的下落，她失踪了，你见过她吗？"

听到女儿的名字，辛西娅的头猛地一转。她的眼睛里疯狂的闪着光。"哦，是的，她在这儿，"她说，"她总是和我在一起。"

考的心跳加快。他举起剑，"你对她做了什么？"

辛西娅伸出一只手，轻轻地把鸦之喙推开。她的指甲很脏，她的手指上下移动着，好像在温柔地抚摸什么东西。"我女儿来了，"她说，"我的漂亮的女孩，来妈妈这里，亲爱的。让我们一起去老井里打水吧……是的，我们可以摘花，甜心，所有你想要的花……不，那里没有蜘蛛，只有鲜花和水，如此清澈，你可以看到过去和未来。"

莉迪亚碰了碰考的肩膀，她摇摇头。

考放下了剑。当辛西娅·达文波特继续盯着前方时，考的身体松弛下来，取而代之的是一种沉痛的悲伤。他看到的不再是一个邪恶的野语者，而是一个渴望见到失去的女儿的心碎的母亲。

斯克里奇突然发出了警告的尖叫声。考转过身来，以为会看到一个警卫。接着莉迪亚惊慌地叫了起来，一个毛茸茸的影子在空中跳来跳去，击中了考的胸膛。他感到有锋利的东西划伤他的前臂。"噢！"

考的手疼得握不住鸦之喙，一只白毛的小猴子从他的胳膊上跳了下来。猴子露出针尖般的牙齿，辛西娅·达文波特开始号啕大哭，猴子在房间里跳来跳去。接着又出现了三只猴子——它们可怕的尖叫声响彻房间。

乌鸦疯狂地拍打着翅膀，斯克里奇和希默很快都被猴子抓住了。格鲁姆试图在空中停留，但另外两只猴子把它打倒在地。

"滚开，你这个臭皮球！"斯克里奇说。

考朝鸦之喙走去，但当一只黑豹出现在门口时，他猛地后退了几步，黑豹后面跟着大块头的卢曼。一个骨瘦如柴、头发蓬乱的年轻女人站在他身后。抓伤考的猴子跳上她的肩膀，发出嘶嘶声。黑豹咆哮着，莉迪亚紧靠着考，脸色苍白。

最后，西尔克先生走进 8 号房，飞蛾语者露出一丝冷笑。

"在这儿见到你们真是太令人高兴了。"他说。

第五章

考深吸了一口气，努力想弄明白发生了什么。他们的敌人就在这里。"这是个圈套。"他平静地说。

西尔克先生歪戴着帽子，"你掉进了一个——由钩子、鱼线和鱼饵组成的圈套。"

考瞥了辛西娅·达文波特一眼，希望她能撕下假面具。但是她脸上并没有胜利的笑容，她看起来有些困惑，甚至是害怕。

不管将要发生什么，苍蝇之母显然完全不知情。

考闭上眼睛，试图召唤更多的乌鸦。如果它们能穿过屋顶上的门……

"别做无谓的挣扎了，"西尔克先生说，"我们把楼梯井底部的门锁上了。没人会来帮你的。我们把警卫也搞定了。"

"但是医院里的苍蝇……"莉迪亚说。那个瘦削的、满头乱发的女人咯咯地笑着，露出一口稀松的、腐烂的牙齿。她从口袋里掏出一个火柴盒，将它打开，把半打死苍蝇倒在地上。

辛西娅·达文波特爬下床，跪了下来。"我的宠儿！我的苍蝇!"她叫喊着将苍蝇的干尸捧在手心。"哦,我亲爱的孩子们——他们对你们做了什么?"她的眼里噙满了泪水。

考不明白这到底是怎么回事。他们为什么要在塞琳娜的病房里放死苍蝇呢?为什么西尔克先生一开始没有在黑石城医院攻击他呢?没有理由把他们引到精神病院来。为什么呢?

西尔克先生抬起下巴,低头看着他的前老板蜷缩在地板上,看着她心爱的苍蝇。"多么可悲的景象,"他说,"想想,我曾经那么怕你。"

他的手一抽,飞蛾从他的袖口飞了出来,扑向辛西娅的脸,她尖叫着拍打着飞蛾,飞蛾将她逼到了考和莉迪亚旁边的墙上,然后又将她逼回去。很快地,飞蛾又沙沙地回到西尔克先生身边,消失在他那件米白色夹克里。

在考的思绪中,一个问题变得清晰起来。如果不是苍蝇之母领导着那些罪犯,那是谁呢?

他低头瞥了一眼放在床边地上的鸦之喙。他还来不及反击,卢曼和黑豹就会冲到他身边,但这可能会给莉迪亚争取一点逃跑的时间。

"在你做任何鲁莽的事情之前,"西尔克先生说,"我们是来传达一个信息的。"

考瞪着他。

"一个老朋友回来了,"西尔克先生说,"他想让你知道——"

"够了,"卢曼突然说,把西尔克先生推开,"我要找点乐子。"

他抓起鸦之喙。"用他自己的喙铸的剑,"罪犯咆哮着,用野蛮的目光盯着考,"再合适不过了。"

乌鸦绝望地叫着,但它们帮不了他。

"如果我是你,我会停下来。"西尔克先生说。他的头转向门那边,接着,考也听到有东西来了。什么东西在走廊里沙沙作响。

卢曼的脸上掠过一种意想不到的恐惧。猴子语者从门里退了出来,她的猴子放了乌鸦,向她跑去。"我告诉过你照他说的去做,"她厉声说道,"来吧,我们走。"

卢曼把剑扔在床上,跑出房间,后面跟着黑豹。西尔克先生摸了摸帽檐。他说:"看起来,他终究会亲自传达这个信息。"他说,"美好的一天。"

他缓缓地走出房间,然后大步走开了。

沙沙声越来越大,听起来像远处的瀑布。考抓起鸦之喙,带着莉迪亚和他的乌鸦走进走廊。辛西娅·达文波特待在原地不动,蹲在死苍蝇旁边。她抬起头来,脸上充满了绝望。

"他来了,"她声音嘶哑地说,"快跑,孩子们。快跑!"

这时,考看见一大堆黑色的东西从走廊的角落里滚了出来,就像他的噩梦又复活了一样。

是成千上万只蜘蛛。

"但怎么会是他呢?"考边想边顺着走廊往后退。

"我们杀了纺纱人。"莉迪亚小声说,她和考想的一样,"不是吗?"

"我们得离开这里。"斯克里奇说，跳来跳去。

考刚要跑，突然意识到病房的门没关，他又跑回去。

"考，不要!"希默说。

"我不能让它们接近她!"他说。

当他把卡片滑过传感器时，辛西娅·达文波特最后瞥了他一眼，手里抱着死去的苍蝇。门关上了，第一批涌来的蜘蛛撞在考的脚上，他甩开它们，紧跟在莉迪亚后面，乌鸦在前面飞。

当他们到达转角处时，考看到一个警卫趴在地上，脖子断了。这准是卢曼干的好事。考不记得他们是从哪条路来的，但是蜘蛛紧追不舍，没有退路了。莉迪亚气喘吁吁地看着蜘蛛在地板上爬来爬去，盖住了警卫的身体。

在下一个路口，乌鸦们向左转。

"往这边走。"格鲁姆说。

考跟在后面，但是当更多的蜘蛛从前面朝他们冲过来，他马上停了下来。他抓住莉迪亚的胳膊，把她往回拽。成群的蜘蛛聚集在一起，紧追不舍。

他们奔跑的时候，考的脑子里充满了一个问题。"他怎么可能还活着?"

考意识到他们正往精神病院深处走去。他感觉随时都会看到蜘蛛语者，就像噩梦中的怪物一样。他们拐了几个弯——向左，向右，再向右——然后更多的蜘蛛挡住了他们的去路。考放慢了脚步。

"他在戏弄我们。"他说。乌鸦拍打着翅膀，在狭窄的空间里挣扎着停留在高处。格鲁姆在考的身边停着，派它们去进攻是没有意义的。

"别管我们，"考说，"出去。"

"不行。"斯克里奇抗议道。

两只巨大的蜘蛛开始慢慢地从两边靠近。莉迪亚抓住他的胳膊。"考?"她说，好像想让他做点什么似的。

考退到墙上，意识到碰到了一扇门——一扇有把手的木门。他不敢相信他们这样好运。门开了，他看见了希望的曙光。

远处有一段楼梯通向黑暗。

"莉迪亚! 下去，马上!"考喊道。

莉迪亚踏上楼梯，乌鸦跟在后面，然后考砰地把门关上。透光的门缝立刻就被蜘蛛挤满了。

"走吧!"莉迪亚说。这里的空气更冷，像个发霉的地窖。考跟着她，用手指沿着粗糙的石墙摸索着。

底下漆黑一片，他听见莉迪亚被绊了一跤。

他能听到的只有蜘蛛从门缝里爬进来，像瀑布一样从台阶上滑下来的沙沙声。

"我不喜欢这里。"希默说。

"你能看见什么吗?"考说。乌鸦的视力比他的好得多，尤其是在晚上。

"只是一条低矮的走廊，"斯克里奇说，"门在尽头。"

考摸了摸莉迪亚的胳膊，他们慢慢地走着。他能感觉到他们头顶上低矮的天花板和空气中的湿气，仿佛他们永远将在黑暗中行走。

"你们快到门口了。"斯克里奇说。

考护住鸦之喙，然后伸出一只手，摸着镶有金属的木板。门吱吱嘎嘎地打开了。

"哦，天哪。"格鲁姆感叹一声。

"什么?"考说。

"是个死胡同。在你左边的墙上有一个电灯开关。"

考摸到了开关，灯亮的一瞬突然什么都看不见了，他眨了眨眼睛，眯缝着眼，周围的景象让他心里一沉。他们现在在一个六英尺左右的房间里，破旧的红砖上是正在剥落的灰泥。光是从天花板上吊着的一个光溜溜的灯泡里发出来的。但真正让他感到恐惧的是墙上的那幅画，有人用污迹斑斑的黑色颜料画了一幅壁画——一个巨大的蜘蛛。

他们犯了一个可怕的错误。

一拨又一拨的蜘蛛从走廊那头涌来，争先恐后地向考和莉迪亚扑过去。

"考，变身，"莉迪亚平静地说，"去找人救命。"

考能感觉到他身边的莉迪亚的胳膊在颤抖。心中的恐惧迅速变成了力量。他可以变成乌鸦飞到安全的地方。但再接下来呢? 他紧紧握住她的手，"我不可能及时回到这里。"他说。

蜘蛛爬进了房间，他们靠在最里面的墙上。考沿着走廊回到楼上。他从来没见过这么多蜘蛛，除了在亡灵之地。"黑石城的每一只蜘蛛都在这里，"他想，"都是来找我们的。"

突然间，蜘蛛停下来了，就像排列整齐的队伍——一条坚实的队伍横跨在门口，好像不敢跨过门槛。

"它们为什么不进攻？"莉迪亚说。

"我不知道。"考说。他抽出鸦之喙，伸到它们面前。

蜘蛛又开始行动了，不是向前爬，而是向上，它们爬上门框，爬过一个又一个同伴，一些蜘蛛开始从上面垂下丝线。考看到成千上万的线交织在门上，形成一张既诡异又复杂的网。

蜘蛛潮水般涌来，紧紧地抓住蛛丝，彼此粘在一起，形成了一大块由蜘蛛组成的躯体，蛛网扭动着，变成了一张人脸，这张脸让考不寒而栗。空洞的眼睛，耳朵、鼻子和嘴唇是凸起的，全都由网支撑着。考立刻明白自己看到了谁。蜘蛛群正中张着一张大嘴，一个低沉的声音响起。

"你好，乌鸦守护者。"纺纱人说。

考握紧了莉迪亚的一只手，挥动着鸦之喙。

"我已经杀了你。"考说。

蜘蛛语者笑了，小小的房间里充满了柔和的笑声。"你杀不了我，考。我的灵魂永存，我一直在看着你。"

考的手紧抓了剑柄。

"你觉得这个地方怎么样？"蜘蛛语者问。

考环视了一下房间，这和精神病院的其他地方不一样，它看起来很破旧，像被遗忘了，就像来自另一个时代。

"我想让你看看。"那声音嘶嘶地说。

"为什么？"莉迪亚说。

蜘蛛掉到了地上，那张脸一下子失去了轮廓，整个构造看起来随时都可能坍塌，但是更多的蜘蛛爬到网上，那张脸又复原了。

"在很久以前，"蜘蛛说，"有一个蜘蛛语者死在了这个房间里。那时候这里还是疯人院，现在也是，但是她没有疯。"

"那她为什么被带到这儿来？"莉迪亚问。

"你最好问问杰克。"那个声音说。

"我不知道你在说什么。"考说。

"总有一天你会知道的。"纺纱人说。更多的蜘蛛倒下了，整张脸都凹陷了一两英寸。"把这里当作你受教育的开始吧，乌鸦守护者。你将要开启一段新的旅程。"

考拿起鸦之喙。"去哪里的旅程？"

纺纱人叹了口气，它的嘴唇垂了下来，发出冷笑。"到绝望的深渊里去，"纺纱人说，"我会拿走你的一切。你所珍爱的一切。"

考感觉到莉迪亚僵住了。

"在你死之前，你将用你的幸福来偿还你祖先的罪过。蜘蛛会报仇的，它们会吃乌鸦的肉，即使是在亡灵之地。"

这些话听起来像是一个预言，尽管这些恐怖的话让考不寒而栗，他还是用他的剑指着那张脸。

"你对塞琳娜做了什么?"他说。

那个人笑了笑,"塞琳娜现在是我的了。"他说。

这句话使考毛骨悚然。"她在哪里?"他喊道。

"她才刚刚开始呢,乌鸦守护者。"

考的怒火升到了极点。他把鸦之喙深深刺进蜘蛛群里,开始来回地挥着剑,随着网的瓦解,蜘蛛四处散开。

"准备好了,杰克,"那声音低沉地说,"我来了。"

说完这些话,所有的蜘蛛爬进了一个形状不规则的土堆里。它们像退潮一样退到门里、走廊里、楼梯上,考看着它们感到一阵恶心。

"那是怎么回事?"格鲁姆说,"他为什么不杀我们?"

"我还以为他死了呢。"希默说。

考的心跳得很快,他感到极度痛苦,他摇摇头。"也许是他的……灵魂……或者什么,他说他想让我受苦。"

"在他杀了你之前。"斯克里奇补充道。

"我们离开这儿吧。"莉迪亚说。

考点了点头,最后环视了一下这个房间。这里看起来像个牢房。纺纱人说几年前有一个蜘蛛语者在这里死去是真的吗?但这和他有什么关系呢?

有一件事是清楚的。他不能自己处理这件事。考护住鸦之喙,开始沿着走廊大步往回走。"我们必须回到房子里,告诉其他人。"他说。

他试图让自己听起来很坚决，但他不能无视内心深处的恐惧。

纺纱人本可以轻易地杀死他，但他选择了不杀。

他还掳走了塞琳娜。

这意味着她的生命快走到尽头了。

第六章

"我们得叫辆救护车过来，"莉迪亚说，"还有警察。"

考和莉迪亚匆匆穿过精神病院，爬上屋顶。没有人试图阻止他们——拜西尔克先生和他的朋友们所赐，看守和勤务人员仍然处于昏迷不醒的状态，有些情况甚至更糟。

所有这一切都是为了让纺纱人能传达他的信息。

但这怎么可能呢？在亡灵之地，白乌鸦把蜘蛛守护者撕成了碎片。这是考亲眼所见的。然而……刚才在下面见到的怪物就是他。考对此深信不疑。

他又召集来了些乌鸦，叫他们立刻把莉迪亚送回家去。"叫醒你妈妈，"他说，"叫她和其他人一起来见我。"

"你打算怎么办？"莉迪亚问道，乌鸦开始落在她伸出的胳膊上。

"我不知道，"考说，"我得想办法。"

当他看到乌鸦把他的朋友抬进漆黑的夜空时，他伸出双臂，他的伙伴们把他从医院的屋顶抬了起来，朝相反的方向飞去，不久他们就飞过了城市的郊区。

前面远处似乎有一团灰蒙蒙的烟拥进黑夜。考胸中激起一阵不安的刺痛感。乌鸦感应到了，飞得更快了。那种焦虑升级为一种恐慌。

烟是从他的邻居家冒出来的。

烟也从他家的院子里冒出来的。

当他们从院子上空飞过时，考看到房子完好无损，他如释重负，但是后院的大树却没有幸免，树枝又黑又秃，顶部还有未尽的余火。

"不……"他喊道。

考的树屋彻底烧焦了。

"鸟巢!"希默叫道。

约翰尼·菲弗泰斯在花园里，克拉姆和皮普站在他的旁边，脚边放着半桶水。

考跳到花园的小路上，他径直地朝着鸽语者跑去，眼睛紧紧盯着他曾经的巢穴——他很多年的家。树叶烧成了灰烬，在微风中飘动着。

"发生了什么事?"他问。

克拉姆睁大眼睛看着他。"你去哪儿了?"他说。

"我……去看望莉迪亚了。"考说。

"谢天谢地，你平安无事。"约翰尼·菲弗泰斯说。他的脸和胳膊都沾满了灰。

"新的鹰语者来拜访我们了，"克拉姆说，"带着一杯莫洛托夫鸡尾酒。我让鸽子把桶抬上去灭火，但是很抱歉，考，火势没有控制住。"

"下面小心！"希默尖叫道。

他们抬起头，看到鸟巢的残骸向一边移动，然后翻了下去，火花在空中飞舞。烧焦的木头掉落到地面，掀起一阵灰烬，考把克拉姆推到一边。

某个东西击中了考的胳膊，透过烟雾，他看到自己的夹克袖口着火了。他另一只手拍打着火。皮普连忙把水泼在火焰上，发出嘶嘶的灭火声。考的手腕一阵疼痛，抽搐了一下。

"让我看看你的胳膊。"克拉姆靠近来说。

考小心翼翼地卷起他那破旧的袖子，看到一小块皮肤被烫伤了，都起泡了。鸽语者松了一口气。"算你走运，"他说，"但我们需要用绷带包扎一下。"

"我没事。"考说。

"万一感染了，你就不会这么说了。"克拉姆说。

考凝视着他心爱的鸟巢的残骸。

"我们能修好的，"约翰尼说，"重要的是没有人受重伤。"

考只是默默地点了点头。这里曾经是他的圣地，现在却变成了一片漆黑的焦木。

"我们应该进去了。"克拉姆说着，碰了碰考的肩膀。

"给我一分钟。"考说。

其他人进屋了。考一直等到只有他一个人的时候，才向斯克里奇点了点头。乌鸦知道该怎么做。它飞上了枯枝，飞上了鸟巢原来所在的地方。过了一会儿，他喊道，"别担心，它还在。"

斯克里奇飞回到考身边，抓住午夜之石的绳子。令人难以置信的是，这块石头在树干上的轮轴的保护之下居然完好无损。考把它挂在脖子上，坚决地转过身去，背对着冒烟的残骸。

他试图告诉自己，这次树屋遭遇袭击只是一个巧合。这和纺纱人还有他们在精神病院看到的一切没有关系。他们的敌人——西尔克先生只知道考的家在哪儿。他们一定是联合密谋在什么时候毁掉它，但为什么要破坏鸟巢，而不是攻击房子里的野语者呢？它毫无价值。除了考，对任何人来说都是毫无价值的。

他立刻想起了纺纱人的话。

"我会拿走你所拥有的一切。"

考有一种不好的感觉，这只是一个开始。

当思特里克汉姆太太带着莉迪亚来的时候，约翰尼·菲弗泰斯正用纱布包扎考受伤的前臂。

"发生了什么事？"莉迪亚的母亲说，"闻起来好像着火了。"

"考，你没事吧？"莉迪亚一边说一边向他奔去。

"只是轻微烧伤，"考说，"现在我没事了。"

他的胳膊仍然刺痛着，但随着脑子里翻来覆去的念头，疼痛感渐渐变得无足轻重了。

"我们需要反击。"拉克伦说。他和其他野语者围坐在客厅里。现在是凌晨四点，但是没有人睡觉。"皮普，你的老鼠在城里还打听到什么消息吗？"

"我们在这里不安全。"一个腿上蹲伏着一只浣熊的瘦子说。其他几个野语者开始焦急地纷纷议论，表示赞同。

考瞥了思特里克汉姆太太一眼。她的眼睛下面有黑眼圈，他不知道她是不是没睡过觉。从她绷紧的下巴和眉头上的皱纹，考猜想莉迪亚已经告诉了她关于精神病院蜘蛛的事。"是纺纱人干的。"他说。

他说这些话时很平静，几乎像是自言自语，却使每个人都沉默了。克拉姆把手放在考的肩膀上。"听着，考，你经历了一段艰难的时刻，但是——"

"他回来了，"考打断说，"我——我们，"他向莉迪亚点点头——"今晚在黑石城精神病院见过他。"

房间里喧闹起来了。野语者们惊恐地尖叫起来，发出叽叽喳喳的叫嚷声。

"我想你最好解释一下。"思特里克汉姆太太在喧闹声中大声说，"从一开始说起。"

考觉得房间里的每个人都转向了他。这些人他很多都不认识——他们是新来的，他们要么从躲藏的地方出来，要么从别处回到了黑石城。考就在这里，告诉他们曾经的威胁又回来了。他解释了为什么他和莉迪亚要去看苍蝇之母，以及她现在的处境。他试图告诉他们那张蜘蛛组成的人脸，以及纺纱人绑架了塞琳娜，但苦于找不到合适的字眼来表述。

"考，你真的确定吗？"克拉姆说，"也许……嗯，这听起来很可怕。也许你在开玩笑——"

"我也看到了，"莉迪亚插嘴道，"就是他。纺纱人。"

"所以，当西尔克先生提到'命令'时，他说的就是这个人，"皮普平静地说，"我知道他决不会任由一个罪犯摆布。"

"可是这怎么可能呢？"阿里说。蜜蜂语者穿着一身无可挑剔的西装，他松开了领带，解开了上面的纽扣，他的白衬衫上有烟渍。"你告诉过我们，你在亡灵之地打败了他。"

考从阿里的语气中听到了指责，他看到其他几个人也点头表示同意。一个橘黄色头发的女人抚摸着一只蜥蜴的下巴。"是啊，他就是这么说的。但也许事情并非如此。"她阴郁地说。

"我确实打败了他！"考说，"至少……我认为是的。"他们都瞪大了眼睛，他不得不低下头来。"听着，我不明白发生了什么事。但这是我的战斗，他要惩罚的是我。"

"我们会支持你的。"皮普说。

"哈！"浣熊语者说，"你认为他会在你这儿就收手吗？我们都有危险，尤其是如果他有西尔克先生和罪犯当他的爪牙。我们现在应该走了，趁我们还有机会。"

约翰尼·菲弗泰斯站了起来。"没那么快，"他说，"你说得对，巴勃罗。我们处于危险之中，但这就是为什么我们必须和考站在一起战斗。"

考的心情好了一些。

"和纺纱人作对?"浣熊语者说,"你疯了,约翰尼。你可能是个战士,但我不是,我只想过平静的生活。"

"我站在约翰尼这一边,"拉克伦说,"我们要么一起战斗,要么像很多人一样死去。"

"你听起来像考的妈妈,"蝙蝠语者陈摇摇头说,"看看她有什么下场。"

"当心你说丽兹·卡迈克尔的话!"约翰尼吼道。他大步走向蝙蝠,握紧拳头。"她死了,为的是让别人活下去。"

一头土狼从楼梯旁跳了上来,立在约翰尼和陈之间,咆哮着。

"冷静,"拉克伦说,"内讧是没有用的。"

约翰尼往后退,怒气很快就从他脸上消失了。考很高兴有人为他母亲说话。

"那我们该怎么办?"阿里问,"他们随时都可能进攻——下一次可能是一群携带燃烧弹的猎鹰。"

"我们先攻击他们的。"思特里克汉姆太太眼睛里闪着怒火说。莉迪亚的母亲曾亲手把纺纱人送到了亡灵之地。

拉克伦把指关节捏得啪啪作响,然后用一只手摸了摸狼的皮毛。"我喜欢听你这么说。但是在哪里?精神病院?这个地方到处都是警察。"

考摇了摇头。"不,不在那儿,"他说,"我认为我们看到的不完全是他，只是他的蜘蛛。"

"他以前在缝纫厂工作，是吗？"约翰尼·菲弗泰斯说。

拉克伦点点头。"这个城市的那片地区几乎被遗弃了。"

"听起来不太可能，"思特里克汉姆太太说，"他知道那是我们首先要找的地方。"

克拉姆补充说："这意味着他会认为自己占了上风——他在等我们。我可以派一些鸽子侦察一下。"

"好主意。"约翰尼说。

考想起了那个令人毛骨悚然的缝纫工厂，他就是在那里遇到了曼巴和斯卡特，他们是纺纱人的心腹。他不喜欢回到那里，但这一次，他身边有很多野语者。

"我可以派老鼠去一趟，"皮普说，"把不在这儿的人都叫来。"

约翰尼·菲弗泰斯咧嘴一笑。"是的，或者我可以用更快速的方法。"他从口袋里掏出一部手机。考注意到皮普脸红了。

思特里克汉姆太太说："即使我们找不到纺纱人，我们也可以反击罪犯。"

大家都站了起来。

"等一下，"考说，"塞琳娜呢？如果纺纱人抓住了她，我们得小心别让她受伤。"

"她是苍蝇之母的女儿，对吧？"约翰尼说。

"嗯，是的，"考说，"但是她不像她妈妈。"

"她以前骗过我们，"拉克伦说，"把我们带到动物园的陷阱里去了。"

"那不是她的错,"考说,"她是个好人……她只是被她妈妈骗了。"

"如果你这么说的话。"拉克伦冷冷地说。

约翰尼拍了拍考的后背。"当然是,考。大家说是吧。首要任务是干掉纺纱人。如果我们看到那个女孩,我们就抓住她。明白了吗?"

房间里的大多数人都点点头,低声表示同意。

当野语者开始散去的时候,克拉姆凑到考身边。"你不应该一个人去精神病院,"他说,"你为什么不叫醒我?"

"我没想到会有那么危险。"考说着把目光移开。但真正的原因是他知道克拉姆并不在乎塞琳娜,他会阻止自己的。

"他不是一个人去的。"思特里克汉姆太太说。她就站在考的后面。"他带走了我女儿,差点害死她。"

"我们怎么知道会发生什么事呢?"莉迪亚说,"不管怎么说,你和爸爸又在吵架,我不想打扰你们。"

思特里克汉姆太太脸上露出痛苦的表情。"我们争吵是因为他认为野语者会把你置于危险之中,"她平静地说,"如果你受伤了,就证明他的观点是正确的。我要你现在就回家,莉迪亚,你这一晚上已经够折腾的了。"

"不,"莉迪亚急忙说,"你认为我待在家里会更安全吗?妈妈,他们知道我们住在哪里。"

"她说得有道理。"克拉姆说。

思特里克汉姆太太生气地向他冲了过去。"谢谢你的育儿建议，克拉姆。"

"我会保护她的，"拉克伦说，"等我们到了工厂，泰特斯就会时刻守护她。"

一只孤独的狼向他们走来，它的头几乎和莉迪亚的肩膀一样高。

思特里克汉姆太太叹了口气。"但一旦遇到危险……"

狼发出隆隆的咆哮。

约翰尼站在门口。"我们有陈的车和维尔玛的车。还有谁有车?"

阿里举起了手。

"我也有。"一个肩上扛着一只黄鼠狼的人说。

"我飞过去，"考说，"我的乌鸦也能把莉迪亚带走。"

约翰尼·菲弗泰斯点了点头，表情严肃。"好吧，"土狼语者说，"等鸽子带回确切消息，缝纫厂就是我们要找的地方，我们就准备在黎明时攻下它。"

第七章

"我从没想过我们会回到这儿。"莉迪亚说，她和考在黎明前的阳光下并肩飞行。"这让我浑身起鸡皮疙瘩。"

克拉姆曾告诉考，黑石城的工业区曾被称为城市的发动机，早在金融区建成之前，工人就每天24小时轮班工作。但现在的黑石城已经不再生产任何东西，那些古老的砖房已年久失修，大多数房子的窗户被打破了，屋顶漏水，烟囱摇摇欲坠。在它们之间蜿蜒的鹅卵石街道从来没有人打扫，而且老鼠远比人类多得多。

考把乌鸦引向离缝纫厂一个街区远的多层停车场的二层。它们飞了进去，落在里面的水泥空地上。乌鸦们又飞走了，只剩下希默、斯克里奇和格鲁姆。

"你认为我们能找到他吗？"莉迪亚说，一面抱紧身子御寒，她的声音在废弃的停车场里回响，"纺纱人？"

乌鸦带着他们穿过城市时，考也在想这件事。"克拉姆的鸽子看见工厂里有罪犯。"

"我知道，"莉迪亚说，"可是他呢？"

车轮发出的刺耳的声音让乌鸦激动地拍打着翅膀，那是拉克伦那辆破旧的吉普车从下面的平地上开过来发出的轰鸣，他带领着其他车辆。吉普车一停，几只鸽子就落在引擎盖上。

"你确定是缝纫厂吗？"狼语者咆哮着跳了下来。

"我可以告诉你，那里的确有人活动的迹象。"克拉姆说着从另一边走了下来。

"你想听听别人的意见吗？"斯克里奇问道，"鸽子不是那么可靠。"

"不，别轻举妄动。"考说。有三只乌鸦陪伴着他，算是一种小小的安慰。

约翰尼一走出思特里克汉姆太太的车，就开始发号施令。他要两组人，由思特里克汉姆太太和拉克伦带领着一组人从底层进去，另一组从空中接近楼上的窗户。

"我带领第二组人。"约翰尼说。

"我来带路，"克拉姆说，"你的土狼最好留在地上。"

"谢谢你，克拉姆，"约翰尼说，"但是我的动物们不会掉队的，相信我。"

"但是——"克拉姆开始说。

"别说了，克拉姆，"拉克伦说，"约翰尼知道他在说什么。"

克拉姆脸红了，但什么也没说。

"我做什么？"考说。

约翰点了点头。"你是我的得力助手。另外，我不知道塞琳娜长什么样。你得把她指给我看。"

"如果她还在里面。"克拉姆说。

"如果她还在。"格鲁姆刚要说。

"嘘!"希默打断了他的话,"别听他的,考。"

"我从来不听。"考微笑着说。但他知道,格鲁姆的担心可能是有道理的。一旦塞琳娜没有了价值,纺纱人就会毫不犹豫地杀了她。

在金融区上空,东方的天空亮了起来。约翰尼看了看手表。"大家都准备好了吗?"

当聚集在一起的野语者打盹的时候,一辆摩托车停了下来。穿着皮衣的骑手从座位上下来,伸手摘下头盔。考笑了,他看到玛德琳摘下安全帽,抖了抖一头乌黑的秀发,她然后打开车后座的一个箱子,六只松鼠跳跃着穿过柏油马路。

她拿出一根拐杖,一瘸一拐地向他们走来。当她走近时,她张开双臂,笑得合不拢嘴。她走到克拉姆面前,考注意到他在朝她微笑,然后她径直从他身边走过,拥抱了约翰尼·菲弗泰斯,亲吻了他的双颊。

"玛迪!我没想到你会来。"他说。

"你还记得我,"她说,"我从不喜欢无聊的聚会。"

克拉姆清了清嗓子。"嗨,玛德琳。"他害羞地挥了挥手说。

她似乎是第一次注意到他,脸色突然变得严肃起来。她把一只胳膊搭在拐杖上,用双手握住他的手。"你好,塞缪尔,"她说,

"对不起，我一直没有联系你。"

他看着她的脸，笑了，"我也很抱歉。我想打电话……但我不知道你是否……"他上下打量着她，"我很高兴你又能走路了。"

"这一路走来不容易，"她说，"做了很多治疗。但是他们怀疑我是否能离开轮椅。"她停顿了一下，"看到你和其他野语者，我又有了继续努力的理由。"

"好吧，我们以后有时间再谈，"约翰尼说，"玛迪——你和维尔玛还有地面部队一起。记住我们来这里是为了什么——找到蜘蛛语者。"

"然后呢?"阿里问。

"杀了他。"

大家都严肃地点了点头，考发现自己也在这么做，可是莉迪亚皱着眉头。也许她还记得精神病院的蜘蛛人——考是如何把剑刺进它的胸膛的。即使纺纱人就在眼前，杀死他也不像约翰尼想得那么简单。他是否有一具可以被杀死的肉体呢?

考正要说点什么，但那群人已经散开了。思特里克汉姆太太领着她的队伍走到地面上，她身后跟着十几只狐狸，还有玛德琳的松鼠、一群狗、浣熊和几条滑行的蜥蜴。

"祝你好运。"莉迪亚说，然后领着拉克伦的狼跟在妈妈后面。

"小心点，皮普。"克拉姆叮嘱，老鼠语者正慢跑着跟上其他野语者。

"我们开始行动吧。"约翰尼说。他爬上了停车场边缘的栏杆，轻松一跃到了隔壁大楼的屋顶上。考也跟着跳了过去，他的乌鸦在空中飞翔。克拉姆让鸽子把自己和阿里都抬过去。一个带着长尾小鹦鹉的野语者泽亚笨拙地降落在地上，鸟儿们竭尽全力轻轻地将她放下来。"已经过了一段时间了。"她结结巴巴地说。

考没有经历过那个黑暗之夏，但他想知道这是不是那种感觉。一群野语者向他们的敌人走去。他们蹲伏在那里，飞快地穿过屋顶，在屋顶的另一边停了下来，考看见有三条行踪隐秘的土狼在下面。一群蜜蜂在空中飞来飞去，在头顶上嗡嗡作响。约翰尼举起一只手，默默地指着缝纫厂。考的心在胸口怦怦直跳。

这座建筑物看起来比上次更加破烂不堪，有两层仓库，一层地下室横跨整个建筑，二楼几乎没有一扇窗户是完好的——有些窗户玻璃裂开了，有些则完全没有了。进到里面去不是什么难事。

约翰尼指着一扇窗户，做出飞行的动作。考、泽亚和克拉姆召集了所有的鸟，屋顶上的野语者很快就安全抵达房子里面。

考深吸了一口气。他们现在所处的位置是一间旧办公室，里面有着倾斜的书架和一张堆满文书的桌子。一扇门通向走廊。当考瞥见一个人影在看着他们时，不禁心跳加速，但好在只是虚惊一场，那是一个人体模型，上面盖着用别针固定的碎布。

他记得楼下的大厅，几百台缝纫机整齐地摆放在桌子上。但在这里，房间被分隔成许多间办公室。办公室里还有几副人体模型，以及有关面料的书，几张服装设计图的钉板。考看到墙上斜挂着一幅黑色的油画，油画画的是一位蓄着胡须的绅士。他想知道这个人是否曾是这里的主人，如果他现在看到这幅场景会怎么想，这里看起来就像遭遇了飓风一样。考小心翼翼地走向门那边，地板吱吱嘎嘎作响。

空气中有股淡淡的腐烂的味道，像是动物粪便，皮沙发上铺着毯子。阿里拿出一份《黑石城先驱报》。"是昨天的。"他低声说。

当考经过门口时，他注意到车架上有爪印，他的乌鸦在走廊上停歇着。

约翰尼打了个响指，指着不同的方向，示意他们散开来，查看顶楼。野语者散开不见了。考沿着走廊侦察，精神亢奋。在一间里屋，他发现了钉在一块木板上的一张黑石城地图，上面用记号笔乱涂乱画。他仔细一看，发现自己的房子被圈出来了，精神病院和莉迪亚的家也被圈出来了。地图上还有其他标记——也许是罪犯实施过抢劫的地方，或者是野语者的住所和工作场所。考非常震惊，这是一个组织严密、残酷无情的犯罪团伙。

约翰尼出现在他身边，他喃喃地说："绝对就是这个地方。"

约翰尼咬紧牙关。"嘿，看看我发现了什么。"

考跟着他走到另一条走廊的尽头。那儿有一个旧电梯，电梯门是一扇焊接的铁门。"这部电梯能把我们直接带到地下室，"约翰尼说，"我敢打赌，他们不会想到我们会在地下室发起攻击。"

"他们听不见我们来了吗？"考说。

"如果我们从电梯井爬下去就不会，"约翰尼说，"你准备好了吗？"

"行动吧。"他兴奋地说。

约翰尼使劲推开大门。泽亚、克拉姆和阿里出现在走廊的另一头。"你们走主楼梯。"约翰尼说。

克拉姆皱起了眉头。"你确定——"

下面什么地方传来一声可怕的吼叫。约翰尼爬上梯子的轴杆。"走了!"他说,"祝你好运!"

克拉姆、阿里、泽亚和他们的动物飞快地出发了。当考把脚放低到梯子的第一级时,约翰尼已经爬到底下了。他听到下面传来一声枪响,一颗子弹反弹回来,接着又是动物的叫声。他的乌鸦飞到梯轴上,从一根管子跳到另一根管子。

考和约翰尼爬得很快,当他们到达地面时,考看到梯子门口一片混乱。野语者和他们的动物陷入了激烈的战斗中。一群飞蛾掠过,落在玛德琳的脸上,挡住了她的视线,她扑打着那些飞蛾,她的松鼠惊慌地跳来跳去。西尔克先生站在一张桌子上,举起双手指挥作战,一只松鼠爬上他的后背,咬住他的脖子,他大声尖叫起来。一群狐狸紧紧抓住一只黑豹的侧腹,黑豹试图把它们甩掉。莉迪亚和皮普躲在拉克伦的一只狼身后,拉克伦也在和卢曼搏斗。他抓住罪犯的胳膊,把他扔过一排桌子,缝纫机摔在地上。卢曼咕哝了一声,搬起一台缝纫机,朝狼语者扔去,狼语者蹲下身子,又冲了过来。猴子用爪子抓着正在咬人的松鼠,一只猎鹰低低地飞到房间上空,爪子里抓着一只尖叫的浣熊。

"我们必须帮助他们!"考说。

"不行。"约翰尼说，很快地扫视了一下战场，然后开始往下爬。"纺纱人不在那儿。我们应该继续往下走。"

阿里刚从侧门闯了进来，愤怒的蜜蜂蜂拥而入。五彩缤纷的长尾小鹦鹉在空中飞来飞去。考看见思特里克汉姆太太在拼死搏斗，一条恶狗不断地向她扑来，她的胳膊在流血。她扼住恶狗的喉咙，然后倒在了地上。这时，考看见一个瘦得皮包骨的罪犯拿着一根金属棒朝她走来。他必须做点什么。他用力挥手，一群乌鸦挤过电梯门。当那人把铁条举过莉迪亚母亲的头顶时，乌鸦用嘴和爪子啄他的脸，他慌不择路地后退，丢下了武器。

"考，快点！"约翰尼在下面说。

考最后看了一眼，看到莉迪亚从掩蔽处钻出来，在桌子之间匆匆跑过。拉克伦的狼正忙着赶走更多的狗。皮普消失了，但是现在鸽子也加入了战斗。他们已经抓住了一个犯人的腿，把他抬了起来——他的双手抓着桌子的边缘。

"斯克里奇，莉迪亚，小心点！"

两只乌鸦飞到一楼，考跟着约翰尼，只带了一群乌鸦。

最后，他们到了电梯井的底部，走出电梯，走进了一个阴暗的地下室长廊。考停了下来，试图分辨出一些声音。约翰尼左右看了看。"别担心，"他小声说，"我的土狼很快就会和我们会合的。"

他把手伸到皮夹克下面，取出一支枪。

"那是准备干什么用的？"考问。

"你觉得这主意怎么样？"约翰尼说，"我不会冒任何风险去对抗蜘蛛。"

上次来的时候，考没有在这儿探索过，但他记得莉迪亚穿过那间巨大的仓库，来到了亡灵之地。纺纱人不知怎么就从那儿回来了？

四周一片寂静，但考有种不安的感觉，觉得有人在监视他。然后，当他们转过街角时，他看到了蜘蛛网——成百上千的蜘蛛网在走廊上密密麻麻地排列着。他打了个寒噤。

"很接近他了。"约翰尼·菲弗泰斯说。他身后悄悄走来了四条土狼。看到他们，考感到一丝宽慰。

"他们是怎么到这儿来的？"他问道。

约翰尼咧嘴一笑。"土狼是狡猾的动物，"他说，"我们去看看这些房间，如果有什么发现就喊我。"考还没来得及回答，他就飞快地跑开了。"我们真的应该分开吗？"考想知道，但是已经太晚了。

尽管有蜘蛛网，考在任何地方都看不到一只蜘蛛。他把手伸进蛛丝网，试图把它们拂到一边。缠在他前臂上的蛛丝网紧紧地贴在他的皮肤上。他抽出鸦之喙，砍掉这些网，砍出一条路来。他的乌鸦不得不在地板上跳来跳去，以免被降落下来的蛛丝闷死。

"我不喜欢这样。"格鲁姆说，紧挨着考，"如果是陷阱呢？"

"那我们很快就会知道了。"考小声说。他每走一步，他的心都告诉他转身快跑。

他们身后传来翅膀拍打的声音，是斯克里奇和希默从楼上下来了。

"我告诉过你们和莉迪亚待在一起。"考说。

"她有一只狼，"斯克里奇说，"你更需要我们。"

"不管怎样，我们会赢得这场战争，"希默说，"但是没有纺纱人的踪影。"

考听到从他右边传来一个微弱的声音。他走得更近了，暗处有一扇门。

"救命!"有人从里面说，"谁在外面? 拜托了!"

声音很低沉，但考立刻听出了那是谁，他的心跳加快。

塞琳娜!

"准备好。"他命令他的乌鸦，他抓住了门把手，试图扭动它，但门被锁上了。

"推开它。"斯克里奇说。

"拜托! 把我弄出去!"塞琳娜在里面叫喊。

考一脚踢向门锁，门猛地开了。这个房间和他曾经与克拉姆一起被关在修理厂的那个房间是一样的。桌子上散落着破烂的缝纫机，工作台上放着灯，工具架上放着工具。除此之外，他还能看见一个人影蹲在黑暗的角落里。那是塞琳娜，穿着一件破衣服，头发上沾着白色的东西，考认为可能是面粉，或者是锯末。

她似乎连转身都很害怕。"塞琳娜?"考温和地呼唤她。

她浑身颤抖着。自从她被从医院带走以后，考不敢想象她会发生什么事。如果纺纱人伤害了她……

"没关系，"他说，"现在我在这里，我们会把你救出来的。"

"他在哪里？"她说，"他不会让我离开的。"

"我不知道，"考说，"但是如果我们现在就走，我们可以逃脱。"

他穿过房间，在她身边弯下腰来。塞琳娜紧紧地抱住双腿，好像害怕他似的。她还穿着病号服，已经撕破了，上面有一道道污迹。当他把手放在她肩上时，她停止了颤抖，僵住了。塞琳娜的头发上根本没有任何东西，考意识到——这看起来像是染过的。

"来吧，"他说，"是我——你的朋友，考。"

她喉咙里发出回答的声音完全出人意料。柔软、低沉的笑声，甚至带着彻骨的寒冷——一点也不像塞琳娜。

"我知道你是谁，"一个没有感情的声音说，"我就知道你会来的。"

考猛地站了起来。

她慢慢地展开身体，以不太像人能做出的流畅动作站起来，双臂笔直地放在身体两侧。她的头发全白了，脸色苍白。但她的眼睛是乌黑的，像磨光了的鹅卵石。她在医院才住了几个星期，但是指甲已经长了几英寸，而且变得尖尖的，垂在身体两侧的手显得异常修长。

"塞琳娜？"考试探地叫了一声。

"杰克，这个名字对这个身体已经没有任何意义了，"那个冰冷的声音说，"她是我的人。"

那声音仍然是一个女孩的声音——只是那些话语完全属于另一个人。考咽了下口水，但是喉咙依然干涩。

"是你。"他说。

那个人没有动，但她的头发动了，一只长腿蜘蛛爬了出来。它掠过她的前额，又消失了。"你对她做了什么？"考说。

"我是白寡妇。"那声音说。

更多的蜘蛛从工作台下面拥出来，它们团团围住塞琳娜的脚，形成一个完美的圆圈。

考绝望地举起了鸦之喙。"离开她。"他说。

一只老鼠大小的蜘蛛突然从天花板上掉了下来，它的尖牙扎进了考的手里。他疼得喘不过气来，剑掉到了地上。

"我会让她走的，"白寡妇说，"到那时她也没有多大用处了。"

考感到自己的腿在不停地抖动。

"你没事吧？"斯克里奇问道。

考靠在长凳上站稳了。"别担心，"白寡妇说，"毒药不是致命的。我告诉过你，不是吗，我还不会杀了你，直到我把你的一切都拿走。"

"我不明白。"考说，他觉得自己的声音含糊不清。

"你会学到很多东西。"女孩说。考的视线变得模糊，她似乎分成了两个人。

"考，快走！"约翰尼喊道。

考转过身来。土狼语者站在门口，手里举着枪。

"不!"考说。

约翰尼冲进房间,拿枪对准了塞琳娜。她泰然自若地走到了考和枪中间。

"走开,考。"约翰尼说。两只土狼悄悄跟在他后面。

蜘蛛拥到考的脚踝处,使他踉踉跄跄站不稳。他任由自己的身体倒在地上,但他的心却将意念集中——他的乌鸦。一个黑色的身影撞上约翰尼的枪口,枪口一闪,枪声响彻整个房间。接着又是一声枪响,约翰尼试图甩掉乌鸦,子弹从墙上和地板上弹了下来。"考,你要干什么?"他喊道。

"那是塞琳娜。"考想要回答,但他不确定自己这句话到底有没有说出来。

蜘蛛从考身边蹿过,爬上了约翰尼的腿。土狼语者把希默甩到墙上,用枪托把格鲁姆击到一边。考看见塞琳娜退到房间的角落里,无处可去。然后约翰尼从他身边挤过去,把另一盒弹匣装进枪里。考无力地抓住了他的腿,但没有用。约翰尼从近距离向塞琳娜举起了枪,她举起双手遮住脸。

考使出最后一股劲,扑向约翰尼,肩膀先撞上了他。土狼语者和考冲向敞开的门那边,摔倒在地上,压死了几百只蜘蛛。

"杀了她!"约翰尼喊道。

接着,考听到可怕的咆哮声和家具翻倒的撞击声。他昏昏沉沉地转过身来,房间好像翻倒过来了。

不,不是房间。是塞琳娜——那个白寡妇——她四肢着地,正往墙上爬，一只土狼挥着爪子向她扑去。她在他们头顶的天花板上倒立着跑过去，又一声枪响，但子弹没有打中她。然后她掉在他们旁边的地上，站起来夺门而出。

约翰尼推开考，快速地跑进走廊去追赶她。考试图向前爬行，但他感到四肢沉重无力。

土狼语者向从天花板上垂下来的蜘蛛网胡乱射击，许多土狼用爪子撕扯着蜘蛛网。考虚弱地抓住约翰尼的脚踝。

"放开我，考！"约翰尼说，"她走了。"他甩开考朝电梯井跑去。他又直接向上开了三枪，塞琳娜一定是从那条路逃出来的。

"那是什么东西？"他们身后的一个声音问道。

考转过头——几乎要晕过去了——他看见其他野语者冲进走廊。思特里克汉姆太太和她的狐狸走在前面，克拉姆和拉克伦站在两边。他们看起来疲惫不堪，战斗完了之后气喘吁吁，衣服破烂不堪。

约翰尼把枪挂在身侧。

"那是一个新的蜘蛛语者，"他说，"多亏了我们这位朋友，她逃了出去。"他怒视着考。

"她？"玛德琳问道。

考想说话，但他的头很晕，胃里恶心到想吐。克拉姆冲进走廊。"警察！"他说，"我们得离开这里。"

"各位，回到停车场！"思特里克汉姆太太嚷道。

考摇摇晃晃地站了起来，莉迪亚冲到他身边。"召唤你的乌鸦。"她说。

鸦群很快就来了，静默无声地聚在一起，子弹般飞入电梯井和走廊。汽笛一响，野语者们四下乱窜，接着上面传来靴子砰砰的踢踏声。考走不了路，他让乌鸦带他上了楼梯。他从侧门出来，呼吸着新鲜的空气，飞快地升上了天空。从上面他看到警车和旋转的警灯，武装警察包围了大楼。乌鸦、鸽子和长尾小鹦鹉把莉迪亚和几个野语者送到了安全的地方。

他们降落在停车场上，土狼语者走到考面前，把他推到后面的墙上。一只手抵着考的喉咙，另一只手握紧拳头准备揍他。

"放开他!"莉迪亚说。

考打起精神来，但拉克伦不知从哪儿冒了出来，在土狼语者还没来得及出拳之前就抓住了他的胳膊。思特里克汉姆太太带领的野语者也出现在了停车场。许多人一瘸一拐地走来，他们的衣服被撕破了，脸也被划破了。

约翰尼脸色很难看，考感到掐着他脖子的那只手有那么一会儿要令他窒息了。他能感觉到约翰尼的愤怒，就像空气中的静电一样。然后土狼语者松开了手，咆哮着后退。一只狼走到他和考之间。

"你到底在干什么?"约翰尼喊道，"我射得很准。你会把我们俩都害死的!"

考的肚子里又翻起一阵恶心，他喘着粗气，终于挤出一句话。"她是塞琳娜。"他说。

约翰尼的脸色变了，随着怒气渐渐消去，他的脸也变得平静了。"那是你的朋友吗？"约翰尼说，"蜘蛛语者吗？"

"考，你确定吗？"克拉姆说。

考看着他们的脸。他很高兴地看到，尽管大家都不同程度地受了伤，衣服也撕破了，但所有的野语者似乎都安然无恙。

"是她，"他说，"但是她变了，她的头发，她的眼睛，"——他不由自主地打了个寒战——"但那是她。"

"可她是个蜘蛛语者！"约翰尼说，"这意味着她一定是他的孩子。"

考摇了摇头。他的脑子还是一片混乱，但他知道自己跟谁说过话。"不，那不太对。是纺纱人，他在她的体内。他叫她白寡妇。"

"她怎么可能是纺纱人和白寡妇呢？"长尾小鹦鹉语者泽亚说。

"确实，"拉克伦说，"如果她是蜘蛛语者，她就不再是你的朋友了。"

"我们刚刚失去了引她出来的绝佳机会。"约翰尼说。

克拉姆的几只鸽子飞下来，落在思特里克汉姆太太的车的车顶上，其中一只发出了一连串的咕咕声，克拉姆叹了口气。"蜘蛛语者不见了。"他说。

约翰尼·菲弗泰斯用拳头猛击三次汽车的引擎盖，然后转过身来，用腰部撞击车轮，他把大汗淋漓的前额上的一绺头发往后一甩。"瞧你干的好事，考。"他说。

第八章

　　十五分钟后，野语者聚在一起讨论，乌鸦和鸽子在一旁放哨。约翰尼·菲弗泰斯来来回回地踱步，水泥地上投下了他长长的身影。远处传来车流的隆隆声和喇叭声，预示着早晨上班的高峰期开始了。

　　考与其他人分开坐着，靠着停车场的墙，他手上有两个牙印，皮肤上有一块紫色的瘀青，已经肿起来了，直到现在他还感到恶心。

　　当他想起白寡妇那张苍白的脸，那双空洞的黑眼睛和充满邪恶的声音，不禁又打了个寒噤。塞琳娜还是原来的那个她吗？难道她的生命就这么结束了？他们的友谊还没有开始——当他发现塞琳娜蹲在他家时，她对着他挥舞着棒球棒。她瞒着他好长一段时间，她为她母亲当间谍的事。但重要的是，当她必须做出选择的时候，她勇敢地面对她的母亲，她敢于拼死阻止罪犯。他认识的塞琳娜真的永远消失了吗？或者说她的灵魂还在某处，等着他去解救呢？

　　考的胃又痉挛了，把他脑子里的所有念头都驱散了。他闭上眼睛，等着这一阵疼痛过去。"考，我们应该送你去医院。" 莉迪亚把手放在他的肩膀上说。

"不!"他说，"我没事。"

"你不知道，"莉迪亚说，"毒药在你身体里可能会造成伤害。"

考摇晃着站起来。"他说那不会致命的。"

"你相信他吗?"

"他想惩罚我，塞琳娜也是对我惩罚的一部分，还有鸟巢。但到目前为止，他说的话都成真了。"

莉迪亚叹了口气。"我知道那个地方对你意味着什么，考。我很抱歉。"

"我不明白。"约翰尼·菲弗泰斯说着，和其他野语者一起走近了考和莉迪亚，"如果白寡妇是新的蜘蛛语者，她一定是纺纱人的女儿。"

"不一定。"思特里克汉姆太太说。

"那是什么意思?"约翰尼说，"成为野语者只有一种方法——父母死后会把力量传给孩子。也许还有另一种方法，那些囚犯获得苍蝇之母赐予他们的力量……"

考看见思特里克汉姆太太朝他这边瞥了一眼。他伸手去拿午夜之石，眼睛看着地面。是的，它还在那儿。他知道约翰尼在想什么。如果塞琳娜不是纺纱人的女儿，她怎么可能没有考的帮助就获得蜘蛛的野性力量呢?她的力量不可能来自那块午夜之石——自从那天晚上鸟巢失火后，考就一直保护着它。即使塞琳娜触碰到了那块石头，变成了一只蜘蛛，也无法解释她是如何被纺纱人的灵魂侵入的。那双黑眼睛望着考时，带着真正的仇恨。白寡妇不只是新出现的蜘蛛语者——她还承载着他的死敌的灵魂。

考抬起头，看到约翰尼·菲弗泰斯领着其他的人走远了，到了其他野语者的车后面。

"他们在干什么？"莉迪亚说。

"我不知道。"考回答，约翰尼也瞥了他们一眼，"但我一定会知道的。"

"也许别管他们最好。"斯克里奇说，在他身边跳了起来。

"不行。"考咕哝道。他们为什么偷偷溜出去单独谈话？他们应该站在同一战线。

"让我们听听。"希默说。

但是考想要亲耳听到。他躲在车子后面，慢慢地靠近，两腿还站不稳，莉迪亚跟在他后面。其他的语者都在小声说话，他们说得太投入了，以致没有注意到考走近了。

"你信任她——这个塞琳娜？"约翰尼·菲弗泰斯说。

"她帮助了我们，"思特里克汉姆太太说，"我坚信她不知道她妈妈是个苍蝇语者。"

"或者，她是知道的，她只是在说谎。"克拉姆说。

约翰尼的手放在身后。"你认为你能信任她吗？"他说，脑袋猛地朝刚才考所在的地方点了点头。

考屏住了呼吸。

"别那么问，"克拉姆说，"你不是真的认为——"

"我不排除任何可能性。"约翰尼说。

思特里克汉姆太太举起一只手。"约翰尼，我跟考一起经历了很多。看在上帝的分上，他是丽兹·卡迈克尔的儿子。"

没有人接话，然后约翰尼叹了口气。"我知道，"他说，"但他已经不再忠诚，他袭击了我，而我本可以杀死蜘蛛语者。"

"如果他认为那是他的朋友——"克拉姆开始说。

"可你自己说过，他认识她才几天，"约翰尼说，"如果这是真的……"

考蹲在阴暗处，不敢相信他们会这样谈论他。他握着拳头。莉迪亚把一个手指放在嘴唇上，考僵硬地点了点头。

"如果我们要面对这种新的威胁，我们需要统一战线，"约翰尼继续说，"考现在处于矛盾之中，他心烦意乱。我们应该把基地搬出他的房子。"

克拉姆摇了摇头，但拉克伦、泽亚和阿里都点了点头。约翰尼盯着莉迪亚的母亲。"维玛尔？"

思特里克汉姆太太慢慢地闭上了眼睛。当她睁开眼睛时，她也点了点头。"让我跟他谈谈。"

考从车后走了出来。他说："如果你有话要说，就当着我的面说。"

"我知道这对你来说很难接受，考，"思特里克汉姆太太说，"但是现在每个人对你的行为都感到疑惑不解。"

"我也很疑惑!"他说,"我没有攻击约翰尼,我只是阻止他向她开枪。我不知道如何向你证明我是站在你这边的,我也不应该刻意证明。"他扯着嗓子喊道,有些紧张。

"没人认为你不应该。"克拉姆说。

"我没说你是叛徒,"约翰尼说,"可是考——如果你想证明你自己的话……"他瞥了思特里克汉姆太太一眼,"可以用午夜之石。"

维尔玛·思特里克汉姆的目光十分清澈,顷刻间,考知道她已经把有关那块石头的一切都告诉了土狼语者。

约翰尼耸了耸肩。"我知道苍蝇之母发生了什么事——我知道她是怎么组建军队的,"他盯着考,"你拿走了它,对吧?"

"是的。"考停了一会儿说。

"好吧,我们也来使用它吧!"约翰尼走向他说,"我们可以创建一支自己的军队。"

"不,"考说,"这太危险了,乌鸦一族发誓要守护这块石头。"

克拉姆反对约翰尼的观点。"你是说要让普通人跟我们一起战斗?这太疯狂了。"

"是吗?"约翰尼说,"那么石头是干什么用的呢?当一个家族死了,我们又可以让其活过来。它是终极武器,能够起死回生,对吧?"他的脸上充满了活力,语气中充满了哀求。

"慢着,约翰尼,"思特里克汉姆太太说,"我们还没谈过这个。"

"好吧。"土狼语者说，突然平静下来。他深吸了一口气。"即使我们决定不立即使用它，考最好让我们来照看它，是吧？让能够保证它安全的人来保管是最安全的。"

"你能信任谁呢？"考痛苦地说。

没有人说话，但是大家都望着思特里克汉姆太太。她凝视着远方，紧咬着嘴唇。然后，她的目光慢慢移到考身上。他的心一沉，知道她想要说什么。

"我们相信你，考。我们当然相信。但是……约翰尼说得有道理，"考开始摇头，但她继续说，"如果纺纱人回来了——如果他想报复你——那么石头在我们这里会更安全。我们可以放在某个地方保护它。"她伸出手来。

当拉克伦开始靠近时，考后退了，他的狼紧跟在他身后。

"来吧，考。"土狼语者说。

"别逼他，"克拉姆说，"他是考！是我们中的一员。"

"你说起来容易，"阿里生气地说，"我在那里已经损失了半个蜂群，它们白白牺牲了自己的生命。"

"都退后，"考说，"你们休想从我这里拿走它。"

"求你们了，"莉迪亚绝望地说，"你们所有人都离他远点。"

"说实话，考，"约翰尼说，"你对你的朋友塞琳娜使用了午夜之石吗？也许你为她感到难过。也许你认为给她力量是唯一能救她的方法。"

"不，"考说，"这都是你的胡乱猜测。"

098

他背靠在停车场边上的矮墙。

"你为什么要逃跑?"约翰尼问。

"别靠近他!"莉迪亚又向前冲了一步说。思特里克汉姆太太抓住她的女儿,把她拉住。

"在你口袋里吗?"约翰尼问。

"把它交出来。"拉克伦补充说。

"考,"格鲁姆说,"小心你的左边。"

两只土狼溜过停车场地面。

"没有必要这么做。"克拉姆说。他把手放在约翰尼的肩膀上,但土狼语者甩开了他的手。

"离我远点!"考说。他还没来得及想清楚,他抽出了鸦之喙。

"或者怎样?"约翰尼举起双手说,"你会刺伤我吗?你确定我们站在同一战线?"

"考,不要。"皮普说。他几乎要哭了。

"大家冷静下来,"思特里克汉姆太太说,"记住我们是谁!考,让我们好好谈谈。"

"你就是想要那块石头,"考说,"你已经拿定主意了。"

约翰尼突然伸出一只手,把鸦之喙打到一边。考看着它滑过混凝土,滑过栏杆,从停车场边上掉下来。

"把那块午夜之石给我,"约翰尼说,"我们会照看它的,我保证。"

拉克伦和阿里从两边向考逼近。

"后退。"考说，他在脑中大喊着让自己飞起来。约翰尼一脸困惑，皱了皱眉，考的骨骼像软了一样收缩起来。他的身体发生了巨大的变化，他的腿变得僵硬，力量都转移到了肩膀上。

"嘿，你干什么——不！"土狼语者叫道。

当考变成乌鸦时，他眼中的世界也变成了曲线。

土狼语者向前冲去，说时迟那时快，希默和斯克里奇扑到他脸上，约翰尼大叫一声，考从栏杆顶上滚了过去。他在空中飞了一秒钟，然后他拍打着翅膀飞走了。他回头一看，看见莉迪亚在叫他。"考！"她喊道，"回来！"

"我们离开这里吧。"格鲁姆说。

考盘旋着，等待着希默和斯克里奇，然后用力地拍打着翅膀离开了停车场。

"我们有客人。"希默说。

鸽子成群结队地从建筑物的边缘飞过——成百上千只鸽子。

考召集来了他的鸦群，更多的乌鸦像黑蜂一样从地下飞了起来。他需要逃走，但是，正如克拉姆一直告诉他的那样，鸽子比乌鸦跑得快，乌鸦很快就被团团围住了。

"大家分头甩掉它们。"考命令乌鸦。

他的乌鸦飞过天空。鸽子四散开来，每只鸽子都跟着一只不同的乌鸦。考在两幢建筑之间低低地飞着，经过一座老桥下的一条小巷子，然后飞到另一边。鸽子飞得更快，但乌鸦更敏捷。他又转回到桥下，然后停在桥下的一个钢架上。追他的鸽子迅速向他扑来。

考等着，他的心怦怦直跳。事情发生得太快了。他们突然间就都把矛头指向了他。

希默、斯克里奇和格鲁姆从桥下溜了过来，落在他身边。

"这太疯狂了。"希默说。

"但是我们逃走了，"斯克里奇说，"现在该做什么？"

考想了一会儿。他把鸦之喙落在那里了。也许他可以回去。他可以解释清楚，为他拔剑的事情说对不起，——不！他并不欠他们的。

他回不了家，莉迪亚的住处也不安全，现在他不能指望思特里克汉姆太太了。

然后他想到了。他知道现在只有一个人能帮忙。问题是，考根本不知道在哪里可以找到他。

他展开翅膀，飞回空中，从桥下飞了出去。五六只乌鸦在一处废弃公寓外的窗框上游荡。他认出其中有一只叫克拉克，那是一只强硬、严肃的雌乌鸦，是希默的姑妈——但这对乌鸦来说并不是什么大不了的亲戚关系。考降落在其他乌鸦旁边，它们慢慢地走着。

"我要你回去取鸦之喙，"他说，"但如果实在没办法，那就放弃。"

"很难说。"克拉克说。

考笑了笑。"不要受伤。"他说。

所有的乌鸦都汇集起来，如黑色溪流一般飞走了，除了格鲁姆、斯克里奇和希默。

"我需要你们去找猫，"他对斯克里奇和希默说，"告诉它们，去老发电厂，我就在那儿等着。"

"猫?"斯克里奇说，"可怕的生物……"

"可以去找那些成群结队的猫，"考说，"它们的行为看起来比较古怪。"

"你要它们干什么?"格鲁姆的问。

"如果我们找到猫，我们就能找到菲利克斯·贵格。"格鲁姆说着，做了个鬼脸，"格鲁姆，你跟我来。"

菲利克斯·贵格可能是考唯一的朋友了。

老发电厂俨然成了一片荒地，到处是波纹钢板和光秃秃的砖砌建筑，周围是铁链栅栏，巨大的生锈的铁桶和丑陋的铁塔在地平线上毫无生气地矗立着。黑水河的一个支流曾经在冷却塔下流过，现在已是一潭死水。几年前挤满卡车的碎石路现在长满了杂草。工厂的一侧已经变成了垃圾场，堆放着旧电视机、废旧洗衣机等电器和扭曲的钢梁。

现在这儿无人问津。

考仍然是乌鸦的形态，他降落在一根钢条上。在他旁边，格鲁姆抖着羽毛，站在一根倾斜的天线上保持平衡。

"你真的认为猫语者能帮忙吗?"他问道。

"他是野语者历史的专家，"考说"如果有帮助塞琳娜的办法，他肯定会知道的。"

过了一会儿，其余的乌鸦飞回来了。大多数都没有带来任何有用的信息，但是莫顿，一只经历了黑暗之夏的老乌鸦，带来了考一直渴望的消息。

"一共有三只猫，"他说，"在巷道里，看起来鬼鬼祟祟的。"

考看到了一点希望。这些巷道都是老黑石城的遗址，就在河滨码头的旁边。大多数建筑都是廉价旅馆、当铺或折扣店。在他小时候，考偶尔会在那里走一走。在黑石城，只有这一个地方，一个穿着脏兮兮的破衣服的男孩，不会引起别人的注意。

贵格潜伏在这个地方似乎有些奇怪——这里没有他喜欢的餐馆，没有裁缝，也没有为他精致生活提供服务的商店。

但如果那里有猫聚集在一起……

考告诉他的乌鸦们待在原地，除了莫顿和那三只总是和他形影不离的乌鸦，他们朝河边飞去。

格鲁姆拍了拍翅膀，想和考待在一起。"它们很担心。"它说。

"谁?"考说。

"乌鸦。它们从不喜欢塞琳娜。"

"它们不像我一样了解她。"考说。

"你确定你了解她吗?"格鲁姆问。

考没有立即回答。他还记得上次见到她时，她是怎样从天花板上爬过去的。他记得她的样子，白色的头发，没有眼白。如果她是白寡妇，那她身体里还有塞琳娜吗?

"它们也害怕，"格鲁姆说，"它们担心蜘蛛这次会更强大。"

"别想太多了，"斯克里奇说，"我们会一如既往地和它们并肩战斗。如果考说要我们救塞琳娜，我觉得我们就要帮他。"

"我从来没有说过我不愿意，"格鲁姆说，"我只是想知道我们做得对不对。"

"还有其他选择吗?"考问道，越来越生气。

格鲁姆气喘吁吁地跟上考。"只是你……不应该……独自一个人行动，"他说，"解决每一个问题不是你的职责。"

考加快了速度，与它们保持一定距离。格鲁姆也许是对的，但是其他的野语者几乎没有给他一个选择，不是吗?他们只是想杀了白寡妇，把塞琳娜忘得一干二净。

最后，他们到达了蜿蜒的巷道。从上往下看，那些高大的、不搭调的建筑物似乎相互融合依偎在一起。

"就是这个地方。"莫顿说，它的喙指向开着天窗的倾斜的屋顶。"猫就是在那儿不见了。"

"谢谢你，"考说，"回到其他乌鸦那里。我们很快就回来。"

考俯冲下来，他的爪子落在屋顶上，最后又变成了人的脚。这是他变成乌鸦时间最长的一次。他又变成了人形，透过天窗，看到里面有一个昏暗的房间。他把手放在窗框上，一只毛茸茸的爪子打了他一下。考气喘吁吁地把手收了回来。

他听到一阵急促的脚步声。菲利克斯·贵格出现了，一只手握着板球棒，另一只手握着一把锋利的剃刀。"什么人?"贵格喊道。

他穿着一件镶着缎子边的猩红色晨衣，胖嘟嘟的脸上还浮着剃

104

须泡沫。他卷曲的白发凌乱地披在肩上。"考?"他说,睁大了眼睛。

猫发出嘶嘶的声音。

"我可以进来吗?"考问。

贵格把板球棒放在桌上。"你怎么找到我的?"他问道,"看在上帝的分上,蓝胡子。让他过去。"

考小心翼翼地把窗户开大了些,然后慢慢地下去,落在破旧的吱吱嘎嘎的地板上。他的三只乌鸦跟在后面。

十几只猫从房间角落里狐疑地看着考。

"欢迎来到我的宫殿。"猫语者没精打采地说。

考觉得,与贵格的旧居——高尔特府的富丽堂皇相比,这里的一切实在太不一样了。在这拥挤的房间里,只有一把椅子,椅子的面料已经被烧坏了,还有一个脚凳。一张破旧的桌子上放着一个野营用的炉子和一只小炖锅,只有架子上还残留着高尔特府的遗迹——一排排看上去很古老的东西:一根羽毛魔杖,一个华丽的玻璃杯子,一个头骨,可能属于一只大狗,也许是一头猪的,或是一只山羊的……

"喝茶吗?"菲利克斯说,一只猫蜷缩在扶手椅上,闭上了眼睛。"恐怕我没有新鲜的茶叶。只有袋装的。"

"不,谢谢。"考说。他环顾四周,只见一排皮面装订的书——一点也不像贵格老房子里的那个大图书馆。"我需要你的帮助。"

贵格哼了一声,把一只铁水壶放在炉子上,用火柴点燃了它。

"那我能为乌鸦守护者做些什么呢?"

他坐在脚凳上,面前放着一碗水和一面破镜子,又开始用剃刀刮起下巴来。

"纺纱人回来了。"考说。

贵格停顿了一下,他看了看镜子里的考。然后他继续刮胡子。

"这不可能。"他平静地说。

"他把塞琳娜从医院带走了——不知怎么的,"考说,"她自称是白寡妇,他跟我谈话——通过她。"

贵格用一条破烂的毛巾擦了擦脸。在过去的两个星期里,他似乎老了十岁。他瘦了,裤子和衬衫松松垮垮的,两条腿更是瘦得皮包骨,他脸上的肉褶耷拉着。

"嗯?"考说,"你没有什么要说的吗?"

水壶响了一声,贵格慢腾腾地走了过来,把一个茶包扔进杯子里,倒上冒着热气的水。

"你确定你不想要吗?"

"问他有没有饼干。"斯克里奇说。

"不!"考说,"你在听吗?"

贵格转过身来,对着椅子上的猫发出嘶嘶声,猫睡眼蒙眬地舒展开来,跳了起来。他重重地坐了下来。"我听说城里的情况很糟。"贵格说。

"罪犯们一天比一天强大,"考说,"他们现在为白寡妇工作。我们不知道该怎么办。"

"你可以逃跑,"贵格说,"如果他找到了回来的路,那么他的能力是你无法想象的。"

"这就是我来这里的原因,"考说,"我需要你。"

贵格双手端着茶杯。"我不是一个战士。你需要维尔玛·思特里克汉姆,拉克伦。你需要以前和他交过手的野语者。"

"他们想杀了塞琳娜。"

"你是说那个白寡妇?"贵格说。他皱着眉头看着考,抿了一口茶。

考生气地摇了摇头。"一定有别的办法。午夜之石呢?它能吸取野语者的力量,不是吗?"

贵格抬起头来,两眼放光。"午夜之石很危险,"他说,"你怎么能让这只新蜘蛛语者不经她的手就能摸到它呢?如果她——或者更糟的是,他——拥有了它,那可能就是我们所有人的末日。"

考讨厌贵格的腔调。失败。他很懦弱,虽然这并不奇怪。他想把猫语者手里的杯子砸碎,然后拽着他的衣领把他拎起来。"我不会让他们杀了她的。"

"问问你自己——她死了是不是更好?"贵格说。

"当然不是!"考说。

贵格叹了口气。"如果纺纱人的灵魂附体在塞琳娜身上——我真的不知道怎么会发生这种事——我也不知道怎样才能把他驱散。"

"你是我最后的希望。"考说。

一只灰色的猫跳上桌子,贵格心不在焉地抚摸着它的头。"但是……"他说，"这块石头可能还有别的用处。你现在带了吗？"

考把手伸到衣领下，把它拉了出来，它仍然安全地待在他的袋子里。

贵格明显地僵住了，虽然他的眼睛看着它，但他并没有走近。

"据说你的祖先布莱克·科瓦斯是有史以来最强大的野语者，"贵格说，"比他同时代的人强大得多。很少有人知道这一点，但当他死后，他的女儿，下一个乌鸦语者，多年来都不能把乌鸦召唤到她身边。一些人猜测，布莱克·科瓦斯在他生前最后的几个小时里，把他的野语者的灵魂投入了午夜之石……"

"可是怎么会这样？这是为什么？"考说。

贵格耸耸肩。"也许他无法接受死亡，认为这是一种永生的方式。有些人说他嫉妒别人拥有他的力量，哪怕是他自己的骨肉。"

考皱起了眉头。"但是布莱克·科瓦斯为所有的野语者创造了午夜之石，不是吗？这样，即使野语者没有孩子继承他们的力量，野语者的后代也不会灭绝。"他以前只在布莱斯那位蠕虫语者的记忆中见过布莱克·科瓦斯一次——他的祖先有着一副凶狠的面孔和充满自信的声音。

贵格说："好坏有多面性。这取决于你的立场。"

"你是说纺纱人找到了一种方法来引渡他的灵魂？"考问，"得以永生，即使在他死后？"

"我是说，如果有人能告诉你蜘蛛语者是怎么做到的，那只有布莱克·科瓦斯自己。"贵格说。

"你听懂了吗?"希默问。

"很勉强。"格鲁姆说。

"我还在等饼干,"斯克里奇说,"他一定是放在什么地方了——桌子上有饼干屑。"

"可我怎么能跟布莱克·科瓦斯对话呢?"考说。

"你去找他。"贵格说。他朝考手里包着布的石头点了点头。

"嗯,我很高兴他把饼干吃光了。"希默说。

考取下脖子上的袋子,轻轻地把午夜之石放在脚凳上。它光亮的黑色表面在屋子里闪闪发光,考的脸靠近它。

"触碰它。"贵格说。

"它不会带走我的力量吗?"考紧张地说。

"我想不会,"贵格说,"这块石头是属于乌鸦一族的。"

"他不这么认为。"希默说。

"很难让人放心。"格鲁姆说。

"如果布莱克·科瓦斯在里面,也许他会找到你。"猫语者说。

"听着,考,"希默说,"我不确定。"

"我必须这么做,"考说,"没有别的办法可以帮助塞琳娜了。"

他伸出手指,停顿了一下,然后放在午夜之石上。没有突然的震动或闪光,它乌黑的表面比他想象的还要冷,几乎像一块冰。他把手缩回去,放在石头上的指尖才一会儿就冻脱皮了。

"你没事吧?"希默问。

考点了点头,然后又碰了碰它。寒气立刻在他的手指间轻柔地爆裂开来，仿佛午夜之石是一颗跳动着的冰冷的心。考抑制住再次抽离的冲动，闭上了眼睛。

"控制石头，"贵格催促道，"使用它。"

致命的寒气正在慢慢地把考的胳膊冻得发麻。考可以感觉到自己的血液在流动，流回他冻僵的胳膊上。

"你在哪里，科瓦斯？"他小声问。

午夜之石的寒气继续侵入考的身体，但是他用自己的意念进行反击。他的注意力集中在血液与石头冰凉的脉搏相遇的地方，他感觉到冷热的气脉在相互碰撞。

"布莱克·科瓦斯，"他说，"布莱克·科瓦斯。"

考的意识变成了一个黑色的漩涡，一个完全由意念组成的自我。慢慢地，他觉得寒气消失了。考的灵魂任意流淌，流经他的手臂，他的手腕，进入他的手指。他用尽最后的力气，离开了他的身体，进入了那块午夜之石。

突然，他感到脖子后面一阵刺痛，他意识到他不是一个人。

第九章

考睁大了眼睛看着，这是一个完全不同的房间。墙壁是深色的木板，一个巨大的壁炉里堆满了原木。在铅制玻璃窗下，放着一张皮面书桌，桌上放着一支羽毛笔和一个墨水瓶。这里看起来有种奇怪的熟悉感，但考说不出为什么。银制的杯子排放在架子上，他的脚踩在厚厚的地毯上。

"欢迎你，杰克。"一个低沉的声音说。

他转过身来，看见一个人从头到脚都穿着黑衣服，衬衫的白色袖口从黑天鹅绒夹克下面露出来，他还戴着黑皮手套。在修剪得整整齐齐的黑胡子上方，一双乌黑的眼睛傲慢地打量着考。那双眼睛表现出来的既不是友好也不是敌意——而是好奇。考以前见过这张脸。

"布莱克·科瓦斯。"他说。

那人略微低下了头。"我们是一家人，杰克，所以你必须叫我的真名托马斯。"

现在，考想起来了他是怎么认出这间屋子的——他在蠕虫语者的墓地里看到过这个场景。当所有的语者都发誓要把他们的一部分力量注入午夜之石里的时候，他就被带到这个地方。现在身处这里的感觉不一样——虽然他现在确实在房间里，但不知怎的，房间看起来有些陌生，没有原来那么印象深刻了。考意识到，每当他面对新事物时，他所看到的一切都在消失。

"我找到你了。"他说。

"或者是我找到你了，"布莱克·科瓦斯说，"你不是第一个来找我的人，杰克。过来，和我一起走走。"

他的声音很严厉，考不得不服从。

他们走下一段窄窄的吱吱作响的木楼梯，到了下面。布莱克·科瓦斯推开一扇门，这扇门通向外面的世界——一条宽阔泥泞的街道，对面是木结构建筑。空气中弥漫着木头的味道。考连忙跟上已经穿过街道的科瓦斯的脚步，但当一辆马车向他疾驰而来时，他不得不向后一跳。马车咔嗒咔嗒地驶过，转动的车轮溅起道路上的泥巴。在马车后座上，一个戴粉红色帽子的女人和一个戴高帽子的男人坐在一起。那女人正朝考的方向看，但似乎看不见他。马车向前驶去，科瓦斯猛地一抬下巴，示意考跟在后面。

考穿过街道，跨过一堆马粪，看到这个世界在他的视野中晃动着，变得越来越模糊。他在这里，但事实上又并不在这里。这是一个幻象——他可以感知它——它也会在瞬间消失。他回头看了看他经过的房子，看到一幢高大的木结构建筑，上面的窗户从前面伸出来，下面有木柱支撑，看起来相当宏伟。

"这是什么地方?"他问道,眼睛扫过街道。他们经过了一座木结构的礼拜堂,礼拜堂尖顶上有一只小公鸡在微微地旋转。礼拜堂旁边,透过一扇敞开的门,考看见一个穿着皮围裙的人正在敲打一块发光的金属。那人停了下来,向布莱克·科瓦斯点了点头。考再一次感觉到自已在这里是隐形的。

"这是黑石城。"科瓦斯说,当一群羊经过这条路时,他停了下来。

"什么时期的?"考说,急忙跟在他后面。

"这一年并不确切,"科瓦斯说,"在 1680 年左右。午夜之石承载着我的记忆,而这个地方就是由它构成的。我很高兴你来了,杰克。"

"我需要你的帮助。"考说。

"那么让我们找个地方谈谈。"科瓦斯说。

他们经过一个客栈和一个马厩的院子,一群妇女从一家商店里走出来,橱窗里挂着几件衣服。一个男孩正托着放满面包的盘子过马路。黑石城虽小,但是个热闹的地方。几个男人在走廊上打牌,他们拉了拉帽檐向布莱克·科瓦斯致意,他也向他们挥手。

在街道尽头,一座木桥横跨一条小河,他们爬上了牧场之间的一座小山。在那里,金色的小麦在凉爽的微风中摆动着。考跟着他的同伴大步走上斜坡。当他们到达山顶时,考已经有点喘不过气来了,那儿有一棵孤零零的树,它的枝丫在一口小井上伸展着。

"你想从我这儿知道什么?"科瓦斯坐在井壁上说。

113

"我需要帮助我的朋友。"考说。

科瓦斯凝视着他们脚下的小镇。真的很小——大概只有三十幢楼，周围的田野一望无际。他叹了口气："白寡妇。"

"你怎么知道?"考说。

"我通过石头感觉到了，它是这个世界和你的世界之间的一面镜子。重要的事情可以渗透进来。"他停顿了一下，"比如说邪恶。"

"我一定有办法把她救出来。"考说。寒风更冷了，他打了个寒颤。

"没有办法。"布莱克·科瓦斯说。他转过身来，黑色的眼睛直直盯着考。"不要低估蜘蛛一族复仇的欲望，杰克，他们从未停止织网。他们恨我们，而且一直恨我们。白寡妇也恨你。除非你死了，否则她是不会罢休的。"

"但是纺纱人恨的是我，不是塞琳娜，"考说，"不知怎么的，他占据了她的身体——把她变成了白寡妇。"

"你的敌人叫什么名字并不重要，"布莱克·科瓦斯说，"所有的蜘蛛守护者都是邪恶的。这就是你需要知道的。"他站起来，打开井盖。

"但是……"

"来吧，"科瓦斯指着深渊说，"你会看到的。"

考从井边往下看。黑水映着他的脸，这使他想起了午夜之石的表面。然后，科瓦斯伸出手，他手里拿着一块鹅卵石，他把它扔了下去。当涟漪扩散时，水中形成了一个由光和影组成的很清晰的图像。

一个孩子被挤到房间的角落里，蜘蛛从四面八方向他扑来，一个老人站在他身边咯咯地笑着。另一颗鹅卵石掉进水面，画面又变成了另一个场景，一个脸色苍白、一动不动地躺在华丽大床上的女人，蜘蛛爬过她的梳妆台上，把一条宝石项链抬在背上。"这是什么？"考问。

"他们犯下的罪行，"布莱克·科瓦斯说，"蜘蛛一族已经坏到骨子里了。我们的任务是永远消灭他们。"

考凝视着科瓦斯深邃的目光。"但我不能杀死我的朋友。"

科瓦斯紧紧握着考的肩膀。"你不明白。她已经死了，考。她就像被困在蚕茧里的猎物，会被慢慢地吃掉。从纺纱人把她带走的那一刻起，他就一直在吸走她的生命力。不久他就会有足够的力量离开她而存在。"

"你是什么意思？"考颤抖着问。

"我的意思是，她只是他的暂时寄所。他要把她的身体吸干，只留下一个空壳。然后他就会复活，有血有肉地重生。"

考狠狠地摇了摇头。"那不可能是真的。纺纱人死了。"

"只要他的灵魂还活着，他就会找到回来的路，"科瓦斯说，"那个女孩就是那个出口。我同情你，考。为了对付蜘蛛，我已经失去了足够多的朋友，我明白你的感受。"他递给考一块鹅卵石。

考接过它，扔进了井里。当它沉入水中时，他看到了另一幅景

115

象——蜘蛛在一个女人和一个男人身上爬来爬去，他们扭动着身体，然后倒下了。"我的父母。"

考移开视线。"那是纺纱人，不是白寡妇。"他说。

"他们是同一个人，"科瓦斯说，"你有责任，杰克。你必须让你的朋友少受些痛苦。永远消灭蜘蛛一族。为了我们，为了你母亲，为了每一个野语者的美好生活。"

考感到非常难受。他靠在井边站稳，看着下面的水打旋。他的胃翻腾着，他闭上了眼睛，但水似乎仍然在他的眼前。

"考？"一个不属于科瓦斯的声音说。他低头一看，看见水中有另一张脸，模糊不清。背后的冷风消失了，考意识到自己正从幻象中清醒过来。他向下看到一个模糊的轮廓，一双手在摇晃着他，然后他的面颊感到一股热辣辣的刺痛。

他眨了眨眼睛，一张长着双下巴的脸在瞪着他。菲利克斯·贵格又打了他一巴掌。考回到了阁楼公寓，他感到天旋地转。他把手从那块午夜之石上缩回来。

"时间到了！"猫语者说。

乌鸦在疯狂地叫着。

"怎么回事？"考问。

"你终于醒来了！"格鲁姆说，"我们觉得你得清醒过来了。"

考感到非常迷茫。鸦之喙在桌子上——它原来不在这里，不是吗？然后他想起了自己早些时候在老电厂给乌鸦下的指令。肯定是克拉克和其他乌鸦带来的。"几点了？"他嘟哝着。

116

"你已经保持这种状态两个小时了。"贵格说。

考用力眨了眨眼睛，他觉得自己把手放在石头上还不到十分钟。"我和布莱克·科瓦斯谈过了。"他说。

"然后呢?"希默说，"他说了什么?"

考看着他的每一只乌鸦。"他说既然塞琳娜是白寡妇，我们就无能为力了。"

"哦。"希默说。

"他说纺纱人在利用她，"考说，"这是他回到这个世界的一种方法。"

"我早这么说过，然后呢?"贵格皱着眉头说。

"一切都好吗?"考问。

"你告诉我。"贵格说。他指着房间的一角，地板上有一只鸽子的尸体，少了几根羽毛。"我的猫发现了它在暗中监视，"贵格啐了一口，"还有谁知道你在这里?"

"没有人，"考说，"至少，我是这么认为的。"

贵格愤怒地走到床边，从床底下拿出一只手提箱。"我知道我不该卷入这件事。我想要的只是一个能平静生活的地方。你为什么不能让我一个人待着?"他开始往打开的箱子里塞衣服。

"所以这就结束了吗?"考说，"你要走了?"

贵格停下来，背对着考，猫围在他脚边。"我不想参与这些。"他说，然后走到门口。"我要跟房东结账。"然后他就走了。

斯克里奇落在了考的肩膀上。"嘿，主人。"他说。

"如果你再想问饼干的事，就别说了。"考说。

"听着。"斯克里奇说，它比以前任何时候都要严肃，"你知道我会跟你去任何地方……"

"斯克里奇，你和它们一样忠诚。"考说。

"但是这个……似乎不同。我的意思是说，你杀了他，但现在他回来了。我只是觉得最好……"

"你想让我做什么？"考不耐烦地说。

斯克里奇抬起了一只翅膀——抽动了一下。"也许我们应该和其他野语者和解，"他说，"我们可以自己解决，但是人多力量大，对吧？至少在我们知道面对的是什么样的敌人之前……"

考耸了耸肩，斯克里奇摔了下来，掉在了地板上。

"现在还不是和解的时候。"考说。他把午夜之石包起来，把鸦之喙插入剑鞘。"我需要考虑下。"

"你是对的，"斯克里奇说，"无论发生什么，我都站在你这边。"

莫顿和另一只乌鸦从天窗降落下来，扑通扑通地飞到桌子上，看上去很不安。

"怎么回事？"考说。

新来的乌鸦跳来跳去。"到处都是蜘蛛！"她喊道，"回到发电厂后，我们遭到了攻击！"

垃圾场不再是一片死寂。蜘蛛像瘟疫一样蜂拥而至。它们的突然出现让乌鸦大吃一惊，有几只鸟被制服了，拍打着地面，想挣脱出来。

乌鸦在高空中飞翔，考看到克拉姆拍打着虚弱的翅膀，然后又掉了下来。其他的乌鸦俯冲而下，试图把蜘蛛叼走，结果却被蜘蛛盖住了。

考飞过头顶上空时，格鲁姆、斯克里奇和希默从天空俯冲下来。蜘蛛到处都是，考告诉抬着他的乌鸦放他下来。当他着地时，他的脚踩碎了蜘蛛。他在混乱中拼命跺脚，尽可能地救起乌鸦，把蜘蛛从它们翅膀上甩下来，然后把他的鸟放飞到安全的空中。他的手被咬得很痛，他能感觉到蜘蛛在他衣服下面爬行。

"撤退！"他喊道。

"先救你自己！"莫顿喊道，但当一拨乌鸦飞走时，似乎有更多的乌鸦被困在地上。考看到它们的背上、羽毛甚至眼睛上都是蜘蛛网。这次袭击不是突然的，而是蓄谋已久的。

然后，他看到老发电厂的墙上有个东西在移动。

一个苍白的东西从窗户里蹿了出来。

是白寡妇。

考召集乌鸦，在他们的帮助下离开地面，蜘蛛从他身上滚落了下来。他即便被咬，也无暇顾及疼痛，他专注地看着发电厂那边。但很快他就什么也看不见了，因为蜘蛛爬到他的脸上，他不得不把它们甩掉。

最后，乌鸦们把他抬出了废弃建筑的窗户，抬进了一个放着巨大涡轮机的大厅，巨大的金属棒在空地上纵横交错，下面的地上散落着碎石。考用目光前前后后搜寻了一遍大楼的各个角落。没有白寡妇的影子。他穿过另一扇窗户，飞到屋顶。

"它们撤退了！"考听到希默喊道。

当他的乌鸦把他带回垃圾堆时，他看到最后一只蜘蛛从垃圾堆的缝隙中消失了，就像黑色的水渗入沙子一样，消失在他的视线里。蜘蛛消失后，留下无数受伤的乌鸦，有的虚弱地拍打着翅膀，有的一瘸一拐地站着。考不知道发生了什么，为什么白寡妇撤回了她的军队？

在空中盘旋的乌鸦逐渐降落，照料受伤的同伴。

考站在这个噩梦般的现场时，一只鸟仍然在天空中飞着。

"斯克里奇在哪里？"格鲁姆说，来来回回地飞着，"斯克里奇！"

考在垃圾堆里搜寻他忠实的助手。他看见一大摊死水旁边有一小群乌鸦。它们盯着同一个方向，一动不动。在肮脏的池塘里，有什么东西浮在水面上。是一个黑色的东西，像是一块破布。

考跑过成堆的垃圾，他不顾摔跤，爬起来继续跑。他从未听到过的一声长长的哀鸣在耳边回响。他知道这一声可怕的叫声是格鲁姆发出来的。

希默飞过，大叫着："不……不……"

乌鸦们立在一旁，考走了过去。他直接蹚水过去，焦急地盼望这不是真的，但眼前看到的却给了他重重一击。

他把斯克里奇的尸体从水里抱出来。

第十章

一阵狂风呼啸着吹过垃圾场，撕扯着考冰冷潮湿的衣服，吹乱了乌鸦的羽毛。他双手托着斯克里奇的尸体。小乌鸦的头耷拉着，爪子蜷曲着，深黑色的眼睛已经覆上了一层乳白色的模糊的东西。

格鲁姆转过身去，不忍心看。希默和老乌鸦小声地说着什么，考听不清楚。其他的乌鸦目不转睛地看着他们的主人。他沉重地坐着，盘着腿，把斯克里奇的尸体放在自己膝盖上，大哭起来。

斯克里奇从一开始就伴随着他。他是第一只能与考交流的乌鸦，也是第一只给他叼来半个三明治而不是一条蠕动的虫子的乌鸦。他们像兄弟一样一起长大，从考由一个五岁的孩子成长为一个青春期的男孩，斯克里奇依然如故——有趣、聪明、鲁莽、忠诚。考早就知道斯克里奇会为他赴汤蹈火，甚至不惜献出自己的生命。

现在它做到了。

斯克里奇从来没有逃避危险。它跟随着考去到每一处，即使考叫它不要去，它也总是和它的主人在一起。

"它不可能死了，它不能死。"

121

"哦，考。"希默说。

考没有意识到自己大声地说出来了。希默跳到他的膝盖上，低下头，靠着斯克里奇的头。虽然它们平时总是意见不一致，但它们的争辩却很有趣。斯克里奇喜欢炫耀，希默也喜欢它这个样子。

考擦了擦眼睛，朝格鲁姆的方向望去。老乌鸦茫然地望着远方。"格鲁姆?"他说。

格鲁姆转过身来，耸了耸肩。"我告诉过你我们不能单独行动!"它说，"斯克里奇也告诉你了。"

考吃了一惊。"我不知道会发生这种事，我以为我们在这里很安全。"

格鲁姆生气地摇了摇头。"只要有蜘蛛在，我们就安全不到哪里去，"他说，"你以为你能打败纺纱人一次，就能再打败他一次?只凭你自己的力量。"

"不!"考说，"我只是想帮助塞琳娜。"

格鲁姆发出厌恶的声音，"你的傲慢杀死了斯克里奇。"

"格鲁姆，这不公平，"希默说，"考。"

但是格鲁姆已经跳过垃圾堆飞走了。

"格鲁姆，等等!"考说。

"让他走吧，"希默说，"给它些时间。"

考叹了口气。如果斯克里奇像他的兄弟，那么年轻的斯克里奇就像是格鲁姆的儿子。乌鸦不像人类那样组建家庭，格鲁姆用善意的牢骚表达自己对斯克里奇的爱。

它说得有道理。

如果考没有这么做，斯克里奇还会活着吗？

"别听它的。"希默说，她好像读懂了考的想法，"它只是难过。"

她的话并没有减轻他的痛苦。在内心深处，考想知道希默是否真的和格鲁姆想的一样。还有其他的乌鸦呢？这么多年来，他身边只有三只乌鸦，根本不知道他能指挥整个鸦群。变化来得太快了，考意识到他有时候认为这些变化是理所当然的。乌鸦会一直盲目地跟随他吗，它们的忠诚是有底线吗？

他回头看了看那扇窗户。"我想她在这儿——白寡妇，"他说，"窥视着。"

"那她为什么不直接干掉我们？"希默问。

考怀着沉重的心情。"纺纱人在惩罚我，"他说，"他不满足于直接杀了我，他还要让我尝一尝心痛的感觉，这就是蜘蛛追杀斯克里奇的原因。"

希默沉默了片刻。"你现在应该让乌鸦来照顾它，"她说，"它们可以把它带到一个地方。"

考默默地点了点头。

乌鸦有一个诡异的习性，那就是它们从不把自己的尸体留在大自然中。在地上发现一只死乌鸦几乎是闻所未闻的。它们把尸体带去什么地方仍是一个谜，考知道自己不应该问这个问题。

考把斯克里奇放在地上，一圈乌鸦慢慢地围了上来。

123

"等等!"希默说,"那是什么?"

乌鸦们后退了几步。

考向里面张望。"什么?"他说。尽管如此,他还是奢望它们搞错了——能够发生某种奇迹,斯克里奇还活着。

但那具尸体完全一动不动。

"在它的爪子下,"希默喃喃地说,"它抓着什么东西。"

她用喙轻轻碰了碰斯克里奇的爪子,考看到里面有什么白色的东西在蠕动,一条细长的腿伸了出来。

"是一只蜘蛛!"他叫道。

其余的乌鸦虎视眈眈地靠近来。

"杀了它!"其中一只乌鸦说。

"让我们把它撕成碎片吧,"另一只乌鸦补充说,"一次撕一条腿。"

考用手捂住斯克里奇的身体。"谁都不能碰它。"

他轻轻地撬开斯克里奇的爪子,蜘蛛掉落在地上。它白得像骨头一样,考的血都凉了。

蜘蛛翻了个身,开始乱窜。

"我要吃了它!"一只乌鸦说,用它的喙啄了一下。

考把乌鸦推到一边。"我说了别动它!"

蜘蛛似乎不确定该往哪个方向走,因为它每朝一个方向逃跑时,一只乌鸦就会挡住它的去路。

"你为什么要保护它?"希默问。

"它把斯克里奇毒死了，"克拉克说，"这是一个杀手。"

蜘蛛抬起前腿，挑衅地张开毒牙。它比考几周前最后一次看到它时还要大，但他知道它还是原来的那只。在黑石城郊外，他父母被埋葬的墓地里，他第一次发现这只白蜘蛛，就在他和纺纱人在亡灵之地战斗后不久。

乌鸦们喧闹着，双眼放光，贪婪地看着白蜘蛛。考注意到附近的垃圾堆上有一个旧塑料瓶。他拿过瓶子，拧开瓶盖。他抓住瓶身，放在蜘蛛下方，慢慢地用盖子将它哄诱进瓶子里。

"你在做什么?"克拉克说，"这是敌人。"

考站了起来，拧紧瓶盖，观察着被困在瓶子里的蜘蛛。贵格是第一个告诉他白色生物是非自然的人，比如说考的老乌鸦妙基，是从亡灵之地回来的。难道这只蜘蛛也是吗?

乌鸦们都在看着考，考第一次感到它们黑色的眼睛里透露着厌恶。"照顾好斯克里奇。"他说，语气里带着难以抑制的愤怒。

乌鸦们在尸体周围盘旋，几只乌鸦小心翼翼地把爪子放在斯克里奇的翅膀上，像抬棺材的人一样把它举起来。随着几次拍打，尸体腾空而起，其他乌鸦紧紧地跟在后面。希默站在他身边，看着他们消失在云里。

他努力驱散心头的悲伤。晚些时候他再为他朋友哀悼。

"我需要再跟贵格谈谈，"他说，"如果我们快点，我们就能遇见他。"

希默歪着头。"你确定他见到你会高兴吗?"

考只能耸耸肩。他别无选择。

"哦，太棒了!"希默说，"是狐狸。"

考看见了——贵格家的屋顶上有一对赤褐色的身影。当乌鸦们把他抬到离大楼更近的地方时，他感觉到它们的疲倦。他说不出这究竟是因为垃圾场的战斗，还是因为损失了这么多同伴。它们一如既往地服从他——像往常一样成群结队地把他抬上天——但他不知道它们现在在想什么，它们会跟随他多久。

它们从天窗俯冲而下，考瞥见楼下房间里的一个人。那是约翰尼·菲弗泰斯，他在翻看贵格微薄的财产。所以正义的野语者也找到了贵格。如果他们在这里，那就意味着他们在找考。

"我们该怎么办?"希默问。

"莉迪亚也在吗?"考很好奇，"还有皮普?"

他又想起了在停车场对峙的痛苦记忆。莉迪亚的母亲站在约翰尼的一边，不是吗?他们是老朋友了，他们有交情。考在大楼的一侧发现了一只死猫，它颈部的白色皮毛沾着血迹。

"哦，不。"希默喃喃地说，它一定也看到了。"你认为是狐狸干的吗?"

"或者一只土狼。"考说。

不管怎样，约翰尼和维尔玛·思特里克汉姆显然并没有打算客客气气地拜访贵格。

"他们还想拿走那块午夜之石。"考说。

"那么我们去哪里?"希默问。

考的头很晕,他命令乌鸦把他带到他能想到的唯一可以去的地方。

黑石城图书馆已经大不如前了,巨大的窗户用木板封了起来,外面的草地杂草丛生。台阶上散落着一片片的垃圾,墙上满是涂鸦。一条黄色的犯罪现场胶带缠在附近一棵小树的树枝上,这让考想起几个星期前在里面看到的恐怖场面。

他们降落在大楼的一侧,通向浴室窗户的台阶旁边。窗户上钉着木板,但考把木板撬开了,他爬了进去,希默跟在他的后面。

"没有人会在这里找我们。"他说。

大厅里很冷,唯一的亮光是从高高的圆顶上的几扇脏兮兮的窗户里照射进来的。书架上空空的,几本书丢在地板上的废弃文书堆里,整个地方散发着一股腐霉味。

自从考和莉迪亚发现图书管理员华莱士小姐被纺纱人的追随者谋杀后,考就再也没有去过图书馆。她不是野语者,也没有参与过他们的战争——她只是一个善良的女人,她同情考,借书给他,偶尔给他一杯热巧克力。

考脱下夹克,掏空口袋。他把装蜘蛛的瓶子放在书桌上,然后停了下来,盯着周围空荡荡的书架,一阵悲痛涌上心头。华莱士小姐管理图书馆的时候,图书馆是如此温暖舒适,安静祥和,一切井然有序。

但现在她死了，一个无辜的受害者因为考而遇难。

不光华莱士小姐，还有斯克里奇，以及被曼巴的一条蛇咬死的莉迪亚的狗班吉。考走到哪里，死亡就跟到哪里，他一直在逃。他比贵格强不到哪里去。不，他还要更糟。贵格是没有选择，但是考有。解决办法就在眼前，科瓦斯已经告诉过他，但像往常一样，考又选择了回避现实。

他看着自己的手，冻得发紫，蜘蛛咬的伤口还一阵一阵地疼。他攥紧拳头，血液流向指尖。那是一种混合着愤怒和仇恨的疼痛。

是时候扭转局势了。

结束它。

"科瓦斯说得对。"他说。

希默歪着头。"你是什么意思？"

考深吸了一口气，一股暖流拥上胸口，他感觉到全身发热。"白寡妇，"他说，"够了，她现在是一个蜘蛛语者，这才是最关键的。"

被困在瓶子里的蜘蛛用它白色的眼睛看着他。考脑海中突然冒出一个想法。

也许它一直在看着我。

他犹豫了一下，皱着眉头。

"怎么了？"希默问。

考的皮肤开始刺痛，他开始把这一切联系起来。难道纺纱人在精神病院说的就是这个意思吗？考当时几乎没有注意到这一点，但现在一切都说得通了。

他第一次看见蜘蛛的时候就埋下了隐患吗？在墓地里，他和莉迪亚从亡灵之地回来的第二天就见到了它。考以为只有他和莉迪亚从亡灵之地回来了，但是一只小蜘蛛也可以轻易地爬过来。

他从来没有注意到这一点。

一定是这样。

一直以来都跟着他。

在克拉姆曾经住过的圣弗朗西斯教堂，在考的房子，在辛西娅·达文波特公寓的屋顶上……

蜘蛛愤怒地看着他——考感受到了这个小东西身上散发出的恶意。

"考，你看起来怪怪的！"希默说。

"约翰尼·菲弗泰斯是对的，"考喃喃地说，"午夜之石使塞琳娜变成现在的样子。当她站在公寓的屋顶上时，手里拿着这块石头，但并没有蜘蛛碰过她，"他指着瓶子说，"这就是元凶，他在里面，纺纱人的灵魂。"

考抓起瓶子，心跳加速。

"考，等等！"希默阻止道。

"我应该听乌鸦的。"考大叫，拧开盖子，"我应该让它们杀了你！"

考把瓶子倒过来使劲摇晃，蜘蛛掉在地板上。考抬起他的靴子，砰的一声把它踩在脚下，声音在宽敞的图书馆里回荡。

"嗯，这是一种解决办法。"希默说。

考的怒气开始平息，但他并不感到满意，他抬起脚看着那具残破的尸体。

它不在那里。

"它去哪儿了？"

他感到脚踝一阵刺痛。

"蜘蛛在哪里？"希默说。

考感到一阵晕眩，他趔了一个趔趄。

"考，待着别动！"希默说。

他看见一把椅子，跌跌撞撞地朝椅子走去，好像双脚是别人的，他感觉不到脚下的地板，一条腿跪在了地上。

"考？"希默叫道。

"救救我。"考咕哝着，他感到呼吸困难，恐惧陡然加剧。他的喉咙发紧，感觉像火烧一样。他抓着自己的脖子，胸口被压得难受。

"我是不是心脏病发作了？"

他脸朝下直挺挺地倒在地上，他看见面前的希默拍打着翅膀，尖叫着。"救命……"他又嘶哑地叫了一声。他的手指滑进了脖子上的小袋子里，触碰到了午夜之石。然后，他的视野变暗了，世界也缩小了。

一切都变成了黑色。

第十一章

他飘浮在黑石城的上空，他的样子既不是小孩子，也不是乌鸦，而是转瞬即逝的东西，或许是一个灵魂。他飘过了黑水河弯弯曲曲的河面和闪烁着黄灯的高速公路，他丝毫感觉不到自己的重力。在前面，金融区高楼的窗户闪着银色和黑色的光芒。其中一座高楼的屋顶上有动静，一架直升机腾空而起。乌鸦围成一圈——成千上万只乌鸦。在它们中间，他看见一个穿着破烂黑色衣服的男孩，拿着鸦之喙，站在倒下的苍蝇之母旁边。一个女孩蹲在她旁边，护着她母亲的身体。

梦境让他更靠近了，他看见塞琳娜脖子上有一只小白蜘蛛，它像黑色夜空里的星星一样清晰。它的尖牙扎进了她的皮肤，她瘫倒在地，午夜之石从她手中滚落下来。他看见自己——屋顶上的那个男孩——冲过去抓住了她，然后乌鸦就盘旋起来，挡住了视线。

当他们再次分开后，考的灵魂又到了一个完全不同的地方。

在一片绵延数英里的树林之上，他看到远处一座城市正在扩张。黑石城？也许是。他一头扎进树林里，树叶拍打着他的脸。他以极快的速度在树枝之间穿梭，树枝从他身边呼啸而过。他飞快地在树干之间窜来窜去，他想闭上眼睛，但没有闭上。他以为自己随时都可能撞上坚硬的木头，但他没有。然后他冲进一片空地，放慢了速度。一个人影站在中间，一棵倒下的树上长满了苔藓，月光下，一切事物的影子都像幽灵一样。

那是个年轻的女人。她穿着一件米黄色的长外套，乌黑的头发垂在肩上，拿着一个手提包。他看到了她精致的五官和又黑又浓的眉毛，他的心怦怦直跳。那是他的母亲，许多许多年前。她看上去那么年轻，可能还不到二十岁。她抬起头来，但不是向着他。

另一个人走进了空地。

一个年轻人穿着一件黑色西装外套和一件白色衬衫，纽扣开到了胸口，黑色的头发向后梳，梳成一个发髻。是纺纱人。除了年轻之外，他身上还有一种非常奇怪的感觉，考说不出来。

他又看了看母亲。她为什么不逃跑？她看起来甚至都不害怕。

纺纱人大步朝她走来，她伸出了双臂。考悬在空中，难以置信地颤抖着。

年轻的男人和女人拉了一会儿手，说了几句考听不见的话。然后她打开手提包，拿出一个苹果大小的盒子。考的母亲打开盒子，给蜘蛛语者看。考看到午夜之石在里面闪闪发光，月光照在它的表面，映出纺纱人脸上兴奋的表情。现在考明白了为什么他看起来那么奇怪，是那双眼睛，考以前见过的这双眼睛是仇恨的源泉，但这个年轻人的眼睛却是正常的，眼白中间是棕色的虹膜。纺纱人伸出他又长又白的手指，但是考的妈妈又把盒子合上了。

这是怎么回事？为什么他的母亲要把她最珍爱的财产给他们的死敌看呢？她违背了自己的誓言，违背了守护午夜之石的秘密的誓言……

树木沙沙作响，一轮红日冉冉升起，把紫色和金色的光线投向森林，火球迅速升起，从红色变成橙色，然后变成黄色，天空变成了纯净的蓝色。考听到了笑声和游乐场里叮当叮当的钟声，然后森林消失了。

他坐在公园的一根树枝上。花坛里开满了漂亮的花，喷泉喷出一串串闪闪发光的水柱。他从树枝上跳下来，飞过修剪整齐的草地，经过一排敞开的大门，门上铸着"黑石城公园"几个大字。

这一点也不像他熟悉的那个公园——那个人迹罕至的荒凉之地。在这个景象中，人们穿着旧式的衣服、帽子和裤子。妇女们举着色彩鲜艳的阳伞，一些孩子在和一条来回奔跑的小狗玩耍。

考飞到一张长椅上，一位老人坐在那里。当他把手放在他们面前时，三个孩子惊得目瞪口呆。考看见他的手指间悬着几根棉线。不，它们比棉线更纤细，而且上面还有昆虫在爬动。

是蜘蛛网。

这是一个蜘蛛语者……

一个孩子走近他，把一枚硬币扔进了放在地上的帽子里。他和蔼地点了点头，孩子们咯咯笑着跑开了。那人瞥了考一眼，笑了。接着，一阵风把考吹了起来，把他吹走了。

当他站在公园上空时，他又一次看到了这座城市，不过是缩小了的版本。监狱和摩天大楼消失了，向南延伸的工业区也消失了。宽阔的大街两旁是高耸的房屋，马车轧过马路嘎嘎作响。考飞进一个花园，降落在长满杂草的矮墙上，两个一模一样的小女孩手牵着手在转圈，她们越转越快，然后摔倒在草地上。一个女孩跑向另一个女孩，伸出一只手，当她们的手触碰到一起时，一排蜘蛛在她们的手指间来来回回地爬着，她们都咯咯地笑了。她们朝考挥手，咧嘴大笑。

女孩和房子消失了，考发现自己站在一棵树下的井上。他又一次低头望着科瓦斯带他去的那个老黑石城。现在是晚上，考独自一人。

他听到一阵吵闹声———一声尖叫——便转身离开黑石城，凝望着田野的另一边。灰色的玉米不停地摇动。在广阔的庄稼地里，考瞥见了一丝火光。他从井边飞起来，穿过田野。在远处的一个角落里，他看到一个孤零零的谷仓和燃烧着的火把。那些人列队向大楼走去，考看见他们溜了进去。他绕着谷仓转了一圈，看见楼上屋檐下有个半开着的小舱口，他飞了进去，落在支撑屋顶的一根横梁上。

在他下面，拿着火把的人们围着一个女人站成一圈。她的脸又青又肿，走路一瘸一拐的。一个人走上前，打了她一巴掌。考倒吸一口凉气，那人是布莱克·科瓦斯。

"如果你们看到她的蜘蛛，就把它们烧掉。"科瓦斯对他的同伴们说。

"拜托了……"女人说，"我没做错什么，托马斯。"

科瓦斯冷笑一声。"别对我们撒谎。"他说。

"到底是谁让你成为我们的领袖?"她说。

科瓦斯又举起手来，她害怕得直往后退。然后他转向一个拿着火把的人，点了点头。那人仰着头大声号叫。

谷仓的门开了，另一个人跟跟跄跄地走了进来，两只狼紧紧地跟在他的后面。女人尖叫起来。

"玛丽!"那人叫道。他想向她跑去，但是一只狼咬住了他的裤角，他一头栽倒在地。受伤的女人向他迈了一步，但布莱克·科瓦斯把她推了回去，圈子里的另外两个人抓住了她的胳膊。她挣扎着，但挣脱不了。

科瓦斯站在她面前。"蜘蛛守护者，你被指控泄露野语者的秘密。你怎么辩护呢?"

"他是我的丈夫!"她尖叫起来，"求求你了，他不会告诉别人的。"

"那我就判你有罪，"乌鸦说，"我们的秘密必须保密，违反者就得被处死。"

"你变成了什么样子，托马斯?"她说，"都是因为我选择了别人——这就是你惩罚我们的原因吗?"

"别找借口!"布莱克·科瓦斯说，"你不值得我保护。"

那女人转向在场的其他野语者。"我们应该是盟友。朋友们!

马修？库珀先生？丽贝卡？我请求你们停止这种疯狂的行为！"

但他们每个人都把目光移开了。

科瓦斯转过身去，大步朝那个被狼看守的人走去。他把双手举到天花板上，好像伸手去抓天空。那两只狼慢吞吞地走开了，回到一个蓄着胡子的人的旁边。考觉得有许多乌鸦在上面，聚集在椽子上。他感觉到它们的愤怒，心里充满了恐惧。

布莱克·科瓦斯攥紧拳头。乌鸦从敞开的仓门涌进谷仓，传来一阵翅膀的拍打声和尖啸声。它们袭击了下面的那个人。玛丽的尖叫声和她丈夫的尖叫声混杂在一起，她的丈夫在地上翻滚，鲜血从他的手上流出来，他试图把乌鸦赶走。其余的人在一旁看着，有的往后退，有的转身走开。只有布莱克·科瓦斯一动不动地站在那里，目不转睛地盯着这可怕的景象。

让他如释重负的是，考觉得自己从谷仓里飞了起来，那个被袭击的男人越来越微弱的声音困扰着他。最后是一片寂静，然后又被那个女人的抽泣声打破了。

布莱克·科瓦斯从谷仓里出来了，它的乌鸦飞上了天空，完成了可怕的任务。其余的野语者紧随其后，最后两个野语者拖着战栗着的、半昏迷的蜘蛛语者出来了。

"把她送到精神病院去，"科瓦斯说，"在那里没人会相信她的疯狂故事。"

考看着野语者沿着小路出发，返回小镇。只有布莱克·科瓦斯站在后面，拿着火把，火光映红了他的半张脸。

难道这就是纺纱人返回精神病院，向考与莉迪亚提到的那场不公平的判决吗？他告诉他们，在那个古老的砖墙牢房里死了一个蜘蛛语者——一个没有发疯的蜘蛛语者。

布莱克·科瓦斯把火把扔进谷仓。当火烧起来时，考看到橙色的闪光，烟雾开始从门里滚滚而出。没过多久，火焰就把木墙烧得精光。

"好与坏都有多面性。"贵格说过。

考又站了起来，但是一只乌鸦挡住了他的去路。忽然有许多乌鸦从四面八方来攻击他。考每转向一边，都受到翅膀的袭击。他想爬起来，但乌鸦杀手将他压得更低。他的脸快到贴到地面了，难以反抗，他摔倒了好几次，最后倒在尘土飞扬的地上。

他转过身来，看见布莱克·科瓦斯站在他的上方。考想要逃跑，但是科瓦斯扼住了他的喉咙，把他拉了起来。在最糟糕的时刻，考的灵魂变成了人形。强壮的手指快要扭断他的气管，令他无法呼吸。布莱克·科瓦斯把考从地上举起来，他的脸上满是仇恨。

"你在这儿干什么，杰克？"他咆哮道。

第十二章

燃烧着的谷仓不见了，在它原来的地方，考看见壁炉里燃烧着一堆火。布莱克·科瓦斯放了他，他瘫倒在一堆木板上。他们回到了科瓦斯的书房。每一种感觉都在告诉考，他处于危险之中——就连空气中似乎也夹杂着威胁。

"你杀了那个人。"考一边说，一边摸着自己的喉咙，"为什么？"

科瓦斯从桌子上拿起一个厚玻璃瓶，把琥珀色的液体倒进杯子里。"你无权质问我，"他说，"你一直在和蜘蛛一族交流。他们把你带到这里来了。"

"我没有和任何人交流，"考说，"一只蜘蛛咬了我。"

科瓦斯喝了一口酒，用一只戴着手套的手戳了戳考。"我告诉过你，杰克，他们是邪恶的。"他摇摇头，"要是我能找到她的孩子，那天晚上我们就能永远结束蜘蛛一族了。"

"玛丽——那个女人——她看起来并不邪恶，"考说，"这看起来——看起来只是你嫉妒。"

布莱克·科瓦斯的眼睛闪着黑色的光芒。"小心你说的话，杰克。"他厉声说道。他又喝了一口，慢慢地眨了眨眼睛。"你年轻，而且天真。她泄露了我们的秘密。她把我们都置于危险之中。"

"她只告诉了自己的丈夫。她为什么不能？"

"因为他是人类的一员！"科瓦斯反驳道，"你怎么就不明白呢？他们看不起我们，他们总是这样。你知道有多少野语者被私刑处死、被毒打或是被活活烧死吗？"

"但是你做的那些——也一样糟糕，"考说，"你的乌鸦……它们——它们把他撕成了碎片。"

"我不需要为我自己解释，"科瓦斯说，"人类是软弱的生物。我们需要他们延续我们的后代，但是那些知道真相的人总是害怕我们，或者嫉妒我们的力量。如果人类都知道我们的存在，我们这些野语者很快就会被屠杀。他们是我们的敌人。"

考盯着科瓦斯。"你听起来跟纺纱人没什么两样。"他说。

布莱克·科瓦斯把他的玻璃杯扔向壁炉，玻璃杯炸裂了。他走向考，考后退了几步，举起双手保护自己。但科瓦斯突然停了下来，他的脸涨得通红，汗流浃背。"我原谅你，杰克，因为我们有血缘关系，但不要逼我。"

科瓦斯转过身来，大步走到窗前，打量着外面的小镇。他说："我的一生都在这种残酷的现实中生存，杰克，"他说，"我看到了人类的能力。我们必须对付敌人……坚决如此。现在，你杀了白寡妇了吗？"

考想起了谷仓里的惨状。如果这就是科瓦斯坚决对付他的敌人的方式，那他也不想参与其中。玛丽和她丈夫没有做错事。其他的野语者只是站在一旁，听着科瓦斯的话，没有一声的反驳，他们接受了他扭曲的观念。但考看穿了这一切。尽管布莱克·科瓦斯一直在谈论邪恶、正义和高贵的斗争，但现在考知道驱使他的是仇恨，是卑鄙、嫉妒的仇恨。

考自己也差点步其后尘，他几乎要放弃塞琳娜了，他差一点毫不犹豫地听从了布莱克·科瓦斯的命令。

"好吗，孩子?"布莱克·科瓦斯说。

"不，"考说，"我永远不会这么做。"

布莱克·科瓦斯慢慢地转过身来，眼里燃烧着怒火，"如果你不把她杀了，你就不配成为我的继承人。你就像你的母亲——一个可怜的弱者，令我们的血统蒙羞。"

考的脸颊因愤怒而发热。"你才是令人羞耻的人，"他说，"我为自己是你的后裔而感到羞耻。"

"出去!"科瓦斯咆哮道，他的声音死一般冰冷。

考皱起了眉头。

鸦语者把一只拳头重重地砸在桌子上，吼叫得那么大声，考觉得地板都在颤抖。"滚出我的视线!"

考走下台阶，打开了通向街道的门，迎接他的是暮色中寒冷的空气。黑石城很黑——任何一扇窗子里都没有蜡烛的亮光。唯一的

140

亮光来自月亮，月亮被云层遮住了，就像一张脸被面纱遮住了一样。

考走在街道中心，不知道要去哪里。他在泥里蹒跚前行，脚下的地面发出咯吱咯吱的响声。他知道自己做了正确的事。科瓦斯不是他想象中那样的人，他根本不是英雄。考左右看了看，街道似乎比以前窄了。

"我得回家了。"他大声说。

一片寂静。

上次他来这里的时候，是贵格的一记耳光把他带回到现实中来的。考闭上眼睛，使劲掐自己的胳膊。但是当他再次睁开眼睛的时候，他却还在同一个地方。

杂货店上方挂在铁链上的牌子发出吱吱嘎嘎的响声。考感觉到一个黑影从头顶掠过，他抬头瞥了一眼，是布莱克·科瓦斯，在乌鸦的拥护下，他平稳地在空中滑翔。他停在前面路中间。

"我已经决定了，杰克，"他说，"一切都要结束了。"

成千上万只乌鸦从四面八方飞来，城市上空一片漆黑。考看着它们降落在街道两旁的建筑物上。

"让我们看看你能干些什么。"布莱克·科瓦斯说。他朝百货商店走去，用一只手示意，屋顶上的乌鸦直冲云霄。他指着街道的另一边，那里的乌鸦也飞到了空中。接着，布莱克·科瓦斯把两只手指向考，乌鸦就朝他直扑过去。

考也开始召唤乌鸦，当一群乌鸦从他身边飞过准备迎接攻击时，他松了一口气。敌对双方直接交战，毫不退让。考稳住了他的乌鸦。

　　但就在最后一刻，他的乌鸦四散开来，科瓦斯的乌鸦乘虚而入。考试图用自己的意志阻止它们，让它们慢下来，但是他感觉到他的祖先让它们一哄而上的那股巨大力量。他举起双臂，转过身来，只见乌鸦像不可阻挡的巨浪一样撞在他身上。乌鸦的爪子和喙撕扯着他的衣服，考倒在地上。乌鸦飞走了，他凝视着窗外，想再次看到它们飞上天空。

　　布莱克·科瓦斯笑了。"真可悲。"他说。

　　考咬紧牙关，再次发出了召唤。他感到分散的乌鸦开始在镇上银行的后面聚集，当科瓦斯大步朝他走来时，它们在周围盘旋。

　　"想想我们强大的家族是如何没落的。"布莱克·科瓦斯摇摇头说。

　　"你不明白的是，"科瓦斯说，"野语者的力量是很容易获得的，但是很难保持。"乌鸦几乎追上了他。考希望它们飞得更快，以缩小差距……

　　"这是必须争取的。"科瓦斯说。考一挥手，身后的乌鸦立刻在他的两侧排成列，就像两条湍急的小溪。它们停在了考的身边，把他抬到空中，一直抬到至少二十英尺高。

　　布莱克·科瓦斯独自站在街道中间，抬起头来。

　　"就是这个男孩让你们这么多伙伴死于蜘蛛语者的魔爪！"他叫道，"他是我们家族的叛徒——是所有乌鸦名誉上的污点。让他看看我们是如何对待叛徒的！"

考试图深入乌鸦的意识，但他只感觉到一堵黑色的、无法穿透的墙。它们把他抬到高高的楼顶上，直到他看不清布莱克·科瓦斯的脸。他能感觉到他祖先的精神——乌鸦带着他的恶意。

接着，抓着考左臂的乌鸦松开了爪子，考的身子向下倾斜。

"不！"考喊道，"拜托！"

"我要向你展示乌鸦守护者真正的力量！"布莱克·科瓦斯吼道。

像刚才的那些乌鸦一样，其余的乌鸦放开了考，考从空中垂直掉下去。在往下掉的时刻，考不断挣扎着，试图变成乌鸦的形状，但是没有用。一幢建筑物的屋顶向他冲来，考闭上眼睛，准备迎接撞击……

考猛地坐直了身子。图书馆的书架在他周围隐约可见。希默一边拍打，一边尖叫。一阵恶心使他头晕目眩，他想站起来，但两腿发软。当他跪倒在地时，他的肚子疼到抽搐。他吐了。

是毒素引起的，他记得，蜘蛛的毒液。

他看见那只白蜘蛛挂在书架上的一条丝线上，慢慢地旋转着。他一把抓住它，然后摔倒在地。当蜘蛛在他的手掌上乱爬时，他颤抖的身体更加疼痛。

他的脸贴在肮脏的地毯上，看着书脊开始打旋。他看见一个白发苍苍的人影在书架间飞来飞去，是白寡妇。她停了下来，微笑着盯着他。然后她开始变得模糊，逐渐消失了。

眼前出现一双双脚，脸朝下斜着看他。

思特里克汉姆太太。

克拉姆。

约翰尼·菲弗泰斯。

"他昏迷了。"克拉姆说。

"他现在没有希望了。"莉迪亚的母亲又说。

"乌鸦一族的遗孤，"约翰尼说，"想想看，我们都信任他。"

考想说话，但说不出话来。

野语者们的脑袋开始变得模糊不清，然后消失了。

考翻了个身，房间里一片模糊。希默跳上他的胸膛，低头看着。"帮帮我……"考说。

希默歪着头，奇怪地看着他。它嘴里发出声音，但没有说话。考的内心一阵绝望。

"希默?"他说，"我听不懂你说的话。"

它又尖叫了一声，飞走了。

"结束了，孩子。"布莱克·科瓦斯的声音从远处传来，"我把它们从你那里带走了。你再也不是乌鸦守护者了。"

杰克·卡迈克尔失去了意识，坠入虚无之中。

第十三章

"考?"

他的嘴角干涩，眼皮沉重，但他觉得额头上有一种凉意。

"考，醒醒。"

考花了几秒钟才确定声音从何处传来。

他睁开眼睛，看见莉迪亚俯身向着他。她手里拿着一块湿布。

他想知道这是不是另一种幻觉。房间里的光线忽明忽暗。

"我在哪儿?"他说。

"在图书馆。格鲁姆把我带到这里。大家都在找你，考。"

考坐起来，他的头很痛。莉迪亚把手放在他背后支撑着他。

"格鲁姆?"他说，"希默呢?"

"它们就在这儿，"莉迪亚说，"斯克里奇在哪里?"

这一切来得太突然了，这让考直打哆嗦。

"考，你没事吧?"

眼泪从考的眼睛里冒了出来。"斯克里奇死了。"他说。

莉迪亚的手伸到嘴边。考眨了眨眼睛，忍住了眼泪。"蜘蛛杀了它。"

莉迪亚放下手，他看见她的嘴唇在颤抖。"我很抱歉，"她说，"我……我不知道该说什么。"

考听到乌鸦的叫声，看到希默和格鲁姆坐在桌面上。老乌鸦张开嘴，唱了起来。

考摇了摇头，"不……"

"这是什么？"莉迪亚问。

格鲁姆又唱起来。考的内心充满了恐惧和悲伤，这是他从未感受过的。"这不可能是真的，我不可能失去了它们。"但就连格鲁姆的眼睛似乎也不一样了，没有情感，遥远、空洞。

"拜托，不要……"考说。

"你吓着我了，"莉迪亚说，"告诉我怎么了。"

考看着她的脸。他怎么能告诉她呢？甚至连他舌尖上的字也足以使他的心颤抖。他想说话，但只发出一声哀号，他双手掩面。

"怎么了？出什么事了？"莉迪亚问，她的声音又严厉又害怕。

考透过手指看着她，事情再也不会像以前那样了。"我……我不能理解它们了。"他说。

"谁？"莉迪亚说。她其实已经知道了，因为她瞥了希默一眼。乌鸦轻轻地叫了一声，这声音就像踢了考一脚。"我已经失去了它，失去了所有的乌鸦。"

"考，"莉迪亚抓住他的胳膊说，"告诉我发生了什么事，我能帮你。"

"布莱克·科瓦斯，"考轻声说，"他夺走了我的野语者力量。"

"他怎么做到的？"莉迪亚瞪大眼睛说。

"我不知道。"考说。他没有看她，羞愧迫使他低下了头。

"怎么可能，"莉迪亚说，"布莱克·科瓦斯是你的祖先，你的朋友。"

考摇了摇头。"他并不像我们想的那样。"

他结结巴巴地解释着他在贵格家里看到的异象，关于进入午夜之石的异象。莉迪亚耐心地听着，等他讲完，考已经快哭了。

莉迪亚用胳膊搂住他。"没事的，"她说，"我们会把它们找回来的。"

但考知道自己做不到。这是不应该发生的——野语者只有在死后才失去他们的力量。他觉得自己像个瞎子，刚刚找回的视力却又被夺走了。他无法忍受。没有乌鸦他是什么？什么都不是，他失去了自我。

"你的手怎么了？"莉迪亚问。

考低头一看，发现他的右手仍然握成拳头。他痛苦地伸直手指，有东西掉到了地上。

"啊！"莉迪亚叫了一声。

那是一只白色的蜘蛛，它的腿盘起来。考把它捏死了。

"你在哪儿找到它的？"莉迪亚问。

考摇了摇头。"斯克里奇抓住了它，之前……"他深吸了一口气。莉迪亚把手放在他肩上。"事实上，我想它可能已经找到我了，

147

它是从亡灵之地来的。"

"你确定吗?"莉迪亚说。

考解释了纺纱人的灵魂,以及它是如何在屋顶上进入塞琳娜身体的。

"你看到了这一切……在一个幻象里?"莉迪亚说。

考突然觉得很累。他意识到自从前天晚上皮普的老鼠把即将到来的银行劫掠的消息带给他们之后,他就再也没有睡过觉。从那时起,他的世界就天翻地覆了。善良的野语者把他赶了出来,他正在和一个他以为早已死去的敌人作战。他瞥了一眼希默和格鲁姆,感到一阵绝望。甚至连他的老朋友——也抛弃了他。这一切正如纺纱人所说的那样发生了。

考站了起来,感到午夜之石在他的胸口移动。这让他想到了一个主意,有了一丝希望。他迈了一步,伸出他的手,向格鲁姆那边走去。

格鲁姆惊慌地拍打着翅膀,翅膀的拍动搅起了桌上的灰尘。乌鸦飞走了。

"回来。"考恳求道。

格鲁姆落在一个考够不着的高架子上。过了一会儿,希默站在他旁边,疑惑地看着考。

"拜托了。"考说。他环顾四周,看见一个梯子。如果他能同时触摸其中一只乌鸦和午夜之石,也许他能……

两只乌鸦都飞向一扇半开着的窗户。它们从缝隙中挤了过去,头也不回地消失了。

考瘫倒在桌子边上。"一切希望都断绝了。"他说。

一时间，一片寂静。考不时地望着窗户，祈祷他的同伴们能再次出现，但他知道它们不会再出现了。

莉迪亚清了清嗓子。"听着，考——白寡妇还在外面。我听见妈妈和其他人在说话——他们让他们的动物在城里到处乱窜。我们得找到她。如果我们大家团结起来，我们就能打败她。我知道我们可以。"

"我不能。"考说，"你没看见吗？我现在什么也不是。乌鸦——"

"别那么说，"莉迪亚恶狠狠地说，"我不能控制任何动物，但我并没有什么都不是，不是吗？"

她脸上的怒气使考吃了一惊。"我不是这个意思。"

"不是吗？"她说，"考，当我第一次见到你的时候，你只是一个和三只乌鸦住在树上的男孩。你不知道你有超能力。你衣衫褴褛，几乎不说话，坦白说，你身上的味道也不怎么好闻。"

"所以呢？"考说。

"所以，我当时和现在一样喜欢你，"莉迪亚说，"乌鸦并不能让你成为谁，明白吗？你什么都不是，你是我的朋友。你永远都是。"

考咽了一下口水。"告诉我该怎么做。"他说。

莉迪亚噘起嘴唇，直视着他的眼睛。"回去找其他人，"她说，"他们和你想要的一样。"

考知道她是对的。他抓住挂在脖子上的绳子，愤怒地把袋子拽了下来。

"你在干什么？那是什么？"莉迪亚说。

"一直以来我都在保护它，因为我认为这就是乌鸦语者应该做的，"考说，"我想我是在履行布莱克·科瓦斯许下的诺言。但我们是最不被信任的人。"

"我不明白。"莉迪亚说。

考哼了一声，"布莱克·科瓦斯很残忍，他嫉妒心很强。他讨厌那些不是野语者的人。他是个彻头彻尾的坏人。"

"可是你不是那种人，"莉迪亚说，"你是好人，考。任何人都看得见。"

"约翰尼·菲弗泰斯怎么样？"考问，"他不能看见它，停车场里的其他人也不能。"

考每时每刻都为自己的行为感到羞愧。把那块午夜之石留给自己，正是布莱克·科瓦斯会做的那种事。这只土狼语者回到黑石城，希望见到一位勇敢的英雄，而他看见的只是个一遇到困难就跑掉的男孩。

"约翰尼并不完美，"莉迪亚说，"但他站在我们这边。他们都是。来吧，我们去找他们。"她伸出一只手扶着考。

考的心情沉重，他觉得自己很幼稚。莉迪亚是正确的。她的母亲，克拉姆，其他人——他们是他的朋友。他不得不坚持自己的立场。

只是他们现在不是他的同类了，不是吗？他不再是野语者了。

突然莉迪亚倒抽了一口冷气，往后一跳。考注视着她，看到被捏碎的白蜘蛛又开始动了。它爬起来，然后向一个书架跑去。

"我以为我杀死了它。"他说。

"好吧，让我们跟着它走！"莉迪亚说。她双膝跪地，凝视着架子底下。

"为什么？"考说。

"因为，"莉迪亚说，"蜘蛛不总是回到它的蛛网上吗？它可能会把我们引向白寡妇。"

"但是莉迪亚，你必须明白，杀死她正是布莱克·科瓦斯所希望的，"考说，"我不会这么做的。这就是为什么他夺走了我的力量。"

莉迪亚看着他，他看见她的眼睛里闪过一丝怀疑。"如果我们救不了她怎么办？"她问道。

"我不知道，"考说，"但如果纺纱人有办法用毒素控制她，那一定也有办法治好她。"他自信地说，但不确定自己是否真的相信。

"它在动！"莉迪亚跳了起来。蜘蛛从架子下面跑出来，朝一扇闩着的沉重的门跑去。它从一个非常小的缝隙下面挤了进去。

"别跟丢它！"莉迪亚一面说，一面解开门闩。他们挤进了图书馆的停车场。考看见白蜘蛛快速地爬过了一张长椅。

它爬得很快，但是他和莉迪亚还是跟上了它。在图书馆之外，黑石城变成了一条拥挤的小街。考抬头看着渐渐暗下来的天空。出于本能，他闭上眼睛，拼命地寻找乌鸦。但他的世界一片空白。

蜘蛛犹豫了一下，蜷缩在墙边，然后沿着挤满了行人的街道爬行。似乎没有人注意到这只奇怪的动物在奔跑——好几次他们的脚都险些踩碎了它。考和莉迪亚在后面追赶，偶尔会撞到人，他们连忙低声道歉。

当汽车嗖嗖地驶过时，蜘蛛从路边跳了下来，直奔马路对面。神奇的是，蜘蛛爬到了对面。当考和莉迪亚在车流中穿行时，一名司机愤怒地叫喊着，另一名司机狂按喇叭。

考没看到蜘蛛，他开始有些惊慌失措，直到莉迪亚抓住他的胳膊，把他拖向两家商店之间的一条狭窄通道。走到路的尽头，他们来到一个安静的花园广场，广场两旁是高大的古建筑。蜘蛛沿着人行道快速地爬行着，然后向两只石狮之间的一排白色大理石台阶走去。

考放慢了脚步。

"是利奥旅馆，"莉迪亚说，"这是黑石城最贵的旅馆。"她看着考。他知道她在想什么。这看起来不像是白寡妇会待的地方。"我们去看看!"她说。

"等等!"考说。"你确定吗?"他指着自己的衣服。

"我们可能再也没有机会了，"莉迪亚说，"来吧!"

考跟着她上了台阶，进了旅馆。

在一尘不染的门厅里，令人心情平静的钢琴音乐响起。天花板上悬挂着一盏枝形吊灯，闪烁着点点亮光。一个穿黑衣服的女人站在接待处的玻璃桌子后面，看着他们走进来。白蜘蛛不见了。

"你好。我能帮助你吗？"

考觉得自己穿得不够得体。如果他说错了话，他们很快就会被赶出去。"我们在找人。"他说。

接待员的职业微笑依然挂在脸上，但到第二秒时就不那么真诚了。她上下打量了一番。"是一位客人吗，先生？"

"当然，"莉迪亚强装镇定地说，"我们约了人。五点钟。"

柜台后面的时钟显示现在时间 4：52。接待员愣了一下，拍了拍她面前的屏幕。

"请问客人叫什么名字？"她说，"我可以打电话到房间，如果客人没有要求不要被打扰的话。"

考瞥了莉迪亚一眼，然后很快地说，"达文波特。"

接待员甚至不看屏幕。"我们酒店没有这个名字的客人。"她说。

"真的吗？"莉迪亚说，"你不需要核查一下吗？"

"不需要，"桌子后面的女人说，"你确定她就住在这家酒店吗？"她撇着嘴唇说，"附近还有其他酒店。"

莉迪亚靠在柜台上。"我们的朋友肯定住在利奥，"她说，"不过她很低调，所以她可能用了不同的名字。"她指着半对着他们的屏幕说："如果我们能看到房间的清单——"

接待员把屏幕转过去，所以他们根本看不见。"恐怕不能。我们酒店有严格的隐私保护协议。"

"很好，"莉迪亚说，"那我们就在那边等着吧。"

接待员看起来一点也不高兴。她回头瞥了一眼钟。"你说五点钟?"

莉迪亚点点头，转过身。考跟着他的朋友穿过门厅，来到高靠背沙发前，在柔软的天鹅绒垫子上坐下。

"现在怎么做?"他低声说。

莉迪亚耸耸肩。"我已经尽力了，我们有整整八分钟时间。想到什么主意了吗?"

考看了看对面的镜子，看了看楼梯。白蜘蛛可能去了任何地方。有一部电梯，但是没有办法不被人看见就过去。他不知道在接待员请他们离开之前，他们还能待多久。

"你认为白寡妇真的住在这里吗?"莉迪亚问道。

考不得不承认这似乎不太可能。但是，为什么白蜘蛛会来到这个地方呢?

除非它是故意把我们引向死胡同。

他正要对莉迪亚说话，忽然听见一阵柔和的钟声，电梯顶上那些亮着的数字一秒一秒地往下降。

4……3……2……1……

地面一层。

电梯发出叮当声，门开了。考听到有人在愉快地吹口哨，然后一个男人走了出来。

莉迪亚轻轻地吸了一口气，考屏住了呼吸。

那个男人有着一头光滑的金发，穿着白色的 T 恤、夹克和牛仔裤。他拿着一只手提箱。

是约翰尼·菲弗泰斯。

考坐回到沙发上。他能从对面的镜子里看到土狼语者，这意味着如果约翰尼朝那边看，他也能看到考和莉迪亚。但土狼语者径直走向前台，背对着他们。"我想退房。"他说。

"当然可以，先生。"接待员说。当她轻敲屏幕时，她看了一眼沙发。"您今天不会见其他人了吗？"她问道。

考觉得自己心脏跳动的声音大到可以听见。他看见莉迪亚吓得睁大了眼睛，她紧紧地抓着扶手。

约翰尼抬头。"没有。怎么了？"

接待员摇摇头。"对不起，先生，是我的错，"她把一张纸放在他面前说，"请您在下面签名。您在我们这儿过得怎么样？"

"非常愉快。"约翰尼一边说，一边签字。

"对您房间的状况，我们表示歉意，"接待员说，"我们已经取消了一个晚上的账单。"

约翰尼挥了挥手。"真的，没关系。"

接待员哆嗦了一下。"我可以告诉您，先生——这远远低于我们所追求的服务标准。当我们可怜的清洁员看到家具上的蜘蛛网时，她非常不安。"

"不是你们的错，"约翰尼说，"而且，我碰巧挺喜欢蜘蛛的。"

他微笑着伸出另一只手，考眯起眼睛看他在做什么。突然接待员尖叫一声跳了起来。

"没关系。"约翰尼说。考看到一只白色的小动物在土狼语者的指关节上爬来爬去,他屏住了呼吸。"这只非常友好。"

接待员脸色苍白。"祝您愉快,先生。"她咕哝着。

考觉得自己的身体就像焊接在了座位上一样。莉迪亚的脸上已经没有了血色。

白蜘蛛在约翰尼·菲弗泰斯那儿。

这只能意味着一件事。

第十四章

土狼语者仍然笑着拿起箱子，大步走出门厅。他一走，考就跳了起来。"你要离开了吗?"接待员叫道。

莉迪亚点点头，跑向门口。"你说对了，不是这家旅馆!"

没等考回答，他们就冲下台阶，刚好看到约翰尼·菲弗泰斯在街对面坐上了一辆出租车。车马上开走了，拐了个弯。

"追上他!"考说。

他跑到花园，跳过栏杆，莉迪亚跟在后面。他们飞快地跑过草地——出租车已经快到广场的另一边了。

"我们追不上它的。"莉迪亚喘着粗气说。当他们跳过另一边的栏杆时，她举起了手。另一辆出租车穿过马路，司机摇下车窗。"坐车吗，小姐?"

莉迪亚指着约翰尼的车，它正慢慢地转过街角。"你能跟上那辆出租车吗?"

"你是认真的吗?"司机说。

莉迪亚从口袋里摸出几张钞票。

司机点了点头。"上车吧。"

考和莉迪亚坐到后座上，司机跟着菲弗泰斯的车出发了。

"我不明白。"莉迪亚说着，系上了安全带，"他怎么会有蜘蛛，除非他……"

"替纺纱人做事，"考平静地说，"听起来比他脑子里想的还要糟糕。"

"但为什么?"莉迪亚问。

"我不知道。"考回答。

考感到一阵恶心，他记起当他第一次遇到土狼语者时，约翰尼说自己住在河边的废旧大楼里，所以他从一开始就在撒谎。

当他想到约翰尼在他家里讨其他所有野语者喜欢时，他就更恶心了。所有的微笑和亲切都是假装的吗？他还在紧要关头正好出现在银行抢劫案现场……

考回想着自己是如何一步步走进圈套的，他的脸因气愤而涨得通红。

就像回想起布莱克·科瓦斯对自己的所作所为一样。

考是如此渴望取悦别人，被人喜欢，以至于他没有看清他俩的真面目。

"我们快到我家附近了!"莉迪亚说，用手肘轻推着考，把他拉回现实。他向窗外望去，看到他们正沿着通向黑石城公园的那条路的方向驶去。路灯亮了，在柔和的灯光下，考看到约翰尼乘坐的出租车在前面停了下来。

莉迪亚说："在这儿右转。"他们的出租车拐进了一条岔路。她付了钱给司机，他们从车里出来，冲到拐角处张望。那辆出租车也开走了，约翰尼·菲弗泰斯正大步走在人行道上。当考到达公园时，土狼语者左右张望了一下，然后跑了起来，纵身一跃，双手抓住公园的墙面，翻了个身，消失在公园里。

考沿着人行道跑到公园的墙边往上爬。他横躺在墙顶上，伸手把莉迪亚拉上来。公园笼罩在阴影中，看不到一个人。这本是如此熟悉的地方，但不知怎的，此刻它似乎充满了无声的威胁，黑色的树木若隐若现。考听到一丝动静，发现一只黑猫在墙上潜行。

"你在这儿干什么？"考咕哝着。猫走过来，用鼻头蹭他的手。

"这是贵格的猫吗？"莉迪亚问。

考耸耸肩。它没有戴项圈，但如果只是一只流浪猫，那它一定经常被人喂食。猫跳到路上，在夜色中向远处跑去。

考压低身子从墙头上跳到树影中，树叶在他脚下嘎吱作响。莉迪亚悄悄溜到他身边。月亮闪闪发光，把树叶映成银色。

考扫视了公园——如果这里有土狼，他和莉迪亚很快就会被嗅出来。他们小心翼翼地从一棵树爬到另一棵树。

重新回到这里真奇怪。大概一个月之前，这里还是他的家，但现在感觉像是别人生活里的过往片段。那时斯克里奇、格鲁姆和妙基一直陪伴着他，就像四季的轮转一样稳定可靠。刹那间，一阵悲痛使考喘不过气来。

保持专注，考告诉自己。为了斯克里奇，为了过去的美好生活。

莉迪亚在地上捡起一根木棒，像握棒球棒一样用双手紧紧抓住。考抽出鸦之喙。他不确定土狼语者来这里做什么，但他怀疑约翰尼会很高兴见到他。

他们走过锈迹斑斑的秋千和废弃的操场，然后绕过旧亭子和舞台。考记得他在幻象中看到的黑石城公园的明亮颜色，还有善良的蜘蛛语者逗孩子们玩。他不想相信，但他心里知道他所看到的都是真实发生过的。蜘蛛语者，年轻的和年老的，都过着美好的生活。

莉迪亚停了下来，抓住了考的肩膀，把他拉下来。她用手指着树林。考看见约翰尼·菲弗泰斯坐在古老的喷泉边上——从考记事时起，那喷泉一直是干涸的，中心的仙女雕像已经斑驳，被人遗忘了。约翰尼嘴里叼着一根香烟，烟袅袅地飘到他头顶的树枝上。

考的眼睛搜寻着喷泉两边的黑暗处。他没有看到任何土狼存在的迹象，但这并不意味着它们不在这附近。

"现在怎么办？"莉迪亚低声问。约翰尼似乎并不急于行动。"我想他在等——"

土狼语者突然站了起来，扔掉香烟，把它踩在靴子下面。他抬起头，这一刻，考突然冒出一个疯狂的念头，他多么希望他的乌鸦已经回来了，在头顶盘旋。但只有一只扑扇着翅膀的飞蛾飞下来，在约翰尼的头上盘旋。

然后又是一只。

紧接着又是一只。

土狼语者烦躁地摇摇头，飞蛾落在他的肩膀上。

"玩够了吧，"约翰尼说，"出来吧，我能看见你。"

"它们漂亮吗？"一个熟悉的声音说。

当西尔克先生穿着他那身白色的西服，站在喷泉里的石头仙女旁边时，雕像似乎复活了。他走下来，把帽子歪了歪，向约翰尼示意。

土狼语者和西尔克先生握了握手。

"你迟到了，"飞蛾语者说，"他不能忍受迟到的人。"

约翰尼耸了耸肩。"他的生物一找到我，我就赶来了。"他说。

"没关系，"西尔克先生轻蔑地挥了挥手说，"我们的朋友怎么样？"

考感到胸口发紧。

"他们逃不掉了，"约翰尼说，"我想狐狸语者还是喜欢我的。听起来她的婚姻快要完蛋了。"

考看到莉迪亚抓着木棒的手攥得更紧了。

"我本想说，有一个浪漫的未来在等着你，"西尔克先生笑着说，"但我认为这不太可能成真。你确定没人怀疑吗？"

约翰尼把手放在西尔克先生的肩膀上。"别担心，"他说，"事情完全像他所说的那样。他们都在找乌鸦守护者。他们认为他是个累赘，他们是对的。我看不出这孩子以前是怎么战胜你的。他一点也不像他妈妈——她可能很天真，但至少她很坚强。"

考十分生气，自己怎么会掉进土狼语者背信弃义的陷阱里呢？

"相信我，"西尔克先生说，"我亲眼见过那孩子和那些乌鸦做出一些令人难以置信的事。"

约翰尼轻蔑地哼了一声。"当然。我以前都听说过。那么，人都来齐了吗？"

西尔克先生举起一只手，一群飞蛾在空中盘旋。随着一个巨大的身影从树林中飘过，考的心跳加快了。一只鹰飞落在喷泉边。卢曼走进了空地，他身边跟着一只黑豹。

"菲弗泰斯。"他说。

邪恶的野语者一个接一个地出现了。猴子从石头仙女上爬过，兴奋地吱吱叫。那个编着发辫的蜈蚣语者从一棵树后面走了出来，自从和苍蝇之母搏斗之后，考就再也没见过他。蜈蚣从他的衣服和头发中穿进穿出，他的身体似乎在扭动。然后，那个剃了光头的女人骑在她野牛的背上走了过来。狗、蛇和巨大的蟾蜍，还有一头美洲狮，一个接一个地现身。几十个男男女女和他们的野兽。树上的叶子随着尖叫声而颤动，直到吵闹的动物被命令分开。

"他们都到齐了，"考想，"白寡妇的军队。对于我和莉迪亚来说，敌人的数量太多了。"

"万事俱备，"约翰尼说，"开始行动吧。"

卢曼搓着手说："打他们个措手不及。"

约翰尼慢跑着穿过树林，朝公园大门走去。

"我们得通知其他人。"莉迪亚说。

"从我们来时的路回去，"考回答，"等你确定走得够远了，马

162

上打电话给你妈妈——把这一切都告诉她。约翰尼和纺纱人是一伙的，罪犯们都在这里。"

不管他们的敌人在计划什么，都必须阻止。

"你不走吗？"莉迪亚问。

考咬紧牙关。"我有些账要算。"他说。

"考？"

他挥舞着鸦之喙，剑柄在黑暗中闪闪发光。考不想向莉迪亚隐瞒任何事情，但如果她不知道他的计划会更好。"我留下来。"

莉迪亚不安地看着他。"可是你没有乌鸦呀。如果你被发现了……你为什么不和我一起走——给我解释一下？"

考摇了摇头。"他们不再相信我了，"他说，"但是他们会相信你的。你就说你来找我，却发现了约翰尼。拜托了，莉迪亚，快走吧。"

她迟疑地咬着嘴唇。"答应我你会照顾好自己。"她说完便转身穿过树林跑远了。

一直等到看不见她的时候，考才开始行动。他从树篱间瞥了一眼，看见约翰尼溜过公园的前门，跑到街那边去了。考默默地跟着他。

他一路尾随背叛的野语者，渐渐了解到约翰尼·菲弗泰斯阴谋的全貌。他从一开始就在玩弄善良的野语者，现在他知道了他们所有的秘密。约翰尼在银行的所作所为是骗取大家信任的计划的一部分，他要让大家相信他是站在他们一边的。去缝纫厂是他的主意，他策划了考和白寡妇的会面。这一切都是为了往考身上泼脏水，把罪名都推到他身上。

考看着约翰尼的背影，愤恨在心中涌动。不管土狼语者现在在密谋什么，都会落空的。考不会再被操纵了。

约翰尼·菲弗泰斯转入一家旧印刷厂和监狱高墙之间的一条小巷。考等了一会儿，然后跟在后面，躲在暗处。土狼语者加快了速度，考也加快了脚步。这是一条死胡同。

一只可怕的动物在考身后叫了一声，吓得考跳了起来。约翰尼停了下来。为了不被人发现，考溜到垃圾桶后面，等着约翰尼继续前行。但是他紧接着又听到了一声低吼。考脖子上的汗毛立了起来，他转过身来，看见一只土狼走进了巷子。它慢慢地向前走。

"你发现了什么，维克多？"约翰尼打趣道，"一只畏缩的乌鸦？"

躲无可躲，考干脆走了出来。约翰尼在二十步远的地方咧着嘴笑。前有敌人，后有土狼，考插翅难逃了。

"你到哪儿去了？"约翰尼说，"我们在到处找你。"

"我发现了真相，"考说，"关于你的。"

约翰尼张开双臂。"你以为你知道关于我的什么？"他说。

"你在帮纺纱人做事，你背叛了所有信任你的人。"

土狼的喉咙咕咕作响，它低下头，露出牙齿。

"我们俩都做出了决定。"约翰尼说。他的眼睛扫视着周围的屋顶，考意识到他在找乌鸦。"我选择站在胜利者一边。"

"就像这样吗？"考说，"但是在黑暗之夏，你和蜘蛛语者曾经对战过。"

"我当时也站在胜利者一边，"约翰尼说，"荣誉、忠诚、勇气——这些都是空话，考，是胜利者用来编造谎言的词。生存是唯一重要的事情。真可惜，你现在才知道这些。布莱克·科瓦斯可是知道得很清楚。"

"他是个怪物，"考说，"我一点也不像他。"

"我知道，"约翰尼说，"这就是为什么你会在这里丢了小命。"

"我不这么认为，"考说，"我可以召集一千只乌鸦来攻击你。"

约翰尼又看了看四周。随着时间一分一秒地过去，考越来越害怕。约翰尼笑了。"有趣。那它们在哪儿呢，考？"

"它们会来的，"考说，"别逼我对付你。"

约翰尼笑了。"你真是个大骗子，考。即使你能召唤乌鸦，维克多也会在五秒钟内把你扑倒在地，十秒钟内你就会死去。"

考瞥了一眼旁边，斑驳的土墙上连着一根排水管。如果他能设法到达那里，也许就能爬到土狼够不着地方，能多一些胜算。

"别着急，"约翰尼说，"白寡妇命令我不要杀你。可惜，我真想和你决斗一场。看看你到底有什么本事。"

考紧紧抓住鸦之喙。"你放马过来。"他说。

约翰尼看起来一点也不担心。事实上，他的眼睛里闪着光。"当然，我可以说我是出于自卫。不像你，我有说谎的天赋，"他朝考身后点了点头，"他是你的了，维克多。"

那只土狼跳上前来，大步向考逼近。"等等！"考叫道，后退了几步。土狼腾空一跃，考挥动着鸦之喙反击。

第十五章

考倒下时听到了一声震耳欲聋的号叫，他的身体有几处感到剧烈的疼痛。土狼压在他身上，脖子和脑袋耷拉在他的肩膀上，它露出的牙齿距离他的脸只有几英寸，但它的眼睛是闭着的，腹部两侧快速地起伏。然后，随着最后一次颤抖的呼气，土狼安静地死去了。

考把它移开，从它的尸体下面抽出双腿。他的夹克上全是血，鸦之喙的刀刃上也是。

"维克多?"一个发抖的声音喊道。考看见约翰尼·菲弗泰斯张大嘴巴，站在小巷的尽头。"你对维克多做了什么?"他说。

考的声音在发抖。"我不是故意的。"他放下剑说。

约翰尼咆哮道："你这个鼠辈!"他冲了过来，撞到考的肚子上。他俩都跌倒了，四脚朝天地摔在地上。鸦之喙滚落到人行道上，嘎嘎作响。考感到一只手在抓他的脸，手指戳进了他的眼睛里。他咬住约翰尼的手腕，狠狠地咬了一口。

"啊!"土狼语者大叫一声。他把考推开，考撞上了垃圾箱。约翰尼站了起来，扯了扯夹克，检查了一下手腕的伤势。"你会为此付出代价的。"他说着后退了一步，朝考的肚子踢了一脚。

考快要呼吸不上来了，浑身疼痛。他气喘吁吁地单膝撑地爬了起来。约翰尼又转回身来，给了考一脚。考伸出一只脚，就势绊倒了土狼语者。约翰尼砰的一声倒在地上。

考挣扎着深吸一口气，爬向鸦之喙。约翰尼抓住了他的脚踝，但他用力拽了出来。他的手指摸到了剑柄，他转过身来面对攻击他的人。

约翰尼举起双手投降，紧张地喘气。考爬了起来，稳稳地抓着剑，剑尖对准了约翰尼的心脏。

"你已经没有操控它的能力了。"土狼语者冷笑着说。

"我没有吗？"考说，紧紧握住鸦之喙的剑柄。

"听着，你跟我们干吧，考，"土狼语者说，"我知道他的全部计划。你觉得怎样？"

"告诉我塞琳娜在哪儿，"考说，"我就留你一条小命。"

约翰尼摇摇头。"你不明白，是吗？她是白寡妇。除此之外，她什么也不是——"

"她在哪里？"考问。

"她可能已经死了，"约翰尼说，"等到他变得足够强壮，就不再需要她了。他会回来的，考，什么也阻挡不了他。当他到来的时候，维尔玛就算凑足多少野语者来组建她的小军队也无济于事。"

考讨厌约翰尼的眼神。不是因为它看起来很邪恶，而是因为它如此顺从，就像对未来没有希望一样。

"告诉我在哪儿能找到塞琳娜。"考说。

约翰尼的脸上慢慢地露出了笑容。"别担心，考——你很快就会见到她的。"他的眼睛放光，看向考的身后。"在亡灵之地。"

考转过身来，看见三只土狼在巷子里慢慢走来。然后，约翰尼突然撞过来，撞落了剑，鸦之喙从考手上掉落了。

"让我们看看你没有武器怎么办。"约翰尼说着往后退，开心地咧嘴一笑。

没有退路了，考身后是小巷的尽头。他退缩也是死，战斗也是死，这两条路都通向同一个地方。

他举起拳头。

然后，天空中突然传来翅膀的拍打声，两只乌鸦从天上飞下来，落在他的身边。一只圆胖的雄乌鸦，羽毛暗黑，喙粗短，还有一只瘦长结实的雌乌鸦。考简直不敢相信。

是格鲁姆和希默！

在那一刻，他几乎要哭了。"谢谢你们。"他说，他的声音很微弱。乌鸦只是竖起羽毛作为回应。

"三对三，"约翰尼笑着说，"不过，这并不是一场公平的战斗。"

土狼开始大步奔跑，两只乌鸦尖叫着飞起来。考的身体仿佛注入了新的能量。他侧身一歪，双手抓住排水管，开始往上爬。

"追上他!"土狼语者叫道。

土狼向前冲去，领头的一头土狼猛扑过去。考爬到土狼够不着的地方，只听到了爪子刨砖墙的声音。三头土狼在下面又扑又咬，内心汹涌的恐慌促使考爬得更高了。

约翰尼·菲弗泰斯抓住大楼外墙上的另一根排水管，开始以惊人的速度往上爬。但是考更快。

这么多年来，他爬上了黑石城无数的屋顶，爬上了数百棵树，这一切都给了他勇气。他爬到楼顶，翻过矮墙，滚到屋顶上。他的腿被什么东西绊住了，小腿疼痛不已。他的腿抽搐了一下，考看见一块生锈的铁尖刺穿了他的牛仔裤，划破了他的皮肤。血滴落到下面的小巷。他把尖刺从牛仔裤上拔下来，从栏杆上往外张望。土狼用饥饿的眼睛看着他。

然后，一个不断靠近的东西引起了他的注意，他看见约翰尼爬上了屋顶。考意识到他们在旧监狱的楼顶上。他记得在楼顶的另一边有一片被外墙包围着的运动场。

约翰尼在楼顶边上凝视着。"长话短说，考，"他说，"看看我发现了什么。"

他把手伸到身后，把鸦之喙从皮带上拔了出来。

格鲁姆和希默在空中盘旋，降落在考的身边。尽管发生了这么多事，他们仍然忠诚。当约翰尼·菲弗泰斯拿着剑向前冲时，考后退了几步。

考瞥了一眼身后，发现自己快要掉下去了。在以前，他会用他的野语者力量变成乌鸦，但毫不怀疑，科瓦斯也夺走了他的这个能力。

"告诉你吧，考——你可以选择，"约翰尼说，"要么你跳，要么我过去。"

考调整好呼吸。后退意味着死亡——单靠格鲁姆或希默都无法救自己，所以他只能往前走。如果他能避开这把剑，他可能还有机会。但是约翰尼·菲弗泰斯会给他致命一击，他不会失手的。

但也许还有另一种方法。

"等等!"考说，"我有东西给你。"

"你那儿没有我想要的东西，"约翰尼说，"不要再拖延时间了。"

考把手伸向脖子。"那午夜之石呢?"他问。

他听到土狼语者的呼吸急促起来。"你在撒谎。你没有。"他说。

石头还装在袋子里，考把它取出来。

约翰尼的眼睛放光，舔着嘴唇。"给我!"他命令道。

"你会放我一条生路吗?"考一边说一边解开脖子上的绳子。

约翰尼摇摇头。"想得美。"

考把袋子向后甩到肩上。

"不!"约翰尼叫道，他眼睁睁地看着午夜之石从边上掉下去，不由自主地放低了剑。他的注意力被成功地分散了。考向前猛扑，想给约翰尼的脸一拳。但是土狼语者抓住了他的胳膊，他俩都摔倒了，在楼顶上扭打在一起。他们扭打成一团，而考不知道他们离边缘有多近。他的手摸到了约翰尼的喉咙，他使劲地掐。土狼语者用下巴紧抵着前胸，想要夹断考的手指。他抬起头，啪的一声！他的前额撞到考的鼻梁上。

考疼得瘫倒在地。约翰尼背对着他，重重地把他压在地上。接着，考的肋骨上挨了一拳，颧骨上又挨了一拳。他尝到嘴里的血，听到乌鸦惊恐的叫声。

突然，身上的重压消失了。考的脸因为疼痛抽搐着。他看了一眼楼顶，看到约翰尼·菲弗泰斯又抓起了鸦之喙。

"小孩的把戏，考，"他说，"既幼稚又愚蠢。我的土狼会把你当作它们的下一顿美餐——"

一个声音打断了约翰尼的话。"离开他！"

考用胳膊肘撑着身子。站在尖顶上的是一个又黑又胖的人，一个黑乎乎的东西蹲在他的脚边。一时间，考以为自己看错了。

"菲利克斯·贵格，"约翰尼说，"我还以为你够识时务，能置身事外呢。那是你的一贯作风，不是吗？在某个地方缩成一团，生怕有人会打扰你。"

考擦去脸颊上的血，他的头还很晕。

贵格敏捷地来到考和土狼语者所在的平台，速度惊人，他的猫紧贴在他身侧。当他们走到亮光里时，考认出那正是他和莉迪亚在公园的墙上遇到的那只猫。

"是你让我改变了主意。"贵格说。考看到贵格的脸肿了，一边发紫。"猫不轻易发怒，但我们真发起怒来可是非常凶猛的。你不应该跟踪我的，约翰尼。你应该让我一个人待着。"更多的猫出现了，它们在楼顶散开，将约翰尼团团围住。

"对你的下巴，我得说声抱歉，"约翰尼笑着说，"你并没有帮到我什么。"

"考，你受伤了吗?"贵格问。

"我没事。"考虚弱地说。

"别耽误时间了!"约翰尼说。他毫无预兆地转过身来，把鸦之喙高高地举过考的头顶。但就在他准备挥剑的时候，贵格的黑猫突然扑向他的胳膊。约翰尼狂乱地挥着手要把猫扔下去，他大吼一声，鸦之喙掉落在地上。

"来吧，贵格，"约翰尼喊道，"让我们看看一只愤怒的雄猫是如何打斗的!"

考摇摇晃晃地站起来，贵格和约翰尼正僵持着。猫语者行动迅速，他弓着背，身子低垂着，双脚似乎在楼顶上滑行。约翰尼·菲弗泰斯跳跃着，像拳击手一样挥着拳头。

"你知道吗，也许我们就是一路人，"约翰尼说，"我们都喜欢在加入战斗前保持中立。"

猫语者冲了过来，快速出拳。约翰尼躲开了，贵格飞快地跑过去。他打滑了，刚好停在可以俯瞰街道的楼顶边上。约翰尼向他冲过去，伸出双手想把他推下去。但贵格转过身来，举起胳膊，抓住约翰尼的手腕。他们在楼顶边上扭打了一会儿。

然后贵格笑了。"我一点也不像你，菲弗泰斯，"他说，"你会把灵魂卖给出价最高的人。你再没有机会了。"

172

然后他后退到了悬空的地方。

约翰尼·菲弗泰斯尖叫着，两人都从楼顶边上摔了下去。

"菲利克斯！"考大叫一声。

他惊恐万分，爬到楼顶的一边。他不想看，但他必须知道到底发生了什么。他弯下腰，原以为会看到地上躺着两具破碎的尸体。

但是三层楼下面只有一具尸体。约翰尼·菲弗泰斯仰面躺在小巷里，一条腿与另一条腿成一定角度交叉在一起，双臂向两边张开。

菲利克斯·贵格四肢蹲伏在离约翰尼几英尺远的地方，他僵硬地站了起来，伸长脖子看了看考。

这有四十英尺，也许更高。任何正常人都会死，这是肯定的。

"怎么……"

"我们总是用爪子着地。"贵格从下面叫道。

尽管如此，考还是笑了。接着，他看见约翰尼的胳膊抽动了一下，他的胸膛随着一声沉重的呻吟而膨胀起来。贵格吓了一跳。"你最好到这儿来。"他说。

考的腿还在流血，眼睛也开始肿起来，他小心翼翼地沿着另一根排水管爬下去，跳过一扇有铁栅栏的窗台，跌跌撞撞地跳到了地面上。格鲁姆和希默落在他旁边，抓着鸦之喙。格鲁姆张开嘴，午夜之石掉落到碎石路上。乌鸦又一次回到了考的身边，这让他有些不知所措。"你们回来了，"他说，"我没有召唤你们，但你们来了。"

乌鸦们看着他，他无法读懂这些黑色的眼睛。

考把石头放进口袋，把剑插进鞘里，然后转向猫语者。"你知道自己不会有事吗?"他问道。

"我……希望会，"贵格说，"老实说，我已经好几年没试过了。"他拍了拍肚子，"没有接受过训练。"

"谢谢，"考说，"你救了我的命。"

贵格迅速地点了点头。"我得说你看起来很狼狈，孩子，但这是必然的。"他们看着约翰尼·菲弗泰斯。他还在轻轻地呼吸，手指抽动着。考猜测他的背部、腿和许多其他骨头都折断了，这看起来很可怕。约翰尼用一双绝望的眼睛紧盯着考。

"不要动。我们会帮你叫救护车的。"考说。

约翰尼·菲弗泰斯咳嗽了一声，然后把血吐在碎石上，他露出邪恶的微笑。"需要救护车的不是我。"他咆哮道。

"考!"贵格尖声说，"我们有麻烦了。"考站起来，看到三只土狼朝他们走来。约翰尼·菲弗泰斯咯咯地笑了。

考四处寻找逃生路线。野兽们皱起了鼻子，考从它们的怒视中看到了和他们主人同样的残忍。

"我有好戏看了，"约翰尼·菲弗泰斯说，"我已经让它们饿了好几天了。"

"叫你的乌鸦帮我们离开这里!"贵格紧挨着考，说。

"我不能，"考说，"我……我不能再控制它们了。"

"什么?"贵格说，"但是……"

考想知道他是否可以再用午夜之石来分散土狼的注意力。但即使它对一只土狼有效，另外两只也足以杀死他们。那三只野兽离他们不到二十英尺远，而且正在不断靠近。格鲁姆和希默尖叫着飞到他身边。

考只有一个选择。

他跪下来，把那块午夜之石从袋子里拿出来，塞进约翰尼张开的手掌里。

"你干什么……"土狼语者咕哝着。他的眼睛里闪烁着恐慌，考把他的手指紧紧地压在石头上。"不！你不能……"

约翰尼的身体抽搐了一下，土狼蹲伏起来，耳朵向后压着，好像它们突然害怕了。考继续将土狼语者的手紧紧按在午夜之石上。石头黑色的表面上闪着光。闪光随着约翰尼颤抖的呼吸而跳动。最后，他发出一声绝望的呻吟，光就像灯泡灯丝突然断了一样突然消失了。

"你做了什么？"贵格问。

约翰尼又呻吟了一声，似乎从他的胃部深处发出来一种刺耳的声音。"你夺走了它们！"他说，"你夺走了我的生物！"

考将约翰尼的手指从午夜之石上移开，把它安全地装进袋子里。"你让我别无选择。"他平静地说。土狼紧张地打着哈欠，舔舐着牙齿。

约翰尼怒视着考。"还没有结束，"他嘶哑地说，"他还是会赢。"

考摇了摇头。"没有军队，他赢不了。莉迪亚已经去找我们的盟友了。他们就在去公园围捕罪犯的路上。"

他等待着约翰尼的眼睛里显现出失败的神情，但土狼语者却开始笑了——这是令人哽咽的、痛苦的、不安的笑声。"你这个笨蛋，"他喘息着说，"你……没看到吗？我……本打算带……他们去公园。这是一次伏击……小子！一张蜘蛛网……"他被一口血呛住了。"一张……抓住你们所有人的网！"

考咽了口唾沫，一阵寒意刺透他的皮肤。

"我们得走了，我的孩子。"贵格一边说，一边紧紧抓住了考的肩膀。两只乌鸦飞起来了，在头顶盘旋。

"那他呢?"考对着菲弗泰斯点头问道。

"别管他了。"贵格说，这时，动物和人的号叫声突然响彻夜空。考踌躇片刻，噪音是从公园里传来的。过了一会儿，考也听到了枪声。

"考！快走吧！"贵格一边说，一边拉着考的胳膊。约翰尼的呼吸越来越急促，突然，他一动不动地咽气了，两眼翻白。

"我们现在帮不了他了。"贵格说。

然后猫语者拖着考穿过小巷离开了。土狼和约翰尼都没有再发出声音。

当他们走到一条小街，听到另一声刺耳的尖叫声时，考还在颤抖。

"快点，考！"贵格说。

这时，考已经在奔跑了，格鲁姆和希默在他头顶上飞翔。

第十六章

"等等我!"贵格喊道。

考快速地回头看了一眼,发现几十只猫已经落在了猫语者后面。他继续朝公园跑去。大门是开着的,中间的锁链断了,考冲了进去。他一眼就看到一只狐狸侧身躺在草地上,气喘吁吁,鼻子嘴巴上都是血。接着,从远处黑暗中传来一声粗哑的巨吼声,这声响使考的脊背发寒。

"当心!"贵格喘着粗气说。

一个身影从他左边的树荫中俯冲下来,他低下头来。在街灯的强光下,他看到了白色羽毛和锯齿状的喙。猎鹰从另一棵树的树枝间飞过,差一点就撞上了他。考循着黑暗中传来的打斗声迅速到达了公园中心。树叶在头顶沙沙作响,他看见松鼠正受到另一只猎鹰的攻击,在树枝间奔逃。玛德琳也在这里。

一群鸽子抓着一只尖叫的猴子从头顶飞过。透过树林,考看到克拉姆藏在一条长凳后。鸽语者发疯似的挥动着双臂,仿佛同时指挥着几个管弦乐队。在他身后,有什么东西在草丛中悄悄地潜行。

当月光照到它身上时，考意识到那是一只正呲摸着嘴的巨蜥。

"克拉姆，当心！"考叫道。

鸽语者转过身来，蜥蜴扑向他的腿，他往后一跳。鸽子立刻扑下来攻击蜥蜴，其余的鸽子则飞下来将克拉姆带离危险之地。克拉姆朝考跑过来。

"感谢上帝，你没事，"他说着，在空中盘旋，"我们一听到消息就来了。"他摇摇头，睁圆了焦虑的眼睛看了看周围的树木，直到他看到停歇在附近一根树枝上的希默和格鲁姆。"是真的吗，考……关于你的乌鸦？"

考正要回答，他发现右边的草在动。是老鼠——成百上千只老鼠，径直朝他扑来，它们蜂拥而过。

"救命！"一个小孩的声音叫道。

"是皮普！"克拉姆说，他的鸽子带着他飞过了树木。

贵格的一群猫与老鼠正面交战，尖叫声、嘶嘶声混杂在一起，但许多老鼠突出了重围。考得以从混乱的打斗中跑出来，继续朝着公园的中心跑去。他气喘吁吁，四肢发热。他看到野牛语者和她的巨兽站在野餐桌破碎的残骸上。它们被咆哮的狼群包围着，它们看上去很恐惧。拉克伦靠在附近的一棵树上，抓着一只流血的胳膊。一个衣衫褴褛的男子拔出枪，朝狼语者扑去。就在他扣动扳机的前一秒，他的脸上堆满了蜜蜂。他跌跌撞撞地走着，叫喊声被蜜蜂的嗡嗡声盖住了，枪声在夜色中回荡。

考继续往前走，拼命地寻找思特里克汉姆太太、莉迪亚和皮普，但他只能看到更多模糊的人影。上面传来树枝折断的声音，克拉姆从树上滚了下来，重重地落在地上。鸽子成群结队地围着他，许多鸽子的羽毛都松垂着。

"去！"他咳嗽着说，"去救皮普！"

考在儿童游乐场上发现了他的朋友们，他跑过了那个旧的旋转木马。皮普跳过篱笆，从演奏台台阶下的一个缝隙钻了进去。猴子们争先恐后地追赶他，捶打他，撕扯他的衣服。猴子的背上都是老鼠，但是猴子根本不把它们放在眼里。考向演奏台跑去，他捏住一只猴子的后颈，用力掷开。另一只猴子咬住他的手，他把它甩掉了。他去踢另一只猴子，它爬到他身上，抓他的喉咙。考抓住猴子的尾巴，把它扔到草地上。最后猴子们撤退了，考帮助皮普站了起来，老鼠消失在小男孩的外套里。

两只狐狸正在和一只猎鹰搏斗，它们撞在了树根上，考看到猎鹰的利爪切开了一只狐狸的侧腹，然后用利爪把狐狸举在空中，狐狸不停地扭动着。猎鹰才飞到和树一样高，浣熊就从树枝上飞扑下来。第一只浣熊没击中猎鹰，第二只浣熊落在了猎鹰的背上，它们一起掉到了地上。思特里克汉姆太太从树后出现了，她向受伤的狐狸跑去，她的长大衣随风扬起。那只猎鹰挣脱了束缚，沉重地拍打着翅膀飞走了。

考向她跑去。

"约翰尼·菲弗泰斯——"他刚要说。

"考！"思特里克汉姆太太吃惊地抬头望着他，说，"莉迪亚把一切都告诉了我们。我真的，真的很抱歉，考。我不敢相信我们——"

"他死了。"考说。

思特里克汉姆太太的表情僵住了。然后她平静地说："怎么死的？"

"他想杀我，但贵格救了我的命。"

"贵格？"思特里克汉姆太太说，"菲利克斯·贵格？"

考点点头。

他们周围的战斗仍在激烈进行。考看到一群长尾小鹦鹉俯冲而过，然后飞向看不见的地方。过了一会儿，从远处传来一声惊叫。

"莉迪亚跟我们说起过你的乌鸦，考，"思特里克汉姆太太说，"我们会想办法让它们回来的。"

考希望他还能相信她。他向四周看了看，但没有看见格鲁姆和希默。他希望它们没有卷入这危险的境地。

一只狐狸跛着腿一瘸一拐地向他们走来。"可怜的蒂亚。"思特里克汉姆太太喃喃地说。狐狸歪着头，发出呜呜的叫声。

思特里克汉姆太太快速抬起头来。"在哪里？"她说。狐狸又叫了一声，思特里克汉姆太太开始奔跑起来。

"等等！"考说。

"是莉迪业！"思特里克汉姆太太叫了起来，"我告诉过她不要来……"

她刚走到一棵树旁边，那个可怕的罪犯就拦住了她的去路。地上突然出现了几百只蜈蚣，蜈蚣淹没了她的脚踝，更多的蜈蚣从她头上的树枝上掉下来，钻进思特里克汉姆太太的衣服里，她弯下腰来。考朝她跑去。

"考，别管我！"思特里克汉姆太太嚷道，"去找莉迪亚！"

考从面前冲过去，罪犯斜眼看了他一眼。这时一群狐狸扑向罪犯。在前面，考看到鸽语者压制住了猴语者，拉克伦向前冲去。一只凶猛的德国牧羊犬被一群咆哮的猫包围着。在喷泉边上，巨大的野兔陷入了与老鼠的搏斗中。一只狼身上覆盖着一层像毛皮一样的飞蛾，但它仍死死地拽着一个罪犯的胳膊。

考向空中望了一眼，发现格鲁姆和希默又回来了，跟它们一起的还有几十只乌鸦！他急切地希望能召唤它们，但他什么也感觉不到。乌鸦一动不动地看着他。

他终于找到了莉迪亚。她在一片茂密的树林的阴影里，两只黑豹在她面前昂首阔步，她挥动着一根树枝。一只黑豹跳了起来，把树枝咬成两截。卢曼跟在他的野兽后面走着，迈着慢悠悠的、信心十足的步子。

莉迪亚挥了挥那根短树枝，可是树枝不够长，不足以抵御敌人。她被树桩绊了一下，重重地摔倒在地上。考突然加快了速度，跳到她面前，在两只黑豹面前挥动着鸦之喙。黑豹犹豫了一下，但没有转身。考把莉迪亚拉起来，他们从咆哮的动物面前退走。莉迪亚在流血——一定是黑豹抓伤了她的胳膊。她咬着牙，紧紧压着手上的伤口。

卢曼把手放在他的黑豹的脖子上。"你的剑现在帮不了你。"他说，两眼在黑暗中放光。

考撞到了后面的树干，无处可逃了。黑豹张大嘴咆哮起来。

乌鸦还在附近的一棵树上观望。"拜托了。"考说。但它们还是没有行动。

"有什么遗言吗?"卢曼说，"我不能保证很快结束。"

"去死吧。"莉迪亚说。

卢曼笑了。"也许有一天会。"他的眼神变得无比冷酷，说着举起双手，"杀了他们。"他说。

黑豹突然害怕得止步不前。

罪犯皱起眉头，狠狠地踢了他的野兽一脚。"把他们撕成碎片!"他命令道。

一只黑豹用爪子刨着地面，另一只躺在地上呜呜叫。

考和莉迪亚交换了一下眼色。"它们为什么不进攻?"

卢曼抬起头来，瞪大了眼睛，退后了一步。"走吧。"他命令道，转身迅速逃离了。

考侧着头，看到他们头顶上的树干在晃动。

黑沉沉的树枝被小生物的重量压弯了。

它们沿着垂下来的丝线，降到地面上，其他的则沿着树枝爬向树干。

是蜘蛛。

考抓住莉迪亚的手，拉着她前行，蜘蛛在他脚下咯吱咯吱地响个不停。他回头一看，只见白寡妇蹲在树冠下，她的白发垂在脸上，眼睛闪着黑光。

模模糊糊的印象中，考意识到那棵树是他的树。

是他曾经筑巢的地方。

他在那个家里住了将近十年。

她一定知道。

白寡妇的头扭动了一下，开始降落，她四肢着地落在草地上。

她没有站起来，考的内心既恐惧又怜悯。塞琳娜骨瘦如柴，颧骨像刀刃一样，脸上的黑斑看上去像腐烂了一般，她的指甲至少有两英寸长，又黑又尖。她的头发还是白色的，已经稀疏到可以看见头发下面的头皮了。

"你好，杰克，"她嘶嘶地说，舌头在变色的牙齿间闪动，"我就猜到我能在这儿找到你。"

她的头又抽动了一下。不知是因为饥饿还是纺纱人灵魂的侵蚀，她的骨架似乎已经改变了。她的腿盘在身下，看上去很僵硬，肘部因脱臼看上去很异样，向相反的方向张开。她的脊椎不自然地弯曲着，头低垂在两肩之间。她看起来像某种可怕的人与蜘蛛的混合体。

"塞琳娜……"莉迪亚叫了一声。

白寡妇笑了。"赛琳娜已经不存在了，"她说，"你的朋友死了，但这身体是有用的。我准备好了，杰克——我要再复活一次。"

考的心一沉，约翰尼·菲弗泰斯没有骗他。

一切都结束了，他的朋友已经永远地离开了他。

莉迪亚从考手里夺过鸦之喙，向前冲去。白寡妇以令人难以置信的速度爬到树干上，一条腿狠狠地踢在莉迪亚的下巴上。莉迪亚跪下身来，瘫倒在地。

"不!"考喊道。他跑向莉迪亚，但蜘蛛却向他蜂拥而来。当他好不容易来到她跟前时，蜘蛛已经盖住了他的腿，爬上了他的腰。他把莉迪亚抱在怀里，踉踉跄跄地想要逃开，可是蜘蛛还在追。他感到有东西咬穿了他的裤子，撕咬着他的腿、肚子和脖子。他感到它们的腿在他的头发和衣服下面乱窜。如果他能把莉迪亚带回她母亲身边的话……

每走一步，考就觉得莉迪亚更沉了，现在他的腿也走不动了。蜘蛛还在撕咬着，一种奇怪的失重感在他的血液里涌动。他的每一次心跳似乎都在把毒药进一步注入自己的血管，把他的思想和身体分开。他绊了一跤，莉迪亚连带着摔倒在草地上。考想要动一下，但是怎么也站不起来。

蜘蛛在他身上翻找，地面开始移动了。它们抬着他——他在蜘蛛的海洋里漂流。他能听到其他野语者搏斗时的尖叫声、咆哮声、咕哝声和愤怒的吼叫声。但慢慢地，这些声音被蜘蛛腿的沙沙声淹没了。

接着，沙沙声也消失了，黑暗包围了他，把他整个吞没了。

他首先想到的是莉迪亚。

"她在哪里呢？"

考被悬挂在一个白色的世界里。他试图移动，但他觉得四肢太重了。不，不是重，是被卡住了。他直立着，被悬挂在蜘蛛丝织成的网里。透过蜘蛛丝线，他看到周围模糊的样子，他认出了这个地方。他就在他的老房子里，在他父母的卧室里。

他的手腕挣脱了，然后剧烈地扭动着身体。蜘蛛网松开了，他跌倒在地上。一层层蛛丝仍然黏在他身上，压得他透不过气来，他把它们扯下来，摇摇晃晃地站了起来。他一点一点地扯断蜘蛛丝，站在一堆破网里喘着粗气。空气温暖而潮湿，弥漫着植物腐烂的气味。蜘蛛网从地板一直延伸到天花板，从一面墙一直延伸到另一面墙，但他没有看到蜘蛛。他昏迷多久了？公园里的战斗还在继续吗？他想起了塞琳娜——她变成什么样子了——一阵悲痛又袭上心头。

某个东西在窗帘后面的蜘蛛丝上移动。

"谁在那里？"他叫道。

"来找我吧。"白寡妇嘲弄地说。

考不禁打了个寒颤。他环顾四周，惊讶地发现鸦之喙放在地上。他不知道她为什么要把剑给他。

考用他的剑砍断了蜘蛛网，开辟了一条路。他朝着门口走去，蜘蛛丝紧紧地黏着刀刃。在外面的平台上，蜘蛛网没那么密，只是挂在栏杆之间，聚集在角落里。

"在这儿，"一个声音嘶嘶地说，"我在等你。"

考挣脱了最后缠着他的蜘蛛网，走下了楼梯。他觉得自己好像走进了一个洞穴：蜘蛛从他脚边窜过，蜷缩在一边，好像在给他让路。

一楼挂满了蜘蛛网，把一切都投射在一片可怕的白光中。蜘蛛网动了一下，他瞥见了白寡妇，她迅速地爬上了餐厅的一面墙。她猛地一动，胳膊和腿移动的速度难以用肉眼捕捉。过了一会儿，她停下来，倒挂在天花板上，地心引力对她毫不起作用。然后她爬到远处的一面墙上，来到壁炉旁休息。她的头转向他。

"家啊，甜蜜的家啊，"她说，声音像临死前发出的咯咯声，"你喜欢我对这个地方进行的改造吗？"

"我们来这儿做什么？"考说。

"为什么不来这里呢？"白寡妇说，"那个夜晚我专门为你们而来，这里就是命中注定的一切终结的地方。"

痛苦的记忆在考的心中闪过。纺纱人就在这间屋子里杀了他的父母。要不是伊丽莎白·卡迈克尔把她唯一的儿子从楼上的窗户推下去，把他托付给乌鸦，他也会杀死考的。白寡妇举起拳头，考看到白蜘蛛在她的指关节上爬行。

"它告诉我你已经知道了真相，"她说，"感觉如何？"

"你想要什么？"考反驳。

"让你意识到自己是多么没用，"白寡妇说，"让你为乌鸦的罪行血债血偿。从你身上拿走一切。"她用一根长指甲若有所思地搔着脸，"你的盟友，你的家，你的力量——你失去了他们。我们在

186

这里谈话的时候，你在公园里的朋友们都快死了。"

考吞了一口唾沫，"莉迪亚呢?"

白寡妇笑了，笑声空洞，让人不寒而栗……突然这笑声变成了令人窒息的尖叫。蜘蛛语者倒在了地毯上，抽搐着、呕吐着，她充血的眼睛肿了起来。接着，她呻吟了一声，嘴里喷出一股白烟。

那个生物在考面前翻滚着，两条腿在抽动。白烟开始在她身边凝聚成一个形状。她转向他，在她那张紧张痛苦的脸上，考看见了他的老朋友。然后，随着最后的一击，她倒下了。

"塞琳娜!"他喊道。

一个声音响起，不是塞琳娜的声音，是那股白烟在说话。

一个男人的声音。

他的声音。

塞琳娜每说一个音节，就呻吟一声，仿佛每说一个字，痛苦就增加一分。

"我夺走了她的生命，又复活过来了。"纺纱人说。

白色的漩涡从塞琳娜的身体上离去，形成了一个幽灵般的身影。渐渐地，它变得越来越稠密，直到最后一缕烟从塞琳娜张开的嘴唇中飘了出来。

房间里到处都是蜘蛛，它们挤得更近了，仿佛从主人的归来中吸取了力量。考全身无力地倒在塞琳娜的身边，鸦之喙在他手里无力地悬着。他抱着她的头，但她的头太重了。她睁开了眼睛，眼神空洞，她已经没有了呼吸。

"塞琳娜……"他叫着，摸着她的脉搏。

没有心跳了。

"一切都结束了。"纺纱人说。

考回过头去看着他的敌人，这个可怕的怪物真的活过来了。这是他第一次在现实世界中看到这个高大的黑色身影，他的身体似乎在吸收房间里的光线。纺纱人的脸像雪一样白，眼睛像油井一样黑。

考突然感到出奇愤怒，他扑向纺纱人，挥动着鸦之喙，但纺纱人抓住了考的手腕。他的指甲是黑色的利爪。考的手立刻就麻木了，一股冰冷的刺痛传遍了他的胳膊。纺纱人笑了，露出牙齿。他俯视着考，把男孩推到他的膝盖上。"看着我，杰克。看着我的眼睛！"

纺纱人伸出手来，不费吹灰之力就把剑从考的手中夺了过来。考在那一刻就知道接下来会发生什么。

"不！"他喊道。

刀锋在一瞬间刺了下来，它深深地刺进了考的肩膀，然后从未有过的疼痛从他身体的一侧爆炸开来。他惊恐地眼睁睁看着黑色的剑刺进自己的衣服和身体，剧痛灼烧着他的肌肉。他想呼吸，但呼吸不上来，他的身体开始感到一阵阵的冰冷。

"你快死了，杰克，"纺纱人说，"就像你可怜的母亲一样。"

考试图站起来，但疼痛实在是太剧烈了。

纺纱人的脸越来越近，在敌人的黑眼珠里，考看到了自己的倒影。最后，纺纱人把鸦之喙抽了出来，鲜血溅在地毯上。考瘫倒在地。

黑暗笼罩着考的视野。纺纱人把鸦之喙丢在地毯上，考伸出手，拼命地摸索着刀柄。但是，尽管他的手指紧紧地抓住它，却怎么也举不起来。他的力气逐渐减弱，疼痛开始消退，他慢慢失去了意识。他想要战斗，想要保持清醒，但四肢的温度已经消失了。他渴望闭上眼睛，迎接死亡。他挣扎着把空气吸进肺里。他挣扎着睁开眼睛，看见鸦之喙被血染红了。呼吸。纺纱人的腿。呼吸。空空的壁炉。呼吸。塞琳娜死了。呼吸！

要是他能伸出手来就好了，要是他能摸到她就好了……

然后，再也没有呼吸了。

第十七章

白光，亮得刺眼。

彻骨的寒冷。

考不断地眨眼睛，想看清楚。

他仍然呼吸困难。

他什么也感觉不到。

但是他尝到了一些东西——舌头上的冰晶。然后他抬起头，看见一直延伸到天边的一片雪白。

是雪吗？

考动了动手指，支撑自己坐起来。他仍然拿着鸦之喙。他跪在雪地上，雪花在一阵微风的旋涡中围着自己旋转。他低头看着自己的身体，没有受伤——他的衣服也没有破。

刹那间，考觉得如释重负。可随后马上感到极度恐慌，因为他知道这个地方意味着什么。

考在亡灵之地。

他以前来过一次，但不像现在这样，现在事实上他已经——

"考!"一个声音从远处传来,又被风吹走了。

他朝那声音的方向转过身来,把剑插进鞘里。大约五十米外是一片森林,树枝被雪压弯了,有人在树林里看着他。他眯起眼睛穿过纷飞的雪花远眺。那是一个黑头发黑衣服的女孩。她伸出手,她的声音在微风中飘荡。

"考!"

是塞琳娜。

考挣扎着向她靠近,每走一步,他的膝盖都陷在雪里,他的呼吸在胸口燃烧。他试着不去思考他们都在这片土地上意味着什么。

当他到达树林时,塞琳娜已经走远了。

他朝森林里望去,看见几米外又有动静。"塞琳娜,回来!"他喊道。

"我正走过来,"她大声说,听起来又绝望又害怕,"考,这是什么地方?"

他嘎吱嘎吱地走过地面,但他每次走到她一直站立的地方时,塞琳娜就踏进了森林更深处。

"塞琳娜!"当她消失在他视线中时,他喊道。

考大步走过去。他头上的树枝发出奇怪的吱吱声,他呼出的气在空中形成了云朵。雪在暮色中闪烁着几乎是蓝色的光。最后他又见到了塞琳娜。她站在白雪覆盖的空地中央,抱着自己,浑身发抖。她看起来是……活着的——就是一个普通的女孩。

"考,我们在哪儿?"她问。

考停顿了一下，担心如果他走近一点，她就会再次消失。"别害怕，"他说，努力让自己显得自信，"我现在和你在一起。"

她微微一笑，"你没有回答我的问题，这是什么地方？"

他无法对她隐瞒真相。他说："这是亡灵之地。"

她的笑容消失了。"你是说我们……我们俩……"

考点点头，"对不起，塞琳娜。我想救你。"

他向她迈出一步，这次她没有动。"我都看到了，考，"她说，声音小得像耳语，"我感受到了一切，但我阻止不了他。我一点一点地失去了自我。"她的嘴唇颤抖着，一边抽着鼻子，一边看着地面，"我无能为力。"

"这不是你的错。"考说。

"不……不是你的错!"一个声音叫道。

塞琳娜倒抽了一口冷气，考转过身来。空地的另一边站着一个黑衣人。

有那么一会儿，考以为是纺纱人。

但不是，是布莱克·科瓦斯。

"杰克。"他说。他眼睛里闪着冷冷的光。

塞琳娜向后退了几步，离考更近了。

考看到一簇簇的雪从对面的树上飘落下来。白色的乌鸦出现在苍白的天空中，树枝上停着好几百只乌鸦。

但是没有一只落在考头顶的树枝上。它们仿佛全部停在了布莱克·科瓦斯头顶上，一道看不见的屏障前。

"帮帮我们。"考的意念在召唤它们。

乌鸦们带着一种冷酷的敌意盯着他，考痛苦地想起这些乌鸦已经不是他的乌鸦了。

"那是谁啊？"塞琳娜问道。

"是的，一定要介绍我们认识。"布莱克·科瓦斯说。

考一点也不惊讶自己的祖先在这里。贵格曾经告诉他，所有的灵魂都会在亡灵之地逗留一段时间。大多数最终都消失了，但那些与现实世界有密切联系的人有时可能永远活下去。

"这是布莱克·科瓦斯，"考说，"他是个杀人犯、说谎者和胆小鬼。"

"哦，很好。"塞琳娜说。

"还是有史以来最强大的野语者。"科瓦斯说。

"更好。"塞琳娜说。

"有了鸦之喙的帮助，我又活过来了，"科瓦斯说，"把它给我，杰克。"

考的手落在了他的剑上。然后他想起——他以前是怎样逃出这个地方的。他拔掉了鸦之喙上的护套。"走近点。"他低声对塞琳娜说。

塞琳娜紧张地盯着刀刃，"你打算怎么办？"

考伸出剑深深地吸了一口气。他对准他们面前的空气，挥了一剑。

没有阻力，也没有闪光，白雪覆盖的空气没有被撕破。考又试了一次，结果还是一样。

"只有乌鸦守护者才能用鸦之喙，"科瓦斯说，"把它交过来，孩子。"

"不可能。"考回答。

布莱克·科瓦斯气得沉下脸。在他上方，白色的乌鸦竖起了羽毛。

"我是唯一一个能和纺纱人正面对战的人，杰克，你知道的。你已经失败了。"

"我以前打败过他。"考说。

科瓦斯摇了摇头。"不，你让他回来了。看看你做的好事。"

"别给他。"塞琳娜说。

"别插嘴，姑娘。"科瓦斯说。他举起双手时，嘴巴扭曲了。"这是你最后的机会了，考。"

考没有回答。

"很好。"科瓦斯说。

他垂下双手，乌鸦从树枝上飞了下来，像白色的飞镖一样向考飞去。考猛地推开塞琳娜，她重重地摔倒在地上。

然后乌鸦开始攻击他。

考摔进了雪里，鸦之喙掉在了地上。数百只乌鸦猛啄他的皮肤，他捂住脸。考在地上打滚，但鸦群不断地降落在他身上。他喊道："停下来！"但他的声音被愤怒的乌鸦的尖叫声淹没了。

然后，它们一起飞走了。

考翻了个身，把流血的双手插进雪里，试图减缓疼痛。塞琳娜跪在他身边。

"你还好吗？"她问。

考摇了摇头。他转过身来，他看见布莱克·科瓦斯拿着鸦之喙。

乌鸦又一次落在树枝上。科瓦斯微笑着审视着这把剑。"时间过去太久了。"他说。

考摇摇晃晃地站了起来。他不能让那件事发生，他必须阻止布莱克·科瓦斯。

不知怎么地，在绝望中，考找到了力量。他朝布莱克·科瓦斯跑去，跌跌撞撞地踢起雪来。科瓦斯咧嘴一笑，敏捷地躲开了，用刀刃砍了一刀。考的血溅在雪地上，他头朝下倒了下去。一刹那，他感到腿部疼痛灼烧，他膝盖上方有一道很深的伤口闪着红光。

"别再浪费我的时间了！"科瓦斯一边用刀刃擦着袖子，一边喊道，"你只是个孩子。一个弱者！"

考想要站起来，但是科瓦斯用一只脚踩在他的胸口上，把他踩回了雪地里。他躺在那里，看到了白乌鸦眼中的杀气。冷酷无情。但是，不知怎的，他的眼睛特别被其中一只吸引住了，它停歇的姿态，头部的角度。

"斯克里奇？"他低低地唤了一声。

乌鸦眨了眨眼睛。

"它们不会听你的，"科瓦斯说，"你必须让它们服从你的意

195

愿。你必须向它们展示你的力量。如果它们不怕你，就没有人会怕你。"

"我不想让它们害怕我，"考撑着身子说，"我可不想成为像你这样的杀人犯！"

考注意到塞琳娜在慢慢朝他移动。一只乌鸦发出咔嗒咔嗒的叫声，乌鸦转过身来面对着女孩。"保持距离。"科瓦斯命令道，手里挥舞着剑。塞琳娜退了回去。

接着，科瓦斯双手举起剑，呈弧形向下砍去。一道光突然闪现，半空中裂开了一道缝，露出一片漆黑的虚空。

一条回到生灵之地的路。

考感到乌鸦的眼睛在盯着他，数以百计的乌鸦。

"拜托了，"他乞求道，"看在所有乌鸦的分上，就此停手吧。"考又寻找那只看起来像是斯克里奇的乌鸦，但看不见他。他全身冰凉。他想站起来，但刚迈一步，就向前跌倒了。他的手在雪地上留下了血迹。科瓦斯开始向裂缝走去，考抓住了他的脚踝。

"还要决斗吗，孩子?"他说，"为什么?"

塞琳娜抓住机会，撞向布莱克·科瓦斯。他跌跌撞撞地从黑色的门里退了回来，愤怒地大叫一声倒了下去。但一眨眼他又站了起来，掸掉衣服上的雪，眼睛里燃烧着怒火。

他向天空点点头。"解决他。"

鸟儿们开始展翅飞翔，但突然传来一声可怕的充满野性的乌鸦叫声，使它们都安静了下来。当一只乌鸦落在塞琳娜旁边空地的中央时，所有的乌鸦一起转过头来。

即使他的羽毛白得像幽灵，考也认得出那是斯克里奇。

"我叫你们杀了他。"布莱克·科瓦斯对乌鸦咆哮道。

乌鸦又动起来了。但是有一只乌鸦飞起来了，飞过了考的头顶。它没有攻击男孩，而是落在斯克里奇旁边。考咽了一口唾沫。

那是妙基，那只瞎眼的白乌鸦，它陪伴着考一起长大。那冷酷的目光无疑就是它的了。

考感到热血沸腾。他看了看乌鸦，又看了看皱着眉头的布莱克·科瓦斯。"它们没在听你命令，科瓦斯。"考说。一种奇怪的力量在他胸中形成，就像一团火在燃烧一样。他的眼睛扫过雪白的乌鸦，火势在扩大，好像每只乌鸦都能让他内心的火焰燃烧得更旺。

科瓦斯的鼻子猛地吸了一口气。他把鸦之喙插进树里。"杀死那个男孩！把他们两个都干掉，马上！"

塞琳娜俯下身去，考握着她的手。她的手指缠绕着他，她的力量也在他体内涌动。乌鸦待在原地不动。

"好吧，我自己动手。"布莱克·科瓦斯咆哮道。

考看到他可怕的祖先挥舞着鸦之喙向他走来。他站了起来，用自己的身体掩护塞琳娜。

布莱克·科瓦斯举着剑猛扑过来。考不假思索地用双手抓住了它。科瓦斯用自己的身体往下压，考拼死抵抗，刀锋刺进了他的手掌。

"就是这种精神！"科瓦斯咬牙切齿地说，"可惜为时已晚。"

剑锋刺穿了考的双手，刀刃紧贴着他的胸膛。疼痛传遍他的全身。他用尽最后一点力气，恳求乌鸦们的帮助。

白色的乌鸦静静地从树枝上飞下来，气氛似乎发生了微妙的变化。科瓦斯突然咽了口唾沫，摇摇晃晃地退了回来。"怎么回事……"他咕哝着。

一只白乌鸦撞在他的肩膀上。接着，又有两只乌鸦俯冲下来，利爪扎进了他的大腿。布莱克·科瓦斯惊慌地大叫起来。另一只乌鸦擦过他的脸，他大叫一声举起双手，鸦之喙掉落在了地上。考看到血从他祖先的手指间流过。无数的乌鸦俯冲下来轰炸他，砸向他的身体，科瓦斯闭着眼睛跌跌撞撞地朝树林走去。他跌倒了，开始爬行，但是乌鸦又把他撞倒了。几只乌鸦落在他身上又抓又挠。它们撕扯着布莱克·科瓦斯的衣服，他蜷缩成一团。在他击退袭击者的过程中，考看到更多的血从科瓦斯撕破的皮手套中渗出。

"停！"考喊道。

但是乌鸦听不懂。或者，它们听得懂，但是它们没有在听。

布莱克·科瓦斯的叫声变成了呻吟声，他自卫的力气变得越来越小，然后他根本无力反抗了。最后，乌鸦又一次停在了树枝上。科瓦斯一动不动的身体将周围的雪染成了红色。空中闪着亮光的黑暗的门消失了。

考看到只有两只乌鸦留在外面，是斯克里奇和妙基。它们盯着考。

"你救了我。"他说。

斯克里奇向前跳了一步，张开它的喙。

"是你救了你自己。"它说。

考的膝盖没有力气，但他的心很激动。"我又能听懂你的话了！"他大喊。

"乌鸦选择了一个值得信赖的主人，"斯克里奇说，"不是为自己，而是为许多人的利益而战。"

考觉得手和腿上的痛都不算什么，他的脸上露出了笑容。"我以为我再也不能和你说话了。我失去了你们。"

"你永远不会失去我们。我们与你同在。"

他看上去更成熟，更聪明了。

"白色适合你。"考说。

"去吧，考。"斯克里奇说，"他们需要你。"

考点点头。"你也来吗？"

斯克里奇看着妙基，老乌鸦的目光是严厉的。

"我不能。"斯克里奇说，考从他的声音中听出了一丝悲伤，"我要待在这里。"

考不能把斯克里奇留在这里，不能就这样让它留下，尤其在它做出了这么多英勇的举动之后。泪水涌上了他的眼睛。

"请跟我来，"他说，"我需要你，斯克里奇。比以往任何时候都需要。"

"走吧，乌鸦守护者，"妙基说，"这个地方不适合你。现在还不是时候。"

"再见了，考。"斯克里奇说。

考转过身去，背对着斯克里奇和妙基，从雪地里捡起了鸦之喙，它的力量立刻涌进他的手指。只要轻轻一划，剑尖就在这个世界撕开了一道黑色的口子。

"来吧。"他对塞琳娜说，她一直静静地站在一旁。"该回家了。"她拖着脚向门口走去。

然后她犹豫了一下，回头看了一眼。"你也要来，是吗？"她说。

考低下了头。许多乌鸦跳到布莱克·科瓦斯的背上，用爪子抓着他破烂的衣服。乌鸦把科瓦斯抬起来，他的四肢无力地吊在空中。乌鸦成群结队地飞着——一朵白云渐渐与白茫茫的天空融为一体，最后，乌鸦和科瓦斯都不见了。斯克里奇和妙基也在他们之中。

前方的黑洞似乎在散发热量，考和塞琳娜仿佛正站在火堆旁。

"考？"塞琳娜说。

他朝树林里望了一会儿，想象着待在这儿会是什么样子。一个没有关心，没有担心，没有恐惧的地狱，从黑石城和野语者的战争中解脱出来。安宁，他在这里得到了。他已经输得够惨了，不是吗？

然后塞琳娜把她温暖的手塞进了他的手里。

妙基说得对。

还没有结束。

考转过身来，和塞琳娜一起走过黑色的门。

考躺在壁炉旁的地板上，塞琳娜俯卧在他身旁。她的面颊恢复了血色，头上的黑发在微微地飘动。她还有呼吸！

他们头顶上挂着蜘蛛网，透过一缕缕蜘蛛网，考看到房间的另一边有动静。他的心僵住了，一声尖叫卡在喉咙里。

纺纱人之前站立的地方，有一个圆圆的白色腹部，上面覆盖着黑色的衣服碎片，下面长出了一条蜘蛛的腿，白得几乎半透明，上面长满了细毛，就像冬天树枝上结的霜一样。

考吓得胆汁都涌到喉咙了。

纺纱人的头扭曲得几乎认不出来了。考看不见他的脸，但是他的头发是白色的，而且乱蓬蓬的。他的头皮上似乎附着一层光滑的白色黏液。他的躯干萎缩了，皮肤起了皱纹，布满了斑点，胳膊缩成了抽动的四肢，最后变成了苍白的爪子。他的另外六条腿像碎冰一样。

考安静地站了起来，握着鸦之喙。尽管内心的恐惧让他不敢轻举妄动，但他感到自己的身体比以往任何时候都要强壮。他肩膀上的致命伤不知怎么就好了，只留下隐隐的疼痛。他在亡灵之地所遭受的创伤已经全都消失了。但是如果纺纱人发现他们还活着，他会立刻杀死他们。他需要把这只蜘蛛带离塞琳娜。

他需要乌鸦。

考绕过桌子，跨过蛛丝。如果他能再靠近一点……

纺纱人令人作呕的头旋转过来看着考。那张人脸只剩下苍白的皮肤了。他的头盖骨被压扁了，五官扁平得像个坑一样，黑眼珠凸出来，嘴巴张得大大的，没有牙齿。

"这不可能，"怪物刺耳的声音说，"你已经死了。"

考挺起胸膛，直直地站着。"你也是。"他回答。

在那里，在苍穹的某个地方，他感觉到乌鸦在拍打翅膀。"来找我……"

纺纱人转过身来，腿尖重重地踩在地板上。

"我不知道发生了什么，"考说，"但我不害怕。"

纺纱人咧着嘴笑了，一条又粗又黑的舌头闪了出来。"你应该知道，"他嘶嘶地说，"我的人形身体太脆弱了。所以我选择了一种新的外形，更强大的外形。"他用爪子比画着自己。"我不再是蜘蛛了，杰克·卡迈克尔。我是蜘蛛神。"

他向考冲去，快速地爬着，撕破蜘蛛网。

考拿起一把椅子，把它扔向纺纱人。纺纱人很轻松就闪开了，急忙爬上墙，一直跑到考的正上方。当这个丑陋的怪物掉下来时，考一头栽到地上。纺纱人扑通一声掉了下来，蹲伏在蜘蛛腿上。

"跑也没有用。"他嘶嘶地说。

透过窗户，考看到有什么东西闪过——黑色的翅膀。

纺纱人向前冲去，一头扎向他的身体。考向后倒在沙发上，接着又摔倒在地板上。纺纱人在沙发上隐现，一个爪子砰的一声猛刺下来，考侧着身子打了个滚，一脚踢开了。他的脚因为用力过猛而疼痛，就像踢在了树干上一样。

考向后爬去，但是纺纱人快速地爬着追赶他。"你死后，乌鸦一族就结束了。我的蜘蛛会追捕你可怜的鸟儿，把它们赶尽杀绝。"

考跑到楼梯的底部。"你得先抓住我!"他大声说。

然后考转身跑上楼梯，用尽全力奔跑。他跑到一半，就被纺纱人抓住了。考转过身来，挥动着鸦之喙，刀刃深深地卡在蜘蛛的一条腿上。纺纱人跳到了天花板上，剑从考的手上脱开了。他转过头来，发出嘶嘶声，黑舌头像一条蠕动的蛇似的来回拍打着。然后，他伸出一只前爪，把鸦之喙拽了出来，扔到一边。一滴滴的黑血像柏油一样溅在楼梯上。

考跳过栏杆，朝自己的卧室跑去。他刚一进门，就试图把门关上，但门却撞到了什么东西上。一条巨大的蜘蛛腿穿过门缝。考的肩膀撞到了门上，那条腿缩了回去。他插上门闩，喘着粗气。

木门在猛烈的撞击下发出隆隆的响声。

"让我进去，让我进去。"纺纱人用一种唱歌的声音嘲弄地说。

考跑到窗前，猛地把窗户打开。夜晚凉爽的空气笼罩着他。他看着下面的瀑布，一阵意想不到的晕眩袭来。

纺纱人压在门上，门在铰链上摇晃起来。

考向外凝视，内心十分震惊，往事涌上心头。他以前来过这里，被困在深渊里。那时他还是一个孩子，在他的梦里。那天晚上，他的父母把他推了出去。

一切都在重演。

木门裂开了，但门锁还是锁着的。蜘蛛腿从裂缝中伸出来。

考抬头看着星光灿烂的夜空。他的乌鸦就在外面的某个地方。他睁大眼睛，绞尽脑汁，恳求它们过来。

更多的嵌板从门上脱落下来，他看见纺纱人那张丑陋的脸从门缝里露出来。那张脸上闪着汗水，眼睛因愤怒而发红。"开门，杰克，"他说，"别想从我身边跑开！"

纺纱人又伸出一只爪子去抓锁。他拔下插销，然后把门一下子撞开了。蜘蛛巨大的身躯挤进了房间。考背对着开着的窗户，面对着他的敌人。他身后有什么东西正在聚拢。他感觉到扇动的翅膀和张开的吞噬黑夜的喙。

"我们又见面了。"纺纱人说着，悄悄走近。他好奇地环视四周。"你知道，那天晚上我也是来找你的，你的父母奄奄一息地躺在楼下。但是他们已经把你藏起来了。"

考能感觉到乌鸦已经很近了。

它们就在这里。它们已经来了。

"放马过来。"他说。

"你简直无法想象。"他的敌人说。

纺纱人从地毯那头跑来，考急忙蹲下身子，一股黑色的洪流从开着的窗户冲了进来。不到一秒钟，房间里似乎就挤满了乌鸦。考看不见纺纱人了，几秒后他东奔西跑，撞在墙上，想要逃离猛攻。乌鸦在他周围盘旋，轮流俯冲、攻击，然后分开。袭击毫不留情。纺纱人尖叫着，他的腿弯曲着，就像一只被困在漩涡中的蜘蛛。

考用一百只乌鸦的眼睛看着蜘蛛，他能感觉到它们身体的力量。仅仅在一念之间，死亡就席卷了这只巨大的蜘蛛的身体，鸦群从他侧面撞过来，把他四脚朝天地掀翻在地。考用嘴和爪子刺入敌人柔软的腹部。蜘蛛的腿在扭动，但已无法阻止乌鸦。他通过鸟儿的意识捕捉到了纺纱人的致命弱点——充满仇恨的恶意的一千个瞬间。

只剩下一件事要做了。

考让乌鸦加强攻势，它们把纺纱人团团围住，爪子拼命地抓着蜘蛛身上每个地方。然后，它们把他举到空中。考感到了巨大蜘蛛的重量。乌鸦们拍打着黑色的翅膀，把他像一个球似的抬起了来，朝开着的窗户飞出去。

变身悄无声息地发生了，突然间，考变成了一只乌鸦。

他也加入到了其中。在胜利的喧闹声中，鸦群把那只巨大的蜘蛛抬到外面的黑夜里，越飞越高。

考对他一点也不感到怜悯。

他父母的痛苦，斯克里奇的痛苦，受到纺纱人迫害的所有人的痛苦，都压在他的心上，使他的心情像乌鸦的墨黑羽毛一样沉重。

它们直冲云霄，考飞得比以往任何时候都要更高——黑石城不过是一片辽阔土地上的一片灯火通明的空地。

"我要杀了你，乌鸦守护者！"纺纱人尖叫道。

"是时候了。"考告诉乌鸦们。

然后他张开爪子，和其他数百只乌鸦一起进攻。

瞬间，时间似乎凝固了，纺纱人八条腿的身体努力保持着平衡。

然后他掉了下去。

当这只巨大的蜘蛛垂直下落时，一道白光将他的身体划成了碎片。考亲眼看着这一幕，听到他凄惨的尖叫声响彻整个黑夜。

纺纱人还没掉到地面，就彻底消失了。

第十八章

考突然感到身体虚脱了，他的翅膀失去了力量。它们在他身侧收拢，他开始在气流中下降，脸朝上，风吹过他的羽毛。随后羽毛消失了，他可以感到衣服拍打着他的皮肤。他又变成了一个男孩，地心引力把他拉向地面。

但他并不害怕。当他倒下时，一种宁静的感觉包围着他。他看见乌鸦从上面俯冲下来，轻轻地落在他的身上，每当有一只鸟抓住他，他的下降速度就减慢一些。他凝视着头顶上的星星，乌鸦抓着他下降。他能从每一对翅膀的拍打中感受到它们对他的爱。

最后，它们把他托进卧室的窗户，轻轻地把他放在地毯上，然后从打开的窗户飞走了。只剩下格鲁姆和希默，它们降落在考的身边。

"他死了，"格鲁姆说，他的声音听起来很奇怪，"结束了。"

"我们做到了，"希默说，"为了斯克里奇。"

考点了点头，仍然脸朝上躺着，忍住眼泪。过一会儿，他会把在亡灵之地所看见的一切告诉它们。他永远，永远不会忘记在那儿发生的事。"为了斯克里奇。"他说。

过了一会儿，他站起来，走到窗前。乌鸦飞落在树林里，回过头来看着他，亮晶晶的眼睛在黑暗中闪闪发光。

"谢谢你们。"他说。

起初，乌鸦们轻轻地鸣叫着，慢慢地它们的声音变成了骄傲的叫声。

"考！考！考！"

鸦群安静下来，考听到身后传来一个人的声音。"考？"

塞琳娜站在门口。她的头发乌黑发亮，皮肤闪闪发光。她看上去比以前更强壮了。

"你——你没事。"他说。

然后她咧嘴一笑，奔向他张开的双臂。

"他死了。"考说，她紧紧地抱着他，他觉得他的肋骨快被压断了。"永远不会再回来了。"

塞琳娜松开他，抬起头来，仍然微笑着。"谢谢你。"她说。

"嗯……"格鲁姆说，"这就够了。"

考挣脱了拥抱。"我们应该回到公园，"他说，"他们可能需要我们的帮助。你可以飞了吗？"

"只要你不抛弃我，"塞琳娜说，"我今天已经死过一次了。"

考笑了，这像是记忆中多年来他第一次的开怀大笑。

乌鸦把他们带到城市的北部。考伤得不轻，他和他的乌鸦们比以前更默契了。它们信任他，他也完全信任它们，毫无疑问。在亡灵之地上发生的一切，在生灵之地上也同样成立。

在去往黑石城公园的路上，塞琳娜把一切都告诉了他。关于约翰尼·菲弗泰斯和白寡妇；以及西尔克是如何充当中间人的，他许诺在战争胜利后给土狼野语者钱和掌管这座城市的部分权力。纺纱人一直计划着让约翰尼渗透到考的盟友中，煽动他们反对考。

考觉得自己很愚蠢——他太容易上当了。但那时，其他人也一样。

作为回报，考告诉塞琳娜他是如何在医院照顾她的，以及自从在她母亲公寓楼顶上的那晚之后，他是多么内疚。"我从来没有机会说声谢谢，"他说着转向她，他们肩并肩在空中飞翔，"你为我挡了一颗子弹。"

"我得说我们现在扯平了。"塞琳娜说。她的脸沉下来。"我知道她想开枪杀你。但她仍然是我妈妈，你知道吗？不管她做了什么。"

考不知道该说什么。他想起辛西娅·达文波特，她被锁在精神病院的一间牢房里，完全失去了理智。

"我们一起去看望她吧，"他说，"这一切都结束了。"

塞琳娜感激地笑了。"是的，我很乐意——谢谢你，"她向前看，"啊哦！"

他们现在在公园上空，可以看到栏杆被警车包围了。更多的人在大门口停下来，拿着手电筒和枪的警察在树林间移动。考命令他的乌鸦飞到远处，那个地方完全是黑漆漆的。他们着陆后，乌鸦飞进了树林。

考听到从远处传来的"别动!"和"举起手来!"的喊话。他把塞琳娜拉到一边，这时一只黑豹从灌木丛中悄悄地向他们逼近。考正要召唤乌鸦，黑豹突然被自己的脚绊了一跤，重重地倒在草地上。它的黑色皮毛中显现了含有镇静剂的飞镖。黑豹闭上眼睛，侧腹缓缓起伏，呼吸平稳。

突然，考被灯光照得睁不开眼，两个警察出现在他们面前。"不要动!"其中一个说，"把手放在头后面。"

考让他的乌鸦先别轻举妄动。他和塞琳娜举起了手，警察慢慢靠近。但就在一个人抓住考的手腕时，一个声音喊道："放开他们!"一个人从树林里冲到他们身边。

是思特里克汉姆先生，他穿着防弹背心和一件长大衣。

"你确定吗，先生?"抓着考手腕的警察问。

"他们不是罪犯。"莉迪亚的爸爸生气地说。

警察后退了几步，思特里克汉姆先生向考示意，塞琳娜跟着他。他带着他们穿过树林，来到黑石城公园中心的喷泉前，思特里克汉姆先生看上去很疲倦，神情却很坚毅。到处都是警察，考看到罪犯们被戴上手铐，或者因为受伤在地上接受治疗。到处躺着动物的死尸——狐狸、老鼠、鸟等等，他的心都沉了下来。一头野牛横躺在一条长凳上，鼻子滴着血，两名警察在一旁站岗。这真是毁灭性的一幕。

"这需要解释一下，"思特里克汉姆先生冷冷地说，"媒体也不会善罢甘休的。我想你不会让我搅进来吧?"

考环顾四周，但在被捕的野语者中，他没有看到任何他的朋友。他们逃出来了吗?

"考，"布鲁姆从一根树枝上叫道，"我们找到了其他人，在公园的东墙。"

思特里克汉姆先生抬起头来。"我想是你的一个同伴吧?"

考点点头。

"我想我应该高兴才对，"思特里克汉姆先生说，"看来所有的逃犯都已找到了。"他停顿了一下，考看到他很激动。"要是你先看到我太太和莉迪亚，你就告诉她们……告诉她们我要在家里见到她们。"

一个警察跑了过来。"先生，那边有一只大鸟。我们认为是一只猎鹰!"

思特里克汉姆先生叹了口气。"今晚出现什么都不会让我感到惊讶。"他转向考，公事公办地说，"现在离开这里，你们两个。不要再在公园里闲逛了。明白了吗?"

"明白了。"塞琳娜和考异口同声地说。

他们朝东墙走去，考看到正从警车后面的笼子里往外看的卢曼。罪犯扑到铁网上，铁网震动起来。"你!"他喊道，"到这儿来! 我要把你撕成碎片! 我……"

一名警察砰地把门关上了，卢曼的喊叫声减弱了。

他们穿过幽暗的草地，考看见一只飞蛾在地上扑腾着，试图飞起来。它的一只翅膀折断了。他弯下腰把它捡起来，然后看了一眼四周的树林。

"西尔克先生?"塞琳娜说。

考意识到他没有看到他的宿敌和其他罪犯一起被捕。他现在正在某处看着他们吗?

"也许，"他说，"但他只能靠自己——他构不成威胁。"考张开手掌，飞蛾扑腾着飞向空中，侧身飞走了。"我们去找其他人。"

最后，他们在东墙下遇到了一群野语者。莉迪亚背靠着墙坐着，脸色苍白。思特里克汉姆太太跪在旁边，照料她女儿胳膊上的伤。考向他们跑去，其他几个野语者抬起头来，皮普叫道:"是考!"

考走去，拉克伦抓住了考的胳膊。"她没有大碍，"他说，"卢曼的一只黑豹抓伤了她的胳膊，不过她会没事的。"

思特里克汉姆太太的眼睛睁得大大的，这时他才意识到她正盯着他背后的塞琳娜看，塞琳娜畏缩地躲在后面，好像很害怕。

"纺纱人死了。"考说。

"这是真的吗?"玛德琳说。在她头顶的树枝上，松鼠们兴奋地尖叫起来。

莉迪亚吃力地抬起头来对着考笑了笑。"你杀了他，是吗?"

考点点头。"这一次是永远的。"他转过身来，做了个手势让塞琳娜走近些。她紧张地将双手环抱在胸前，走到野语者中间。

"我知道你可能不相信我，"她说，"但是……"

思特里克汉姆太太站起身来，走到她跟前，塞琳娜似乎失去了说话的能力。考有片刻的恐慌。但是思特里克汉姆太太轻轻地握住塞琳娜的手，转向其他人。"关于信任，我们都需要重新学习，"她说，瞥了一眼考，"我们被敌人骗了。我们彼此背离了信任，他们就险些战胜了我们。"

拉克伦垂下了眼睛。"对不起，考，"他说，"我们不应该怀疑你。"

这个大块头真的在他面前道歉，考感到有些别扭。"没关系。我知道你为什么这样做。"他说。他想到了布莱克·科瓦斯和他自己的信念是如何被粉碎的。

莉迪亚走到母亲身边，靠在母亲身上，用绷带裹住受伤的胳膊。一只鸽子呼啸而过，咕咕地叫着，克拉姆从人群中走了出来。"警察朝这边来了，"他说，"我们得走了。"

动物和野语者开始爬上墙头，溜进树林里，思特里克汉姆太太和克伦布留在了咖啡馆里。"很高兴你回来了，考。"鸽子语者说。

"回来真好。"考说。他笑了，克拉姆也笑了。

"我们必须找到我的丈夫，"思特里克汉姆太太说，"我有预感，他会对发生的这一切大发雷霆的。"

考摇了摇头。"他让我帮忙带句话。他说他在家等你和莉迪亚回去。他说……他说他非常爱你们。"

有那么一会儿，思特里克汉姆太太看上去好像要哭了，然后她站起身来，笑了，考看到她的胳膊紧紧地搂着莉迪亚。"谢谢你，考。"她说。

"一会儿见，好吗？"莉迪亚说，"很快，拜托。"

"我保证。"考说。

莉迪亚和她母亲、克拉姆匆匆走进树林里，狐狸跟在后面。直到她们走到听不见的地方，塞琳娜才低声咕哝了一句："思特里克汉姆先生没有说那样的话，不是吗？"

"他是没有说，"考回答，"但我觉得他就是这个意思。"

第十九章

　　大家整整用了两天时间修理考的房子，不仅仅是每个房间都被蜘蛛网覆盖了——考检查得越仔细，发现被破坏的地方就越多。但在莉迪亚、塞琳娜、克拉姆和皮普的帮助下，修整工作取得了稳步推进。玛德琳带来了油漆和刷子，泽亚和阿里把前门重新装上了铰链，还把考卧室的门完全换了下来。拉克伦运走了好几吉普车的垃圾，包括烧焦的树屋巢穴。考很惊讶，他并没有感到怅然若失。他意识到这里属于过去，他不需要再有执念。

　　"那里！"莉迪亚边说边从楼上的梯子上爬下来。她的胳膊还裹着绷带。"你觉得怎么样？"

　　她在栏杆上挂了两幅窗帘——它们是蓝色的，印着白色的北极熊跳舞的图案。很明显，那窗帘是她小时候用过的。

　　"我有点喜欢它们。"考说，他放下了那支蘸了油漆的刷子。他把窗帘拉上，让阳光照进房间。格鲁姆和希默站在外面的窗户上。

　　"你就不能用乌鸦图案的窗帘吗？"希默说。

　　一阵悲痛涌上考的心头。"这是斯克里奇会说的话。"

格鲁姆的脑袋难过地耷拉在一边。

"我想他。"希默说。

"他现在和妙基在一起。"考说。

格鲁姆摇了摇头。"妙基可有得烦的了。"它高兴地说。考笑了，想起了他在森林里看到的那只白色的乌鸦——斯克里奇的幽灵，总有一天他会再见到他的同伴。

脚步声响起，有人上楼来了。"好吧，好吧，"塞琳娜说，"等一下。"

她笑着跑进房间。"皮普想让你看看他的把戏，"她说，"到楼梯口来。"

考跟着莉迪亚和塞琳娜走出了房间。塞琳娜没有穿常穿的黑色衣服，而是穿着一件无袖的蓝色上衣，上面画着一只仰面躺在躺椅上的乌鸦，上面写着"慢生活"。一定是莉迪亚的。他笑了笑——最后，她们俩成了朋友。

皮普站在楼下的楼梯上，透过栏杆的缝隙向上看。"女士们，先生们，你们准备好了吗？"他说。

"我们准备好了！"莉迪亚说。

皮普笑得合不拢嘴。"那么，就看看老鼠语者皮普惊人的扭曲动作吧！"

他把一只胳膊从栏杆上的一个小缺口伸进去，直到肩膀动不了。

"到目前为止，一切都不怎么样。"格鲁姆咕哝着。

"嘘，"希默说，"给这孩子一个机会。"

皮普把自己的身体尽量推到两根垂直的木桩之间。然后，老鼠语者深吸了一口气，鼓起胸膛，慢慢地呼了出来。当他这样做的时候，他的胸腔似乎缩小了。这让他的胳膊能够从栏杆之间穿过，然后从栏杆另一边伸出来。

莉迪亚气喘吁吁地说："太神奇了，皮普！"

"等等！"他说，他的头还在另一边，"我还没完成呢。"

"是的，他卡住了。"格鲁姆笑着说。

皮普又深深地呼出了一口气，当他的朋友把自己的头也挤了进去时，他惊奇地眨了眨眼睛。"哈哈！"他说，"我的老鼠一直在教我！"

"有点古怪。"塞琳娜说，皱了一下眉头，"但很酷！"

"你觉得呢，考？"皮普急切地问。

"我想……"考说，"我想我嫉妒了。为什么我不能做一只老鼠语者呢？"

"嘿！"格鲁姆说，用翅膀拍打着考的腿，"下次我想好了带你飞的时候再通知你。"

皮普微笑着。"我想如果我继续尝试的话，我可以从钥匙孔里挤过去，"他说，"也许我们可以一起训练，考。"

"当然我们——"

他的话被敲门声打断了。

"是爸爸妈妈，"莉迪亚说，她看了看表，"你猜怎么着——思

217

特里克汉姆一家今晚要去看戏。一起去!"

她脸上充满着喜悦,虽然考也为她感到高兴,但他仍然感到一阵孤独。如果能再见到他的父母,哪怕只有几分钟,他愿意付出一切。

但是站在门口的不是思特里克汉姆夫妇。

"希望我没有打扰你。"猫语者说。

"当然没有!"考说。

菲利克斯·贵格在垫子上擦了擦鞋,走了进去。"天哪,我好久没来这儿了。"

"很抱歉,这里还一团糟。"考指着那些还在等着被带走的垃圾袋说。

"一点也不,"贵格说,"你会惊讶地发现,它几乎没有什么变化。"

他从背后抽出一个小包裹,用纸包得整整齐齐。

"这是什么?"考说。

"乔迁新居的礼物,"贵格说,"恐怕没什么特别的。"

考撕掉纸,看到里面是一块金属锡。上面写着"最好的格雷伯爵"。贵格又从口袋里摸出一只柠檬。"这个我嫌麻烦没包起来。"

"嗯,谢谢你!"考边说边把柠檬接过来。

贵格看起来有点不自在,双脚不停地抖动着。"为什么我们现在不喝点什么东西呢?有件事我需要和你谈谈。"

在菲利克斯的密切注视下，考泡好了茶。考、莉迪亚和塞琳娜围坐在餐桌旁。卡迈克尔家已不再是野语者的大本营，其他的野语者已经回到了他们各自的家。这所房子又是考的了。

贵格双手捧着杯子，目不转睛地盯着杯子。

"我想和你谈谈黑暗之夏，"他说，"还有那块午夜之石。"

考抿了一口茶。猫语者的话悬在他们之间。

"它还在你这儿吗？"贵格说。

"很安全，"考说，"我发过誓，记得吗？"

贵格点了点头。"你妈妈也发誓要保证它的安全。"

猫语者说这话时很平静，没有任何指责的意思，考仍然感到有些被冒犯。突然，他想起了在图书馆被白蜘蛛咬伤后，他所看到的情景。"我在梦中看到了一些东西，"他说，"在树林里的一块空地上——我的母亲，看上去年纪很轻，她把石头拿给纺纱人看。"

贵格的眉毛稍稍抬了抬。"你后来知道了。"

考摇了摇头。"我真的不知道。"

菲利克斯盯着他看了一会儿，然后说："我想你已经准备好接受真相了。"

"告诉我，"考说，"我受够了谎言。"

猫语者若有所思地呷了一口茶，然后开始说话。

"很好。你从没见过你爷爷，是吗，考？他在你出生之前就死了。我记得你母亲那时大约十六七岁。临死前，他把自己的身世告诉了她，并把那块午夜之石给了她。他告诉她要永远小心。"他停

219

了下来，吹了吹热气腾腾的茶，"但是他的心头却愁云密布，他从来没有告诉过她最重要的事情——不要告诉任何人关于那块石头的事。伊丽莎白有一个密友，名叫吉迪恩。吉迪恩·马歇尔。她和他无话不谈。除他之外，她没有可以倾诉的对象，我敢肯定她很孤独。"

考突然意识到贵格要讲的是什么，他的喉咙感到发紧。"他就是蜘蛛语者，是不是？"

菲利克斯抬起头。"吉迪恩不知道自己的父母是谁，因为他还是个婴儿时就被遗弃了。但可以肯定的是，其中一个是蜘蛛语者。当他还是个孩子，开始展现所拥有的超能力的时候，野语者们开始同情他，尤其是你的母亲和祖父。这是他们犯过的最大的错误。"

"他后来成了纺纱人。"塞琳娜低声说。

贵格点了点头。"多年以后，当你出生的时候，考，吉迪恩来找你母亲。他说他会照顾午夜之石——他说这对你来说也是太大的负担了。你母亲拒绝了，但从那天起，这只是个时间问题。吉迪恩·马歇尔精神错乱，渴望权力。他必须得到午夜之石。他聚集了很多盟友，最终发动了进攻，那就是黑暗之夏。"

考叹了口气。"你以前为什么不告诉我？"他问道。

"因为我承诺过永远不告诉你。"贵格说，"在黑暗之夏，我们眼看就要输了，你母亲让我答应她的。"他看着考，眼里噙满了泪水，"可怜的丽兹，她为自己愚蠢的举动感到羞愧。所以今天我也违背了誓言。"

220

考把一切都彻底弄明白了，莉迪亚把手放在他背上。"你没事吧？"她温柔地问。

"我想是的。"他说。他把椅子往后一推，离开了桌子。

"考？"塞琳娜说。

"给我一分钟，"他说，"格鲁姆，希默。我需要你们。"

他从后门径直走了出去，他的内心变得坚定起来。乌鸦跟着他。

考指着那棵树。"拿来。"他说。

"你打算做什么？"希默说。

"求你了，就这么做吧。"考说。

她飞走了，飞进了漆黑的树枝里。

希默飞了回来，爪子里拿着午夜之石。她把它扔在地上。

"考？"格鲁姆说。

他凝视着面前乌黑的石头。这么小的东西怎么会引来这么多的悲剧呢？它使野语者对抗野语者，使无数无辜的人流下了鲜血。

我的母亲，我的父亲，斯克里奇。

吉迪恩·马歇尔和辛西娅·达文波特。

还有多少他甚至连名字都不知道的人呢？为什么呢？因为它可以使灵魂战胜一切。布莱克·科瓦斯想永远活下去，这个愿望在几个世纪里荡漾，变成了滚滚向前的巨浪，摧毁了人们的生活。

直到现在。

考意识到其他人都聚集在厨房的窗户边。他不在乎他们是否看见，他把鸦之喙高高地举过午夜之石。

他不在乎布莱克·科瓦斯所发过的誓言。

他从来没有发过誓言。

考是乌鸦守护者，布莱克·科瓦斯的后代，但他更是他自己。他已经看够了悲剧。

一切在这里终结。

他回头看看窗户，向朋友们点点头。然后，他使出全身力气，举起鸦之喙使劲往石头上砍去。

没有一丝亮光，没有巨大的震荡。考只感觉到传到他手腕上的震动。他向下看，看到午夜之石已经被砍成了几块碎片。他把剑插回鞘里，闭上眼睛，发出了召唤。几秒钟之内，乌鸦们就降落到了花园里。

"每只乌鸦叼一块，"他说，"等你们飞出了黑石城，就把碎片扔下去。扔到哪儿都没关系——我不想知道。"

乌鸦一个接一个地飞来了，衔起小碎片，拍打着翅膀朝不同的方向飞走了。杰克·卡迈克尔看着它们消失在远处。

然后他转过身，慢慢向家的方向走去。